我常常怀念和重温千百年前的唐诗宋词、元曲和清诗，如同晤对虽然隔代却可以心心相许的朋友。

翡翠年深伴侣稀，清霜憔悴减毛衣。

顾炎武诗意 | 60×55cm | 2017

王夫之诗意 | 60×55cm | 2017

埋心不死留春色，且忍罡风十日霜。

受恩欠债应填补，总比鸿毛也不如！

吴梅村诗意 | 60×55cm | 2017

陈子龙诗意 | 60×55cm | 2017

日日阶前笑语开，随花逐蝶弄花回。

大抵西泠寒食路，桃花得气美人中。

柳如是诗意 | 60×55cm | 2017

夏完淳诗意 | 60×55cm | 2017

片风丝雨笼烟絮，玉点香球，玉点香球，今日东风不满楼。

自把红窗开一扇，放他明月枕边看。

纳兰性德诗意 | 60×55cm | 2017

黄景仁诗意 | 60×55cm | 2017

搴帏拜母河梁去，白发愁看泪眼枯。

人生独立能如此，不怕红尘热眼看！

郑板桥诗意 | 60×55cm | 2017

袁枚诗意 | 60×55cm | 2017

累汝相思转惆怅，当初何苦说归期。

世间无物抵春愁，合向苍冥一哭休。

谭嗣同诗意 | 60×55cm | 2017

秋瑾诗意 | 60×55cm | 2017

平生不藉春光力，几度开来斗晚风！

前路蓬山一万重，掉头不顾吾其东。

梁启超诗意 | 60×55cm | 2017

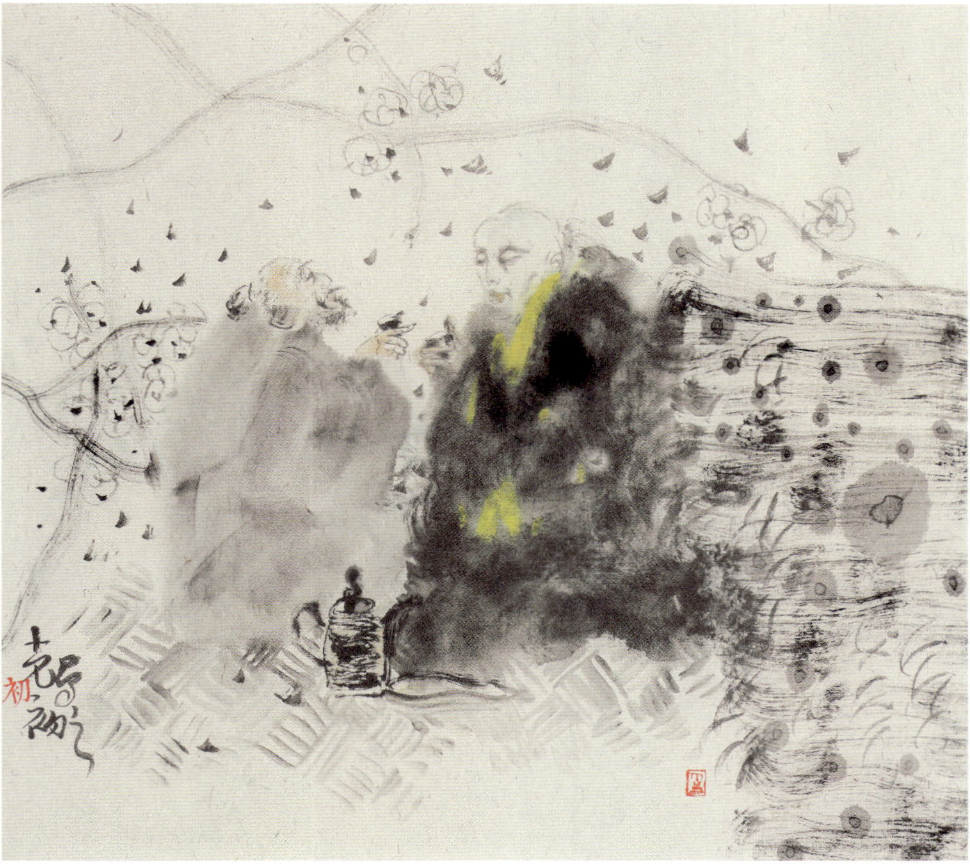

苏曼殊诗意 | 60×55cm | 2017

狂歌走马遍天涯，斗酒黄鸡处士家。

古典流连系列

潇潇风雨满天地

清詩之旅

李元洛 著

中国青年出版社

图书在版编目（CIP）数据

潇潇风雨满天地：清诗之旅 / 李元洛著．—北京：中国青年出版社，2017.6

ISBN 978-7-5153-4779-0

Ⅰ．①潇… Ⅱ．①李… Ⅲ．①古典诗歌－诗歌欣赏－中国－清代Ⅳ．①I207.227.49

中国版本图书馆CIP数据核字(2017)第133299号

选题策划：彭明榜
责任编辑：孙梦云
水墨绘图：孙　初
书籍装帧：孙初＋林业

中国青年出版社 出版 发行
社址：北京东四12条21号
邮政编码：100708
网址：www.cyp.com.cn
编辑部电话：(010) 57350506
门市部电话：(010) 57350370
北京科信印刷有限公司印刷　　新华书店经销

710mm×1000mm　1/16　29印张　376千字
2017年8月北京第1版　2017年8月北京第1次印刷
定价：49.00元

本书如有印装质量问题，请凭购书发票与质检部联系调换
联系电话：(010) 57350377

目录

沧海横流中的坚守 / 001

明末清初，是一个地坼山崩的时代，是一个铁血交飞的时代，也是一个疾风知劲草烈火炼真金的时代。在沧海横流的罡风苦雨里，不少人还是显示了松柏清操，冰霜品格，英雄志略，钢铁脊梁。他们或为奇女子，或为伟丈夫，他们是永远也不会被时间磨蚀的真金，有的人还留下了金子一样永远也不会生锈的诗篇。

多情才子　无双国士 / 024

陈子龙享年仅三十九岁，但他不仅成就为明末诗坛舍我其谁的殿军，才华横溢，诗词双胜，以墨写就的作品为有明一代的诗歌压卷，开启清诗的先声；而且他也是明代末季的无双国士，煌煌志略，烈烈风标，把以血写就的名字铭刻进中国的历史，如同永不熄灭的火炬。

少年英雄与文雄 / 041

明末清初的夏完淳，是星空中光芒照人的一颗。早在青少年时代，我就曾遥望他的光辉，但一直迟至向老之年，我才了却多年的夙愿，写下这篇文章，权当三百多年之后的祭奠。

碧海青天夜夜心 / 056

今日有论者戏称钱谦益为“两截诗人”，意为上半截是明人，下半截是清人。这位高标名节慨当以慷的诗人，却原来是言语的勇士，行动的懦夫，旧朝的叛逆，新朝的贰臣，他以自己本来可以光耀青史的如椽之笔，为自己涂抹出浓黑的一页，书写下毁誉参半的残年。

风尘侠女　诗国名姝 / 076

沦落风尘中的柳如是，系风尘侠女，乃诗国名姝，超越和压倒了当时与后世的许多须眉浊物。明末清初与清末民初相映照，作为清代末年爱国志士与杰出诗人秋瑾的遥远的先行，柳如是呵，侠名芬芳在铁血交飞的历史之中，诗名飞扬于几乎是男性诗人一统天下的中国诗史之上！

矛盾的灵魂　人生的苦酒 / 098

小至个人私密的两人世界的爱情，忠于爱情还是考虑个人的前途与声名？大至公诸于众的民族大义的操守，成仁就义还是贪生怕死，追求荣华富贵？诸多矛盾始终煎熬着他的灵魂。而他品尝的，当然始终只能是一杯人生的苦酒。

撑天立地古今情 / 117

三百多年过去了，人间风云变幻，世事棋局翻新，但撑天立地古今情，顾炎武“天下兴亡，匹夫有责”的呐喊却一直传扬到今天，他的崇高气节仍然为有志者所怀念。

避席畏闻文字狱 / 135

在当前多种多样的诗词选本中，还没有一本关于文字狱的诗选；在不算很少的清诗著作中，也还没有一本辟有与文字狱有关的章节。本文略谈清代层出不穷惨酷至极的文字狱中与诗有关之狱，算是我的散文专著《清诗之旅》中的另类之篇。

世家原自重文章 / 147

纳兰性德啊，你的词现在已经热得发烫了，但你的与词相较并不逊色的诗却还不广为人知，我要为它们写一篇心心相印的文字，以我的灵台为祭台，向过去，向未来，权当长天大地之间一炷祭典的袅袅心香。

友谊地久天长 / 188

如果说，北地的流放是一阕其情也惨其声也哀的悲怆奏鸣曲，那么，吴兆骞与顾贞观的往事便是其中至今仍令人心有恻恻焉的一章。

三百年前旧板桥 / 199

郑板桥传世至今的诗约三百余首，词近百首，楹联约两百副，作为诗国的朝香者，我最欢喜的毕竟还是他的诗词，那些直摅血性肝胆开张的诗词，那些锻字炼句而又才情风发泉涌的诗词。我甚至以为，他的诗名不免为其画名与书名所掩，他的诗，不仅在清代诗歌史上，甚至在中国古代诗歌史上都应该有一席之地。

千古文章未尽才 / 223

天地之间，幸好还留存了与曹雪芹交谊深厚的张宜泉以及敦敏、敦诚兄弟的有关诗作，那是现存有关这位绝代才人的几乎绝无仅有的第一手材料了。我于两百多年后一一重温，去追想他后半生龙游浅水的落魄生涯，去聆听他白眼向人的歌哭笑傲。

通向现代的桥梁 / 241

中国诗歌从古典走向现代，袁枚之诗是其间架设的第一座桥梁。这座桥梁也许是属于草创之初，因而还显得比较原始和粗糙，但它的方向确实是通向近代与现代。在中国诗歌由古典向现代的转型中，我们要拂拭岁月的风尘，清洗历史的泥沙，肯定袁枚的首创之功。

盛世悲音 / 266
他是一位才高命薄的诗人，有如人间一支不可多得的名贵玉笛。谁家玉笛暗飞声？这支玉笛只吹奏了短短三十五个春秋，而且多是凄凉的曲调。

壁立千仞　无欲则刚 / 283
如同高挂的云帆已经孕满好风，就要乘长风而破万里浪，如同大鹏的劲翮健羽已经长成，就要振翅而飞翱翔广阔的天宇。但是，封建时代的读书人必须走科举之路，得到为官做吏的平台，才能一展兼济天下的宏伟抱负。

剑气与箫声 / 308
这位杰出的思想家与文学家，横空出世在历史的晨昏线上，站在送旧迎新的新旧时代之交，回眸以往，“才”无旁贷地充当了中国古代诗人才华横溢的殿军，书写了中国古代诗史辉煌的最后一页；瞻望未来，“责”无他让地担当了近代思想的启蒙者的先锋。

千秋不死的英魂毅魄 / 325
谭嗣同，中国近代史上的奇男子，中华民族的伟丈夫。烈火狂飙，是他的名字；松魂桂魄，是他的名字；银汉星斗，是他的名字；不废江河，是他的名字。我多少次追怀凭吊他的遗踪往事，多少回高歌低咏他的杰句华章。

巾帼英豪 / 340
秋瑾没有生活在“词”这一文学体裁如日中天的宋代，她的诗词，在艺术的某些方面也许还未达到李清照所占领的高度，但所表现的时代思想内涵与另一种艺术境界，如果李清照能够回头，也只能歆羡地遥望她的飒爽英姿。

国士与巨人 / 350

在暮色苍茫也暮气沉沉的晚清诗坛，梁启超异军突起，别张新帜，表现的是新的主题、新的思想、新的意境，是为变法与启蒙而献身的精神，是历代志士仁人一以贯之而内涵与时俱进的爱国怀抱，是对华山夏水赤县神州生死以之的赤子之情。

壮士横刀　美人挟瑟 / 369

他的优秀诗作就如春花之络绎而开，花光照眼，如霓虹之横空而出，虹影丽天，如节日的焰火倏然而放，焰呈七彩。在清代诗坛，苏曼殊是一位晚出而压卷的杰出诗人，在中国古典诗歌史上，苏曼殊是最后一位用句号结束历史的优秀诗人。

晚潮与落霞 / 396

清诗的整体成就和名声虽然不及唐诗宋词，而且诗名还往往为《红楼梦》等小说之名所掩，但清诗可说是唐诗宋词之后的又一座高峰，不仅是大江晚潮，而且是高峰落照时分的绚丽晚霞，有待我们游目骋怀，倾心欣赏。

后记 / 434

沧海横流中的坚守

明末清初，是一个地坼山崩的时代，是一个铁血交飞的时代，也是一个疾风知劲草烈火炼真金的时代。这个时代，是一座精钢百炼的熔炉，也是一座人鬼立判的炼狱。许多人平日大言高蹈，一旦被投入熔炉，便化作一堆破铜烂铁；许多人平日位高权重，一旦被投入炼狱，便显形为一群牛鬼蛇神。但是，在风雷激荡的大时代中，在沧海横流的罡风苦雨里，不少人还是显示了松柏清操，冰霜品格，英雄志略，钢铁脊梁。他们或为奇女子，或为伟丈夫，他们是永远也不会被时间磨蚀的真金，有的人还留下了金子一样永远也不会生锈的诗篇。

一

清代才子袁枚有《谒岳王墓作十五绝句》，其中第十首写道：“江山也要伟人扶，神化丹青即画图。赖有岳于双少保，人间始觉重西湖。”他赞美抗拒外侮的宋代岳飞和明代于谦，也许是为了避忌，他没有提到也与西湖相映生辉的时间较近的抗清烈士张煌言。

张煌言（1620～1664）字玄著，号苍水，鄞县（今浙江宁波）人，崇祯十五年（1642）举人。南明弘光元年（1645）年方二十五岁的他，与钱肃乐等人于邑中起兵，坚持抗清斗争达二十年之久，“三度闽关”“四入长江”“光复名城三十座”“潜行穷山二千里”。顺治十六年乙亥（1659），他与郑成功会师从海上攻入长江，分兵芜湖，收复四府三州二十四县，江南半壁为之震动，惊恐之下的顺治帝竟一度欲退回东北。然而，天意难回，人谋不臧，抗清失败，大势已去，这最后的一面抗清旗帜也只得在凛冽的朔风中怆然落下。张煌言解散旧部后隐居于南天悬岙岛（今浙江象山县南），一度入普陀为僧。康熙三年（1664），因清廷穷搜，叛徒出卖，他于隐居之地被捕，当年九月就义于杭州，时年仅四十四岁，那是生命中过早的句号，青史中永恒的惊叹号。

张煌言的生命乃是一首壮烈的诗，他无意做诗人却成了一位真正意义上的诗人，使许多号称诗人者相形之下黯然失色。“赤羽飞驰露布哗，铜陵西去断胡笳。横流锦缆空三楚，出峡霓旌接九华。歌吹已知来泽国，樵苏莫遣问田家。前驱要识王师意，剑跃弓鸣亦谩夸”，这是他攻入安徽时所作的《驿书至偏师已复池州府》，全诗既慨当以慷，又忧思难忘。可惜性格刚愎自用的郑成功不听张煌言与大将甘辉的意见，坚持围攻南京，以致功败垂成。甘辉战死，郑成功退出长江，芜湖上游的张煌言成了孤悬敌后的孤军，兵败后只身突围。他有《生还》组诗四首以记其事。如第一首：“落魄须眉在，招魂部曲稀。生还非众望，死战有谁归！蹈险身谋拙，包羞心事违。江东父老见，一一问重围。”犯难履险，九死一生，但他绝非心有余悸，而只有大功不成的遗憾。此后，他仍召集义民，耕屯自卫，直到惊闻郑成功在台湾去世，他在恸哭之余才将义兵遣散，于南天的乡间隐居不出。

张煌言最动人的诗，是被捕后与就义时的绝笔之作。康熙三年（1664）七月被捕，八月被押杭州，途经故里鄞县时，百姓围观而挥泪送行者达数千人。他作有《甲辰八月辞故里》二首：

义帜纵横二十年，岂知闰位在于阗。
桐江空系严光钓，震泽难回范蠡船。
生比鸿毛犹负国，死留碧血欲支天。
忠贞自是孤臣事，敢望千秋春史传。

国亡家破欲何之？西子湖头有我师。
日月双悬于氏墓，乾坤半壁岳家祠。
惭将赤手分三席，敢为丹心借一枝。
他日素车东浙路，怒涛岂必属鸱夷！

早在南明政权覆亡之前，张煌言就多次以死自誓，从前之所以还有“生还”之想，是因为大厦尚未完全倾颓，而后，他就决心将别名武林的杭州作为最后的归宿之地，而与谥武穆的岳飞和谥忠肃的于谦为伴了。他同时所作的七绝《忆西湖》，可以与上述二诗互参：“梦里相逢西子湖，谁知梦醒却模糊。高坟武穆连忠肃，添得新祠一座无？”他被捕之后，浙江总督赵廷臣多次劝降，云如归顺清廷将授予兵部尚书之职，相当于今日中央正部级高干之国防部长，这是许多人梦寐以求而求之不得的功名利禄，但张煌言却断然拒绝：“父死不能丧，国亡不能救，死有余罪。今日至此，速死而已，何必多言！”如此堂堂烈士，慷慨赴死，不惟贰臣羞惭，志士哀痛，浩气长存，青史永在，而且是足以惊天地而泣鬼神的了。

当年九月初七日，张煌言于杭州弼教坊刑场环视远山近水，可能是想起岳飞的名言“还我河山”吧，他长叹一声“大好河山”，并口占一绝端坐就义：“我年适五九，偏逢九月七。大厦已不支，成仁万事毕！”因妻董氏、子张万祺均已先后被害，张煌言抛尸荒野无人收殓，故交兼志士黄宗羲及宗羲的门人万斯同、万斯年等人，集重金从衙门赎出首级，又以重金贿赂要员而收其遗骸，按其遗愿，将他安葬在南屏山麓荔枝峰下之太子湾，与栖霞岭下的岳飞墓和三台山麓的于谦墓鼎足而三。清人阮元集张煌言之诗“日月双悬于氏墓，乾坤半壁岳家祠”为墓联，另有墓联为“作万古忠义心，不愧文山随北虏；争一片干净土，愿从武穆峙南屏”，它们照亮的是古今凭吊瞻仰者的眼睛。

黄宗羲与张煌言是世交，同时又是战友，他曾为友人撰墓志铭，其仿杜甫旧题的《八哀诗》之一就是《哀张司马苍水》：“少年苦节何人似？得此全归亦称情。废寺醵钱收弃骨，老生秃笔记琴声。遥空摩影狂相得，群水穿礁浩未平。两世雪交私不得，只随众口一闲评。”近世的柳亚子，光绪三十年（1904）十七岁时作《题张苍水集》四首，其一是：“北望中原涕泪多，胡尘惨淡汉山河。盲风晦雨凄其夜，起读先生正气歌。”在今日物欲拍天钱潮撼地的滚滚红尘中，在这个“娱乐至死”的时代，让我们还能有一块洁净土，一缕还魂香，长吟《张苍水集》中电走雷奔雪清冰冽的不朽诗句！

二

中国古代诗坛，几乎是男性诗人的一统天下，只有少数才华十分秀出的女性作者，加上种种机缘，才能突围而出，在诗史上留下她们的芳名与诗名，如李清照，如朱淑真，如秋瑾，然而，这却是万不一遇的特例。

明末清初，江山易稿，地裂天崩，涌现了许多可歌可泣的人物与故事，留下了许多可吟可叹的诗篇与词章，但人物与作者也大都为男性而非女性，为英雄而非英雌。但是，在众多为英雄时代与艰难时世作见证的诗篇中，也有一篇刚烈的传世之作是出自柔弱的纤纤素手，而且作者今日竟然已不知名姓，那就是署名

“江阴女子”的《题城墙》。

顺治二年（1645），满清王朝问鼎北京，中原在手，南方已入掌控之中，自以为大局已定，便强制推行一整套残酷的民族压迫政策，“留头不留发，留发不留头”的“剃头令”便是其中之一。该令颁发之后十天之内，汉人百姓均需剃发，否则视同“逆命之寇，必治重罪”。当年六月，清兵占领江阴（今江苏江阴县），新派知县方亨本为汉人，为新主子卖命请功的劲头比满人尤甚，他一边收缴民间武器，一边严令剃发，并暗中向清豫亲王多铎请兵镇压。是可忍孰不可忍？首先是江阴生员即当时的读书人聚于明伦堂，倡言抗清，闰六月初二日，全城罢市，四方农民涌聚城内，不是今日的“农民工”而是揭竿而起的义勇军。他们捕杀方亨和监押剃发的清兵，公推现任在职典史陈明遇、训导冯厚敦和已离任待命的前典史阎应元三人，组成如时下所言“强有力的领导班子”，组织守城战斗。

当此之时也，“头可断，发决不剃”的愤怒民众，风激云涌，众志成城。荷戈负粮进城守卫的农民多达十余万人，全城百姓也人人皆兵，老弱妇孺也各尽救护缝纫等后勤之务，徽州籍富商陈壁带头“裸捐”十七万五千两银子之全部家财，陈、阎、冯三人更是身先士卒，“总督四门，昼夜巡城”。清人戴名世《江阴城守记》与《江阴城守后记》说：“清兵围城者二十四万，死者六万七千，巷战死者又七千，凡损七万五千有奇。”弹丸之地的江阴保卫战竟坚持八十一天之久，除击毙清兵七万余人外，还有王爷三名，将军十八位。豫亲王多铎写信给阎应元、陈明遇劝降不得，遂洋为中用，调集几十门西洋大炮轰城。城破之日，陈明遇巷战牺牲，阎应元自杀未成，被俘殉国。清兵继成吉思汗蒙古士兵遇抵抗即屠城之传统，“满城杀尽，然后封刃”，“杀至夜始收兵，复上城，及天明，下城大杀，凡三日”，“尸骸满道，死者如市”。有一条三十余丈长的河沟，“积尸与桥齐”。八月廿一日至廿三日屠城三日，全城百姓无一投降，除战死者外，被无辜屠杀者达十七万二千余人，近廿万人之江阴，仅匿于寺庙之五十三人幸免于难。“江阴守城”与“扬州十日”“嘉定三屠”，乃成为明末清初江南抗清三大壮烈之举，以血与火书写在十七世纪中叶，以刀与剑铭刻在历史与民族的记忆深处。

破城之初，阎应元在东门城楼大书：“八十三戴发效忠，表太祖十七朝人物；十万人同心死义，留大明三万里江山。”后来江阴县建有“三公祠”，祠联即是阎应元生前所书上述之语。而当年为这场惊天动地的守城战斗作诗之实录的，竟然是名姓不传的“江阴女子”的《题城墙》：

露胔白骨满疆场，万死孤忠未肯降。
寄语行人休掩鼻，活人不及死人香！

此诗见于清人徐鼒纪传体南明史《小腆纪传·阎应元传》。清诗人袁枚《随园诗话》也曾记载：“江阴城最后降，有女子为兵卒所得，绐之曰：‘吾渴甚，幸取饮，可乎？’兵怜而许之，遂赴江死。”时城中积尸满岸，秽不可闻。女子啮血题诗云：“寄语行人休掩鼻，活人不及死人香！”由此可知，此诗确为这位投江自尽的烈女子所写，虽名姓失传，然而巾帼压倒须眉，其诗却永铭青史与诗史。

“寄语行人休掩鼻，活人不及死人香”，“活人”与“死人”对举，矛盾逆折之诗艺，富于哲理之内蕴，堪称千古不磨的警句。此种句法，现代诗学称为“矛盾语”或“抵触法”。《有的人——纪念鲁迅有感》，是臧克家二十世纪四十年代之末的名作，也是新诗中赞鲁迅的上上之选，“有的人活着，他已经死了；有的人死了，他还活着”，诗人正是以如此之矛盾语发端并结撰成章。当然，江阴女子的他赞之辞，自誓之语，是她以自己和全城人的鲜血所凝成的千古真诗。生死一发，出口成章，她哪里会想到什么平平仄仄或矛盾语法呢！

三

侬家住在大江东，妾似船桅郎似篷。
船桅一心在篷里，篷无定向只随风。

春水新添几尺波，泛舟小妇解吴歌。
笑指侬如江上月，团圆时少缺时多。

这是清初诗人方文所作《竹枝词》十首之二，系他在江西游历时的作品。他还有《西湖竹枝词》及《都下竹枝词》二十首，远承唐诗人刘禹锡模仿川东民歌作新声竹枝词的余绪，书写的大都是男欢女爱、民间习俗与山水风光。上述竹枝词比喻天成，轻倩可喜，不过，如果以为方文只有此类作品，那就未免太以偏概全，而且我也不会为他支出《清诗之旅》有限而可珍的篇幅了。

方文（1612～1669），字尔止，桐城（今安徽桐城）人。明末秀才，入清不仕，改名“一耒”，字“明农”，以示对故国的怀念与对新朝的决绝。他另取别号为“忍冬”——忍冬亦名金银花，为常绿缠绕藤本植物，入冬时老叶枯落新叶继萌，故又名忍冬花。周敦颐曾称牡丹为“花之富贵者”，菊为“花之隐逸者”，莲为“花之君子者”，王夫之为忍冬花作《金钗股》诗，誉之为“花之高士者”。方文游食四方，兼以卖卜行医为生，在明末清初是另一种类型的知识分子，即虽无显赫的社会地位与名垂青史的事功，但在沧海横流中，却是具有独立人格与批判精神之高士。他的许多作品慷慨悲凉，时有警言隽句可圈可点，绝不逊于某些名家与所谓名家之作，可惜由于人微言轻，往往为势利的短视眼光所忽视，被历史的浩漫尘沙所埋没。

王潢为方文《北游草》所作的序言说，明亡之后，诗人“渡河逾济，直走幽蓟，与燕市酒人悲歌饮泣。已而短衫破帽，策蹇驴出入关塞，寻卢龙之古垒，吊首阳之荒墟，发为诗歌，以泄其沉顿无聊、肮脏不平之气”。方文于此时所作的《题酒家壁》有云：“问我来何数？非关饮兴豪。风尘燕市里，或恐有荆高。”如同“汉”在唐诗中往往寓“唐”，“秦”在清诗中往往寓“清”，诗人想在京城的社会底层中寻找刺击秦始皇的荆轲、高渐离之类的人物，其意旨当可从言内与言外想象得之。然而，明代的气数已尽，新入主的清朝方兴未艾，诗人也不禁感慨丛生：“芦中贫士亦何愚，燕市来寻旧酒徒。漫说荆高零落尽，即令相见酒钱无。”（《都下竹枝词二十首》之十九）。

方文鄙视卖身投靠者依附新政权而飞黄腾达，敬仰那些为理想与节操而献身的先贤先烈，前者他不愿，后者他不能，依违于二者之间，偷生于易代之际，他坚持的是俯仰无愧于人也无愧于天的底线，坚守的是个人所珍惜的诗的精神家园：

一著袈裟绝万缘，独余破砚习难捐。
江山本是无情物，画到荒残亦可怜！

此诗题为《题半山道人画册》，半山道人姓徐名在柯，善画山水，明末清初出家为僧。南宋遗民郑思肖画兰而不画土，言国土已被元人夺去，画寒菊则题诗云“宁可枝头抱香死，何曾吹堕北风中”，表现宁为玉碎不为瓦全的情操贞节。半山道人画残山剩水以表易代之悲，方文则题其画册以抒易代之痛，诗画相通，心心而相印。

方文不仅以诗题他人之画，而且以诗题他人所画的自己之像。名画家戴苍曾为方文画一肖像，后来临摹于方文的《嵞山再续集》卷首，诗人的《自题肖像》一诗，即题于其上：

山人一耒字明农，别号淮西又忍冬。
年少才如不羁马，老来心似后凋松。
藏身自合医兼卜，溷世谁知鱼与龙？
课板药囊君莫笑，赋诗行酒尚从容！

清末谭嗣同有《望海楼·自题小影》，结句是“拔剑欲高歌，有几根侠骨，禁得揉搓？忽说此人是我，睁眼细瞧科。”鲁迅亦有《自题小照》之七律，“寄意寒星荃不察，我以我血荐轩辕”，即此诗中的名句。从抒写对象而论，方文之作正是它们的先声。

方文《题范眉生<烟艇图>》有句说：“凭他世上风波恶，一枕月明魂梦安。”其实，陪伴他的不仅是一枕明月，更有抒写性灵精神避难的诗：“游似石田无刈获，贫为诗卷足骄奢”（《重阳后五日归里》），“世间臭腐唯荣禄，不及诗篇字字新”（《赠祝一之》），“今古似惟诗不朽，朝昏长得酒何愁（《答妇问》）”，“性情最是游不厌，富贵何如诗可传（《归里》）”。诗如照眼繁花，生香活色开放在他暗淡悲怆的生活之中。他同时代那些觍颜事敌者卖身求荣者以人血染红顶子者都灰飞烟灭了，留下的顶多也只有恶名与骂名，而方文的许多高洁而华丽的诗句，却仍然芬芳在我们的口头和心上。

四

天崩地坼的时代，既出拯救时艰的英雄，也出浑水摸鱼的奸雄；既出视死如归的忠臣义士，也出投降变节的奸佞小人。明末清初的鼎革乱世，各种各样的人物纷纷登场亮相，在时代的聚光灯下，展示的不是遗臭万年的百丑图，就是名垂青史的英雄谱。

百丑图的领衔人物，应该是鼎鼎有名的洪承畴、吴三桂之流，他们本来或是封疆大吏，或是方面要员，但为苟全蚁命与一己之私，他们变服易节而甘愿为王前驱，效犬马之劳。又如金之俊，其人本为万历四十七年进士，官至兵部右侍郎，相当于今日中央之副部级高干，一旦李自成攻入北京，他立马望风归顺，你方唱罢我登场，清兵入京，他脑筋急转弯又望清兵的马首是跪。不仅如此，以他为首的一班降臣，为了表忠心而奴颜婢膝地向新主献计献策，如针对薙发、穿满装激起的强烈反抗，他们就献上“十从十不从”的妙策：“男从女不从，生从死不从，阳从阴不从，官从隶不从，老从小不从，儒从僧道不从，娼从优伶不从，仕从婚姻不从，国号从而官名不从，役税从而语言文字不从。”清人入关时总兵力仅二十余万人而已，如果没有汉臣汉将汉人中的种种败类“为皇军卖力气”，满清想在短时期内一统中国几无可能，更不要说坐稳二百七十六年的江山了。

南明弘光元年（1645）五月十六日，清军兵临南京城下。弘光帝早已于五天前在权臣马士英、阮大铖簇拥下仓皇出逃，以吏部尚书、大文人钱谦益和大学士、名书法家王铎等为首的文武官员数百人，集体出城久候跪降，时逢大雪，泥泞苦雨中竟无一人退缩下岗。逃亡之马士英、阮大铖先后投降清朝。本为阉党余孽的阮大铖是创作过《燕子笺》的有名剧作家，官至兵部尚书，他对“出身不由己，道路可选择”尤有心得，为满清平定江南不惜死而后已。他带领清兵攻破金华而屠城，之后随军进攻福建，白天督办鲜鱼肥肉宴饮诸帅，晚上亲自执鼓板唱昆曲以侑酒，最后于进军福建途中坠马摔死，人生如戏也如棋，仙霞岭上的岩石，见证了这个寡廉鲜耻的小人的“收官”功夫。当然，明末清初也不乏史可法、阎应元、陈子龙、夏完淳那样的忠臣义士，即使在兵临南京城下群魔乱舞之时，也有人抗节不屈，义薄云天，钱澄之的组诗《南京六君子咏》，就曾为他们立诗存照。

钱澄之（1612～1693），名秉镫，字幼光。桐城（今安徽桐城）人，明末秀才。未及弱冠之年，一个勾结魏忠贤的漏网阉党御史“视察”桐城，官员及诸生列队出迎，钱澄之却上前拦住他的车驾，将一桶脏水泼于其衣——有如今日外国民众之以示抗议，将臭鸡蛋烂番茄之类掷向政府大员或来访的国家元首，并当众揭发这个阉党的种种劣迹罪行，令其无地自容狼狈而逃。清兵入关南下，他与钱棅起兵抵抗，失败后辗转至福建之南与两广之地继续抗清，最后回到家乡，一度削发为僧，自号“田间老人”，耕作授徒，隐于田园。明亡后，他的诗作多写身世之感，家国之痛，兵燹之灾，民生之苦，风格沉郁苍凉。阮大铖虽系其中表兄弟，他也毫不假借，作《髯绝篇——听司空耿伯良叙述，诗以记实》，揭露其投降媚敌的劣行以至卖命横死的下场。“永安桥下水粼粼，永安桥上往来频。有客赴死无名姓，江西不肯剃头人”，这是歌颂对暴政以死抗争者的《永安桥》；“关桥乍泊旋相访，问遍扬州识者疏。市井草深寻巷入，江城花满闭门居。僮惊客到饶蛮语，箧付儿收只汉书。我过七旬君逾八，笑啼同是再生余”，这是《扬州访汪辰初》二首之一，咏叹六年患难与共和一别廿四年的乱世友情。而最令我心动的是《南京六君子咏》，特别是其中的第五首：

传道城南乞，蓬头发正多。
羞他中国变，屡被世人呵。
入夜语还泣，沿街骂且歌。
沟渠绝粒死，此志是如何！

钱澄之前后作《哀江南》十九首，《续哀》八首，《广哀》十二首，《二忠诗》二首，《吊忠诗》五首，《得留守及张司马死难信》八首，综而观之是一部南明英烈传、忠义录，上起史可法、瞿式耜、吴易等死难大臣将领、民族英豪，下至一般官员、平民百姓、书生布衣等时穷节乃见的普通人物。先降清后悔改的钱谦益，后来在《金陵杂题绝句二十五首》中，也要赞扬钱澄之“闽山桂海饱炎霜，诗史酸辛钱幼光。束笋一编光怪甚，夜来山鬼守奚囊。”而《南京六君子咏》的可贵与独特之处，就是歌颂了一位杀身殉国的乞丐。作者的题注说：“南京陷，死者寥寥；得丐与卒而六焉，悲夫！然其死不愧四君，四君又岂不屑六也，故并‘君’之。”这位乞丐死前所吟的绝命诗是：“三百年来养士朝，如何文武尽皆逃？纲常留在卑田院，乞丐羞存命一条！”“卑田院”，为旧时收容乞丐之处，大约相当今世原名“收容所”之“救助站”。钱澄之能够突破士大夫立场的局限，尊称社会最底层的乞丐为“君”，将他与那四位死难的公务员并列，留下了这样一首难得一见的赞美草根中之草根的诗篇，空谷足音，实在值得我们向他致以隔代而又隔代的敬意。

明末兵败自杀的学者官员曹学佺有名联云：“仗义每从屠狗辈，负心多是读书人。”明末清初许多学而优则仕的官员的表现，令顾炎武发出“读书人无耻，是为国耻”的感叹，而上述这位社会底层的乞丐，却令人刮目相看。

五

在明末清初的英烈谱中，张家玉当时并非声名十分显赫的一位，今日更不广为人知，但是，这位三百多年前的南明英烈，这位诗章挥写于金戈铁马的沙场之上的热血诗人，我要以阳刚之笔，反复书写他如雷如电如火焰般燃烧的名字。

对这样一位英烈中的书生，书生中的英烈，许多读书人对他的生平事迹以及作品已然不甚了了，芸芸众生当更是茫无所知，倒是像洪承畴、吴三桂这样的乱臣贼子，为他们著文作传者却不乏，因而今人知之颇详，令我不胜感叹。许多值得纪念的人杰人豪，常常被埋没于漶漫的历史风沙之中，而某些城狐社鼠大奸大恶之辈，却因缘聚会，不但风光于当时，不论是恶名还是骂名还留名于后世。古来如此，今亦有之，这大约也可以说是古今同概吧？

张家玉（1615～1647），字玄子，号芷园，广东东莞（今广东东莞市）人，崇祯年间进士，授翰林院庶吉士。甲申之变（1664）时，他刚届而立之年。明朝叛将兼清朝悍将李成栋攻桂林，破广州，张家玉多次峻拒清两广总督之劝降，毁家纾难，广招义兵，于东莞起兵抗清，与地方武装陈邦彦等人相呼应，两三年间倥偬戎马，沙场苦战，正当英年即壮烈牺牲，其诗作有《军中稿》，永历帝以“文烈”谥之，故其诗文集名《张文烈公遗集》。他的诗大多作于行军途中，非军营即为马上，风格悲壮苍凉，字里行间奔涌的是千秋的浩气与年轻的热血。因为胸有虹霓，所以才能咳唾珠玉，他是伟男子而兼真诗人，或者说他原是伟男子，所以才成了真诗人。今日许多自称或他称为诗人的人，其精神境界与作品岂能望其项背？有的简直判若云泥。

咏史诗，是中国古典诗歌中一个颇有特色与独具成就的门类。诗人常借咏史来言在此而意在彼地抒发自己的怀抱，且看张家玉的《咏史》一诗：“晋室倾颓事莫当，鸡声啼起铁肝肠。诸君莫洒新亭泪，好向中原识范阳！”诗人借西晋覆亡东晋偏安江左，豪门士族作无济于事的新亭之哭的历史故事，歌颂闻鸡起舞志在恢复的祖逖，赞美平定安史之乱的唐代名将郭子仪。顺便一提的是，这首三百年前的古典绝句，其“鸡声啼起铁肝肠”一语，却颇有现代新诗遣词造句的风采。如果说，“咏史”题材重大，那么，“赠内”就应该是颇为私密的了，且看张家玉关山戎马中写给妻子的《怀内》：“连江风雨雁争飞，目送南天泪满衣。少妇夜深休闭阁，行人多向梦中归。”其中有唐人陈陶《陇西行》“可怜无定河边骨，犹是春闺梦里人”的遗响，但构思自出机杼，内蕴也异代而不同时。一年三百六十日，日日横戈马上行，让我们侧耳倾听，那三百年前的诗人朝暮的歌吟：

野外燐飞闪闪明，奇鸧频叫互悲声。
沙场满眼英雄骨，独有流波咽不平！
——《早行河源》

落落南冠且笑歌，肯将壮志竟蹉跎。
丈夫不作寻常死，纵死常山舌不磨！
——《自举师不克与二三同志怏怏不平赋此》

“河源”为广东县名，与博罗、龙门接界，乃新丰江汇入东江处。《早行河源》一诗，为诗人攻克博罗北上连平途中所作，其境悲凉，其情悲壮。永历元年（1647）三月，张家玉举兵复东莞，清兵疾攻，东莞复陷。家玉败走虎门，祖母陈、母黎、妻彭俱死难，国难家仇集于一身，他决心以身殉志，以唐代被安禄山割去舌头仍骂敌至死的常山（今河北正定）太守颜杲卿为榜样。全诗烈烈煌煌，足可以使懦夫立志而壮士起舞。

天意难回，独木难支，南明王朝即将画上最后的句号，张家玉在进攻增城时战败，于绝望中投水自杀。《军中夜感》即使不是他的绝唱，也是他的英雄交响曲的壮烈尾声：

惨淡天昏与地荒，西风残月冷沙场。
裹尸马革寻常事，纵死终令汗竹香！
——《军中夜感》

英雄已去，浩气长存。在一个金钱与权杖主宰一切的时代，在一个所谓“娱乐至死”的时代，在一个缺钙更缺英雄铁骨的时代，典型在夙昔，让我们回眸往昔的英雄，顶礼他们未死的魂魄！

六

抱负、气节、才华三者兼具的人，在人间俗世往往表现为“特立独行”，即行为处事不同流俗，有独立的人格，自由的理想，批判的精神。而三者兼具而又达于极致，在特定的环境下，其言行甚至趋于惊世的奇异与骇俗的怪诞。大自然有奇山与奇水，物品里有奇物与奇珍，众生中当然也有奇人与奇行，明末清初的归庄，即是如此，他与顾炎武情志相投而被时人称之为“归奇顾怪”。

归庄（1613～1673），字玄恭，号恒轩，昆山（今江苏昆山县）人。他是明代宗师、散文家归有光的曾孙，父归昌世，明末任小公务员，辞职后“家无一亩”，从事教育工作，生活清贫。生长于诗书之家，归庄博览群书，长诗文，工书法，善画竹，少年即有狂名。他是秀才，赴政府规定的可能被推荐参加乡试考举人的“院试”时，他却于考场携酒而饮，答卷时杂用楷书、草书、隶书与篆书，曾被主考官开除学籍。十七岁时，他就和同乡顾炎武一起参加谋求政治改良的知识分子团体“复社”。他秉性刚直怪僻，喜欢使酒骂座，如写信痛骂陷害顾炎武的小人叶方桓，责斥钱谦益的不肖族曾孙钱曾，攻讦金圣叹行为贪戾放僻，扬言“必欲杀之”。他自题斋居的门联竟然是：“入其室空空如也，问其人嚣嚣然曰。”

然而，归庄并非纯然使酒骂座的浮嚣之徒，他具有烈火般的爱国肝肠，冰霜般的民族气节和任何时代的正直知识分子都具有的正义感与担当感。顺治二年（1645），清兵南下，昆山县令阎茂才为了丑表功而下令薙发，归庄和群众铤身抗暴、守城抗清，终于让阎县令去阎王殿认祖归宗。扬州、长舆、昆山城破，他一家六口包括父亲归昌世，隶史可法幕府的长兄归昭、二哥归继登、二嫂陆氏、三嫂陈氏以及侄女辈先后殉难。九死一生之余，他仍然和顾炎武一起密商救亡恢复，奔走呼号于大江南北，直到大事已无可为，他才不得已回到昆山隐居乡曲，穷困而终。

爱君诗笔有奇气。归庄有《归庄集》传世，诗如其人，他的作品奔迸的是抑塞不平的奇气与嶙峋不群的傲气。桃之夭夭，灼灼其华，咏花，本是中国古典诗歌的传统母题，但“落花”却是明末清初诗歌中，从颜色与凋落两方面暗示覆亡的朱明王朝，以及志士坎坷困顿身世的一个特殊象征意象。“落花有泪因风雨，啼鸟无情自古今”，抗清志士兼诗人屈大均的《壬戌清明作》等诗就写了落花意象，王夫之《正落花诗》《续落花诗》《补落花诗》等组诗分咏落花，共计竟达九十九首之多。归庄则有《落花诗十二首》与《续作四首》，他在自序中说，前人文徵明、唐伯虎等人《落花诗》动以十计，“然诸公皆生盛时，推激风雅，鼓吹休明，落花虽复衰残之景，题咏多作秾丽之辞，即有感叹，不过风尘之况，憔悴之色而已。我生不辰，遭值多故……以至风木痛绝，华萼悲深，阶下芝兰，亦无遗种。一片初飞，有时溅泪，千林如扫，无限伤怀！”在他的《东行寻牡丹舟中作》中，有“乱离时逐繁华事，贫贱人看富贵花”一语，矛盾逆折，感喟深长，钱谦益认为此语可以概括他所有咏花之作，但我们仍不妨一读《咏花诗十二首》的二首：

江南春老叹红稀，树底残英高下飞。
燕蹴莺衔何太急！溷多茵少竟安归？

阑干晓露芳条冷，池馆斜阳绿荫肥。
静掩蓬门独惆怅，从他芳草自菲菲。

《落花诗》是归庄的代表之作，全诗均是比喻性意象。“残英”喻志士之败落凋零，“燕蹴莺衔”喻清廷之摧残迫害，“溷多茵少”喻环境之污浊险恶，“芳条冷”喻坚持气节之艰难，“绿荫肥”喻变节仕清者之腾达，最后表示自己不羡慕墙头草的荣华，而隐居于蓬门陋室，甘守清贫。归庄曾对人说：“我虽贫穷，但没有贫气；我虽贱为布衣，但没有贱骨。”权贵们以重金求其字画，他一律白眼相拒。祖屋破败，门朽不可关，椅坏不可坐，他以网绳缚紮，书其门额曰“结绳而治”。除夕之日，甚至书写如下的门联以自嘲：“一枪戳出穷鬼去，双钩搭进富神来。”后来沦落到栖身于先人墓侧之守墓人的茅屋，他在门侧大书的对联居然是：“两口寄安乐之窝，妻太聪明夫太怪；四邻接幽冥之宅，人何寂寥鬼何多！”真是乱世奇人，极尽嬉笑怒骂之能事。

俗语有云：人各有志。归庄抱绝不仕清之志，坚守不合作的立场，所以他不以苦为苦，而是甘之如饴。他六十一岁病逝，同里、同学、同庚、同志之顾炎武《哭归高士四首》之一说：“峻节冠吾侪，危言惊世俗。常为扣角歌，不作穷途哭。生耽一壶酒，没无半间屋。惟存孤竹心，庶比黔娄躅。”顾炎武诗集中称“处士”“节士”“隐君”者二十余人，称“高士”者仅四人，归庄首得此称。陶渊明说：“此中有真意，欲辨已忘言。”归庄没有忘言，他的真意见之于诗，让我今日还能读到他以秦喻清以松柏自喻寓意深远的诗篇：

一山红树五湖春，花底轻风扫陌尘。
今日桃源在人世，不愁无地避嬴秦！

——《桃花》

上方寺下有孤松，旧锡嘉名曰卧龙。
幽谷难施霖雨泽，名材空具蜿蜒容。

婆娑绿荫听流水，跨踞苍柯见远峰。
僻壤谅无巡幸事，知君能免大夫封！
——《上方寺松》

七

唐代大历元年（766）早春，安史之乱中漂泊西南天地间的杜甫，在流寓蜀地七载之后，出三峡，下江陵，以五十七岁的垂暮之年，从岳阳来到长沙。他在长沙邂逅旧时相识的开元天宝盛时的一代音乐大腕李龟年，写有《江南逢李龟年》一诗："岐王宅里寻常见，崔九堂前几度闻。正是江南好风景，落花时节又逢君！"那是杜甫的最后一首绝句，也是他诗歌创作晚潮中的巨浪。李龟年生时知名度虽高，但如果不是有幸走进杜甫的诗中，恐怕也难以名扬后世。明末清初鼎革之际，也有这样一位类似的人物，但他受到当时更多的"文艺工作者"的关注，进入了更多的作家的文章、诗人的篇什，那就是说唱表演艺术家柳敬亭。

柳敬亭（1587～1670），本名曹逢春，山东泰州人。少年时流落江南，据说在安徽宣城敬亭山小憩，一觉醒来便以头上之柳树为姓，以足下之山名为名。后来他名噪大江南北，成了民间说书艺人，不像李龟年那样只是供奉掖廷与豪门。他说书的艺术魅力与明星效应，当时就颇多记载。写过名著《西湖梦寻》的张岱，在《柳敬亭说书》中，曾描述他讲《水浒》时"叱咤叫喊，汹汹崩屋。武松到店沽酒，店内无人，蓦地一吼，店内空缸空甏皆瓮瓮有声"。诗人朱一是《听柳敬亭词话》一诗，描状他既说且唱的风采神韵，有"突兀一声震云霄，明珠万斛错落摇。似断忽续势缥缈，才歌转泣气萧条"之句，说书说到如此境界，说他是今日说书业的开山祖师爷，应该是实至名归。然而，柳敬亭之雁过留声，人过留名，绝不仅是因为他有超人的技艺，更因为他有侠义的心肠和民族的气节。他明是非，重节操，有强烈的民族意识，“故当时通侯上相、东林诸君极重之”，孔尚任的著名传奇《桃花扇》，就是将其作为英雄人物来塑造。他曾做过南明弘光朝权要马士英、阮大铖的幕僚，但因此辈奸佞误国，柳敬亭又同情他们所迫害的复社人物，故主动弃之而去。后来他奋起投身左良玉的部队，说书讲隋唐遗事，慷慨悲歌，同时也参谋军事，军中咸戏称其为“柳将军”。他侠肝义胆，接济声气相投的穷苦文士，诗人杜浚在《变雅堂诗文集》就曾经慨而赋诗：“中秋无食户双扃，叩户谁为柳敬亭？”江山易帜之后，他的说书中更多了明末清初史事的内容，不胜残山剩水之悲，麦秀黍离之感。同时代的文士纷纷为他赋诗留影，因为他的为人行事确乎不同凡俗，而且他对明朝末世的悲歌唱叹，更能引发同时代人的共鸣，连身事明、大顺、清三朝的犹如变色龙的文人龚鼎孳，都曾作《贺新凉·赠柳叟敬亭》一词给他：“鹤发开元叟。也来看、荆高市上，卖浆屠狗。”连他都要赞许柳敬亭为战国末期之义士荆轲、高渐离一流人物，何况他人?

柳敬亭时代的顶尖人物，如黄宗羲、阎尔梅、钱谦益、吴梅村等人，都曾为他或作传或赋诗。吴梅村曾作《柳敬亭传》《柳敬亭像赞》，复作《楚两生行》，将与其齐名的唱曲家苏昆生合为一诗而赞，又赋《沁园春·赠柳敬亭》，词中有“伏波歌舞，凄凉东市。征南士马，恸哭西州。只有敬亭，依然此柳，雨打风吹絮满头”之句。而黄宗羲在《柳敬亭传》中，也说他演唱明末遗事时，“每一出声，使人闻之，或如刀剑铁骑，飒然浮空；或如风号雨泣，鸟悲兽骇。亡国之恨顿生，檀板之声无色。”以上的诗词与传记篇幅均较长，此处且引冒襄之七绝《赠柳敬亭》与毛奇龄之七绝《赠柳生》于下：

忆昔孤军鄂渚秋，武昌城外战云愁。
如今衰白谁相问？独对西风哭故侯。

流落人间柳敬亭，消除豪气鬓星星。
江南多少前朝事，说与人间不忍听！

冒襄（1611～1693），字辟疆，号巢民，江苏如皋（今江苏如皋县）人。明末清初之诗家，与桐城方以智、阳羡陈贞慧、商丘侯方域参加“复社”，人称“明末四公子”。入清后著书自娱，有名作《影梅庵忆语》。柳敬亭当年曾佐宁南侯左良玉幕，积极参加抗清斗争，冒辟疆之诗，乃赠柳敬亭而兼吊左良玉。毛奇龄（1623～1716）字大可，号秋晴，萧山（今浙江杭州萧山）人，与毛先舒、毛际可名动江南，故人称“文中三豪，浙中三毛”。他曾参加义军抗清，康熙十八年（1679）召试博学鸿儒科，授翰林院检讨，修《明史》，后以病乞归。毛奇龄作此诗时，柳敬亭已年逾八十，“消除豪气鬓星星”，诗人哀柳生为“他哀”，“说与人间不忍听”，则是仍有故国之思的诗人哀时且以“自哀”也。

上述二诗，感慨无端。时代的巨变，个人的遭逢，往事的追怀，今日的伤感，尽在寥寥二十八字之中，从题材、命意、体裁与情韵等方面来看，它们都是杜甫《江南逢李龟年》的动人的续唱，遥远的回声。

八

屈原，是中国诗歌史上第一位署名的伟大诗人，他的名字与作品流芳千古，泽被万世。时至清代，也有一位姓屈的诗人自称是他的后裔，相距约两千年，历史的烟云渺渺，人事的踪迹茫茫，他的说法有什么实证甚至铁证，我们今天已不得而知，同时也实在不必细究与深究，然而，这位诗人行事与诗作的品格，确实是遥承了屈大夫的一缕心香，他，就是明末清初号称“岭南三大家”之一的屈大均。

屈大均（1630～1696），初名绍隆，字翁山，广东番禺（今广州市番禺区）人。他的父亲屈宜遇名为宜遇而实不遇，不但自己终身不仕，还告诫儿子坚决不为“无义之诗”，也即不能无病呻吟，为清廷歌功颂德。屈大均则认定自己是屈灵均的后代，立志继承先祖的文学传统，便取名大均，改字一灵，又字骚余，更将自己的住舍名为“死庵”，表示至死也不与清廷合作的立场。明亡时，屈大均年方十五岁，十七岁时清兵攻陷广州，他随老师陈邦彦于高明山起兵抗清，兵败老师被杀，他安葬其师的遗骸后，数十年间两次北上，其间参加了郑成功、张煌言进攻长江的军事活动，并赴西北与顾炎武等爱国志士互通声气，策划起事。一六四四年北京陷落，南方先后建立了福王弘光政权、唐王隆武政权、鲁王政权、唐王绍武政权、桂王永历政权，此起彼伏的抗清斗争，以永历帝朱由榔被吴三桂俘获绞杀以及郑成功去世其子郑克爽投降而最终落下帷幕。屈大均最后也只得隐居家乡，在贫病交迫之中，多次拒绝他人举荐为官，始终不仕。明朝的灭亡有诸多原因，但武将怕死文官爱钱，人心与社会风气极为败坏，也是重要原因之一。如顺治丙戌年间一开乡试，许多标榜隐士的读书人便纷纷列名应试，如同其时流行的一首讽刺诗所云：“圣朝特旨试贤良，一队夷齐下首阳。家里安排新雀领，腹中打点旧文章。当年深悔惭周粟，此日翻思吃国粮。非是一朝忽改节，西山薇蕨已精光。”然而，屈大均从未及弱冠之年一直到六十六岁的终年，他始终坚持了自己的人格与信念的防线与底线。

屈大均年轻未出广东之时，名诗人朱彝尊等就将他的诗传遍江南。后来顾炎武、王士禛等名家和他均有唱和，钱谦益也曾为其诗作序，清初王隼选他和梁佩兰、陈邦彦之子陈恭尹为“岭南三大家”，而剧作名家洪昇则认为岭南三大家胜过“江左三大家”，有“尚得古贤雄直气，岭南犹觉胜江南”之语，因为前者只有梁佩兰一人曾经仕清，而后者之钱谦益、吴梅村及龚鼎孳则均曾仕清，龚且为三朝元老。洪昇所赞许的“古贤”之“雄直”之气，主要就是指屈大均与陈恭尹之富贵不淫、威武不屈、贫贱不移的烈士精神。江左三大家人人历史上都有污点，档案班班可考，虽然他们不同程度均有所忏悔，在诗创作的成就上也强于前者，但大节有亏，在人格上当然应该自愧不如。

禁书自古有之，清朝尤烈。屈大均之诗文，雍正时已严禁，乾隆禁毁之令更加严酷，但野火烧不尽，春风吹又生，愈毁愈萌，愈焚愈传，龚自珍就曾读到过违禁之本，有《夜读番禺集书其尾》一诗，称其人为“奇士”，誉其文为“奇文”。如屈大均组诗《泷中》之一：“舟子穿腰欲上天，下泷船笑上泷船。上泷争似下泷险，一片风帆乱石边。”写激流之凶险和船夫之无畏，正是诗人自己的胸臆的写照。又如《罗浮对酒歌》之一：“袅袅飞猿下翠林，洞门花密昼长阴。松风吹尽人间事，不使兴亡上客心。”正言反说，在故作超脱之中，可见诗人于清兴明亡念兹在兹。以上是侧笔，组诗《民谣》十首则是正写，如其中之一：“白金乃人肉，黄金乃人膏，使君非豺狼，为政何腥臊！”清初为了一统天下，穷兵苛赋，诛求无已，诗人不仅从杀伐而且从“为政”来抨击清廷的苛政与官员的贪鄙，锋芒四射，如同匕首投枪，至今仍引人浮想联翩。“清明”是中国诗歌的传统题材，晚唐杜牧的《清明》不知烫痛了历代多少读者的嘴唇，但屈大均作于康熙二十一年（1682）的《壬戌清明作》，却又是另一番寄托与境界：

朝作轻烟暮作阴，愁中不觉已春深。
落花有泪因风雨，啼鸟无情自古今。

故国江山徒梦寐，中华人物又销沉。
龙蛇四海归无所，寒食年年怆客心！

慷慨悲歌，奇崛豪宕。民族之情，爱国之志，松柏之节，年既老而不衰，虽九死其犹未悔，真有屈原之流风余烈。早在顺治十五年（1658）初夏，诗人第一次北上，出山海关，考察辽东辽西形胜，又折往山东，行经筑于古聊城纪念战国抗秦之齐人义士鲁仲连的鲁连台，作有《鲁连台》一诗：

一笑无秦帝，飘然向海东。
谁能排大难，不屑计奇功？
古戍三秋雁，高台万木风。
从来天下士，只在布衣中！

“天下”一词，古时多指华夏神州的全部土地，即全中国之意。庄子有《天下》篇，北宋沈括则有《天下州县图》，明末清初顾炎武撰有《天下郡国利病书》。“天下士”从“天下”衍化而来，即忧国忧民以天下为己任之士。“布衣”即平民，旧时多称没有做官的读书人。古云肉食者鄙，俗云身无半文，心忧天下，诗人认为，以天下为己任之士，只存在于草根民间，存在于普通的平民百姓之中。“从来天下士，只在布衣中”，诗人以此自许并以许人，在红尘滚滚的今天，在商业化、功利化、世俗化、娱乐化的当世，让我们不要忘记屈大均如钻石闪光如洪钟鸣响的警句。

九曲黄河万里沙。明末清初那一特殊的时代早已逝去了，时光早已沉淀，泥沙早已淘汰，今非昔日，风景不殊，但金子却仍然会闪闪发光。那一时代的正人义士，他们的言行虽然已经过去，今日已经没有可能也没有必要重复，但在沧海横流中，他们对信仰与理想的坚持，对节操与立场的坚守，不是更值得我们回顾与重温吗？

多情才子　无双国士

在中国的古汉语中，常常把那些不平凡的杰出人物誉称为“人中之龙”。明末清初的陈子龙，就是其中的一位。这位字人中、卧子，号轶符、大樽的华亭（今上海松江县）人，他的名字恰恰就叫做“子龙”。据他自撰的《年谱》说，他诞生之时，母亲韩夫人“梦若龙者降室之东壁，蜿蜒有光”，他那年轻时即以文学驰名江南而后举进士的父亲，于是就锡以嘉名。在天崩地坼的大时代，陈子龙享年仅三十九岁，还未满不惑之年，但他不仅成就为明末诗坛舍我其谁的殿军，才华横溢，诗词双胜，以墨写就的作品为有明一代的诗歌压卷，开启清诗的先声；而且他也是明代末季的无双国士，煌煌志略，烈烈风标，把以血写就的名字铭刻进中国的历史，如同永不熄灭的火炬。

陈子龙生于一六〇八年。整整四百余年后，在潇湘的夜雨中，在三楚的晨光里，在清操与高标离今人越来越遥远的时刻，每当我临风诵读上海古籍出版社印行的《陈子龙诗集》，总不免感叹这位江南才子的多情，更感佩这位无双国士的伟烈。

一

鲁迅先生曾经说过：“无情未必真豪杰，怜子如何不丈夫？”生有雄才死有峻节的陈子龙笃于友情，深于亲情，挚于爱情，而且地久天长，生死相许。

崇祯初年，年轻的陈子龙感于国运的沉沦，民族的危亡，便与同邑的志士夏允彝等人组织“几社”，与筹备中的继承东林党人余绪的“复社”相呼应。一群志同道合的朋友流连诗酒，感慨国事，砥砺名节，这些人在时代的狂风恶浪之中，虽然历经浮沉，几经分化，有的成了入主中原的清王朝的马前卒，如曾代多尔衮作著名的劝降史可法的《致史可法书》的李雯，以及在子龙殉难之年考中清朝的进士，后来官至“都察院左副都御史”的宋征舆；有的则是始终如一的战友甚至死友，如夏允彝和他的虎父无犬子的少年英烈夏完淳。他与字舒章的李雯虽然后来临歧分手，正邪异路，但年轻时并不能预知生死考验临头时忠奸立判的后事，何况他们当时都还是肝胆相照悲歌慷慨之士。陈子龙与李雯、宋征舆并称为“云间（古松江之别称）三子”，他们共同编纂《皇明诗选》，陈子龙与李雯唱和之诗还编为《陈李唱和集》。陈子龙当年有一首赠诗，题为《有怀舒章用子美怀太白首句》：“不见李生久，哀哉梦日深。文章谁我党，泉石岂君心？燕市狗屠酒，吴城凤女簪。廻思游侠伴，何处用黄金？”杜甫对李白一往情深，前后写给李白之诗达十四首之多，陈子龙怀李雯之诗用杜甫《不见》一诗的首句领起，可见情谊之深。甲申一一六四年之变，李雯因事羁留京师，屈节辱志投降清朝，任职“内阁中书舍人”。然而，他和降清的大名士钱谦益一样，内心也仍然有挣扎和痛苦，也不免自惭与追悔。诗人吴梅村就曾经记载说，李雯读到陈子龙《明妃篇》的“明妃慷慨自请行，一代红颜一掷轻”之时，不免“感慨流涕”。他因奔父丧乞假南归，过淮上时故人万寿祺着僧服来见，李雯望之而泣曰：“李陵之罪，上通于天矣！”回到松江故乡，竟然不敢来见子龙，在给子龙的诗中还表达了忏悔之意。由此可见，人性的复杂常常不是黑即是黑白即是白的简单化逻辑可以论定，也可见李雯的人性良知并没有彻底泯灭，故人过去的友情今日的气节对他仍不无感召。虽然今昔异势，已非“同志”，但当李雯表示追悔而要求见面时，陈子龙没有拒绝，而且以诗相赠，可见子龙之坚守原则而人性化之不忘旧谊。当然，他们再见时已非喜相逢，李雯说自己是投降了匈奴的李陵，子龙对李雯作了什么规劝与批评，现在已不得而知了，陈子龙的学生王沄喻之为苏武与李陵之会的重演，他续老师自撰而未竟之《年谱》，曾如此记载和感叹：“先生年四十岁，在富林庐居。时李舒章自北还，来访先生，相向而泣，旋别去。”子龙牺牲之后，李雯不久也郁郁成疾而卒。他们同年而生，同年而死，一位重于泰山，一个轻于鸿毛。

夏允彝是陈子龙的松江同乡，长子龙十余岁，他们曾共同组织“几社”，同在崇祯十年（1637）中进士，共同的品格和理想，使他们结下了金石之谊。弘光二年（1645），短命的南明弘光王朝覆亡之后，陈子龙与夏允彝等几社盟员联系各地反清义军力图恢复，不幸兵败，松江沦陷。夏允彝绝望之余，于九月十七日自沉松塘而死。陈子龙幼年失母，幸赖祖母抚养成人，其时祖母年事已高，他只得侍养祖母而遁迹深山。他写了一篇血泪斑斑的长文《报夏考功书》，焚于夏允彝墓前，其中说明了自己未死之由，表示他日一定不会辜负故人。除了《寒食》《清明》二词，他还有悼诗二首，诗题为《会丧夏瑗公》：

丹旐飘摇岸柳疏，平芜渺渺正愁予。
惊涛不尽鸱夷血，痛哭空留贾傅书！
华岳暮云来大鸟，沅江春草媵文鱼。
范张未毕平生语，泪洒南枝恨有余！

二十年来金石期，谊兼师友独追随。
冠裳北阙同游日，风雨西窗起舞时。
志在春秋真不爽，行成忠孝更何疑。
自伤旧约惭婴杵，未敢题君堕泪碑！

这是陈子龙的追怀与自誓之诗。中国人称以生命相许的朋友为“死友”，陈子龙披肝沥胆，镂骨铭肌，一字一泪表达的岂是一般的挚友之情，而是义薄云天的死友之谊。

所谓“有其父必有其子”。夏允彝之子夏完淳，少年英发，为“云间诗派”的后劲，他是陈子龙的学生，年仅十七岁即捐躯殉国的英雄烈士。陈子龙对这位学生深怀厚爱与期许。一六四六年春，陈子龙、夏完淳以及完淳的岳父钱栴歃血为盟，共谋倡义，可惜因种种原因而失败。陈子龙牺牲之后，夏完淳哭悼其师作《绝句口号八首》，其中就重温了师生之情：“可怜屈宋师门谊，空自招魂吊汨罗！”夏完淳被捕后，押赴南京途中经过“细林山”，即今日上海市青浦县南二十里之细林山，因陈子龙败后隐居松江，曾来往于细林山间并避居此地，夏完淳触景生情，作有长歌当哭的《细林夜哭》，结尾是：“我欲归来振羽翼，谁知一举入罗弋。家世堪怜赵氏孤，到今竟作田横客。呜呼！抚膺一声江云开，身在罗网且莫哀。公乎！公乎！为我筑室傍夜台，霜寒月苦当行来！”陈子龙对夏允彝是“自惭旧约”，那是对自己的求全责备，他不久之后就以生命践约了，而夏完淳对老师如此的怀念追随，可见陈子龙的乡梓之情、志士之思以及师友之谊，和他们英雄父子始终与共。

陈子龙无子有女。“知否兴风狂啸者，回眸时看小於菟”，这位英风胜慨的人物，对掌上明珠也一往情深，如同自然界中既有烈风豪雨，也有丽日和风。他的名为“颀”的六岁幼女不幸夭逝，本来血浓于水，何况在父亲的调教下其女能读曹、刘、三谢诸诗，和她的父亲一样天资过人，一朝永决，陈子龙情何以堪？他情恸于中，不但在舟行途中与除夕之夜苦念亡女，写有《舟行雨中有忆亡女》《除夕有怀亡女》，还长歌当哭，作《悼女颀诗七首》，下列为前五首：

青葱玉立小神清，六载悠悠梦里情。
却恨转多聪慧事，累人相忆太分明。

晓风吹火夜苍茫，弱质悠扬道路长。
肠断一声人不见，五更荒草月茫茫。

日日阶前笑语开，随花逐蝶弄花回。
生平一步尝回首，何事孤行到夜台！

轻苞一夜独摧残，必有因缘欲语难。
幽砌绣房皆寂寞，九秋风雨泣红兰。

春来花里解寻师，尝乞鱼笺记小词。
最是难忘偏忆汝，病中犹问建安诗。

中国诗歌史上悼亡的名作不少，如元稹的《遣悲怀三首》、苏轼的《江城子・乙卯正月二十日夜记梦》等篇，但那都是丈夫悼念妻子之作，而父亲悼念女儿的篇什不多，名作更少。陈子龙之作出自至性至情，镂骨铭心，肠回九曲，虽然今日的读者与其非亲非故，而且年代湮远，但那声声泣血的哀吟低咏，却依旧能让我们黯然神伤。

问世间情是何物？直教生死相许。天地间情之大者，除了乡情、友情、亲情和家国之情，大约就是爱情了。在封建社会里，两情相悦而相许的自由的爱情，就像名贵的钻石一样珍稀。陈子龙的夫人姓张，称张孺人，他奉父母之命于十一岁聘定而于十九岁完婚，婚后无子，除了《年谱》，陈子龙在诗文中没有提到过她。多半是出于父母之命，为了传宗接代，他曾先后纳蔡氏与沈氏为妾，但同样除了《年谱》中有所记载而诗文中从未涉及，直至才貌双全而且有许多共同语言的柳如是闯进了他的生活，作为多情多感的文人，他才有了一番神飞意夺至死不忘的爱情。风尘名妓秦淮八艳之一的柳如是，生于人文荟萃之地的浙江嘉兴，蕙质兰心，从小受到良好的文化教育，幼时家遭巨变，父母双亡，十岁时被今日所谓之“人口贩子”拐卖到吴江县盛泽镇人称“十间楼”的妓院。楼主徐佛多艺多才，延请当时著有《小窗幽记》的名士陈继儒（号眉公）教她习文作诗，十四时被退居乡里之“吴江故相”吴道登纳为小妾，吴死后被逐出相府，不得已又重返盛泽镇故地。由于与生俱来的超人胆识和追求自立的坚韧个性，加之琴棋书画诗词歌赋无不迥出流辈，柳如是虽然不幸堕入风尘，但仍执着地追求属于自己的幸福，如沙漠的旅人追寻一泓清泉一片绿洲，在长夜如磐的封建时代，这不能不说是一个奇迹与异数。

在认识陈子龙之前，柳如是曾属意“云间三子”之一字辕文的宋征舆，辕文也曾作与柳有关的词如《忆秦娥·柳絮》《画堂春·秋柳》《柳梢春》给她以示恋情，但最后还是屈服于家庭与名教的压力而打起了退堂鼓。柳如是性格刚烈，立即以倭刀斫琴而决绝。然而，她内心的创伤可想而知，从《悲落叶》等词章可见她心中的哀怨和痛苦。她与陈子龙是如何相识的呢？据说是在她的老师陈眉公的“晚香堂”中。陈子龙年纪轻轻已是江南名士，时人誉之为“云间绣虎”，他当然成了柳如是择婿的对象。柳如是以羽扇纶巾的儒生装扮来到松江，向陈府投上自称“女弟”的名刺。陈子龙开始还很不高兴这种十分“先锋”“前卫”

的见所未见的作派，柳如是当面指责他说："风尘中不辨物色，何足为天下名士？"后来，晚清的王国维为柳如是的诗集《湖上草》赋诗三章，第三首就提到此事，而且观念还相当开明："幅巾道服自权奇，兄弟相呼竟不疑。莫怪女儿太唐突，蓟门朝士几须眉？"

以足疾加失明的半废之身，当代大学者陈寅恪晚年撰有八十余万言的《柳如是别传》，其中曾"戏集唐人成句为七绝一首"，分别集自温飞卿的《过陈琳墓》、李商隐《杜工部蜀中离席》、韩愈《短灯檠歌》、元稹《白衣裳二首》："霸才无主始怜君，世路干戈惜暂分。两目眵昏头雪白，枉抛心力画朝云。"可见他对柳如是的欣赏与看重。由于柳如是的双全才貌，也由于她的特立独行，陈子龙与她相识而终于相知相恋。崇祯六年（1633）秋，陈子龙北上赴京会试，柳如是赠《送别》五律二首，其二是"大道固绵丽，郁为共一身。言时宜不尽，别绪岂成真？众草欣有在，高木何须因？纷纷多远思，游侠几时论"？陈寅恪在《柳如是别传》中盛赞如是乃"侠女名姝"，柳如是在《赠友人》诗中也有"伟人豪士不易得，得之何患非吾徒"之句，从上述送别之诗看来，她并不以功名富贵为念，只希望子龙奋发自励，成就扶倾拯溺的报国安民大业。总之，因为两人志趣相投，诗文相敌，双方都有了第一次真正的爱情，终于在崇祯八年（1635）同居，借住在松江南门内友人的名为生生庵之别墅小楼中。在此之前，陈子龙赠柳如是《湘娥赋》，其中有"挹玄想于湘娥，疋匏瓜于织女"之句，是誓愿之文，也是同声相应同气相求之语，柳如是便撰《男洛神赋》以答。这一对恋人，度过了他们人生中一段最美好的也是至死毋忘的时光，诗酒唱和，薰神染骨，留下了许多心心相印的篇章，如陈子龙《属玉堂集》中的《拟古诗十九首》，就是他们同题的酬唱之作。但是，柳如是的青楼身份遭到陈子龙祖母与继母的强烈反对，张孺人也屡至他们的别居之地问罪兴师，加之陈子龙又缺乏后来的钱谦益无视名教与压力的足够勇气，他们只得在同居半年后于夏日劳燕分飞。柳如是先移居于松江之横云山，秋深复去盛泽之旧家院。柳如是作《别赋》说："虽知己而必别，虽暂别其必深。冀白首而同归，愿心志之固贞。"认识到命运之不可逆转，但仍然痴情不改地以白首相期。陈子龙只好以《拟别赋》安慰她："苟两心之不移，虽万里而如贯。又何必共衾帱以展欢，当河梁而长叹哉？"两情若是长久时，又岂在朝朝暮暮，他们将世俗的男欢女爱升华为永恒的精神之恋，那是灵魂与灵魂的深度沟通、默契与期许。陈子龙亲自送她至距盛泽镇不远的嘉善而依依惜别，别后的秋日，陈子龙赠柳如是《初秋》七律八首，柳如是以同题相和，而柳如是所作《梦江南・怀人》二十首，更为陈寅恪赞为"绝世之才，伤心之语"。在别后的六七年间，陈子龙曾为柳如是的第一部诗集《戊寅草》作序，对她的诗词大为称美，而且两人仍然以诗词互诉离别之情，相思之意，如陈子龙的《踏莎行・寄书》：

"无限心苗，鸾笺半截，写成亲衬胸前折。临行检点泪痕多，重题小字三声咽。　　两地魂销，一分难说，也须暗里思清切。归来认取断肠人，开缄应见红文灭。"

柳如是以同调同题的酬和之作奉答：

"花痕月片，愁头恨尾，临书已是无多泪。写成忽被巧风吹，巧风吹碎人儿意。　　半窗灯焰，还如梦里，消魂照个人来矣。开时须索十分思，缘他小梦难寻视。"

陈子龙捧读和诗，悲从中来，不能断绝，复作《浣溪纱·五更》寄给他的梦中情人：

“半枕轻寒泪暗流，愁时如梦梦时愁。角声初到小红楼。　　风动残灯摇绣幕，花笼微月淡帘钩。陡然旧恨上心头。”

陈子龙这位胸怀济世之志的诗人，当他尚未在时代的血与火的熔炉中冶炼成为莫邪干将之前，就是这样一位文采风流的多情种子，而当他投身于时代的狂风暴雨之中，从个人的小天地走向众生的大世界，小我之情提升为大我之意，他的诗中就少了舞榭歌台，秋云春梦，多的则是时代的烈风暴雨电闪雷鸣了。

二

在时代的铁血交飞或懦于退缩或勇于赴难的严峻洗礼中，在生存还是毁灭的严正考验里，在或是出卖人格飞黄腾达或是坚持操守宁为玉碎的严酷关头，陈子龙义无反顾地选择了后者。这位人中之龙，不仅成了一世之雄，而且成了万古人物。他之所以四十而不惑，而义无反顾，而英勇赴死，将自己的英名铭刻在不朽的青史之上，那是由于他拥有的是尚气任侠的气质和坚贞不屈的性格，荟萃传承的是中国传统读书人最优秀的品质与精神。

中国历史上的杰出人物，在品德上往往有良好的家教与师教。如北宋欧阳修幼时家贫，母亲在地上以荻画沙为字教他读书做人，那是大江源头的活水；如南宋岳飞的母亲在他背上针刺“精忠报国”四字，那是至高无上的叮咛。陈子龙也是如此。明代倭寇为害，其曾祖陈钺曾率家奴佃夫二百余人自发抗击，给倭寇以重创，政府拟授官职他却辞而不就。润物细无声，家史中的民族大义精神，给幼小的子龙以深刻的影响。他的父亲陈所闻中进士后，为官不畏气焰薰天的权阉，是颇有清望的士大夫，子龙在自撰的《年谱》中曾以崇敬的心情特笔提及。崇祯十四年（1641），陈子龙出任浙江绍兴府推官，许多官员跑步“钱”进，纷纷去杭州向专管盐务的太监崔璘跪叩献金。男儿膝下有黄金，只有陈子龙坚不肯去，他说与其那样卑躬屈膝还不如弃官回家。这正是和他父亲的凛然气节一脉相承，如同长江后浪承续的是长江的前浪。

陈子龙十余岁即有文名，十四岁中秀才，年纪轻轻便慨然以天下为己任，好言王霸大略，颇为父辈东林党人所器重。十七、八岁时，苏州百姓抗议阉党逮捕正直的士大夫周顺昌而发生动乱，陈子龙缚草为人，其上大书权倾朝野号称“九千岁”而全国遍建生祠的魏忠贤的名字，约朋友们一齐向它射箭，以泄心头之恨，可见其时的子龙早已是一位性情刚烈的热血男儿。天启末年，太仓的张溥、张采组织“复社”，刚及弱冠之年的陈子龙便和夏允彝一起，组织成立了与之声气相应的“几社”，并成为复社的一员。崇祯十年（1637）他赴京应试，更多地耳闻目睹了国难时艰。此年他中进士的“房官”，是在道德和学问上都颇具资望的黄道周，《明史》本传称其“以文章风节高天下，严冷方刚，不谐流俗”，这位后来坚持抗清而殉难的恩师对陈子龙的言传身教，使子龙深受教益而至死不忘，在他由江南才子蜕变升华为无双国士的过程中，起了非常重要的作用。犹如一方美玉，本来就价值连城，但美则美矣，最多也不过可供把玩观赏，然而，一柄莫邪干将般的精钢宝剑就不同了，它岂只可供赏玩而已，它具有的是使顽敌胆寒的逼人光芒，令壮士起舞的精神力量！

“小车班班黄尘晚，夫为推，妇为挽。出门茫然何所之，青青者榆疗我饥，愿得乐土共哺糜。风吹黄蒿，望见垣堵，中有主人当饲汝。叩门无人室无釜，踯躅空巷泪如雨”（《小车行》），这是他北上中进士后铨选出都途中目击饥民流离之苦而作，已不是“两处伤心一种怜，满城风雨妒婵娟”的个人情爱之伤感，激荡的是表现民生疾苦之汉乐府的呼号与回声。忧国忧民形影相随，忧民必然忧国，忧国必然忧民。“卢龙雄塞倚天开，十载三逢敌骑来。碛里角声摇日月，回中烽色动楼台。陵园白露年年满，城郭青磷夜夜哀。共道安危任樽俎，即今谁是出群才？”共八首的组诗《辽事杂诗》写于同一时期，这是其中的第七首，写清兵入侵日急，国势危如累卵，而结句所表现的对于拯救时艰的杰出人才之期望，既有子龙对旁人的“他许”，不也包括对自己的“自许”吗？“并刀昨夜匣中鸣，燕赵悲歌最不平。易水潺湲云草碧，可怜无处送荆卿”，此为崇祯十三年（1640）子龙丧服期满入都途中所作的《渡易水》，既是怀古，又是伤时，儿女情短，风云气长，燕赵自古多慷慨悲歌之士，陈子龙此时俨然是以侠士而兼志士自命了。

陈子龙中进士之后，从崇祯十三年秋后至十七年（1644）明朝灭亡，他担任浙江绍兴府推官四年，负责刑狱事务，相当于现在地市级法院院长。子龙在衙门前建“清音堂”，堂额是请老师黄道周以八分书书写的，抱柱上的对联也是出自老师的手笔：“爱物若驺虞，指佞如屈轶。”子龙先有黄道周垂范，与黄道周齐名的忠耿大臣刘宗周被革职为民，回到绍兴在大戢山创办证人书院，人称戢山书院，子龙多次聆听他的讲学，受教良多，于是更加以拯民救国为己任。崇祯十七年正月，朝廷授子龙为兵科给事中，赴北京供职，但尚来不及到任，四月十三日北京城就被李自成攻破，崇祯自缢于煤山而清兵入关的消息随后从北方传来。嗣福王朱由崧在南京称帝，建立南明弘光政权，子龙仍然以兵科给事中之职到任。在朝五十天中，虽然第一流的人才屈居的是从七品相当于今日副处级的职位，但心忧家国的子龙却连上了三十余道奏章，陈述自己拯时御敌的方略，甚至直言上下苟且偷安，无异于“清歌漏舟之中，痛饮焚屋之内”，但弘光政权腐败至极，无可救药。朱由崧痴过刘禅，淫过隋炀，不知死活地享乐，命人遍捉蛤蟆制造房中之药，百姓称之为“蛤蟆天子”。佞臣们如阉党余孽马士英、阮大铖之流不知大限将至地勾心斗角，武将们如左良玉、高杰之辈不知末日临头地争城夺地。其时的民谣唱道：“都督多如狗，职方满街走。相公只爱钱，皇帝但爱酒。”总之，群昏臣暗，党派纷争，文武倾轧，不亡何待？南宋偏安一隅，坚持了一百多年，幅员与军力远胜南宋的南明，却半年之内顷刻之间暮色苍茫，如同即将在地平线上沉没的一轮气息奄奄的落日。陈子龙眼看落日之将沉而又回天无力，只得请假回家侍亲。不久南京政权覆亡，子龙的祖母去世，子龙也自觉无可留身以待，如同浴火重生，凤凰涅槃，在时代的铁砧上他锤炼为宁折不弯的宝剑，在乱世的烽火中他自焚为光照百代的凤凰。

在明朝灭亡至陈子龙牺牲的四年中，陈子龙四处奔走，一心救亡，拒绝清廷及投降清廷的衮衮官员如松江知府张铫、分巡松江兵备道越福星等人的威逼利诱。他此时的百余首作品，由他的门人王沄后来集结为《焚余草》。那是他挥泪的呐喊，泣血的呼号，诗作的精华；那是明代诗歌的绝唱，清代诗歌的先声，当代诗歌的宝鉴。让我们略举数篇，侧耳倾听它们的余音袅袅——

明亡之前四年，他就写过《渡易水》，四年后弘光朝决定以左懋第为兵部侍郎兼左佥都御史经理河北，时在朝中的陈子龙作《易水歌》为他送行并明志：

赵北燕南之古道，水流汤汤沙皓皓。
送君迢遥西入秦，天风萧条吹白草。
车骑衣冠满路旁，《骊驹》一唱心茫茫。

手持玉觞不能饮，羽声飒沓飞清霜。
白虹照天光未灭，七尺屏风袖将绝。
督亢图中不杀人，咸阳殿上空流血。
可怜六合归一家，美人钟鼓如云霞。
庆卿成尘渐离死，异日还逢搏浪沙！

此诗虽是咏荆轲刺秦王的古事，实为伤明室之倾圮而天下事已不可为而为之的当今，尤其是结句之展望异日而明心志，更可见子龙之壮士气魄与烈士情怀，那些明哲保身者与之相比固然判若云泥，那些卖身求荣者与之相较更是何止霄壤！

顺治二年（1645）六月，陈子龙先是在松江起兵失败，随后与吴江进士吴易在太湖登坛誓师，因叛徒出卖而再败，苏州与松江均落入敌手。子龙避居嘉兴武塘，作七言律诗一组十首，总题为《秋日杂感》，附注为“客吴中作”，下引首尾两篇；

满目山川极望哀，周原禾黍重徘徊。
丹枫锦树三秋丽，白雁黄云万里来。
夜雨荆榛连茂苑，夕阳麋鹿下胥台。
振衣独上要离墓，痛哭新亭一举杯。

经年憔悴客吴关，江草江花莫破颜。
岂惜余生终蹈海，独怜无力可移山！
八厨旧侣谁奔走，三户遗民自往还。
圯上隆中俱避地，侧身怀古一追攀。

与上引之《易水歌》不同，当时他对国事尚未完全绝望，或者说近乎绝望之中还存有希望，而今抒写的，则是狂澜已倒土崩鱼烂大局已不可挽回时自己的孤独与悲怆。感慨生哀，沉郁顿挫，年轻时那些清丽之作绮怀之篇与此诗完全不可同日而语了。

壮士也有悲凉，志士也有哀伤，那种无望也无助的悲哀，像低沉幽远的洞箫，在陈子龙的诗中尤其在他的词中吹奏，如《山花子·春恨》：“杨柳迷离晓雾中，杏花零落五更钟。寂寂景阳宫外月，照残红。　　蝶化彩衣金缕尽，虫衔画粉玉楼空。唯有无情双燕子，舞东风。”而在《秋日杂感》之二中，陈子龙就曾慨叹“行吟坐啸独悲秋，最怜无地可埋忧”，他决心以身殉志并回答夏允彝等生死相许的朋友。在《避地示胜时》六首之三中，他又写道：“故物经时尽，殊方逐态新。恨无千日酒，真负百年身。芝草终荣汉，桃花解避秦。寥寥湖海外，天地一遗民。”他表示不作乱世的遗民而辜负不满百年的生命。几年前，他因高龄的祖母高安人无人侍养而没有与夏允彝同时赴死，而《奉先大母归葬庐居述怀》四首，则表现了他的必死之志，如第一首与第三首：

国破家何在？亲亡子独归。
无颜上丘陇，有泪变芳菲。
彤管虚长夜，丹旌对落晖。
空余鸡骨是，霜雪满麻衣。

行遯山河改，归来松菊荒。
尚余三亩宅，无复万家旁。
祈死烦宗祝，偷生愧国殇。
但依亲陇在，含笑此高冈！

从“祈死”与“愧国殇”看来，陈子龙决心以一腔热血殉已亡的家国已逝的战友，以短暂的生命殉自己永恒的信念。三百年前写下的诗句，今日仍然如此滚烫啊，如烈火可以烧沸我们尚未冷却的热血，今日仍然如此铿锵啊，如重锤击打我们充塞庸思俗念的心房！

当此之时也，福建的隆武帝授陈子龙兵部左侍郎、左都御史，绍兴的监国鲁王授陈子龙兵部尚书、节制七省漕务，这些都是遥授的虚衔，相当于今日美称“名誉”“荣誉”之类的空投或空头职务。陈子龙虽不以为意，但清廷却视他为江南义师的领袖人物，必欲除之而后快。公元一六四六年春，陈子龙联络清松江提督吴胜兆反正，因援军失期，吴之部下叛变，吴被执送南京杀害，陈子龙受到株连而于昆山被捕。审讯他的是一六三三年投降皇太极之后一直效犬马之劳的陈锦，此人原是爱国名将袁宗焕的旧部，此时官居操江都御史。他问陈子龙叛党何在，子龙答曰：“文天祥只有一人！”他又问陈子龙为什么接受鲁王的命令，身为七省总督而造反，子龙答曰：“本朝只有七省总漕，没有七省总督。七省总督要杀，义师总漕不应杀吗？”陈锦又问他为什么不剃发，子龙早已视死如归，他的回答也是对汉奸的冷嘲热讽：“保留头发可以见先皇于地下！”于是他被解往南京，拟由一流大汉奸洪承畴亲自审问。舟经松江跨圹桥，陈子龙趁看守的清兵不备，挣脱绳索跃入水中自杀，会水的士兵跳入水中打捞，割下已死陈子龙的头挂在船首的虎头牌上，后又悬于松江城之西门示众。一代江南才子，末世无双国士，效法九死其犹未悔的屈原，完成他与夏允彝的未竟之约，在水中找到了他的最后归宿。几天之后，陈子龙的学生王沄等人，在俗呼“毛竹港”的吕冈泾之草间水边，找到了陈子龙的遗骸，“乃束刍为首，制白衣冠具敛”，几经辗转，最后葬于富林陈氏祖茔。

慷慨赴死易，从容就义难。陈子龙早就决心以身殉志殉国殉自己的民族，殉自己的理想与气节，但却因为诸多原因而迟了数年。必然赴死但暂时却不得不苟全性命于乱世，这对人的心理与意志该是一场多么残酷的测试啊！“引刀成一快”是志士的豪言，热血沸腾而勇于蹈死当然也绝不容易，但长时间的生死对决，对人的心理承受能力恐怕是更严酷的考验。一六六四年的甲申之变及随后的清兵入关，且不要说遍于国中的降官降将了，就在首善之区的北京，死难的官员也寥寥无几。读圣贤书，所学何事？数千读书人出身的官员先是争先恐后地归降李自成，麕集在宫门之前等候新主子点名录用，风云突变之后，又立马摇身一变进入新的角色，恐后争先地归附新上台的满清统治者。尤为可笑的是，多尔衮进京次日，前明官员竟然集体上表劝进，范文程据说是范仲淹的后裔，但早在辽阳就投靠满清并成了为其出谋划策的“文胆”，他告诉这群混蛋与昏蛋说：“吾主已于去岁登极，此皇叔摄政王也！”这帮官僚群体如此逢迎拍马，脸比城墙还厚，真不知人间有羞耻二字。即如陈子龙的大同乡前辈名诗人钱谦益，在南明弘光政权覆亡之时，他不就是以“礼部尚书”之崇领衔率文武官员在南京城外长跪迎降吗？

三百多年，厚厚的腥风血雨的篇章早已翻过去了，今日早已是天下一统，民族融和，甚至是一派酒绿灯红，莺歌燕舞。可叹的是，有的人却是另一种与时进俱进，他们公然召开大会隆重纪念“满清入关”，他们认为“清军入关更多是促进了民族的融合”，而那些野蛮的大屠杀“造成某些局部的破坏是不可避免的”，他们极力吹捧洪承畴等汉奸为“顺应历史潮流”的人物，而对“吴三桂要客观评价，毕竟他的开关行动减少了战争旷日持久带来的无辜平民的伤亡”，他们狂热鼓吹在中国历史上并无进步意义的清朝及其帝王，而对于那些杀身成仁舍生取义的志士仁人，则贬之为“不识时务”，是愚忠，真可谓是非混淆，道德错位，黑白颠倒。但是正因为如此，志士的情操，斗士的风骨，烈士的高标，民族的气节，今天仍然而且应该更加令人追怀与神往。陈子龙以热血写成的最好作品是在明亡之后的清初，我作此文为就是为了表达我对近四百年前那位人中之龙的追思与怀想。

遗憾的是，我没有机缘去拜访他的故乡，祭扫他的墓地。“富林白草暗蒙茸，孤寡伤心望九峰”，“夜雨灵旗常自出，秋风白马竟何依”，当年就有陈子龙的同时代人谒墓赋诗了，据说今日坟茔犹在，在松江县佘山镇广富林村，1987年上海市人民政府批准为“上海市文化保护单位”。不知此生我何时才能有缘前往，在他的坟头点燃三炷高香啊一炷心香？

少年英雄与文雄

在许多人为权位与金钱奔忙的红尘中，在世风日下几已不知高尚与操守为何物的浊世里，在自己为琐屑卑微的庸思俗念折磨的时刻，我总不免要想起历史上那些劲节如青松浩气如沧海的英雄人物。如夜空中的北斗，他们让我深怀敬畏之情而久久地仰望。

明末清初的夏完淳，是星空中光芒照人的一颗。早在青少年时代，我就曾遥望他的光辉，但一直迟至向老之年，我才了却多年的夙愿，写下这篇文章，权当三百多年之后的祭奠。

一

夏完淳，英雄与文雄集于一位不满十七周岁的少年之身。中国的历史虽长，杰出的年少英才虽然辈出，但如此立德立功立言而不朽的小小少年，恐怕是绝无而仅有的。清诗人朱彝尊在《静志居诗话》中说过："存古（完淳字存古——引者注，下同）南阳知二，江夏无双，束发从军，死为毅魄。其《大哀》一赋，足敌兰成（指庾信《哀江南赋》）。昔终军（西汉之少年英才）未闻善赋，汪踦（春秋时鲁国之英雄少年）不见能文。方之古人，殆难其匹。"朱彝尊从"年少""文采""忠烈"三个方面比较的是古人，方之今人，如此文武全才以身许国的少年，又有谁能与夏完淳比并呢？

司马迁在他的《史记》里，有“燕赵多慷慨悲歌之士”的名言，众生便以为英雄多出于平原大漠的北方，而柔风软水的江南则盛产名士。其实，在时代的烈风豪雨里，在民族的危难存亡之秋，许多英雄豪杰就是从南方的泽国水乡挺身而出。南宋就向我们提供过以文天祥为代表的英雄榜了，而明末清初的江南，也同样以血与剑书写了烈烈煌煌的新章，其中，就有最为感人的夏完淳的篇页。三百多年后我每读夏完淳的事迹与诗文，不免油然而兴高山仰止之情，心血如沸。

生于一六三一年的夏完淳，原名复，字存右，松江华亭（今上海市松江）人。他出生于书香士绅之家，是一位名副其实的神童。他十分早慧，五岁已经读完了“五经”——五部儒家经典，即《诗》《书》《礼》《易》与《春秋》。著名的笔记小品《小窗幽记》的作者陈继儒，在《夏童子赞》中称赞他：“包身胆，过眼眉。读精义，五岁儿。”明末清初的文坛领袖钱谦益在北京见到乳名“端哥”的他，不禁以《赠夏童子端哥》一诗对他大加赞美：“背诵随人诘，身书等厥躬。倒怀常论日，信口欲追风。”结尾四句则是：“若令酬圣主，便可压群公。不见轩辕后，天师称小童。”号眉公的陈继儒与钱谦益虽然分别是松江人与常熟人，不免乡梓之情，但他们对夏完淳连“奖掖后进”都谈不上，因为他还只是一个黄口小儿，可见他的天才足以使前辈惊叹和欣赏。夏完淳九岁时便有题为《代乳集》的诗集，此集未能流传。他曾随长乐县任职的父亲去福建，长乐县志存有他八岁时写的两首诗，其中的《游城东五贤祠》写道：“肃肃瞻遗像，徘徊起啸歌。巍兹五君子，讲学潜幽坡。依师被谗逐，亮节不改初。苾芬永怀抱，济济士民和。山川自今古，大道长不磨。”“五贤”，为南宋时与奸相秦桧抗争的王十朋、冯方、胡宪、查籥和李浩，诗中不仅可见夏完淳向往美与崇高的童稚之心，也可见他手中有一支同辈者得未曾有的彩笔。到了十二岁，他由早慧而早熟，关心时局，忧心国事，俨然要将天下兴亡的重担负荷在自己稚弱的双肩。王弘在他所撰的《夏孝子传》中曾经记述，夏完淳虽然年仅十二岁，但已“博极群书，为文千言立就，如风发泉涌，谈军国事，凿凿奇中。”从这些描述里，我们今日仍然不难想见夏完淳少年英发的风采。他十五岁所作的《大哀赋》，对南明弘光政权腐败无能提出尖锐批评，大厦已倾，痛心疾首，他对故国山河的深情大爱，今日的读者岂能不肃然起敬，穆然生哀。

以夏完淳的天赋异禀和少年表现，他不大可能像王安石所伤的仲永那样“小时了了，大未必佳”地“泯然众人”。按照封建社会中一般士人的生活轨道，他很可能科举高中，如果不因种种坎坷而沉沦下僚，他很可能仕途顺达而出将入相，当然，他还很有可能将自己的名字写进中国诗歌史的有关篇章，让后人对他的作品品评再三。然而，风云突变，电闪雷鸣，山崩海立，道阻路绝。一六四四年，是中国干支纪年中的甲申年，是明朝统治中国每下愈况的二百七十六年中的最后一年，也是满清入主中原的二百六十八年中的最初一年。这一年，夏完淳十三岁，碰上了这样一个天崩地拆的时代，说他是不幸的，因为四年后他十七岁即走完了生命征途，一本警世与传世之书，刚刚写完序言和第一章就没有了更为精采的下文，让后世多少读者掩卷叹息；说他是有幸的，司马迁说过死有重于泰山有轻于鸿毛，德国哲人尼采也曾经说过：“当一个人不能自豪地活着时，就应该自豪地死去。”他绝不能像前辈师长钱谦益那样苟且偷生，他义无反顾地选择了自豪地死，堂堂正正，烈烈轰轰，物理生命虽然过早地消逝，但精神却长留于天地之间。只要打开他的《南冠草》和《续幸存录》，仍然可以听到他的歌哭与笑傲，呼号与呐喊。

这是血与火的时代，是懦夫小人纷纷变节易帜而志士英雄犹自挥戈返日的时代。与其说严酷的时代将千钧重担交给了夏完淳的双肩，还不如说夏完淳是明知不可为而为之地去犯难蹈险。一六四五年五月，清兵攻陷南京，成立仅仅一年的昏君与奸党合资经营的南明弘光王朝土崩瓦解，如同一个原本百孔千疮而又瞎折腾的不良公司宣告崩盘。时年十五新婚不久的夏完淳，立刻跟随父亲夏允彝投入江南人民抗清的武装斗争。他们父子先是在吴志葵的军队中参赞军事，进攻苏州失败，曾是夏允彝的学生的吴志葵被俘牺牲，夏完淳曾有《哭吴都督》一诗："知己功名尽，伤心叩九阍。余光留日月，遗恨满乾坤。湖海门生谊，荆榛国士恩。滔滔江水阔，万里独招魂。"真是一片挚谊真情，一腔正声浩气。夏允彝则写信给陈子龙交待后事，将所著《幸存录》手稿交付完淳，嘱其续写，又嘱毁家饷军，以期再厉，然后作绝命辞，于九月十七日自沉于松塘。夏允彝是崇祯十年（1637）进士，组织师生相传以道德文章相砥砺的"几社"，有干才而为官清正，任福建长乐县令约五年，政绩优良，是被吏部表扬的全国七位县令之一。《明史》说他"自投深渊而死"，这是不确的，松塘水浅，仅及于腰，其兄长、妻妾及完淳均立于水边，眼睁睁看着他呛水殉难。此情此景，于完淳是何等深悲大痛，刻骨铭心！庭训师承，夏完淳于一六四六年春与老师陈子龙、岳父钱栴（半邨）歃血为盟，共谋倡义，孝服从军，至太湖吴易的军中任参谋，并随军攻克吴江、海盐两县。该年六月间吴易军败，随后被杀，夏完淳只身奔窜，作《鱼服》一诗："投笔新从定远侯，登坛誓饮月支头。莲花剑淬胡霜重，柳叶衣轻汉月秋。励志鸡鸣思击楫，惊心鱼服愧同舟。一身湖海茫茫恨，缟素秦庭矢报仇。"古人以"白龙鱼服"喻微服奔亡，险象环生。夏完淳作此诗时，年仅十五，相当于今日的初中学生。次年，夏完淳又和老师陈子龙一起，策动清朝的松江提督吴兆胜反清，陈子龙被捕后于押送途中投水自杀，夏完淳逃脱后四处流亡仍图再起。先前在太湖军中时，他作有《舟中忆邵景说寄张子退》一诗，怀念不甘作清廷顺民的“几社”亡友的同时，抒写自己不死的希望与信心：“登临泽国半荆榛，战伐年年鬼哭新。一水晴波青翰舫，孤灯暮雨白纶巾。何时壮志酬明主？几日浮生哭故人！万里飞腾仍有路，莫愁四海正风尘。”这首诗我特为拈出，我揣想它打动过两百多年后清末谭嗣同夫人李闰的心，谭嗣同牺牲后，李闰作了许多悼亡诗，存于湖南浏阳天井坡谭氏祖屋，可叹在“文化大革命”中与谭嗣同许多遗物一起被“红卫兵”抄没，至今下落不明，仅剩下劫后遗珠的一首：“吁衡禹贡尽荆榛，国难家仇鬼哭新，饮恨长号哀贱妾，高歌短叹谱忠臣。已无壮志酬明主，剩有臾生泣后尘。惨谈深闺悲夜永，灯前愁煞未亡人！”从意境、韵脚甚至是用词上，似乎都可以看到受夏完淳之作的影响。一六四七年之初，夏完淳联合江南名士四十多人上书福建的鲁王，以示抗清之志，并决定去福建参加鲁王的军伍。夏天他潜回家乡向嫡母与生母告别，可见尚未成年的他的仁孝之心，但因叛徒的告密出卖，江苏巡抚按名通缉，夏完淳不幸在松江亭被捕。当时他慷慨陈辞：“天下岂有畏人避祸夏存古哉？我得归骨于高皇帝孝陵，千载无恨！”他拜辞肝肠寸断的母亲时说：“忠孝家门事，何须问此身！”并作传诵于后世与当今的《别云间》一诗：

三年羁旅客，今日又南冠。
无限河山泪，谁言天地宽？
已知泉路近，欲别故乡难。
毅魄归来日，灵旗空际看！

三年之前，抗清爱国志士张煌言（苍水）在浙东被俘，从家乡鄞县（今浙江宁波）解往杭州，送行者数千人，他作《甲辰八月辞故里》一诗：“国亡家破欲何之？西子湖头有我师。日月双悬于氏墓，乾坤半壁岳家祠。惭将赤手分三席，敢为丹心借一枝。他日素车东浙路，怒涛岂必属鸱夷！”张煌言之诗，夏完淳必是熟诵于心的，完淳的上述之作，是张煌言诗的后继与后劲，可称绝世（从“末世”与“价值”的双重意义上）的双璧。云间是松江的古称，夏完淳诀别故乡，回首三年来的奋斗历程，面对国破家亡恢复无望的现实，虽然视死如归却对故乡依依不舍，表示魂兮归来之日，仍然会高举义旗。这是志士的爱国之歌，烈士的壮怀之曲，死士的浪漫之辞。无论从内容或艺术而言，都是夏完淳诗的代表作，也是他诗创作最后的新起点。夏完淳生命最后几个月的作品，集而名之《南冠草》，这便是其中的第一首。被捕后，他被解往南京，风一程，雨一程，大夜弥天，让后世的读者陪同他一路前行，倾听他生命悲壮的绝唱。

二

英雄不仅有金刚怒目，也有菩萨低眉。

夏完淳从松江起解，路经细林山（今上海市青浦县南），那是文执老师、同道陈子龙在流亡中居住过而他曾追随驻足过的地方。抚今追昔，悲从中来，他写下了血泪交迸之作《细林夜哭》。吴志葵和吴昜牺牲之后，夏完淳已分别作诗以哭，现在却是他自己被捕之后触景生情，凭吊自己谊兼战友的老师与前辈，当然更是字字血，声声泪：

细林山上夜乌啼，细林山下秋草齐。
有客扁舟不系缆，乘风直下松江西。
却忆当年细林客，孟公四海文章伯。
昔日曾来访白云，落叶满山寻不得。

始知孟公湖海人，荒台古月水粼粼。
相逢对哭天下事，酒酣睥睨意气亲。
去岁平陵鼓声死，与公同渡吴江水。
今年梦断九峰云，旌旗犹映暮山紫。
潇洒秦庭泪已浑，仿佛聊城矢更飞。
黄鹄欲举六翮折，茫茫四海将安归？
天地局蹐日月促，气如长虹葬鱼腹。
肠断当年国士恩，剪纸招魂为公哭。
烈皇乘云御六龙，攀髯控驭先文忠。
君臣地下会相见，泪洒阊阖生悲风。
我欲归来振羽翼，谁知一举入罗弋。
家世堪怜赵氏孤，到今竟作田横客。
呜呼！
抚膺一声江云开，身在罗网且莫哀。
公乎！公乎！
为我筑室傍夜台，霜寒月苦行当来！

怀亡父，悼良师，悲国难，忆往事，长歌当哭，一韵一转，有如一阕裂肺撕心的悲怆奏鸣曲。全诗最后情不可遏地突破了七言句式的藩篱，以长短错综的诗语发而为冲天而起的悲歌与浩歌。当年李白《哭宣城善酿纪叟》也写到“夜台”：“纪叟黄泉里，还应酿老春。夜台无李白，沽酒与何人？”虽然想象奇特，那不过是酒仙之辞，而夏完淳的“呜呼！抚膺一声江云开，身在罗网且莫哀。公乎！公乎！为我筑室傍夜台，霜寒月苦当行来！”那就真正是荡气回肠的正气歌，烈士辞，英雄曲！清末明初南社诗人柳亚子在他的《磨剑室诗词集·题陈黄门集次巢南韵》之三写道：“伤心野哭吞声日，后死荒江几辈存？愁绝细林山下路，当年宋玉替招魂。”此诗下注云：“弟子夏内史，有《细林夜哭》诗。”陈黄门即陈子龙，黄门本指宫门，子龙曾任兵科给事中。南明鲁王曾遥授夏完淳为中书舍人，唐初称此衔为内史舍人，故人称完淳为夏内史。可见三百年后，夏完淳此诗并未随人更未随风而逝，它仍为黄钟大吕，在后人心中荡起的是经久不绝的回音。

明朝覆亡前，十三岁的夏完淳曾和同乡友人杜登春等人组织“西南得朋会”，以其作为陈子龙创立的“几社”的后劲，不意在成为囚徒北解西去南京的途中，他竟和杜登春不期而遇在苏州虎丘山下。悲欣交集，他写下《虎丘遇九高》一诗：

竹马交情十五年，飘流湖海竟谁怜。
知心独吊要离墓，亡命难寻少伯船。
山鬼未回江上梦，楚囚一去草如烟。
姑苏明月愁人醉，剪烛无言更惘然！

此诗另一版本的尾联为“高堂弱息凭君在，极目分关思惘然！”据杜登春《童心犯难集》记载，完淳对他说：“此行殆不免。妇钱有娠，男与尔为婿，女与尔为媳，倘不育绝嗣，幸勿立后。”杜登春“急索囊中所有倾付之”，并“沽酒脯为别”。少年挚友如此邂逅如此情景，双方都是肝肠寸断，痛泪满眶了。后来，完淳的遗骨就是由登春约友人沈羽霄等人犯忌冒险运回松江，衬葬于城西南昆山下荡湾村其父墓侧的。患难才见真情，人生有如此不计利害生死以之的知己，完淳当该略感慰安吧？

人生总是有许多不期之遇，和杜登春相逢已是出于意外了，夏完淳被押解到常州时，竟然与宋辕文邂逅。宋辕文何许人也？他名征舆，比完淳年长十三岁，当年与陈子龙，李雯并称为“云间三子”。明末，李雯与子龙合刊《陈李唱和集》，宋辕文又汇刻《云间三子新诗合集》。后来李雯辱节屈志，出仕清朝，多尔衮南下征讨之时，许多重要文告如意欲招降史可法的文书就是出自李雯的手笔。宋辕文呢？当年他和陈子龙选明代之诗，完淳才不过十岁出头，但他在序言中就已援引完淳对诗的议论，可见在他心目中完淳已是“云间诗派”的接班人。家国危亡时隐居乡间，他也曾有“好将歌辩续离骚”的悲愤之情，而陈子龙殉难后，他也曾作《江上吟》以吊，其中有“拔剑叱咤江水里，素冠白铠骑龙起”之句。然而，有道是世事如棋局局新，人情翻覆似波澜，曾几何时，待到完淳与他在常州意外见面，已经是荣枯各别，生死异路。完淳是清廷待决而自己也是决心一死的囚徒，宋辕文却在陈子龙殉国的顺治四年（1647）中了清朝的进士，后来宋辕文督学闽中，官至都察院左副都御史，他仕清后的诗作，当然绝没有陈子龙、夏完淳的慨当以慷的抗清精神，然后也没有钱谦益、李雯中夜扪心的仕清悔恨。毗陵，郡名，治所在今日之江苏常州，两位同乡又兼过去的故人与诗友，现在一为阶下之囚，一为新朝进士；一为慷慨悲歌的赴死志士，一为变服易节的偷生臣子，如此生平如此场合，他们已无法像往日那样把酒言欢并言诗的了，虽然是七月盛夏，无论是众生的家国还是个人的生命，已然都是漫天风雪。即使是一世之雄，完淳也不禁百感交集，在嘲讽之中泪下沾襟，写下《毗陵遇辕文》一诗：

宋生裘马客，慷慨故人心。
有憾留天地，为君问古今。
风尘非昔友，湖海变知音。
洒尽穷途泪，关河雨雪深！

人性与人情绝不单一，何况是完淳这种感情丰富而且毕竟正值少年的英雄？英雄不是没有痛苦和悲哀，只是丈夫有泪不轻弹而已，待到严峻的生死立判的关头，我们就可看到壮怀激烈的英雄本色。夏完淳对过去的知己有惋惜有批评也有深深的失望，故人如此，情何以堪？他不免感怀呜咽，不能自已。行至金陵时所作的《采桑子》，也可见志士之愁，英雄之恨以及国士回天无力的悲哀：

片风丝雨笼烟絮，玉点香球，玉点香球，今日东风不满楼。　暗将亡国伤心事，诉与东流，诉与东流，万里长江一带愁。

清兵将夏完淳械送南京，在一所原属于太监的住宅中关押了八十天。“一片明铛影，还同剑佩看”，他作《被羁待鞫在皇城故内珰宅》，将镣铐视为随身的佩剑以明心志，而他的《土室余论》更是慨当以慷，气壮山河：“家仇未报，匡功未成。赍志重泉，流恨千古。今生已矣，来世为期。万岁千秋，不消义魄。九天八表，永厉英魂！”主持审讯他的是大汉奸洪承畴，此人原是明王朝兵部尚书后任蓟辽总督，曾亲撰一联曰“君恩深似海，臣节重于山”，但降清后却为清王朝效尽犬马之劳。清王朝如果没有大大小小的汉奸组成的群体为之卖命效力，如何能夺取天下而统治中国长达二百六十多年？据统计，明末降清的辽东边将五十五人，南朝弘光政权降清武将二十三人，明降将参与平定江南战役者二十七人。洪承畴投降后皇太极将其半软禁，继起的多尔衮对其重用，于是他便成了“反戈一击”的急先锋。洪承畴此时以兵部尚书和江南招抚大学士的名义是总督军务，经略江南，镇压抗清义军和李自成余部。早在一六四四年五月，南明弘光朝廷派左侍郎兼右佥都御史左懋第赴京与满清谈判，洪承畴前来劝降，左故作不识，斥之曰：“此鬼也。洪督师在松山死节，先帝赐祭九坛，今日安得更生？”如此戏剧性的一幕，丑角洪承畴当时的表情可想而知。本来应该是前事不忘，后事之师，但洪承畴有狗改不了吃屎的汉奸本性，知道新主子“重在表现”，急于为新王而前驱，加之夏完淳还只是个小小少年，他以为姜还是老的辣，于是故技重演。先是抚慰说：“童子何知，岂能称兵叛逆，误堕贼中耳！”夏完淳明知故答：“我闻亨九先生（洪承畴字亨九——引者注）本朝人杰，松山、杏山之战，血溅章渠。先皇帝震悼褒恤，威动华夷。吾常慕其忠烈，年虽少，杀身报国，岂可以让之？”左右只好点明正身：“上小子妄言，令洪大人即坐于堂上！”夏完淳与左懋第英雄所见略同，怒声斥骂：“亨九先生死王事已久，天下莫不闻之。曾经御祭士坛，天子栾临泪满龙颜，群臣呜咽，汝何等逆徒，敢伪托其名以污忠魄？”同时受审的，还有完淳的岳父钱栴，钱栴有些动摇，完淳在痛骂洪承畴之时，还回头鼓励他的岳父：“今与公慷慨同死，以见陈公于地下，岂不奇伟大丈夫哉！”在狱室中他复作《柬半郄先生》一诗。

乐令既如此，王郎又若斯。
自羞秦狱鬼，犹是羽林儿。
月白劳人唱，霜寒毅魄悲。
英雄生死路，却似壮游时！

诗意是说，一向正直豪爽的你如果畏怯，那作为你的女婿的我又该怎么办呢？我虽为壮志未酬而羞惭，但我却永是捍卫家国的志士。流亡的百姓唱着悲歌，我的心也悲痛欲绝。（完淳在《由丹阳入京》中有句已云：“从军未遂平生志，遗恨千秋愧请缨”）。我们都应该以身殉国，对英雄而言，死亡不过是一次怀抱壮志的远游。钱栴在完淳的劝勉激励下也坚强起来，一六四七年九月于南京西市双双就义。夏完淳痛斥洪承畴之事，御用文人修的明史当然不会记载，见之于屈大均《皇明四朝成仁录》一书。而据夏完淳的友人杜登春记述，完淳就义时坚不肯跪，心如铁石的刽子手也战战兢兢，只得从正面割断他的喉管。夏完淳的物理生命过早地结束了，但他却获得了千秋万岁的美名与英名，其精神生命一直延续到今天，而洪承畴死心塌地为新主子卖力气，得到的却是“永世不得翻身”的恶名与骂名，而且尚在清代，他就和他的同伙与同道一起，被乾隆扫进了《清史列传·贰臣传》，乾隆的“御笔”还对他们作了可谓触及灵魂的“大批判”，这大约是这帮无耻之徒所始料未及的吧？还是那位真性情的柳亚子，他的《题〈夏内史集〉》其五就说过了：“战骨松山夕照黄，辽西妖梦太轻狂。剧怜汉贼洪亨九，不道人间有夏郎！”

毁于刀兵水火者不计，夏完淳的作品存世的至今尚有各体诗三百三十七首，词四十一首，曲四首，赋十二篇，文十二篇。作家最终并非以篇什与字数争雄，而是以作品的质量取胜，沙滩上那成千上万平凡的贝壳，怎能与珍珠与钻石一较短长？何况夏完淳并不是一般意义上的诗人，他不仅有许多佳篇胜构，而且均是以血写成。在囹圄之中，在生命的倒计时之际，在人生的大幕即将轰然而怆然落下的时刻，他不仅以诗明志，而且写下了《遗夫人书》与《狱中上母书》，它们同样以血泪书成，是中国历代尺牍中最精光四射而令人荡气回肠的文字，是形式为书信本质为上上之诗的最具悲剧之美的文字。“九原应待汝，珍重腹中儿”，在《示内》一诗中，他就对年轻的夫人钱秦篆再三叮咛和告别了，在《遗夫人书》中，完淳写道：

> 不幸至今吾又不得不死；吾死之后，夫人又不得不生。上有双慈，下有一女，则上养下育，托之谁乎？然相劝以生，复何聊赖？芜田废地，已委之蔓草荒烟；同气连枝，原等于隔肤行路。青年丧偶，才及二九之期；沧海横流，又丁百六之会。茕茕一人，生理尽矣。
>
> 呜呼，言至此，肝肠寸寸断，执笔心酸，对纸泪滴。欲书则一字俱无，欲言则万般难吐。吾死矣！吾死

矣！方寸已乱……夫人，夫人！汝亦先朝命妇也。吾累汝，吾误汝，复何言哉？呜呼！见此纸如见吾也。

如果从慷慨高歌或悲歌的诗作中，我们看到的是夏完淳的铮铮铁骨，那么，在给新婚不久的妻子的遗书里，我们读到的则是他的款款柔肠。与此信前后媲美的，就只有“黄花岗七十二烈士”之一的林觉民在广州起义前夜写给夫人陈意映的《与妻书》（又称《绝笔书》）了。完淳的生母陆氏是其父之妾，正室为嫡母盛氏，待他也亲如己出。完淳乃独子，无兄弟而只有姐妹。事变后，嫡母弃家削发，托身尼庵，生母则奔往异姓，寄食亲戚。夏完淳对此已有所闻，他的《狱中上母书》对两位母亲表示的，是无尽的感激与歉疚之情以及至死不渝之念：

不孝完淳今日死矣！以身殉父，不得以身报母矣！

痛自严君见背，两易春秋。冤酷日深，艰辛历尽。本图复见天日，以报大仇，恤死荣生，告成黄土；奈天不佑我，钟虐先朝，一旅才兴，便成齑粉。去年之举，淳以自分必死，谁知不死，死于今日也。斤斤延此二年之命，菽水之养无一日焉。致慈君托迹于空门，生母寄生于别姓。一门漂泊，生不得相依，死不得相问。淳今日又溘然先从九京，不孝之罪，上通于天。呜呼！双慈在堂，下有妹女，门祚衰薄，终鲜兄弟。淳一死不足惜，哀哀八口，何以为生……慈君推干就湿，教礼习诗，十五年如一日。嫡母慈惠，千古所难。大恩未酬，令人痛绝！……

人生孰无死，贵得死所耳！父得为忠臣，子得为孝子，含笑归太虚，了我分内事。大道本无生，视身若敝屣。但为气所激，缘悟天人理。恶梦十七年，报仇在来世。神游天地间，可以无愧矣！

深愁苦恨，豪壮悲怆，这是侠骨与柔情的二重奏。拳拳之心，耿耿之念，磊磊之怀，烈烈之志，近四百年后的今日读来仍然令我们如蒙洗礼，仍然可以令凡夫俗子向往崇尚，令壮士英雄高吟起舞！

十五从军，十七授命。生为才人，死为雄鬼。人生的价值，并不是以长度而是以质量来衡量的。夏完淳只活了短短不足十七个春秋，在三百多年的大浪淘沙之后，作为诗人，他的许多作品仍然如同金子般闪闪发光，不像一些人的诗文早已变成了废铜烂铁，尤其是在或舍生取义或弃义求生的生死关头，他选择了很多人都不会选择的选择，浩然正气与他的诗文一起长留于天地之间，泽及民族和子孙后代。

早在一九〇四年，爱国诗人柳亚子正当十八岁，作有《题〈夏内史集〉》六首，第六首是这一组诗的总结："悲歌慷慨千秋血，文采风流一世宗。我亦年华垂二九，头颅如许负英雄！"时至今日，许多年轻人追逐歌星影星球星和所谓文化明星，他们也许从吹捧清代帝王的电影电视剧中知道康熙、雍正与乾隆的名字，却对陈子龙、夏完淳这样的英烈闻所未闻。据报载，对中美两国各自考取本国名牌大学的学生进行测试，在"慈善""美德""权利""财富"等数项中选取两项。美国学生多选"慈善"与"美德"，而中国学生则多选"权利"与"财富"。完全责备年轻人是不公正的，这是制度与时势使然。放眼今日，年长一辈又当如何？年长一辈中的芸芸官人与文化人又当怎样呢？

惭愧的当然包括我自己。我今日写这如同镜子般的文章，同时就是映照自己的世俗与卑微。如果他日有缘去松江的名胜醉白池，我会去南廊壁间瞻拜"云间邦彦画像石刻"，那是清代乾隆年间人物画家徐璋所画，后人据以刻石的松江俊彦的石刻。其中合画合刻的是父子两人，那就是端坐的长者夏允彝与侍立的少年夏完淳。当然，我更想有缘去昆山下荡湾村，去他们父子的墓地，清香三炷，三炷清香，点燃我深深的敬意和长长的怀想。

今日上海市松江区昆冈乡小昆山下之荡湾村，有夏允彝、夏完淳父子之墓。他们牺牲之后，当地百姓为了避免满清政府加害烈士的遗骸，在荡湾村地区修筑了七十二座新墓以迷人眼目，直到三十年后的乾隆四十一年（1776）严禁稍弛，才得以公开真相。十年后修葺夏墓，以石驳墓基围成半月形平台，高约两米，宽约三十米，县府且于其侧竖立“禁止樵牧”的石碣。在封建时代，出于对前贤往烈的敬慕，无知的乡民尚且自觉保护墓地，不来墓地周围采樵与放牧。一九五六年墓地重修，一九六四年陈毅亲题墓碑。然而，在随后的“文化大革命”中，夏墓却被有知的“红卫兵”与“造反派”夷为平地，直至“文革”终于结束后才重新恢复原貌。虽然历尽劫波，毕竟天道好还！岁月忽已晚，我不知此生是否还能一偿前往顶礼的夙愿，在我尚未能前去拜谒那一方胜地与圣地之前，且让我以这篇文章，遥致三百多年后的祭奠。

碧海青天夜夜心

早就想写钱谦益了，不仅因为他是明末清初的诗坛大家、东林领袖，而且也因为他至今仍然是毁誉参半的历史人物。近日几年前报载，曾获奥运会多枚田径金牌的美国女子飞人琼斯，因得“兴奋剂”之助但未能查出而蒙混过关，一般人徜能如此当会暗自庆幸，但她十余年中耿耿于心，深自忏悔，终于主动坦白于世而心甘情愿承受追加的处罚。十五至十六世纪之交的德国宗教改革家马丁·路德《论忏悔》中有言：“决心洗手不干是最真诚的忏悔。”琼斯与钱谦益一为现代西方魔女，一系东方古代文人，时间相距且有三百多年，但我不禁由西而东，由彼及此，又一次想到我早就想写的钱谦益，那是我的《清诗之旅》长途上无法回避而我也亟欲一探究竟的重要驿站。

一

字受之号牧斋晚年自称“东涧遗老”出生于江苏常熟的钱谦益，是清初诗坛“江左三大家”之一而且是之首。康熙六年（1667），吴江顾有孝、赵沄选辑钱谦益、吴伟业与龚鼎孳之诗为《江左三大家诗钞》，于是他们得此专名而传之后世。选者本意也许在鼎足而三，其实吴诗在龚诗之上，而钱诗整体成就复在吴之上。钱谦益乃早慧的神童，据徐珂《清稗类钞》记载，他幼年和人打赌，胜负以举“四书”中“口”字最多的二句为定，有人举“人知之亦嚣嚣，不知亦嚣嚣”，其中有“口”十八，其人以为稳操胜券，不料钱谦益则从容诵出“讴歌者不讴歌益，而讴歌启”之句，以十九个“口”字而后来居上（以繁体字计算）。他曾自诩青少年之时，将明代名家李攀龙、王世贞的诗文集背诵如流。可以证实这并非吹牛的是，他的“绛云楼”藏书之富冠甲江南，但晚年因不幸失火而付之一炬，其中包括不少价值连城的宋元刻本，然而他却以人生七十古来稀之年，凭追忆竟然撰成极少遗漏的《绛云楼书目》，可见他读书之广博，腹笥之深厚，记忆之超一流。

万历三十八年（1610），钱谦益为殿试第一名，时年二十八岁。如此高才而且如此高中，黄金榜上早得龙头之望，他本应该是平地飞升而飞黄腾达的了，然而享国二百七十七年的明代的政治似乎从来没有清明过，尤其是长达四十八年的“万历”一朝，当政的朱翊钧长期深居大内荒淫享乐，竟然近三十年旷工不上班。当时殿试位列第三的韩敬以四万两金子向当权的宦官行贿，如同今日众多的行贿者与受贿者一样，发榜时他与钱谦益的名字公然已经互换，韩敬成为斜刺里杀将出来的一匹黑马，而本来的“状元”降为“探花”，原来独占鳌头的人生“快事”变为叨陪副座的终生“恨事”。

钱谦益的大半生是在明朝度过的。一六四四年天崩地坼的“甲申之变”发生，他已经是垂垂老矣的六十二岁。他历经“万历”“泰昌”“天启”“崇祯”四朝而仕途多舛，一者因为他是东林党的领袖之一，在恶浊的官场算是清流，不免受到当权的对立面的排挤打击；二是才高本易遭忌，所谓一山峙起群山妒，不遭人忌是庸才，何况他本质上是一个真性情的文人，而非伪面目的政客，不免恃才傲物而不拘小节。因此，有宰辅之志而且有宰辅之才的他，在有明一代宦海浮沉，仕途蹭蹬，屡起屡伏，好像坐“过山车”。早在天启元年（1621），他典试浙江时就因科场钱千秋案的牵连而称疾回里。次年还朝，天启五年又以东林党魁罪名被劾革职。崇祯元年（1628）七月应召赴京，不久即受到当权派奸相温体仁的陷害，再次削职南归。崇祯七年乡居时与弟子瞿式耜一起被捕入狱，饱尝一年有余的铁窗风味，第三次与狰狞的命运握手。钱谦益中探花后授翰林院编修，直至崇祯元年时他才官擢礼部侍郎，“侍郎”者，并非礼部的正职，而是居于“尚书”之下的佐贰之官即副长官也，这与他的青云之志，当然有相当大的距离，何况漫漫长途上还多的是不时而至的风波与磨难。

帝王荒淫暴虐，阴宦佞臣弄权，党派斗争不已，大明王朝本来早已日月不明了，而农民暴动攻掠此起彼伏，最终李自成于甲申之年（1644）攻陷北京，建州满族军队本来对东北边境侵扰日亟，最后取入京仅一月有余的李自成而代之。这，直接诱因既是明王朝的腐败无能，也是崇祯吊死煤山明王朝寿终不正之寝的不二结果。钱谦益生逢这样一个时代，身处这样一个朝廷，作为一位有良知有正义感有出众才华的诗人，他当怎样指挥自己的那管生花之笔，他当如何交出自己诗的答卷呢？

钱谦益在明代所作诗文，大都收辑在《牧斋初学集》之中，其弟子瞿式耜在崇祯十六年（1643）为其刊刻。钱谦益作为诗人，他反对明代前后七子的刻意复古模拟形似之风，强调学问、性情、生活的重要作用，主张诗歌要反映现实生活，揭露社会弊病；他在艺术上出唐入宋，融铸前人之长特别是杜甫、韩愈、陆放翁、元遗山诸家，独具风格而富于变化，典雅精工如同多彩多姿的锦绣，沉郁雄奇有似亦悲亦豪的鼓角。如《十一月初六日召对文华殿，旋奉严旨革职，感恩述事凡二十首》之十九：

召对纷纷集迩英，御前唯诺尽公卿。

夕垣又驾柴车去，朝省谁容仗马鸣？
鸜鹆能言殊反覆，沙虫善化更纵横。
闲窗莫著归田录，数日春林听早莺。

崇祯元年（1628）十一月，在文华殿举行“枚卜大典”，即决定大学士（宰辅）的任用。东林党人积极推举钱谦益，但原来榜上无名的温体仁、周延儒等人借故攻击陷害，钱谦益的作宰之望在刚愎自用喜怒无常的崇祯帝的龙颜大怒中化为泡影，并被革职归里，而温体仁之流得以把持朝政。钱谦益曾作《反东坡洗儿诗己巳九月九日》说：“坡公养子怕聪明，我为痴呆误一生。还愿生儿獧且巧，钻天蓦地到公卿。”从上述诗句中，虽可见贪官污吏充斥于朝君子正人多被贬逐的现实，但更多的却是关乎作者自己的进退出处。然而，杰出的诗人绝不会只是吟咏一己的悲欢得失，他时时放眼的是世上的疮痍，民生的苦难，时代的风云，作为明末清初诗坛重镇的钱谦益，当然也是如此，而且他的希图高位，应该说至少有一半是为了一展长才，实现儒家读书人的达则兼济天下的理想。

在此之前的天启四年（1624），他曾作《王师二十四韵》，关注的是苦难的芸芸众生。在这首长达二百四十字的长诗中，他虽然不满于农民起义，但却忠实地记录了官军对农民的残酷镇压，以及兵连祸结给黎民百姓带来的苦难：“贼缚加钩索，师还布蒺藜。堑沟填老弱，竿槊贯婴儿。血并流为谷，尸分踏作蹊。残膏腥灶井，枯馘挂棠梨。处处悬人腊，家家占鬼妻。虎饥伥亦泣，人立豕能啼。”尤其是满州清兵入侵日急，他更是忧心如捣。崇祯十年（1637），因常熟人张汉儒诬告，宰辅温体仁支持，钱谦益与瞿式耜以“居乡不法”的罪名逮系京师，生死难卜，其时属国朝鲜被清兵占领，唇亡齿寒，国势日危，钱谦益虽身系囹圄，却仍然忧民忧国，他作有《狱中杂诗三十首》，如其中之十一：

三韩残破似辽西，并海缘边尽鼓鼙。
东国已非箕子国，高骊今作下句骊。
中华未必忧寒齿，群虏何当悔噬脐？
莫倚居庸三路险，请封函谷一丸泥。

身蒙牢狱之灾，他生未卜而此生危殆，但人称“感时独抱忧千种，叹息常流泪两痕”的钱谦益长怀报国之心，实属难能可贵。而他对于满清的憎恶更可谓不共戴天，“谁使犬羊蟠汉地，忍同戎羯戴唐天”，他的《岁暮感怀八首》之八中的诗句，即可出示诗证与实证。崇祯十六年他居乡时听说明军在天津一带获胜，擒获一“牛录”（清军官名），竟喜不自胜，作《元日杂题长句八首》，第五首写道：

老熊当道踞津门，一旅师如万骑屯。
矢贯猰貐成死狗，槛收牛录比孤豚。
悬头少吐中华气，剺面全褫羯虏魂。
岁酒盈觞清不饮，为君狂喜复开樽！

区区小胜无补于全线崩颓，滔滔洪水却立令百孔千疮的堤防土崩瓦解。一六四四年甲申之变的消息传到江南，大明帝国实际上已告覆亡，钱谦益痛心疾首，写有《甲申端阳感怀十四首》，其中的第十二首如下：

满朝肉食曳华裾，殉节区区二十余。
名谊居平多慷慨，身家仓卒自踌躇。
当年靖难屠忠义，今日捐躯愧革除。
方景铁黄生气在，一回瞻拜一唏嘘！

明成祖朱棣以武力篡夺建文帝朱允炆皇位，国号“洪武”，其臣下称建文年间为“革除之年”。残虐的成祖大肆屠戮，建文臣子抗命死节者不计其数，其中方孝孺、景清、铁铉、黄子澄尤为惨烈著名。而朱棣的后代崇祯煤山上吊之后，满朝文武殉节者仅二十余人而已，其余大都争先恐后先降李自成后降满清。钱谦益歌往烈而斥今日，堂堂之阵，正正之旗，颇有临难不苟免而慷慨捐躯之意。听其言而观其行，他后来的表现又当如何呢？

二

今日有论者戏称钱谦益为“两截诗人”，意为上半截是明人，下半截是清人。其主要诗文集是《初学集》与《有学集》，前者刻成半年明朝就宣告覆亡，后者作于入清后的二十年，时间上也恰恰分为两截。这位高标名节慨当以慷的诗人，却原来是言语的勇士，行动的懦夫，旧朝的叛逆，新朝的贰臣，他以自己本来可以光耀青史的如椽之笔，为自己涂抹出浓黑的一页，书写下毁誉参半的残年。

明崇祯十七年也即清顺治元年五月，南明弘光小朝廷在乱哄哄你方唱罢我登场中开场，在乡闲居的钱谦益被起用为“礼部尚书”，相当于今日的正部级，比在崇祯朝的“礼部侍郎”升了一级，算是得到了官场许多副职所迫切期待的“扶正”。在此之前，他已是名满天下的学者诗人，东林党人被摧残殆尽之后的继起领袖，士林清流公认的君子正人，他之去弘光小朝廷就职，开始当然也应是志在复兴，并图一展怀抱。但是，当年五月清兵就挥戈南下，时间仅及一年，一心贪图淫乐不知死之将至的弘光帝朱由崧，和拥戴他的阉党余孽马士英、阮大铖仓皇出逃，钱谦益既未像陈子龙、吴梅村一样早日引退，也未能加入抗敌救亡的队伍，他竟然在坐守南京孤城之余，以文臣班首的身份出城长跪，签表迎降。这里必须提到“秦淮八艳”之一的柳如是，这位风尘俗世中的奇女子，压倒须眉的女丈夫，当代特立独行的大儒陈寅恪以足疾加失明的半废之身，晚年为她作八十余万言的《柳如是别传》，洗冤雪谤，备极赞扬，誉之为“侠女名姝”。崇祯十四年（1641），近六十岁的钱谦益与二十三岁的柳如是冲破重重封建枷锁世俗阻力，结为伉俪，略似宋代的赵明诚与李清照，夫妻诗文酬唱，相得甚欢。然而好景不长，渔阳鼙鼓动地来，清军已兵临南京城下，有记载说，柳如是准备了绳子与刀，要钱谦益选取其一，她“与子偕亡”，但钱谦益对二者均望而生畏。据《虞阳说苑甲篇·牧斋遗事》载：“乙酉五月，柳夫人劝牧翁曰：‘是宜取义全大节，以副盛名。’牧翁有难色，柳奋身欲入池中，持之不得入。”有的记载还说，钱谦益以手试水，居然说“水太凉了，改日罢”。每读至此，我总不免哑然失笑。犹记一九九九年夏陪台湾名诗人余光中游张家界之宝丰湖，余光中在游船上以手探水，说“水好嫩啊”，一“凉”一“嫩”，均系诗人的一字传神，不过，前者表现的是内心的怯懦，后者显示的却是审美的慧心。总之，生死关头，正邪立判，舍生取义于毫发之间，已不容“改日”，钱谦益之开城请降，让天下的志士瞠目结舌，让四方的遗民大失所望，让自己的夫人意懒心灰，让本人的履历表洒落一团永远也洗涮不清的污点。

作为东林党人后继的领袖，钱谦益在弘光朝的表现真可谓“可圈可点”。当权的马士英起用阉党余孽阮大铖为兵部右侍郎，并欲举荐任用奸臣蔡奕琛、杨维垣等人，刘宗周等直臣坚决反对，但钱谦益在马士英授意下，却写了《矢愚忠以裨中兴疏》一文，吹捧马士英、左良玉、郑芝龙等人，赞扬阮大铖为“慷慨魁垒男子”，赞美蔡奕琛、杨维垣为“谋国耆事，急难攘夷”的人才。弘光元年（1645）四月，清军的兵锋已直指扬州，弘光帝却仍然一如既往地广选淑女，此前陈子龙曾多次上疏反对，但钱谦益却尽心尽力，圆满地完成领导交给的任务，于弘光元年（1645）四月十五日进淑女于元辉殿。弘光帝来不及享用即仓皇出逃，这些色艺双全的弱女子，竟成了钱谦益向清军投降的见面礼，她们的结局如何，那是不言自明可想而知的了。不仅如此，五月初五清军已饮马于长江北岸，钱谦益想到的不是如何借水一战的抵抗，而是与马士英、王铎等人商议怎样签定条款，屈膝求和。五月中旬，清军围城，马士英、阮大铖早已拥弘光帝脚底揩油，企图一逃了之。五月十五日，钱谦益与大学士（兼书法家）王铎以及守备赵之龙手捧舆图州籍，开城向清军首领多铎跪降。俗语有云：男儿膝下有黄金。此时钱谦益的膝下，原来口头上的黄金已经显形为一堆缺钙的软骨。

软骨病的表现仍在继续。其时，清廷下达“留头不留发，留发不留头”的剃发令，激起了汉族人民特别是江南百姓“头可断，发不可剃”的强烈反抗。锦山绣水的江南民风向称柔弱，此时的反弹却极为刚烈，但钱谦益却以戏剧小品的形式迅即剃去了顶上的三千烦恼丝。据史惇《恸余杂记》“钱谦益”条载：“豫王（多铎）下江南，下令剃头，众皆汹汹。钱牧斋忽曰：‘头皮痒甚。’遂起，人犹谓其篦头也。须臾，则髡辫而入矣”。据顾诚在《南明史》一书中的考证，钱谦益投降后即劝说同僚阮大铖、王介福等人降清，而《牧斋遗事》后所附《赵水部杂志四则》则明确记载，顺治二年六月钱谦益曾派人去苏州府以他的名义张贴招降告示，上云：“大兵东下，百万生灵尽为齑粉。招谕之举，未知合郡士民以为是乎，非乎？不便乎？有智者能辨之矣。如果能尽忠殉节不听招谕，亦非我之所能强也。聊以一片苦心，士民共白之而已。”虽只寥寥七十二个字，但为虎作伥，可谓寸铁杀人。同治时期的学者叶廷绾事隔多年，还在借佚名所著《吴城日记》作眉批而感叹：“钱牧斋另有印记告示招安，他书所未载。此翁亦可谓出力效忠矣。”同时，钱谦益还写信给家乡常熟的知县曹元芳招谕，曹元芳大约不想做千古名教罪人，弃官一走了之。当然，钱谦益自己也不敢“荣归故里”，便推荐布衣周荃为安抚使招降苏州各郡，但各地的抗清斗争如火如荼，周荃不久也走为上策逃之夭夭。

钱谦益不斗不死不逃，他的投降史的高潮见之于“北上”去接受清廷赐予的职务。他离开南京时，刚烈的柳如是不愿一路随行而于道旁送行，并且身着红妆，暗喻朱明。钱谦益作为弘光政权的礼部尚书，降清的文臣班首，在招抚东南诸郡中又立了新功，他北上京都意在入阁，兼及为先朝修史，至少也应该“平级调动”吧，但竹篮打水一场空，清廷授给他的仅仅只是秘书院学士兼礼部侍郎、明史副总裁，从一品尚书至正二品侍郎，等于是降一级使用，以观后效，而与他同时投降的大学士王铎，才具声名逊其远甚，但入清后依旧高居相位。此情此境，钱谦益心中应该是打翻了“酸甜苦辣咸”的五味之瓶，他的灵魂在炼狱中几经煎熬挣扎，终于在半年多后以患疾为名辞官回乡闲居，至此，不仅“高潮”戛然而止，他二十余年的后半生的河道也陡然改向。

一失足成千古恨，再回头已百年身。虽然说“身后是非谁管得”，但同样是谁管得的却是世间的公议与历史的酷评，不管他贵为帝王将相还是虐为恶棍暴君，只要是公众人物，“盖棺”并不一定就是“论定”，都不免会受到身前身后的评议，何况是钱谦益这样的高级干部兼东林名士，诗坛领袖兼一代宗师？

对这样一位“两朝领袖”，当然贬之者众。顺治三年六月，钱谦益辞职南归，托名陈子龙实为无名氏的《题虎丘石上》之诗即在杭州风传：“入洛纷纷兴太浓，莼鲈此日又相逢。黑头早已羞江总，青史何曾用蔡邕。昔去幸宽沉白马，今来应悔卖卢龙。最怜攀折章台柳，憔悴西风问阿侬！”陈子龙的学生王沄论此诗说“虎丘石上无名氏，便是虞山有道碑”，他的《虞山柳枝词》

对钱谦益亦是冷嘲热讽："早见降幡出九关，皤然宗伯领朝班。白门杨柳犹堪折，秃发偏宜对绿鬟。""十载黄扉事渺茫，重瞻天阙望恩光。凤凰池上无人问，依旧当年老侍郎。"在钱谦益的家乡常熟，有心人早已为他书写了一幅门联："南北三朝元老，清明两代侍郎。"抗清志士顾炎武对他固然是贬斥有加，不肯稍加宽贷，他的同乡后辈王应奎在《蓉庄初稿序》中对他的评价也严如斧钺："晚节不克自持，人文并归堕落。"时隔若干年后，诗人查慎行在题咏钱谦益归居的《拂水山庄》一诗中，还叹息说"生不并时怜我晚，死无它恨惜公迟"；而"桐城派"的创始人方苞则痛贬钱谦益"其秽在骨"；赵翼在《瓯北诗话》中也不屑一顾："其人已无足观，诗亦奉禁，固不必论也。"赵翼生当乾隆时代，用心深险的乾隆在其三十四年六月的"上谕"中说："今阅其《初学集》《有学集》，荒诞悖谬，其中诋毁本朝之处，不一而足。夫钱谦益果终为明朝守死不变，即以笔墨腾谤，尚在情理之中，而伊既为本朝臣仆，岂得以从前狂吠之语列入集中？其意不过欲借此以掩其失节之羞，尤为可鄙可耻……实不足齿于人类。"于是，他下令将钱之诗文"早为销毁"，"无使稍有存留"。"实不足齿于人类"一语，令我不禁想起二十世纪"文革"中流行的大批判语言"不齿于人类的狗屎堆"，却原来渊源有自。不仅如此，附庸风雅而诗作超过四万首几达唐诗之整数的这位新朝帝王，还以《题初学集》一诗作出最高批示："平生谈节义，两姓事君王。进退都无据，文章哪有光？真堪覆酒瓮，屡见咏香囊。末路逃禅去，原为孟八郎。"居庙堂之高的帝王如此，处江湖之远的百姓呢？在苏松一带的民间，流传这样的讽刺小品：关圣帝君在扶乩时告知钱谦益，他只有五十七岁之寿，然而甲申之变时钱已年过花甲而未死，钱反而嗔怪关圣帝君其言不验，法术不灵，关帝只好另行乩笔而答曰："尔自不死，吾其奈何？"这则政治笑话显示的是百姓的针砭，民间的智慧，颇有今日流行的段子中所谓“黑色幽默”之趣。总而言之，统而言之，在社会舆论与权力话语看来，钱谦益都“不是东西”，他既非明朝的义士，亦非清朝的忠仆，到头来被自己投靠的新主子列入《贰臣传》，真是老鼠掉进风箱里，两头受气。

然而，为钱谦益辩护开脱者，也代不乏人。如钱鹤冲《钱牧斋先生年谱》就说：“先生当危亡之际，将留身以待，出奇以制胜。”张鸿《钱牧斋先生年谱序》说：“先生委曲求全，亦止尽其心而不使复仇之机自我而绝已。成败生死，置之度外，何论荣辱乎？”时至当代，仍有人以为钱谦益“其降清乃不得已，欲有所为也”。台湾文津出版社印行的刘世南所著《清诗流派史》也一脉相承地夸说钱谦益之投降，是“决定打入敌人内部，然后有所作为，如赵高自腐的亡秦”。果真如此，钱谦益似乎成了一个颇为现代的打入敌人内部的“地下工作者”，他倘若地下有知，面对这种意识超前的辩护辞，恐怕也会不禁哭笑两难吧？

论世知人，应该有在特定历史时空之下的道德尺度与评判标准，不能以今日的情势来饰美或厚诬古人，否则就没有对错正邪之分与是非曲直之辨。我无法同意今天“百家讲坛”某清史学家的某些观点，如“吴三桂要客观评价”“清军入关更多的是促进了民族融合”之类，也反对古今辨护师为钱谦益书写的是非颠倒的解脱之辞。在民族危亡民生浩劫的关头，钱谦益贪生怕死官迷心窍而投降清朝，腼颜事敌，为其平定江南献计献策并欣欣然北上请功论赏，这无论如何是他名节上的绝大污点，如果连这都可以“历史宣判无罪”，那汪精卫、陈公博之流的现代大汉奸，在今日所谓“地球村”中，不也可以宣布于中日交流有功吗？

三

钱谦益大节有亏，有如无法清除的污迹，任何品牌的强力洗涤剂都无法一洗了之。当然，我们今日也仍然应该公允评价钱谦益在诗歌创作上的成就和影响，特别是见之于他的作品与行动的忏悔精神。

“忏悔”，原为佛教名词，原意为对人公开发露自己的过错，以求原谅宽恕。中国传统文化中似乎比较缺少忏悔意识，孔夫子所说的“吾一日三省吾身”，只是说一个人的自省与修养，还不是真正意义上的忏悔，而有的古代帝王无可奈何所作的“罪已诏”，也只是有口无心故作姿态而已，何况有的现代人物还声称自己是不会写什么罪已诏的，颇有法王路易十五“在我死后，哪管洪水滔天”之概。西方多种宗教流行，强调忏悔意识，公元前一世纪古罗马政治家、哲学家西塞罗早就说过：“但愿忏悔能成为失足者的良药。”而莎士比亚在他的四大悲剧之一的《哈姆莱特》中也一则说“向上天承认你的罪恶吧，忏悔过去，警戒未来”，二则说“试一试忏悔的力量吧，什么事情是忏悔不能做到的？可是对于一个不能忏悔的人，它又有什么用呢？”

苦海无边，回头是岸。疾风知劲草，钱谦益关键时刻掉链子，除了读书人平日好为大言却往往懦夫式的贪生畏死之外，另一个重要原因即是他的在“官本位”社会中的“官意识”，也即对于政治权力的强烈欲望。在《饮酒七首》中，他曾坦白自承“我本爱官者”。他自诩是出将入相之才，在崇祯朝因温体仁的攻讦和崇祯帝的疑忌，他不但未能入阁为相反而遭到贬逐，对此他一直耿耿于怀。郑方坤《东涧诗钞小传》中就说他：“其半生所最抱恨者，尤在阁讼一节，每一纵谈及，则盛气坌涌，语杂沓不可了。”他入弘光朝后谄附马、阮，除了报国之心，也在于他由崇祯朝的“礼部侍郎”进为弘光朝的“礼部尚书”，由副部级而至正部级，同时仍存入阁之望。他之所以投降清朝，固然有外部的时代原因，如明代朝政腐败，佞臣与宦官专权作祟，帝王昏庸腐朽，有节操的士人愈益灰心，没有节操的士人愈益卑劣，江河日下士风也日下，因此钱谦益对于天启、崇祯乃至弘光也并无誓死之情，其内因则是他仍存有于新朝为相以一偿夙愿的非分之想。他后来之所以能够幡然忏悔，改弦易辙，当然也有多种原因：毕竟他是传统的读书人，儒家的名节观念不能不让他在大是大非面前备受煎熬；他的家乡常熟的百姓英勇抗敌，城破后清军屠城，“钱牧斋家在半野堂，诸庠生以其为邑中降官，可籍以免，竟往匿于绛云楼下，后闻被杀于家者，绛云楼独多，皆儒巾儒服者”（峰樵道人《海角遗编》）。吴中传言常熟屠城是钱谦益所指使，钱谦益的藏书楼成了屠宰场，他心中的痛苦可想而知，他曾写《与邑中乡绅书》自解自辩；他的夫人柳如是虽为弱女子，却是烈丈夫，劝其同殉国难于前，不与子偕行北京于后，他对钱谦益之腆颜事敌当多有不满和责备，而已经风烛残年的钱谦益也不能不考虑红颜知己的观感与态度。然而，我以为更为直接的原因与契机，是他入相新朝之幻想的破灭。汉人在满人的家天下中本来就低人一等了，何况折腾了半天，老资格而又立新功的钱谦益的官职，还不如在短命的弘光一朝。总之，他为自己的易节而深深地忏悔了，表现在他的行动中和作品里，别人对他的评论也可以作为旁证——

顺治三年（1646）正月授官，同年六月即以疾告归，这是钱谦益明确表示不与新朝合作的讯号，他从此作了后二十年的林下布衣，持不同政见者。以异族统治之严酷，此举需要相当的勇气。如同邓之诚《清诗纪事初编》所说：“是时法令严，朝官无敢请假者，谦益竟驰驿回籍。”他后来曾两次被捕入狱，最终虽有惊无险，但泰半也是辞官所产生的后遗症。

钱谦益早年富甲一方，晚年贫病交迫，营葬之资都是他生前强请黄宗羲以其名义为人撰写碑记所得，而逝世后柳如是已是“手无三两”，原因主要在于钱谦益毁家纾难，多次在经济上支持抗清人士如黄宗羲等人以及抗清军队。黄毓琪舟山起兵，钱谦益曾委托柳如是至海上犒师，毓琪兵败后，钱谦益又“曾留黄毓琪宿其家且许资助招兵”（《清史列传·钱谦益传》）。南明隆武朝封为隆武伯之姚志卓在崇明起兵抗清，钱谦益再遣柳如是携金前往，其《投笔集》中的《后秋兴》之三说：

北斗垣墙暗赤晖，谁占朱雀一星微？
破除服珥装罗汉，减损齑盐饷饮飞。
娘子绣旗营垒倒，将军铁矟鼓音违。
须眉男子皆臣子，秦越何人视瘠肥？

在“破除”句下有“自注”云：“姚神武有先装五百罗汉之议，内子尽橐以资之，始成一军。”从整个颔联看来，他们夫妇曾倾其所有来武装部队，而自己则不惜由钟鸣鼎食而节衣缩食。

钱谦益年轻时即自诩知兵，退归乡里以后曾不断为抗清义师出谋划策，并以奕棋为喻，作诗数十首，分析形势，提出方略，鼓舞抗清义士的决心与信心。如《观棋六首》就有如下之辞：“由来国手算全棋，数子抛残未足悲”，“移步换形须着眼，棋于误后转堪思”，“可怜纸上揪枰局，便是军前画笏时”，“灯前历历残棋在，全局悠然正可思”。南明永历朝廷的抗清名将瞿式耜是他的同乡兼学生，瞿式耜《报中兴机会疏》收有钱谦益顺治六年（1649）七月给他的密札，那是瞿式耜之孙瞿昌文受钱谦益之托冒死从常熟带到桂林的，上陈“急着”“要着”“全着”等有关战略战术的意见。瞿式耜在疏中说：“累数百言，绝不道及寒温家常字句，惟有忠躯义感，溢于楮墨之间。盖谦益身在虏中，未尝须臾不念本朝，而规划形势，了如指掌，绰有成算。”瞿式耜于桂林城破后被俘殉难，他就义前在狱中经常梦见这位老师，可见师生情谊之殷，有七律《自入囚中频梦牧师，周旋绻缱，倍于平时，诗以志感》之作，后四句是：“天心莫问何时转，臣节坚持岂改常？自分此生无见日，到头期不负门墙。”可知他已不计乃师的过往污点，而看重的是乃师改过自新后的当下。而在号“稼轩”的弟子牺牲之后，钱谦益也曾作《哭稼轩留守相公一百十韵》的长篇五言排律以悼，“师弟恩三纪，君臣谊百年。哀音腾越地，老泪洒吴天。杀气南条急，妖氛北户缠”。从上述诗的开篇，可以看到钱谦益对于这位十六岁即受业门下的学生兼志士情深谊长，而以“妖氛”代指“清兵”，也可窥见作者心灵的自我拯救。

钱谦益的谏往追来，不仅见之于言论，而且见之于行动。前述之输饷抗清即是一端，此外，他还亲自投入抗清活动。顺治七年至十三年的数年之间，他三次游说驻婺总兵后升任苏、杭、常提督的马进宝反清。郑成功也是他的学生，他也曾多次往来南京与苏杭之间，与郑成功部商略军机。顺治十五年（1658），郑成功由台湾攻入长江京口，钱谦益和杜甫之作赋《秋兴八首》歌赞中兴，郑成功兵败，他乘小舟夜渡长江至军营惜别，《后秋兴之三》就曾自注道：“八月初十小舟夜渡惜别而作。”当代学人邓之诚《清诗纪事初编》就曾指出：“时桂王立于粤中，瞿式耜为大学士，郑成功、张名振、张煌言舟师纵横海上，谦益与之通。”钱谦益在《后秋兴之三》的“其四”中，还曾表示想和柳如是一起投笔从戎：

> 闺阁心悬海宇棋，每于方罫系欢悲。
> 乍传南国长驱日，正是西窗对局时。
> 漏点稀忧兵势老，灯花落笑子声迟。
> 还期共覆金山谱，桴鼓亲提慰我思。

柳如是希望如同抗金名将韩世忠的夫人梁红玉，在镇江金山援桴击鼓，这既是柳如是的自许，也是钱谦益的心声。所谓女流之辈的夫人尚且如此，须眉男子的他又该如何？读者当不难想见。前文提到，钱谦益之迷途知返，柳如是的态度是一个重要原因，此诗提供的正是又一佐证。

有的论者称钱谦益的《初学集》为“沉浮录”，《有学集》为“忏悔录”，最后的《投笔集》为“抗清录”，庶几近之。乾隆文网森严，但似乎不曾读到过他今日近乎湮没的《投笔集》，不然，以清廷自康熙以来文字狱之酷烈，钱谦益恐怕不止只是受到乾隆咬牙切齿的口诛笔伐而已，九泉之下当不得安身与安生。钱谦益从顺治十六年（1659）到逝世前一年的康熙二年（1663），也就是他从七十九岁到八十三岁的四年中，连叠杜诗原韵，作《后秋兴》大型组诗，八首一组共十三组，共一百零四首，另附《自题诗》四首，命名为《投笔集》，取投笔从戎之意。陈寅恪在《柳如是别诗》中说：“《投笔》一集实为明清之诗史，较杜陵尤胜一筹，乃三百年来之绝大著作也。”如十二组之“其四”与十三组之“其二”。

百神犹护帝台棋，败局真成万古悲。
自许沙场横草日，梦趋行殿执鞭时。
忍看末劫三辰促，苦恨孤臣一死迟。
惆怅杜鹃非越鸟，南枝无复旧君思。

舟海崖山一线斜，从今也不属中华。
更无鱼腹捐躯地，况有龙涎泛海槎？
望断关河非汉帜，吹残日月是胡笳。
嫦娥老大无归处，独倚银轮哭桂花！

钱谦益作上述之诗时，郑成功已退守台湾，南明桂王被吴三桂杀害于昆明，抗清斗争已彻底崩盘，再无反弹之日，他自己苟活的生命也走到了尽头。如果说《后秋兴》组诗是一阕寄寓了黍离麦秀之悲、山河易代之恨的《悲怆奏鸣曲》，那么，“苦恨孤臣一死迟”，从上面两首作品里，回荡的就是人之将死其言也善的既悔且恨的哀音。

钱谦益诗创作的主要成就在七言律绝。在他现存的约二千四百首作品中，七律一千一百四十八首，占全部诗作之半，七绝七百二十七首，近乎三分天下。他于诗体以律诗最工，其七绝也写得苍凉沉郁，寄兴深长：

寂寞枯枰响泬寥，秦淮秋老咽寒潮。
白头灯影凉宵里，一局残棋见六朝。
——《后观棋绝句六首》之三

舞榭歌台罗绮丛，都无人迹有春风。
踏青无限伤心事，并入南朝落照中。
——《丙申春就医秦淮，寓丁家水阁，浃两月，临行作绝句三十首，留别留题，不复论次》

崚嶒瘦颊隐灯看，况复撑衣骨相寒。
指示旁人浑不识，为他还着汉衣冠。
——《顾与治书房留余小像自题四绝句》

前两首都写于南京。旧地新来，钱谦益自然有无限伤心之事，例如他以前写过《三良诗》，沉痛地赞美他的三位学生汪乔年、高名衡和段增辉，后两位都是为抗清而死，但自己却在南京率先迎降。当时他奉命领二十七个清兵先行进城巡视，带兵的头目故意问他：“得无伏兵乎？”他听后大惊失色，连说“此不当耍！此不当耍！”竭力表白自己投降的诚意，也请对方在如此性命交关的问题上不要开玩笑。抚今追昔，钱谦益自然不胜愧怍。除上述诗作之外，他还写过“须眉男子原无几，粉黛英雄自有兵”（《六安黄大人邓氏》），曾任六安总兵官的黄鼎降清，但其夫人却拥兵数万结寨自守而屡败清军。钱谦益作诗以颂，“粉黛”主要是指黄夫人邓氏，恐怕也同时是寓指有丈夫气概的柳如是，不是“须眉”者固然是指降官黄鼎，应该也包括后半生始终自愧自恨自责自新的诗人自己吧？

好梦短，悔恨长。“梦华乐句满春城，今日凄凉故国情”（《庚寅人日示内二首》），“江南才子杜秋诗，垂老心情故国思”（《辛卯春尽歌者王郎北游告别戏题十四绝句》），“近日理头梳齿少，频年洗面泪痕多”（《次韵茂之戊子秋重晤有感作》）“故鬼视今真恨晚，余生较死不争多”（《再次茂之他字韵》），“羡尔先知逃劫外，悔予后死羁尘中”（《月望日西山扫墓过孟其故居慨然有作》），“苦忆放翁家祭语，暗弹老泪向春风”（《葺城吊许霞城》），如此忏言悔句，不胜枚举，如失鸟之呼巢，如子规之泣血，如哀猿之断肠。顺治七年，钱君鸿拟以长律六百字庆贺钱谦益八十大寿，钱谦益作《与族弟君鸿论求免庆寿诗文书》婉辞：“少窃虚誉，长尘华贯，荣进败名，艰危苟免。无一事可及生人，无一言可书册府。濒死不死，偷生得生。绛县之吏不记其年，杏坛之杖久悬其胫。此天地间之不祥人，雄虺之所憖遗，鸺鹠之所接席者也。”他的这种自我批评扪心检讨，还是相当恳切和沉痛的，其深愧大悔，当时就得到了晚明清初著名遗民的理解与谅解，有的人还与钱谦益多有往还。杰士大儒人称“黎洲先生”的黄宗羲就多次和他谋划抗清事宜，其《八哀诗》组诗中有一首就是专门哀悼他：“四海宗盟五十年，心期末后与谁传？凭裀引烛烧残话，嘱笔完文抵债钱。（自注：问疾时事，宗伯临殁，以三文润笔抵丧葬之费，皆余代草。）“红豆俄飘迷月路，美人欲绝指筝弦。平生知己谁人是？能不为公一泫然？”抗清志士吕留良与魏美相知，和钱谦益也多所过从，对黄诗中所哀的其他六人不识，故他在《跋八哀诗后》中说“黎洲八哀诗，余同哭者牧斋，魏美耳”。与黄宗羲、吕留良持同一态度的，还有毕生抗清晚年始归江苏沛县故里的阎尔梅，他在流亡中曾去拜访过钱谦益，如果他不了解钱谦益的“政治立场”，作为被清廷追捕的流亡者，何敢贸然造访？钱谦益向他谈及国变及自己的失节，曾经痛哭流涕，老泪纵横。阎尔梅曾有《钱牧斋招饮池亭谈及国变事恸哭，作此志之，时同严武伯熊》一诗记录在案：“绛云楼处凿山池，剪烛春宵念昔时。鼎甲高题神庙榜，先朝列刻党人碑。邵侯无奈称瓜叟，沈乏何言答妓师？大节当年轻错过，闲中提起不胜悲！”钱谦益死后，与顾炎武齐名时称“归奇顾怪”的归庄，他虽是小钱谦益三十岁的晚辈，但在《祭钱牧斋先生文》中也说：“先生喜其同志，每商略慷慨，谈宴从容，割肠如雪，吐气成虹。感时追往，忽复泪下淋浪，发竖蓬松。窥先生之意，亦悔中道之委蛇，思欲以晚盖。”上述黄宗羲、阎尔梅之诗与归庄之祭文，也该算是对有痛悔之心的钱谦益的盖棺论定吧？钱谦益之墓，在今日江苏常熟市西郊虞山锦峰拂水岩下花园浜，环山公路南侧，墓碑上镌刻的是“东涧老人之墓”的字样，相距仅十米之遥，乃柳如是之墓，墓碑镌刻之文为“河东君之墓”。三百多年过去了，秋风春雨晨雾夕阳，他们默默相守，倾听着昔人也倾听着今人的追思与评说。

孔子早就说过：“人非圣贤，孰能无过？”但我想即使是真正的圣贤，恐怕也不会一贯正确或一生正确。天地之间，小至个人大至政党，犯错甚至犯大错并不可怕，可怕的是精神上不知忏悔，行动上不知改过。尤其是手握重权之人与执政之党，如果有错而不知，知错而不改，改错而遮遮掩掩，那对于众生和国家就害莫大焉了。例如“红色高棉”，执政数年犯下的反人类之血腥罪行，真可谓人神共愤。例如美国总统布什卸任之时，虽然承认有三大失误，但仍然遮遮掩掩。但丁在他的《神曲·地狱篇》中曾如此感叹："什么力量也赦免不了死不改悔的人！"法国十八世纪启蒙思想家卢梭，穷四年之力写成自传性作品《忏悔录》，其中将平生的说谎、偷窃、冤枉好人等等过错都一一坦白并深深忏悔。反观我们有的人在"文革"中做了错事，写了错误文章，他人提出后不但一概否认，反而文过饰非，倒打一耙，而且在所谓的自传中还为自己涂脂抹粉，这就只能使人想起荷马在《伊利亚特》中的名句了："高贵的心灵蔑视拒不忏悔的人！"我们一般人都是凡夫俗子，一生之中不知讲错多少话，做错多少事，包括我自己，清夜扪心自省，自悔者正多。碧海青天夜夜心，嫦娥悔的是偷灵药，钱谦益悔的是失大节。钱谦益，作为一位众望所归的公众人物，他确实曾经失足于一条激流而且是浊流，而且几乎万劫不复，但他毕竟很快就设法爬上岸来，并且用终其一生的后二十年深自忏悔与勤加洗濯。鉴往知今，反求诸己，钱谦益悔过之心与忏悔之举，今日又有多少人能够做到呢？对于这位三百多年前知错能改的古人，我们实在可以平心而论却不必再多所苛求了。

风尘侠女　诗国名姝

当代国学大师陈寅恪以失明加足疾的半废之身，以七十五岁的高龄，以独立的洞见与不老的激情，撰成洋洋乎若江河的八十余万言的《柳如是别传》，让那位埋没在历史尘沙中和世人偏见里的弱女子得以重见天日。这位名副其实的巨匠，非时下某些水货者流而浪得高誉的所谓“大师”，他对柳如是赞之为“不世出之奇女子”，誉之为“侠女名姝”。如果要了解柳如是其人，我们可以翻开《柳如是别传》的封面走进去，一路上有看不尽的旖旎风光，赏不尽的起伏心潮，回首不尽的那明末清初江山易色时的血火刀兵雨暴风狂鱼龙变化。

在中国的诗歌史上，唐代的薛涛、宋代的李清照与清代的秋瑾，应该是顶尖级的女诗人，如果有人要撰写一部《中国女性诗史》，她们当然是书中的主角，即使是在男性诗人占据绝对主流的中国诗史中，她们也理应占有一席重要之地。但是，我们不应该忘记柳如是，她的诗作有自己的特色与成就，可以和上述巾帼诗英一较短长。踵武陈寅恪大师的足迹，遥望他愈行愈远的背影，我在风晨月夕，在三百多年后的俗世红尘，在已是近黄昏的人生旅途上，将柳如是没有完全湮灭而流传至今的作品一一重温。

上

生于一六一八年的柳如是，一说为浙江嘉兴人，一说是江苏吴江人，总之是江南山水钟灵毓秀的一代佳人。她本性杨，名云娟，复名爱，其家世已不可考，如同一个永恒的谜团，史籍不见记载，她自己也没有具体提及。我想，不外乎家境贫寒或家道沦落吧，不然，她不会年纪轻轻就堕入风尘，幼年即被卖入青楼——苏州府吴江县之盛泽镇归家院，在名妓徐拂名下做婢女和养以待价而沽的“瘦马”。

然而，由于先天的与生俱来的个性禀赋，由于后天良好的文学艺术薰陶和不良好的甚至不幸的身世遭逢，也由于时代的个性解放思潮的影响，柳如是不同于绝大多数同一命运者，或自甘沦落，自轻自贱；或逆来顺受，游戏人生。她年轻时就有自己的人生底线与生命追求：自视甚高，不同流俗，敢爱敢恨，不拘礼法，向往并追索失去尊严中的尊严，没有自由中的自由。

柳如是心比天高，却身为下贱。如同她的姓氏，她就像一片随风飘荡的柳絮，无法主宰自己的命运。其养母徐拂待她不薄，她在归家院有了一角栖身之地，而且也得到了吹弹歌唱琴棋书画等才艺方面的培养。然而，她少年时即被吴江故相周道登买为其母的婢女，不久被无齿与无耻之徒的他纳为书房小妾。故相毕竟是进士出身，柳如是虽然是花心故相的玩物，但他也不时对她讲述朝中掌故，各方人物，为她开了耳界，也曾教喜读诗书的她读书作文，开阔了她的眼界。柳如是后来成为一代才女，这大约是周道登所始料不及的吧！钱肇鳌《质直谈耳·柳如是轶事》记载说：“如是幼养于吴江周氏为宠姬，年最稚，明慧无比。主人常抱置膝上，教以文艺，以是为群妾怨。”崇祯五年（1632）周道登撒手归天，柳如是被逐出周府，也许是她自己主动逃离吧，举目无亲又无助的她，只得先回到吴江盛泽，后来又去苏州，重新沦落风尘，如同她在数年后所作题为《杨白花》之诗悲吟哀唱的那样：

杨花飞去泪沾臆，杨花飞来意还息。
可怜杨柳花，忍思入南家。
杨花去时心不难，南家结子何时还？
杨白花不恨，飞去入闺闼，
但恨杨花初拾时，不抱杨花凤巢里。
却爱含情多结子，愿得有力知春风。
杨花朝去暮复离。

柳如是原本姓杨，后改姓柳，杨柳遂成为她的生命和诗歌中的一种象征意象。抚今追昔，咏物即是咏人，诗的行间字里，寄托了她飘泊沦落的身世，也寄寓了多么强烈的与命运抗争追求自由幸福的愿望啊！

离开周府，柳如是改名“影怜”，已经饱读诗书的她，大约是倾心于李商隐《碧城三首》中的诗句“对影闻声已可怜，玉池荷叶正田田”吧，但是，有谁能她怜或者说怜她呢？作为艺妓而且是知名度颇高的艺妓的柳如是，并非如现在一些人所理解的以出卖肉体为生，她主要从事艺术表演与社交活动，而不是权势与金钱召之即来挥之即去的人物。她当然也不免以色事人，但原则是两情相悦，对那些不学无术的纨绔子弟或满身铜臭的恶俗商贾，她是不屑一顾的，钱肇鳌的《质直谈耳·柳如是轶事》对此就曾记录在案。即使是和她倾心相与的人，一旦对方缺乏圆她的自由之梦的勇气，她也会断然决然与君相决绝而表现出弱女子的阳刚之气。

她钟情的第一个对象是宋征舆（1618～1667）。字辕文的宋征舆是江南华亭（今上海松江）人，为诸生（学生）时就和同乡陈子龙（卧子）、李雯（舒章）倡立作为“复社”后劲的“几社”，风流倜傥，为“云间诗派”的主要作家之一，颇负诗名与时名。与他同年之柳如是和他度过了人生之初恋的美好时光，但宋征舆迫于家庭与官府的压力，加之自己当时功名未立，便在何去何从的关头打起了退堂鼓。柳如是心灵虽然遭到重创，但她敢作敢为，当着宋征舆的面以倭刀斫琴，表示一刀两断。宋征舆后来在顺治四年（1647）中了进士，官至都察院副都察御史，在世事白云苍狗人情冷暖炎凉之中，他有时是否还忆及这段旧情？他对柳如是先从抗清烈士陈子龙后嫁痛悔降清的钱谦益当然也十分清楚，他有些什么感受呢？时至今日，早已人去楼空，我们已经无从问讯了。

在宋征舆之后，陈子龙终于走进了柳如是的生活，他们特别是柳如是终于有了一番刻骨铭心的真正的爱情。对宋征舆，柳如是怀的是少女对少男的青涩的爱恋，而对长她十岁的陈子龙，则是志趣相投才华匹敌诗酒唱和而欲以终身相托的灵与肉的双重爱情。

字人中、卧子，号铁符、大樽的陈子龙，松江华亭人，出身名门望族的他，乃乡试举人，松江才子，文坛名士，“几社”领袖。柳如是与他是如何初识的呢？据说是在松江名流撰有《小窗幽记》的陈继儒家中的寿筵上，时在崇祯五年（1632）秋天。柳如是的祝寿联语是“李卫学书称弟子，东方大隐号先生”，柳如是以晋代汝阴太守李矩之妻名书法家卫铄（夫人）自比，并且化用了陈继儒《清平乐》词中的“浇花酿酒，世家闭户先生”的诗句。对于这位关门弟子，陈继儒也即兴写下五言绝句《赠杨姬》：“少妇颜如花，妒心无乃竞。忽对镜中人，扑碎妆台镜。”不久之后，陈子龙作有两首七律，诗题是“秋夕沈雨偕燕又让木集杨姬馆中，是夜姬自言愁病殊甚，而余三人者皆有微病不解饮也”二首，诗如下：

一夜凄风到绮疏，孤灯滟滟帐还虚。

冷蛩啼雨停声后，寒蕊浮香见影初。
有药未能仙弄玉，无情何得病相如。
人间愁绪知多少？偏入秋来遣示余。

两处伤心一种怜，满城风雨妒婵娟。
已惊妖梦疑鹦鹉，莫遣离魂近杜鹃。
琥珀佩寒秋楚楚，芙蓉枕泪玉田田。
无愁情尽陈王赋，曾到西陵泣翠钿。

在这两首诗中，陈子龙不仅表达了同病相怜之意，而且特意将柳如是的名字“影怜”镶嵌其中。次年春日迟迟之时，他们的感情也如春日一样迅速升温了。

崇祯六年（1633）秋冬之际，陈子龙准备去京参加次年的礼部会试，柳如是作《送别》二首：

念子久无际，兼时离思侵。
不自识愁量，何期得淡心？
要语临歧发，行波托体沉。
从今互为意，结想自然深。

大道固绵丽，郁为共一身。
言时宜不尽，别绪岂成真。
众草欣有在，高木何须因。
纷纷多远思，游侠几时论！

历来送别诗多矣，如果不能别开境界，如自然界之春花夏荷之后更有秋菊冬梅，那是难以给人以深刻印象的了。柳如是的上述诗作，固然可以看出她和陈子龙已经鱼水情深，“从今互为意，结想自然深”，不让前人的“但愿君心似我心，便知相忆深”。而尤为难得的是，诗作出于女子之手，却有一股阳刚之气，第二首在抒写临别依依之后，忽发“纷纷多远思，游侠几时论”之高唱，以自励自鉴的游侠精神勉励所爱之人。联想到柳如是《赠友人》中尚有“伟人豪士不易得，得之何患非吾徒”之句，就可见她的上述诗作超越了一般卿卿我我的儿女之情，也远非俗语所云“头发长，见识短”的庸脂俗粉所能望其项背。

次年陈子龙会试落第回乡，柳如是首先是以画舫主动接待了这位失意之人，不久他们便正式同居，地在松江城的南门之内，“几社”的发起者之一——徐致远的祖传别墅小楼，亦称“鸳鸯楼”，陈子龙在诗文中称之为“南楼”。他们在这里度过了大半年不是夫妻而胜似夫妻的岁月，彼此以后都终生怀念不已的甜蜜时光。因为陈子龙虽有妻妾却没有心心相印文酒酬唱的爱情，柳如是虽然前有宋征舆但只有陈子龙才是她真正的知音——即使在棒打鸳鸯之后他们终生不复再见，但彼此都写了许多两地相思两心苦忆的诗章。在南楼的日子里，柳如是更加深了对陈子龙的了解和敬慕，而在聆听并参与陈子龙与他的几社朋友之高谈阔论后，柳如是也开拓了她新的人生——她不但正式开始了诗歌创作，后来将其收录在《戊寅草》之中，同时也促使她关心时局与国事，养成了“天下兴亡匹‘妇’有责”的人生价值观念。总之，“才女”与“侠女”的奠基礼于焉完成，二美并具的揭幕式也同时宣告举行。

前者，在南楼蜜月时期，她和陈子龙唱和古典名篇，分别作了《拟古诗十九首》。陈子龙当然写了许多与柳如是有关的诗词，如《樱桃》《早春行》《春日早起》《早春初晴》《浣溪沙·五更》《踏莎行·寄书》等篇，柳如是当然也既是情场的恋人，又是诗国的歌手，她也回应了《男洛神赋》以赞美陈子龙，并抒写了许多情辞兼胜的诗篇。这些篇章出自十八岁的“文学青年”之手，如《杨花》《怀人》《六忆》《西河柳花》《声声令·咏风筝》等篇。其才情功力，今日许多从事新文学而于诗词创作乃门外汉的“文学老年”都是望尘莫及的了。试看她笔下的风筝：

杨花还梦，春光谁主？晴空觅个颠狂处。尤云殢雨，有时候，贴天飞，只恐怕，捉它不住。　　丝长风细，画楼前，艳阳里。天涯亦有影双双，总是缠绵，难得去。浑牵系，时时愁对迷离树。

元人谢宗元《纸鸢》诗的结句是“谁道致身无羽翼，回看高举绝红尘”，《红楼梦》中的贵妇人薛宝钗咏风筝时也有“好风凭借力，送我上青云”之语。柳如是之作和他们同而不同，同的是抒写的是同一题材，不同的是他们表现的是在仕途上或家族中向上爬的心理，而柳如是抒写的却是对自身命运难以把握的担忧与迷惘。

至于后者，柳如是此一时期的一些诗作，不像出自女子的纤纤素手，而似乎有壮士的扛鼎之力。如《初夏感怀四首》：

海桐花发最高枝，碧宇霏微芳树迟。
汾水止应多寂寞，蓝田却记最葳蕤。
城荒弧角晴无事，天外搀枪落亦知。
总有家园归未得，嵩阳剑器莫平夷。

凄亭云幄对江湖，城上青髦隐大乌。
婉娈鱼龙问才艳，深凉烽火字珊瑚。
谁人明月吹芦管，无数清笳起鹧鸪。
愧读神经并异注，愁来不觉有悲歌。

扶风歌起向人寒，四月洪涛触望看。

夏服左弯从白马，铙歌清彻比乌弹。
千金元节藏何易，一纸参军答亦难。
我欲荥阳探龙蛰，心雄翻是有阑珊。

荒荒慷慨自知名，百尺楼头倚暮筝。
勾注谈兵谁最险，崤函说剑几时平？
长空鹤羽风烟直，碧水鲸文澹冶晴。
只有大星高夜半，畸人傲我此时情！

李清照有诗云："生当作人杰，死亦为鬼雄。至今思项羽，不肯过江东。"（《项羽》）"千古风流八咏楼，江山留与后人愁。水通南国三千里，气压东南十四州。"（《八咏楼》），比起她的缠绵婉约之词，李清照所传不多的诗表现的却是迥然有别的巾帼英雄气概。柳如是和李清照虽然萧条异代不同时，但她肯定去《漱玉词》《李清照集》中取过经，而从她们的上述作品看来，时代背景都是异族入侵，国难日急，感情主调都是慨当以慷，不类闺阁之语。但我要特为拈出的是，此类作品的数量柳如是远在李清照之上，而且她那种忧民忧国拯时济世的思想感情，表现得比易安居士也更为直接和强烈。历来的文学史与诗歌史对李清照都不惜篇幅张扬，不吝文辞赞美，这位宋代才女当然受之无愧，不过，殷殷热血，耿耿丹心，论者也许是碍于柳如是的身份，对于这位明末清初的热血才女却未免过于冷落了。须知，以柳如是的出身经历和社会地位而言，她能写出上述一类之诗，应该说更属难能可贵。

千里搭凉篷，没有不散的筵席，何况柳如是与陈子龙之间注定了是为时不长的露水姻缘，他们在同居半年之后，如胶似漆的爱河就变成了相思长忆的苦海。陈子龙之妻张孺人没有钱谦益与龚鼎孳的夫人的雅量，河东狮吼而屡兴问罪南园之师，陈子龙的继母与祖母也容不下柳如是这个所谓的“烟花女子”，再加之陈子龙无力与无奈，同样缺乏冲决名教罗网与世俗樊篱的勇气，无助与无望的柳如是不得不于崇祯八年（1635）夏日，与陈子龙友好而痛苦地临歧分手。柳如是先移居松江横云山陈子龙的好友李雯的别业之中，后来离开松江而重归盛泽。陈子龙和她在南楼分袂时，曾作有《蝶恋花·春晓》一词，回家后即因相思成疾而缠绵床榻，之后柳如是离开松江，他又扁舟亲送至嘉善才依依惜别。今宵离别后，何日君再来？此后他们即无缘再见。但陈子龙不仅为柳如是第一本诗集《湖上草》作序，而且两人还写了许多缠绵悱恻至性至情之作，柳如是曾作大型组诗《梦江南·怀人》二十首，如“其二”与“其七”：

人去也，人去鹭鹚洲。菡萏结为翡翠恨，柳丝飞上钿筝愁。罗幕早惊秋！

人去也，人去碧梧阴。未信赚人肠断曲，却疑误我字同心。幽怨不须寻！

陈子龙和柳如是分手之后不久，在松江旧宅和家人一起共度中秋佳节，但他人在此而心在彼，作《八月十五夜》二首，下引“其二”：

微风摇曳拂金河，斗迥天高出素娥。
万井鸳鸯秋露冷，三江蚌蛤夜潮多。
云能入梦婵娟子，月解伤人宛转歌。
应有桓伊吹玉笛，倚栏人静奈愁何？

柳如是曾名“云娟”，“云能入梦婵娟子”，陈子龙之诗暗寓了如是之名，可谓用心良苦，动人情肠。柳如是更是情真意切，她吹奏的是如泣如诉的洞箫。箫声呜咽，此类作品数量之多，感情之真挚低迴，形式之多样与艺术之多彩，在中国妇女文学史上，除了李清照可以和她较一日之短长之外，恐怕是无人能出其右的吧？《梦江南·怀人》二十阕，就是她内心凄风苦雨的交响曲，从以上所引的雨丝风片，我们就不难想见她内心翻滚的波澜，难怪陈寅恪先生要不禁赞之为“绝世之才，伤心之语”。

陈子龙对柳如是不胜眷恋与怀念，他的《戊寅七夕病中》中有“不堪同病夜，苦忆共秋河”之语，而柳如是也有“无奈受他，一宵恩幸，愁甚病儿真”的《诉衷情近·添病》以抒心曲。他们人分两地，心系一方，这种铭心镂骨的精神之恋，让他们留下了一些同调同题的唱和之作。想当年交通不便，通讯为难，他们的诗来词往当是大费周章的吧？云中谁寄锦书来，陈子龙曾有《踏莎行·寄书》一词：

无限心苗，鸾笺半截。写成亲衬胸前折。临行检点泪痕多，重题小字三声咽。　两地魂销，一分难说。也须暗里思清切。归来认取断肠人，开缄应见红文灭！

陈子龙词的结句，就已经着想落笔于对方灯下读信的情景了，柳如是一旦真正睹信思人，情何以堪？她便以《踏莎行·寄书》以和：

花痕月片，愁头恨尾。临书已是无多泪。写成忽被巧风吹，巧风吹碎人儿意。　半帘灯焰，还如梦里。销魂照个人来矣。开时需索十分思，缘他小梦难寻睬。

不仅此也，李商隐《无题》诗有“来是空言去绝踪，月斜楼上五更钟”之辞，陈子龙词中也常见“五更”之语。温柔不住住何乡？因为它使自己常常忆起和柳如是春宵苦短的甜蜜爱情生活，他还特别作有以“五更”为题的《浣溪沙》一词：

半枕轻寒泪暗流。愁时如梦梦时愁，角声初到小红楼。　　风动残灯摇绣幕，花笼微月淡帘钩，陡然旧恨上心头。

浮家泛宅飘萍无寄的柳如是读到此词，旧梦并不依稀，她当会有如同触电的感觉，而且痛彻心脾，情见乎辞，于是我们今日有缘读到她同调同题的《浣溪沙·五更》：

金猊春守帘儿暗，一点旧魂飞不起，几分影梦难飘断。　　醒时恼见小红楼，朦胧更怕青青岸，薇风涨满花阶院。

全词幽情苦恨，愁绪百端，有对往事的回想，对恋人的思念，也有对今天形单影只的无奈，对明天茫无涯岸的恐惧，寻寻觅觅冷冷清清凄凄惨惨戚戚，以上之词比起易安居士之作，恐怕也不遑多让吧？柳如是与陈子龙多有唱和，可视为双璧玉或二重奏，而赵明诚与李清照却没有唱和之章，李清照弹奏的是独弦琴，而柳如是的境遇，比起官宦人家出身并不乏他人照拂的李清照，似乎更值得同情和怜惜。

下

被迫和陈子龙分手之后，柳如是就像一叶孤苦无告的舴艋之舟，飘荡在茫茫的江湖之上，不知何处才是可以抛锚系缆的彼岸？

日复一日，年复一年，直到遇到钱谦益这一方可以依托的乐土。

离开陈子龙之后几年，倏忽之间柳如是就已经二十岁了，华年转瞬即逝，她亟欲落籍从良，何况战乱的消息不时从北方传来，江南虽然似乎仍然是安乐之窝，但敏感的她心中时时有欲来的山雨，她更是希望早日寻觅到自己可以安身并安心的归宿。除了要求对方有相当的经济实力与社会地位，柳如是气傲心高，具有独立的精神和自由的思想，且有颇为出众的诗词书画的素养——方之今日，她不但是名副其实的诗人，从留存至今的有限的画作与书法而言，她也是独具风格的画家与书法家——因此，具有近似现代她，还不但要求对方于她要明媒正娶，而且要有与她匹配的学识才华。许多贵介公子与庸官俗吏竞相追逐，柳如是只是逢场作戏，虚与委蛇，甚至对他们严辞峻色，如对杭州的所谓“著名词人”徐世俊，对正四品的太仆李少卿，官至太仆寺卿丁忧回杭的谢三宾，就是如此。

与陈子龙分别之后，柳如是也许是为了开始新的生活，她易杨姓为柳姓，改名“隐雯”、“隐”“是”和“如是”，号“蘼芜”。“如是”之名，当出于辛弃疾《贺新郎》中的“我见青山多妩媚，料青山见我应如是”，同时，也是出自佛经中的“如是我闻者”一语，至于“蘼芜”，其源则是汉乐府的名篇《上山采蘼芜》了。取名在中国是一种学问，更是一种文化，由此可见柳如是之蕙质兰心，不同凡俗。杨花柳絮本来是飘荡无着之物，以前早就飘落在柳如是抒发身世之感的《杨花》《西河柳花》等诗词中了，尤其是那首作于崇祯十二年（1639）秋天的《金明池·咏寒柳》，陈寅恪先生赞之为明末最佳诗词，我认为即使置诸古代所有咏柳的佳作之林中，它也仍然可以木秀于林：

有怅寒潮，无情残照，正是萧萧南浦。更吹起，霜条孤影，还记得，旧时飞絮。况晚来，烟浪斜阳，见行客，特地瘦腰如舞。总一种凄凉，十分憔悴，尚有燕台佳句。　　春日酿成秋日雨。念畴昔风流，暗伤如许。纵饶有，绕堤画舫，冷落尽，水云犹故。忆从前，一点春风，几隔着重帘，眉儿愁苦。待约个梅魂，黄昏月淡，与伊深怜低语。

谁是能“与伊深怜低语”的“梅魂”呢？人海茫茫，江湖浩浩，不知何处是她可以泊舟的涯岸？直到行将老去真箇形如冬梅的钱谦益伸出双臂，做了她后半生纵有风浪但也有良辰美景的港湾。

生于明万历十年（1582）的钱谦益，苏州府常熟人，字受之，号牧斋。此公乃万历三十八年殿试的一甲探花，前后任翰林院编修、礼部侍郎，既是晚明东林党的魁首，又是其时的文坛领袖。柳如是的择婿标准，除了地位声望与经济实力之外，还必须是“旷代逸才”。清人钮琇在《觚剩·河东君》中记叙柳如是曾说：“我生不辰，堕兹埃盍。然非良偶，不以委身。今三吴之间，簪缨云集。膏粱纨绔，形同木偶。而帖括咿唔，幸窃科第者，皆伧父耳。唯博学好古，旷世逸才，我乃从之。所谓天下有一人知己，死且无憾。矧盛泽固驵侩之薮也，能郁郁久居此土乎！”钱谦益当然是一个达标的重量级人物，唯一遗憾的是他比柳如是大了整整三十六岁。

在这样的选择面前，柳如是已别无选择。她说非钱谦益这样的人物不嫁，钱谦益呢，虽然已有嫡妻陈氏，同时还有王氏等侍妾，但他素来是江南的“风流教主”，此时又谪居在家，心情不免“郁闷”，天上掉下个林妹妹，他焉有不笑在眉头喜在心之理？何况他以前早已得闻柳如是的艳名与才名，何况柳如是的年长朋友汪然明曾将她的诗词手迹寄给钱谦益，钱谦益立赋《观美人手迹戏题七绝句》，对柳如是的书法备加赞扬，其中一绝是：

“芳树风情在，簪花体格新。可知王逸少，不及卫夫人。”“卫夫人”乃名书法家王羲之之师，此处喻指柳如是，虽然不免爱屋及乌，但也可见柳如是的书法也绝非凡品。柳如是曾作《西湖八绝句》，这一组诗的首篇是柳如是的代表作：

垂杨北院绣帘东，莺阁残枝未思逢。
大抵西泠寒食路，桃花得气美人中。

崇祯十二年（1639）陈子龙曾作《寒食》绝句三首赠给柳如是，其一是“今年春早试罗衣，二月未尽桃花飞。应有江南寒食路，美人芳草一行归”，柳如是几年来念念未能忘情，她的八绝句与陈子龙之作多有应和，而桃花之美得自美人之气，不落唐诗人崔护《题城南庄》之“人面桃花相映红”的窠臼（当代诗人艾青写西湖桃花亦有“桃花如人面，是彩色缤纷的记忆”之名句），可称戛戛独造。诗学大家钱谦益青眼识诗，当然大加赞赏，他在《西湖杂感》二十首其八中说“杨柳长条人绰约，桃花得气句玲珑”，之后又在《姚叔祥过明发堂，共论近代词人，戏作绝句十六首》中又盛誉此诗：“草衣家住断桥东，好句清如湖上风。近日西泠夸柳隐，桃花得气美人中。”于是，他也发出了非柳如是这样的才女不娶的誓言。

落花有意，流水也绝非无情。柳如是幅巾弓鞋，着男子装，主动去常熟虞山半野堂拜访钱谦益，其投赠诗是《庚辰仲冬访牧翁于半野堂，奉赠长句》。

声名真似汉扶风，妙理玄规更不同。
一室茶香开澹黯，千行墨妙破冥蒙。
竺西瓶拂因缘在，江左风流物论雄。
今日沾沾诚御李，东山葱岭莫辞从。

汉代的大儒马融，东汉抗争宦官外戚有宰相之望的李膺，东晋领导了以少胜多的“淝水之战”的名相谢安，均是钱谦益平日心仪并自许的人物，柳如是以之比拟钱谦益，不仅可见年仅二十二岁的她腹笥深厚善于用典，而且正中被赠者的下怀，何况她还表示愿意跟从谪居的他东山再起呢？已经五十八岁的钱谦益如何能不心花怒放，正是明人陈献章《元日试笔》诗所谓“老去又逢新岁月，春来更有好花枝”，他的次韵奉答诗当然是心花与诗花一起盛开：

文君放诞想流风，脸际眉间讶许同。
枉自梦刀思燕婉，还将抟土问鸿蒙。
沾花丈室何曾染，折柳章台也自雄。
但似王昌消息好，履箱擎了便相从。

陈寅恪评价柳如是上述之诗，有道是“其意境已骎骎进入北宋诸贤之范围，固非同时复社几社诸胜流所能望见”，而钱谦益的和韵之作，薛涛与章台柳固然符合柳如是的身份，而且以柳喻柳，颇见匠心巧智，但如果没有出自名门夜奔司马相如的卓文君与之相比，柳如是不一定会高兴而认同吧？钱谦益兵贵神速，以十天时间为柳如是在半野堂之侧盖了一所新居，取《金刚经》中“我闻如是”之语名为“我闻室”，暗合“如是”之名，且引南朝乐府《河东之水歌》中“河东之水向东流，洛阳女儿名莫愁”的诗句，为柳如是取了一个新的名字“河东君”。他还不顾森严的封建礼法，应柳如是不做侍妾与外妇之追求平等与尊严的要求，在松江用彩船画舫以合卺大礼即以嫡妻之礼迎娶，虽然封建冬烘的士民纷纷以瓦砾石块投掷画船，但“反潮流”的钱谦益终于力排众议与恶攻，抱得美人而归。迎娶时他就按照法定程序作了催妆之诗，礼成当晚他又写了四首《合欢诗》，第二首与他们的上述之诗相呼应："五茸媒雉即鸳鸯，桦烛金炉一水香。自有青天如碧海，更教银汉作红墙。当风弱柳临妆镜，罨水新荷照画堂。从此双栖惟海燕，再无消息报王昌。"柳如是则有《春日我闻室作呈牧翁》：

裁红晕碧泪漫漫，南国春来正薄寒。
此去柳花如梦里，向来烟月是愁端。
画堂消息何人晓？翠帐容颜独自看。
珍重君家兰桂室，东风取次一凭栏。

钱谦益对柳如是呵护备至，这不仅是因为她年轻貌美，而且由于在文学艺术方面有许多共同的语言。他们不仅互相酬唱，而且在著述之时，柳如是还是钱谦益得力的助手和不二的秘书。随着时间的流逝，特别是以后共历患难之后，钱谦益在诗文中对柳如是更是以"妻"相称，可见他对柳如是的爱恋与尊重。如果没有天崩地解海飞山立的"国变"，和钱谦益去世后迅不旋踵祸起萧墙的"家变"，柳如是大约就会安逸而平稳地度过她的后半生了。

渔阳鼙鼓动地来。先是一六四四年李自成攻入北京，崇祯帝吊死煤山，二百多年的日月不明的明王朝寿终不正之寝，随之你方唱罢我登场，满清取李自成而代之，并且挥兵南指，兵临南明弘光朝的都城南京城下。当此之时也，昏而且腐的弘光帝朱由崧与权奸马士英、阮大铖早已仓皇出逃，身为礼部尚书的钱谦益却困守孤城。何去何从？这是检验一个人的民族大节与道德底线的严峻关头。在时代的试金石之前，有人选择隐遁而终老山林，有人选择反抗甚至杀身成仁，有人选择投降而苟延残喘甚至飞黄腾达。红颜压倒须眉，弱女子不愧为大丈夫，柳如是选择的是英勇赴死，而且邀夫君钱谦益作另类意义的与子偕行。据说她准备了刀与绳，愿和钱谦益二择其一，向来以天下任的钱谦益此时却嗫嗫嚅嚅，表示敬谢不敏。她复邀钱谦益一同赴水，有钱谦益的学生顾苓《河东君小传》的记叙为证，而明末清初学者冯舒的《虞阳说苑·牧斋遗事》也有大致相同的记载："乙酉五月之变，柳夫人劝牧翁曰：'是宜取义全大节，以副盛名。'牧斋有难色。柳奋身欲沉池中，持之不得入。是时长洲沈明伦馆于尚书家，亲见其事，归说如此。"钱谦益不做烈臣做贰臣，终于以文臣班首的身份，手捧舆图册籍，和大学士王铎等要员一起出城跪降，让自己的履历表上洒下永远无法漂白的浓黑污点，让刚烈的柳如是深为不满与不屑。当钱谦益与一干降臣欣欣然北上去叩见新主而就新职时，许多降臣的妻妾纷纷随行，独有柳如是不与，她身着暗示朱明王朝的大红衣裙于道旁送行。事隔多年，柳如是对钱谦益的软骨病仍然心存鄙夷，顾公燮《消闲杂记》中之"柳如是"条云："宗伯暮年不得意，恨曰：'要死，要死。'君叱曰：'公不死于乙酉，而死于今日，不已晚乎？'"虞阳说苑本《牧斋遗事》也曾记载："后牧斋偕柳游拂水山庄，见石涧流泉澄洁可爱，牧斋欲濯足其中，而不胜前却。柳笑曰：此沟渠水，岂秦淮河耶？牧翁有恧色。"用今日的流行俗语，柳如是可说是哪壶不开提哪壶了。

柳如是在名节大义与生死大关方面所表现的刚烈，与她自小所受的传统教育分不开，也与她的宁折不弯的性格密切相关，当然、也因为她曾受到陈子龙等复社人物的深刻影响。如果求证于她的诗作，从《咏竹》与《咏梅》二首就可见端倪：

不肯开花不趁妍，萧萧影落砚池边。
一枝片叶休轻看，曾住名山傲七贤。

——《咏竹》

色也凄凉影也孤，墨痕浅晕一支枯。

千秋知己何人在？还赚师雄入梦无？

——《咏梅》

在中国的传统文化中，“松竹梅”最早登场是在古老的《诗经》里，在中华民族长期的审美过程中，在后来的诗人与画家的笔下，它们联袂而行定格为“岁寒三友”，成了高尚人格的化身，坚贞气节的写照，傲霜斗雪的君子的典型。柳如是笔下的“竹”与“梅”不同样是如此吗？在寥寥二十八个字之中，没有柔弱只有刚强，没有随风俯仰只有坚贞不屈，没有奴颜媚骨只有亮节高标，即使置于同一题材的作品之林中，柳如是这两首诗也仍然是迥异流俗而出类拔萃之作。读其诗而想见这位希望英雄豪杰作为其师长的作者，我们就不难理解包括钱谦益在内的平日以节操自许的士大夫，在生死考验面前掉链子现原形是何等令人失望，而柳如是这位出身风尘的女子却不愧英豪之名或者说真乃雌中之英！

钱谦益在新朝只上了半年班，便托疾辞官回乡，算是自动下岗。他之所以如此，一是因为原来期望值太高，清廷只给他一个礼部侍郎之职，折腾了半天，比在南明所任礼部尚书还低了半级，主角变成了配角，他的内心当然颇不平衡，另一重要原因，除了儒家名节观念仍然煎熬着他矛盾的灵魂之外，我以为柳如是的态度对他有决定性的影响。作为红颜知己，柳如是就是他这个白发老人后半生精神之寄托，柳如是不愿随同来京，对清廷持不合作的立场，对钱谦益的易节颇为不屑，在这种前途无“亮”后院不稳的情势下，钱谦益不能不迷途知返。钱谦益后来因牵连抗清志士黄毓琪案而被捕入狱，柳如是抱病随行多方营救，“青春望断催归鸟，黑狱深沉报晓鸡。恸哭临江无壮子，徒行赴难有贤妻”，自此之后，钱谦益在诗中多次以“妻”或“贤妻”相称。为了补过赎罪，也为了回报柳如是，他此后和柳如是一起进行了多年的反清复明活动。“大节从容问女流”，从钱谦益的夫子自道之中，不难想见他的诸多重大举措，应该源于柳如是的襄赞和鼓励，有如前台之演员与后台之导演。

当然，柳如是也不仅仅是导演而已，虽然因事关机密而史料缺失，虽然钱谦益死后家遭巨变，而柳如是后期诗文大都荡然无存，但我们仍不时可以见到柳如是去到前台的身影。抗清志士黄宗羲《八哀诗》中的“红豆俄飘迷月路，美人欲绝指筝弦”，这就是写柳如是对他的帮助。他曾记叙顺治七年（1650）三月他小住钱家之绛云楼，一天深夜已经入睡，钱谦益提灯来到床前，以七两银子相赠，并说明乃柳如是之意。顺治十一年冬，钱谦益和柳如是将抗清将领姚志卓、朱全古迎至其家，以祀神仪式遮人耳目，为他们筹资捐饷。钱谦益《后秋兴》组诗自注曾说：“姚神武有先装五百罗汉之议，内子尽橐以资之，始成一军。”在柳如是的策划下，他们后来移居于常熟东乡白茆芙蓉村之红豆山庄，此处距长江入海口仅二十余里，他们以之作为交通海上抗清水师和江南抗清志士的联络站与情报站。很想效法南宋韩世忠夫人梁红玉金山桴鼓的柳如是，据说还曾亲往郑成功的海上水师劳军，虽然真相究竟如何，只能去问三百多年前的江上烟波，海中巨浪，但那也足以令人临风遐想和肃然起敬的了。

“甲申事变”之后，因种种原因柳如是之诗文大都湮没无闻，但钱谦益《有学集贰秋槐诗支集》中，附录了柳如是《依韵奉和二首》。

春风习习转江城，人日于人倍有情。
帖胜似能欺舞燕，妆花真欲坐流莺。
银旛囡载忻多福，金剪侬收喜罢兵。
新月半轮灯乍穗，为君酹酒祝长庚。

佛日初辉人日沉，彩旛清晓供珠林。
地于劫外风光近，人在花前笑语深。
洗罢新松看沁雪，行残旧药写来禽。
香灯绣阁春常好，不唱卿家缓缓吟。

陈寅恪先生说，“新月半轮灯乍穗”是暗寓拥有西南半壁河山的永历新朝，而“为君酹酒说长庚”则一语双关，既是祝福夫君，也是祝祷南明的国君。“佛日初辉人日沉”呢？“佛日”暗指永历，“人日”则寓指清廷。其实，如同河流的下游是自上游而来，柳如是的天下兴亡匹“妇”有则的壮志豪情，在她以前的诗作中就已经壮声英概地表现过了，如她的五古《于忠肃祠》，“少保绝世人，功名寄辽廓。方其用兵时，战守何精确。意气吞龙荒，事业高云阁。……洒泪空夕阳，英风竟安托？自公替凌后，几人称荦卓？所以徒步客，恸哭霸王略。”歌颂的就是明代抗击外侮后被冤杀的民族英雄于谦，而七律《岳武穆祠》，则更是柳如是慨当以慷的心声的写照：

钱塘曾作帝王州，武穆遗坟在此丘。
游月旌旗伤豹尾，重湖风雨隔髦头。
当年宫馆连胡骑，此夜苍茫接戍楼。
海内如今传战斗，田横墓下益堪愁！

此诗见之于柳如是的诗集《湖上草》。全诗以史抒怀，以古鉴今，尽洗铅华，扫除香艳，毫无女作者习见的脂粉之气，飞扬的是女诗人罕闻的壮士之音，清人汪然明称之为“脱尽红闺脂粉气，吟成先吊岳王祠”，这种作品质之李清照，恐怕她也难以措手吧？金兵南侵日亟之时她流落杭州，前后居住共二十多年，她的现存词作中，虽有“中州盛日，闺门多暇，记得偏重三五”的

《永遇乐·元宵》这种伤今念昔之篇，但却没有与柳如是上述诗作相类似的作品，千载而后，不能不令人深感遗憾！

康熙二年（1663）冬天，钱谦益病重，回首崇祯十三年（1640）于半野堂为柳如是所设的文宴，重温与柳如是相依并相知的二十多年岁月，以及他前后为柳如是写的至少上百首爱情诗章，在题为《病榻消寒杂咏四十六首》的组诗里，其“三十三”对前尘旧梦仍然念念不忘：

老大聊为秉烛游，青春浑似在红楼。
买回世上千金笑，送尽平生百岁忧。
留客笙歌围酒尾，看场神鬼坐人头。
蒲团历历前尘事，好梦何曾逐水流！

华年似水，好梦难长，次年五月二十四日，钱谦益去世，家变骤起。钱氏族人打上门来逼债，柳如是虽是侧室，但在礼教森严的封建社会中，其地位并未得到族人真正的认可，一旦呵护她的钱谦益这堵挡风的墙倒塌，她便置身于风口而首当其冲。四十六岁的柳如是不堪凌辱，给女儿钱孙蕊留下一封遗书后于荣木楼住所自缢。她已毫无活下去的意义与希望了：钱谦益虽然大节有亏，但对她毕竟是以嫡妻之礼迎娶，后来还一起从事反清复明活动，他们之间应该是既志同道合，复伉俪情深，此其一；她以前真正相恋的陈子龙早已英勇殉难，这当是她心中永远的痛，她与钱谦益长期坚持地下活动，也是对陈子龙的精神上的一种怀念和补偿，此其二；如今国内的抗清活动均已失败，清朝的统治已经稳固，于私于公，她都已万念俱灰，此其三。上述第二个原因，完全是我个人的私心揣度，究竟如何，已不能起柳如是于地下而问之了。

柳如是只活了四十六个春秋，也可谓佳人薄命。不过，她的生平事迹令人追踪怀想，今日尚存的二百余首诗词也令人诵之而口有余香，她的书法与绘画虽系劫后遗珠，但仍然照人眼目。不幸中的大幸是，当代大儒陈寅恪先生为她写了八十余万言的《柳如是别传》，让她终于没有埋没在封建卫道士的流言蜚语和历史的漶漫风沙之中。她的长篇七古《赠友人》礼赞抗清志士，诗中说“当年颇是英雄才，至今猛气犹如斯。我闻起舞已叹息，江湖之色皆奔驰”，全诗的结尾更是直抒胸臆，反之复之，壮声英概：“伟人豪士不易得，伟人豪士不易得，得之何患非吾徒！”沦落风尘中的柳如是，系风尘侠女，乃诗国名姝，超越和压倒了当时与后世的许多须眉浊物。明末清初与清末民初相映照，作为清代末年爱国志士与杰出诗人秋瑾的遥远的先行，柳如是呵，侠名芬芳在铁血交飞的历史之中，诗名飞扬于几乎是男性诗人一统天下的中国诗史之上！

矛盾的灵魂　人生的苦酒

明末清初的诗坛，钱谦益（牧斋）、吴伟业（梅村）、龚鼎孳（芝麓）号称“江左三大家”。孔子云：三人行，必有我师焉。但这三个人在民族大节上，却没有一人够格成为他人的老师。钱谦益不必多说了，他的诗作赫赫有名，其降清也有名黑黑；龚鼎孳先于北京降于李自成之大顺政权，授直指使，巡视北城，李自成败走，他立马复降于满清新朝，成为双料之贰臣，并且官运亨通，官至刑、兵、礼三部尚书，相当于今日中央正部级之高干。时穷节乃见，他自己不肯殉节倒还罢了，还要弱女子为他这个大丈夫作挡箭牌：“我原欲死，奈小妾不许何？”他的“小妾”，就是原为“秦淮八艳”之一画兰时自题“横波”而人称“横波夫人”的顾媚。这，也就是郁达夫《题龚芝麓〈三十二芙蓉斋诗集〉后》的典源，其诗是：“尚书白发老江湖，卅二芙蓉句不磨。未必临危难授命，都因无奈顾横波。”吴梅村呢？情况虽然比上述二位略好，但同属难兄难弟，同样以前明大臣的身份入仕清朝，乃九十步与百步之间而已。当年吴梅村奉清廷之诏从隐居九年的家乡北上，路经苏州，许多士人在虎丘为他这位大名士送行，虎丘的“千人石”上，据说坐满了人，几乎有一半是满清官员。吴梅村系江苏太仓人，太仓境内有娄江，他家住娄江之东，本人是诗坛“娄东派”的领袖。送行会上除了一片祝祷之声，还有无名氏“致奉”的一首另类绝句：“千人石上坐千人，一半清朝一半明。寄语娄东吴学士，两朝天子一朝臣！”不过，吴梅村并非是死心塌地地投靠，他具有的是士人或者说知识分子所普遍具有的人格弱点，或云人格分裂：患得患失，首鼠两端，夸夸其谈，言行不一。这样，小至个人私密的两人世界的爱情，忠于爱情还是考虑个人的前途与声名？大至公诸于众的民族大义的操守，成仁就义还是贪生怕死，追求荣华富贵？诸多矛盾始终煎熬着他的灵魂。而他品尝的，当然始终只能是一杯人生的苦酒。

上

晚明时代，南京的秦淮河畔有艳帜高张的“秦淮八艳”，她们都是色艺双全而且为人行事不乏亮点的人物。在过去的岁月里，才子佳人从来就有演绎不完的故事，而在明末清初地裂山崩的凄惶乱世中，那些故事的背景自然是江山易色的铁血大幕，从而平添了一番艰难时世的悲欢离合，而主演者最终也成为了令后世观众低回的流水落花。在“秦淮八艳”之中，四艳的罗曼史尤为著名，这就是柳如是与钱谦益、顾媚与龚鼎孳、李香君与侯方域、卞玉京与吴梅村。前两对还算是修成了正果，而后一双最终则以悲剧收场。侯、李的故事，经孔尚任《桃花扇》的敷演而流传甚广，吴、卞的情史，因吴梅村所作的近乎李商隐风格之诗而传说至今。吴梅村与卞玉京演出的是悲剧而非喜剧，主要原因是吴梅村有才子的风流，却没有男人的勇敢；有文人的多情，却没有勇士的果决；有逢场作戏的轻狂，却没有不顾他人非议的担当。在这一方面，钱谦益倒是还略胜一筹。正因为如此，他矛盾的灵魂谱就的，当然就只能是一曲悲歌与哀歌了。

“酒垆寻赛赛，花底出圆圆”，明末清初的这一俗谚口碑，有如现在的流行歌词，传唱甚广。“圆圆”，即是芳名远播的陈圆圆，“赛赛”，则是指别名赛或赛赛的卞玉京。可见在美女如云的脂粉队中，在后来的吴三桂等枭雄还没有出场之时，卞玉京与陈圆圆的知名度不仅高出群雌，而且她们俩可称并驾齐驱。卞玉京虽然沦落风尘，却并非一般人想象的所谓庸脂俗粉，更远非现在的所谓三陪小姐可比。据时人余怀的《板桥杂记》记载，她长于绘事，尤擅画兰，精于音律，善于鼓琴，眼界甚高，“见客，初不甚酬对；若遇佳宾，则谐谑间作，谈辞如云，一座倾倒”，可见，作为一位被侮辱被损害的弱女子，卞玉京有自己的底线，而世间有多少须眉，特别是有些权势与金钱在握者，在为人处世方面是要多恶俗就有多恶俗，要多堕落就有多堕落。

卞玉京十八岁时侨居吴县（今江苏苏州）西南十里之横塘。崇祯十六年（1643）春天，在杏花春雨江南的苏州，吴梅村和她有缘相识。当其时也，吴梅村在南京任国子监司业，他的同窗好友吴志衍赴任四川成都令，朋友们在苏州虎丘设宴送行。俊士飞觞，美人压酒，吴梅村有《送志衍入蜀》七言古诗，开篇便是“去年秋山好，君走燕云道；今年春山青，君去锦官城。秋山春山何处可为别，把酒欲问横塘月。人影将分花影稀，钟声初动箫声咽”的好辞隽句。能诗的卞玉京冰雪聪明，也当场作题于扇面的赠行绝句，题为《题扇送志衍入蜀》：

剪烛巴山别思遥，送君兰楫渡江皋。
愿将一幅潇湘种，寄与春风问薛涛。

此作可谓有学识，有才情，远非一般风尘女子可及。吴梅村年少时即是继东林之余响的“复社”中坚，二十二岁时高中殿试第二，即名动天下之榜眼，此时也才刚刚而立之年，青年俊彦，春风得意，对寻觅如意归宿的卞玉京，当然有极大的吸引力。而卞玉京于吴梅村呢？多年后他还说“玉京明慧绝伦，书法逼真黄庭，琴亦妙得指法”，其聪敏机智“虽文士莫及也”。在一次文酒之会中，微醺薄醉的卞玉京娇波欲流，附几而问对坐的吴梅村：“君其有意乎？”在兵戈扰攘大厦将倾的乱世，弱女子已然认定他是她避风的良港，栖身的嘉树但并非不解风情的吴梅村，此时却不像钱谦益、龚鼎孳遇到相似情况一样当机立断，而是犹犹豫豫，装聋作哑，其现场表现是“固为弗若解者”，而自尊心极强的卞玉京因此也不复再问。当然，他们之间不仅有故事，而且也有事故，见之于吴梅村《西江月》《临江仙》《醉春风》等词作：

娇眼斜回帐底，酥胸紧贴灯前。匆匆归去五更天，小胆怯谁瞧见？　　臂枕余香犹腻，口脂微印方鲜。云踪雨迹故依然，掉下一床花片。

——《西江月·春思》

乌鹊桥头夜话，樱桃花下春愁。廉纤细雨绿杨舟，画阁玉人垂手。　　红袖盈盈粉泪，青山剪剪明眸。今宵好梦倩谁收？一枕别时残酒。

——《西江月·咏别》

温柔乡中之语，风光旖旎之辞，端的是锦心绣口，文采风流，可见身为国子监（全国最高教育管理机构与学府）副长官号为“吴祭酒”的吴梅村，并未能超然忘情于“卞”外。但是，落花有意，流水无情，卞玉京并非是以一夜情而是拟以终身相托的，而吴梅村的妻子郁夫人并不像钱谦益或陈子龙的夫人那样泼辣善妒，他并没有河东狮吼后院起火之忧，而且他后来也曾借口有女无子而多置妾妇，属于生活上的多妻主义者。然而，他当时却不敢迎娶一位才貌双全而且倾心于他的秦淮名妓，像他的敢作敢为的前辈钱谦益一样。临歧而分手，恐怕是因为国子监司业相当于今日之教育部副部长兼国立大学副校长，他有忌于所谓有伤名教而受人攻讦吧？这，虽然有爱惜羽毛之意，但主要是他缺乏担当患得患失的自私心理与懦弱性格所致。

钱谦益年长吴梅村近三十岁，前辈而兼忘年交，极为欣赏吴梅村的才华，有《致梅村书》与《梅村诗集序》为证，其中不乏“以锦绣为肝肠，以珠玉为咳唾”的赞美之语。顺治七年（1650）十月，吴梅村去常熟看望钱谦益，后者在其拂水山庄置酒高会。此时恰逢卞玉京从南京来常熟，借居于友人之家，时逢鼎革，她与吴梅村已睽别多年矣。钱谦益善解人意，并有成人之美，便派人持柬驱车去请卞玉京赴会，卞玉京虽然应邀前来，届时却躲进柳如是的内室，忽儿说上楼化妆，忽儿又说身体不适，虽千呼万唤，却始终不出来与吴梅村相见。这，大约是旧情新怨交集，沧桑之感与自尊之心兼而有之吧？原来人分两地，现在虽近在咫尺却如隔天涯，吴梅村惶惶然，凄凄然，茫茫然，此时早已改朝换代，吴梅村已非南京的国子监司业而只是隐居乡里的遗民，不知他为何仍然没有坐守穷追而图破镜重圆的勇气？幸而他因此而留下了《琴河感旧》组诗四首，那是可以与李商隐的《无题》诗媲美而较李诗明朗的篇章。诗前的小序是：“枫林霜信，放棹琴河。忽闻秦淮卞生赛赛，到自白下，适逢红叶，余因客座，偶话旧游，主人命犊车以迎来，持羽觞而待至。停骖初报，传语更衣，已托病痁，迁延不出。知其憔悴自伤，亦将委身于人矣。予本恨人，伤心往事。江头燕子，旧垒都非；山上蘼芜，故人安在？久绝铅华之梦，况当摇落之辰。相遇则惟看杨柳，我亦何堪？为别已屡见樱桃，君还未嫁。听琵琶而不响，隔团扇以犹怜，能无杜秋之感、江州之泣也！漫赋四章，以志其事。”序言已经写得悱恻动人而才华秀逸了，诗作更是渺渺予怀，美人天际，抚今追昔，黯然神伤，奏响的是一阕百感交并的悲怆奏鸣曲：

白门杨柳好藏鸦，谁道扁舟荡桨斜？
金屋云深吾谷树，玉杯春暖尚湖花。
见来学避低团扇，近处疑嗔响钿车。
却悔石城吹笛夜，青骢容易别卢家。

油壁迎来是旧游，尊前不出背花愁。
缘知薄幸逢应恨，恰便多情唤却羞。
故向闲人偷玉箸，浪传好语到银钩。
五陵年少催归去，隔断红墙十二楼。

休将消息恨层城，犹有罗敷未嫁情。
车过卷帘劳怅望，梦来携袖费逢迎。
青山憔悴卿怜我，红粉飘零我忆卿。
记得横塘秋夜好，玉钗恩重是前生！

长向东风问画兰，玉人微叹倚栏杆。
乍抛锦瑟描难就，小叠琼笺墨未干。
弱叶懒舒添午倦，嫩芽娇染怯春寒。
书成粉箑凭谁寄？多恐萧郎不忍看！

琴河又名琴川，流经江苏常熟，此处代指常熟。卞玉京后来应该读到了这一组诗，她的感受如何？是否也赋诗以答？我们今日均已不得而知了。倒是钱谦益曾和诗四首，并在序言中激赏其“声律妍秀，风怀恻怆，于歌禾赋麦之时，为题柳看花之句。彷徨吟赏，窃有义山（李商隐）、致光（韩偓）之遗憾焉”。

诗之不足，继之以词。吴梅村的《临江仙·逢旧》，同是咏叹与卞玉京这一段姻缘与孽缘之作，旧爱新愁，缠绵哀艳，甚至连“薄幸”“萧郎”“憔悴”“卿”之用词都与前诗相同：

> **落拓江湖常载酒，十年重见云英。依然绰约掌中轻。灯前才一笑，偷解砑罗裙。　薄幸萧郎憔悴甚，此生终负卿卿。姑苏城外月黄昏。绿窗人去住，红粉泪纵横。**

当年初逢于姑苏，恍如昨日，江山易稿之后，乱世飘萍之余，近十载音尘隔绝，重逢时已然物不是而人已非。吴梅村以情人之代称“萧郎”自喻，以杜牧诗“赢得青楼薄幸名”之“薄幸”自责，以楚辞中的“颜色憔悴，形容枯槁”之“憔悴”自怜自恨，一派哀怨之音，一腔悔恨之情，一怀身世之感，虽然不能人为地拔高，说此词是以美人香草抒家愁国恨，但如果论世知人，从中也隐隐然可以听到些许那个动乱的大时代的消息。

在钱谦益的拂水山庄，卞玉京虽然避而不见，却答应次年去太仓拜访吴梅村。次年即顺治八年（1651）初春的一天，卞玉京果然携婢女柔柔来访，一袭青衣，已是道人妆束。自称“玉京道人”的她，讲述了乱离中的悲惨见闻和自己的漂泊经历，并为吴梅村和几位旧友鼓琴，吴梅村感而赋七古长篇《听女道士卞玉京弹琴歌》。“驾鹅逢天风，北向惊飞鸣。飞鸣入夜急，侧听弹琴声。借问弹者谁？云是当年卞玉京”，全诗以卞玉京的诉说与弹琴一线贯穿，通过描写天崩地坼的时代名门望族的女子之悲惨遭遇，反映了南明弘光朝的荒淫腐败和清朝的残暴血腥，急管繁弦，惊风骤雨，既凄清入耳又荡人心魄。清人魏宪说它“细细叙来，悲泣莫诉”（《诗持》），清人邓汉仪说它“有此等恨事，却有此等好诗。千载伤心，一时掩泪”（《诗观》）。我则以为，诗人此时已超越了个人的小儿女的情感，或者说，没有过多地去抒写作者与弹者之间的男女之情，因为旧人新遇毕竟是大时代的小插曲，诗人正是以中山王徐达的后代和卞玉京等人凄凉苦涩的小遭逢，抒写了许多人共有的身世之悲亡国之痛沧桑之感，表现了那一地覆天翻的大时代。

卞玉京来探望吴梅村并为之鼓琴，颇有前缘已了尘缘已尽即此辞别之意。世事茫茫，前途渺渺，她在吴梅村这里找不到自己生命的归宿，加之历经丧乱，心绪成灰，她便自称“玉京道人”而遁入空门，以之作为聊避时代之烈风暴雨的港湾，也作为自己伤痕累累的灵魂的栖息地。她修持极严，已勘破红尘俗世，钱谦益与邓汉仪专诚往求一面而不可再得。如此情境，有她的《题自画小幅》七绝为证，那是她为自己所作的一幅水墨山水画而题：

沙鸥同住水云乡，不记荷花几度香。
颇怪麻姑太多事，犹知人世有沧桑！

有风华秀逸的才情，有人生的深沉感喟，这样的绝句上品竟然出自卞玉京的纤纤素手，即使置诸同时代众多须眉的绝句佳作之林，也绝无多让。

一别音容两渺茫。此后吴梅村和卞玉京就未曾见面，待到再次相对就已经是流水落花春去也的天上人间了。我们只知道卞玉京几经辗转，重返苏州，虽皈依空寂，但她善良而重情，为了感激佛门俗家弟子郑钦谕名医的悉心照料，让她有个焚香诵经的安宁晚年，她曾刺舌醮血为其手抄了一部《法华经》。如果这部经书能流传到今天，任何铁石心肠的观者恐怕都会恻然伤怀吧？十余年后的康熙七年（1668），年届六十的吴梅村再次见到卞玉京时，被他辜负的惠质兰心的美人，已经隔了一抔黄土。顺治十八年（1661），卞玉京去世，葬于无锡惠山祇陀庵的锦树林之原。青天易补，恨海难填，虽说是人天两隔，但享年仅六十三岁的吴梅村离他一六七一年的人生终点也不远了，抚今追昔，愧痛交并，他写下了《过锦树林玉京道人墓并传》，那是他垂暮之年的爱情的绝唱：

龙山山下茱萸节，泉响琤淙流不竭。
但洗铅华不洗愁，形影空潭照离别。
离别沉吟几回顾，游丝梦断花枝悟。
翻笑行人怨落花，从前总被春风误。
金粟堆边乌鹊桥，玉娘湖上蘼芜路。
油壁曾闻此地游，谁知即是西陵墓。
乌桕霜来映夕曛，锦城如锦葬文君。
红楼历乱燕支雨，绣岭迷离石镜云。
绛树草埋铜雀砚，绿翘泥涴郁金裙。
居然设色倪迂画，点出生香苏小坟。
相逢尽说东风柳，燕子楼高人在否？
枉抛心力付蛾眉，身去相随复何有？
独有潇湘九畹兰，幽香妙结同心友。
十色笺翻贝叶文，五条弦拂银钩手。
生死栴檀祇树林，青莲舌在知难朽。
良常高馆隔云山，记得斑骓嫁阿环。
薄命只应同入道，伤心少妇出萧关。
紫台一去魂何在，青鸟孤飞信不还。
莫唱当时渡江曲，桃根桃叶向谁攀？

天长地久有时尽，此恨绵绵无绝期。如果时光能够倒流，我们就会看到秋风里，夕照中，下玉京荒草离离的墓前，一位白发老人那踯躅的步履，孤单的身影，悔恨的眼泪，听到他那高一声低一声的出自肺腑的悲吟。本世纪之初，我因事路经无锡，匆匆两日，向人打听卞玉京和吴梅村的旧事，锦树林的故地，被询者均茫无所知，他们有的只知道二胡名家瞎子阿炳的传说。一代红颜卞玉京，早已走进了吴梅村的诗篇，而吴梅村呢，则早已走进了历史深深深几许的烟云深处。

下

吴梅村本来有锦绣前程，可惜他又偏逢末世，生活在明末清初那样一个江山易色的时代，人生的履历完全被另行改写；吴梅村本来可以成为杀身成仁的志士，或是退隐林泉优游岁月的隐者，但由于时代的原因特别是性格的弱点，他却成了一个不光彩的“贰臣”，后来乾隆授意所修的《清史列传》，也将其和钱谦益等人一起列入“贰臣传”之中。然而，有的“贰臣”是死心塌地地为新朝效命，如同犬马，吴梅村心中道德的律令和良善的本性却并没有完全泯灭，如同他面对小写的儿女之情痛悔不已一样，面对大写的家国之情，痛悔也始终煎熬着他的余生。

出生于万历三十七年（1609）的吴梅村，江苏太仓（今江苏太仓县）人，名伟业，号梅村，出身于家道中落的书香门第。他少年时即师从晚明文社“复社”的创始人张溥，成为其得意弟子。青年时就颇具诗名，前辈钱谦益引为忘年交，重才爱才的他在《致梅村书》中，说他“别后捧持大集，坐卧吟啸，如渡大海，久而得其津涉。辞丽句清，层见叠出，鸿章缛绣，富有日新。有事采剟者，或能望洋而叹”，这固然可见诗坛领袖的钱谦益之识人爱才，而非梁山上嫉贤妒能唯我独尊的白衣秀士王伦可比，同时，也可见年轻的吴梅村之迥出时辈，秀出群伦。崇祯四年（1631），时当二十三岁的他高中会试第一，廷试又以一甲第二名即榜眼报捷。他曾制词云：“陆机辞赋，早年独步江东；苏轼文章，一日喧传天下。”字里行间，足见其春风得意马蹄疾之状。有人出于嫉妒之情与门户之见，借其试卷参劾主考官周延儒，欲以“舞弊”之名定罪，崇祯帝调审吴梅村的试卷，在原卷上作了“正大博雅，足式诡靡”的最高批示，而且御旨赐假回乡完婚。《四喜》诗有云：“久旱逢甘雨，他乡遇故知。洞房花烛夜，金榜挂名时。”后二者吴梅村兼而有之，可谓“四美具”而“二难并”了。郑方坤《国朝名家诗抄小传》说他“时犹未娶，特撤金莲宝炬，花币冠带，赐归里第完婚，于明伦堂上行合卺礼。盖自洪武开科，花状元给假，此为再见，士论荣之。嗣后回翔馆阁，不十年荐升至宫詹学士；金鼎沙堤，旦暮间物耳。”十余年间，吴梅村虽然未能如火箭般飚升而出将入相，但由初授翰林院编修而迁南京国子监司业晋左中允，官阶级别也仍在步步高升。应该说，抛开中国人固有的民族感情和读书人引以立身的道德气节不论，吴梅村对于明王朝是感恩戴德的。然而，除了时势，决定命运的是性格，他的灵魂是矛盾的灵魂，他于个人的爱情固然是首鼠两端，于家国的大义也不免出尔反尔，用现代的语言形容，堪称是另一种类型的“两面人”，惩罚他后半生的，是名心与利禄、惭愧与悔恨锻铸而成的双刃剑。

初出道的吴梅村在崇祯朝也曾经一试锋芒，他虽不敢直接弹劾奸佞的当朝首辅温体仁，却也曾上疏指斥他的党羽。温体仁罢相，继任者张至发衣钵相承，他也曾上疏警告当权者不得“尽袭前任所为”。在南明弘光朝，弘光帝荒唐腐败，权臣马士英、阮大铖夺利争权，倒行逆施。被召为少詹事的他深感这部朽烂的官僚机器已无从修理拯救，国事已无可为，便毅然挂冠归里。在明亡之前，他的诗歌创作继承了白居易的“文章合为时而著，歌诗合为事而作”的现实主义传统，并非全是风流才子的风花雪月，并非如有人所说的“梅村甲申之前，无一忧危之辞见于毫牍”，而是有许多忧时伤世系念边防痛切时局的反映时代变乱的诗篇，如《洛阳行》《襄阳乐》《高丽行》《临江参军》《读杨参军悲巨鹿诗》等等即是。而在易代之后，吴梅村隐居乡里，对那些前明的高官大将投降清朝而为虎作伥者，他也曾口诛笔伐，鄙视如同秋风，愤怒如同火焰。在《松山哀》中，他就严辞挞伐曾任兵部尚书蓟辽总督的洪承畴兵败投降："十三万兵同日死，浑河流血增奔湍。岂无遭际异，变化须臾间。出身忧劳致将相，征蛮建节重登坛。还忆往时旧部曲，喟然叹息摧心肝！"而在名作《圆圆曲》里，他把吴三桂永远钉在了诗所铸成的耻辱柱上，"恸哭六军俱缟素，冲冠一怒为红颜！""全家白骨成灰土，一代红妆照汗青。"崇祯于煤山上吊，吴三桂的父亲吴襄一家三十余口被李自成所杀，国恨家仇他都不为所动，但一听说爱妾圆圆为李自成的部将刘宗敏所掳，便勒马回缰开山海关以迎降。吴梅村作上述二诗之时，洪承畴位高权重，任清朝之五省经略、内院大学士，他为向新主表忠心，屠戮明宗室殆尽；而吴三桂封"平西王"，军权在手，气焰煊赫。据说他曾托人送金三百两要求改动或去除此诗，吴梅村不但拒绝他的贿赂，还在以后所作的《杂感》二十一首之十八与《即事》十首之十中，继以诛心之语："武安席上见双鬟，血泪青娥陷贼还。只为君亲来故国，不为女子下雄关。取兵辽海哥舒翰，得妇江南谢阿蛮。快马健儿无限恨，天教红粉定燕山。""巴山千丈擘云根，节使征西入剑门。蜀相军营犹石壁，汉高原庙自江村。全家故国空从难，异姓真王独拜恩。回首十年成败事，笛声哀怨起黄昏。"总之，吴梅村在朝时曾弹劾权贵，虽是意欲扬眉剑出鞘，却仍然不免畏首畏尾，在家国巨变时也同情百姓鞭笞汉奸，却不能像夏完淳、陈子龙等人一样奔走呼号挺身赴难。但不论为人还是为诗，他的现实表现尤其是前期的作为还是不错的了。处世待人，不可过于严苛甚至尖酸刻薄，同样，我们也不可求全责备，苛求古人，如果易地移时，我们今日许多或大言炎炎或冠冕堂皇者还不知表现如何？令人遗憾的是，吴梅村所谱写的这支人生的乐曲，毕竟在后半阙出了问题，而且不是非关大节的小节。

吴梅村未能像同时代的许多忠义之士奋起抗敌倒还罢了，他先是东躲西藏如丧家之犬，这也无可厚非，因为避死趋生是任何人都具有的本能，问题是他蛰居乡梓十年之后，竟然未能保持旧时代真正的读书人最看重的名节，应清廷之召北上，先被授予秘书院侍读，后转国子监祭酒，官职比在明朝时升了半级，由国立大学副校长而正校长。不过，实际上那也只是从四品的闲曹，而且己不正焉能正人，对于为人师表而言，这一职位还颇有今日之文学术语所谓之“反讽”意味。

吴梅村之所以大节有亏，有外部环境和内部个人的原因。满清入关之后，为巩固自己的统治，不外是两手都要抓，即“残酷镇压”与“拉拢收买”。吴梅村出身于枝繁叶茂的江南望族，本人又是复社名士，前明榜眼，旧朝高官，清廷当然认为他还有利用的价值，他本人呢，则仍是性格使然。他贪生怕死，不应召深恐祸及自己及家门。顺治十年（1653）秋赴京，临行时他对人哭诉的说辞是：“徒以有老母，不得不博升斗以供菽水也。”另一方面，是由于他不甘寂寞，名心太重。人，尤其是文人包括今日之作家艺术家，不会无名心，不能无名心，不可无名心，但名心太重太炽，甚至以种种旁门左道邀名博名，则往往不仅自污，而且徒留笑柄，不但没有嘉名美名，而且甚焉者不免身败名裂，留下千夫所指的骂名。清廷本来严禁群众之集会结社，吴梅村也早已名登另册，按照二十世纪文革之前流行的语言，他应该老老实实“夹起尾巴做人”。但他却以复社名宿的身份，在苏州虎丘主持东南文社的大会，调解各立山头的同声、慎交两社的矛盾。“九郡人士至者数千人”，会上“奉梅村先生为宗主”，也就是既当执行主席又当名誉主席。如此不识时务地张扬，岂能不引起清廷的警觉？如此自暴在聚光灯下，清廷有召时焉能不赴，焉敢不赴？加之吴梅村的儿女亲家陈之遴是由明入清的大学士，他也极力举荐吴梅村，希望后者也能入阁，他们在朝中可以互为奥援，吴梅村也难免不有自己的小算盘。然而，入京后只得到一个从四品的闲官，丧品失德的变节者充当教诲莘莘学子的国立大学校长，实在也不免理不直气不壮而自惭形秽。不久之后，参与引荐的旧友陈名夏因故被斩，陈之遴以结党营私的罪名贬戍辽阳，树既倒而猢狲焉可不散？顺治十三年（1656）底，吴梅村用与钱谦益同样的理由“丁忧南归”，时年四十七岁。虽然爬了上来而没有第二次投入那足可灭顶而万劫不复的深渊，但最后的十余年，吴梅村却是在如临深渊如履薄冰的对新朝的惶恐中度过的，尤其是在自怨自艾痛悔交加的自责中熬过的。正因为他深自忏悔，而不像古今许多犯有大错甚至屡作恶行的人一样文过饰非，冥顽不灵，从不下罪己之诏，我们今日才不忍对他深责，甚至还不免略有同情。

吴梅村是可以而且也应该原谅的。他只是灵魂矛盾，实迷途其未远，觉今是而昨非，并非大恶大奸；他也曾深自反省，在余年真心忏悔；何况他还留下了《圆圆曲》《琵琶行》《鸳湖曲》《悲歌赠吴季子》《萧史青门曲》等许多名篇，人称明清易代之际的“诗史”和自成一格的“梅村体”，何况他还有许多自省自讼自悔的篇章。古罗马的圣·奥古斯丁在他的《忏悔录》中早就说过：“没有忏悔的人生，就不是真实的人生。”“有勇气忏悔的灵魂才能高高飞翔。”中国春秋时代的《左传》也曾经说过：“人谁无过，过而能改，善莫大焉！”而孔子在《论语》中也曾反复斯言：“观过，斯知仁矣。”“过而不改，是谓过矣。”“君子之过也，如日月之蚀焉：过也，人皆见之；更也，人皆仰之。”方之古人，今人特别是那些有重大过错与污点的所谓文化名人，今人特别是那些曾左右历史而误国误民的政坛人物，有多少人能深自忏悔而且形诸文字呢？

清顺治九年（1652），清廷严令再三，命吴梅村出仕。吴梅村毕竟不是甘为鹰犬为王前驱的洪承畴、吴三桂之流，他虽然胆小怕事，名心未泯，但他仍借故拖延，直至次年九月才不得不勉强成行，内心仍不免犹豫和痛苦。北上途中经过淮阴，淮南地区，当地有关的历史与故事，如得道成仙鸡犬也随之升天的种种传说，一一重到心头。他联想到自己未杀身以殉社稷而现在却出仕清廷，不禁感愧交并，作《过淮阴有感二首》：

落木淮南雁影高，孤城残日乱蓬蒿。
天边故旧愁闻笛，市上儿童笑带刀。
世事真成反招隐，吾徒何处续离骚？
昔人一饭犹思报，廿载恩深感二毛。

登高怅望八公山，琪树丹崖未可攀。
莫想阴符遇黄石，好将鸿宝驻朱颜。
浮生所欠止一死，尘世无由识九还。
我本淮王旧鸡犬，不随仙去落人间！

北上途中，早来的风雪已经漫天了，他心中也是风雪交加，并没有古今地方官员升迁京官的喜悦，而多的是彷徨、忐忑和愧疚，如同《旅泊抒怀》所写：“已遇江南雪，须防济北冰。扁舟寒对酒，独客夜挑灯。流落书千卷，清羸米半升。征车何用急？惭愧是无能。”船到山东临清，在《临清大雪》中，他也透露了内心的人不如梅之坚贞的自责：“白头风雪上长安，短褐疲驴帽带宽。辜负故园梅树好，南枝开放北枝寒。”将至北京，他又写了一组四首呈当权者的诗，题为《将至京师致当事诸老》，第四首是：

平生踪迹尽由天，世事浮名总弃捐。
不召岂能逃圣代，无官敢即傲高眠？

匹夫志在何难夺，君相恩深自见怜。
记送铁崖诗句好，“白衣宣至白衣还”。

“铁崖”，即元末明初字廉夫的文学家杨维桢。他为元朝进士，官至建德路总管推官。朱元璋征召其纂修礼、乐书志，他作《老客妇谣》以示不事两朝，待修纂叙例初定即请回乡。明大臣宋濂作《送杨廉夫还吴浙》诗，中有“不受君王五色诏，白衣宣至白衣还”之句，吴梅村引用此诗，正是以明自己的心迹。

侯朝宗是“明末四公子”之一，明清之际著名散文家，他和具有民族节操的“秦淮八艳”之一的李香君的罗曼史，后来被孔尚任写进《桃花扇》之中。明亡之后，吴梅村曾与交好的他相约归隐，当吴梅村被朝廷征召之时，侯朝宗曾写信劝阻，信中有“学士之出处将自此分，天下后世之观望学士者亦自此分矣”之语。吴梅村到京后，满汉宾客纷至沓来，有满族高官见到他的姬妾，因关外粗野之习俗未改，加之以主子自居，竟有颇不文明的出格言行，吴梅村只得忍气吞声，强陪笑脸，以致郁郁成病。世传“绝命词”的《贺新郎·病中有感》，实作于顺治十一年（1654）：

万事催华发。论龚生、天年竟夭，高名难没。吾病难将医药治，耿耿胸中热血。待洒向、西风残月。剖却心肝今置地，问华佗解我肠千结。追往恨，倍凄咽！

故人慷慨多奇节。为当年、沉吟不断，草间偷活。艾炙眉头瓜喷鼻，今日须难诀绝。早患苦，重来千叠。脱屣妻孥非易事，竟一钱不值何须说！人世事，几完缺？

“追往恨”的自惭自愧，“竟一钱不值何须说”的自怨自艾，成了他心中挥之不去的情结。在写下此词的同年十一月，侯方域病卒于河南家中，次年吴梅村曾有《怀古兼吊侯朝宗》一诗：

河洛烽烟万里昏，百年心事向夷门。
气倾市侠收奇用，策动宫娥报旧恩。
多见摄衣称上客，几人刎颈送王孙？
死生总负侯嬴诺，欲滴椒浆泪满樽！

侯方域与战国侠士侯嬴均为河南人，且侯方域曾自比侯嬴，故吴梅村将二者合而写之，明写侯嬴，暗写朝宗和自己。全诗的主旨正在结句，如同一道数学题目几经计算后答案自出："死生总负侯嬴诺，欲滴椒浆泪满樽！"作者在结句之下的原注是："朝宗，归德人。贻书约终隐不出。余为世所逼，有负夙诺，故及之。"隐居不仕的侯方域顺治八年曾被迫应乡试，他后来劝诫吴梅村，当然也包括自己的经历和感受，而吴梅村当时复信也表示"决不负良友"。仅仅一两年后，即已人事均非，吴梅村此诗吊古伤今，怀人及己，当然是悲从中来，不可断绝。

"万事愁何益？浮名悔已迟"（《病中别孚令弟》），"蹉跎甘皓首，此别予所愧"（《送何省斋》），吴梅村在以丁忧之名辞官归里后，直至逝世之前的十余年中，他始终生活在清廷制造的种种狱案的阴影之下，也一直煎熬在内心的追悔与痛苦之中。他忆念坚持抗清以身殉国的友人陈子龙、杨廷麟等人，他在组诗《遣闷六首》之三中写道："愁吟独向南楼凭。风尘咫尺何时定。故人往日燔妻子，我因亲在何敢死！憔悴而今困于此，欲往从之愧青史！"他深感无面见昔日的诤友，也无面见江东父老，更无法向无情的历史交代——有的和尚打伞无法无天者神明不信历史不敬，自然就只能另当别论。出仕朝廷，吴梅村是绝不作第二次想的了，然而家道中落，如欲终老林泉，他已没有当年的买山置舍之资，于是只得往来江浙，浪迹江湖，朝叩地方官吏之门，暮随高车肥马之尘，以“打抽丰”或云“打秋风”的方式，接济颓唐贫困的晚年。不过，吴梅村的生命到了尾声仍然有一个可观的亮点，甚至堪称高光时刻，那就是他的绝笔诗和临危遗书。其《临终诗》共四首，下引其一与其三：

忍死偷生廿载余，而今罪孽怎消除？
受恩欠债应填补，总比鸿毛也不如！

胸中恶气久漫漫，触事难平任结蟠。
块垒怎消医怎识，惟将痛苦付汍澜！

鸟之将死，其鸣也哀，人之将死，其言也善。吴梅村之绝命诗自陈罪孽，自诉“痛苦”，自讼“鸿毛”，有如鉴定书，有如陈情表，在中国古典诗歌史上许多绝命诗中别具一格，也颇为罕见。比起那些劣迹斑斑罪错累累而涂脂傅粉而死不改悔者，其真实与诚实，毕竟令人感动。历史事实虽然不可修正，但世人的看法却可以修正。早在二十世纪之初的一九一八年，郁达夫在以绝句咏叹多位古典名诗人时，就有题为《吴梅村》之作：“斑管题诗泪带痕，阿蒙吴下数梅村。冬郎忍创香奁格，红粉青衫总断魂！”郁达夫对其诗才的肯定和对其遭逢的同情，跃然纸上。而在二十世纪的一九五七年八月，著名学者吴宓在其日记中，就曾说自己“夙爱顾亭林（炎武——引者注）与吴梅村之诗”，他将两位诗人的作品特色作了要言不烦的比较，并且说“而能言梅村诗之美者陈寅恪与宓也”（见《吴宓诗话》，2005年1月版）。至于我，当然也理解和谅解了他。红尘俗世，责备指斥他人是最容易的，因为只是口舌之劳而已，反求诸己则十分困难，因为要触及甚至戳痛自己的灵魂。如果时间倒流，我早生于三百年前，恰巧我又和吴梅村的遭际相似，在严酷的考验面前，我能大言不惭我的表现会强于前人吗?

同时代同乡里的顾湄在《吴梅村先生行状》中，曾经记载吴梅村病疾时自叙事略，其遗言是："吾死后，敛以僧装，葬吾于邓尉、灵岩相近，墓前立一圆石，题曰'诗人吴梅村之墓'。勿作祠堂，勿乞铭于人。"陈廷敬的《吴梅村先生墓表》，也记载吴梅村之子吴暻所述其父之遗语："吾诗虽不足以传远，而是中之用心良苦，后世读吾诗而能知吾心，则吾不死矣。"金元之交的诗人元好问，在金亡之后隐居不出，以遗民而终，据说他的遗言是："某身死之后，不愿有碑志也；墓头树三尺石，书曰'诗人元遗山之墓'，足矣。"不知吴梅村的愿想，是不是受到前贤的启示?吴梅村之诗，今日已为许多人所熟知，中国诗史上其叙事名篇《圆圆曲》更是广被传诵。吴梅村之墓呢?其墓地在苏州郊区的灵岩山以西，邓尉山之南，临近太湖，原为苏州吾县大湖公社的潭东高家前村。吴梅村生前虽曾忏悔再三，但其墓在二十世纪的文革中也被红卫兵夷为平地，仅存墓碑杂砌在乡间小路的石基之中，后来又沦落到村民的猪圈里装放泔水。经当代红学家、文化学者冯其庸教授多次寻访与呼吁，本世纪之初吴梅村之墓才大体修复，并于墓侧竖立碑文两通，即冯其庸所撰之《吴梅村墓重建记》，其弟子《吴伟业评传》的作者叶昌远所撰之《吴伟业传》。吴梅村九泉有知，该会感叹历史的道是无情却有情吧?

撑天立地古今情

二十世纪八十年代前期的一个春日，我从江南远去京华，照例叩响东四赵堂子胡同十五号的门环，拜望视我为忘年交的臧克家老人。犹记先在四合院正中的客厅就座，热情待人的臧老逸兴遄飞谈兴也遄飞，之后复邀我至隔壁的迷你型书房兼卧室，为我书写一帧立轴，那是他文革告终之后所写的一首绝句：“万类人间重与轻，难凭高下作权衡。凌霄羽毛原无力，坠地金石自有声。”我喜不自胜之余，忽然瞥见靠墙的书柜玻璃上，贴有小小的条幅：“苍龙日暮还行雨，老树春深更著花。”侧书“顾炎武句”。臧老说他已八十多岁了，至少要活到百岁高龄，他还有许多文章待写，故书顾炎武之诗句以自励自勉。得寸进尺，我恳请臧老再次挥毫，臧老向来爱护晚辈，对我尤其厚爱有加，所以我一时竟然得到了两方璧玉。顾炎武之诗我当时虽然还不明出处，但却深深烙印心头，像年轮铭刻进绿树的记忆。

那时我还远不到知天命之年，潜意识里觉得春虽已深但还未老，而日暮则还在遥远的天边，即所谓来日方长吧。不意仿佛只是在转瞬之间，我一不小心就踏进了老年的门坎，而臧老也于白寿之年驾鹤西游。近些年来，轮到我以顾炎武的诗句来自警自惕了，如今撰写《清诗之旅》一书，不论是由于昔日的前尘旧梦，还是今朝的后事新篇，我都要高山仰止景行行止，为顾炎武写一篇怀想与纪念的文字。

一

中国历史有一个奇特的文化现象：越是纷争扰攘的乱世越能涌现出杰出的人物，春秋战国时如此，明末清初时如此，清末明初时亦复如此。在江山易稿海沸山崩铁血交飞的明清之际，华夏大地上竟然同时矗立起三位巨人，如同沧海横流中的砥柱，如同弥天黑夜中的星斗，后世誉之为“明末清初三大思想家”。按出生之年先后为序，他们是黄宗羲、顾炎武与王夫之。

他们不仅是大学问家而且更是大思想家。顾炎武“读万卷书，行万里路”，梁启超称之为“清学开山之祖”；王夫之书房门前的对联是“六经责我开生面，七尺从天乞活埋”，谭嗣同称其学术“空绝千古”；黄宗羲也是百科全书式的人物，其《明儒学案》是第一部完整的中国古代学术史著作。从学问而言，他们都堪称一代大师，分别在史学、经学、哲学等领域拓土扩疆，开宗立派，流泽深远。今日，文坛与学界某些水货者流，被人谀称为“大家”“大师”而受之不愧，且沾沾自喜，与前贤相比可谓判若云泥。尤为可贵的是，他们不仅学问究天人之际，穷古今之变，如浩浩茫茫的海洋，而且他们的思想也十分前卫与超前，是黑暗王国中一缕预报黎明的曙光，是极权体制中一通力透重围的鼙鼓，至今仍可以振聋发聩，警醒愚顽。

黄宗羲（1610～1695），字太冲，号黎州，余桃（今浙江余桃县）人，其代表作为《明夷学案》与《明夷待访录》。时在三百多年前，他竟然就尖锐地系统地批判了封建君主专制制度，揭露了君主一人私有天下产业即“家天下”的罪恶。“为天下之大害者，君而已矣”，“天下之治乱，不在一姓之兴亡，而在万民之忧乐”，这是他在《明夷待访录》开卷第一篇《原君》中的石破天惊之语。他认为，秦汉以后的君主被百姓视为“冠仇”与

“独夫”是理所当然的，他还主张以“天下之法”代替“一家之法”，学校应该是议政的机构，这无异乎是现代民主议会思想的萌芽，难怪梁启超与谭嗣同在清末维新变法时，要将乾隆以来列为禁书的《明夷待访录》节抄印行数万本而秘密散发，而晚年的梁启超也曾说在他的学生时代，此书“实为刺激青年的最有力的兴奋剂，我自己的政治活动，可以说是受这部书的影响最早而最深”。衡州（今湖南衡阳市）人王夫之（1619～1692）有著作一百余种，他对先秦以来古代哲学的各家各派予以批判性总结，其哲学体系博大精深，是我国古代空绝千古的哲学大家。他将历史发展的必然客观过程称之为“势”，将历史发展的必然规律称之为“理”，治理天下就必须“循理”而“乘势”，今日所谓之“与时俱进”，其实早已不算新鲜，《楚辞·渔父》中就有“圣人不凝滞于物，而能与世推移”之语，何况有的人言行不一，说的是一套做的又是一套，或云说的不做，做的不说呢！至于以《日知录》为代表作的顾炎武，他与黄宗羲更是心心相通，他反对君主专制的“独治”而主张众人参政的“众治”，他的“亡国”与“亡天下”有别的谠言高论，至今也仍然有强烈的现实意义，不是颓然的暮鼓而是警世的晨钟，又好似百炼精钢之剑虽然历经岁月，但仍然闪耀逼人的光芒。

他们不但是大学问家大思想家，而且都是气节凛然的斗士与战士。甲申之变（1644），字而农号薑斋的二十五岁的王夫之投入唐王朱聿键建元隆武的政府与部队，希图为国效力。清顺治五年（1648），他在家乡衡山组织义军，抗击南下的清兵，战败后远赴广西梧州，投效南明桂王朱由榔的永历政权。此时山河破碎，强敌压境，岭南乃弹丸之地，但荒淫腐朽的永历帝也同样清歌于漏舟之中，痛饮于焚屋之内，悍将佞臣也同样文恬武嬉，派系林立，内斗不已。王夫之三次弹劾以拥戴邀功的王化澄而险遭不测之后，见国事已无可为，遂远遁于瑶山苗峒，后于衡阳石船山麓筑茅屋为“湘西草堂”，隐居四十年，终生不剃发，不应聘，以笔为旗帜，以砚为阵地，默默无闻而彰彰后世。黄宗羲呢？其父黄守素为东林党名士，被权阉魏忠贤迫害死于狱中。公元一六二八年，年仅十八岁的黄宗羲身怀铁锥赴京鸣冤，在对质法庭时，他以锥击伤阉党许显纯与曹钦程，又痛打阉党崔应元，拔去他的胡须祭祀父亲的亡灵，后来又联络几个死难官员的子弟，打死以酷刑杀害其父的牢头狱霸叶咨与颜文仲。如此义举，震动京师，成为当时爆炸性的头号新闻。从顺治七年（1645）至十六年（1659），十余年间他东奔西走，抗敌救亡。他后来在《怪说》中说：“自北兵南下，悬书购余者二，名捕者一，守围城者一，以谋反告讦者二三，绝气沙墠者一昼夜，其他连染逻哨之所及，无岁无之，可谓濒于十死者矣！”自此之后直至八十六岁高龄病逝，他对清政权始终持不合作的立场，而且以著书立说作为另类形式的战斗。他不仅批判明末的专制与腐败，也将对清王朝的批判，转化上升到对整个封建专制制度的口诛笔伐。三人行，必有我师焉，他们二人加上顾炎武，这同一时代的同为高光人物的三人行，每一位都是世人与后人之师。顾炎武的种种特立独行，高风亮节，我将在后面结合他的诗作予以追记评述，此处暂时按下不表。

他们三人是兀兀以穷年的学者，是威武不能屈的战士，同时，他们也都是诗名为文名与烈名所掩的诗人。

王夫之是独具慧眼的诗选家与诗论家。《古诗评选》《唐诗评选》《明诗评选》均出自其手。他的有关诗论，后人编为《薑斋诗话》。王夫之同时也是诗词两胜的诗人，且读他题为《绝句》组诗中的两首作品：

名花珍重试芳丛，白酒朱旗醉晓风。
近日园亭荒落尽，百钱买得一窠红。

半岁青青半岁荒，高田草似下田黄。
埋心不死留春色，且忍罡风十日霜。

格调激楚苍凉，意旨隐晦深曲，前者表面上是吟“花”后者词面上是咏“草”，但在它们的深层结构里，家园之变，故国之思，冰霜之操，志士之情，寄寓于行间字里，读者自可思而得之。南宋遗民郑所南画兰不画土，自谓“土已被番人夺去”，其《题兰》有云：“一国之香，一国之殇。”元代倪瓒《题郑所南兰》诗说：“秋风兰蕙化为茅，南国凄凉气已消。只有所南心不改，泪泉和墨写离骚。”读王夫之的咏花之诗，尤其从他的“朱”与“红”的遣词，可以听到先行的志士的遗响；而后一首咏草之作呢，那种独立不屈的人格与积极抗争的意志，白居易《赋得古原草送别》的“离离原上草，一岁一枯荣。野火烧不尽，春风吹又生”，则是它遥远而又亲近的先声。

黄宗羲的创作生涯长达六十五年，入清后二十年间作诗近千首，但今日所见《南雷诗历》存诗仅六百零二首，许多诗作佚失于动乱流徙之中，亦复因自律极严的十存一二的原则而自我删汰。然而，他是一代人杰，且极具创造个性，所以其诗仍风雷激荡，浩然之气奔涌，同时又有鲜明的勃郁苍劲的艺术风格，如“兴废一堆野烧火，凄凉数个纳头僧”（《万杉寺》），“八尺血光开鬼路，三商日影破琴心”（《书年谱上》），“湖海故人将尽矣，风波此老尚巍然。”（《十六夜次前韵》），“梅花独立正愁绝，冰缠雾死卧天缺。孤香牢落护残枝，不随飘坠四更月。”（《七夕梦梅花诗》）。又如《山居杂咏》六首之一：

锋镝牢囚取次过，依然不废我弦歌。

死犹未肯输心去，贫亦其能奈我何？
廿两棉花装破被，三根松木煮空锅。
一冬也是堂堂地，岂信人间胜著多。

诗中喷射的是如钢如铁的侠气傲气，飞扬的是不屈不挠的正气浩气，虽然雪虐风饕，但通篇芒角崚峋，满纸雄魂毅魄，百载之下，仍可令懦夫立志而壮士起舞。时至今日，许多人虽仍知黄宗羲之名，但多数人对他的著述及品格却不甚了了，某些清诗史著作对其诗甚至只字不提，一般新旧体诗之诗作者更是茫然无知，令人怎能不掩卷而长叹息！

俗语说：三人一龙。顾炎武、王夫之、黄宗羲三人，人人都是人中之龙。不过，在三人行之中，诗创作以顾炎武更为杰出，影响更为深远，有“诗史”之称。其学生潘耒曾简注《亭林诗》，寒士徐嘉曾为笺注刊行，二十世纪八十年代有王遽常先生之《顾诗汇注》，九十年代末复有王冀民撰《顾亭林诗笺释》上下册由中华书局印行。今人何幸，可以翻开那典雅庄重的封面，从扉页走进去，一路上有看不尽的长留于纸上的历史风云，听不尽的声发于笔端的歌哭笑傲，还有那仰止不尽的并未随时间之风而逝的凛凛节操，烈烈高标。

二

顾炎武（1603～1682），江苏昆山人，原名绛，字忠清。明亡清兴，江山易色，他慕南宋民族英雄文天祥之门人王炎午的高名大节，改名炎武，易字宁人。因世居昆山千墩浦，故居乃南朝顾野王之园林，故人称“亭林先生”，他亦自号“亭林”。他与晚明著名散文家归有光的曾孙归庄系同乡复兼好友，又同是继“东林”而起之的“复社”的中坚。明亡不仕，归庄晚年筑土室于丛林荒冢之间，自撰门联曰“妻太聪明夫太怪，人何寥落鬼何多”。归庄狂傲，炎武端肃，俗称“归奇顾怪”。顾炎武之“怪”，当时具体何所指，今日虽还略知一二，但照我看来，他的“怪”主要就怪在沧海横流，他仍然不改初衷，一本素志，在某种程度上超越了对一家一姓的朱明王朝的狭隘忠君理念，数十年如一日地坚持了他的“大写的人”的气节。

气节，就是做人的志气和节操。司马迁早在《史记》中就提出“任气节”之说了。气节，是正人君子特别是大丈夫的标志，而对气节最精到的概括与表述，我以为莫过于孟子，他在《孟子·滕文公》中就说过：“富贵不能淫，贫贱不能移，威武不能屈，此之谓大丈夫。”顾炎武堪称那个天崩地坼的时代的大丈夫，伟男子，如迎风傲立的劲松，如经霜不凋的翠柏，如一柱凌云的独秀之峰，松柏之姿，巉岩之骨，冰霜之操，以之来形容他可谓名实相副。

一六四五年，清兵挥戈南指，昏庸腐败的南明弘光小朝廷顷刻作鸟兽散，而顾炎武和归庄这两个本来手无寸铁的文人，却都投笔从戎，参加了昆山的保卫战。城破之日，其生母何氏被清兵砍断右臂，四弟五弟被杀，顾炎武因奉嗣母王氏至常熟避难而幸免。王氏刚烈，绝食二十七日而死，临终前对顾炎武说：“我虽妇人，身受国恩，与国俱亡，义也。汝无为异国臣子，无负世世国恩，无忘先祖遗训，则吾可以瞑于地下。”顾炎武本来自幼就刚直耿介，迥出流俗，三十三岁时嗣母弃世之后，他更是家仇国恨集于一身，直至七十岁逝世时，他始终既是未坠复国之志的孤臣孽子，同时，超越了对一家一姓王朝的愚忠，他更是坚守宁直不弯宁折不屈的气节的正人烈士。

顺治三年（1646）南明潞王朱常涝于杭州降，鲁王朱以海弃守绍兴而由江门仓皇入海，奔舟山；唐王朱聿键隆武二年于福建延平遥授顾炎武为兵部职方司主事。昆山败后，顾炎武转徙苏松，他南天遥望，抚今追昔，百感丛生，作七律《海上》四首，每首均着一“海”字，现引首尾二首：

日入空山海气侵，秋光千里自登临。
十年天地干戈老，四海苍生痛哭深。
水涌神山来白鸟，云浮仙阙见黄金。
此中何处无人世，只恐难酬烈士心！

长看白日下芜城，又见孤云海上生。
感慨河山追失计，艰难戎马发深情。
埋轮拗镞周千亩，蔓草枯杨汉二京。
今日大梁非旧国，夷门愁杀老侯嬴！

顾炎武秋日登高望海，叹终年戎马，丧师失地，天地无情，苍生涂炭，全诗以烈士、义士（侯嬴为战国时代魏国信守节义之士）自喻，幽咽苍凉而复慨当以慷。诗中奔流的是志士的殷殷热血，跃动的是忠于国家民族而不惜自己身家性命的耿耿丹心。

明亡之后，除了那些易服变节的士人之外，按黄宗羲的说法，遗民群体大致可以分为矢志恢复与彷徨草泽两类，他们都是“天地之元气”所钟，而顾炎武则更是大江南北忠义之士的代表与旗帜。他在明亡之后的十余年间，东奔西走，联络志士，积极投身于抗清斗争，知其不可为而为之。顺治十年（1653），他在《赠朱监纪四辅》一诗中写道：

十载江南事已非，与君辛苦各生归。
愁看京口三军溃，痛说扬州十日围。
碧血未消今战垒，白头相见旧征衣。
东京朱祜年犹少，莫向尊前叹式微。

字监纪的朱四辅与顾炎武一样，同是慷慨悲歌的投身抗敌之士，朱从岭南北上，顾从南京返乡，他们相逢于京口，顾炎武作此诗以赠。此诗先追述十年来家国巨变，沧桑世事，结尾以四辅之姓，以东汉时累立奇功复兴汉室的朱祜勉励对方，彼此同心戮力，不作《诗经·邶风·式微》篇中的消沉之叹。全诗悲而不哀，伤而犹壮，其声虽不免沉痛苍凉，但仍是肃杀西风中高扬的号角，独立苍茫里惊弦的羽箭。

路振飞，是明末官场的刚烈之士。天启年间他知泾阳县时即不肯趋炎附势阿附魏忠贤，崇祯之初为御史，他两度弹劾权相周延儒及温体仁。明亡后，先扈从福州之隆武帝，后赴永历帝之召奔粤，殁于途中。路泽溥为其长子，曾受命隆武帝为官中书舍人，乱后奉母王氏隐居太湖洞庭东山三十余年。顾炎武二十多年前与他在苏州之虎丘邂逅相识，作五古《赠路舍人泽溥》，此后二人常有往还赠答，所谓“穷交义重千金许”。二十余年后顾炎武旅居秦晋，已经是人过花甲的暮年，人在江北望江南，复作《路舍人客居太湖东山三十年寄此代柬》：

翡翠年深伴侣稀，清霜憔悴减毛衣。
自从一上南枝宿，更不回身向北飞！

“翡翠”本为鸟名，亦名翠雀或翠鸟，产于南方，水居而惜羽。全诗咏狷洁之翡翠，亦是咏清操自守的路舍人，也是寄托自己的怀抱。诗中之“南”与“北”既是写两人天各一方，也明朗而含蓄地表达了此心匪石不可卷也的立场与心志。明亡清兴改朝换代以来，世事沧桑，鱼龙百变，许多人有奶就是娘而投靠新主，不少人禁不住外面的世界多精彩之诱惑而改弦更张，只有少数人才能始终如一，坚如磐石，而顾炎武则更是滔滔激流冲刷中的巍巍砥柱。

有些人略具学识才华即不免恃才傲物，不过是不知天地之大日月之恒的浅薄轻俗之徒而已，有如浅水中的鱼虾无法梦见海洋之广阔深厚；极有学识才华同时又颇具冰霜操守的人，则往往个性清高，雪魄冰姿，棱角分明，不同流俗，因而常常被凡夫俗子视为异端，目为怪物，“归奇顾怪”，顾炎武之谥曰“怪”，大约就是由此而来的吧？

顾炎武十分服膺北宋刘挚（字莘老，谥忠肃）告诫子孙的箴言：“士当以器识为先，一命为文人，无足观矣。”可见他是以“天下士”自命自许，而不屑于作一般所谓的舞文弄墨的“文人”。因为名利场中的文人如果没有高怀伟抱之“器”与不同凡俗之“识”，是很容易流于低俗卑微，向权势屈膝甚至奴颜婢膝，在蜗角微名蝇头小利中打滚，这样的“文人”，古往今来不是比比皆是吗？而在《日知录》中，如同六龙回日之高标，他还提出了自己诗文写作的主张，即：“文须有益于天下”，而写那些“无稽之言，剿袭之说，谀佞之文”，不但“有损于己”，而且“无益于人”。时至今日，“无稽”“剿袭”“谀佞”之文字垃圾，不仍然是堆山积海？当时有的人为了扬名，自掏腰包刻印自己的诗文集（今日名为“自费”，一般文学爱好者因出书难可以理解，但某些权势者出书则是挪用之“公费”或赞助之“他费”，可谓费至名归，惠而不费吗），前来请顾炎武作序，顾断然拒绝，对其好友说：“此人自刻文集，企图扬名四海，这就有如失足落井，我为他作序，岂非落井下石？”好友李中孚先请他为其母之祠写篇祠文，后请他为其母写篇传记，虽然其母并无特立独行，但一般人尤其是身为好友是难以拒绝的，何况还有丰厚的润笔？但顾炎武却先后拒其所请。如此有棱有角方正不阿之士，一旦遇上土崩瓦解海立山飞的时代，所谓疾风知劲草，板荡识忠臣，所谓沧海横流方显英雄本色，他的威武不屈富贵不淫贫贱不移的气节啊，怎能不会像稀世的钻石一样闪耀千古不磨的光芒？

三

生无一锥土，常有四海心。顾炎武的超越时代具有普世价值的气节，固然与他的秉性有关，与国恨家仇有关，更与他的“亡国”与“亡天下”和“保国”与“保天下”的根本信仰及价值观念有关。

他认为“易性改号，谓之亡国”，即新的统治集团代替旧的统治集团，“保国”就是保卫旧的封建王朝。而“保国者，其君其臣肉食者谋之”，一般的庶人百姓并没有多少责任。“亡天下”呢？“仁义充塞，而至于率兽食人，人将相食，谓之亡天下。”这种“亡天下”则是指文化的、道德的、精神的沦亡，这是关于一个民族的前途与命运的根本问题，事关重大，所以他在《日知录·正始》中演列出堂堂之阵，高举起正正之旗：“保天下者，匹夫之贱与有责焉耳矣！”后来，梁启超将其归纳为“天下兴亡，匹夫有责”的如日如星如火焰之燃烧的八个大字，一直辉耀于后世乃至于今日。因此，他的不屈不挠的反清斗争，以及他的救亡拯世的呼号，不仅是对于满清血腥暴政的反抗，对人民处于水深火热中的生存状况的同情，同时也更是出于对世人特别是士人道德精神的沉沦而导致“亡天下”的忧思与愤怒。

天下兴亡，匹夫有责。顾炎武认为读书人即今日一般所云之“知识分子”，对于国家尤其是天下的盛衰兴亡，比一般百姓负有更重要的责任。“今日者，拯斯人于涂炭，为万世开太平，此吾辈之任也”（《病中起与蓟门当事书》）。然而，天崩地解何去何从的大时代，更是读书人是百炼真金还是破铜烂铁的试金石，许多读书人素有空谈而不务实、好为大言而言行不一的毛病，明末文士尤其如此。顾炎武曾痛切地指出：“自余所见，里中二三十年号为文人者，无不以浮名苟得为务”（《吴同初行状》，而在士人群体如风如云迅速分化之际，如泾如渭清浊立见之时，多数人或为身家性命或为名利富贵而变节，他们或投降新政权而如同变色龙，或应新朝之科举而入仕有似墙头草，如钱谦益、吴伟业、龚鼎孳等人就是此类“识时务者”。然而，却也有少数人坚持节操与信守，如同悬岩边的劲松，尽管雨暴风狂也仍然傲然挺立，拒绝向那万劫不复的深渊坠落，顾炎武即是这样。他对于变色龙墙头草白眼有加，对一朝天子一朝臣的假道学先生们从不假以颜色，即使曾为故旧也绝不和他们来往。有一次他被捕系于狱中，生命危在旦夕，好友归庄求救于已降清之钱谦益，顾炎武本是钱谦益的学生，因后者降清，顾炎武断绝了师生关系与名分，钱谦益开出的价码是要顾炎武承认并重认是他的学生，归庄救友心切，只好越俎代庖为顾炎武写了一个致钱谦益的门生名贴，顾炎武知道后坚予索回，不得，他绝不肯为苟全性命而自污，便撰文告白于天下。他的三个亲外甥徐乾学、徐彦和、徐元文先后以“探花”或“状元”及第，均为名学者。徐乾学官拜刑部尚书，系为人所艳羡的正部级高干；徐元文官至文华殿大学士，相当于国务院副总理之职。三人年幼时，顾炎武曾对之多所扶助，他们显贵后待顾炎武如父。徐乾学、徐元文为明史馆总裁，于江南设史局，恳请舅老大人出山，兄弟们并在昆山购田置宅，以迎奉在北方奔走的顾炎武而归养，他对此均严辞峻拒。康熙十五年（1676）顾炎武至京，徐乾学、徐元文坚为设筵夜宴，酒过三巡，顾炎武离席急走，二位外甥见状恳切挽留：“见舅舅一面十分难得，请谈至夜阑，再送舅舅回去安歇。”顾炎武立即作色怒声以对：“世间惟淫奔纳贿二者皆于夜行之，岂有正人君子而夜行者乎？”他是醉翁之意不在酒，一语双关，不惟对那些不顾国家和天下兴亡的士人绝交割席，即使是对自己的至亲也绝不以亲情而废大义。照古今那些识时务的“俊杰们”看来，顾炎武可谓是保守僵化的榆木脑袋。

从“亡国”与“亡天下”的观念出发，顾炎武热烈歌颂了历史上那些慨当以慷的的壮士与英烈。例如，唐人五言八韵多用于制举，顾炎武之《拟唐人五言八韵六首》，则分别以《申包胥乞师》，咏楚国借秦兵以救国之申包胥，以《高渐离击筑》，咏燕国以筑扑击秦始皇而被杀的高渐离；以《班定远投笔》，咏汉代投笔从戎抗击异族之班超；以《诸葛丞相渡泸》，咏既忠且信的诸葛亮；以《祖豫州闻鸡》，咏西晋朝乾夕惕闻鸡起舞的祖逖；以《陶彭泽归里》，咏东晋耻于出仕异代屡征不起的陶渊明。而现实生活中的烈士风标，英雄肝胆，更是顾炎武高歌低咏的对象，因为他们是他的家国与天下之理想的化身，精神的寄托。

松江华亭人陈子龙，既是明末的诗豪，诗坛重镇；也是明末的人杰，人中之龙。他起兵抗清，奔走救亡，以天下为己任，被捕后于押解南京途中投水自杀。对于这样一位一代国士，许多人都曾赋诗以悼。因他曾受唐王所授太仆寺卿一职，顾炎武亦有《哭陈太仆》一诗：

陈君鼌贯才，文采华王国。
早读兵家流，千古在胸臆。
初仕越州理，一矢下山贼。
南渡侍省垣，上疏亦切直。
告归松江上，欻见牧马逼。
拜表至福京，愿请三吴敕。
诏使护诸将，加以太仆职。
遂与章邯书，资其反正力。
几事一不中，反覆天地黑。
呜呼君盛年，海内半相识。
魏齐亡命时，信陵有难色。

事急始见求，栖身各荆棘。
君来别浦南，我去荒山北。
柴门日夜扃，有妇当机织。
未知客何人，仓卒具粝食。
一宿遂登舟，徘徊玉山侧。
有翼不高飞，终为罻罗得。
耻为南冠囚，竟从彭咸则。
尚愧虞卿心，负此一凄恻。
复多季布柔，晦迹能自匿。
酹酒作哀辞，悲来气哽塞！

全诗赞美陈子龙的军功与气节，抒写自己奔亡之中不克援手的歉疚之情，巨痛沉哀溢于字里，高情胜抱见于行间。

广东番禺人屈大均，他不仅以诗见长，是清初遗民中成就最高者之一，与陈恭尹、梁佩兰并称为“岭南三大家”，而且年未弱冠即投入抗清洪流，坚决抗清且持之一生，是清初遗民中最杰出的一位。与顾炎武的“亡天下”的谠言高论相呼应，他曾作赞美战国时代齐国人鲁仲连之诗《鲁连台》，从中可以看到他的精神与气节：

一笑无秦帝，飘然向海东。
谁能排大难，不屑计奇功？
古戍三秋雁，高台万木风。
从来天下士，只在布衣中！

狼狈为奸，小人与小人总是同气相求的；惺惺相惜，高士与高士总是同声相应的。康熙五年（1666），北游关塞广交志士的屈大均，与同样怀抱的顾炎武相聚于山西代州（太原），顾炎武赠以《屈山人大均自关中至》一诗：

弱冠诗名动九州，纫兰餐菊旧风流。
何期绝塞千山外，幸有清樽十日留。
独漉泥深苍隼没，五羊天远白云秋。
谁怜函谷东来后，班马萧萧一敝裘。

诗中有对后辈友人屈大均的评价，有同志之间的友谊与期许，也有天各一方的别意离愁。顾炎武殁后二年之康熙二十三年（1684），因道远而始闻噩耗的屈大均，即立作《哭亭林处士》一诗：

雁门相送后，秋色满边城。
白日惟知暮，寒天讵肯明？
才分南北路，便有死生情。
皓首悲难得，黄河复已清。

感慨深沉而寄寓深远，不愧是顾炎武的心心相印的生死以之的友人与同志。面对许多士人行事已经没有羞耻心与耻辱感，顾炎武倡言“行己有耻”，他贫不入幕，死不应征，方严自律，著述以终。当然，他也有看走了眼的时候，如他推许同样年未弱冠而参与抗清的李因笃、朱彝尊等，对他们情如兄弟而谊兼师友，如赠李因笃诗说“豁达贯古今，然诺坚足仗。如君复几人，可惬平生望”，赠朱彝尊诗说“末流垂宇宙，大雅接斯人”，但他们二人避处山林三十余年后仍晚节不终，出仕清朝。康熙十七年首开博学鸿辞科，清廷许多大臣争相推荐顾炎武，他本可由此改变自己的生存状况而飞黄腾达，许多士人于此既不可遇亦不可求，但他的回答却是：“如果有此事，不为介推之逃，则为屈原之死矣！”字次耕之潘耒，是顾炎武的门生，被迫应召，顾炎武在《寄次耕，时被荐在燕中》一诗的结尾自明心志：“嗟我性难驯，穷老弥刚棱。孤迹似鸿冥，心尚防弋缯。或有金马客，问余可共登？为言顾彦先，惟办刀与绳！”对于这些人，顾炎武不免为之扼腕叹息，而屈大均却始终不屈不挠，有如江南的劲竹。在风刀霜剑严相逼中，他始终坚持其气节与高标，这不是对顾炎武最大的慰安吗？

顾炎武交友，首重气节，其次是学问，再次才是词章。傅山，便是他的朋侪中肝胆照人的一位。太原阳曲人傅山，字青主，亦曰朱衣道人，是诗文书画金石篆刻无不擅长的多才多艺的高人，又是精于医道悬壶济世的高手，更是以气节自许自励的天下高士。他乃志士而兼游侠，与顾炎武垦荒塞北，以图恢复。在梁羽生的武侠小说《七剑下天山》中，傅青主是“神医”而兼“大侠”。七十四岁时因才高名重被征举“博学鸿词科”，他以疾固辞，有关官员竟用绳床强行抬他起行，形同现代盗匪之绑架，到北京后，他坚决以死相拒清廷所赐“中书舍人”之高位，于是又被抬回家乡。如此如此，今日的某些俊杰之士恐怕也会视之为“傻冒”了。傅青主长顾炎武十岁，但他仰慕后者的人品学识，愿屈身而为弟子。顾炎武与他交谊很深，远道前往拜访三次，双方多所唱和。傅青主《晤宁人先生还村途中叹息有诗》云：

河山文物卷胡笳，落落黄尘载五车。
方外不娴新世界，眼中偏认旧年家。
乍惊白羽丹阳策，徐领雕胡玉树花。
诗咏十朋江万里，阁吾伧笔似枯槎。

顾炎武答以《又酬傅处士次韵》二首：

清切频吹越石笳，穷愁犹驾阮生车。
时当汉腊遗臣祭，义激韩仇旧相家。
陵阙生哀回夕照，河山垂泪发春花。
相将便是天涯侣，不用虚乘犯斗槎。

愁听关塞遍吹笳，不见中原有战车。
三户已亡熊绎国，一成犹启少康家。
苍龙日暮还行雨，老树春深更著花。
待得汉廷明诏近，五湖同觅钓鱼槎！

诗人在《五十初度·时在昌平》一诗中曾说："远路不须愁日暮，老年终自望河清。"而今虽然流年似水，已近人生七十古来稀之年，但"苍龙日暮还行雨，老树春深更著花"，苍龙虽时已日暮仍有行云致雨之功，老树虽时至春尽犹可再花而焕发第二度青春。烈士暮年，壮心不已，"苍龙""老树"一联虽有特定的时代内容与精神寄托，但它们所概括的普遍意义和所蕴含的普世价值，却可以打动激励不同时代的人心，好似一经敲叩即钟声回响，一经弹奏即弦索共鸣，这就难怪时隔三百多年后，臧克家已至耄耋之年，也仍然要将其书之于宣纸张之于素壁了。顾炎武在《日知录》中曾反复申言："吾行天下，见诗与语录之刻，堆几积案，殆于瓦釜雷鸣"，"诗不必人人皆作"，"必欲人人以诗鸣，而荒累之言，始多于世"，顾炎武之诗，才是真正的诗，天地之间，从古及今，那些自吹自擂与他吹他擂的雷鸣的瓦釜还少吗？

顾炎武之墓，位于苏州城北三十四公里之昆山千灯镇，坐北朝南，与他的故居相近。如此先贤如此墓，一九六六年文革中竟然也未能幸免，横遭破坏，直至一九八三年才得以修复。顾炎武地下有知，面对后代的如斯时世如斯不肖子孙，不知作何感想？前些年我曾前往拜祭，高香三炷心香一缕之际，我不免思绪联翩：

三百多年过去了，人间风云变幻，世事棋局翻新，但撑天立地古今情，顾炎武“天下兴亡，匹夫有责”的呐喊却一直传扬到今天，他的崇高气节仍然为有志者所怀念。今日道德沉沦，信义缺失，贪腐盛行，世风日下，警钟为谁而鸣？为你而鸣，为我而鸣，为我们而鸣，为我们的民族而鸣。顾炎武的“亡天下”的箴言警语啊，是并未过时的大吕黄钟！

避席畏闻文字狱

人称中文是世上最美丽的文字，但“狱”应该是一个例外。会意字的“狱”，金文、小篆中间是“言”，两边为“犬”，本义是官司与诉讼。狱有多种，如牢狱、冤狱、地狱等等，而“狱”以本来似乎风马牛不相及的“文字”名之，就是以言定罪，以文字兴狱。

凡是以专制立国的国家，文字狱从不缺席，中外皆然。罗马帝国的皇帝凯撒、屋大维就因文字处人以大逆之罪；古希腊法庭为了清除“知识界中的最危险分子”，鼓吹信仰自由的哲学家苏格拉底，竟被悍然判处死刑，逼得他只得饮鸩自杀。中国由于君主极权的封建制度延续了两千多年，“文字狱”更是源远流长，蔚为大观。以专制禁锢加血腥暴力的文字之狱，成了中华民族文化的沉疴，成了中国政治文化史不可回避的负面传统，成了中国历史大夜弥天而阴森恐怖的一页。

黑格尔说：“中国的历史从本质上看，是没有历史的；它只是君主覆灭的一再重复而已。任何进步都不能从中产生。”《法哲学原理》清王朝的二百六十八年，是中国封建社会的末期，有如回光返照的尾声，更是一个在中国历史发展中毫无进步意义可言的时代：空前而极度的君主极权，以农耕经济自诩，扼杀资本主义的萌芽；夜郎自大，闭关锁国，拒绝一切外来的事物与思想；大兴文字狱，将一切异端的思想与创造的精神窒息在摇篮里。这就是清王朝的三大基本国策，也是中国在近代逐渐并远远落后于世界的根本原因。早在三百多年前，明末清初的思想家黄宗羲在《明夷待访录》中，就指出君主是“天下之大害”，而清初另一位思想家唐甄在他的《潜书》里，也曾有批判君主独裁专制的石破天惊振聋发聩之语：“自秦以来，凡为帝王者皆贼也！”然而，近些年来，在历史小说创作和影视剧制作中，却刮起了一股美化与吹捧清代帝王之风，而且愈演愈烈，真要令人发人心不古之感叹，一代不如一代之悲叹，人间究竟换了与否之浩叹！

在当前多种多样的诗词选本中，还没有一本关于文字狱的诗选；在不算很少的清诗著作中，也还没有一本辟有与文字狱有关的章节。本文略谈清代层出不穷惨酷至极的文字狱中与诗有关之狱，算是我的散文专著《清诗之旅》中的另类之篇。

一

顺治一朝，为满清入关之始。虽然天下大局已定，但南方的反清斗争却仍如烈焰熊熊，此灭彼起，加之年轻的顺治帝也有点英王爱德华八世“不爱江山爱美人”之概，为了一个董鄂妃而神魂颠倒、死去活来，二十四岁即告驾崩，所以终顺治一朝，时当用武之际而文网较为松弛。可是也不尽然，僧函可的史案（著有记述江宁抗清史实的《变记》）与诗案（作有抗清诗词，组织“冰天诗社”），黄毓琪诗词狱（死于狱中而遭戮尸，因其行李中发现南明鲁监国颁发的印信和他创作的志在反清复明的诗词），以及冯舒的《怀旧集》案，就是顺治朝文字狱的显例。

冯舒是常州常熟人，明末诸生，他不像当时许多读书人和官人一样投顺新朝，如风中的墙头之草。他以气节自负，颇有纯爷们那种男儿膝下有黄金之概，他自己的诗集题名《避人集》《幽违集》倒还罢了，他主编亡友的诗集竟然一语双关地题名《怀旧集》，而且序言用干支纪年而不用顺治年号。在此集中，顾云鸿《昭君诗》有“胡儿尽向琵琶醉，不识弦中是汉音”之句，徐凤《自题小像》有“作得衣裳谁是主？空将歌舞受人怜”之语，这些诗本就目无天朝、大逆不道了，何况主编先生的诗集中更多的是黍离麦秀的家山之感，铜驼荆棘的故国之悲，如写于江山换稿不久的顺治三年（1646）的即事诗《丙戌岁朝二首》：

投笔余生不见春，萧萧短发尚为人。
世情已觉趋时变，天道难言与善亲。
梦里山川存故国，劫余门巷失比邻。
野人忆着前年事，洒泪临风忆大钧。

喔喔荒鸡到枕边，魂清无梦未安眠。
起看历本惊新号，忽睹衣冠换昨年。
华岳空闻山鬼信，缇群谁上蹇人天？
年来天意人难会，剩有残生只惘然！

天高皇帝远，顺治帝与摄政王多尔衮本来也很难读到一介草民冯舒的大作，无奈人少畜生多，常熟县令翟四达贪腐枉法，民愤汹然，他怀疑告发他的控状出自地方正人名士冯舒之手，于是他根本不用收买黑社会的滥仔去行凶或行刺，而是抓住冯舒自编与主编的诗集中的问题上奏天听。这就如俗语所云“一告一个准”，清廷一道最高批示，冯舒就别无选择地在鬼头刀下了此投笔的余生。

以上所述种种，可说是清代文字诗狱的序曲，这序曲是用暴力定调，以血腥谱成。

二

康熙六年（1667）七月，玄烨亲政。在他君临天下的五十多年中，为了收拾残明的力量，镇压以吴三桂为首的三藩之乱，稳定满清统一中国的大局，他两手并用，除了继续耀武逞威之外，也颇为注意收买人心，特别是分化瓦解、笼络利用汉族士大夫。由于他经文纬武，所以不少史家誉之为“清朝最优秀的皇帝”，而且是“中国历史上屈指可数的杰出君主之一”。

然而，“优秀”的华衮包藏了多少残忍的血腥，“杰出”的称号荼毒戕害了多少无辜的生灵。康熙一朝，文字狱的惨酷虽比不上后来居上的雍正与乾隆，但多种多样的文字狱仍然绵绵不绝，腥风血雨与精神恐怖已然遍于国中。康熙晚年处置的戴名世《南山集》案，就已经够令人不寒而栗的了，早期的阎尔梅诗案，也是笼罩在那一时代夜气如磐的重重阴影之下。

阎尔梅（1603～1679），字用卿，号古古，徐州人。他年轻时有大志，与钱谦益、夏允彝、陈子龙等人交游，被阉党视为“东林渠魁”。在清兴明亡的时代暴风烈雨之中，他奔走呼号，救亡图存，而且以诗明志，所谓不仅有行动，而且有言论。他长期因诗祸而逃亡，于顺治、康熙两朝两次被捕入狱。其诗集为《白耷山人集》，系晚年手订，删去了许多贾祸之作，其孙辈为了远祸，再一次删削，但在乾隆时仍被列为禁书，由此我们不难想象他生前的厄运。

从劫后的余灰中，我们可以看到诗歌创作给阎尔梅带来了身前身后的名声，即使他隐姓埋名四处逃亡时，也发现素所不识的少年都能背诵他的诗句。徐豫贞《读阎古古遗稿》曾如此感叹：“冰海蚕崖路欲穷，风尘何处着英雄？山河半落行吟外，天地都归恸哭中。铁匣有时开信史，铜驼无地问遗宫。诗篇尽是孤臣泪，剪烛犹惊血渍红。”但是，阎尔梅的诗当时也使他引火上身，整年整月地在刀丛中度日，几乎性命不保。“伤哉胡骑渡河南，杀人唯独扬州多”，“死者未埋生者死，鸭绿江头哭不止”，例如在《哭扬州》一诗中，他就以诗史之笔将清军的暴行一一记录在案。清廷委变节的胡谦光为沛县令，胡谦光自称是阎尔梅的故友，请他出来做官而同流合污，阎尔梅答之以《绝贼臣胡谦光》：

贼臣不自量，称予是故人。
敢以书招予，冀余与同尘。
一笑弗置答，萧然湖水滨。
湖水经霜碧，树光翠初匀。
妻子甘作苦，昏晓役舂薪。
国家有废兴，吾道亦绌申。
委蛇待大命，柔气得时新。
生死非我虞，但虞辱此身！

在革故鼎新江山易帜之际，阎尔梅不但不与新朝保持一致，还要斥之为“胡”，揭露它的罪行；回绝胡谦光倒还罢了，还要詈之为“贼臣”，骂奴才而兼骂主子。如此如此，奸人宵小们难道会宽大为怀而不去攻讦告发吗？

“士大夫居恒得志，人人以不朽自命，一旦霜飞水脱，为疾风劲草者几人乎？”阎尔梅在《陶羽士别传》中曾经如此感叹，而其行其诗均慨当以慷，铁骨铮铮。他逃亡之前为免连累先人，“虑发冢，预平先墓”，逃亡后被捕前，其妻妾因清兵包围而自缢，“株连者数十百家”。他被捕后受审讯时，横眉怒目，大义凛然，主审的清廷官员沈文奎说：“尔何为者，欲作文丞相乎？”阎尔梅边回答“然则文丞相非乎”，边在大堂上高吟：“天如存赵祀，谁可杀文山！”今存其诗集中有《沈文奎以文丞相见拟盖罪，余也笑作》五首五律，其三如下：

忠孝平常事，捐躯亦等闲。
天如存赵祀，谁可杀文山？
北地春云路，西台夜月间。
惟闻歌正气，千载诵人寰！

阎尔梅浑身镣铐，被重兵押解北上，已不作生还之想。幸亏他的故人也是诗人的龚鼎孳虽官拜吏部尚书，却良心未彻底泯灭，居中鼎力营救，才使九死而一生的他成了漏网之鱼。然而晚至乾隆，虽已不及治罪其身，但却仍罪治其诗，他的诗集终难逃一劫，上了查禁的黑名单。

三

清代文字狱登峰造极之始，是近年之电视剧热捧的“雍正王朝”。

雍正王朝，正是所谓“康乾盛世”的过渡期。大局虽早已稳定，但作为少数民族定鼎中原的异族统治者，总是有一种非我族类的不安全感，何况反清复明仍是民间的一股暗中涌动的潜流，因此执政者以为可以而且应该大开杀戒，对宣扬华夷之辨排满反清者痛下杀手，以便统一思想而臻万马齐喑之境。另一方面，雍正帝胤禛得登大宝，始终是一个谜，至少与他阴狠毒辣非常规手段无所不用其极有关，他虽屠兄戮弟诛杀异己，但潜意识中总觉得龙座之下是一个未熄的火山，紫禁城外有居心叵测的眈眈虎视。于是，以文字狱来对付与消灭政敌以及依附政敌的臣民，来维护自己的绝对权威与独裁地位，就成了雍正朝的另一基本国策。清初的思想家唐甄，在其《潜书》中说过“自秦以来，一切帝王皆贼也”，我要补充的是，自秦以来，总数约六百一十个左右的帝王，绝大多数都是流氓加恶棍，而其心如墨其险如渊的雍正，则更是其中之最。因此，《雍正王朝》虽刻意回避，但“雍正王朝”文字狱之酷烈，可以说前无古人。三百多年后倡导民主与科学、自由与法制的当代，某些人非但不予揭示批判，还热捧雍正其人和中国历史上这一最黑暗的王朝，雍正如果能回过神来，恐怕会龙颜大悦并大加褒奖吧？

令人触目惊心的是“明”“清”之忌。雍正就像和尚出身有过偷鸡摸狗的前科、又参加过被称为“贼”的“红巾军”之朱元璋一样，对“僧”“贼”甚至只是“生”“则”一类的谐音字眼均十分忌讳，为此磨牙吮血，杀人如麻。尤其对“明”“清”二字，雍正有一种神经质的病态的敏感。明末清初的思想家、学者王夫之（船山）曾题一联明志：“清风有意难留我，明月无心自照人。”也许是天下未定，统治者还来不及编织森严的文网，他侥幸成了网外之鱼，如果他和雍正“幸会”，那一百个王夫之也会无一幸免。徐骏，乃雍正初年刑部尚书徐乾学之子，也算是所谓既得利益者，可称高干子弟，不可能对现政权心存不敬，但他诗中有“明月有情还顾我，清风无意不留人”之句，这本来是诗家的习用套语，如陆游《阆中作》有“莺花旧识非生客，山水曾游是故人”，明人张弼《渡江》有“西飞白日忙于我，南去青山冷笑人”，等等，然而，徐骏于雍正八年被人告发毁谤大清，思念明朝，雍正不分青红皂白，按“大不敬律”将其处斩，诗稿当然也被勒令销毁。

无独有偶，浙江桐乡市人吕留良顺治年间誓死拒荐，后来削发为僧，著有《东庄吟稿》等著作，有明确的反封建反民族压迫的思想。他去世四十多年后，湖南人曾静、张熙师徒游说岳飞后人川陕总督岳钟琪反清事发，累及他们所尊崇的吕留良，何况吕留良的诗中有“清风虽细难吹我，明月何尝不照人”之句，不像徐骏之陈辞套话，确实是以诗宣扬华夷之分的“思想犯”，于是吕留良欲安息于地下已无可能，不仅自己被掘墓戮尸枭首，其长子吕葆中得到的也是同等的待遇，尚在人间的次子吕毅中斩立决，吕氏满门及其余男妇人等充军北疆，发配给戍边的将官为奴，全部财产没收充公。至于吕留良的学生严鸿逵等人，自称吕氏门徒的黄补阉等人以及与刊刻吕氏著作有关的人，均作了天网恢恢的刀下之鬼。

汉军镶黄旗人年羹尧，其妹是雍亲王胤禛的侧福晋，他助胤禛夺得帝位，恃宠而骄，如西谚所云之“仆人的眼中没有英雄”是也。本来的左右手今日成了祸根，于是，雍正以九十二条大罪赐年羹尧自尽，籍没家产，亲族与同党或斩或流或贬，无一幸免。幕僚汪景祺舞文弄墨，著有《读书堂西征随笔》，少不了要阿谀吹捧他的顶头上司，这应该是古今一律的官场潜规则或显规则。其中有《上抚远大将军年公书》一文，马屁也拍得太没有分寸，竟称年羹尧为“宇宙第一伟人”，须知这只有圣上才有资格笑纳的，任何其他人如果照单全收，那就是僭越甚至大逆不道而臣罪当诛了。不仅此也，汪景祺尚有“皇帝挥毫不值钱，献诗杜诏赐绫笺。千家诗句从头写，云淡风清近午天”之诗，落得的当然是斩首示众的下场。另一位字亮工的钱名世，与年羹尧是乡试同年，雍正二年，气焰煊赫的年羹尧从川陕总督、抚远大将军任上进京陛见，时为翰林院侍读的钱名世赠诗拍马，称他“分陕旌旗周召伯，从天鼓角汉将军”倒还罢了，还要说什么“钟鼎名勒山河誓，番藏宜刊第二碑”。康熙十四子允禵本是雍正最大的政敌，出征青海西藏，卓著勋劳，康熙曾为其立碑记功，雍正即位后他马上被禁锢，而钱名世竟然认为年羹尧论功也应如允禵一样立碑，真可谓只顾写诗献媚而不知忌讳，哪壶不开提哪壶。雍正斥其“诗语悖逆”，“曲尽谄媚，颂扬奸恶”，但处置却与汪景祺不同。他不杀钱名世而将其革职回乡，然后御题“名教罪人”四字，由地方官制成匾额悬于钱家的大门之上，又命京官自大学士、九卿以下三百八十五人各作大批判之诗，由钱名世自己辑成专书并题“名教罪人诗”，再由朝廷颁发给全国的学校供所有士子学习。如此“帽子抓在手里”的人格侮辱与精神折磨，生不如死，是用心深险如豺如狼之雍正的一大发明，大约也是二十世纪文革中挂黑牌戴高帽入另册的先声。

四

明清两朝尤其是清朝，是专制主义君主集权制度登峰造极的时代，政治独裁，思想禁锢，目的是让全体臣民变为奴才型的愚民与顺民，因此，严酷的文化专制政策以暴力与血腥的方式大力推行乃势所必然，加之有其父必有其子，乾隆继承了雍正极权与忌刻的衣钵而变本加厉。自乾隆十六年（1751）王肇基献诗案、伪孙嘉淦奏稿案起，文字狱愈演愈烈，总数在一百三十起以上。乾隆朝可谓集文字狱之大成的“盛世”，恐怖阴森，绝非“戏说”“微服私访”之流的电视剧中那样可亲可近，欧洲中世纪黑暗时期以残虐闻名于世的宗教裁判所，与之相较，只是小巫见大巫而已。

如前所述，雍正对于“明”“清”字样十分疑忌，乾隆于此也是严重的精神病患者，神智到了既不清也不明的程度。江苏东台县人徐述夔，乃乾隆三年（1738）举人，著有《一柱楼诗集》，为人告发。诗集中《曝书》诗有“清风不识字，何必乱翻书”之语，《鹌立鸡群》诗有“明朝期振翮，一举去清都”之词，《咏宣德杯》有“覆杯又见明天子，且把壶儿搁半边”之句，《鼠啮衣》诗有“毁我衣冠真恨事，捣除巢穴在明朝”之言，如此这般，当然不免“悖逆”之罪。案发时，已去世的徐述夔及其子按律戮尸，其孙斩立决，而且大肆株连。名诗人沈德潜虽已去世，且生前备极乾隆之殊宠，但他曾为徐述夔之诗集作序（估计他也没有认真细读，就像现在某些名人未读其书便作其序一样），而且他自己的《咏黑牡丹》诗中居然也有“夺朱非正色，异种也称王”之句，于是也被追夺官爵封号，销毁祭赐碑文，收回种种赏赐之物，只是因为皇恩浩荡，才没有开棺戮尸，让他九泉惊梦。

江苏兴化县人李驎著有《虬峰文集》，内有“杞人忧转切，翘首待重明”之语，且有“日有明兮，自东方兮”之句，为奸人所告发，经层层审查的处理结果是：“照大逆凌迟律剉碎其尸，枭首示众，以彰国法，而快人心。”所谓“国法”，当然是封建极权帝王的意旨，在乾隆借编《四库全书》之名在全国大肆搜缴销毁禁书大兴文网的风声鹤唳中，广大的人心何“快”之有？有的只是战战惶惶汗出如浆的恐怖。

江苏震泽县人卓长龄，著有《高樟阁诗集》，其同族卓汝谐挟怨诬告他著有《忆鸣（谐音“明”）诗集》，于是当局严加搜查，深文周纳，发现《高樟阁诗集》中有“可知草莽偷垂泪，尽是诗书未死心。楚衽乃知原尚左，剃头轻卸一层毡”等语，次子卓证《高樟阁学箕集》中有“此日谁知叹道穷”，第三子卓敏《见山堂学裘集》中有“明主未能忘麦饭，仁爱天心不见恩。药煮君臣带饭僧”，四子卓慎《高樟阁学裘集》中有“谁能郁郁久居此？予必区区自取之。种菜当年心自北，辍耕尔日志难忘”，乾隆认为“剃发”是国家现行之法规制度，岂容攻击，“明主”则是指明朝君主无疑，真乃“丧尽天良，灭绝天理，真为覆载所不容，阅之实堪发指”，于是，早已死去的卓长龄及其三子均戮尸枭首，孙及曾孙斩立决，仅两岁的小曾孙罚没为奴，真乃祸及满门，殃及后代。

以文字狱来打击政敌及其同党，以巩固自己绝对的独裁统治地位，本是雍正的独门手段，乾隆也克绍箕裘，发扬光大。他执政前期所炮制的“《坚磨生诗抄》案”，即属此列。江西建新人胡中藻，乾隆元年进士，由翰林擢升内阁学士。他是满洲大学士鄂尔泰的门生，阿附鄂尔泰，因为“西林”乃鄂尔泰姓氏“西林觉罗”的简称，故其诗自称“记出西林第一门”。乾隆本来对权势日大的鄂尔泰及其家族颇怀戒心，因为汉人汉臣早已被整得服服帖帖，只有满人满臣才有可能危及他的帝位，但他弃“挽弓当挽强”“擒贼先擒王”的古训不用，而是先从惩治党羽着手，打开一个缺口，随后向纵深发展。于是他于乾隆十九年即（1754）亲自出马，金口玉牙大批胡中藻的《坚磨生诗抄》，认定它“谤及朕躬”“谤及朝廷”的悖逆之语达五十处。如诗集中有“又降一世夏秋冬”“一把心肠论浊清”“老佛如今无病病，朝门闻说不开开”“天非开清泰”“斯文欲被蛮”“与一世争在丑夷”“南斗送我南，北斗送我北。南北斗中间，不能一黍阔”“虽然北风好，难用可如何”等语，乾隆乾纲独断，别具只眼，他认定“蛮”“夷”字眼及“南”“北”对举，都是讽刺天朝，心怀叛逆，而天朝赫赫煌煌，天长地久，万寿无疆，“乃曰‘又降一世’，是尚有人心者乎”，而“‘一把心肠论浊清’，加‘浊’字于国号之上，是何肺腑？”“至若‘老佛如今无病病，朝门闻说不开开’之句尤为奇诞。朕每日听政，召见臣工，何有朝门不开之谓？”乾隆之言不无道理，君不见三百多年后在《雍正王朝》的热播潮中，有人不就大肆吹捧雍正在位十三年如何宵旰辛劳地“勤政”吗？为了一己的“家天下”，乾隆大约也是“朝九晚五”地按时刷卡上班甚至不时加班加点的。总而言之，乾隆给《坚磨生诗抄》的定性判决是：“出身科目，名列清华，而鬼域为心，于语言吟咏之间，肆其悖逆，诋讪怨望，如胡中藻者，实非人类中所应有。”被乾隆开除了人籍，当然就只有入鬼籍，并且祸及无辜，胡中藻与其家族十六岁以上男丁一律处斩。至于留一百两纹银给其八十余岁的老母及尚在童稚的孙子做生活费，那是表示法外开恩，皇恩浩荡。

乾隆醉翁之意不在酒，而在可能危及他的满汉勾结的“朋党”。《坚磨生诗抄》定案时，鄂尔泰已死，乾隆犹咬牙切齿地说：“若鄂尔泰犹在，当治其植党之罪。”于是，赐与胡中藻诗词唱和时任甘肃巡抚的鄂尔泰之侄鄂昌自尽，鄂尔泰之长子鄂容安获罪，鄂尔泰原来供于贤良祠的灵牌也即行撤除，鄂尔泰在天之灵有知，只怕也会颤颤兢兢诚惶诚恐。

文字狱是极权专制制度的产物，反过来又维护与巩固了这个制度。它不仅败坏了世间的人心和社会的风气，也阻碍了文化的昌明与社会的进步。中国是一个盛产文字狱的国度。即使不论文天祥在《正气歌》中所说发生在春秋时期的“在齐太史简”，就从秦始皇的“焚书坑儒”算起，文字狱史也长达两千多年，其间经历南宋初年文字狱、明初文字狱特别是清代前期文字狱（历顺治、康熙、雍正、乾隆四朝共一百三十余年）三次高潮。世人以为此狱在现代中国再无从兴风作浪了，不意在二十世纪中叶尤其在“文革”时期，它又突然卷浪重来，掀起了中国文字狱史上的第四个巨浪而且是空前的九级浪。生活在当下的年轻人已是“不知有汉，无论魏晋”了，过来人每一回眸，汗湿重衣、心有余悸之余，还会慨叹当时真是不知人间何世。

鲁迅在《且介亭杂文·病后杂谈》一文中，将文字狱称为“脍炙人口的‘虐政’”。这一“虐政”，是中国政治文化史上必须清扫的负面传统，也是必须根除的专制制度黑藤上长出的毒瘤。然而，时至今日，时至以民主与科学、自由与法制为文明标志的现代，有人却以《明太祖文字狱案考疑》《清代文字狱辨》为题著文，为明清的文字狱百般开脱和辩解，说所谓文字狱是对“盛世”的攻击，而在电视剧《康熙王朝》中，其主题歌竟是《向天再借五百年》。大兴文字狱，将皇权绝对化、将封建专制推至顶峰的清代帝王，竟然借尸还魂，在现代的舞台上仰天高唱“我真的还想再活五百年”。而许多歌迷影迷与非影迷歌迷也唱此不疲，这难道还不足以令人悚然而惊并凛然而思吗？

世家原自重文章

一

二十世纪五十年代中叶，我从杏花春雨江南远去白马秋风冀北，青春岁月，负笈京门，就读于硕彦通儒名师云集的北京师范大学中文系。其时虽略知纳兰性德的词名，也读过他的一二作品，但对其人其词均不甚了了，对其诗则更一无所知。北师大位于德胜门外北太平庄，我却不明他当年的栖迟之处的明珠相府，即是今日什刹海旁的宋庆龄故居所在地，更懵然不知学校往北而行地不在远的上官庄乡，就是一代词人诗魂的归宿之地。这也难怪，解放初期上海某出版社刚刚印行一册《纳兰词》，立即便成为众矢之的，讨伐的众多箭矢飞鸣有声，无非是纳兰系明珠相门贵介公子，康熙殿前一等侍卫，其诗词乃才子佳人之风花雪月豪门贵胄之无病呻吟云云。在革故鼎新的历史转折时期，在阶级斗争成为主旋律的特殊年代，纳兰性德被时间尘封复被历史封存，这一命运自然是可想而知的了。

世事无常，星移斗转。不意在二十世纪八十年代之后，尤其是近二十年来，冷门竟然变成了热点，神州大地掀起了一股“纳兰热”。不仅成立了相关的研究会，出版了诸多普及性和学术性的有关著作，而且在印行纳兰性德的全集《通志堂集》之外，各种大同小异的词选词评词传层出不穷，争先恐后的盛况，近似节假日回乡探亲者深恐登车误点。有人将纳兰性德研究称为“兰学”，大有与研究《红楼梦》之“红学”并美齐芳之势，而年轻人中纳兰性德的粉丝更多，虽非“红粉”却可称“兰粉”。我人到中年后才耽读纳兰，春朝秋夜，月夕风晨，在诵读其诗词而不免意夺神飞的同时，更不禁时隔三百余年而常常对他临风怀想。

在我已破土多年而迟迟未能竣工的“诗文化散文”工程《清诗之旅》里，读纳兰性德之作当然是其中不可付之阙如的一章，或者说是一处必具的景点。据史料记载，纳兰性德的祖父尼雅汉（又译“倪迓韩”）从龙入关，以战功授骑都尉世职，圈地于京师西北角上庄地区之皂甲屯（原名皂角，以皂角树得名，明设军屯，始名皂角屯，又名皂荚屯），其子明珠后来担任内务府总管与英武殿大学士等等诸多要职，一人之下而万人之上，便于此地修建占地二百余亩的明府庄园，纳兰性德多次游息于此。庄园附近辟为纳兰家族墓地，明珠本人及纳兰性德夫妇等均先后葬于此间。对于词人的这一故址我早已风闻，多年前亟欲一访。书生老去，机会方来，直到二十一世纪都已过去十有三年，我才得以一偿夙愿。

二〇一三年十月十八日，天暗云沉，朔风凛冽。我们一行四人——我和往日的学生今日的名词人蔡世平，大学同窗学弟张国龙教授，湘籍京漂小友李黎明，从颐和园附近中华诗词研究院之临时驻地绿杨宾舍出发，不是蹄声得得，而是车轮滚滚，直驱西北方向的上庄乡皂甲屯。心中明知已历时三百多年，劫后连一点余灰恐怕都不复留存，但仍暗中希翼能发现纳兰性德的一枚遗留的足印，听到他哪怕半句吟哦或一声长叹。但是，我们在庄园与墓地的原址来回往复寻寻觅觅，只见民居成片，商肆成行，公路成网，车流成阵。虽然仍有几点暮鸦在履历不明的古树上哑哑凭吊西下的夕阳，但不知从何处传来的流行歌曲之声，宣告时间早已进入了现代。幸亏上庄村现在建有一处纳兰纪念馆，虽只几间平房，十分简陋，但主事者却颇为热忱，引领我们参观，提供纪念馆的展示文字资料，有问则不厌其烦地一一作答。我们方知清代中期纳兰家族即已家道败落，民国期间盗墓频仍，破坏严重，二十世纪文革中庄园与墓地更是在劫难逃，被彻底夷为平地，几代人遗骨无存，魂兮无法归来的诗魂不知缥缈何处，只剩下纳兰性德与夫人卢氏的墓志，成了当年上官庄生产大队门口的踏脚石，卢氏的墓志朝下，其上的字迹尚保存完好，纳兰性德的墓志朝上，朝朝暮暮月月年年为人群践踏，其上的字迹则多已磨损不明。

魂兮归来啊，魂兮归来不是哀江南而是哀冀北。从纪念馆出来，暮色已经开始苍茫，我们站在硕果仅存但已颓败不堪的纳兰家庙——东岳庙前那年深月久的斑驳台阶上极目四望，迟迟不忍离去。当年满洲贵胄公子纳兰性德在庄园倾诚接待落魄的汉族文人姜宸英，姜的《苇间诗集》中有《容若邀游城北庄移舟晚酌》一诗以记其事：

散漫杨花雪满堤，停船只在画廊西。
东风底事吹归急，不管狂夫醉似泥！

似雪的杨花春来还会应时而舞，但河堤不再，画廊已无，他们同游的小船今天也不知飘泊在哪一个荒凉的渡口，现在已打听不到任何哪怕是可疑的消息。诗在人杳，世事沧桑，如同与纳兰性德同代而稍后的曹雪芹在北京西山的旧居邈矣难寻一样，纳兰性德当年在皂甲屯的游息居停之所，怎能岿然而独存呢？时至民国，在北京大学国学研究所深造的年轻学者张任政著有《纳兰性德年谱》一书，这是我国历史上纳兰年谱的开山之作。民国十九年即一九三〇年他三十二岁之时，还曾来皂甲屯寻访祭拜，作有《皂荚村访容若墓未得怆然有作》一诗：

沅芷澧兰未忍言，不辞凄恻向郊原。
秋风吹暝词人地，肠断残阳皂荚村！

八十多年过去了，我在张任政之后接踵而至。旧地新来，我虽然未曾如他一样肠断却也不免黯然神伤。面对苍茫的京北旷野，雾霾中的大厦高楼，往事成烟，诗魂长在，我许下的心愿是：纳兰性德啊，你的词现在已经热得发烫了，但你的与词相较并不逊色的诗却还不广为人知，我要为它们写一篇心心相印的文字，以我的灵台为祭台，向过去，向未来，权当长天大地之间一炷祭典的袅袅心香。

二

纳兰性德之名传诵至今，芬芳人口，首先是他存世的三百四十八首词，尤其是其中的爱情词，又尤其是爱情词中的五十余首悼亡词。纳兰性德二十岁时，和小他两岁的卢氏成婚，三年后卢氏即因难产而于康熙十六年（1677）母子同时去世，他则于康熙二十四年（1685）三十一岁时撒手人寰。在卢氏辞世后的八年中，纳兰性德所作的悼亡词多达五十余首，占现存作品的六分之一。其感情之沉挚，艺术之完美，体裁之多样，加之数量之众多，综合而论在中国古代诗人中无人能出其右，按今日时髦的“排行榜”或“得票率”而言，他当毫无水分而名副其实地高居榜首，其他人都只能望洋而兴叹！

爱情，是无分中外古今的世上芸芸男女不可缺席的必修课程，是维系人类生存与发展不可缺少的必要链条，同时，也是文学创作不可缺失的永恒主题，是文学园林不可缺位的亮丽旖旎的风景。中国古典的爱情诗，早在两千多年前《诗经》的十五国风中就开始鸣奏，而从开卷第一篇《关雎》里，即使时隔两千余年的茫茫岁月，我们还可以听到琴瑟友之与钟鼓并作的喜庆好音，仍从远古的黄河之边那不知名的河洲水湄隐隐传来。时至后世，历代优秀的爱情诗，犹如春日繁花绣满了中国人生生不息的生命的原野。爱情诗中的悼亡诗呢？它是中国古典诗歌长河中一条特异的支流，这一条支流专为丈夫悼念逝去的妻子而流淌。追波溯源，其源头就出于诗经中的《邶风·绿衣》与《唐风·葛生》。至于晋代潘岳的《悼亡诗》三首，则被称为文人悼亡诗之鼻祖，此后之名作有唐人元稹的《遣悲怀》三首，以及苏轼《江城子·乙卯正月二十日夜记梦》、贺铸《鹧鸪天·重过阊门万事非》等等，它们有如永不凋谢的白浪花。在唐诗宋词的高潮过后，元明两代之诗本已江河日下，不意清诗清词却又洪波涌起，浪涛澎湃，而纳兰性德的包括爱情题材的诗词，更轰然而成清初的诗的河床中之九级浪。

纳兰性德的爱情诗词之所以不让前人，而且在整体上后来居上，除了数量与体裁之外，根本原因还在于感情之至纯至真，以及艺术之至完至美。评价作品的高下与作家成就的大小，数量可以作为参考，根本还在于质量，纳兰有关之作数量超越前人，元稹悼亡妻韦丛之作，前后虽有三十余首，数量仍有所不及，质量更是难以匹敌。中国古典爱情诗的冠军冠冕非纳兰性德莫属，前之潘岳、元稹、苏东坡、贺铸，后之黄仲则、龚自珍，他们虽是一代名家，也当会欣然同意的吧？

康熙十三年（1674），是纳兰性德的弱冠之年，他应父母之命与十八岁的卢氏成婚。卢氏之父卢兴祖属汉军镶白旗，系国子监官学生而入仕途，康熙年间官至两广总督，兵部尚书，所以卢氏的出身既是大族高门，亦乃书香门第。他们是典型的“先结婚后恋爱”，纳兰性德仿佛是别人代买彩票而中了价值连城的头彩，包办婚姻竟然成了神仙眷侣。卢氏除了有很高的颜值与温柔的性格，我以为更重要的还是她娴习诗书，能够欣赏和珍重丈夫的才情，纳兰性德当然因此更引她为精神上的红颜知己。扰扰世间，芸芸美眉，有多少人能真正成为“北宋以来，一人而已”（王国维语）的纳兰性德的知己呢？卢氏没有诗词作品传世，但纳兰性德在《浣溪沙》中曾引用宋代女词人李清照与丈夫赵明诚的故事，说他和夫人也是“赌书消得泼茶香，当时只道是寻常”，此外，在梦亡妇的《沁园春》之前，他还别有长序，其中说卢氏“素未工诗”，但梦中离别却有“衔恨愿为天上月，年年犹得向郎圆”之语，由此不惟可见他们鹣鲽之情好情深，尤可见这一双伉俪精神上之相知相得。

纳兰性德最火最烫痛当代读者嘴唇者，是他那些情真意切哀感无端的悼亡词，因为它们展示的是具有普遍意义的至情之破灭与至美之毁灭，富于生命与人生的悲剧意味，同时也具有可以由此类推与联想的当下感与当代感。而在他的诗中，则多是写现在进行式的爱情，展示的是情的芬芳与美的怒放，富于喜剧色彩。如《艳歌》四首、《别意》六首、《四时无题诗》十八首、《塞垣却寄》四首等等。试看他的《和元微之<杂忆诗>》三首：

卸头才罢晚风回，茉莉吹香过曲阶。
忆得水晶帘畔立，泥人花底拾金钗。

春葱背痒不禁爬，十指掺掺剥嫩芽。
忆得染将红爪甲，夜深偷捣凤仙花。

花灯小盏聚流萤，光走琉璃贮不成。
忆得纱厨和影睡，暂回身处妬分明。

元微之，就是中唐时与白居易齐名而人称“元白”的名诗人元稹。贞元十六年（880），此君二十二岁赴西京应试时路经山西蒲州普救寺，邂逅远亲表妹崔莺莺而产生了始乱终弃的一椿罗曼史，次年他曾为此赋《会真诗》三十韵，宅心仁厚年长于他的诗人朋友杨巨源对他有所针砭地写有一首《崔娘诗》。三年后，元稹为了自己的仕途，娶高干之女韦丛为妻。翌年，他复作《莺莺传》，不无得意地详述自己与莺莺的这椿往事，并为自己的背情弃义涂脂傅粉。不过，元稹虽是一个风流文人，多情且近于滥情，但他毕竟不是性情浇薄毫无良知的花花公子，他怀念那场刻骨铭心的初恋，且因那一“原罪”而不免长怀负疚之情。按今日的心理学术语，他可说是具有“双重人格”或谓“多重人格”。其《杂忆五首》写于元和五年（810），时年三十二岁，去普救寺的艳遇已整整十年，此年他由监察御史贬为江陵士曹参军，诗中所云“双文”即“莺莺”，因莺字成双也。所忆均为普救寺之旧事：“今年寒食月无光，夜色才侵已上床。忆得双文通内里，玉栊深处暗闻香。”“花笼微月竹笼烟，百尺丝绳拂地悬。忆得双文人静后，潜教桃叶送秋千。”“寒轻夜浅绕回廊，不辨花丛暗辨香。忆得双文胧月下，小楼前后捉迷藏。”“山榴似火叶相兼，亚拂砖阶半拂檐。忆得双文独披掩，满头花草倚新帘。”“春冰消尽碧波湖，漾影残霞似有无。忆得双文衫子薄，钿头云映褪红酥。”时当今世，许多职称包括“大师”之美的头衔早已如股市之亏损股大大贬值，例如文史硬伤屡见不鲜者也被廉价赠送大师的冠冕，而本人不以为耻反以为荣。陈寅恪先生则真正是实至名归的大师，在《元白诗笺证稿》一书中，他既指出元稹人格的缺陷，同时也说：“微之以绝代之才华，抒写男女生死离别悲欢之感情，其哀艳缠绵，不仅在唐人诗中不多见，而影响及于后来之文学者尤巨。”八百年后的纳兰性德及其爱情诗，也曾受到元稹有关诗作的沾溉，上述之《和元微之<杂忆诗>》，就是他自己主动出示的证明。

不过，纳兰性德的“忆得”只和了三首，每首诗只分别抒写一个细节，如“染将红爪甲”即今日女子之“美甲”，却写尽了与卢氏新婚燕尔的甜蜜旖旎的风光，不惟艺术表现上较元稹之作更为生动传神，含蓄蕴藉，而且感情的含金量也远胜用情不专的元才子。附带说明的是，元稹写《杂忆》之时，前一年其原配韦丛刚刚夭亡，他写了后世传诵的《遣悲怀》三首及其他悼亡诗，痛不欲生之状见于言表，然而不到一载，复又忆及前尘旧爱之莺莺，而又追咏再三。再后一年，他即纳安氏为妾，子女相继出生，七年后，再娶裴淑为妻。这虽与时代和习俗有关，陈寅恪说“自不可以今日之标准作苛刻之评论，但微之本人与韦氏情感之关系，决不似其自言之永久笃挚，则可以推知”（《元白诗笺证稿》），元稹有知，恐怕也只能同意陈寅恪的铁笔判词吧?

纳兰性德对卢氏一往情深，他手握的又是一支如花之盛开的彩笔，他为卢氏所咏之诗当然不止是如上所述的《和元微之<杂忆诗>》，《四时无题诗》十八首也是为卢氏所作，现援引四首，有如从四个华彩乐段，即可想见全诗究竟是怎样风华绝代的交响乐章：

挑尽银灯月满阶，立春先绣踏春鞋。
夜深欲睡还无睡，要听檀郎读《紫钗》。

一树红梅傍镜台，含英次第晓风催。
深将锦幄重重护，为怕花残却怕开。

绿槐阴转小阑干，八尺龙须玉簟寒。
自把红窗开一扇，放他明月枕边看。

水榭同携唤莫愁，一天凉雨晚来收。
戏将莲菂抛池里，种出花枝是并头。

据《晋书·潘岳传》和南朝宋刘义庆《世说新语·容止》所载，晋潘岳姿仪丰美，是位大帅哥，他在洛阳乘车出行时，追星的妇女们将其围住，掷果盈车。因为他小字檀奴，故后世以“檀郎”作妇女对丈夫或情人的美称。《紫钗记》是明代大戏剧家汤显祖“临川四梦”之第一梦（汤为临川即今江西省抚州市人，其他三“梦”为《牡丹亭》《邯郸记》与《南柯记》），取材自唐人蒋防的传奇小说《霍小玉传》，演绎诗人李益与霍小玉悲欢离合的爱情故事，表现了作者精诚所至金石为开的“情至观”。“夜深欲睡还无睡，要听檀郎读《紫钗》”是组诗的第一首，也是全部组诗的起调与定调，看来是写钟鼓乐之后琴瑟友之的情景，真是似水流年，如花美眷。第二首即以花喻卢氏，以花喻人，当然并非纳兰性德的首创，但“深将锦幄重重护，为怕花残却怕开”，花开花落，花有开终将有落，怕花残而怕花开，这却可见纳兰性德独至的柔情蜜意，可见他对所爱之人心细如发而呵护备至，心柔似水而愿地久天长。唐代布衣诗人严浑有一首《落花》诗：“春光冉冉归何处？更向花前把一杯。尽日问花花不语，为谁零落为谁开？”杜牧《和严浑秀才落花》诗却是：“共惜流年留不得，且环流水醉流杯。无情红艳年年盛，不恨凋零却恨开！”博览群书的纳兰性德当然应该读过杜牧此作，杜诗固然“恨”得甚好，纳兰之“怕”也可见慧质灵心。第三首写明月照人，不是窗前而是枕边，温柔旖旎，意在言外，读来真是令人魂销，其境界岂是当代某些动辄即涉情色的恶俗作品可以望其项背？最后一首以“莲”谐“怜”，这虽是南朝民歌的故技，但纳兰却新创为“戏将莲菂抛池里，种出花枝是并头”，执子之手，共抛莲实，这既是生活的写实，更是内心的祝愿，希望的象征。世间唯有情难诉，诉到这样入微，这样体贴，如此柔情蜜意，如此生死相许，恐怕也只有情种兼才人的纳兰性德而莫办了。

卢氏不幸去世时，纳兰性德时年尚只有二十三岁。本来伉俪情深，何况青春丧偶？红梅花过早地凋谢，并蒂莲忽有一枝过早地萎落，恨海情天，此憾何及，此痛也何及？纳兰性德肝肠寸断的巨痛沉哀，没有见之于诗，而一一收藏到更便于酣畅淋漓地抒情的词章之中去了。他的悼亡词和上引那些清丽深婉的爱情诗形成鲜明的对照，一是喜曲，一是挽歌，一是杂花生树的明媚春天，一是玉露凋伤的肃杀秋日。受到重创的心灵需要抚慰，崩塌的精神世界需要修补，因为封建礼法，纳兰性德先有侧室颜氏，因为父母之命，他丧妻三年后曾奉命续娶官氏，但他的诗词都从未提及过她们，可见那是没有爱情的婚姻，而且他终其一生均作有悼亡之词，对卢氏念念不能忘情，如《金缕曲·亡妇忌日有感》开篇即长叹“此恨何时已！滴空阶、寒更雨歇，葬花天气”，他甚至企望和卢氏有再生之缘：“待结个、来生知己。还怕两人俱薄命，再缘悭、剩月零风里。清泪尽，纸灰起！”对于纳兰性德而言，失去卢氏就几乎等于失去了整个生命的支撑、信心和希望。长夜漫漫何由彻？直到他遇到了沈宛，在他的私密的感情世界的天幕上，才闪现了难得的一线曙光。

卢氏去世后八年，即康熙二十三年（1684），由于年长的挚友顾贞观的关切，年已三十的纳兰性德认识了沈宛。沈宛，是天生丽质而且才名远播的江南女子，乌程人，即今日浙江湖州吴兴县人，身份是才高而命薄的歌女。她在清初即颇有词名，康熙二十九年（1690）刊行的由徐树敏、钱岳编纂的《众香词》，就收录沈词五首，其作者简介说：“沈宛，字御婵，乌程人，适长白进士成容若，甫一年有子。得母教，著《选梦词》。”徐树敏是纳兰性德业师徐乾学之子，与纳兰交好，他编此词集时，纳兰去世刚五年，而沈宛尚在。此外，纳兰的朋友陈见龙写有一首《风入松·贺成容若纳妾》，开篇便是“佳人南国翠娥眉，桃叶渡江迟”，也就是将沈宛比做晋代书法家王献之的爱妾桃叶，其籍贯正是江南。上述材料，是沈宛其人其事的确证与铁证，无可置疑。纳兰性德给顾贞观的信中也曾说，“弟胸中块垒，非酒可浇，庶几得慧心人以晤言消之而已”，他与沈宛初见，应是此年秋随康熙南巡之时，双方均一见有情，顾贞观随即送沈宛北上，和纳兰性德完婚。

纳兰性德迎娶沈宛，这在当时而言可谓极为另类，需要特立独行的勇气和今日所云之反潮流的精神。满清入关后，顺治、康熙两朝均禁止满汉两族通婚，这一禁令直到光绪年间才正式解除，而纳兰性德是满洲贵族，沈宛是汉族女子，这“旗籍”与“汉籍”之分，就是一道不可逾越的天河。此外，纳兰性德的门第系天潢贵胄，身份乃御前侍卫，沈宛则是草根平民，天涯歌女，因此，这是一樁并非“绝配”而是绝对不配的婚姻。但纳兰性德却情无反顾，其间重要的原因之一，乃是沈宛所具有的诗词艺术修养，包括她对纳兰诗词的理解和欣赏以及她自己亦长于诗词创作，使纳兰认定找到了可以消解自己“胸中块垒”的“慧心人”。沈宛到京，不能明媒正娶，只能置于相府之外的别室，是为“外室”，纳兰性德只能随机择缘和她相会，一通积愫，互诉衷肠。这种名为婚内实为婚外之恋，有收于词选集《众香词》中沈宛之词以及纳兰性德有关之词为证：

雁书蝶梦皆成杳，月户云窗人悄悄。记得画楼东，归骢系月中。　醒来灯未灭，心事和谁说？只有旧罗裳，偷沾泪两行！

——沈宛《菩萨蛮·忆旧》

窗前桃蕊娇如倦，东风泪洗胭脂面。人在小红楼，离情唱《石洲》。　夜来双燕宿，灯背屏腰绿。香尽雨阑珊，薄衾寒不寒？

——纳兰性德《菩萨蛮》

上述两首词，是他们别样生活与另类情怀的写照，沈宛深愁浅怨，纳兰性德问暖嘘寒，两人甚至连选用的词牌都一样，应该是不便明言的唱和之作。当然，纳兰性德初得慧心并会心之人，他痛苦孤寂的心灵也曾得到些许欢愉和慰安。有如枯旱的田野忽逢时雨，好像阴霾的天空忽绽阳光。他曾经为沈宛写过一组《艳歌》：

红烛迎人翠袖垂，相逢长在二更时。
情深不向横陈尽，见面销魂去后思。

欢近三更短梦休，一宵才得半风流。
霜浓月落开帘去，暗触玎玲碧玉钩。

细语回延似属丝，月明书院可相思。
墙头无限新开桂，不为儿家折一枝？

洛神风格丽娟肌，不见卢郎年少时。
无限深情为郎尽，一身才易数篇诗。

有温情，有蜜意，有劝慰，有内疚。虽系写男女之情的“艳诗”，却艳而不恶，艳而不俗，诗情宛转，格调清华，读之令人意荡魂消。清初名词人陈维崧评论纳兰的词时曾说：“《饮水词》哀感顽艳，得南唐二主之遗。”梁启超也曾说过：“容若小词，直追李主。”他们先后认为纳兰性德词的风格与成就，得到南唐中主李璟、后主李煜的遗韵遗泽，可以与李煜比肩。我则以为，纳兰性德的爱情诗较之他的爱情词，并不遑多让，而且别有风情和韵味，如上述《艳歌》，就让我联想到李煜的“花明月暗笼轻雾，今宵好向郎边去。刬袜步香阶，手提金缕鞋。　　画堂南畔见，一向偎人颤。奴为出来难，教君恣意怜”，这一阙《菩萨蛮》，是李煜咏大周后的妹妹的，大周后去世后其妹得以正式上位，称小周后。纳兰性德此诗的血脉风神，与之何其相似？不似的是，小周后日后名正言顺，而沈宛却始终没有得到纳兰家族的认可，纳兰性德于娶她之后的次年即不幸去世，留下不被承认的遗腹子福森，沈宛也回到江南，他们母子后来竟天涯沦落不知所终。

何谓爱情？什么才是真正的爱情？古今中外有不少名言嘉语对之作过种种诠释，现在流行的一种通俗说法是：在对的时间对的地点，遇到了对的人。纳兰性德和卢氏堪称“绝对”，可惜卢氏天不假年，纳兰性德与沈宛对错相兼，又可惜时势不容，而纳兰性德又享年不永。杭州西湖之畔原有一座月老祠，中国的月下老人大约相当于古希腊罗马神话中的爱神丘比特吧，祠前的对联是：“愿天下有情人都成了眷属，是前生注定事莫错过姻缘。”前者是元末高明（字则诚）《琵琶记》中的隽句，后者乃元初王实甫《西厢记》中的胜语，出自不同手笔的珠玑之言，合成了天造地设的绝妙好联。纳兰性德的爱情何其不幸，但幸而纯情重情而才高八斗的他却因此而留下许多欢情与悲情交奏的千古绝唱，在这个古典爱情几乎遗失殆尽而世风不古快婚快闪号称娱乐致死的时代，纳兰性德的爱情诗词却广受欢迎，这应该是众多读者对真挚纯美的爱情仍心存向往与敬意，并希望得到精神上的补偿与升华吧？

三

中国人过去向来看重友情，历史上不仅流传诸如高山流水金石之盟的友谊的佳话，而且对朋友也有许多虽各不相同但却弥足珍重的美称。有如春兰与秋菊，冬梅与夏荷，命名有异然而各有自己的色泽与芬芳。例如，将春秋佳日登山临水的称为“逸友”，将奇文共欣赏的称为“雅友”，将相互砥砺的称为“良友”，将直言规谏的称为“诤友”，将品德端正耿直刚烈的称为“畏友”，将济困扶危拯溺救难的称为“义友”，将情深谊长生死以之的称为“死友”，如此等等。与此相反者，则嘲之为“酒肉朋友”“狐朋狗友”，对损人利己者称为“损友”，而对出卖朋友者，则更贬之为“卖友”。纳兰性德于爱情至纯至痴，于友情也至深至厚。对他的友人而言，他是哪一种类型的朋友呢？可以说，他是集众多正面类型的友人之特点与品质于一身，是极为罕见而难得的高贵之友。如果有缘和他同时，而且更有缘和他为友，那真是人生的幸运。难怪他逝世之后，有那么多人出自肺腑而非官样文章地以诗文哀悼他了。

纳兰性德可谓富贵双全，乃典型的“贵二代”。纳兰家族隶属满洲正黄旗，清兵入关时，正黄旗由皇帝直接指挥，声势地位在八旗之上。其父明珠任康熙朝内务府总管，相当于中央办公厅主任，又历任兵部、吏部尚书，相当于国防部与组织部部长，又任英武殿大学士，累加太子太师。清朝不设宰相，这一职务相当于一人之下万人之上的宰辅兼皇太子的家庭教师。而其母乃努尔哈赤之子阿济格的“五格格”，也即努尔哈赤的亲孙女，其曾祖姑母孟古为努尔哈赤之后，皇太极之母，后封孝慈高皇后。由此可见纳兰性德是成色十足的根正苗红，天潢贵胄。因贵而富，古今皆然。他家之富有，大约与曹雪芹《红楼梦》中形容贾府的“烈火烹油，鲜花着锦之盛”不相伯仲。然而，纳兰性德本人呢？他绝不像如今的那些口碑甚恶的纨绔子弟和富家少爷，他乃十八岁举人，二十二岁殿试进士，康熙驾前出警入跸诗文应对的三等侍卫而一等侍卫，相当于国家最高领导人的贴身保镖和随身文秘，官位五品而正三品。尤为难得的是，他被誉为“清初学人第一”“清代第一才士”。论创作，其《侧帽词》《饮水词》天下闻名；论学术，其著作之丰见之于流传至今卷帙浩繁的《通志堂集》。从以上粗线条的描述看来，纳兰性德头上的光环可谓炫人眼目，如果换做当时的他人或某些今人，早已是恶俗不堪酒地花天，贪腐成性目空一切飞扬跋扈不知为谁而雄的那一流丑角了。纳兰性德是根本不同于浊流的清流，是出淤泥而不染的莲花，从他所结交的朋友这一重要侧面也可窥见，这，也正是他值得今日的我们特别欣赏和追忆之处。

纳兰性德所倾心结交并声气相通的友人，并非满族的权贵人物极其子弟，而多是汉族文人。这些文人有如下几个共同特点：一般年龄都较他为长；都非热衷名利钻营官场的人物；许多人命途多舛沉沦下僚；均是颇具才华的饱学之士。知弟子者莫若师，纳兰性德的老师、顾炎武之侄徐乾学在《纳兰君墓志铭》中说："君所交游，皆一时俊异，于世所称落落难合者。若无锡严绳孙、顾贞观、秦松龄、宜兴陈维崧、慈溪姜宸英尤所契厚。"清代初期与前期，满族统治者对汉族实行的主要是高压政策，对汉族知识分子管控尤严，兼之以拉拢收买之怀柔策略，而许多汉族知识分子为生存计也纷纷投靠新朝，如当时流行的一首讽刺诗所云："圣朝特旨试贤良，一队夷齐下首阳。家里安排新雀帽，腹中打点旧文章。当年深自惭周粟，今日翻思吃国粮。非是一朝忽改节，西山薇蕨已精光。"纳兰性德身为新朝最高权贵之子，康熙核心并贴心的近侍，他却不倨不傲，以与生俱来的谦和良善，以及对汉文化特别是汉文化中的诗文化的孺慕，礼贤下士，以无关功利之诚心挚意交接求教和关怀帮助落魄的汉族文人，这是何等超凡脱俗的襟怀与高华清远的品格。已经绝尘而去的翩翩浊世佳公子啊，今日所谓的"高富帅"之流岂可望见他的背影?

友人之一，姜宸英。姜字西溟，浙江慈溪人。与朱彝尊、严绳孙并称"江南三布衣"，史学独擅，古文出色，长于诗词，其遒劲而俊逸的书法与笪重光、汪士鉴、何焯并称"康熙四家"。此人才华卓异，迥出群伦，但性格却狷介奇崛而负气自高。他生于明崇祯元年（1628），较纳兰性德年长整整二十七岁，在徐乾学公邸认识未及弱冠之年的纳兰性德，双方一见如故，自此缔结忘年之交十有余年。姜宸英有云："我蹶而穷，百忧萃止，是时归兄，馆我萧寺。"对于这样一位穷愁潦倒处于社会底层的士子，纳兰不仅延至其宅第下榻，复安排长住之地，而且多方周济襄助，极力想让他进入人所趋骛的公务员队伍。明珠有一言听计从的心腹宠仆名曰安三，相当于今日要员的贴身随从或跟班，姜宸英对其却从不假以颜色，小人安三故怀恨在心。纳兰性德对姜说"某以父子之亲亦不能为力者，盖有人焉。然先生少假颜色，则立谐"。这本是肺腑之言，贴心之语，但这位姜先生不仅不领情，反而大发雷霆，拍桌摔杯，和纳兰性德断绝关系。换作旁人，早就被视为不知好歹不识抬举了，但纳兰性德却不以为忤，反而"百计请罪先生，始终执礼"，这位火爆辛辣的老姜也不得不为之感动，他在后来所作《纳兰性德墓表》中曾说，"虽以余之狂，终日叫号慢侮于其侧"，而"不以予怪，盖知予之失志不偶而嫉时愤俗特甚也，然时亦以规予，予辄愧之"。"纳兰性德写给姜宸英词有多首，如他因人举荐应博学鸿儒科而未果，纳兰性德即作《金缕曲·慰西溟》，其中有"失意每多如意少，终古几人称屈？须知道，福因才折"之语。他离京回乡守丧，纳兰性德先后写了两首惜别兼慰安的长调《潇湘雨·送西溟归慈溪》《金缕曲·姜西溟言别，赋此赠之》给他，其中有"廿载江南犹落拓，叹一人、知己终难觅""谁复留君住？叹人生、几翻离合，便成迟暮"之句。不仅以词，而且以诗，在纳兰性德的诗集中，有一首以诗代柬的《柬西溟》，就是在姜宸英南归之后所寄：

廿载疏狂世未容，重来依旧寺门钟。
晓衾何处还家梦？惟有凉飔起古松。

杜甫当年怀念李白，在《不见》一诗的开篇就曾说：“不见李生久，佯狂真可哀。世人皆欲杀，吾意独怜才。”多才的姜宸英因沉沦不遇而更加恃才傲物，招致很多人的羡慕嫉妒恨，但世所不容纳兰性德容，不仅能容，而且理解甚至谅解他的“疏狂”而视为兄长，待若上宾。姜宸英曾说纳兰以前曾接待他而“馆之萧寺”，“萧寺”即佛寺，纳兰此诗中说“归来依旧寺门钟”，就是希望他日姜宸英重返北京，他依然会热烈欢迎一如往昔。

姜宸英服丧期满后重返北京，依旧是纳兰性德的座上佳宾。纳兰性德病发逝世前七日，也即康熙二十四年（1685）五月二十三日，在家中的渌水亭邀约一些好友同赋庭中的“夜合花”，五律《夜合花》就是其绝笔之作。同赏同赋的好友除顾贞观、梁佩兰、吴天章之外，就还有姜宸英。他在所作的祭文中曾特笔记载：“夜合之花，分咏同裁。诗墨未干，花犹烂开。七日之间，玉折兰摧！”姜宸英以前曾作《宿燕郊，送容若奉使西域》《题容若出塞图》（二首）、《容若从驾还，值其三十初度，席上书赠》（六首）等诗，纳兰英年遽逝，茫无先兆，他当然更是毫无思想准备。抚今追昔，伤如之何？他曾赋五律《哭亡友容若侍卫》（四首），开篇即是：

去去终难问，人间有逝波。
未酬前日诺，已失醉中歌。
万事一朝尽，千秋遗恨多。
平生知己意，惟有泪悬河！

不仅泪奔，而且“悬河”，作者痛彻心扉，发之为诗自是情真意切，绝非一般矫情之作，当然更远非时下某些人物的追悼会上或奉命而作或虚美应景的悼词与诗文可比了。

友人之二，严绳孙。纳兰性德与姜宸英之交，是同情他的怀才不遇，理解他的狂放不羁。姜宸英直到纳兰性德去世多年，才以七十高龄中进士，殿试探花，授翰林院编修，但两年后任副主考官时因科举案牵连而蒙冤下狱。倔强刚烈的他服药自尽前曾作自挽之联：

这回算吃亏受罪。只因入了孔氏牢门，坐冷板凳，作老猢狲，只说是限期未满，竟挨到头童齿豁，两袖俱空，书呆子何足算也；

此去却喜地欢天。必须假得孟婆村道，赏剑树花，观刀山瀑，方可称眼界别开，和这些酒鬼诗魔，一堂常聚，南面王以加之耳。

自嘲自讽，嬉笑怒骂，是一种极为另类的绝命之辞，纳兰性德如果生年在他之后，当会吞声一哭，不知又会写出什么动人哀挽诗词？而严绳孙呢？他则是另一种类型的朋友，纳兰和他的交谊，与姜宸英同而有异。

严绳孙，字荪友，江苏无锡人，与朱彝尊、姜宸英同为“江南三布衣”。其祖父严一鹏在明朝任刑部侍郎，相当于今日中央级的副部长，其父严绍宗系贡生，明亡之后隐居不仕。严绳孙身为明朝遗少，优游林泉，拒不参与新朝的科举考试。直到康熙十八年（1679）五十六岁之时，因朝命被迫前往京城参加博学鸿儒科殿试，到京后数度称疾而吏部不允。“御试”的级别远比今日之“高考”为高，按规定应作赋、序、诗各一，而他却只写了一首《省耕诗》即应付了事。这等答卷本来铁定名落孙山，但康熙此时为笼络汉族文人，居然让其入选并授翰林院检讨，不久又升任右春坊右中允，并兼翰林院编修。严绳孙较纳兰性德年长三十二岁，在出仕之前即与之相识，纳兰性德当时还只是年方弱冠的文学小青年，而他则是已年迈耳顺的文坛与学界的老前辈了。纳兰性德请这位落拓无依的老布衣住到家中，待为上宾，严绳孙曾作《移寓成容若进士斋中作》一诗："两年风雨客金台，宛转浮生浊酒杯。画角晓听浑已惯，玉河秋别却重来。朱门月色寻常好，青镜霜华日夜催。但得新知倾盖意，不辞双屐卧苍苔。"可见主人竭诚相待，客人也宾至如归，他们虽非结交多年的旧友，却是倾盖如故的新知。

纳兰性德与严绳孙年龄、身份和地位如此悬殊，但彼此却情深义重，主要在于他们有很多共同语言。如果说，纳兰性德对姜宸英是怜才并理解他的狂放，那么，严绳孙的清远淡泊向往田园，则使无心奔竞于官场并厌恶爵禄荣华的纳兰性德引为知音。康熙二十一年（1682），严绳孙作《西苑侍直》，纳兰也赋《西苑杂咏和荪友韵》七绝二十首，其中除侍臣必须的歌舞升平之外，更有志不在此的真情流露："讲帷迟日记花砖，下直归来一惘然。有梦不离香案侧，侍臣那得日高眠！"严绳孙有《灵岩璺继大师》诗云"兴亡满眼今何夕，去住无心我未僧"，纳兰性德也有颇不合时宜的"心灰尽，有发未全僧"（《忆江南·宿双林禅院有感》）之语。严绳孙在纳兰逝世后所撰的《哀词》中，说他与纳兰性德"论文之暇，闲与天下事，无所隐讳"，并记述他告病辞官回乡前去向纳兰性德辞别，"坐无余人，相与叙平生之聚散，究人事之始终，语有所及，怆然伤怀"。可见他们是可以推心置腹语涉私密的忘年密友，可惜的是，他们密谈的内容，我们今日只可想象而不可得而知之了。

严绳孙退隐后回到无锡，云水生涯于洋溪之畔，藕荡桥边。纳兰性德不胜怀念，也十分向往，他作有《临江仙·寄严荪友》："别后闲情何所寄？初莺早雁相思。如今憔悴忆当时。飘零心事，残月落花知。　生小不知江上路，分明却到梁溪。匆匆刚欲话分携。香消梦冷，窗白一声鸡。"这就是所谓日有所思，夜有所梦，对友人的系念之情形诸梦寐。他复作有《浣溪沙·寄严荪友》："藕荡桥边埋钓筩，苎萝西去五湖东。笔床茶灶太从容。　　况有短墙银杏雨，更兼高阁玉兰风。画眉闲了画芙蓉。"纳兰性德所有的好友都是江南人，他随扈江南时，兴高采烈地作有《江南杂诗》绝句四首，又作有《忆江南》词十首，其中一首写的正是无锡："江南好，真个至梁溪。一幅云林高士画，数行泉石故人题。还似梦游非？"前后对读，不仅可见他对友人眷念之情，相见之喜，也可见位居庙堂之高的他对江湖之远的神往之意。其实，他的有关诗作较之于词也毫不逊色，如《别荪友口占》：

半生余恨楚山孤，今日送君君去吴。
君去明年今夜月，清光犹照故人无？

这首诗，应是严绳孙初次从京返乡时纳兰性德的惜别之作，从中可以听到唐人王昌龄《芙蓉楼送辛渐》（平明送客楚山孤，寒雨连江夜入吴），以及李商隐《夜雨寄北》（君问归期未有期，巴山夜雨涨秋池）的遗响，但情感的深沉，构思的婉曲，格调之俊逸，却完全是纳兰性德的面目与创造。下引这首《送荪友》，应是严绳孙辞职回乡而后会难期之作，感情依旧真挚浓烈，然而却不免凄苦神伤：

人生何如不相识，君老江南我燕北。
何如相逢不相合，更无别恨横胸臆。
留君不住我心苦，横门骊歌泪如雨。
君行四月草萋萋，柳花桃花半委泥。
江流浩淼江月堕，此时君亦应思我。
我今落拓何所止？一事无成已如此。
平生纵有英雄血，无由一溅荆江水。

荆江日落阵云低，横戈跃马今何时？
忽忆去年风月夜，与君展卷论王霸。
君今偃仰九龙间，吾欲从兹事耕稼。
芙蓉湖上芙蓉花，秋风未落如朝霞。
君如载酒须尽醉，醉来不复思天涯！

纳兰性德《木兰花》词的起句“人生若只如初见，何事秋风悲画扇”，已成为今日众口传诵的写情名句。其实，此诗开篇的“人生何如不相识”“何如相逢不相见”的婉转深沉，绝不让其词专美于前。以纳兰性德之既富且贵，一般俗人完全会自骄自喜自倨自傲，但纳兰性德却志不在此，他偏偏要说“我今落拓何所止，一事无成已如此”。真是一语成谶，严绳孙于康熙二十四年（1685）四月南归，仅仅一个月之后的五月卅日，纳兰即告弃世。严绳孙在江南忽闻噩耗，他怎能不悲从中来，不可断绝，他怎能不有如当年苏轼之痛悼秦观般老泪纵横呢？

朋友之三，顾贞观。顾贞观字华峰，号梁汾，江苏无锡人，生于一六三七年，长纳兰性德十八岁。在纳兰性德还只有十二岁的黄发垂髫之年，他就是顺天府乡试第二名举人，后来任国史馆典籍；在纳兰性德尚远未以词名世之前，他早已和阳羡派掌门人陈维崧、浙西派领军者朱彝尊并称“词家三绝”。在纳兰性德刚入国子监这一其时最高学府读书时，顾贞观已弃官回乡，自称“第一飘零词客”。有缘千里来相会，康熙十五年（1676），顾贞观作馆于明珠相府，即现代所云之“家教”，其时他已届不惑之年，而纳兰则是年方弱冠的新科进士。他们不仅一见如故，而且情谊快速发展为超越忘年交的生死之交。顾贞观后来曾说：“岁丙辰，容若年二十二，乃一见即恨识余之晚。阅数日，题此阕为余题照。”他所说的“此阕”，就是我不能不援引于下的《金缕曲·赠梁汾》：

德也狂生耳。偶然间、淄尘京国，乌衣门第。有酒惟浇赵州土，谁会成生此意？不信道、遂成知己。青眼高歌俱未老，向尊前、拭尽英雄泪。君不见，月如水。

共君此夜须沉醉。且由他、娥眉谣诼，古今同忌。身世悠悠何足问？冷笑置之而已。寻思起、从头翻悔。一日心期千劫在，后身缘、恐结他生里。然诺重，君须记！

这种不计门第、无关功利、远离世俗、蔑视各种流言蜚语冷嘲热讽的赤诚相许的友情，当然令饱历沧桑熟谙炎凉世态的顾贞观五内如沸，他立即以原韵相和，而纳兰又回之以《再赠梁汾·用秋水轩旧韵》。我们今日要问的是，为什么他们一见恨晚？为什么见面后数日即以词为盟缔结今生甚至来生的生死之交？为什么在纳兰的朋友群中，纳兰性德与顾贞观的友情最为深厚而且唱和最多呢？

我以为，除了纳兰性德本人清华峻洁的气质人品，和卓尔不群的超出本阶级乃至社会世俗的价值观念之外，就在于顾贞观与纳兰性德的其他朋友一样，都是怀瑾握瑜的当世才子，纳兰性德和他们惺惺相惜；都是怀才不遇命运坎坷的才子，纳兰性德对他们相惜且相怜；都是合则留不合则去向往江湖归隐田园的有自由思想与独立精神的才子，纳兰性德对他们相惜相怜而且相重相亲。至于顾贞观呢，除了以上种种，他还有古道热肠，还有为患难的朋友两肋插刀的侠义之心。这，就不能不引起具有相同感情频率的纳兰性德更为强烈的心弦共振了。

纳兰性德与顾贞观谱就的是一阙真纯华美的《友谊交响曲》，而且这一交响曲的开篇就直抵高潮，而且始终没有退潮，它表现了顾贞观的侠肝义胆，纳兰性德的义薄云天，以及他们的心灵相通，肝胆互照。这集中表现在他们对吴兆骞的营救。

籍贯江苏吴江字汉槎的吴兆骞，少有神童之誉，年长后与陈维崧、彭师度一起被誉为“江左三凤凰”，系清初名诗人。顺治十四年（1657）乡试中举，但因蒙冤随即被牵入科场之案，以莫须有的罪名流放到极寒之地东北的宁古塔，与披甲人为奴，其妻次年亦自愿随夫流放。时至康熙十五年（1676），吴兆骞流落苦役于边荒绝域已近二十载，相当于二十世纪反右运动伊始至宣告改正的时间跨度。这一年，纳兰性德初识顾贞观，顾出示他以前所作的《悲歌赠吴季子》之诗，以及作于“京师千佛寺冰雪中”的“以词代书”的给吴兆骞的两首《金缕曲》词，并希望纳兰予以援手。纳兰性德读后感动得泣下数行，并作《金缕曲·简梁汾》以表明心迹，词的尾句是“绝塞生还吴季子，算眼前、此外皆闲事。知我者，梁汾耳！”他后来为吴兆骞写的《祭文》中也曾说：“自我昔年，邂逅梁溪。子有死友，非此而谁。金缕一章，声与泣随。我誓返子，实由此词。”当代平反诸多冤假错案尚且阻力重重，费时旷日，何况是绝对人治而非法治的古代社会？何况是先朝顺治皇帝钦定已成定谳的要案而非当下发生的一般案件？何况案件还涉及到满族与汉族、统治与被统治的错综复杂的背景与关系？何况俗云“人情似纸张张薄”，吴兆骞流放时纳兰性德年仅五岁，他们没有任何关系与交集，吴兆骞只是他的朋友的朋友？然而，纳兰性德义无反顾，许以五年为期，经过多方努力，吴兆骞终于得以生还回京。纳兰以上宾之礼延请他及其弟吴兆宜作家庭教师，吴兆骞因多年身心折磨而体弱多病，两年后即告弃世，纳兰还“为之纪丧，恤存孤稚”，不仅惠及生前，而且泽及身后，这真是他的另一位友人梁佩兰在《祭文》中所说的“黄金如土，惟义是赴；见才必怜，见贤必慕”啊！吴兆骞当年回京之日，朋友们为他举行盛大的欢迎宴会，当然又是纳兰性德私人出资而非公款消费，众人纷纷赋诗以贺，纳兰性德也挥毫而作《喜吴汉槎归自关外，次座主徐先生韵》：

才人今喜入榆关，回首秋笳冰雪间。
玄菟漫闻多白雁，黄尘空自老朱颜。
星沉渤海无人见，枫落吴江有梦还。
不信归来真半百，虎头每语泪潺湲！

东晋名画家顾恺之，字长康，小字虎头，此处之“虎头”代指与之同姓的顾贞观。诗前之“喜”与诗后之“泪”前后呼应，悲欣交集，有满怀欣喜之情，由衷怜才之意，却没有丝毫自夸之态，半点居功之想。王国维在《人间词话》中说：“诗人者，不失其赤子之心者也！”古今不少人假诗人之名以行，但究竟有多少人具有赤子之心？又有多少人具有纳兰性德的这种真诗人的赤子之心呢？

顾贞观后来回忆，纳兰性德曾执其儿子之手对他说：“此长兄之犹子！”又执顾贞观之手对其儿子说：“此孺子之伯父！”如兄如弟，如江如海，如弟如兄，如松如柏，顾贞观不禁感叹纳兰“其敬我也，不啻如兄，其爱我也，不啻如弟”。康熙二十年（1681），纳兰二十七岁时，顾贞观因母丧南归守制三年，纳兰不仅写了五古《送梁汾》，还作了《木兰花慢·立秋夜雨送梁汾南行》《鹧鸪天·送梁汾南返，时方为题小像》等词，隔年又作《金缕曲·寄梁汾》以抒怀想之情，其中有“别来我亦伤孤寄，更那堪、冰霜摧折，壮怀都废。天远难穷劳望眼，欲上高楼还已”之句。他在暮春时见红梅花发，也想到远在江南的友人，也许是受到南北朝陆凯《赠范晔》的“折花逢驿使，寄与陇头人。江南无所有，聊赠一枝春”的启示吧，纳兰性德作有七绝《暮春见红梅作简梁汾》：

杏花庭院月如弓，又见江梅一瓣红。
亦是东皇深着色，教他终始领春风。

借梅寄意，以梅比梁，殷殷之情，尽在不言之中。梁汾当然也熟知陆凯之诗，他自然会理解纳兰性德此诗的文化背景和其中所寄托的高山流水之意。当时有飞短流长者以小人之心度君子之腹，诽谤梁汾之交好纳兰性德是依傍豪门，即今日所说之傍大官傍大腕傍大款，而纳兰性德则深知并敬慕梁汾的清高人品云水襟怀。南朝宋刘义庆《世说新语·言语》曾记载一则故事，竺法深为简文帝座上客，丹阳的县官刘谈问他："你是出家人，为何频繁出入高门大宅？"竺法深答道："你眼里是高门大宅，我眼里如同百姓蓬户。"纳兰性德化用"卿自见其朱门，贫道如游蓬户"的故典，在朱紫门庭的家居渌水亭畔，为顾贞观建起了几间茅屋，并赋《寄梁汾并葺茅屋以招之》：

三年此离别，作客滞何方？
随意一樽酒，殷勤看夕阳。
世容谁皎洁，天特任疏狂。
聚首羡麋鹿，为君构草堂。

纳兰性德欣赏的是顾贞观的人品"皎洁"而行事"疏狂"，他借用苏东坡《前赤壁赋》中"渔樵于江渚之上，侣鱼虾而友麋鹿"之意，希望顾贞观早日北上相聚。诗犹不足，继之以词，在《满江红·茅屋新成却赋》的上阙，纳兰如此写道："问我何心，却构此三楹茅屋？可学得海鸥无事，闲飞闲宿。百感都随流水去，一身还被浮名束。误东风，迟日杏花天，红牙曲。"由此可见，他构筑茅屋并赋诗词，既是对顾贞观的深度理解与高度赞美，也是对那些心怀鬼胎的诽谤者的回答。纳兰性德在给他以前的国子监同学友人张纯修的信中，请他将嘱其镌刻的“樵莲”二字改为“草堂”，并叮咛“至嘱，至嘱”，并说几椽茅屋正在建中。顾贞观在纳兰性德逝世后看到这封信，说自己不禁悲从中来，“为之三叹”。他先时读到纳兰性德上述的诗与词，感受又当如何呢？他守丧三年后应纳兰性德之邀回到京师，入住草堂不久，还曾在渌水亭边与纳兰性德等人一起分咏夜合花，不料七天后即人天永隔。顾贞观以前在与纳兰性德每次谈及吴兆骞之困厄都是热泪“潺湲”，可见他是何等性情中人，现在本来友谊地久天长的白发人送黑发人，更是情何以堪？他在为纳兰性德写的《祭文》中说自己：“且擗且号且疑且愕，日晻晻而遽沉，天苍苍而忽暮，肠惨惨而欲裂，目昏昏而如瞀。”我们今日读来，仍如同倾听一阕百折千回肝肠寸断令人感怀无已的《悲怆奏鸣曲》，如果你有相似或相近的感情经历，当会更加心弦震撼感同身受！

四

纳兰性德虽然天妒英才，年仅而立，但他的创作却已初具大家气象。其散文古朴，骈文华瞻，书法端秀，其词更是不必多说了，如同北宋的柳永，他生时也已是有井水处皆歌纳兰词。他的诗呢？古体之作冲淡高远，近体之作风华秀逸。现在众生津津乐道他的爱情词，而且拥有一批年轻的“纳迷”，他的友情词也俘虏了不少懂得和看重友情的受众。其实，他的爱情诗与友情诗也同样出色，只是诗名为词名所掩而已。除此之外，我之所以称美他已初具大家气象，是因为他还有相当数量而且颇具特色的咏史诗与边塞诗。如同一条浩荡的江河有许多支流，咏史诗与边塞诗是纳兰性德诗词江河的另外两条支流，同样涌浪扬波，飞光耀彩。如果无视于此，那就是浅观和小看了他早已开凿挥洒而成的阔大水系。

中国有久远的历史，以古鉴今与以今观古是中华民族的优良传统，因此，咏史诗在中国诗歌中也同样源远流长。《诗经》与《楚辞》中吟咏历史题材的篇章与章句，是咏史诗肇始的萌芽，又有如天边最早的晨光。东汉史学家班固的《咏史》，是咏史诗命题的正式奠基礼，共同完成这一奠基礼的，还有西晋以组诗形式咏史抒怀因《三都赋》而洛阳纸贵的左思，创作了大量咏史诗的东晋五柳先生陶渊明，以及南北朝时期的鲍照和庾信。时至唐宋，和其它题材的诗作一样，咏史诗也是名家辈出，胜构叠见，云蒸而霞蔚，诗国天空的晨光已经蔚为壮丽的彩霞。纳兰性德作为在文化上特别是诗文化方面已经深度汉化了的满族诗人，他在歌咏爱情唱叹友情之外，当然也会继承和发扬咏史诗这一传统。他有大型的联章组诗《拟古四十首》和《咏史二十首》，以及即景抒情咏怀古迹的独简零章。所咏时间跨度之漫长，人物之众多，事件之纷繁，寄寓之深远，置诸历代咏史诗之林中也不多见。他的咏史诗，是“诗学”和“史学”的联姻与结晶，诗学姑且不论，单从史学的角度而言，他的咏史诗究竟表现了怎样的史观、史识与史胆？显示了怎样的历史观、人生观与价值观呢？

王昭君，是汉代也是中国历史上一位女性悲剧人物，自唐宋以来，不知有多少诗人向她致以隔世隔代的吊问，留下许多可圈可点的篇章，后人如欲旧题而有新咏，就必须着眼并着手于创新与新创，如果陈陈相因，则无胜于有。不过，因为前人之述备矣，假若不是独具法眼与慧心，巧思与洞见，欲自出新意当戛戛其难哉。然而，请看纳兰性德的《王昭君》：

椒庭充选后，玉辇未曾迎。
图画君偏弃，和亲妾请行。

不辞边徼远，只受汉恩轻。
颜色黄尘老，空留青冢名！

有人说，此诗“含蓄地谴责汉元帝的刻薄寡恩，曲折地表达出昭君的哀怨之情”，这固然不错，但却未能拈出此诗的“新”意。在唐代，杜甫的《咏怀古迹》之三早就说过“千载琵琶作胡语，分明怨恨曲中论”了，在宋代，王安石的《明妃曲》其一也早就说过“君不见咫尺长门闭阿娇，人生失意无南北”了，纳兰这首五律前六句并无十分出色之处，但有如绘画中的异彩，音乐中的重锤，它的令人耳目一新的新意就是：“颜色黄尘老，空留青冢名！”他是从人生哲学的高度着眼，惋惜美好的青春和宝贵的生命，因为巩固皇权和对外策略的需要，而被漠视被弃置乃至被毁灭。这种基于人之本体论的对个体生命价值的发现与尊重，正是时至近代才开始高扬的人性与生命意识的觉醒，纳兰性德此诗所透露的，正是漫漫黑夜中一线熹微的曙光。

诸葛亮，是活跃于三国时代的杰出人物，也是供奉在小说《三国演义》和民间传说中的不朽传奇。咏唱诸葛亮的诗，最经典者首推杜甫的《蜀相》与《咏怀古迹》（其五），前者说“三顾频烦天下计，两朝开济老臣心。出师未捷身先死，长使英雄泪满襟”，后者说“诸葛大名垂宇宙，宗臣遗像肃清高。三分割据纡筹策，万古云霄一羽毛”，它们均为名诗且有名句。此后，最出色者应属李商隐与罗隐的同题之作《筹笔驿》。此驿在今四川广元市北朝天岭，为巴蜀门户，相传诸葛先生北伐时运筹于此而得名。罗隐诗之“抛掷南阳为主忧，北征东讨尽良筹。时来天地皆同力，运去英雄不自由”，李商隐诗说“管乐有才真不忝，关张无命欲何如？他年锦里经祠庙，梁父吟成恨有余”，它们给诸葛亮的共同定位是“为主”之“臣”“宗臣”以及管仲、乐毅那样助王霸之业的臣下。待到纳兰性德旧题新咏时，他唱的却是另类的反调：

劳苦西南事可哀，也知刘禅本庸才。
永安遗命分明在，谁禁先生自取来？

章武三年（223），刘备病危时于白帝城托孤于诸葛亮：“君才十倍于曹丕，必能安国，终定大事。若嗣子可辅，辅之；如其不才，君可自取。”诸葛亮的忠诚不二固然可嘉，也为他自己的光辉形象加分，但那毕竟是一种封建正统意识的愚忠，跟错了人，站错了队，最后大业不成，复兴泡汤。纳兰性德之“谁禁先生自取来”颇为异端，不仅有项羽见秦皇东巡自云“彼可取而代也”的遗响，也似乎依稀有竞争上岗以优驱劣的现代意识，而非不分青红皂白地一味赞美“紧跟”和“效忠”。

对历史人物的评论，纳兰性德的咏史诗常常独具只眼，如果这还只是所谓微观，那么，对于国家兴亡历史盛衰这些属于所谓宏大叙事的宏观，纳兰所见又当如何呢？康熙二十三年（1684），他随驾南巡至江南，作有《金陵》一诗：

胜绝江南望，依然图画中。
六朝几兴废，灭没但归鸿。
王气倏然尽，霸图谁复雄？
尚疑钟隐在，回首月明空！

金陵是六朝故都，“钟隐”为南唐后主李煜之号，他作画署名“钟隐”，又自号“钟山隐士”。他在此建都，凤阙龙楼，雕栏玉砌，为宋所灭之后，一旦归为臣虏，词中之帝成为亡国之君，就只有“故国不堪回首月明中”了。纳兰性德同为词人，他当然会想到他十分欣赏的李后主。而金陵的“王气倏然尽”，六朝君王“霸图谁复雄”，其间的原因与规律是什么呢？如果这首诗十分含蓄，题旨只能让读者思而得之，那么，七绝《秣陵怀古》可以与之对读而互参：

> 山色江声共寂寥，十三陵树晚萧萧。
> 中原事业如江左，芳草何须怨六朝！

这是同一时期写于同一地点的作品，作者回首三国时吴、东晋、宋、齐、梁、陈等六朝，也想到建都于金陵的南唐与明初。“山色”特指北京昌平天寿山，此间有从明成祖到明思宗十三个皇帝的陵墓，“江声”则指眼前长江的涛声。“江左”本指江东或江南，这里特指六朝所拥有的地域，“中原事业”则是指明朝取元朝而代之的统一大业。纳兰性德此诗主要是写明朝的败亡，但可贵的是他并非出自满族战胜者的立场为胜利者唱赞歌，而是超越具体的民族与朝代，从“芳草何须怨”之中，暗示历史遭变与朝代兴亡自有其内在的规律。如前所述，优秀的咏史诗是“诗学”与“史学”的完美结合，史学要求洞见，诗学要求艺术，作为极具诗的智慧的杰出诗人，纳兰性德不可能将他的感悟与见解以直白的非诗之方式和盘托出，像那些徒具诗人之名而尽情批量生产非诗文字者一样。他只能诱导读者思索，何况七绝总共才寥寥二十八个字，只有以不了了之，才能在读者的欣赏这一艺术再创造活动中以少胜多，以短胜长，否则，同时代的人怎么会称许他“善诗”“善为诗”“其诗之超逸，词之隽婉，世共知之”呢?

纳兰性德的边塞诗，乃中国古代边塞诗的落日余晖，虽然是渡头余落日，但却仍有自己独异的光彩。“昔我往矣，杨柳依依。今我来思，雨雪霏霏”，诗经中的《小雅・采薇》写出征玁狁的战士归来，系古代边塞诗的开山之作。建安时代曹操的《苦寒行》、曹植的《白马篇》沿其流而扬其波，魏晋南北朝的边塞诗则是洪峰将至前的先声，如陆机的《苦寒行》、鲍照的

《代出自蓟北门行》、吴均的《从军行》、萧纲的《陇西行三首》等等，而以《从军行》《陇西行》等古题乐府为题的诗作，此时也多达约百篇之数。时至唐代，边塞诗的洪峰终于涛似连山喷雪来，轰然而至，臻于极盛。从事边塞诗创作的诗人不少，与社会诗派、田园诗派、山水诗派等诗派分庭抗礼，独树一帜，形成了以高适、岑参、王昌龄为掌门人，而李颀、王翰、卢纶、王之涣、崔颢、常建、张谓等人为其羽翼的边塞诗派。作品不但数量巨大，而且还有众多传之不朽的篇章，除此之外，还有许多旁门别派的诗人前来这一领域驰马客串。唐代之后，边塞诗虽然仍不绝如缕，但由于种种原因已如日下的江河，无复昔日的江声浩荡。时至清代，纳兰性德的边塞诗虽已是古代边塞诗的收官之作，但由于他特殊的身世遭逢以及过人才气，以及他诗中素所高标的抒情个性与素所高扬的主体精神，其边塞诗也仍然具有异于前人之作的独特之处，警人耳目，尽管是落日的余晖，虽然是江河的尾声。

前代诗人所写的与爱情有关的边塞诗，大都是“代言诗”，即男性诗人为虚拟的女姓代言，是诗化的而非实有的，换言之，诗中的女性并非作者的妻子或恋人，而只是作者泛化的想象，所谓“男子作闺音”是也。如王昌龄的“闺中少妇不知愁，春日凝妆上翠楼。忽见陌头杨柳色，悔教夫婿觅封侯”（《闺怨》），如陈陶的“誓扫匈奴不顾身，五千貂锦丧胡尘。可怜无定河边骨，犹是深闺梦里人”（《陇西行》）等等。纳兰性德边塞诗中的有关之作，所抒写和思念的女性则非虚拟而系实有，那就是他情之独钟早逝的妻子卢氏。如他的四绝句《塞垣却寄》：

绝塞山高次第登，阴崖时见隔年冰。
还将妙写簪花手，却向雕鞍试臂鹰。

千重烟水路茫茫，不许征人不望乡。
况是月明无睡夜，尽将前事细思量。

碎虫零叶共秋声，诉出龙沙万里情。
遥想碧窗红烛畔，玉纤时为数归程。

枕函斜月不分明，梦欲成时那得成？
一派西风连角起，寒鸡已到第三声。

康熙十六年（1677）秋，上年中进士（“簪花年”喻中进士）的纳兰性德已二十三岁，授三等侍卫，此后多次随康熙外出巡幸，其中就包括塞上与塞外。作为侍从之臣，他当然免不了要写一些歌功颂德之作，但他的优秀作品，毕竟是那些具有独立精神自抒怀抱的篇章，如《塞垣却寄》即是。诗题中“却”之意为“还”，“却寄”给谁呢？当时卢氏已逝，成了他的梦中情人，他寄无可达，欲寄还休，如同李清照在丈夫赵明诚逝世所写的“吹箫人去玉楼空，肠断与谁同倚？一枝折得，天上人间，没个人堪寄”（《孤雁儿》），在边塞月明之夜，他也就只能“却将前事细思量”了，而此时“玉纤时为数归程”的，也只能是他对前尘旧事的黯然回想。纳兰性德是将卢氏视为人生唯一红颜知己的，他的诗文从来没有提到过卢氏逝世后三年因父母之命续弦的官氏，这组诗，虽然所寄的对象隐约不明，但我们仍可按迹寻踪也来一番索隐。

纳兰性德的边塞诗与唐人的边塞诗大不相同。以乐器为喻，唐人的边塞诗如金钲羯鼓，主旋律激昂壮丽，纳兰性德的边塞诗如横笛洞箫，主旋律婉曲低回。唐人的边塞诗将实现人生价值的功名欲求与爱国主义精神交融在一起，显示的多为壮士声情，英雄气概，纳兰性德的边塞诗将个人的生命感悟与苦寒景物交汇于一诗，表现的多为文士情愫，儿女柔肠。在他的边塞词里，固然也有“山一程，水一程，身向榆关那畔行，夜深千帐灯”（《长相思》）、“万帐穹庐人醉，星影摇摇欲坠”（《如梦令》）的壮阔景象，在他的边塞诗中，虽然也有“山界万重横翠黛，海当三面涌银涛”（《山海关》）、“乱山如戟拥孤城，一线人争鸟道行”（《古北口》）的奇险风光，但更多的作品并非如此。兹援引数例：

弥天塞草望逶迤，万里黄云四盖垂。
最是松花江上月，五更曾照断肠时！

——《松花江》

朔地寒威至，征人未寄衣。
龙城风早劲，葱岭雪初飞。
已听谣《黄竹》，复闻歌《采薇》。
那禁望乡泪，不及雁南归！

——《雨雪》

西风千万骑，飒沓向阴山。
为问传书雁，孤飞几日还？
负霜怜戍卒，乘月望乡关。
王事兼程促，休嗟客鬓斑！

——《塞外示同行者》

没有王维的“孰知不向边庭苦，纵死犹闻侠骨香”（《少年行》）的慨当以慷，无复高适的“男儿本自重横行，天子非常赐颜色”（《燕歌行》）的视死如归。在这些随扈康熙巡视边塞的边塞诗中，作为侍卫之臣的纳兰性德，他挥洒的竟然是“断肠”

之词，“望乡”之语，不知也好附庸风雅的康熙当时审读过他的这些大作没有？康熙二十一年（1682），升任二等侍卫已经二十八岁的纳兰性德，奉使觇龙，即奉康熙密旨去西北地区抚谕少数民族，同时巡视边防，侦察敌情，这本来是重大而光荣的历史使命，也是最高领导对他的高度信任，同时也是他积累政绩以图升迁的大好机会，后来的事实也证明他出色地完成了任务。然而，除了多首有关的记行之词，当时他所写并留传下来的诗作却是这样：

细柳门开部曲闲，元戎亲送六龙还。
预陈辟谷他年志，许赐华阳十里山。

锦衾千里惜余香，独宿天山五月凉。
梦断荒城天欲晓，李陵祠下月如霜！

——《从军曲》

绝域当长宵，欲言冰在齿。
生不赴边庭，苦寒宁识此？
草白霜气空，沙黄月色死。
哀鸿失其群，冻翮飞不起。
谁持《花间集》，一灯毡帐里。

——《唆龙与经岩叔夜话》

纳兰性德虽然用汉文帝时的将军周亚夫军细柳营之典故，表示自己要为君王为国家宣劳尽瘁，但他又表示要功成隐退，这和他平日不慕荣华向往田园的人生价值观念一脉相承。而他对一代名将李陵其人其事的感慨，笔下一派凄凉，与他的帝王亲信兼大国使臣的身份颇不吻合。经纶，字岩叔，著名画家，是同时出使唆龙（即梭龙）的命官。作者另有七绝《龙泉寺书经岩叔扇》。

《夜话》全诗抒写的是边地的苦寒，“沙黄月色死”的奇诡意象直追李贺，点睛的却是自己在毡帐里读《花间集》。《花间集》为五代后蜀赵崇祚所编，收晚唐至五代十八家词五百首，是我国第一部文人词总集，多写离别相思男欢女爱之情，具有反教化、反功利的异端色彩，风格柔婉绵丽，题材取向与美感形态影响后代甚巨。纳兰性德喜读《花间》，同时代人也曾说其词与《花间》相近。他身临绝域，肩膺重寄，在冰天漠地之中仍于帐中灯下耽读出自南方的婉丽之词，至情之什，在强烈的对照之中，这固然可见他万里赴戎机之镇静与淡定，同时更可见他的才子风流，词人本色，赤子天性。这种别具自家面目与风调的边塞诗，虽难以再与唐人的边塞诗一较高低，但却是从他的箫管里吹奏出来的引人侧耳倾听的动人异曲。

特别令人一读生疑也一读难忘的是，纳兰性德的边塞诗词中的有些作品，寄寓了他特殊而隐秘的身世之感，以及由此生发的超越个人身世的关于命运、人生与世界的哲理思索。这，可以说是其边塞诗词区别于他人与前人之作的最为特异之处。诗如七律《柳条边》（边墙也，以柳为之，在塞外）：

是处垣篱防绝塞，角端西来画疆界。
汉使今行虎落中，秦城合筑龙荒外。
龙荒虎落两依然，护得当时饮马泉。
若使春风知别苦，不应吹到柳条边！

康熙二十一年（1682），纳兰性德随扈康熙巡视东北，作此诗。筑城为墙，插柳为边，“柳条边”即北方御敌之边墙，它像弯弓一样画成内外之疆界。“汉使”为纳兰性德认同汉文化与大中华的自称，“虎落”原是城防外围所插之竹剑竹签，后泛指防御之事，相当于今日军事阵地前之铁丝网。“龙荒”系指边远之地，“饮马泉”，吉林之中部有汇入松花江之饮马河，发源于吉林南部之磐石。此诗之前六句均写边防要地之形胜与历史，为何在“饮马泉”一词之后，全诗的结句破空而来，竟然是“若使春风知别苦，不应吹到柳条边”呢？李白当年写位于金陵之亭的《劳劳亭》诗说：“天下伤心处，劳劳送客亭。春风知别苦，不遣柳条青。”纳兰性德在北方边塞见到插柳为边的柳条边，他不禁联想到李白此诗而予以化用。不过，他以前从未到过此地，过去谈不上“别苦”，今日初来，怎会“别”而且“苦”而且怨及将他吹到此地的春风呢？而且是欲言又止留下意味深长的余音呢？

这，就涉及到他的家世与身世，也就是他的前世与今生了。纳兰性德的先祖星根达尔汗原是东北土默特部蒙古人，土默特乃其原姓，明初，他带兵入赘女真纳兰部落的扈伦国，遂冒姓纳兰（纳兰，女真语，也译那拉，纳喇，为太阳、阳光之意）明朝宣德年间，星根达尔汗率族人迁往威远堡东北之叶赫河岸，即今日辽宁省开原与吉林省盘石一带，于河畔建东、西二城，建立“叶赫国”，国主称“贝勒”。于是，这一支具有蒙古血统的纳兰族人，实为蒙古族与女真族之混合体，历史上统称叶赫那拉氏。明初，满族分为三大部分：建州女真、海西女真、野人女真。纳兰性德祖先所属之叶赫部，系海西女真之中坚。一五九三年，崛起于白山黑水的建州女真在雄才大略的努尔哈赤率领下，击败叶赫部，占有其领地。东、西两城部落首领金台石、布扬古叔侄被杀。努尔哈赤为笼络叶赫部族，乃娶金台什之妹孟古为妃，她所生之皇太极，成为八旗之主，清人入关定鼎后被追尊为太宗皇帝。而纳兰性德的母亲，又是努尔哈赤第十二子阿济格之女，阿济格在宫廷内斗中败亡后，此女赐给明珠为妻。如此说来，纳兰家族与清朝皇室，也即叶赫那拉氏与爱新觉罗氏，既为世仇，又为懿亲，可谓另一种意义的“欢喜冤家”。纳兰性德与康熙，原是有血缘关系未出五服的表兄弟，不过一为战败者的后裔，一为胜利者的王孙，一为臣子，一为皇上，一为奴才，一为主子。他随康熙巡边，来到喋血杀身的祖先故地，回首杀伐与被兼并的血与火的历史，触及埋藏于心的最深处的家国灭亡的隐痛，也即民族的集体潜意识，他自然不免感慨万千。其身世之悲以及由此而升华的关于人生、历史和宇宙的感慨，多见于词，如他经过叶赫部落昔年生息战斗、覆亡之地的混同江（即松花江）、乌喇城、龙潭口等地，均情动于中而形于言：

堠雪翻鸦，河冰跃马，惊风吹度龙堆。阴磷夜泣，此景总堪悲。待向中宵起舞，无人处、那有村鸡？只应是、金笳暗拍，一样泪沾衣。　　须知今古事，棋枰胜负，翻覆如斯。叹纷纷蛮触（“蛮触”一词源自《庄子》，意为自相鱼肉，同室操戈——引者注），回首成非。剩得几行青史，斜阳下、断碣残碑。年华共、混同江水，流去几时回？

——《满庭芳》

桦屋鱼衣柳作城，蛟龙鳞动浪花腥。飞扬应逐海东青。　　犹记当年军垒迹，不知何处梵钟声，莫将兴废话分明！

——《浣溪沙·小兀喇》

山重叠，悬崖一线天疑裂。天疑裂、断碑题字，古苔横啮。　　风声雷动鸣金铁，阴森潭底蛟龙窟。蛟龙窟、兴亡满眼，旧时明月！

——《忆秦娥·龙潭口》

以上所引之词，均系抚今追昔，感喟无端，时空阔大，寄怀深远，它们没有打江山坐江山的封建正统理念，也不局限于一姓一族之兴衰，表现了远为阔大而深邃的生命感叹、悲剧意识与宇宙情怀。康熙的《经叶赫废城》（今吉林省四平市东南）却迥然有别，那是志得意满的帝王的凯歌："断垒生新草，空城尚野花。翠华今日幸，谷口动鸣笳！"对读之余，我们对前引之诗的"若使春风知别苦，不应吹到柳条边"的深层意蕴，当更是别有会心了。今日的读者，除了悦读并热读纳兰性德那些爱情与友情词之外，对于他的同类诗作，对于他并不让前者专美于前的咏史怀古之篇和边塞歌吟之作，不是也应该设法搜求展卷一读吗？不然，就无法了解这位旷代才子的全人，也就有些委屈他的诗心与词心了。

有人曾经作过统计，在纳兰性德流传至今的三百多首词中，多愁多恨复多闷，其中"愁"字出现的频率最高，共九十次，"泪"字居第二位，共六十五次，"恨"字居三，共三十九次。如果将诗中的有关字眼统计在内，其比例当会更高。除此之外，"凄凉""惆怅""憔悴""伤心""断肠"之类的词眼，在他的诗词中亦复比比皆是。纳兰生于钟鸣鼎食荣华富贵之家，持戟秉笔日近龙颜，照常人常理看来，这已经足够傲人傲物，也已经足够让他人羡慕嫉妒恨的了，但他却偏偏分外另类与异类地春愁秋恨。其中的原因，除了红颜知己的爱妻早亡；进士及第而未能进入文职系统而一展安邦治国的宏图；不满于朝九晚五鞍前马后相当于保镖与听差的侍卫之职；伴君如伴虎，深谙宫廷与官场的腐败倾轧与险恶（纳兰性德逝后三年，明珠即被康熙撤除大学士职务，家道逐渐中落，明珠府在乾隆时为和珅所有）；除了如此等等，那就是祖先家族的覆亡史在他敏感的心中投下的挥之不去的阴影了。

五

纳兰性德有如一颗匆促地划天而过的彗星，留下不灭的令人惊叹与惊异的光芒。

纳兰性德身为初入关内的八旗子弟和清朝初年的带刀侍卫，他年幼时即练习骑射，武功自是不俗，其《塞垣却寄》绝句中的“还将妙写簪花手，却向雕鞍试臂鹰”即是明证。但他毕竟是绝代词人，一代诗家，他也曾经在文场上左右开弓，不仅以词而且以诗为自己写照留影。其词是《太常引·自题小照》：“西风乍起峭寒生，惊雁避移营。千里暮云平，休回首、长亭短亭。无穷山色，无边往事，一例冷清清。试倩玉箫声，唤千古、英雄梦醒。”在词中他以“惊雁”自喻。其诗是《咏笼莺》：“何处金衣客，栖栖翠幕中。有心惊晓梦，无计啭春风。漫逐梁间燕，谁巢井上桐。空将云路翼，缄恨在雕笼！”在诗中他以“笼莺”自比。纳兰性德在任御前侍卫时，与比他小四岁同为侍卫的曹雪芹的祖父曹寅相识，多年后他随康熙下江南，正是由任江宁织造的曹寅接待，他还去曹府拜访，在其家之楝亭杯酒言欢并夜话言诗。纳兰性德逝世十年后，曹寅与朋友一起谈论和怀念故人，他在《题楝亭夜话图》还赞美与叹息说：“家家争唱《饮水词》，纳兰心事几曾知？”他与纳兰性德身份与经历近似，且系多年故旧，尚且说没有多少人真正懂得纳兰性德的心事，其中似乎有很多潜台词。是啊，诗词虽绝不是谜语，但真正的好诗则应是含蕴不尽耐人寻味引人入迷的，三百多年后写这篇读纳兰性德诗的文章，我又真正能懂得他的多少心事呢？

纳兰性德的忘年好友顾贞观应是比较了解纳兰性德之心事的，他们过从甚密，置腹推心。顾贞观《祭文》中对纳兰性德的遗憾痛而言之，可惜语焉不详：“所欲试之才，百不一展；所欲建之业，百不一副；所欲遂之愿，百不一酬；所欲言之情，百不一吐。”但是，我认为“百不”之论也不尽然，纳兰性德生前写信给顾贞观，曾说“恒抱影于林泉，遂忘情于轩冕，是吾愿也”，这一愿望他未能实现，但他在《咏史》中曾说：“金龙玉凤埒高阳，富贵从夸章武王。王谢风流君不见，世家原自重文章。”据《魏书·本传》，后魏时诸王豪奢，像今日之权豪及暴富者一样炫耀富贵，如高明王元雍、章武王元融，都是穷奢极侈之徒。纳兰对此很不以为然，他赞美的是东晋世家众人美称“二王”的大书法家的王羲之、王献之父子，以及诗书传家的谢尚及其从第谢安。“世家原自重文章”，这是纳兰性德的他美之辞，也是他的自况之语。放眼纳兰性德当时，纵观数千年历史，那些以官阶自得以钱财自诩以富贵炫世并骄人的衮衮诸公都早已灰飞烟灭，虽然天妬英杰，千古文章未尽才，纳兰性德还未及筑就建成我们几乎无法想象的本应更宏伟的诗之纪念碑，但他已经星光丽天了，他不会冷却的诗词穿越时间的风雨，热到三百多年后的今天，烫痛千千万万时正年轻和人生已老的诵读者的嘴唇。

我在本文的开篇就曾提到位于上官庄的纳兰家族的家庙，这一家庙是纳兰家族年年清明等节日的祭祀之地，也是显赫一时的纳兰性德家族在此间今日唯一可供凭吊的遗迹。据说，同属叶赫部族的叶赫那拉氏慈禧也曾经来此祭扫。放眼整个叶赫部族，就推出了两个最著名的人物，一位就是纳兰性德，留下的是千古的文名，一个则是慈禧，留下的是万世的骂名。我和慈禧的近距离接触，要追溯到二十世纪的一九五六年。当时我负笈京华，和同学少年一道去曾专属慈禧的皇家园林颐和园游览，在“知春亭”前朗诵土耳其名诗人希克梅特的同名诗作：“知春亭美丽得有如梦境，专横的慈禧曾穿着黄袍在这里赏春。而今，我看着游艇穿过荷花，湖上传来了东方红的歌声。”年轻时很喜欢这首诗宛如绝句，及至年事已长，阅历始深，就已不再欣赏它了。慈禧何时曾到上官庄纳兰性德的也是叶赫族的家庙祭祀祖先，我完全没有兴趣去寻索和考证，我故地新游后难以忘情的是，家庙虽然破败却历劫而幸存，它在春风秋雨中为遥远的历史出示苍凉的孤证，而我不免惆怅的是，我无论怎样在此间寻寻觅觅，也未能找到纳兰性德的一枚哪怕是可疑的足印。半句吟哦或一声长叹呢？任我如何侧耳倾听，只有归巢的鸟声过路的风声和车如流水的轰鸣之声。

当年金碧辉煌香火鼎盛的纳兰家庙，如今围墙倒塌，殿宇颓圮，杂草丛生，杳无人迹，和四周的高楼大厦宝马香车，构成鲜明的反差和强烈的对照。只有大门之侧立有一块石碑，上书“海淀区文物保护单位”字样，草草告知有心的游客它的前世今生。但可以告慰这位满族的清初第一才子的是，他在京华此间的故地虽然遗迹难寻，凄凉冷落，然而他的作品现在却大江南北，一纸风行。西谚有云：人生短暂，艺术长存。我和世平、国龙、黎明伫立在家庙的时光沧桑苔痕斑驳的石阶上，他们想的是什么我未及询问，世平今日词名颇著，他应该为赋新词而向前辈词人表示追怀和敬意，国龙在大学任教，又是儿童文学作家，他对于纳兰性德的赤子之心应该别有心解，黎明呢，这位热衷文史快览群书的学子，大学毕业京漂已十有余年。长安居，大不易，业虽半立而家尚未成，他是否遗憾冠盖满京华，他这京漂一族却未能遇到像纳兰性德这样的贵人呢？秀才人情纸半张，我默然许下的是一个由来已久的小小心愿：纳兰性德啊，我要为你与词同样出色但却被冷落的诗，写一篇长长的散文。唯一的问题是，时隔三百多年，云山渺渺，烟水茫茫，请告诉我，我怎么以限时特快专递送达给你呢？

友谊地久天长

二十世纪五六十年代之交，对于中国极北那一片遥远而荒凉的土地，名诗人郭小川《刻在北大荒的土地上》曾如此咏叹：“这片土地哟，头枕边山，面向国门，风急路又远啊，连古代的旅行家都难以问津；这片土地哟，背靠林海，脚踏湖心，水深雪又厚啊，连驿站的千里马都不便扬尘；这片土地哟，一直如大梦沉沉！几百里没有人声，但听狼嚎、熊吼、猛虎长吟；这片土地哟，一直是荒草森森！几十天没有人影，但见蓝天、绿水、红日如轮。”他全诗吹奏的主调，虽是当时边疆拓荒者的号角，但面对冰天雪地荒无人烟的绝域，其中毕竟也呜咽着苍凉的悲笳。时至当代，那里的自然景观尚且如此，三百多年前的清代又该当如何呢？且不说极北的北大荒了，稍南的同样苦寒的辽东一带，明朝就已成了充军之地，逐客之乡，而清代尤甚。康熙年间流传有两句诗，有道是：“南国丽人多塞北，中原才子半辽东。”南方的佳人多被征选北上，在森严的皇宫里老去她们的青春；而北方的荒莽苦寒之地，则成了放逐中土才子的炼狱。

唐宋时代，北方尚是少数民族生息繁衍的地区，中原与南方则在盛唐隆宋的版图之内，而南方之南则是所谓蛮荒之地、瘴疠之区，所以就成了统治者们惩罚罪臣的理想国。如刘禹锡贬朗州，柳宗元贬永州与柳州，苏东坡贬惠州与儋州，等等，便是主宰他们命运的口含天宪者的杰作。至清代，南方已得到相当程度的开发，而东北与西北都已归入了满清的版图，满清统治者从一隅不毛之地杀伐出一统之天下，南下而坐镇帝王之都的北京，领有富饶千里的中原，君临风光旖旎的江南，思甜忆苦，他们自然就把东北三省和西北新疆当成了新流放地的最佳选择，尤其是辽宁的尚阳堡、黑龙江的宁古塔和新疆的伊犁。那些土地上不知浸透了多少离人的泪，士人的汗，流人的血；不知演绎了多少离合悲欢泣血锥心奇冤大屈的故事。

如果说，北地的流放是一阕其情也惨其声也哀的悲怆奏鸣曲，那么，吴兆骞与顾贞观的往事便是其中至今仍令人心有恻恻焉的一章。

吴兆骞，字汉槎，有兄名兆宽、兆宫，他为家中少子，故又称季子，吴江（今苏州市吴江区）松陵镇人。谁家玉笛暗飞声？他九岁作《胆赋》，十岁写《京都赋》，十五岁时即博览群书，颇有才名，早年所作如《秋感八首》《虎丘题壁二十绝句》虽是笛声初试，即已吐属不凡，声震文坛。名诗人王士祯认为他的诗作风格端庄，才华富丽，有吴伟业之风，而其师吴伟业则将他和彭师度、陈维崧誉为“江左三凤凰”。顺治十四年（1657，即丁酉年）江南乡试，二十六岁的他考中举人。因人告发主考官方猷、钱开宗有舞弊情事，顺治醉翁之意不在酒，为了钳制知识分子，扑灭江南人民的反清烈火，乃以整肃科场为名，借机镇压，大搞扩大化，命全体中试举子赴京复试。今日莘莘学子之高考唯有紧张并无恐怖，但其时的复试则不但紧张而且恐怖十分：“试官罗列侦视，堂下列武士，锒铛而外，黄铜之夹棍，腰市之刀，悉森布焉”（李延年《鹤征录》），“每举人一名，命护军二员持刀夹两旁”（王应奎《柳南随笔》），在如此“武化”而非文化的氛围之中，写作的灵感怎能振羽而飞？吴兆骞一介书生，平时从未经历过如此“雷人”的场面，早已战战栗栗，汗不敢出，尽管才高八斗，但竟然“战栗不能握笔”，只得交白卷了事。然而事犹未了，经有关方面严加审查，他此前中举虽并无情弊，却仍然不能幸免于难而于顺治十六年（1659）和方章钺等人一起被流放宁古塔。主考官方猷、钱开宗斩决，同考官十八人除卢铸鼎已死之外，俱处以绞刑，妻子家产籍没入官。吴兆骞之流放，当然主要是满清统治者的虐政酷刑所致，任何人无法也不能为古今独裁的暴君开脱，但他之遭难，也和他本人尤其是某些小人有关。因为他才高而不免气盛，狂放之外还加上几分狂傲，如有一次和汪琬、吴德旋等人路出吴江北郭门，他竟然脱口而出：“江东无我，卿当独步！”碰上正人君子倒还罢了，遇上奸恶小人则会睚眦必报。他本是复社的后身慎交社的骨干，加之恃才傲物，便得罪了同声社的章在兹、王发等人，他们本来无才更无德，于是便趁所谓的科场案对吴兆骞攻讦陷害、落井下石，说他的诗作中有不臣之心、谋逆之意。此种居心叵测的小人古已有之，然而他们并非古代的特产，在现当代的官场与文场，仍然瓜瓞绵绵，子孙繁盛。

宁古塔，最早为唐代渤海国之故地，北宋时完颜氏于此崛起，创立金国，后来为清皇族远祖居住之地。满语“六个”之音即“宁古塔”，相传清皇族远祖兄弟六人居此，通称为“宁古塔贝勒”，简称“宁古塔”。旧城在今黑龙江省海林县旧街镇，即今日之宁安市辖地，地处海兰河流域，至今残址尚存。此处乃极寒之乡，无庐舍，掘地作窨以居。地表四月末以火烧之方始解冻，一交白露又复千里冰封，故宁古塔也即“死地”的代名词。吴兆骞之子吴桭臣在其叙事长诗《宁古塔纪略》中有“完颜昔日开基处，零落荒城对碧流……断碑台殿边阴暮，残碣河山海气秋”之句。清人杨宾作《宁古塔杂诗》四首，其二是：“辽金曾建号，唐宋亦经过。旧迹残碑少，荒城蔓草多。三韩迷姓氏，五国失山河。绝域无文献，苍茫发浩歌。”可见这里是砭骨朔风的渊薮，连天冰雪的故乡，少数民族茹毛饮血百炼成钢的发源之地。对于并非生于斯长于斯的外来的流放者，特别是对于生长在南方的文弱的读书人，这里当然就更不是福地洞天了。一直生活在江南这一温柔富贵之乡的吴兆骞，从二十八岁被流放时起，在这里度过了长长的二十三年。贬时壮岁，赦时老年；去时黑发，回时白首。宁古塔啊宁古塔，饥寒交迫孤苦绝望填满了每一个风雪交加的日子；宁古塔啊宁古塔，每一个日子都可以说是短促生命中漫长的一天。

中国人向来重视友情，将以利相交者称为“伪友”，将出卖朋友者称为“卖友”，将春秋佳日一道登山临水者称为“逸友”，将奇文共欣赏者称为“雅友”，将直言规谏者称为“诤友”，将品德端正者称为“畏友”，将处事正直者称为“义友”，而对于可以生死相许的呢，则称之为“死友”或“刎颈之交”。在外界风平浪静之时，或个人一帆风顺之际，朋侣相聚，杯酒言欢，固然也可以感受到友情的温暖，人性的温馨；但是，风暴突来，狂飙骤至，从顺境堕入逆境，从高峰跌落低谷，从众生趋之若鹜到避之唯恐不及，或者一方平地飞升、亦富亦贵，双方荣枯各异、高下两端，这都是考验友谊更是检测人情鉴别人性的试金石。吴兆骞事发之时，有的人雪上加霜，事发之后，许多人视同陌路，就像在二十世纪中叶层出不穷的政治运动中人人自危急于站稳立场划清界限一样。当此之时也，真正的友人却不会随风而偃，真正的友情会显示如纯金般的质地，闪耀如钻石般的光芒。吴梅村尤其是顾贞观便是君子之交中的两位，他们的高贵品德如顶风傲霜的青松，他们的真情挚谊如不竭的润泽人心的长流水。

顺治十五年（1658）十一月，吴兆骞被判遣戍宁古塔，有些师友仍或临歧相送，或赋诗表示慰安，其中以吴梅村的《悲歌赠吴季子》最为动人情肠，脍炙人口：

人生千里与万里，黯然销魂别而已。
君独何为至于此?
山非山兮水非水，生非生兮死非死。
十三学经并学史，生在江南长纨绮。
词赋翩翩众莫比，白壁青蝇见排诋。
一朝束缚去，上书难自理。
绝塞千山断行李、送吏泪不止，流人复何倚?
彼尚愁不归，我行定已矣!
八月龙沙雪花起，橐驼垂腰马没耳。
白骨皑皑经战垒，黑河无船渡者几?
前忧猛虎后苍兕，土穴偷生若蝼蚁。
大鱼如山不见尾，张鬐为风沫为雨。
日月倒行入海底，白昼相逢半人鬼。
噫嘻乎悲哉!生男聪明慎勿喜，仓颉夜哭良有以。
受患只从读书始，君不见，吴季子!

吴梅村是由明入清的名诗人，长吴兆骞二十余岁，被清廷强征出仕数年后借故辞官返里闲居，此时虽已是半百的老者，却仍终日惴惴于异族统治的如磐高压之下。他与吴兆骞的父亲吴兹受是同辈之交，乃吴兆骞的老师。吴兹受是崇祯十三年（1640）进士，授永州推官。南明永历帝任命他巡视衡州长沙等地，清兵攻占湖南后他逃入九嶷山，削发为僧，后归乡授徒，闭门不出。然而，人在家中坐，祸从天上来。这可谓“有其子必有其父”的另类解释吧。因吴兆骞被判全家流放，他当然也就在劫难逃。吴梅村先作有《送友人出塞二首》，题下原注“吴兹受，松陵人”，吴江古称“松陵”，此诗正是送别吴兹受遣戍之作:

鱼海萧条万里霜，西风一哭断人肠。

劝君休望零支塞，木叶山头是故乡！

此去流人路几千，长虹亭外草连天。
不知黑水西风雪，可有江南问渡船？

“鱼海”亦名“捕鱼儿海”，在今日之内蒙古，“零支塞”在今日之河北，而“木叶山”亦在今日之内蒙古，“长虹亭”指“垂虹亭”。“自作新词韵最娇，小红低唱我吹箫。曲终过尽松陵路，回首烟波十四桥”，南宋词人姜夔《过垂虹》写的就是横陈于吴江之上的垂虹桥，垂虹亭建于桥上，是当年姜夔携美眉“小红”回乡之地，现在成了吴梅村送别落难友人之所。言之不足，故长言之。大约是绝句这种短章无法尽情抒写他的同情与悲愤，于是在短诗赠其父之外，还长歌当哭以赠其子，即上引之《悲歌赠吴季子》。此时吴梅村之生存状态，可谓泥菩萨过江，自身难保，但他却仍敢于对“钦犯”父子分别赠诗。赠吴兹受的短语长情，言尽而意不绝。赠吴季子的呢，急管繁弦，嘈嘈切切，风雨凄凄，一韵到底，民族情怀，师生高谊，宛如一阕《悲怆奏鸣曲》，又如后汉祢衡的《渔阳掺挝》，真是发自至情至性的一曲悲歌，字字声声摇人心旌的悲歌一曲。除此之外，对“同案犯”陆庆曾、孙承恩等人，吴梅村均有诗相赠。二十世纪中叶政治运动层出不穷，方之其时某些人的表现与表演，说吴梅村显示了他的慈悲心肠、侠义肝胆，大约不算离谱吧？

人生天地之间，有的人可以共患难而不可以共富贵，有的人可以共富贵而不可以共患难，有的人可以共患难也可以共富贵——这已是少见的“二难并”了，而有的人虽不富贵却时时不忘身处水深火热的患难逆境中的朋友，并始终如一地力图扶危拯溺，如同今日一曲外国名歌中的名句“友谊地久天长”。吴兆骞的友人顾贞观，应该名列后者之中而当之无愧。

吴兆骞流放宁古塔，时年二十八岁。据明末清初未署撰者姓名的《研堂见闻杂记》载："宁古塔在辽东极北，去京师七八千里，其地重冰积雪，非复世界。"清人董含《三冈识略》云："宁古塔近鱼皮岛，无庐舍，掘地为屋以居。"吴兆骞被流放于此长达二十三年，他本来是珠宝黄金，却被废弃成了破铜烂铁。在苦寒极地之中的见闻和感受，曾收入他的《秋笳集》里。然而他的诗作由于屡逢边警损失过半，后来病逝，其子扶柩南归时又逢覆舟，为鱼龙吞食不少。今日我们所见者乃劫后遗珠，那遗珠都是由血与泪所凝成。例如：

马上北风哀，黄云惨不开。
寒摧龙碛断，声卷雁沙来。
驿骑衣空寄，嫖姚战不回。
何人吹筚篥，泪尽落雕台！

——《北风》

穹帐连山落日斜，梦回孤客尚天涯。
雁飞白草年年雪，人老黄榆夜夜笳。
驿路几通南国使，风云不断北庭沙。
春衣少妇空相寄，五月边城未着花。

——《帐夜》

这是写于边塞的诗章，有人称之为清代的边塞诗，但却与唐代的边塞诗大异其趣。在那走石飞沙春风不度的极寒之地，在孤身绝域度日如年之中，何处才是苦海的涯岸？何时才能南归而生还？他二十三年之中日日遥望南方，仅存的"希望"望成了一线微茫的"稀望"，而"稀望"也望成了万念俱灰的"绝望"。他当然想不到三百多年后，头戴"右派分子""右倾机会主义分子”等帽子的罪民也纷纷光临北大荒。他当然也想不到其中有一位“同行”的诗人聂绀弩，其《嘲王子夫妇怕冷》《周婆来探后回京》等诗题名为“北荒草”，后来收入《散宜生诗》诗集，虽然也是血泪凝于笔管，却是以诙谐调侃的语言出之，不像自己的作品那样表现为巨痛沉哀。在望不到尽头的流放生涯中，吴兆骞“敢望余生还故国，独怜多难累衰亲”，“冤如精卫悲难尽，哀比啼鹃血未干”，他是准备和许多流人一样埋骨异乡，将沙天漠地雪被冰床当成自己的棺椁了。

幸亏他有一位生死之交的友人顾贞观。顾贞观字华峰，号梁汾，江南无锡（今江苏无锡市）人，是写下“风声雨声读书声声声入耳，家事国事天下事事事关心”名联的明代东林党领袖顾宪成之曾孙。年长吴兆骞六岁的他系著名词人，与后者齐名而并称“二妙”。吴兆骞遣戍极边，他立誓“必归吴子”。十余年后的康熙十二年（1673）他中顺天举人，先任秘书院典籍，后又馆于太傅纳兰明珠家，与明珠之子纳兰性德（容若）交谊甚笃。早在康熙十五年（1676），他寓居北京千佛寺，于风饕雪虐之中更加怀念远戍北地的友人，满腔的深愁苦恨远念遥思凝成了两首以词代柬的《金缕曲》，词前的小序是“寄吴汉槎宁古塔，以词代书。丙辰冬寓京师千佛寺，冰雪中作”。

季子平安否？便归来，平生万事，那堪回首！行路悠悠谁慰藉？母老家贫子幼。记不起，从前杯酒。魑魅搏人应见惯，总输他，覆雨翻云手。冰与雪，周旋久。

泪痕莫滴牛衣透。数天涯，依然骨肉。几家能够？比似红颜多命薄，更不如今还有。只绝塞，苦寒难受。廿载包胥承一诺，盼乌头马角终相救。置此札，君怀袖！

我亦飘零久。十年来，深恩负尽，死生师友。宿昔齐名非忝窃，只看杜陵穷瘦，曾不减、夜郎僝僽。薄命长辞知己别，问人生，到此凄凉否？千万恨，为兄剖。

兄生辛未吾丁丑。共些时，冰霜摧折，早衰蒲柳。词赋从今须少作，留取心魂相守。但愿得，河清人寿。归日急翻行戍稿，把空名，料理传身后。言不尽，观顿首！

这两首词，清代词论家陈廷焯在《白雨斋词话》中称之为“千秋绝调”，并说“二词纯以性情结撰而成，悲之深，慰之至，丁宁告戒，无一字不从肺腑流出，可以泣鬼神矣”！纳兰性德虽为贵胄，亦即今日所谓之“高干子弟”，且本人身居要职，为康熙之一等侍卫，但他却是难得的性情中人，当他读罢顾贞观字字血声声泪的两首词作之后，也不禁黯然泣下说“河粱生别之诗，山阳死友之传，得此而三”。就是说，此词可与假托苏武、李陵之名的“河粱诗”，以及晋代向秀的《思旧赋》鼎足而三。他还以“绝塞生还吴季子，算眼前此外皆闲事”之词以明志，表示以十年为期，“此事三千六百日中，弟当以身任之，不俟兄再嘱也”。顾贞观说他流放已近二十年了，风霜莫测，人寿几何，请以五年为限。于是，纳兰性德多次向他的父亲求请，而顾贞观也不顾男儿膝下有黄金，为营救友人而在明珠面前长跪不起。由于明珠援之以手，从中斡旋，加之吴兆骞的同社友人徐乾学、宋德宜等名流捐金以赎，五年之后的康熙二十年（1681），吴兆骞终于得以生还入关，终于将二十多年的漫天风雪、二十多年的以血泪浸泡的苦难岁月留在了塞外。

“廿年辞赋穷边老，万里冰霜匹马还”，这是时人对吴兆骞、顾贞观的故事的咏叹。吴兆骞二十八岁被遣戍边，艰辛历尽，待到重返京师，已经是年过半百的皤然老者了。诗朋文友当然为他举行欢迎的诗酒之会，他当时的心情和表情如何，欢迎会的气氛和场景怎样，因为摄影术要一百多年后才由西方发明并辗转传至中国，所以那一切已经成了逝水飞烟，没有任何现场的影像记录了，不过，至少仍然有文字为证。徐乾学有《喜吴汉槎南还》诗以贺，一时和者多至数十百人，均为其时之名流俊彦。徐乾学是纳兰性德的座师，后者有《喜吴汉槎归自关外，次座主徐先生韵》："才人今喜入榆关，回首秋笳冰雪间。玄菟漫闻多白雁，黄尘空自老朱颜。星沉渤海无人见，枫落吴江有梦还。不信归来真半百，虎头每语泪潺湲。"此诗虽情义深至，但似不及他的词作动人。在众多的和诗中，名诗人王士祯的《和徐健庵宫赞喜吴汉槎入关之作》，写得更为沉哀入骨，有无尽的沧桑之感："丁零绝塞鬓毛斑，雪窖招魂再入关。万古穷荒生马角，几人乐府唱刀镮。天边魑魅愁迁客，江上莼鲈话故山。太息梅村今宿草，不留老眼待君还！"健庵即徐乾学之号，而吴兆骞归来之日，昔日长歌当哭的吴梅村已经逝去十年了。吴兆骞绝域生还，复蒙师友庆贺，他百感交集，情见于《奉酬徐健庵见赠》一诗："金灯帘幕款清关，抱臂翻疑梦寐间。一去塞垣空别泪，重来京洛是衰颜。脱骖深愧胥靡赎，裂帛谁怜属国还？酒半却嗟行戍日，鸦青江畔渡潺湲。"既有回首前尘无辜蒙难的愤激，更有对友人救危拯溺的感激。不过，这种感念与感激之情的高潮，应该是汹涌在纳兰性德的家中吧？放归南还之后，吴兆骞在纳兰性德家担任授读，看到一间房子的墙壁上大书数字：顾粱汾为吴汉槎屈膝处。他不禁老泪纵横，放声痛哭。男儿有泪不轻弹，只因未到伤心处。人生至此，有谁能不百感交集而肝胆欲裂呢？三百多年后，我们似乎仍然可以看到他脸上纵横的泪水，听到他撕心裂肺肝肠如捣的呜咽！

"金兰倘使无良友，关塞终当老健儿"，这是当时人顾忠对吴兆骞得以生还的咏叹。人生得一知己足矣，斯世当以同胞视之，让我们回眸和珍惜人世间那地久天长贵如金石的友谊吧。吴兆骞饱经劫难回到京师，本该如今日流行歌曲所云过上几天“好日子”，但健康早已透支而病体支离的他，不到三年就苦难地辞别人间，享年只有短短的五十三岁。才高命薄，古今许多英才往往“天不假年”，这个“天”如果是指不可抗拒的自然法则倒还罢了，但在极权社会里，这个“天”却常常是手握生杀予夺大权的最高统治者。北大荒，从清代至上世纪中叶，都是血泪斑斑的流放之地。犹记二十世纪八十年代中朝，诗人艾青在北京对我说，他因划为左派流放北大荒，时任中国作协书记处书记兼秘书长的郭小川送他到北京火车站，途中小川对他说：“艾青同志，你怎么划为右派的，我二十年后告诉你吧！”不意正直而才华过人的小川自己在“文革”中也备受迫害与摧残，在那场千古浩劫宣告结束的前夕英年早逝，他已来不及将真相告诉艾青，但他当时能称艾青为“同志”，并预告绝不能预告之事，已是颇为“人性化”而且是冒天下之大不韪的了。回首当年与这事，重温吴梅村之诗顾贞观之词和吴兆骞并未如烟的往事，在神州大地，但愿一切迫害所丧才人志士的悲剧永远落幕而不再上演！

三百年前旧板桥

“板桥”，是一个令人绮思无穷的名字。唐诗人白居易曾作有一首《板桥路》：“梁苑城西二十里，一渠春水柳千条。若为此路今重过，十五年前旧板桥。曾共玉颜桥上别，不知消息到今朝！”白诗人所咏的板桥，在汴州（治所在今河南开封）城西，为东来西去之交通要道，他回首和咏叹的，是年轻时发生在这里的与名为“湘灵”之女子的一段罗曼史。一诗既成，风传人口，唐代歌女就曾取前后二联四句，作为绝句而低吟高唱。

“板桥”，又是一个令人遐想联翩的名字。在江苏扬州府兴化县城东门外的护城河上，有一道桥面原铺木板的板桥，称古板桥。乾隆三十二年（1693），一位名传后世的杰出书画家与诗人，诞生于古板桥东南之夏甸，即水乡泽国中的一个小岛，而其家则坐落在古板桥附近，背靠城垣，临河而居。他姓郑名燮，字克柔，而以自己喜欢的“板桥”为号，还自称“板桥居士”或“板桥道人”。今日之芸芸众生，少知其名，更少知其字，但对于“板桥”之号，却大都耳熟能详，心怀敬慕，如对夜空灿烂的星斗，如对节日缤纷的礼花。当代名诗人丁芒《郑板桥》一诗就所说：“你的铁画银钩/结构成撑天的枝叶/永远摇曳一万个惊叹！”

一

郑板桥生养死葬之地，是离扬州约二百里的兴化，那是一座风光秀美人文积淀深厚的小小县城，和远古的楚国颇有渊源，楚怀王时乃上柱国昭阳食邑。而扬州呢？则是郑板桥长年寓居之地，歌哭笑傲之乡，飞光耀彩旷代难逢的文化演出盛会的舞台。

扬州，山水嘉区，历史名城，人文胜地。别的且不去说它了，唐代诗人早就为它举行过一场诗的演唱会。“故人西辞黄鹤楼，烟花三月下扬州”，“天下三分明月夜，二分无赖是扬州”，盛唐李白的首唱和中唐徐凝的续唱，至今都令人神魂飞越，心向往之。是地灵而人杰？抑或是人杰而地灵？时至清代康熙、雍正及乾隆年间，一大群而非单个书画家异军突起，偏师啸傲，挥鞭也挥笔于艺坛，其中最为优秀者，无须今日所谓的有关单位提名推荐和权力在握的个人与部门之层层审核，他们被众生与历史公开公认公评为“扬州八怪”。尽管“八怪”所指为何前后有十余种大同小异的名单，但郑板桥则是名副其实众望所归的领军人物，其信誉度，远非当今某些小范围小团体小圈子所操作所授受的种种虚衔可比。

我喜爱郑板桥画笔下今天已是人间孤本的幽兰竹石，也倾心于他独创一格震电惊雷的“六分半书”，我也常常不免痴想，他以民俗与个性入印的篆刻，如“雪婆婆同日生”“麻丫头针线”“有数竿竹无一点尘”“心血为炉熔铸古今”之类，我如果拥有其中的哪怕一方，也足可以笑傲富豪与王侯了。郑板桥传世至今的诗约三百余首，词近百首，楹联约两百副，作为诗国的朝香者，我最欢喜的毕竟还是他的诗词，那些直摅血性肝胆开张的诗词，那些锻字炼句而又才情风发泉涌的诗词。我甚至以为，他的诗名不免为其画名与书名所掩，他的诗，不仅在清代诗歌史上，甚至在中国古代诗歌史上都应该有一席之地。如果认为对联是“诗中之诗”，那也许还可以说是对联爱好者与研究者的偏爱，但说对联是诗的分支或偏师，则该是实至而名归的吧？中国的对联艺术源远流长，至明清两代而彬彬大盛，郑板桥本来就有“诗书画三绝”的美誉，有人更将他与解缙、徐渭、孙髯翁、纪昀、俞樾、梁同书、梁章钜、林则徐并列，誉之为“明清十大联圣”。若将他创撰现存约两百副的绝妙好联同样视为其诗作的一部分，如“心清水浊，山矮人高”“种十里名花，何如种德；修万间广厦，不若修身”“山光扑面因朝雨，江水回头为晚潮”“秋从夏雨声中入，春在寒梅蕊上寻”“百尺高梧，撑得起一轮月色；数椽矮屋，锁不住午夜书声”等等，不仅他的诗创作就更加斐然可观，连唐宋诗坛众多来不及于此道一显身手的先贤，都会要叹息“予生也早”的了。

板桥之诗，最令我动心和尊崇的，是他先后任范县县令与潍县县令十二年间所写的作品。他曾自创了一方“康熙秀才雍正举人乾隆进士”的图章，钤于字画之上。康熙五十五年（1716），二十四岁的郑板桥考取秀才，踏过了进入士大夫阶层的最低门槛；雍正十年（1732）中举，已是距考取秀才十六年后的不惑之年；乾隆元年（1736），全国应考举子逾二千人，他殿试二甲第八十八名，膺登进士，在三百四十四名进士中排名第九十一位。但乾隆当时任命一百四十六人，不少名列三甲赐同进士出身者都得到了一顶乌纱帽，他却有向隅之叹。冷板凳又坐了七年，直到乾隆七年（1742）春他已五十岁时，才被任命为“小城荒邑，十万编氓”的山东范县令，兼署更加荒僻少人的郸城县。四年后的乾隆十一年（1746）年春，他由范县调署比较富庶的潍县（今日之潍坊市），直到乾隆十七年（1752）年底，弃官与罢官兼而有之地离任。其时，板桥终于跻身众生欣羡的公务员行列，县令虽只七品，但也是威福一方的父母官，在今日的公务员序列中也系实权在手实利在握的正处级干部，是许多人穷毕生之力也无法攀爬而上的台阶与平台。然而，古今如恒河沙数的包括县令在内的官员们都留下了什么呢？有的留下了恶名，有的留下了骂名，多数人尔曹身与名俱灭，然而，也有的留下了清名，有的则不仅留下了清名，而且还留下了文名，郑板桥就属于后者。他从政十二年，虽不见容于恶浊腐败的清代官场，但史书也不得不对他做出“案无留牍，狱无冤民”“爱民如子，颇有政声”的正面评价。而他的文名呢？至少有他作于这一时期的众多优秀作品为证。

前代许多杰出的诗人如杜甫与白居易，如辛弃疾与陆游，他们已有不少关心民瘼国是的忧国忧民之作，郑板桥的诗，除了同样具有忧国忧民的底色外，“民吾同袍”“万物总同袍”，他还有极为鲜明突出的前人所罕见的草根意识与平民情结，在清代高度集权与极权统治的黑幕中，闪耀着近代人道主义思想的曙光。在为官作宰期间，他所创作的《悍吏》《私刑恶》《姑恶》《乳母行》《逃荒行》《孤儿行》《后孤儿行》《潍县竹枝词》《满江红·田家四时苦乐歌》等诗词，远绍他所心仪的杜甫之“三吏”“三别”与白居易之“新乐府”的精神传统，是他的“立功天地，字养生民”的从政信念的诗化。在《历览三首》中，他曾说“历览名臣与佞臣，读书同慕古贤人。乌纱略戴心情变，黄阁旋登面目新”，说的是许多读书人平日饱读圣贤之书，一旦入仕当官就立马或逐渐变坏，如同时下之俗谚口碑“男人有钱就变坏，女人变坏就有钱”然。不过，郑板桥绝对是当日官场的另类与异类，如他上任不久所作的《范县》一诗：

四五十家负郭民，落花厅事净无尘。
苦蒿菜把邻僧送，秃袖鹑衣小吏贫。

尚有隐幽难尽烛，何曾顽梗竟能驯？
县门一尺情犹隔，况是君门隔紫宸！

昔日范县人口稀少，衙门寒伧，远非今日人口众多的堂皇富丽机关林立的县治可比。最令人感动并油然而生敬意的，是诗结句的“县门”与“君门”之比。区区县门，下情还难以上达，民情还阻塞难通，何况是高高在上的九五之尊的“君门”呢？在封建极权的清代，文字狱臻于鼎盛，乾隆一朝，时间长达六十年，其间兴文字狱一百三十五次以上，为清代前期的三倍有余。板桥虽然不免心存忐忑，撰制过诸如“须要小心，不可大意”“世道不同，话到口边留半句；人心难测，事当行处再三思”的联语，但正是在乾隆治下的这位七品芝麻官，竟然写下了“县门一尺情犹隔，况是君门隔紫宸”这样犯忌的诗句。是心血禁不住来潮，也是诗胆大于天啊！

板桥信奉“叹老嗟卑，是一身一家之事；忧国忧民，是天地万物之事”。在他的诗文中，作为体制内的一员，当朝的七品县令，他竟然常把贪官污吏比作豺狼，喻为长着翅膀的猛虎。在范县任上，他作有至今仍有当下感的《喝道》一诗：

喝道排衙懒不禁，芒鞋问俗入林深。
一杯白水荒途进，惭愧村愚百姓心！

中国是一个官本位的国家，也是一个讲究形式的国度。封建社会的官员更是热衷排场与威仪，哪怕原来是一介寒士，一旦为官作宦，便马上八面威风起来，“喝道”与“排衙”即其中之一。所谓“喝道”，就是官员出行时，以高举“肃静”“回避”的牌子的吏役为前导，呼喝作势，叫过往的行人躲避，相当于现在长期以来要员出巡时以警车鸣笛开道的警车；所谓“排衙”，乃指旧时官员升堂，于官署排列仪仗，属吏依次参谒，现在有的是豪华的厅堂，照旧可以毕恭毕敬行礼如仪。板桥之官虽仅居官员序列中的七品，在范县却是说一不二的一把手，是名副其实的方面大员。但他对官场的作派陈规却颇为反感厌恶，他下到基层开展调研活动，不仅仅是轻车简从，而且还脚着草鞋深入山林访贫问苦，老百姓招待他的虽然只有一杯白水，而非时下虽明文规定却成了一纸空文的“四菜一汤”，但他也深为感谢和惭愧。每读此诗，我总不免想到李白的《宿五松山下荀媪家》：“我宿五松下，寂寥无所欢。田家秋作苦，邻女夜舂寒。跪进雕胡饭，月光明素盘。令人惭漂母，三谢不能餐！”真正有大悲悯大关怀的诗人，他们的心真是千古相通啊！“房子越住越大，车子越坐越小，随从越带越多，礼品越送越好”“别看县份小，县长有蓝鸟；别看县穷不赚钱，书记有辆大丰田”，多年前的民谣就已经如是说。试看今日之域中，在“八项规定”令行禁止之前，喝道排衙的规模声势远胜前朝，空巷清街，路人侧目，而在芸芸公仆之中，思想境界与行事作风如郑板桥者尚有多少？

范县四年后，郑板桥被调到潍县。潍县属山东莱州府，西有潍河，东有白狼河，地阔民殷，是位于半岛心脏地区的一个富裕大县。潍县令与范县令虽是半斤八两的平调，但在世俗的心目中却是令人艳羡的升迁。但“行尽青山是潍县，过完潍县又青山。宰官枉负诗情性，不得林峦指顾间”（《恼潍县》），倾心自然而本色是诗人的板桥却并不兴奋，何况他来潍县之前的一年，天灾就已拉开了序幕，此后的三四年中，包括潍县大地在内的半岛中北部平原上，演出的均为非旱即涝的连续悲剧剧目，不是赤地千里，就是一片汪洋，哀鸿遍野，饿殍载道。出身寒苦而少年与青年时代迭遭不幸饱经坎坷的板桥，本来就与底层百姓与弱势群体的农民有深厚的感情联系，他在寄给堂弟郑墨的书信中曾说：“我想天地间第一等人，只有农夫，而士为四民之末。农夫……

皆苦其身，勤其力，耕种收获，以养天下之人，使天下无农夫，举世皆饿死矣！”他又说：“夫读书中举、中进士、做官，此是小事。第一要做明理的好人。”郑板桥所明之理，就是仁心与爱心，平等与博爱。时隔三百年后，我们仍可近在咫尺地领略他的题画名诗《潍县署中画竹呈年伯包大中丞括》：

衙斋卧听萧萧竹，疑是民间疾苦声。
些小吾曹州县令，一枝一叶总关情！

浙江钱塘人包括，官山东登莱青道，迁山东布政使，署理巡抚，“大中丞”乃巡抚的尊称。他是板桥的顶头上司，板桥以此诗画相赠，而非其他，可见其风骨峻嶒。关心民间疾苦，凡是有良知的正直的文人与官员都不难做到，但关爱深切并付诸实际行动，那就颇为不易了。板桥尽忠职守，采取种种措施拯溺扶危，抗灾救灾，这都可以说是好官良吏的本职与本分，但下述二端则非一般官员甚至好官可以做到：一是冒险开仓赈灾。赈灾本为好事善举，但未向上级请示并得到朝廷批准，轻则得咎，重则获谴。然而在饥民载道人命关天的非常时期，怎容老牛破车地层层申报与审批？板桥毅然决然指示僚属：“此何时！俟辗转申报，民无孑遗矣，有谴我任之！”二是捐出自己的养廉俸（大约相当于今日的养老保险金）。捐出自己远非丰厚的薪金分给穷苦乡亲，板桥并非自今日始。早在范县任上，他就有“分金”之举，将自己积累的俸银交给堂弟郑墨带回，并附分配方案：“汝持俸钱南归，可持家比户，逐一散给……无父无田孤儿，村中人最能欺负，宜访求而慰问之。……有久而不相识面者，各赠二金……其余邻里乡党，相赒相恤，汝自为之，务在金尽而止。”在潍县，他更是捐献自己的养廉俸，代替灾民偿还借领的官粮，并以知县的身份，另捐三百六十千文修石城六十尺。谚云：三年清知府，十万雪花银。如此善政与义举，在几乎无官不贪无吏不污的清代几人能有？即使时至今日，又有多少人能够做到？

未经请示批准的开仓赈灾终被“记大过一次”，埋下了日后的祸根，同时，板桥之敢于任事积极有为，更招来那些尸位素餐的庸官蠹吏的攻讦，加之他不同流俗的傲岸个性，终于导致“辞官”与“罢官”兼而有之地结束了他的官宦生涯。禹王台，在潍县西北，近海而地多盐卤，少有丰年。板桥《禹王台勘灾》一诗曾经写道：“沧海茫茫水接天，草中时见一畦田。波涛过去皆盐卤，自古何曾说有年!”后来他因公晋省，汇报灾情，于官员们的宴会上即席作《会宴趵突泉》一诗：“原原有本岂徒然，静里观澜感逝川。流到海边浑是卤，更谁人辨是清泉！”诗以“清泉”比清白，以“浑是卤”比污浊，板桥意指读书人未出仕时尚称清白，一旦为官作宦遂皆成浊流矣。这，表现了他对官场的厌恶与决裂之心，也更招致了同僚与上司的忌恨，于是，乾隆十八年（1753）春天，他就被罢官而赋一曲归去来兮，时年六十一岁。

《扬州府志》记载他回乡的情景：“以疾归，囊橐萧然，图书数卷而已。”清贫之状，却掩不住他陶渊明式的“久困樊笼里，复得返自然”的欣悦之情，和他在艺术创作上的自许与自信：

进又无能退又难，宦途跼蹐不堪看。
吾家颇有东篱菊，归去秋风耐岁寒。
——《画菊与某官留别》

乌纱掷去不为官，囊橐萧萧两袖寒。
写取一枝清瘦竹，秋风江上作渔竿！
——《予告归里，画竹别潍县绅士民》

二

板桥在出仕之前，他的诗书画就已经啼声初试了，但因为其时他尚是一介贫寒书生，所以备遭冷落，少人问津。后来中了进士，任范县与潍县令，是世人心目中的县太爷，加之技艺更加精进，故尔在世俗的势利的社会中便声名鹊起。然而，如果他一直沉沦下僚为官场之俗务冗情所累，或是一帆风顺在官场飞黄腾达而磨钝了自己的个性，板桥便不可能有今日我们所看到的如斯成就了。罢官，是幸焉还是不幸？对于一般学而优则仕的读书人，它是不幸的；对于真正的艺术家尤其是板桥这种天赋极高而个性狂怪的艺术家而言，则是令今日的我们也为之额手称庆的幸事。

关于板桥诗书画“三绝”得名的故事，流传至今的两种版本略有不同。一说板桥重返扬州，有位名李啸村的秀才以一副对联相赠，上书“三绝诗书画，一宦归去来”。一说板桥在扬州设文酒之会，诗人李葂以“三绝诗书画”之上联求对而不得，板桥则答之以“一官归去来”。当年契丹使者以“三才天地人”之联向大宋进行文化挑战，大才子苏轼奉旨答以“四时风雅颂”，令其臣服而传为美谈。板桥之联也堪称上上之选，可以与苏轼之联比美。“二十年前旧板桥”，郑板桥后来曾自篆了这样一方印章，纪念他二十年前于扬州卖画谋生的潦倒往事。他重返扬州创作的第一幅画为《墨竹图》，他的题诗是：“二十年前载酒瓶，春风倚醉竹西亭。而今再种扬州竹，依旧江南一片青。”是的，与官场的俗务与俗吏拜拜，回到故里开始他横通纵贯文学与艺术两大门类的专业艺术生涯，晚年扬州，三绝精进，诗词曲文与书画联印八者联袂而举行长达十三年的嘉年华，他心旷神怡其喜洋洋者矣，就像奔腾的江河回到它原来的河道，就像成荫的绿树回到它原来的沃土，就像振羽的苍鹰回到它原来的蓝天，他成为了名噪当时也名传后世的“扬州八怪”中的最杰出者，和当之无愧的今日称为文坛艺苑的书画界的领袖，书写了中国绘画史、书法史与诗歌史的耀彩飞光的一页。

郑板桥不是庸庸碌碌之徒，也非唯唯诺诺之辈，他不仅才华横溢，也是极具个性与胆识的艺术家。他在《板桥自叙》中说“板桥诗文，自出己意”。《刘柳村册子》，是板桥为“柳村刘三兄”所写长达十二页关于自己的诗词曲的文章，相当于今日作家的创作谈。该文的结尾可谓卒章显其志：“庄生谓：‘鹏怒而飞，其翼若垂天之云。’古人又云：‘草木怒生。’然则万事万物何可无怒耶？板桥书法以汉八分杂入楷行草，以颜鲁公《座位稿》为行款，亦是怒不同人之意。”他所标举的“怒不同人”，就是人生信念不同流俗，艺术观念领异标新，也即他在题《兰竹石图轴》中所说：“掀天揭地之文，震电惊雷之字，呵神骂鬼之谈，无古无今之画，固不在寻常蹊径中也。”他对于久享盛名的唐代诗佛王维和元代大书画家赵孟頫颇有微词，他说：“东坡居士刻刻以天地万物为心，以其余闲作为枯木竹石，不害也。若王摩诘、赵子昂辈，不过唐宋间两画师耳！试看其平生诗文，可曾一句道着民间痛痒？”板桥的印章虽是独立的篆刻艺术，但不论是自刻还是他刻，同样可视为其诗的余脉与支流，如“横扫”“江南巨眼”“痛痒相关”“心血为炉熔铸古今”“恨不得填满了普天饥债”等等，都是深有寄托的隽词警句，不仅与前述之对王维、赵孟頫的批评相呼应，也表现了他的诗作所具有的民本意识与人文关怀，以及他自评的“自愤激、自竖立、不苟同俗”的“倔强不驯之气”。

郑板桥的画，以竹、兰、石为主，兼及松、菊、梅。我国最早的诗歌总集《诗经》写了一百三十二种草木，其中就有竹，“秩秩斯干，幽幽南山，如竹苞矣，如松茂矣”（《小雅·斯干》），“瞻彼淇奥，绿竹青青，有匪君子，如切如磋，如琢如磨”（《卫风·淇奥》），这是竹在中国诗歌中最初的闪亮登场，它们虽然似乎有所寄托，但还未具有独立的美学上的意义。直到南北朝梁代刘孝先的《竹》诗，才在竹与君子之间飞舞起一座奇妙的彩虹：“竹生空野外，梢云耸百寻。无人赏高节，徒自抱贞心。耻染湘妃泪，羞入上官琴。谁能制长笛？当为吐龙吟！”西方人重美，喜欢玫瑰；中国人重品，钟爱兰竹。南宋诗人楼钥《题徐圣可知县所藏扬补之二画》说：“梅花屡见笔如神，松竹宁知更逼真。百卉千花皆面友，岁寒只见此三人。”可见八百年前就开始有了“岁寒三友”之说，竹在“岁寒三友”中排名次席，更是绝非偶然。在历代的文人画士之中，画竹咏竹者不可胜计，但论数量之多与品格之高，无人能出板桥之右。板桥创作了绝外之绝的题跋艺术，他的题竹诗包括竹石兰草合题之诗，现存共计一百余首，为历代画家之最。而这些诗作所包孕的美学内蕴，所象征的品格意义，所隐喻的味外之旨，仍然令三百年后的读者含英而咀华，欲罢而不能，如同在一处山重水复的绝妙景区寻幽探胜，总会有新的发现和喜悦：

独立的精神品格。从古至今，有才华有胆识有建树的诗人作家乃至学者，无不具有不同程度的独立的精神品格。陈寅恪乃当代大儒，也是真正的大师，非时下自吹自擂或他吹他擂的水货大师可比，他所提倡并遵奉的“独立之精神，自由之思想”，三百年前郑板桥的诗文可说是渊源有自的先声。板桥并非生活于思想活跃而观念昌明的现代，而是呼吸在文字狱盛行而万马齐喑的清朝，活动于达官贵人一呼百诺富商巨贾附庸风雅而许多艺术家也不免媚俗阿世的扬州，众士诺诺而他却一士谔谔，真是可以说傲立中流，雄视一代：

峭壁一千尺，兰花在空碧。

下有采樵人，伸手折不得。

——《峤壁兰》

只画潇湘竹一竿，疏疏绿影动春寒。
人生独立能如此，不怕红尘热眼看！

——《竹》

咬定青山不放松，立根原在破岩中。
千磨万击还坚韧，任尔东西南北风。

——《竹石》

板桥所画的这一束兰花，凛然生长在千寻峭壁之上，而令采摘的樵夫只能望空兴叹，那种横空出世之姿，独立不阿之品，让人于言内可见，于言外可想。在《竹》诗中，诗人更是标出“独立”二字，颇有但丁在《神曲》中所云“走你自己的路，让别人去说罢”之概。《竹石》是板桥的名篇，题于一幅《石竹图》之上。青青绿竹怎么能生长在岩石之中？现代的科技工作者会从科学的角度，指出这是“物理风化作用”与“生物风化作用”之双重作用的结果。板桥当时对此当然是闻所未闻，他画此图而作此诗，只是他刚正不阿横而不流的独立精神的寄托而已。据报载，小说家莫言获诺贝尔文学奖去瑞典领奖，记者请他用一句话来形容获奖后的心理状态，莫言答曰：“心如巨石，风吹不动。”莫言是山东人，郑板桥在山东作宦之余，亦作画作诗十二年，莫言的答问是否有郑板桥诗的遗意呢？

追求自由的超越意志。向往自由本是人的天性，何况郑板桥是一位天生的艺术家，他的灵魂中有更多生机勃勃无所拘束的如俄国大诗人普希金所颂的“自由的元素”；何况官场十二年，勾心斗角，我诈尔虞，缛节繁文，迎来送往，等等官场之显规则与潜规则对他自由的天性是桎梏与戕害，这也正是他弃官归去的重要原因。正因为崇尚自由，所以他对于扭曲物理的笼鸟盆景之类十分反感，在《潍县署中与舍弟墨第二书》中，他自明心迹："平生最不喜笼中养鸟，我图娱悦，彼在囚牢，何情何理，而必屈物之性以适吾性乎？"在一幅画兰图中，他还题词说："昔人云，入芝兰之室，久而忘其香。夫芝兰入室，室则美矣，芝兰勿乐也。吾愿居深山绝谷之向，有芝弗采，有兰弗掇，各适其天，各全其性。"由物而人，由自然而社会，他的一些诗作写的是自然界的兰竹，喻指的却是社会与人生：

春兰未了夏兰开，画里分明唤阿呆。
阅尽荣枯是盆盎，几回拔去几回栽。

——《题盆兰倚蕙图》

春雨春风写妙颜，幽情逸韵落人间。
而今究竟无知己，打破乌盆便入山！

——《题破盆兰花图》

此是幽贞一种花，不求闻达只烟霞。
采樵或恐通来径，更写高山一片遮。

——《兰》

兰花质性太清幽，卖与人间不自由。
好把竹枝兼石块，故交相伴免春愁。

——《兰》

前两首诗，见之于他在潍县刻印的《诗抄》，后两首诗应是他重返扬州之后所作。从中可见板桥物我平等而万物各适其天的思想，以及他从幼小到老大一以贯之的热爱自然回归自然的理念，然而，我以为更是表现了他对个性自由的向往与追求。陶渊明抛弃了“彭泽令”那顶许多人欣羡的乌纱帽而赋一曲归去来兮，形容自己是“久在樊笼里，复得返自然”，景仰追慕五柳先生的郑板桥何尝不是如此？他的《罢官作》说：“老困乌纱十二年，游鱼从此纵深渊。春风荡荡春城阔，闲逐儿童放纸鸢。”他题《深山兰竹图》诗是：“深山绝壁见幽兰，竹影萧萧几片寒。一顶乌纱早须脱，好来高枕卧其间！”将此诗与以上咏兰的四首诗对读，板桥言在此而意在彼的崇高个性自由的思想价值取向，便可思过半矣。读书做官，本是古代读书人光宗耀祖修齐治平的独木桥，陶渊明与郑板桥均可谓稀有的另类。时移而世未易，古今同概，今日之报考公务员，仍是芸芸众生趋之若骛的热门，虽然僧多粥少，其中尚有许多不为人知的猫腻与潜规则，但如果不是门中自有千钟粟黄金屋颜如玉车如簇，信男信女们会争先恐后踏破铁鞋挤破窄门吗？

对红尘俗世与坎坷命运的抗争精神。板桥家贫，父亲郑之本仅仅是一位廪生（即廪膳生员），其职责乃是具保应考的童生具有合法资格，每年只有四两银子的薪金，故还须设帐授徒以养家糊口。板桥童年不幸，生母汪氏在他三岁时即去世，他三十岁时写有组诗《七歌》，第二首就是抒写丧母之痛。他幸赖祖母的侍女、勤劳善良的乳母费氏抚养，他成年后所写的情深意挚的《乳母传》，新诗中只有艾青的《大堰河——我的保姆》方可比美。板桥青壮年落拓江湖，除了教书就是卖艺，至不惑之年尚未吐气扬眉，未为权力与金钱主宰的世俗社会承认和接纳。在《扬州》其四中，他就感叹时世抒发牢骚：“尽把黄金通显要，唯余白眼到清贫。”《沁园春·恨》一词也曾写道：“单寒骨相难更，笑席帽青衫太瘦生。看蓬门秋草，年年破巷；疏窗细雨，夜夜孤灯。难道天公，还箝恨口，不许长吁一两声？癫狂甚，取乌丝百幅，细写凄清。”在“潦倒山东七品官”之后，他在任范、潍知县之时所作组诗《和学使者于殿元枉赠之作》中还回首前尘："十载扬州作画师，长将赭墨代胭脂，写来竹柏无颜色，卖与东风不合时。"有的人遇挫而颓，有的人遇挫而奋，而且愈挫愈奋，板桥就属于后者，他的画作因而常有一股勃郁不平桀骜不驯之气，那正是有志之士对世俗与命运绝不屈服的抗争精神。他的一些题画诗风雷奋发，也正是他灵魂的自白和写照：

谁与荒斋伴寂寥，一枝柱石上云霄。
挺然直是陶元亮，五斗谁能折我腰？

——《柱石图》

秋风昨夜渡潇湘，触石穿林惯作狂。
惟有竹枝浑不怕，挺然相斗一千场。

——《题竹》

篱菊花开艳，经霜色更红。
不畏西风恶，巍然独自雄。

——《题李鱓红菊册页》

老骨苍寒起厚坤，巍然直拟泰山尊。
千秋纵有秦皇帝，不敢鞭他下海门！

——《石》

直摅血性为文章。板桥之诗，均是他的人品、人格、人生抱负与理想的外化。他虽然信奉儒家的"达则兼济天下，穷则独善其身"，但同时也葆有道家超尘越俗不与现实同流合污的理想，更有陶渊明、苏东坡等优秀士人的清风正气，所以他的诗既具有遗世而独立的品格，追求自由的精神，同时，还表现了难能可贵的李白式的抗争与不屈的傲骨。这一点，从上引诸诗就可以看出，尤其是最后一首《石》，则更为大胆而特具个性。诗的首两句，赞美大地上的这尊巨石年深月久，巍然的尊严直追泰山，后两句则颇为离经叛道，令人匪夷所思。晋伏琛《三齐略记》云：“始皇作石桥，欲过海观日出处，时有神人，能驱石下海，石去不速，神人辄鞭之，皆流血。”板桥竟反其意而行之，他咏的是石精神更是人的硬骨头精神。“秦始皇”，我认为是古今一切暴君的代名词，在封建集权至于极权的清代，在文字狱遍于国中的刀光血海的清代，这首石破天惊的诗，上承明末清初思想家唐甄、王夫之等人批判君权的思想余绪，是不是板桥先生酒后狂吟而成的呢？这首诗少人提及，我在此特为拈出，为的是让今日更多的诗人与世人知道天底下还有如斯血性如斯钙质之诗，为的是向他致以三百年后我的敬意！

作为一位力主自立门户自出手眼的诗人，作为一位自许为“江南巨眼”的诗人，板桥还有许多咏史咏物之作蕴含哲理禅思，让我们一新耳目，一见钟情，一读不忘，有如同初恋般的震撼与喜悦。如果不怀成见与偏见，他的有些表现了哲思禅机的绝句，绝不在唐宋许多知名绝句之下，因为它们以新的语言和新的境界，对诗文化做出了新的贡献，也让读者获得柳暗花明又一村的美的惊喜。“两岸青山聚米多，长江窄窄一条梭。千秋争战谁将去？都入渔家破网罗。”这是吊古的《题画》，后两句的意象组接前所未有。“丞相纷纷诏敕多，绍兴天子只酣歌。金人欲送徽钦返，其奈中原不要何!”这是咏史的《绍兴》，“欲送”与“不要”的转折与对照，可谓一针见血，寸铁杀人。“一国兴来一国亡，六朝兴废太匆忙。南人爱说长江水，此水从来不得长。”这是前人写过不知多少次的《六朝》，然而他却绝不雷同而另出新意。因“清”字的偏旁是“水”，因恐踩到文字狱的地雷，碰到“莫须有”的刀口，《板桥诗钞》再版时不得不将此诗删去。“嘴尖肚大耳偏高，才免饥寒便自豪。量小不堪容大物，两三寸水起波涛。”这是咏物之诗《紫砂壶》，平凡的未经人道的紫砂壶，也有幸进入诗人的法眼与青眼而被赋予诗意。除此之外，“身在千山顶上头，突岩深缝妙香稠。非无脚下浮云闹，来不相知去不留”“一阵狂风倒卷来，竹枝翻回向天开。扫云扫雾真吾事，岂屑区区扫地埃”“老老苍苍竹一竿，长年风雨不知寒。好叫直节青云去，任尔时人仰面看”“新竹高于旧竹枝，全凭老干为扶持。明年再有新生者，十丈龙孙绕凤池”等咏竹之篇，都是各有寄托各有天地之作，有如同一绝佳名胜之地的风光别异的不同景点，都能让游人憬然有悟，怡然忘返，浩然去俗。

三

板桥是绝代才人，他的不世出之才如多棱形的钻石面面生辉。在《赠袁枚》一诗里，他曾调侃好色的袁枚“室藏美妇邻夸艳”，也颇为自负与自豪地说自己“君有奇才我不贫”。其实，袁枚随园诗话与尺牍笔记的成就在板桥之上，但绘画与书法及词创作他却付之阙如，诗歌创作他们则各有胜长，二者难以也无从比较。

我年轻时读板桥之诗，即心醉神驰于他的那些佳章俊句，惊叹在唐宋元明之后，天地间竟仍有如此才人手笔。“小廊茶熟已无烟，折取寒花瘦可怜。寂寂柴门秋水阔，乱鸦揉碎夕阳天。”（《小廊》）“渴疾由来亦易消，山前酒旆望非遥。夜深更饮秋潭水，带月连星舀一瓢。”（《访青崖和尚》）“多画春风不值钱，一枝青玉半枝妍。山中旭日林中鸟，衔出相思二月天。”（《折枝兰》），我以为如上之作均是中国古典七绝中的上上之选，且其句法语法与技法，还颇有今日所谓现代新诗的风采。五绝呢？“雾裹山疑失，雷鸣雨未休。夕阳开一半，吐出望江楼”（《江晴》），“大雪满天地，胡为仗剑游？欲谈心里事，同上酒家楼”（《题游侠图》），“吐”字的运用，颇有杜甫“四更山吐月，残夜水明楼”的遗韵而另开新境，而《题游侠图》一诗，则与唐人咏剑咏侠之诗一脉相传，是前人的嫡系子孙而有自己的面目和寄托。

天下有权之人多矣，天下有才之人多矣，有权复有才者亦不算少，但有权有才而善待他人之才乐道他人之才者，却不多见。多的是唯权是用而非唯才是举，自己利用权力沽名钓誉，千方百计压制与打击他人；多的是白衣秀士王伦，老子天下第一，从不乐道人善，从不像欧阳修对苏轼那样乐于让俊杰之士“出人头地”。郑板桥令我感佩之处，除了前述种种，就是他身为绝代才人之时，或绝代才人而兼七品县令之际，总是秉爱才之心，提携后进，揄扬同辈，赞颂前贤，表现了仁厚的胸怀和真正的大艺术家的大气。

明末清初鼎革之际，思想界有顾炎武、黄羲之、王夫之三大领袖与前驱，绘画领域则有明宗室后裔八大山人朱耷和苦瓜和尚朱若极（石涛）。在他们之前，明代尚有文坛宗师而兼画坛圣手徐渭，其诗文书画独步天下。板桥在自由思想、独立意识与孤傲情怀方面，都深受他们的惠泽。板桥曾刻印章“青藤门下牛马走”“徐青藤门下走狗郑燮”。“牛马走”，即司马迁所云“太史公牛马走”，即门下差役之意也。他还在《贺新郎·徐青藤草书一卷》中赞美徐渭：“只有文章书画笔，无古无今独逞。”在绘画题识中，板桥也多次提到石涛对他的影响，而《题屈山翁诗札、石涛、石谿、八大山人山水小幅并白丁墨兰，共一卷》一诗，“国破家亡鬓总皤，一囊诗画作头陀。横涂竖抹千千幅，墨点无多泪点多！”写的是明末遗民屈大均、石涛、八大山人、本姓为刘的湖南武陵人石谿，明藩王后裔的云南人白丁，他们除屈大均是岭南诗坛的三大家之一，一度为僧，其余四人均是曾经出家的画家。朱耷《山水画册》有“横涂竖抹千千幅”之句，板桥此诗和他们心心相印，他的敬意是思想上的，也是艺术上的。王杨卢骆当时体，轻薄为文哂未休，此风古已有之，于今为烈。打倒一切的“文革”就不必说了，“文革”甫告结束，百废待兴，就有文学青年扬言“要把艾青送到火葬场去”，也有青年诗人放言高论“李白有什么了不起，我们完全可以超过，他的《望庐山瀑布》每句的前两个字都可以删掉”。二十世纪八十年代中期之后，随之刮起的就是一股彻底否定诗歌的民族传统的西化之风，有的诗论家居然说：“当务之急就是反传统，反得还不够，要彻底地反！”追昔抚今，今日诗坛的乱象丛生岂是偶然的吗？

不但敬礼前贤，对于同行的同辈，板桥也十分友善与推重。在“扬州画派”的主要人物或“扬州八怪”之中，大多数人年齿都稍长于板桥，板桥既是他们的同行，又是同辈朋友，尤其与金农、李鱓的关系最为密切。“扬州八怪”大都多艺多才，且都嬉笑怒骂，极具棱角与锋芒，其狂怪不见容于体制内的正统文人和当时的世俗官场。金农就是八怪中杰特的一位，他生性刚烈峭僻，无意仕途，以布衣终老，人称“百年大布衣，三朝老名士。疏髯雪萧萧，生气长不死”，板桥和他声气相投，在中进士之前就和他相识同游。金农在《冬心画竹题记》中，曾说“予与先后游广陵，相亲相洽，若鸥鹭之在汀渚也”，从这一比喻，也可见他们灵魂的默契。金农的字别具一格，自成一体，他迟至五十岁方入绘画之门，但同样不同凡响。他也颇具诗才，据清人朱克敬《雨窗消夏录》记载，一位盐商在平山堂设宴待客，众人相约以古人诗句“飞红”为酒令，此盐商随口诌出“柳絮飞来片片红”一语而无以为继，举座讪笑，金农正色而言说：“这是元人咏平山堂的诗句，主人引得颇为切题。”众人继问全诗，金农脱口而出杜撰成章：“廿四桥边廿四风，凭栏犹忆旧江东。夕阳返照桃花渡，柳絮飞来片片红。”满座为之绝倒。三百年后，金农的急智与诗才，还令人宛然可想。惺惺相惜，板桥对金农之人品与艺品均极为欣赏与推崇，早在乾隆初年寓居扬州时，就曾作五绝《赠金农》：

乱发团成字，深山凿出诗。
不须论骨髓，谁得学其皮！

评价之精到，是因为相知的深切。板桥在潍县任上误闻金农去世，便于县衙恸哭而祭，后知讹传乃转悲为喜，千里驰书致候，如此生死之交，金农亦感念无已。板桥在诗文中提及金农之处甚多，金农曾作《墨兰图》，板桥的题诗是：

昨宵神女降云峰，折得花枝洒碧空。
世上凡根与凡叶，岂能安顿在其中？

鲁迅赠瞿秋白的联语有道是："人生得一知己足矣，斯世当以同怀视之。"三百年前的板桥与金农，他们的异姓手足之情，不就是如此吗？

板桥在《淮安舟中寄舍弟墨》的信中说："愚兄生平谩骂无礼，然人有一才一技之长，一行一言之美，未尝不啧啧称道。囊中数千金，随手散尽，爱人故也。"板桥重士爱才，对于弟子晚辈多所奖掖，尤其是对于下层士人，他更是尽力提携抚慰，如冬日的炉火，如夏日的清风，这既是出自他仁者的天性，也是因为他出身寒素历经坎坷才得以成名，因而对沉沦底层的有才之士更具同情之心。在任范县令时，板桥曾作《绝句二十一首》，每首记写一位在艺术上颇有造诣的人物，他自述创作意图是："凡大人先生，载之国书，传之左右史，而星散落拓之辈，名位不高，多怀绝艺，深恐失传，故以二十八字标其梗概。"如工指画的辽宁布衣傅雯："长作诸王座上宾，依然委巷一穷民。年年卖画春风冷，冻手胭脂染不匀”（《傅雯》）。如精于刻竹的民间艺人潘西凤：“年年为恨诗书累，处处逢人劝读书。试看潘郎精刻竹，胸无万卷待何如”（《潘西凤》）。这些具一艺之长的小人物，如果没有郑板桥之大手笔为之写照传神，建立不朽的诗的档案，恐怕早已湮没在历史的漶漫风沙之中了。

板桥在范县任上时，秀才宋维家贫而攻读不辍，板桥赠金而不受，另一位秀才刘连登善画而尤工兰竹，板桥对之颇为赏识。他们虽是两介布衣，却是相当于今日县长或县委书记之板桥的座上宾，与板桥是谈史论文不拘身份形迹的文字道义之交，板桥有《二生诗》以记：

腐史湘骚问几更，衙斋风雨见高情，
也知贫病浑无措，不敢分钱恼二生！

板桥在潍县任上也是怜卑惜士，热心奖掖后进。他晚上微服步行至东关韩家涯，一破屋内书声琅琅，他寻声暗问，认识了读书人韩梦周，板桥即慷慨解囊助学。韩梦周后来考中进士，署为安徽来安县知县，政声颇佳，就是受到板桥的帮助和影响。另一位名韩镐的童生，板桥对其县试的文章青眼有加，录为第一名，因其有才而家贫，板桥不仅在经济上扶贫，在学问与作文方面也悉心教授，他的一副传诵至今的著名联语“删繁就简三秋树，领异标新二月花”，就是题赠韩镐的。可惜若干年后韩镐终于中举时，他已无以报答告慰去世的恩师了。

板桥爱才重才，除了情投意合的“文化名流”之外，他的诗文更多提及的是那些无权无势无名的“三无”才智之士。除上述诸人之外，又如无名诗人石东村有《铸陶集》，板桥赋诗赞美说：“诗人老去兴偏豪，烧尽千篇又铸陶。从此铸韩还铸杜，更于三代铸《风》《骚》。”特别是有一位盲人陈孟周，听说板桥填词，便问是何词牌，板桥为他吟诵李白《菩萨蛮》《忆秦娥》二阕，数日后陈即为他的朋友填词两首，用的词牌就是《忆秦娥》：

光阴泻，春风记得花开夜。花开夜，明珠双赠，相逢未嫁。　旧时明月如钩挂，只今提起心还怕。心还怕，漏声初定，玉楼人下。

何时了，有缘不若无缘好。无缘好，怎生禁得，多情自小。　重逢那觅回生草，相思未创招魂稿。招魂稿，月虽无恨，天何不老！

陈孟周之词，均是写有情人未能成眷属之伤痛，主题与题材虽不新鲜，但语言和意境却颇为新创，何况还是出自一位盲人之手？板桥的反应是强烈的，他不仅论述了上述二词及创作的经过，还记写了自己的感受与评价："予闻而惊叹，逢人便诵。咸曰青莲自不可及，李后主、辛稼轩何多让矣。拙词近数百首，因愧陈作，遂不复存。"不仅如此，板桥复作《题陈孟周词后》二诗：

圆峤仙人海上飞，吸风饮露不曾归。
偶然唾墨成涓滴，化作灵云入少微。

世间处处可怜情，冷雨凄风作怨声。
此调再传黄壤去，痴魂何日出愁城？

"圆峤"即员峤，《列子·汤问》中所说的东海中的仙山之名；"少微"，星宿之名；"黄壤"，九泉，地下；"愁城"，愁肠，愁苦之地。板桥上述二诗，一以仙人唾墨赞陈孟周词作品格之超迈，一以黄壤愁城赞陈孟周词作之可以泣鬼神。至于将陈孟周与李白、后主和稼轩相比，虽然过于夸张，但也可见板桥殷殷爱才之心。而板桥词作今传世者不足百首，还有不少作品也许就是他“因愧陈作，遂不复存”地毁弃了。板桥板桥，至情至性而可惜可爱可敬的板桥呵！

乾隆二十一年（1756）二月初，回到扬州数载的板桥已经六十四岁，他专门邀请黄慎、程锦庄、李御、王文治、于文浚、金兆燕、张宾鹤七人，至竹西亭作一日游与尽日欢的文酒之会，除前三人年龄较大，其他均是板桥后辈忘年之交。曾在潍县师从板桥的济南朱文震闻讯赶来，八人之会成了九人之会。高谈转清，逸兴遄飞，不有佳作，何申雅怀？板桥即绘《九畹兰花图》，并赋诗一首：

天上文星与酒星，一时欢聚竹西亭。
何劳芍药夸金带，自是千秋九畹青！

三百年匆匆过去了，那浓烈的酒香仿佛还从扬州当年的竹西亭隐隐飘来，而板桥的冰雪胸襟春风风人的怀抱，仍然令我临风回首而深长怀想。

我深长怀想板桥，也是因为自己有曾经得人提携的遭际。二十世纪“文革”前夕，我和缇萦妻子在山雨欲来中险遭灭顶之灾，“文革”中更是双双江湖沦落，后来于洞庭湖畔一所农村中学艰难度日。关山难越，谁悲失路之人？在邓小平复出的短暂主政期间，时任岳阳地区教育局长的熊楚剑先生远道前来检查工作，他与我素不相识而未听校方安排径自听了我一堂课，然后不顾当时的清规戒律而多次表扬，而且顶住有关方面的重重压力，连下两道“绝不收回”的调令，历时两年之久，终于将我调到岳阳师专今日的湖南理工学院任教。这是我人生命运的重大转机。斗转星移，春回大地，“文革”收场不久，湖南省文联欲调我去属下之《湘江文学》杂志社，岳阳长沙相距不远，然而道途多阻，时任岳阳地委常委、宣传部长的刘金声先生仁慈宽厚，排除阻力坚决放行，我遂得以有后半生的笔耕生涯，一偿少年时代的文学之梦。今日读板桥的生平事迹，如同当时困顿的读书人之感激郑板桥，我对他们也永存感激，不禁于此再一次祈祝好人一生平安，再一次感念我有幸得到的贵人相助。

郑板桥题赠贺君谋及其子的对联中，有如下一副联语："有子才如不羁马，知君身是后凋松。"其实，板桥自己才真正是当之无愧的。他的不羁之才是不用我多加喋喋的了，能够羁勒他继续奔逸绝尘的，只有他七十三岁的昔日古稀之年今日的中人之寿。他如后凋之松也是不用我多所哓哓的了，尽管在野蛮疯狂的"文革"中红卫兵对他掘墓，焚骨、扬灰，但"文革"最终受到的是历史的审判。那些施暴者最终必将灰飞烟灭，而以各种方式与名目为那场浩劫招魂者，也绝不可能得逞，而郑板桥的文名与作品一直传扬到三百年后的今天，而且必定传扬后世，万古不磨，是世世代代华夏子孙心中永不凋谢的青松与翠柏。

千古文章未尽才

歌德论莎士比亚的剧作与诗歌，曾以《说不尽的莎士比亚》为题，以致它成了“莎学”中通行世界的警言妙语。中国的曹雪芹呢？除了“旧红学”，还有于二十世纪前期勃然而兴至今为盛的“新红学”，成千累万的论文与论著，在篇幅上已不知多少倍地超过了《红楼梦》，许多研究者竟可以说以此安身立命。然而，正像英国的研究者对莎士比亚的生平事迹所知并不很多一样，我们对曹雪芹本人的生平行事竟然也所知甚少，甚至是茫然坠烟雾，令人不胜追怀浩叹。

即以诗而论，《红楼梦》中的二百多首诗词曲赋当然是曹公的作品，但那大都是代人物立言的他写，而非作家完全自抒胸臆的自写，他的其他诗作全部佚失在时间的漶漫风沙之中，了无可供追索的踪迹，除了其中硕果仅存的两句，有如片玉断珠，又好似神龙飞天后遗落的两片鳞甲。不过，天地之间，幸好还留存了与曹雪芹交谊深厚的张宜泉以及敦敏、敦诚兄弟的有关诗作，那是现存有关这位绝代才人的几乎绝无仅有的第一手材料了。我于两百多年后一一重温，去追想他后半生龙游浅水的落魄生涯，去聆听他白眼向人的歌哭笑傲，如果他愿意而且也有可能，我还真希望和他作隔代又隔代的但为时未晚的心灵对话。

一

张宜泉，即使在钱仲联先生主编由中华书局出版的颇具规模的《中国文学家大辞典·清代卷》里，也找不到他的名字。其实，他的重要性超过了许多列名其中的张姓诗人，就因为他的《春柳堂诗稿》中至少存有四首与曹雪芹有关的诗作。

张宜泉生卒年不详，约长曹雪芹十岁。旧说他是汉军旗人，但今日也有学者研究认为他的籍贯是北京通州张家湾，乃乾隆丙子科以前之顺天乡试举人。诗稿署名宜泉，这应该是他的号。今日之所以知其大姓，因诗稿中提及他的嫡孙姓张名介卿，而诗稿后来正是由其孙于光绪年间刊印。诗稿中的《闲兴四首》有“僻地同空谷，卜居垦砚田”之句，且有“余徙居无赡，故以舌耕糊口”之注，同时尚有“传家笏未遗”“一馆由来绊此身”之语，可见张宜泉出身官宦人家，父母早逝，仕途不顺，家道中落，遂成了号称“孩子王”的乡村塾师。他的文化教养与沦落家世与曹雪芹有相似之处，加之年岁相去不远，当然就和曹雪芹有了许多共同语言。他的住址，一说在北京东郊，但据红学家徐恭时先生考证，他住京西海甸（淀）镇上，近长河之畔，后虽迁居，始终未离开此镇。曹雪芹居北京西山近二十年，在交通不便不像今日车如流水马如龙的古代，因地缘不远，他们就更有了经常来往的可能。

他们的交谊至少在十年以上，互相造访，把袂同游，诗酒酬唱。张宜泉的《春柳堂诗稿》中有一些诗形迹十分可疑，应该与曹雪芹有关，但因未指名道姓，无法确指，因而不能引渡归案，然而，可以验明正身的至少有四首，其一是《怀曹芹溪》：

似历三秋阔，同君一别时。

怀人空有梦，见面尚无期。
扫径张筵久，封书畀雁迟。
何当常聚会？把酒话新诗。

曹雪芹名霑，雪芹与芹溪是其号，在众多名号中可能为他所自钟，而张宜泉四首诗均称“芹溪”或“雪芹”，可见关系密切，相知颇深。从诗的首句化用诗经《王风·采葛》篇的“一日不见，如三秋兮”之语，可见这是一首和雪芹多时不见而备致怀想之诗，也可感知他们已有一段时间的交往，而且情谊不浅。他们聚会时的重要节目就是“把酒话新诗”，以诗会友。张宜泉另一首很可能是写与雪芹相聚的《春夜止友人即席分赋》，其颔联与颈联是：“破灶添寒火，春灯剪细花。裁诗分笔砚，对酒检鱼虾。”可见他们除了交流旧作，更多的是吟咏新诗，他们的新诗是心灵交会时互放的光亮，可惜那一切都已交给时间的流水付诸历史的烟云了。

曹雪芹曾写过一首题为《西郊信步憩废寺》之诗，很可能是与张宜泉同游西山之作，因为张宜泉有一首《和曹雪芹<西郊信步憩废寺>原韵》：

君诗曾未等闲吟，破刹今游寄兴深。
碑暗定知含雨色，墙隤可见补云阴。
蝉鸣荒径遥相唤，蛩唱空厨近自寻。
寂寞西郊人到罕，有谁曳杖过烟林？

所和既是“原韵”，那么，曹雪芹的原玉，韵脚当是“吟”“深”“阴”“寻”“林”等字，可惜我们上穷碧落下黄泉，却再也找不到看不到读不到原诗了，真是憾莫大焉！张宜泉此诗中间两联全是写景，并无深意，倒是一起一结中传达的信息耐人寻味。曹雪芹的诗不是“等闲吟”的，一是指他的创作态度认真严肃，不轻易出手，二是说他的诗篇绝非庸常之作，而是“寄兴深”，寓意远，出语惊人。《红楼梦》第二回写贾雨村信步至郊外的一座破寺“智通寺”，亦是“门巷倾颓，墙垣朽败”，门旁一幅对联题曰“身后有余忘缩手，眼前无路想回头”，也正是寄兴深长。曹雪芹此时已定居西郊，贫居闹市无人问，富在深山有远亲。此地人迹罕至，荒僻的山林寂寞，新知罕有，旧雨不来，贫困的落魄人也更加孤寂，“寂寞”二字，点出的正是曹雪芹的生存状态与生命状态。今日的红学家几经考证，指证他们当年所游的废寺乃西郊“广泉寺”，不过今天早已被夷为平地。他们曾经“曳杖过烟林”，曹雪芹的住地当不在远，但故居究竟何处，众说纷纭，今日据说是在他的旧居基础上建立的“曹雪芹纪念馆”，也仍然令人疑真疑幻。

比起前两首诗来，张宜泉的另一首《题芹溪居士》好像精采的人物特写，如闻纸上有人，又有似精到的人物简介，包含了更多的过时不候的可贵信息：

姓曹名霑，字梦阮，号芹溪居士，其人工诗善画。

爱将笔墨逞风流，庐结西郊别样幽。
门外山川供绘画，堂前花鸟入吟讴。
羹调未羡青莲宠，苑召难忘立本羞。
借问古来谁得似？野心应被白云留！

小序将雪芹的名、字、号及其文学艺术素养和造诣一一标示，这种第一手材料之功居功至伟。诗中再次强调曹雪芹定居西郊而且写作绘画不辍，同时具体描摹了他居住和生活的环境。尤其是颈联连用两个典故，一是唐明皇召李白作《清平调》而有七宝床赐食而御手调羹之宠，一是唐太宗游春苑池，众大臣陪坐赋诗，而身为主爵郎中的名画家阎立本俯地作画研吮丹粉，在众官员面前不免自感羞惭，归戒其子曰：“吾少读书，文辞不减侪辈，今独以画见名，与厮役等。若曹慎毋习。”青莲之宠“未羡”，立本之羞“难忘”，显示的正是曹雪芹睥睨王侯的铮铮傲骨，粪土功名的耿耿素心，而结句引申开去，连用两个典故。元人辛文房《唐才子传》记载，唐末陈抟隐居华山，入宋后屡征不赴，辞谢表章中有“数行丹诏，徒教彩凤衔来；一片野心，已被白云留住。”北宋的在野名士魏野也无意官场，他对征召使者的答复是：“野心已被山中白云留住矣。”虽然曹雪芹出自于显赫的官宦之家，但后来已经败落，这种妙引，表现的也正是曹雪芹对当局不趋附不合作的态度，用今日的语言形容，那该是其时的平民立场与草根精神吧?

千里搭凉篷，没有不散的筵席。张宜泉和曹雪芹的交往与交谊，因为曹雪芹的早逝而人散曲终。张宜泉的余生对雪芹肯定是念念未能忘情，但从《春柳堂诗稿》中，我们最后只能读到那首伤逝之作《伤雪芹居士》：

其素性放达，好饮，又善诗画，年未五旬而卒。

谢草池边晓露香，怀人不见泪成行。
北风图冷魂难返，白雪歌残梦正长。
琴裹坏囊声漠漠，剑横破匣影铓铓。
多情再问藏修地，翠叠青山晚照凉。

一般论者认为曹雪芹卒于乾隆廿七年（1762）除夕，年近五十，有的论者则认为他只活了四十岁，如敦诚诗中就说他“四十年华付杳冥”，为此红学界对曹雪芹的卒年争论不休。我以为此诗最值得注意的是诗前小序所云之“年未五旬而卒”，以张宜泉对曹雪芹的了解，可见他确实是享年不到五十而是四十余岁，敦诚所说的“四十年华”也是从整数而言，可视为“年未五旬”的又一模糊的说法。总之，均是感叹才人命薄，天不假年。“谢草池边”，用的是南朝刘宋时谢灵运《登池上楼》诗的“池塘生春草，春柳变鸣禽”之典，既以谢灵运比曹雪芹，也说明时间正是春天，可知因信息与交通不便，直到隔年的早春张宜泉才得知雪芹去世的消息并前来凭吊，而结句之“多情再问藏修地”亦可证明。“北风图冷”用的是汉代张华《博物志》之典，汉桓帝时刘褒画《北风图》，观者见之生寒，“白雪歌残”用战国时楚人宋玉《对楚王问》之典，哀叹才人早逝，歌吟不再。而全诗以对曹雪芹读书写作的故居的凭吊作结，更觉情深一往，感慨生哀。

此诗感情深挚，呜咽苍凉，而“白雪歌残梦正长”一语，既赞扬曹雪芹诗文创作品位之高雅，也痛惜他之未尽其才，“残”“梦”二字，是否也还有《红楼梦》一书未竟全功之意呢？

二

两百多年之后，我们对张宜泉这位不太“著名”的诗人深怀敬意，虽然他是因咏怀那位绝代才人得以名姓不致湮没无闻，但也幸亏有他的四首诗，我们今日方能看到云中之龙的一鳞半爪。不过，就对曹雪芹的研究而言，比张宜泉更为重要的，应该是敦敏、敦诚两兄弟，这不仅因为他们的咏曹之作共有十一首之多，而且他们沦落的“贵×代”的畸零身世和曹雪芹的“官×代”的飘零身世，使他们三人过从更密，有更多的陌路相知、惺惺相惜之感，加之兄弟二人都能文善诗，所以他们的有关诗作不惟情真意挚，而且对曹雪芹的为人与作品更具洞见，提供了更多的空谷足音令人欣然色喜的消息。

敦敏（1729-？）字子明，号懋斋，姓爱新觉罗氏。满清入关前后立下过汗马功劳的英亲王阿济格，系清太祖努尔哈赤的第十二子，乃敦敏之五世祖。后来阿济格在皇室的内斗中失败，被顺治赐自尽，并黜去宗籍。敦敏、敦诚出身如此天潢贵胄，他们的父亲瑚玐也只是山海关一名税官而已，这种科级税务干部，虽然在今天令人欣羡，但对于当年皇亲国戚的后代，也算是颇为天涯沦落了。父犹如此，子何以堪？这两位正宗的宗室文人曾就读于宗学，据说曹雪芹穷愁潦倒，也一度在宗学中兼差，兄弟二人大约在宗学读书期间和一代文星曹雪芹不期而遇。他们虽是宗室兄弟，但已是没落的打入另册的另类，他们的身世之恨，家族之感，世态炎凉之悲，和曹雪芹有许多相通之处，自然同病相怜，同气相求。尤为可贵的是兄弟们慧眼识珠于风尘之中，各自留下了有关的宝贵诗作，让我们两百多年后可以寻踪觅迹而说短论长，让我们两百多年后得以把卷吟哦而临风凭吊。

敦敏的诗集名《懋斋诗抄》。他与敦诚是难兄难弟，不知何以《清代文学家大辞典·清代卷》只有敦诚的条目而对他却付之阙如，厚此而薄彼？敦敏写曹雪芹的诗共六首，且让我一一道来，先请看《访曹雪芹不值》：

野浦冻云深，柴扉晚烟薄。
山村不见人，夕阳寒欲落。

此诗写冬日访曹雪芹不遇。西山离北京城大约三四十里，今日大道如砥，线路似网，宝马奔驰即发即至，手机伊妹儿即发即通，然而当时只能以驴马代步，行路迟迟，消息不灵，徒呼负负。敦敏事先未能或无法预约，到访时雪芹因事外出，结果当然令人不胜惆怅。不过，如果像今日之便利，双方相见甚欢，那我们今日就读不到这首情景交织的“不值”之诗和其他许多怀人念远两地相思的友情诗爱情诗了。还有一首是《小诗代简寄曹雪芹》：

东风吹杏雨，又早落花辰。
好枉故人驾，来看小院春。
诗才忆曹植，酒盏愧陈遵，
上已前三日，相劳醉碧茵。

这首诗，相当于今日的大红请帖。大约是有了以前的长途跋涉徒劳往返的经历，故而未雨绸缪，早为预约，从中可见敦敏笃于友情的拳拳之心。他在诗中用了汉代好客并好酒的陈遵的典故，可知曹雪芹之善饮。特别值得注意的是，他将曹雪芹与曹植相比，此比甚妙：因为他们都姓曹，说不定还源出一脉；因为曹植也出身高贵而坎坷困顿；因为曹植之诗才敏捷高超人所共知。我想，当年心高气傲的曹雪芹读到"诗才忆曹植"之句，该不会故作谦虚地说"岂敢岂敢"而是会心地抚髯一笑吧？

曹雪芹工诗善画。北京西山相传为曹雪芹居住地的"樱桃沟"之溪涧中，就有硕大的"元宝石"，树生石上的"木石"以及许多嶙峋怪石。其《红楼梦》亦名《石头记》，故事也首先围绕大荒山青埂峰下的一块顽石而展开。二十世纪四十年代，古典文学家王利器先生还见到过曹雪芹所画的《秋菊立石图》，可惜今日已人间天上渺矣难寻了。不过，敦敏的一首《题芹圃画石》诗可以让我们神飞往昔而隔代想象：

傲骨如君世已奇，嶙峋更见此支离。
醉余奋扫如椽笔，写出胸中块垒时！

首标"傲骨"，次谓"嶙峋"，石即是人，人即是石，写石即是写人，写曹雪芹不与俗士权贵同流的浩然正气与坎坷潦倒的不平之气，此为一石二鸟一箭双雕之笔。曹雪芹所画敦敏题诗的这一幅石头，如果仍然傲立人间，幸未灰飞烟灭，那今天它究竟流落在哪里呢？

明琳，姓富察氏，曹雪芹的友人，还可能是与曹雪芹家有姻亲关系的高官傅恒之侄。其宅据考在今日朝阳门内北小街，书斋名“养石轩”。有一日敦敏路过明琳之宅，隔墙听到曹雪芹高谈阔论的声音，竟然有了一次巧遇而且诞生了一首奇诗，诗前小序与全诗如下：

芹圃曹君（霑）别来已一载余矣，偶过明君（琳）养石轩，隔院闻高谈声，疑是曹君，急就相访，惊喜意外，因呼酒话旧事，感成长句。

可知野鹤在鸡群，隔院惊呼意倍殷。
雅识我惭褚太傅，高谈君是孟参军。
秦淮旧梦人犹在，燕市悲歌酒易醺。
忽漫相逢频把袂，年来聚散感浮云！

“野鹤鸡群”这一成语，原是对稽康之子稽绍的评价，形容人物之特立突出，不同凡俗，此诗开篇引用此典，其意不仅如此，还包含了曹雪芹隐居西山如野鹤行云之意。《世说新语·识鉴》记载，诸裒一向以识人著称，孟嘉曾在桓温幕下为从事，诸裒竟可在人群中识出风度不凡者为孟嘉。敦敏以此典赞美曹雪芹人品文藻出众而口才极佳，（裕瑞《枣窗闲笔》可证：“闻其奇谈娓娓然，令人终日不倦，是以其书绝妙尽致。”）最可注意的是“秦淮旧梦人犹在，燕市悲歌酒易醺”一联，既是回忆，也是写实，回忆的是曹家曹玺、曹寅、曹颙祖孙三代世袭江宁织造的鲜花着锦烈火烹油的鼎盛时代，写实的是后来的沉沦下层穷愁潦倒。我想，曹雪芹童年与少年的锦衣玉食的生活，以及因故抄家败落定居北京后借酒浇愁的落拓生涯。这一切，该多是在他们的交往中由曹雪芹于“高谈”中道及的吧?

如果上诗还只是写他和曹雪芹的一次邂逅，全诗有如一帧速写，那么，《赠芹圃》一诗则是全方位的一幅全景了：

碧水青山曲径斜，薜萝门巷足烟霞。
寻诗人去留僧舍，卖画钱来付酒家。
燕市哭歌悲遇合，秦淮风月忆繁华。
新愁旧恨知多少，一醉酡䣯白眼斜。

乾隆二十六年（1761）秋，敦敏、敦诚兄弟访曹雪芹于西郊，各赠一诗。此诗首二句表曹雪芹之住地及环境，颔联写他的贫困遭际诗酒生涯，颈联作昔盛今衰之对比，（此联亦作“燕市狂歌悲遇合，秦淮残梦忆繁华”），可与上诗之“秦淮旧梦人犹在，燕市悲歌酒易醺”互参，尾联状曹雪芹的白眼俗世和他内心的愁恨，而“新愁旧恨”乃关键之句，既是主人公无可排遣的包括诗作者自己的心理情结，也是全诗的中心与主旨之所在。

大起大落如过山车般之身世，繁华之往昔，困厄之现状，愁恨之情怀，嶙峋之傲骨，世不二出之才情，如此才人如此命运，怎不教人同声一哭?何况曹雪芹于除夕之夜遽尔而逝，不及亲祭，而前尘旧影，纷至沓来，次年暮春敦敏复作《河干集饮题壁兼吊雪芹》：

花明两岸柳霏微，到眼风光春欲归。
逝水不留诗客杳，登楼空忆酒徒非。
河干万木飘残雪，村落千家带远晖。
凭吊无端频怅望，寒林萧寺暮鸦飞！

据红学家徐恭时先生考证，此诗作于乾隆三十年乙酉（1765）春日，曹雪芹逝世一年之后，地点在他和雪芹曾经同登的北京东郊五里庆丰闸闸东之望东楼酒肆。敦敏的另一首诗《西郊同人游眺兼有所吊》，虽然没有点明所吊者谁，但有的红学家认为所吊者正是曹雪芹，全诗如下：

秋色招人上古墩，西风瑟瑟敞平原。
遥山千叠白云径，清磬一声黄叶村。
野水渔航闲弄笛，竹篱茅肆坐开樽。
小园忍泪重回首，斜日荒烟冷墓门！

他们认为所写的景物正是曹雪芹所隐居的香山一带，而其弟敦诚写曹雪芹的诗中也有“不如著书黄叶村”与“山阳残笛不堪闻”之语。“竹篱茅肆坐开樽”则是回忆共饮之往事，而敦敏在香山的朋友除了雪芹似乎别无他人。是耶非耶？作者为什么不写明所吊之人而让后人百般猜度呢？这一永恒的谜团恐怕只能由敦敏自己去解答了。

三

敦诚（1734-1791），字敬亭，号松堂，敦敏之胞弟，亦为清太祖努尔哈赤第十二子英亲王阿济格之五世孙。乾隆二十年（1755），以宗学考试优等为宗人府笔帖式记名，三十一年补入宗人府笔贴式，旋授太庙献爵，有《四松堂集》《四松堂诗抄》《鷦鷯庵杂诗》《鷦鷯庵笔麈》。其诗在宗室诗人中颇有地位，纪晓岚序称其诗“神思高迈，气韵自殊”。他有关曹雪芹之诗共五首，有的收于刻本，有的见于抄本，与其兄之作各有千秋，在提供曹雪芹今日已极为鲜见的第一手资料方面，如果要评功摆好，他们昆仲二人应该同登光荣之榜，各授奖杯一座。

上文已经提到，乾隆二十六年（1761）秋，敦敏、敦诚兄弟载驰载驱，联袂去香山访问曹雪芹，各赠诗一首。敦敏诗已见上述，敦诚的《赠曹雪芹》如下：

满径蓬蒿老不华，举家食粥酒常赊。
衡门僻巷愁今雨，废馆颓楼忆旧家。
司业青钱留客醉，步兵白眼向人斜。
阿谁买与猪肝食，日望西山餐暮霞。

兄弟二诗同一韵脚，同赠一人，可以说是同一曲调的二重唱，是名副其实的伯仲之间，难分高下。二诗的内容有许多相同或相似之处，又可谓兄弟所见略同了。前四句化用了好几个典故，主要表现的是曹雪芹住地之冷落荒凉，生活之艰难困顿。后四句仍然化用故典，重在表现曹雪芹的精神品格与凛然傲骨。特别是兄弟二人都用了源于阮藉的“白眼”一词，赞美了曹雪芹的魏晋风度与冰霜节操，而“司业”一语，乃用杜甫《戏简郑广文兼呈苏司业》一诗为典。郑虔在广文馆即国子监供职时，以苏司业源明资助之钱买酒招待朋友，他号称诗书画“三绝”，却沦落不遇，敦敏以郑虔与阮籍来双重比况曹雪芹。汉时志士闵贡贫居安邑，买不起肉而只能买猪肝一片，如苏东坡贬惠州时买不起羊肉而只能买羊脊一样，安邑令闻知后派人每天致送猪肝，闵贡知道后就离开安邑。诗的结尾表明富在深山有远亲，而贫在深山则无人援手救助，唯有夕餐落霞而已，令人不胜唏嘘。敦敏、敦诚兄弟各赠一诗，厚谊高情，曹雪芹的心弦当然会产生强烈的共振，他应该会各答诗一首，那该是多么友谊地久天长的好诗啊，然而，现在却已片纸不存了！世间许多没有价值的文字垃圾都能流传下来，而有些连城的拱璧却湮没无闻，不留一丝半点痕迹，真是令人掩涕而长叹息！

以上所引无论绝句或律诗，都是短中见长的短曲，那已经弥足珍贵了，但敦敏却还有长歌当哭的长歌，这种独到的贡献应该是他自己也始料所不及的，如他年仅二十四岁时所作的《寄怀曹雪芹（霑）》一诗：

少陵昔赠曹将军，曾曰魏武之子孙。
君又无乃将军后，于今环堵蓬蒿屯。
扬州旧梦久已觉（原注：雪芹曾随其先祖寅织造之任），且著临邛犊鼻裈。
爱君诗笔有奇气，直追昌谷破樊篱。
当时虎门数晨夕，西窗剪烛风雨昏。
接䍦倒著容君傲，高谈雄辩虱手扪。
感时思君不相见，蓟门落日松亭樽（原注：时余在喜峰口）。
劝君莫弹食客铗，劝君莫叩富儿门。
残羹冷炙有德色，不如著书黄叶村。

乾隆二十二年（1757），敦诚受父命分管喜峰口松亭关税务，做了约两年的税收公务员。但他于收“税”似乎无多兴趣，而热衷于作“诗”，落日楼头，断鸿声里，他更加怀念人在蓟门即北京西郊的曾在虎门宗学朝夕过从的友人。其兄将曹雪芹与曹植作比，他也将雪芹视为左武卫将军而兼画家的人称曹操后人的曹霸之后人。《晋书·王猛》中名士王猛见权势人物桓温时，一面大发议论，一面旁若无人地捉身上之虱，其兄谓“高谈君是孟参军”，他也说高傲而豪迈的雪芹“高谈雄辩虱手扪”，而“爱君诗笔有奇气，直追昌谷破樊篱”（抄本为“破”，较嘉庆时刊本《四松堂》集中之“披”为佳），更是正面对雪芹诗作特色与成就的评价，这在其兄与张宜泉的诗中还未曾写到。唐诗人李贺为河南昌谷人，留存至今的诗约二百余首，与《红楼梦》中诗作之数大致相同，其诗可以“瑰奇”二字概而言之，敦诚认为曹雪芹诗之“奇气”可与李贺之作相提并论，这真是真知洞见。结句之“不如著书黄叶村”深可注意，“著书”不是一般散篇断章的诗写作，当指《红楼梦》无疑，小说的手稿他们两兄弟当然会优先寓目，而“黄叶村”在前述敦敏的游眺诗中也曾出场，即“清磬一声黄叶村”，两者互参，可见均指曹雪芹的居息之地。此语虽出自苏轼《书李世南所画秋景》一诗，“野水参差涨落痕，疏林欹侧出霜根。扁舟一棹归何处，家在江南黄叶村”，但北京西山颇多枫树与黄槲树，深秋之红叶也由红转黄，而据红学家周汝昌先生考证，那荒凉的黄叶山村，很可能即在香山卧佛寺以西之退谷与樱桃沟附近。二十世纪五十年代我负笈京门，七十年代之末重去京华，均与同窗前去香山游眺，只是不知是否有幸踩中过一枚曹雪芹遗留的脚印？

槐园，是敦诚之兄敦敏家的花园，在北京内城西南角太平湖侧。有一年秋日早晨，敦诚与可能先访敦敏而宿于槐园的雪芹在槐园不期而遇，不期而遇的还有他们双方的唱和，但今日只剩下了敦诚所酬答的《佩刀质酒歌》：

秋晓，遇雪芹于槐园，风雨淋涔，朝寒袭袂。时主人未出，雪芹酒渴如狂。余因解佩刀沽酒而饮之。雪芹欢甚，作长歌以谢余，余亦作此答之。

我闻贺鉴湖，不惜金龟掷酒垆。
又闻阮遥集，重卸金貂作鲸吸。
嗟余本非二子狂，腰间更无黄金珰。
秋气酿寒风雨恶，满园榆柳飞苍黄。

主人未出童子睡，斝干瓮涩何可当？
相逢况是淳于辈，一石差可温枯肠。
身外长物亦何有？鸾刀昨夜磨秋霜。
且酤满眼作软饱，谁暇齐鬲分低昂。
元忠两褥何妨质？孙济缊袍须先尝。
我今此刀空作佩，岂是吕虔遗王祥？
欲耕不能买犍犊，杀贼何能临边疆？
未若一斗复一斗，令此肝肺生角芒。
曹子大笑称快哉，击石作歌声琅琅。
知君诗胆昔如铁，堪与刀颖交寒光。
我有古剑尚在匣，一条秋水苍波凉。
君才抑塞倘欲拔，不妨斫地歌王郎！

博学多才的敦诚，在诗中大量化用了刀剑及质酒的典故，从中可见雪芹之嗜酒如命，借酒浇愁，也可见敦诚对他的深情厚谊，敬佩推崇，不惜以常佩的心爱之物去换酒，如贺知章金龟换酒之于李白。更重要的是，“知君诗胆昔如铁，堪与刀颖交寒光”，可见雪芹其人极具棱角，其诗极具锋芒，非一般的趋时附势颂德歌功者可比。而“君才抑塞倘欲拔，不妨斫地歌王郎”一语呢，“王郎”见之于杜甫诗《短歌行赠王郎司直》，意谓雪芹怀奇才而不遇，生浊世而不逢时，只有拔剑斫地一抒胸中的块垒。雪芹本来极具诗才，加之友情的温暖，酒精的鼓舞，他在“欢甚”的高峰体验中所作的长歌应该是题名《佩刀质酒歌》吧，我想必然是无上妙品，当为所谓青钱万选之作，然而我们今天欲睹无缘，欲读无由，欲觅无处，只能又一次蓦然回首，临风叹息！

除了《红楼梦》中代言的诗词，曹雪芹“堪与刀颖交寒光”的诗作，寂天寞地之中今日只剩下了两句。大约在乾隆二十七年（1762）夏季之前，敦诚所作的《琵琶行传奇》曾在他的住地西园演出过，雪芹等诸多好友都在场观看。西园，据考位于西城，约在松鹤胡同或西养马营一带，其戏台名“餐霞楼”（敦诚《赠曹雪芹》中有“日望西山餐暮霞”之语）。敦诚在其笔记中说：“余昔为白香山《琵琶行传奇》一折，诸君题跋，不下数十家，曹雪芹诗末云‘白傅诗灵应喜甚，定教蛮素鬼排场’，亦新奇可诵。曹平生为诗，大类如此。”曹诗意为：白居易如读到此剧，当十分高兴，定然会叫他的两个心爱的歌女小蛮与樊素排练演出——这当然是匪夷所思的诗的奇想。二十世纪的一九九〇年秋，京城忽然轰传发现曹雪芹此诗之全璧：“唾壶崩剥慨当慷，月荻江枫满画堂。红粉真堪传栩栩，渌樽那靳感茫茫。西轩鼓板心犹壮，北浦琵琶韵未荒。白傅诗灵应喜甚，定教蛮素鬼排场。”此诗一出，议论纷纷，惊赏者有之，认同者有之，质疑者亦有之，总之，一时成了红学界最红的新闻最焦的焦点。后来尘埃落定，始作俑者现身认领，原来是红学家周汝昌先生老夫聊发少年狂之作，虽然绝非狗尾，毕竟属于续貂，雪芹地下有知，百感交集之余只怕也会要笑出声来吧？

敦诚应该是同时和其兄听到雪芹逝世的噩耗的，但那已是雪芹新逝后一段时间了，敦敏痛定思痛，有前述之《河干集饮题壁，兼吊雪芹》一诗，而敦诚则有《挽曹雪芹》二首，见于《鹪鹩庵杂志》抄本：

> 四十萧然太瘦生，晓风昨日拂铭旌。
> 肠回故垄孤儿泣（前数月伊子殇，因感伤成疾），泪迸荒天寡妇声。
> 牛鬼遗文悲李贺，鹿车荷锸葬刘伶。
> 故人欲有生刍吊，何处招魂赋楚蘅？
>
> 开箧犹存冰雪文，故交零落散如云。

三年下第曾怜我，一病无医竟负君。
邺下才人应有恨，山阳残笛不堪闻。
他时瘦马西州路，宿草寒烟对落曛！

雪芹生活困顿，远未达到小康水平，命途多舛，精神难免郁闷。健康不佳，从“太瘦生”一词可见，加之前妻所生的唯一爱子突然夭折，对他更是有如雷击，原来就嗜酒的他借酒浇愁愁更愁，一病无医，天不假年，于除夕之夜撒手人寰。在悼诗中，敦诚再一次视他为邺下有恨之文人曹植，再次以李贺呕心镂骨奇诡光怪的诗比拟他的诗作和小说。晋时谢安病重，从西州门回都，他的好友羊昙在他去世后从此不经此门，悼诗借用此典，表达自己不胜伤悼之情，真是亦歌亦泣！敦诚的《四松堂集》里，还有另一首《挽曹雪芹》，应该是后来对第一首挽诗的修定稿：

四十年华付杳冥，哀旌一片阿谁铭？
孤儿渺漠魂应逐（前数月伊子殇，因感伤成疾），新妇飘零目岂瞑？
牛鬼遗文悲李贺，鹿车荷锸葬刘伶。
故人惟有青衫泪，絮酒生刍上旧坰。

雪芹“年未五旬而卒”，此诗之“四十”是说其生年的整数，更表英年早逝令人叹息之意。上述的修定稿较之原作，只有颈联只字未改，可见敦诚认定雪芹诗文之妙可追诗鬼李贺，身世之悲不让酒徒刘伶，他后来在《鹪鹩庵笔麈》中引曹雪芹《题白香山<琵琶行>传奇》那两句诗时，还特别提到自己的这一得意而自赏之句。雪芹逝世十七年后，敦诚与友人荇庄联句追怀他们的一些故友，敦诚还先是赞雪芹“诗追李昌谷”，后是誉雪芹“狂于阮步兵”，可谓生死以之，念念不忘。上述《挽曹雪芹》诗感情深挚，恻恻动人，为什么还要修改而有两个版本呢？因原诗核心关键之句“伶”属九青韵，余皆为八庚，这两个韵部古体诗可通押，近体诗一般则不可，于是他就作了近似于“丢车保帅”的修改，这不惟可见敦诚写作态度之严谨，更可见他心意之所寄。后人如我在两个多世纪之后如此管窥蠡测，敦诚假若地下有知，不知会不会欣然同意？

近日读到某位青年作者所撰新著，副题为“捶碎红楼”，其用词大约是从李白诗“我且为君捶碎黄鹤楼”转化而来。此书对曹雪芹其人及《红楼梦》大张挞伐，几乎全盘否定，并断言小说中的诗词大都为中等水平甚至以下。如此“新论”，尚另见之于他人新出之有关著作，它们固然惊世骇俗，令人跌破眼镜，也令人不由想到杜甫之诗“尔曹名与身俱灭，不废江河万古流”，其实也只是前人旧论的翻版而已。据台湾《联合报》二〇〇六年七月二十八日报道，大陆一位文史知识错误百出为文行事颇多争议而被有关方面授予“大师”称号的所谓“大师”，其所谓诗作平仄不调，其所谓对联对仗不协，与曹雪芹之博学高才相去何止霄壤，访台时竟然“大”谈“《红楼梦》其实并不像吹捧的那么好。作为小说来说，枯燥乏味、内容沉闷、前后矛盾、故事单调，诗词的水准也不高”云云，读来令人齿冷，也令我惊心回首于否定一切打倒一切的文革之风阴魂未散。张宜泉、敦敏、敦诚兄弟虽然并非清诗重镇，但他们具有很高的学养，文化底蕴深厚，并且颇谙诗道，能文善诗，他们对曹雪芹其人知之也深，对曹雪芹之诗赞之也切，绝非后来之信口雌黄的浅学甚至不学者可比。因为吊古，因为抚今，因为对于民族的优秀传统不朽文化硕果《红楼梦》的珍重，也因为对那位千古文章未尽才的才人的怜惜与追慕，我就将他们的有关诗作稍加罗列演释，撰为一文，收入我的《清诗之旅》一书之中。

通向现代的桥梁

近十年前的一个早春时节，我因忝列丁芒的诗文研讨会而从潇湘远赴金陵。在丁芒和其他友人的帮助与陪同下，得以进入门禁深深深几许的南京海军指挥学院，瞻仰半山原址依旧、屋宇仿宋新修的王安石故居，事后作《凌寒独自开》一文以为记。王安石的故居位于南京至钟山半途中的“半山”，他曾以此为号，南宋诗人杨万里《读诗》就曾有“船中活计只诗编，读了唐诗读半山”之句。清代中叶的袁枚呢？他的位于金陵的“随园”呢？

随园原为清康熙之江宁织造、曹雪芹之父曹頫之故园，在金陵北门桥西二里之小仓山北，后归继任者隋赫德，故名隋园。至今仍有人认为，曹雪芹笔下的大观园之蓝本即为此处。此园日后渐成荒废之地。乾隆初年，任江宁知县的袁枚，以三百两银子低价购进整修，改名“随园”，取“随遇而安”之意，遂成黄金宝地、东南名园。袁枚在此间吟咏啸傲近五十年，创作了大量诗文，而且众多文人墨客多会于此，随园俨然成为一代顶尖的文学会所和文艺沙龙。苏、皖、赣三省秀才至金陵应乡试，必游随园，人数上千逾万，致使随园的门槛每年都要更换一两次之多。随园中原有袁枚自撰的楹联“读书已过五千卷，此墨足支三十年”，也有桐城派文人黄文炳题赠的楹联：“只一座楼台占断六朝烟景，问几人诗酒能争绝代风流。”从如斯片言只简，也可以想见随园当年的景物与人文之盛。

二百多年的时光流水滔滔而逝，待到我前来造访，随园已被冲洗得渺焉难寻。只知旧址在今南京城西虎踞关至上海路一带，满目只见楼房林立，车水马龙，觅觅寻寻，我不知何处曾是随园的入园门槛，好让我一脚踏进那两百多年前的风流岁月、诗酒华年。昔日的随园虽不可复游重睹，但好在袁枚的《随园诗话》和包括四千余首诗作之《小仓山房诗集》均流传至今，让我于春朝把卷吟哦，于秋夕挑灯夜读，于二百余年后作一番不亦快哉的神游与卧游。

上

在《剑气与箫声》一文里，我赞美我心目中的龚自珍："他横空出世在历史的晨昏线上，站在送旧迎新的古代史与近代史的新旧时代之交，'才'无旁贷地充当了中国古代诗人才华横溢的殿军，又'责'无他让地担当了近代民主主义思想的启蒙先锋，预言了虽不免朦胧却已遥遥在望的新世纪的曙光。"其实，先于龚自珍约四十年的袁枚，正可以说是龚自珍的先驱，这不仅是他们的后人有多重姻亲关系，而且在龚自珍的思想与性格中，也可以看到袁枚这位先行者的隔代熏陶和影响。袁枚，是清代诗史也是中国诗史上力倡"性灵"诗说的诗歌理论家，是文字狱臻于鼎盛而万马齐喑的乾隆时代力图挽救诗歌生命力的杰出诗人，也是无论思想还是艺术均为从古代走向近代乃至现代的先锋人物。

近现代思想与观念中的具有普世意义的精华，如同黎明的号角，如同初升的朝日，如同永不退潮的海浪，如同永远开不败的花朵，那就是"平等""自由"与"博爱"。中国的孟子虽然有"老吾老以及人之老，幼吾幼以及人之幼"之辞，更有"民为贵，社稷次之，君为轻"的以民为本之语，远胜孔夫子的"君君臣臣父父子子”，但中国传统的自然经济是以农耕为主导的封闭的经济体系，中国的传统社会形态是以皇权为中心以官僚为辅翼的等级森严的封建社会，在集权与极权的如黑幕如铁屋一般的社会中，个人的人格意识与权利意识都近乎窒息，平等自由的观念缺乏萌芽的土壤，更难有发展的天地。而早在公元前五○○年，古希腊的“平民政治”就替代了“贵族政治”，开始了所谓“希腊启蒙时代”，其代表人物苏格拉底说“塑造命运的不是上帝，而是我们自己”，普罗泰戈拉则说“人是万物的尺度”，他们先知先觉的呼声，响彻了西方两千五百年的历史。十四世纪至十六世纪汹涌于欧洲大陆的文艺复兴思潮，使人进一步从对“神”的迷信和迷梦中觉醒；而十八世纪继起于欧洲的启蒙运动，更涌现了狄德罗、伏尔泰、卢梭、孟德斯鸠等一大批思想巨人。卢梭认为人权是天赋的，人人生而平等，伏尔泰则强调法律面前人人平等，特权就是侵犯人权，他认为：“人性最大天赋叫做自由。自由是人人享有的一种天赋权利，不应受到任何侵犯。”正是在这如巨浪澎湃的思想启蒙运动中，“自由、平等、博爱”这一人类思想史上的丰碑终于破土动工并巍然矗立。当此之时也，中国正处于所谓的“康乾盛世”——实际上是由集权走向极权的封建社会的黑暗末世：经济上夜郎自大、闭关锁国，自明代中叶以来萌生的自由经济遭到扼杀；政治上施行极权统治，辅佐皇权的相权早已废止，生杀予夺操于一人之手；思想上文字狱遍布国中，人的自由思想与创造力遇到的是千里冰封万里雪飘的冻土，读书人纷纷将故纸堆当成自己的避风港与栖息地。“避席畏闻文字狱，著书都为稻粱谋”，在袁枚之后的龚自珍，虽然文禁已较前松弛，但他仍然曾以上述名句为那一黑铁时代出示诗证与史证。

字子才号简斋出生于浙江钱塘（今杭州）的袁枚（1716～1798），就是生活在这样一个时代。“我家虽式微，氏族非小草”，他曾经这样说过。其高祖袁槐眉，在崇祯朝官拜侍御史，曾祖袁茂英亦官至布政使，祖父袁锜与父亲袁滨虽因家道中落游幕四方，但也仍是诗礼传家。袁枚出身于这样的书香门第，二十岁以前一直在杭州读书求学，雍正十三年（1735）获乡试资格，可以说仍是时下的贵公子，未来的士大夫。乾隆元年春，他出游桂林，其叔父袁鸿在广西巡抚金鉷幕府，金鉷命他作《铜鼓赋》，这位江南才子一挥而就，产生的是今日所云之轰动效应。不过，我最看重的，还是他此时所作的《别常宁》一诗：

六千里外一奴星，送我依依远出城。
知己那须分贵贱，穷途容易感心情。
漓江此后何年到？别泪临歧为汝倾。
但听郎君消息好，早持僮约赴神京！

金鉷慧眼识才，他不仅助以川资，而且派人护送袁枚赴京参加全国博学鸿词科考试。“常宁”者，袁枚叔父家地位低贱之童仆也。袁枚竟然赠之以诗，破除阶级界限地称之为“知己”，情动于衷地为他流下了“别泪”，表达了对他的美好的希冀与祝愿，这在古代是极为罕见的。唐代称新进士为“郎君”，汉代王褒作《僮约》，“僮约”即指奴仆的契约，袁枚表示如果自己能有一试而中的佳音，就请常宁早日持僮约赴京，他将设法为其解除卖身之契。袁枚此诗不仅表现了对微贱者草根人的同情，更昭示了一种通向现代的平等意识，确乎难能可贵。时至现代，放眼世界，人间不仍然还有太多的不公不平吗？

与上述之作旨意相近，可视为前后映照的棠棣之篇的，是三十年后袁枚所作的《小仆琴书事我有年，今年赎券去，跪辞泪下，作诗送之》：

都儿洒泪别阳城，来是垂髫去长成。

人好才能八年住，春归那忍一朝行？
交还锁钥知谁托，欲扫楼台误唤名。
总为香山居士老，杨枝骆马倍关情！

据徐珂《清稗类钞·奴婢类》说，袁枚有仆曰琴书，来时为童子，服侍八年后有去意，袁枚“足成之，焚其券”。袁枚不但主动为琴书毁掉契约，还他以自由之身，而且赋诗送行，诗中既回顾往事，又化用白居易的诗意，表现了殷殷惜别之情。全诗写的虽是主仆，却似友朋，此种题材与写法，在袁枚之前的诗人作品中似乎得未曾有。

虽云得未曾有，但近似者也偶有一见。杜甫流寓夔州时有《示獠奴阿段》一诗：“山木苍苍落日曛，竹竿袅袅细泉分。郡人入夜争馀沥，竖子寻源独不闻。病渴三更回白首，传神一注湿青云。曾惊陶侃胡奴异，怪尔常穿虎豹群。”（诗中的“陶侃”，疑为杜甫同时代人“陶岘”的传抄之误，陶有昆仑奴名摩诃。）晚唐的韦庄有《女仆阿汪》一首：“念尔辛勤岁已深，乱离相失又相寻。他年待我门如市，报尔千金与万金！”“阿段”，是杜甫雇用的当地少数民族仆人，他晚上不畏虎豹主动去山中修理引水的竹筒，病渴的诗人作上述之诗予以表扬；“阿汪”，是韦庄的佣人，今日名之曰“保姆”或“家政”，她在战乱流离中走失却又苦寻旧主，韦庄作上述之诗以示感念。以上二诗都表现了人情的温暖或者说仁者之心，在封建时代也颇为难得，但是，它们离现代的“平等”观念还有相当遥远的距离，离袁枚以上之诗显示的高度与境界，似乎也还相差一个档次。

今人动辄好称“后现代”，我们因此衍生“前现代”一词，袁枚的言行经常表现出对封建名教纲常的叛逆性，辉耀着“前现代”的光彩，“平等”观念即其光彩之一。除了上引之诗外，又如他的一位朋友的仆人酷爱读书，他就作《明府有侍者张彬年二十余，闻余至，喜奔告诸幕府，以得见随园叟为大幸，出所作诗，斐然成章，喜赠一篇》一诗大加赞勉，其中甚至有“愿汝守初志，嗜学加精勤。芝草无夙根，名流无出身”之语。联想到“文革”中流行的“龙生龙，凤生凤，老鼠的儿子打地洞”之血统论，几不知人间何世。又如“贤”，一般用以称有才德或有声望地位者，对同年去世的“福敬斋郡王”“孙补山相国”“和希斋尚书”三位位高权重的人物，袁枚在《再展和希斋尚书手札凄然有作》的挽诗中有道是“底事三贤同岁去”。但是，他某次旅游路经苏州，得到老友的三位仆人的热情迎候接待，他也赠之以诗，并且在诗题中标明了三人的名字为“翁云槎”“徐守愚”和“王绍曾”以示尊重，而非以无足轻重的“某某”代之。更有为同时代人所不及者，其赠诗中竟有“一艇偶从吴下过，三贤齐道故人来”之句，美称三仆为“三贤”，这就颇为新潮与前卫而不免惊世骇俗了！且不说今日不平等之现象比比皆是，袁枚当年如此对待今天称为“弱势群体”之下层民众，草根百姓其时之读书人与士大夫几人能够？

卢梭曾经说过“自由就是干自己想干的事”，现代存在主义哲学家萨特，也说过“人有选择自己生活方式的自由”。其实，早在中国的远古时代，伟大的哲人庄子早就以逍遥游的意象表示过他对于自由的渴望与追求了。不过，皮之不存，毛将焉附？在封建集权社会中的全体民众都是“臣民”而非“公民”，封建时代的绝大多数知识分子，都奔竞拥挤在“学而优则仕”的单行道上，或飞黄腾达，或沉沦下僚，他们依附的是皇权与官位之权，遵奉的是皇帝与政府认可并颁行的教义。陶渊明那种挂冠而去的真正的隐士，争取心灵的自由和生活方式的自由，在极权社会中是极为稀有的另类。倡导“性灵”而内心崇尚自由的袁枚，终于可以与陶渊明殊途而同归。不过，陶渊明归隐的是今江西九江市南的浔阳柴桑故里，门前有五株柳树为记；而袁枚归去的却是南京的随园，他在那里度过的是近五十年称心惬意的诗酒年华。

不是条条道路而是只有一条道路通罗马，袁枚开始走的也是传统的学而优则仕这一条官道。乾隆元年（1736），二十一岁的袁枚与沈德潜等近二百人荣膺博学鸿词科之荐，他“年最少”而又“才最异”。两年以后，他又与比他年长四十六岁的沈德潜同时考中举人，次年同举进士且同进翰林院，时年二十四岁，可谓春风得意马蹄疾。袁枚在翰林院的庶常馆做庶吉士，学习满文以待“组织安排”。不知是身为汉人的袁枚对满清贵族潜意识中心怀反感，还是他的天性不耐束缚，以他的聪明颖悟，三年期满散馆考试时，他的满文成绩居然不及格而列入下等，于是去翰林院而改为小吏。他青云在望而被外放江南，无异迁谪，先后任溧水、江浦、沭阳、江宁等县知事，历时共约八年之久。最后，他以三十四岁的盛年而赋一曲归去来兮，向过去与今天许多人都趋之若鹜的官场道一声“拜拜”，挥一挥衣袖，不带走一片云彩。

在为官作宦期间，袁枚颇有政声，也写了不少反映民生疾苦的篇章。但是，酷爱平等自由而思想相当解放作风颇为前卫的他，骨子里具有的是真正的诗人之浪漫气质，生活方式上向往纵情自适无束无拘，性格中厌恶封建社会的黑暗政治与恶浊官场的繁文缛节，耻为仆仆于路尘马足之间的风尘下吏，更耻于日日倒持手版，趋奉于权贵显要之门。你走你的阳关道，我过我的独木桥，他与传统士人的车辙背道而驰，就是必然的选择了。《随园诗话》中袁枚自记一段趣事，颇有一番孟子“说大人，则藐之，勿视其巍巍然”的豪情，也表现了他不同流俗的狂怪之气：

余戏刻一私印，用唐人‘钱塘苏小是乡亲’之句。某尚书过金陵，索余诗册，余一时率意用之，尚书大加呵责。余初犹逊谢，既而责之不休，余正色曰：‘公以为此印不伦耶？在今日观，自然公官一品，苏小贱矣；诚恐百年以后，人但知有苏小，不复知有公也。’”一座辗然。

从“一座軃然”观之，袁枚是在公开公众场合当面抗辩并嘲讽这位尚书大人的。“尚书”为朝中大员，今日之正部级干部，袁枚只是一介地方“原”七品县令，他认南朝齐之歌妓苏小小为乡亲，而且对其赞扬为其辩护，并越级顶撞上司之上司，不惟可见当代古典文学专家王英志批注《随园诗话》时所云之“怜香惜玉，胆大包天”，也可见袁枚对官本位之尊卑有序的等级观念的逆反，以及他为思想言论之自由而愤然抗争的精神。

中国自由理论的先贤与先驱，是清末的严复。他得风气之先而颇具慧眼，曾经翻译十九世纪英国哲学家、被尊为“自由主义之圣”的约翰·穆勒的名著《论自由》，此书之中译本有似早春之风，吹拂着其时如冻土般的神州大地。穆勒所研讨和张扬的，是个性自由和个人思想言论自由，以及生活方式选择上的自由与个人经济的自由。早他一个世纪的袁枚，不可能具有如此明确的现代自由观念，然而，正如虽然“高天滚滚寒流急”，却也仍然有“大地微微暖气吹”，袁枚对束缚个性之官场的厌恶和他与官场的最终决裂，表现的正是他对个性自由与选择生活方式的自由的向往。

唐代边塞诗派的掌门人之一的高适，当年任河南封丘县尉，乃小小的科级干部，比袁枚的级别还低，他在《封丘县》一诗中，就发过“拜迎长官心欲碎，鞭挞黎庶令人悲”的牢骚与自省了。袁枚和他此心相通，在《捕蝗曲》中，就有“我闻苛政猛于虎，蠹吏虐于蝗”之辞，更有“毋餐民之苗叶兮，宁食吾之肺肠”之语。他先作《俗吏篇》说“三年没阶趋下风，九转丹成拜跪工。金鸡初鸣出门去，夕阳来下牛羊同。有时供具应四方，缝人染人兼酒浆；有时迎谒跪道左，掀公于淖犹衮裳”，复又作《俗吏篇》说“仰天大笑卿知否？折腰只为米五斗。何不高歌归去来，也学先生种五柳”。在《沭阳杂兴八首》（其三）中，他抒写在荒僻小县迎送高官时内心的痛苦，以及面对水蝗两灾夹击之下民生涂炭的无奈：

传柑邮驿本寥寥，迎送高轩颇折腰。
红叶影驮驴背远，黄河声傍马头骄。
浮天水失东西路，入境蝗如早晚潮。
莫怪衣冠文物少，科名人已隔三朝！

当芸芸士人与官人还在官场营营扰扰、心机与心计耗尽之时，正当盛年的袁枚为了心灵的天空海阔，毅然放弃了前程也许似锦的仕途，而选择了自己认定的生存与生活的方式。此时，他写了《挂冠》（四首），《解组归随园》（二首），各录一首如下：

乐府空歌臣马良，十年不召老淮阳。
笼中野鹤尚高唳，篱外寒花多久香。
指膝自怜多负汝，饮泉终是为谁狂？
爱它嶺上孤云意，含雨空归作小凉！

枥马负千钧，长鞭挟以走。
一旦放华山，此身为我有。
当年疏大夫，弃官归田亩。
饯送两无言，开怀但饮酒。
照见碧流中，面目如前否？

诗的字里行间，颇有羁马放山笼雀归林的喜悦。我真是要为袁枚和中国诗歌史庆幸，如果袁枚不是跳出当时的体制，而是仍然在宦海浮沉，顶多是庞大的官僚系统中多了一位能员干吏，说不定还是一介庸官俗吏，甚至是一个贪官蠹吏，那就没有他后来的许多直抒胸臆的传世诗篇，以及可以传之久远的《随园诗话》了。

袁枚自由平等的思想、前卫开放的观念，从他广收女性弟子、扶植女性文学也可见一斑。“惟小人与女子难养也”，孔夫子早就这样说过，以致“女子无才便是德”成了封建时代桎梏女性的阴森的教条、冰冷的枷锁。时至清代，特别是清代中期以后，女性的诗词创作有了空前的发展与繁荣。根据道光年间完颜恽珠所编《国朝闺秀正始集》及清末施淑仪所辑《清代闺阁诗人征略》等典籍统计，清代女诗人总数约四千左右，足可以成立一个女诗人协会。而被袁枚收入随园门墙的女弟子则多达五六十人，袁枚以召集人与主持人的身份，至少在西湖举办过两次闺阁诗词集会，今日称之为笔会或研讨会，而袁枚在他的《随园诗话》中，对其女弟子之诗词也多有记载与表彰。“性灵派”大将又身为“乾隆三大家”之一的赵翼，在《读随园诗题词》中就曾说：“其人与笔两风流，红粉青山伴白头。”在袁枚之前，清代的毛西河与明代的李贽虽也招收过女弟子，但均只是寥寥二三人而已，不像袁枚高达两位数以上，而且大肆张扬，并且将她们视为同调的朋友，不仅编辑《随园女弟子诗选》，甚至公开宣称女诗人中之佼佼者席佩兰、金纤纤、严蕊珠为他的“闺中三大知己”。如《二闺秀诗》：

扫眉才子少，吾得二贤难。
鹫岭孙云凤，虞山席佩兰。
天花双管舞，瑶瑟九霄弹。
定是嫦娥伴，风吹落广寒！

席佩兰是诗人孙原湘之妻，袁枚女弟子中之首席，孙云凤名列第二。袁枚对她们赞赏有加，固然是他的诗歌理念所致，他认为诗主性情，无分性别贵贱，同时，这也是出自他自由平等的观念和具有平民色彩的立场。袁枚如果生当今日，请他担任女性文学研究会的名誉会长或顾问乃实至名归，今日流行之“女性文学批评”，他应是当之无愧的先驱。袁枚这种背反封建纲常名教的言行，在当时是与主流意识形态格格不入的，颇有虽千万人吾往矣的反潮流精神，这就难怪要遭到那些冬烘先生的白眼，甚至卫道士们的攻击。如著名学问家章学诚在《文史通议》中，就痛诋袁枚为“不学之徒”，为“洪水猛兽”，为“人伦之蟊贼，名教所必诛”，如此等等，不一而足。飞流溅沫知多少？纷纷扬扬的唾沫，最后淹没的却是卫道士们自己。

袁枚所生活的时代，是今日某些人津津乐道的甚至大力吹嘘之“康乾盛世”。实际上，中国严酷的封建集权统治到康熙乾隆之时既是极盛之巅峰，同时也是老迈与衰亡的起点。大夜弥天，晨光熹微，从明代中叶兴起的个性解放的进步文化思潮，随着资本主义经济在清代中期之后的逐渐复苏，又如同潜流涌动。袁枚的横空出世，正是所谓弄潮儿向潮头立，正是沉沉暗夜中一线报晓的晨光。乡梓前贤也是我大学时代美学系列讲座的老师李泽厚在《美的历程》中说得好：“袁枚倡性灵，反对束缚，嘲道学，背传统，也是这同一历史逻辑的表露一样，它们共同体现出、反射出封建末世的心声，映出了封建时代已经外强中干，对自由、个性、平等、民主的近代憧憬必将出现在地平线上。”

下

中国诗歌从古典走向现代，袁枚之诗是其间架设的第一座桥梁。这座桥梁也许是属于草创之初，因而还显得比较原始和粗糙，但它的方向确实是通向近代与现代。在中国诗歌由古典向现代的转型中，我们要拂拭岁月的风尘，清洗历史的泥沙，肯定袁枚的首创之功。

在中国现代文学史上，胡适是新诗的开创人物，他在《文学改良刍议》中提出“八事”之说，即：一曰，须言之有物；二曰，不摹仿古人；三曰，须讲求文法；四曰，不作无病之呻吟；五曰，务去烂调套语；六曰，不用典；七曰，不讲对仗；八曰，不避俗字俗语。而五四文学革命的另一员主将陈独秀，在《文学革命论》一文中则提出了较“改良”激进的“文学革命”的主张，即“推倒雕琢的阿谀的贵族文学，建设平易的抒情的国民文学”；“推倒陈腐的铺张的古典文学，建设新鲜的立诚的写实文学”；“推倒迂晦的艰涩的山林文学，建设明了的通俗的社会文学”。我们检点袁枚的诗作与创作理论，虽然不必也无须人为地拔高，但这位特立独行的江南才子确有同时代许多人所不及的前瞻之状。如果将他的文学观念与诗歌世界比喻为一条河，那么，百折千回，这条河的流向则是近代的汪洋和现代的大海。

因为袁枚有众生平等、个性自由这种与封建意识形态背反的人本观念，加之他生命中特有的诗性气质和创造精神，针对当时占主流地位的沈德潜之“格调说”与翁方纲之“肌理说”的诗学主张，袁枚在他的诗的旌旗上大书“性灵”二字，并且开创了阵营豪华影响深远的“性灵诗派”。在乾隆嘉庆时期，沈德潜的“格调说”盛行于前，翁方纲的“肌理说”继踵于后，清代诗坛四种主要诗说，除了清初王士祯的“神韵说”和袁枚的“性灵说”，就是沈之“格调说”和翁之“肌理说”了。格调说之要义有二，一是作品的内容要符合“温柔敦厚”的传统诗教，具有“厚人伦、匡政治”的政治教化功用，简言之就是为封建政治服务；二是古体诗宗汉魏，近体诗法盛唐，简言之就是轻创造而重摹仿。如果说沈德潜尚是一位诗人与诗评家兼诗选家，其诗论与诗作尚有不少可取之处，翁方纲则虽有许多诗作却称不上诗人，他是一个不懂诗的经学家、考据家与金石学家，其“肌理说”的要义就是以学问和考据为诗，让填书塞典窒息生命的活力与诗的创造性，从而使诗歌成为儒家经典的宣传品。总之，沈德潜与翁方纲都是仕途顺达的高官显爵，他们基于御用文人的立场，主张以模拟因袭为诗，以学问考订为诗，以宣传教义为诗，这，远离诗的本质何止十万八千里？当此之时也，幸亏有“不信邪”的袁枚异军突起，他高倡的“性灵”诗说以及他的新鲜活泼一派灵光异彩的诗作，如强劲的清风涤荡几乎铺天盖地的雾障阴霾，让天宇依旧有一角晴天丽日，如奔腾的激流冲刷阻塞航道的钝岩顽石，让江河依旧向东海奔流。

袁枚在《随园诗话》中曾说：“诗人者，不失其赤子之心者也。”他挥舞的这面诗的旗帜，比王国维在《人间词话》中所张扬者早出了一百多年，现在许多人只知引用王国维之语，而不知袁枚早已捷足先登。他的“性灵说”独立于时代的主流思潮之外，既反对将诗沦为政治教化的工具，也反对将诗沦为学问考据的附庸，而是强调诗要出自不作伪的真情实感，不受羁束的自由个性，不陈陈相因的灵心慧悟，不人云亦云的新鲜活泼的语言，总之，诗要诉之于心灵，诉之于创造，诉之于审美，即求真求新求美。“好诗难与官同作”，“一生心性爱疏狂”，“诗言志。劳人思妇都可以言”，“《三百篇》，半是劳人思妇率意言情之作”，“自《三百篇》至今日，凡诗之传者，都是性灵，不关堆垛”，“平日诗文，自出机杼，不屑寄人篱下”，“余生平诸般能耐，而不能忍一庸字。所谓庸者，不过人云亦云而已”，“方之文字本天机，若要出新先吐故”——如此等等珠玑之言，智慧之语，惊世骇俗之论，具有近世民主自由色彩的观念，在当时封建说教充斥、故纸堆气息弥漫的死气沉沉的诗坛，不啻是早春二月的惠风，含苞初展的蓓蕾，横流乱泻中的砥柱，射向明天和未来的响箭。两百多年后，古典文学专家和散文家朱自清先生在他的《诗言志辨》专著里，对袁枚的“性灵说”作了高度的现代评价，他说：“清代袁枚也算得一个文坛革命家，论诗也以性灵为主；到了他才将诗言志的意义又扩展了一步，差不离和陆机的‘诗缘情’并为一谈。”又说：“这样的言志的诗倒跟我们现代汉语的抒情诗同义了。诗缘情那传统直到这时代才算真正抬起了头。”朱自清可谓袁枚的隔代知音，“文坛革命家”之盛誉，并非浪得，可见袁枚诗与诗论之前卫。

“不作公卿，非无福命都缘懒；难成仙佛，为爱文章又恋花。”袁枚曾给自己的随园题撰过这样一副对联。我们本应该对袁枚的诗世界作古今心会的胜游细赏，但限于时间与篇幅，我只能选取即兴、写景、咏物、咏史四个景区，作一番走马看花点到即止的匆匆巡礼。

“诗者，人之性情也”，“诗者，心之声也，性情所流露者也”，“诗者，由情生者也。有必不可解之情，而后有必不可朽之诗”，“情如雷如云，弥天塞地，迫不可遏”，“天性多情句自工”，袁枚曾经多次如此夫子自道。这种以性情为本而强调诗情必须真挚、强烈、深刻的诗歌理念，正是直抉诗歌创作的真谛。世间有多少或性情凉薄或性情尖刻或性情诈伪或性情污浊的人都偏要写诗，那真是作者的悲剧更是诗的悲剧。袁枚固然有天纵的诗才，但他天性中更有真切丰富的诗情，这就使得整整六十年间，他的诗作就如同从不枯竭浪花四溅的长流水：

孤峰卓立久离尘，四面风云自有神。
绝地通天一支笔，请看依傍是何人！

——《卓笔峰》（其一）

袁枚这首咏雁荡山卓笔峰之诗，写于其古稀之年。咏峰亦是自咏，可以看成他对自己独立不羁之个性与独抒性灵之诗歌的写照，年虽垂垂老矣，诗却豪气横天。

镇日炎风旱不禁，秧田望尽老农心。
夏云总被风吹去，教作奇峰莫作霖！

——《苦旱》

袁枚年轻时从金马玉堂的翰林院改官江南知县，他身为体制中人，又是所谓父母官，但他作为一位正直的士人与良吏，却十分关心民生疾苦，写下《苦灾行》《捕蝗曲》以反映天灾给百姓带来的苦难，而他的《征漕叹》《南漕叹》等篇章，则远承白居易《新乐府》《秦中吟》等讽喻诗的余绪，直接对人祸即贪官恶吏口诛笔伐。《苦旱》一诗写于他年近花甲之时，可贵的是他在随园的生活虽已颇为小康，但他的诗心却仍和老农之心相通，结句固然是写夏云变幻为奇峰形状却不化作降落的时雨，但从“教作”与“莫”看来，是否也喻指当局或当政者之高高在上而不作为而草菅生民呢?

袁枚的抒情之作既关心世上疮痍、民生疾苦，也敢于抒写为道学先生侧目的旖旎柔情。他在“诗者，由情生者也。有必不可解之情，而后有必不可朽之诗”一语之后，紧接着就是“情所最先，莫为男女”之辞。沈德潜选编《清诗别裁集》不选王次回《疑雨集》中之香奁诗，袁枚写信指责这位老前辈，理由正正堂堂：“《关雎》为国风之首，即言男女之情。孔子删诗，亦存卫、郑。公何独不选次回诗？”友人劝他删去自己诗集中的情诗，他的反驳也磊磊落落：“使仆集中无缘情之作，尚思借编一二以自污；幸而半生小过，情在于斯，何忍过时抹杀？吾谁欺？自欺乎？”他的情诗，最优美的是《寄聪娘》组诗六首：

寻常并坐犹嫌远，今日分飞竟半年！
知否萧郎如断雁，风飘雨泊灞桥边？

一枝花对足风流，何事人间万户侯！
生把黄金买离别，是侬薄幸是侬愁。

杏子衫轻柳带飘，江南正是可怜宵。
无端接得西征信，定与樵青话寂寥。

上元分手泪垂垂，那道天风意外吹。
累汝相思转惆怅，当初何苦说归期？

思量海上伴朝云，走马邯郸日未曛。
刚把闲情要抛撇，远山眉黛又逢君。

云山空锁九回肠，细数清宵故故长。
不信秋来看明镜，为谁添上几重霜！

聪娘姓方，苏州人，原为大户人家的侍婢，地位低下。乾隆十三年（1748），任江宁知县年方而立的袁枚纳之为妾，宠爱有加。袁枚隐居随园三年之后，于乾隆十七年（1752）曾一度出仕秦中，他在途中思念聪娘而写成上述组诗。纳妾，是封建社会中士大夫之陋习，今日当然不能肯定，但时下官员与大款包二奶养小蜜却不可与之同日而语。袁枚曾经说过：“有目必好色，有口必好味。戒之使不然，口目成虚器。”在虚伪的纲常名教和禁欲主义盛行的封建时代，袁枚的这种人性与诗性结合的情诗，这种认为长相厮守高于黄金与官爵的情诗，这种情真意切境界优美而非今日所谓“下半身”写作的情诗，不惟具有张扬人性反抗礼教的意义，而且具有诗美学的价值。尤其是第二首与第五首第六首，置于前之李商隐后之黄仲则、龚自珍的爱情诗中，也未遑多让，读者诵之自可口颊生香。

景物抒情诗或云风景抒情诗，在中国源远流长，从六朝时谢朓、谢灵运等人以他们的作品正式举行命名礼算起，这一品种的名篇胜构如万花缀地，似繁星丽天，可以建构一条辉光耀彩的长长的画廊。时至清代，后来人还想在这一领域占有一席之地，则非别具才情而自出手眼不可。和李白一样，袁枚也是一位旅游家，辞官以后足迹更是遍及大江南北。“自觉山人胆足夸，行年七十走天涯”，他以古稀之年远游长江两岸。“万里游归说武夷，江山成就六年诗”，年逾八十还第三次游天台山和武夷山。正如他夫子自道：“信乎江山之助，不可少也。”许多人热衷旅游，却无片言只字以记，不免辜负了山灵与水神，不少人染翰操觚，可惜大都流于模山范水，缺乏的是灵机与妙趣。袁枚的山水诗，追蹑的是李白的胜概豪情与天马行空的想象，但李白更多的是山水的审美，袁枚更侧重的却是审美的山水。随着人的意识的进一步觉醒与个性进一步的解放，袁枚讴山歌水时融入了更强烈的主体意识，也即他自己所云之“性灵”。他最早而且十分出色的风景抒情诗，应数弱冠之年游桂林时所作的《同金十一沛恩游栖霞寺望桂林诸山》，开篇即是“奇山不入中原界，走入穷边才逞怪。桂林天小青山大，山山都立青天外”，古代神话传说与佛道典籍人物奔赴于他的诗笔之下，全诗上天入地，凌厉无前，众音繁会，热烈而兼强烈，可说是他诗创作正式的揭幕典礼，开张锣鼓。我们且观赏如下数例：

来龙去脉绝无有，突然一峰插南斗。
桂林山形奇八九，独秀峰尤冠其首。
三百六级登其巅，一城烟火来眼前。
青山尚且直如弦，人生孤立何伤焉！

——《独秀峰》

独秀峰，在广西桂林市。在袁枚之前，唐诗人张固的《独秀山》说：“孤峰不与众山俦，直入青云势未休。曾得乾坤融结意，擎天一柱在南州！”明代袁崇焕《咏独秀峰》说：“玉笋瑶簪里，兹山独出群。南天撑一柱，其上有青云。”它们都各有胜长，但我以为都不及袁枚此诗。袁诗作于乾隆四十九年（1784），其时年几近七十，距离他弱冠之年来游桂林登山咏诗也有半个世纪了。此诗不仅描状了独秀峰的高峻出群，更在于由山而及人，“青山尚且直如弦，人生孤立何伤焉”这一警句，表现了作者孤介耿直不同流俗的傲骨，和不惧孤立特立独行的个性。近三十年前我游桂林，特地去登临独秀峰的绝顶，四顾苍茫，为的就是寻觅袁枚等人遗落在那里的诗句。

寒风萧萧打窗急，半夜书翻床脚湿。
直疑天压银河奔，又恐地动海潮入。
披衫开门欲唤人，一峰瘦影灯前立！

——《七月二十日夜》

山顶楼高暮雨寒，飞云出入小阑干。
浮空白浪西南角，收取长江屋里看。

——《山居绝句》

水怒如山立，孤篷我独行。
身疑龙背坐，帆与浪花平。
缆系地无所，鼍鸣窗有声。
金焦知客到，出郭远相迎。

——《渡江大风》

连宵风雨恶，蓬户不轻开。
山似相思久，推窗扑面来！

——《推窗》

《七月二十日夜》一诗，写夜来风雨颇有山崩海立之势，与孟浩然的“夜来风雨声，花落知多少”之悠然闲适大异其趣。尤其是“一峰瘦影灯前立”更是兀然而来，其奇思妙想尽显性灵诗的本色。《山居绝句》状居高临远之意趣，而“收取长江屋里看”一语，更是出自性灵的独具个性的创造。《渡江大风》咏长江风涛之险，本已经声色并作使人如临其境了，“金焦知客到，出郭远相迎”，化静为动，以人拟物，一派活法奇情，一片天机云锦，非性情为本而天才横逸者莫办。前人写镇江城外长江中的金山与焦山之作颇多，像袁枚笔下如此神韵飞动者实不多见。宋代王安石《书湖阴先生壁》有句是“一水护田将绿绕，两山排闼送青来”，袁枚化而为“山似相思久，推窗扑面来”，移情于物，生趣盎然，似更有出蓝之美。台湾名诗人洛夫继承和发扬了他们的流风余韵，早在二十世纪七十年代有家归不得之时，余光中驱车和他一道去深圳河对岸之落马洲，于望远镜中眺望神州大地故国山河，其《边界望乡》一诗中有佳辞胜句曰：“当距离调整到令人心跳的程度/一座远山迎面飞来/把我撞成了严重的内伤。”虽然是现代的佳构，洋溢的却是古典的神韵与芬芳。

作为诗歌品类之一的咏物诗，虽萌芽于《诗经》，但它的奠基礼却是由屈原来完成的。屈子一空依傍戛戛独造的《橘颂》，有如东风第一枝，是中国诗史上第一首真正的咏物诗，自此以后历代都有不少咏物诗的佳作，可谓绿叶成阴子满枝。“咏物诗无寄托，便是儿童猜谜”，“其妙处总在旁见侧出，吸取题神，不是此诗，恰似此诗”，袁枚在《随园诗话》中曾如此夫子自道。其许多出自性灵皮里秋阳的咏物诗正是如此，我们不妨抽样欣赏：

纸鸢风骨假棱嶒，蹑惯云霄自觉能。
一旦风停落泥滓，低飞还不及苍蝇！

——《纸鸢》

养鸡纵鸡食，鸡肥乃烹之。
主人计自佳，不可使鸡知。

——《鸡》

白日不到处，青春恰自来。
苔花如米小，也学牡丹开。

——《苔》

人生薪水寻常事，动辄烦君我亦愁。
解用何尝非俊物？不谈未必定清流。
空劳姹女千回数，屡见铜山一夕休。
拟把婆心向天奏，九州添设富民侯！

——《咏钱》

《红楼梦》中的薛宝钗咏风筝，是“好风凭借力，送我上青云”，可谓诗如其人，袁枚所咏之纸鸢，实指官场中那些钻营拍马而飞黄腾达之徒，以及文场上那些不学无术自吹自擂而妒贤嫉能之辈。他另有《憎蝇》一诗可为内证：“深秋丑扇尚纷纷，偶据高柯自道真。枵腹可曾餐墨水，恶声偏欲扰诗人。神昏不附追风骥，暑退能留几日身？辜负天教生羽翼，枉钻窗纸费精神。”《鸡》诗从小处着眼，从喂鸡这一平凡日常的生活现象落笔，写的却是社会生活中君与臣、主与奴、掌权者与被雇佣者等等之间的人际关系，诗人对人生世象的体察可谓别具只眼而又入木三分。以上二诗诗出反面，《苔》诗却诗出正面。诗人写的是苔花，却寄寓了人要积极奋发以实现生命的最大正能量这一人生哲理，他另有一首《古墙》可以与此互参：“古墙庭院角，经岁树阴遮。幽绝无人见，青苔作小花。”至于“钱”，自晋代的鲁褒先生作有名的《钱神论》之后，历代许多诗人均有吟咏，但袁枚此诗虽无象征的喻意，却有公允的精彩的议论。这位性情诗人并不讳言他“爱色”而且“爱财”，作为古代几乎是唯一的自食其力的职业作家，他卖书鬻文兼美食经营，随园之经营有方生财有道即是明证，生于今日，他至少胜任大公司大企业的总经理和董事长。然而，他对贪婪成性取之不义者也痛加挞伐，而“拟把婆心向天奏，九州添设富民侯”的呼吁，表现的则是颇具近代色彩的民生意识，较之时下的贫富悬殊两极分化，袁枚的极具个性与卓识的呼声，实在是先觉的晨钟与并未过时的警钟。

自《诗经》的《公刘》等篇以来，咏史诗也源远流长，浪花千叠。由于庄骚史籍的熏陶和晚明至清代的个性解放的进步思潮的影响，在大一统的语境中，袁枚竟然具有相当独立的思想意识和万马齐喑中罕见的怀疑精神与批判精神。“六经虽读不全信，勘断姬孔追微茫”，“《三百篇》中嚼蜡者，圣人虽取吾不知”，袁枚如此众士诺诺而一士谔谔，他的咏史诗当然就不同凡响，史事史实在他的笔下如同出土文物，一经刮垢磨光，在新的聚光灯下便呈现出异样的光彩。

乾隆十七年（1752）袁枚在陕西时，途经兴平县之马嵬驿，凭吊唐明皇与杨贵妃之遗踪旧事，先后作《马嵬》与《再题马嵬驿》各四首绝句。自白居易的《长恨歌》而后，历代咏李、杨故事的诗作不胜枚举，有的对李隆基虽有所批评却比较含蓄婉曲，留有余地，有的更头脑冬烘地将杨贵妃视为破国的祸水。袁枚的《马嵬》却才、识、胆俱备，言人之所不敢言与不曾言：

莫唱当年长恨歌，人间亦自有银河。
石壕村里夫妻别，泪比长生殿上多！

白居易的《长恨歌》，自是并不繁荣的中国古典叙事诗中的杰作，但它对李、杨爱情有所美化却毋庸讳言。早于袁枚半个世纪的佟法海《浔阳楼》诗有云："琵琶一曲断肠声，触拨当筵谪宦情。为语江州白司马，留将眼泪哭苍生。"《琵琶行》咏叹谪宦之情并无可指摘，而且作为士大夫的诗人对沦落天涯的下层人物之歌女也曾深表同情，但"留将眼泪哭苍生"，却不失为合理化的诗的建议。袁枚将杜甫《石壕吏》所写的民间惨景与帝王贵妃的长恨并列对比，指出安史之乱的乱源正是帝王的专制与腐败，而百姓之痛苦为帝王所无法比并，这种民贵君轻的民本观念，平地飞升，极大地提升了《马嵬》一诗的高度，使所有抒写这一题材的诗作均只能望其项背。袁枚还意犹未了，复作《再题马嵬驿》四首，如其中的二章：

到底君王负旧盟，江山情重美人轻。
玉环领略夫妻味，从此人间不再生！

不须铃曲怨秋声，何必仙山海上行！
只要姚崇还作相，君王妃子共长生。

得人则昌，失人则亡。玄宗朝之国将不国，主要原因是李隆基带头享乐腐化，疏远和排斥贤臣，信任和重用李林甫、杨国忠之类的小人。袁枚以"不须""何必"的排他句与"只要"的条件句，指出亲小人与远贤者乃致祸之由，可谓目光如炬。"在天愿作比翼鸟，在地愿为连理枝"，白居易的《长恨歌》记录了玄宗与贵妃的七夕之誓，同时代的陈鸿所撰《长恨歌传》，也说他们曾立"愿世世为夫妇"之盟。袁枚以女性为题材的咏史诗共有三十九首之多，此诗则以"江山情重美人轻"，揭示帝王之虚伪与薄情，不仅表现了他一贯的同情妇女之悲剧命运的态度，也显示了他批判的锋芒直指至高无上的帝王，有史识而且有诗胆。

二十世纪九十年代后期我初游西安，曾去马嵬驿怀古。贵妃墓前，许多咏李、杨故事的诗篇纷至沓来我的脑海，但最令我怦然心动的，却是袁枚的上述之诗。李隆基如果能未卜先知，知道后世之袁枚指斥他“江山情重美人轻”，而英王爱德华八世放弃王位是真正的“不重江山重美人”，不知会作何感想？

岳飞是当时的抗金名将，后世的民族英雄，他被宋高宗赵构和奸相秦桧联手所害。狱卒隗顺潜负其遗骸而葬于北山之滑，直至二十余年后之隆兴元年（1163），主张抗战的宋孝宗才予以平反改葬于杭州西湖边之栖霞岭下。袁枚曾数度前往瞻拜，一次还特意住在墓地围墙之后的栖霞山庄，和千古英灵朝夕相对。岳飞蒙冤被害后，岳飞部下小校即校尉级小军官施全出于义愤，于秦桧上朝途中刺秦，未果而被杀，后人于涌金门外建专祠以祭。对于岳飞，袁枚之前的咏唱诗作已经不少，而袁枚独抒性灵别具只眼之作却确乎后来居上，他有《谒岳王墓作十五绝句》，试看如下四首：

灵旗风卷阵云凉，万里长城一夜霜。
天意小朝廷已定，那容公作郭汾阳！

小校桓桓道姓施，涌金门外有专祠。
雄心似出将军上，不斩金人斩太师！

不依古法但横行，自有云雷绕膝生。
我论文章公论战，千秋一样斗心兵。

江山也要伟人扶，神化丹青即画图。
赖有岳于双少保，人间才觉重西湖！

袁枚认为岳飞当然是盖世英雄，但他生不逢时，遇上的是赵构这样不以国家为重而以自己的皇位为重的昏君与暴君，所以他无法成为复兴唐室被封为汾阳郡王的郭子仪。组诗中的“一个西湖换两宫，靖康小雅唱雍雍。怜他绝代英雄将，争不迟生付孝宗”，可以与此诗对读。如果此诗矛头所向是高宗赵构，那么，歌颂施金的这一首，锋芒则是直指与其狼狈为奸的权相秦桧了。张扬性灵的袁枚，是不回避表现自我或自我表现的，他将自己的为文与岳飞的用兵相提并论，岳飞之行军布阵与他驱遣文字为诗，同样是“心兵”之战，而他这一组诗的压阵之作的确也分外出色。西湖之美固然是水色山光美好，但更在于钟灵毓秀，有宋代的岳飞和明代的于谦这样的民族英雄归宿于此，才使湖山增色添辉。如此咏史，自抒怀抱，语新而意深，乃咏英雄而兼咏西湖的冠冕之作。郁达夫一九三五年七月作有《乙亥夏日楼外楼坐雨》一诗：“楼外楼头雨似酥，淡妆西子比西湖。江山也要文人捧，堤柳而今尚姓苏。”其诗的第三句正是从袁枚之诗化出，而早在一九一七年七月，他就有《谒岳坟》之诗：“拂柳穿堤到岳坟，坟前犹绕阵头云。半庭人静莺初懒，一雨阴成草正薰。我亦违时成逐客，今来下马拜将军。与君此恨俱千古，拟赋长沙吊屈文。”郁达夫诗之“与君此恨俱千古”和袁枚诗之“我论文章君论我”一脉相承，同是直写性灵直抒怀抱之作，质之随园主人，不知以为如何?

清诗人、书画家李宪乔为袁枚的画像题辞，曾说：“旷矣先生，侔今无徒，侪古少类。达如刘伯伦而不好饮，逸如嵇叔夜而不好音乐，习静如王摩诘而不好佛，恬退如贺季真而不好道，以名教是非自任如韩退之而不好儒，志鄙王戎而不讳好财，性异阮咸而不辞好色。诙奇俶傥，疑龙疑蛇，播之为文，天焰地葩。或谓是太白之精所化，而为文章之宗耶？或谓是岁星所寓而为滑稽之雄欤？”这一题辞，以历史上和文学史上的众多知名人物来比况袁枚，袁枚也许会受之有愧，但说他“侔今无徒，侪古少类”，即古来少有，当世无多，倒是十分中肯的评价，因为横空出世独立特行的袁枚，无论从思想上还是创作上，都是由古典而走向现代之先驱的人物，是发轫的起点，初始的桥梁。

李白在《春夜宴从弟桃花园序》中写道：“夫天地者,万物之逆旅：光阴者,百代之过客。”我以为他所说的光明就是我们今日所说的时间，人生代代无穷已的人才是过客，而时间永恒。时间是无情无义的冷面判官，它手中所握的是对世上万事万物的最终判决之权。袁枚本来与蒋士铨、赵翼合称“乾隆三大家”，他们旗鼓相当而又私交甚笃，但蒋士铨先于袁枚十三年逝世，而后袁枚于1798年1月3日病故，时年已七十四岁的赵翼硕果仅存，悲从中来，不可断绝，作有《挽袁子才》一诗：“三家旗鼓各相当，十载何堪两告亡。今日倚楼唯我在，他时传世究谁长？本非邢、尹生相妨，纵到彭聃死亦殇。衰朽只悲同调尽，读搔白首览苍茫！”，二百多年过去了，虽然物已不是而人亦非，但他的著作均已“传世”到今天，对于以文字为生命的人，这该是最大的安慰吧？

时间，最长于易容之术，是天地间无与伦比的化妆大师。如前所述，当时极一时园林之盛的随园已渺焉难寻了，哪怕是一截断瓦一角残砖；园中汇集当时名人诗作号称“诗城”的长长诗廊，也不复可见，哪怕是一枚断句一声韵脚。随园历时百余年即已荒废，二百余年后的今天，更是人非物亦非，但如果你有缘见到藏于南京博物院的袁起之《载酒坊随园图》，和藏于同济大学图书馆的汪荣之《随园图》，你还可以恍兮惚兮走进园中，去赴袁枚的诗酒之会，去领略他“著作如山，名满天下”的风采。在“三大家”中，袁枚的成就整体而言在赵翼与蒋士铨之上，今日其著作已印行了多种版本，如果你对诗歌情有独钟，可以将他流传至今的《小仓山房诗集》和《随园诗话》一一诵读重温。

盛世悲音

一

早在少年时代，我就听到过清诗人黄仲则的名字了，不过，比起如雷贯耳的李白和杜甫，他还只是一颗遥远而陌生的星辰。及至上大学读中文系，接触了他的一些作品，才近观到这颗星辰的光亮。而今遍历江湖，人生已老，再来细赏他的诗词，只感到他有如天边夕阳谢幕后暮色袭来时那悲凉凄丽的晚霞。

黄景仁，字汉镛，一字仲则，江苏武进（今常州市）人，生于乾隆十四年（1749），卒于乾隆四十八年（1783）。他是一位才高命薄的诗人，有如人间一支不可多得的名贵玉笛。谁家玉笛暗飞声？这支玉笛只吹奏了短短三十五个春秋，而且多是凄凉的曲调。

黄仲则所生活的时代，是所谓“乾隆盛世”，也即今日某些历史学家所津津乐道，某些文化人大歌特颂“雍正王朝”后仍然山呼万岁的“十全王朝”。在整个中国封建社会的历史上，“盛唐隆宋”才是黄金时代，而历时二百六十八年的清朝，在中国历史发展的链条中已没有任何进步意义。对外夜郎自大、闭关锁国，沿海一带资本主义萌芽的工商业尽被扼杀；对内屡兴文字冤狱，镇压扼杀任何自由的思想；统治集团本身则变本加厉地专制与腐败。这，是落后守旧而缺乏监督与制约的专制制度的必然恶果，因此，此时的中国不仅停滞不前，而且大大落后于已开始民主与科学的现代进程的西方。黄仲则生当如斯“盛世”，从小就表现出超群逸伦的才华，九岁应学使者试，寓居江阴小楼，临试之时还拥被而卧，一同赴试的人叫他，他说我刚才得到“江头一夜雨，楼上五更寒”之句，想写完这首诗，不要来打扰我。由此可见他的早熟早慧。乾隆二十九年（1764），虚龄十六的他再应郡试，在三千考生中“冠其军”，也就是第一名。如果生当今日，他早已提前进入名牌大学的“少年班”了，而且前程无可限量。但后来连试“江宁乡试”，因为他素来不喜制艺之文即趋时应命死板僵化的八股文章，考官们又有眼无珠，缺乏衡文识人的慧眼，他竟然一再落榜。本应高占鳌头却总是名落孙山，于是，一穷二贫三病串通勾结在一起，如影随形跟踪了他彗星般短促的一生。

黄仲则是江苏人，但他却和湖南和我的故乡长沙有缘。那是乾隆三十四年（1769）之冬到次年夏秋，贫寒交迫老母待养的黄仲则经老师的好友郑虎文介绍，前往湖南进谒按察使王太岳，并在他的幕府中客居了半年。他由江浙而安徽而江西，入湘之后先登衡山，南下至耒阳凭吊传说中的杜甫之墓，写了一首律诗《耒阳杜子美墓》：“得饱死何憾？孤坟尚水滨。埋才当乱世，并力作诗人。遗骨风尘外，空江杜若春。由来骚怨地，只合伴灵均！”溯湘水而上至长沙，途中他还作有吊屈原、贾谊的《浮湘赋》。他将屈原和贾谊并论，将杜甫与屈原合祭，这，大约也有自己才华埋没生不逢辰的身世之感吧？

清代的官署，在今日长沙的旧城之内。我收藏有乾隆十四年（1749）编制的“长沙府疆域图”，这大约是长沙现存最早的清代地图。按察使衙门的大略方位尚可推测，但却已无法在这张地图上按图索骥了。王太岳也是一位名士，颇为自负，但他却心折黄仲则的才华，黄仲则虽只是一介“秀才”，王太岳已身为政府要员，但他还是礼贤下士，有作品总是向黄仲则请教，请其评定，黄仲则也绝不面谀，而是直言不讳。他虽然贫微，却一身傲骨，在长沙除了和曹以南交往，对其余庸官俗吏却“不通一语”，时仅半年，即因落落寡合而离去。“十有九人堪白眼，百无一用是书生”（《杂感》），这就是黄仲则的自况自叹，如同一份通用的不会失效的身份证明，也常常为后代有才无命的书生们持有和使用。

我是土生土长的长沙人，身居历史名城，总为历史上曾有杰出人物作客长沙而自豪。“湘月窥帘，岳钟殷榻，半载长沙客”，黄仲则当然就是其中的一位。我遍寻大街小巷，不仅已找不到他的任何遗踪，而且也再听不到他的一声叹息，半句长吟，只有他写于湘楚的一些诗篇，还长留在他的《两当轩集》里，歌哭于我的记忆中：

声声血泪诉沉冤，啼起巴陵暮雨昏。
只解千山唤行客，谁知身是未归魂？

——《闻子规》

平湖八月浩无津，明月芦花思煞人。
纵使洞庭齐化酒，只宜秋醉不宜春！

——《湖上阻风杂诗五首》之一

诗人在湘云楚雨之间，听见出自蜀中的杜鹃的悲啼，由物及己，物我两融，油然而兴身世飘零之感。茫茫的洞庭湖水，即使都化为醇酒，也只宜秋日买醉而不宜春日品饮。“巴陵无限酒，醉杀洞庭秋”，黄仲则的诗，正是怀才不遇的李白之秋唱的遥远回声。黄仲则与千年前的李白，命运有相同的轨迹，愁情属于同一个谱系，诗才也有前后一脉的传承。

诗祖诗孙，黄仲则本是原籍江西修水的北宋大诗人黄庭坚的后裔，除友人赠他的“山谷诗孙”的铜印，他自己也刻有“山谷之子孙”朱文图印一方。明代永乐年间，先祖迁居浙江武进即常州。常州历来是人文荟萃之地，乾嘉之际更臻鼎盛。诗有赵翼等人构成的“常州四子”“毗陵七子”这样的作家集团，词则有以张惠言为首开创的“常州词派”，所以同时代的广东诗人黎简，曾艳羡说“常州天下称诗国”，而接踵而来的龚自珍，也说“天下名士有部落，东南无与常匹俦”，言外之意，连他的故里杭州都要逊让几分。读其诗而遥想其人其地，诗人的摇篮常州，常州的诗人故居，当然是多年来我所魂牵梦萦的了。

有一年早春时节，转道上海去南京忝列丁芒诗文研讨会，路经常州，便匆匆下车去圆多年旧梦。黄仲则的故居在“马山埠”，它虽然位于繁华的市中心区，却偏于东北隅，而且是一条古旧的至今仍然简陋的小巷。小巷的六十二号，即为诗人昔日的居停之所。这是一栋明代的建筑，已有五百多年，而黄仲则的卧室兼书斋“两当轩”，则是西侧两间低矮的平房，颇为寒伧，一如诗人潦倒落拓的身世。只是如今旧居门口悬有白底黑字的说明木牌，“两当轩”三字上面书有“常州市文物保护单位”的字样。我在旧居的小院中徘徊，哪里还能听得到黄仲则的一声苦吟呢？我在小巷中踯躅，真希望时光倒流，黄仲则依旧青衫一袭，迎面而来，和我这个远来的湘人异代的读者，一叙当年湘中的并非如烟的旧事。

二

黄仲则出身虽也是书香仕宦之家，但到他出生时，家道已经沦落。祖父黄大乐，以岁贡生任高淳县学训导，黄仲则即诞生于高淳学署。四岁那年，父亲黄之掞去世，他随祖父回常州，居于白云溪上。十二岁时祖父去世，不久胞兄黄庚龄亦撒手人寰，黄仲则和老母屠氏相依为命，自幼即饱尝生命的苦果。虽然幼年早慧，少年应童子试于三千人中突围而出夺得冠军，年轻时在安徽采石矶太白楼赋诗，无人能出其右，但却如同现代股市中之术语“高开低走”，以后五应江南乡试，三应顺天乡试，均榜上无名。通过科举博取功名，乃至实现自己的人生价值与理想，是封建时代士人唯一的独木桥，此桥不通，其他一切免谈。从此，一穷，仕途不达；二贫，家徒四壁；三病，形销骨立。三方联手夹攻，黄仲则时方弱冠却已早生华发了。

在黄仲则瘦弱的胸膛中，并不是没有风发雷奋的雄心壮志，并非没有自负与自强的胜概豪情。十八岁游学扬州，他写有一首《少年行》：

男儿作健向沙场，自爱登台不望乡。
太白高高天尺五，宝刀明月共辉光！

这首诗，就颇有唐人的气概，使人想起盛唐之音，想到王维、杜甫等人所写的同题的诗章。即使道路坎坷，穷愁潦倒，黄仲则也没有酸寒之气，而只有愤懑之情，傲然之态，“长铗依人游未已，短衣射虎气难平”（《杂感四首》）。他有时不免忆起豪气干云自称“天生我材必有用”的李白，从他所景仰的前人那里汲取精神的力量：“忽然破涕还成笑，岂有生才似此休？”（《途中遘病颇剧怆然作诗二首》），“此去风尘宜拭泪，如今湖海合生才”（《别稚存》）。但是，天厄才人，命途多舛，黄仲则在“乾隆盛世”时所唱的，大多还是与当时的主旋律不协调的怨曲与悲歌。乾隆三十八年（1773），黄仲则此时还只有二十四岁，他的名作《癸巳除夕偶成二首》，就诞生在该年除夕之夜的灯光与星光里：

> 千家笑语漏迟迟，忧患潜从物外知。
> 悄立市桥人不识，一星如月看多时。
>
> 年年此夕费吟呻，儿女灯前窃笑频。
> 汝辈何知吾自悔，枉抛心力作诗人！

上下人天，神交冥寞，这两首诗正是所谓以乐景写哀，以哀景写乐，一倍增其哀乐。诗人拈出了“忧患”二字，这使我想起了中国读书人的“忧患意识”这一优秀的人文传统，也思接中外，忆起公元前希腊悲剧作家欧里庇得斯《残篇集》中的名言：“谁推测得好，谁就是好预言家。”黄仲则的“忧患”，是他个人的同时也是时代的。所谓“乾隆盛世”，表面上一派形势大好，燕舞莺歌，如同乾隆自己的御制诗所说“翠蓝火结平安字，丹碧烟擎富贵花”，实际上两极分化严重，贫富对立尖锐，民不聊生，危机四伏。大臣龚辉吉上乾隆的遗奏就曾有言：“目下虽有丰亨豫大之形，实为民穷财尽之日。”也正如黄仲则其他诗作所说，“芳草远粘孤骑没，绿杨低罩几家贫”（《春日楼望》），“侧闻天上朝星辰，谁知人间茹冰炭”（《送春三首》之三），“我曹生世良幸耳，太平之日为饿民”（《朝来》）。可见黄仲则潜从物外所感知的“忧患”，更深层次的是时代的危机。他无力回天，更命途多难，只能以诗作为精神的宣泄，痛苦的歌吟，生命的寄托。写此文时，正好看到香港凤凰台的脱口秀节目，主持人说当今“最苦恼的人”是贪官污吏的老婆，“最无聊的人”是娱乐记者，“最失落的人”是作家和文学青年，因为在越来越商业化和功利化的社会，没有多少人要读书包括读真正的文学作品。黄仲则的“枉抛心力作诗人”之语，其中也确有后来鲁迅所说的“文章如土欲何之”的感慨，作为一位真正的以诗为生命的诗人，却反讽自己“枉抛心力”，这是何等刳心剜肺的沉痛与凄怆？“莫因诗句愁成谶，春鸟秋虫自作声”（《杂感》），“千载后谁传好句？十年来总淡名心”（《寄怀》），长留天地作秋声，诗人对现实已经绝望，心的死灰中再也燃不起新的火焰，但他对自己的作品仍然充满了信心和希望，他知道自己属于未来。

在那个“避席畏闻文字狱，著书都为稻粱谋”的时代，许多文人在为统治者涂脂抹粉歌功颂德，许多文人在风花雪月歌舞升平，许多文人在摹唐仿宋一心复古。黄仲则的生死之交，诗人洪亮吉（稚存），曾说黄仲则之诗是“咽露秋虫，舞风病鹤”，嘉庆道光年间写有名作：“造物无言却有情，每于寒尽觉春生。千红万紫安排著，只待新雷第一声。”（《惊雷》）的张维屏意见有所不同，他说“黄生抑塞多苦语，要是饥凤非寒虫”。而我以为，黄仲则的诗是沉沉黑夜中的一朵星光，是千部一腔中别调独弹的一声异响，是灰暗的时代画布上夺目眩神的一道异彩，是烈火烹油鲜花着锦的“盛世”里真实动人的一曲悲歌。它表现了封建极权制度下优秀知识分子普遍的悲剧命运，它的“穷愁悲苦”的歌吟，不仅是古典诗歌这一传统主题完美的后续表现，也是对所谓盛世的尖锐反讽与冷嘲。这，需要出自肺腑的真情，也需要真正的艺术家的勇气。

三

在贫困凄苦的生活中，只有山水与爱情，才是暂时疗治抚慰黄仲则心灵创痛的两剂良药。

黄仲则读万卷书，也行万里路，是一位酷爱游历名山大川的诗人，在这一方面，他似乎也继承了太白遗风。洪亮吉就说他

“踪迹所至，九州历其八，五岳登其一，望其三”，并且说他二十二岁时，已“揽九华，陟匡庐，历洞庭。每独游名山，经日不出。值大风雨，或瞑坐崖树下，牧竖见以为异人”，可见他对山水的全身心投入，游赏自然景观时的独立特行。山水，是他精神的避难所，也是他灵魂的栖息地。他从湖南游历归来，据说“诗益奇肆”，可见奇山胜水也有助于他诗思的孕育与升华。

杭州西湖，黄仲则当然是心向往之的了。他十九岁时应江宁乡试，就曾顺便一游杭州，这是他的杭州初识，以后还曾多次重来，写了不少歌咏杭州特别是西湖的诗篇。咏唱西湖，唐代诗人白居易早已领唱于前，但自北宋的苏轼《饮湖上初晴后雨》和南宋的杨万里《晓出净慈寺送林子方》之后，历代诗人虽吟咏不绝，但都难以后来居上，而黄仲则咏西湖的绝句，似乎可以与苏轼、杨万里秋色平分，如果不能平分，至少可以略分西湖的湖光山色：

远山如梦雾如痴，湖面风来酒面吹。
不见故人闻旧曲，水西楼下立多时。
——《湖上杂感》

剩有狂奴占寂寥，烟中舟子自相招。
放舟今夜谁边宿？只向水香多处摇。
——《问水亭》

湖上群山对酒尊，无山无我旧吟魂。
不须剪纸招魂去，留伴梅花夜月痕。
——《冬日过西湖》

诗人写西湖，融入了自己的整个灵魂：对湖山的赞美，对友人的怀想，对美好境界的向往与追求，而在这种追求与赞颂中，荷香梅洁，正反衬了人间的恶浊，尘世的肮脏。“制芰荷以为衣兮，集芙蓉以为裳”（屈原），“何方可化身千亿，一树梅花一放翁”（陆游），黄仲则远绍的，正是中国诗祖与中华国士的神韵、节操与馨香。

乾隆四十年（1775）夏，客居寿州（今安徽寿县）的黄仲则二十六岁，主正阳书院讲席，写有一首题为《雨后写望》的七绝，可以和以上写西湖的诗互参：

弥空水气自魂魂，雨过长淮已到门。
七十二川流合处，一条清颍不曾浑！

淮河有许多支流汇聚，而最大的支流是颍水，在寿县之西五十里处流入淮河。正阳关恰位于合流之处，黄仲则于此眺望淮颍二水。夏日雨后，长淮水涨，首先写水势浩大水气空蒙的景象，继之状众水汇流的洋洋大观，结尾既是眼前景象的写实，也是自己高洁孤傲的人格的象征。清者自清，浊者自浊。“沧浪之水清兮，可以濯吾缨；沧浪之水浊兮，可以濯吾足”，如果生于二百年前，我真想询问黄仲则：你写“一条清颍不曾浑”时，屈子的诗句是否正在中国诗歌的上游将你召唤呢？

爱情，是中外文学的永恒母题。早在两千多年前的《诗经》中，爱情的多声部的乐曲就已经开始鸣奏，而从它的第一篇《关雎》里，即使时隔两千多年，我们仍可听见钟鼓与琴瑟的乐音，从黄河那不知名的河洲水畔隐隐传来。可以说，在中外文学的浩荡长河中，以爱情为题材的优秀作品，是永远也不会凋谢的耀眼动心的波浪。黄仲则感情极为丰沛，当然也有对爱情的刻骨铭心的体验，应该有不少抒写爱情的篇章。他在逝世之前，已有作品二千余首，后来却多有散失，而刊印他的诗集题名《悔存斋诗钞》的翁方纲，虽是黄仲则的朋友，但他却是考据家与金石学家，提倡以学为诗与以理为诗的“肌理诗说”，以这种“指导思想”而操选政，他竟然删除了黄诗之半，而且“凡涉绮语及饮酒之诗皆不录入”。所谓“绮语”，那就是我们今日所说的爱情诗了。有如荷兰印象派画家梵高的弟媳辛苦地收集和保存梵高的作品，幸而黄仲则的孙媳吴氏节衣缩食，艰苦备尝，广搜遗文佚诗，刊行《两当轩集》流传至今。虽也只得诗一千余首，但其中就有黄仲则的“绮语”。篇数固然不是很多，至少却如同观赏一幅特出的锦绣，让后世的读者不止看到局部的图案，同时也能欣赏到全幅的美景，领略诗人思想感情的全部丰富性与多样性。

黄仲则留存至今的爱情诗，至为可惜的是多乎哉不多也，劫后余灰，只剩下《秋夕》《感旧四首》《绮怀十六首》等不多的篇章。诗歌创作深受黄仲则影响的郁达夫，三十年代曾作小说《采石矶》，他实有加上想象，描述黄仲则在宜兴氿里读书时的一番恋情。洪亮吉曾记写他“美风仪，立俦人中，望之若鹤。慕与交者争趋就君，君或上视不顾”，用今天的语言，他的相貌和风度都很“酷”，是一位清俊潇洒颜值很高的“帅哥”，何况美人之光，可以养目，才子之文，可以养心，他还那样富于诗才，咳唾珠玉，同性者都想争着和他结交，何况蕙质兰心的异性？乾隆三十年（1765），黄仲则补博士弟子员，读书于宜兴氿里。他本来少年英俊，才子多情，自然就有情窦初开的少女向他抛以秋波和青眼。《感旧四首》，就是他多年以后对年轻时的那段罗曼史的回忆，极尽悱恻缠绵之致。黄仲则留下来的情诗多为律诗，而非他最擅长的绝句。前人曾说绝句就是“截句”，亦即截取律诗之半，现援引其二与其三两首如下：

唤起窗前尚宿酲，啼鹃催去又声声。
丹青旧誓相如札，禅榻经时杜牧情。

别后相思空一水，重来回首已三生。
云阶月地依然在，细逐空香百遍行。

遮莫临行念我频，竹枝留涴泪痕新。
多缘刺史无坚约，岂视萧郎作路人？
望里彩云疑冉冉，愁边春水故粼粼。
珊瑚百尺珠千斛，难换罗敷未嫁身！

山盟虽在，锦书难托，何况诗人旧地重游时，使君有妇，罗敷有夫，前尘已渺，心事成空，唯有此恨绵绵天长地久的忆念。黄仲则的爱情诗，当然在艺术上远承了李商隐"无题"诗的一脉清香，甚至也采取了七律的格式，但却不像李商隐的诗那样多用典故，有时晦涩难明，其作品更具明确的自传性质，而其情之真与痴，似乎并无不及而又过之。萧条异代不同时的两位诗人的爱情诗啊，堪称中国古代文人情诗中的双璧。

黄仲则的爱情诗，不是写"薄情"，也不是歌"艳情"，更非隋朝的"宫体诗"或唐诗人韩偓的"香奁体"，今日某些新诗作者将肉麻当有趣的所谓"下半身写作"，更是徒然败坏诗的名誉。黄仲则的组诗《绮怀十六首》，如同纷呈的珠玉，这是他乾隆四十年（1775）客居寿州教书时的作品，据说他写的是与一位表妹的生死之恋。我且随手拈来，观赏其中一二珠玉的圆满与温润：

几回花下坐吹箫？银汉红墙入望遥。
似此星辰非昨夜，为谁风露立中宵？
缠绵思尽抽残茧，宛转心伤剥后蕉。
三五年时三五月，可怜杯酒不曾消！

这是组诗的第十五首。诗人在十五月圆之夜，影只形单，想起从前的恋人的十五年华，往事只堪哀，对景难排。“似此”句有李商隐《无题》诗“昨夜星辰昨夜风，画楼西畔桂堂东”的余绪，“缠绵”句也有李商隐《无题》诗“春蚕到死丝方尽，蜡炬成灰泪始干”的遗响，但却仍是黄仲则心灵的宛转之悲歌，艺术的独到之创造。全诗特别是颔联，当时就得到读者的激赏，而今日的流行歌曲《昨夜星辰》，一开始就是“昨夜里昨夜里星辰已坠落，消逝在遥远的银河”，从中不也可以听到李商隐和黄仲则诗的袅袅余音吗？

《绮怀十六首》中第二首是：“妙谙谐谑擅心灵，不用千呼出画屏。敛袖搊成弦杂拉，隔窗掺碎鼓丁宁。湔裙斗草春多事，六博弹棋夜未停。记得酒阑人散后，共搴珠箔数春星。”结句所抒写的少年恋情，何其纯真、高洁与芬芳！后来的龚自珍十分欣赏黄仲则的诗，“为数春星贪久立，苍藓上，印鞋弓”（《江城子·自题〈羽陵春晚〉画册，改〈隔溪梅令〉之作》），“梦回处，摘春星、满把累累”（《梦玉人引》），可见黄仲则的名句，如何使他心有灵犀而一点相通。而《绮怀十六首》中的最后一首，则是悲怆沉痛的变奏，凄婉哀伤的交响：

露槛星房各悄然，江湖秋枕当游仙。
有情皓月怜孤影，无赖闲花照独眠。
结束铅华归少作，屏除丝竹入中年。
茫茫来日愁如海，寄语羲和快着鞭！

“结束铅华归少作”，黄仲则的情诗以才人之笔叙说真事，抒写真情，绮艳而清华，没有肉麻之词，脂粉之气。他回首前尘，追怀旧迹，不禁感慨人生道路之多艰。在忧愁如海、痛不欲生之余，只盼时间早些飞逝，生命早日结束。“吾令羲和弥节兮，望崦嵫而勿迫”，屈原珍惜时光，唯恐迟暮，那固然可以激励有志之士，而“茫茫来日愁如海，寄语羲和快着鞭”，黄仲则恰恰相反，他是伤心人别有怀抱，《两当轩集》中这一至伤至痛之语，表现的是封建时代下层知识分子的普遍命运，也能令今天的我们更加珍惜青春与人生。我以乡音呵湘音吟诵黄仲则那些呕心沥血的诗篇，不禁唏嘘不已，心绪难平。余亦能高咏，斯人不可闻，我的高诵低吟啊，黄仲则他还能听到吗？

四

“痛饮狂歌负半生，读书击剑两无成”（《重九后十日醉中次钱企卢韵赠别》），在封建末世功名与权力的舞台，始终没有黄仲则哪怕并不显赫的位置，和哪怕可以略展才能的机会。他多年来只得浪游幕府，奔走四方，像一朵孤独的漂泊的云，像一盏在风中流浪的蒲公英。后来，在江南草长莺飞之日，他终于离邦去里，远赴遥远的北方，远赴政治与文化中心的燕京。“自怜诗少幽燕气，故作冰天跃马行”，在《将之京师杂别》组诗里，他说他是要去体验北方的风光与生活，盼望自己的胸襟与诗境都能得到雄伟壮丽的江山之助，但更主要的却是“词人畏说中年近，壮士愁看落日低”，希望到那里能改变自己的命运。他在京师八年的浮沉，可说是相当于今日所谓的“京漂一族”。人生如果是一只股票，本应高开高走的他，这也是触底反弹的最后一搏了。

黄仲则特别孝顺母亲，他以前浪游四方，大半也是为了获得升斗之资来奉养高堂，他的北上京华，何尝不也是如此？其《别老母》一诗写道：

> 搴帏拜母河梁去，白发愁看泪眼枯。
> 惨惨柴门风雪夜，此时有子不如无！

恋母之情，这也是中国文学历久而长新的主题，黄仲则化用唐诗人刘长卿“日暮苍山远，天寒白屋贫。柴门闻犬吠，风雪夜归人”（《逢雪宿芙蓉山主人》）的诗语，寄托自己铭心刻骨的恋母之情与愧疚之意。今日的读者读来也仍不免黯然神伤，瞿秋白在他的文章中就曾引以自况。别母亦复别妻，黄仲则的《别内》则说：

几回契阔喜生还，人老凄风苦雨间。
今夜别君无一语，但看堂上有衰颜。

读这首诗，我不禁想起一百余年后，谭嗣同从湖南浏阳北上变法，也写过一首《戊戌北上留别内子》：“娑婆世界善贤劫，净土生生此缔缘。十五年来同学道，养亲抚侄赖君贤。”一位是绝代才人，一位是无双国士，但他们的椿萱之情与所托之事何其相似。才人与国士，都有相同的寸草之心啊！

黄仲则在京城前后羁留约七八年，其间曾迎接母亲与妻儿北上，后来因生计艰难复又送他们南归。冠盖满京华，斯人独憔悴。黄仲则虽早有才名，在京城更是名动公卿，但长时间内却仍是青衫一袭，朝扣富儿之门，暮随肥马之尘，残杯与冷炙，到处潜悲辛。天涯沦落，他的境遇与千年前的杜甫何其相同。正是此时，他写了《都门秋思》律诗四首，一时传遍都城。其中之一是：

五剧车声隐若雷，北邙惟见冢千堆。
夕阳劝客登楼去，山色将秋绕郭来。
寒甚更无修竹倚，愁多思买白杨栽。
全家都在风声里，九月衣裳未剪裁！

据说陕西巡抚毕沅读到这组诗，也许是他自己也是一位文士吧，他十分赞赏，认为可值千金，先寄五百金促其西游。毕沅堪称慧眼识人，雅量重才，留下了一桩官场与文坛的佳话，而“全家都在风声里，九月衣裳未剪裁”，更是名诗中的名句，让当时的读者铭记心头，让后世的学者写进文学史里。

乾隆四十一年（1776）平定金川，乾隆东巡还京，黄仲则献赋于天津，但仅录为二等，授“武英殿签书官”，日常工作就是在四库馆任缮录的差使，相当于后世的“文书”。两年后按例得到“主簿”这一末秩，因毕沅之助加捐“县丞”在京候选。“县丞”，是县级佐贰之官，相当于今日的副县长。但即使是这样一个士大夫所不屑的微职，他也没有补过实缺到任，人称“黄二尹”，也是空头的。寥落高才，侘傺不遇，正如洪亮吉去西安时《将出都门留别黄二》一诗所云：“抛得白云溪畔宅，苦来燕市历风尘。才人命薄如君少，贫过中年病却春。”也正如他自己在《东阿项羽墓》一诗中所说：“美人骏马应同恨，多少英雄末路人。”黄仲则滞留京城，不但没有“利好”消息，而且因为债台高筑，债主们纷纷相逼，他只好于乾隆四十八年（1783）春抱病出都，去陕西投靠那位爱才下士的毕沅。途中作诗两卷，但《两当轩全集》中仅余数首。如《核桃园夜起》：

梦回小驿一灯红，四面腥吹草木风。
身似乱山穷塞长，月明挥泪角声中。

诗人夜宿于井陉道上的“核桃园小驿”，虽时在春日，但凄怆悱恻之情，低回掩抑之感，令纸上已是一片秋声。待到他辗转到达山西之南的运城，已然羸体支离，最后病逝于友人、河东盐运使沈业富的官署，只留下数堆残稿，几件破衣，一具薄棺，无穷遗恨。洪亮吉得知他病剧之讯，日夜急驰七百里从西安赶来后，一代高才已撒手人寰。一生一死，交情乃见，洪亮吉不负友人之托，扶柩归葬常州故里。他与黄仲则的友人左杏庄之挽联分别是：

噩耗到三更，老母寡妻惟我托；
炎天走千里，素车白马送君归。

潦倒三十年，生尔何为，合与沙场同朽质；
凄清五千首，斯人不死，长留天地作秋声。

黄仲则的故居已经凭吊，他的墓地在哪里呢？从北国的中条山下归葬江南水乡，地方志与年谱均记载在阳湖永丰西乡永宁庵前的“黄氏先垅”。但两百年风雨沧桑，地名也几经变换，原址更渺焉难寻。为纪念黄仲则逝世二百周年，一九八二年，有关方面和黄仲则的后人专程察访，于当时的红旗公社卫星六队的北环小学附近，找到了湮没的黄仲则墓址，并重新立碑为记。待到我异地远来，从城内故居寻觅到城外墓地，只见郊原上阡陌纵横，绿树成荫，高压电线凌空飞越，乡村公路车辆奔忙，在白墙青瓦的民居与书声琅琅的校舍之旁野地上，孤寒着一块简陋的白色石碑，上书“清诗人黄仲则先生之墓”。墓地别无他物，只有野花萋萋，荒草离离。冰冷的墓碑凄凉了我的望眼，而墓中人那不朽的诗句啊，却永远燃烧在我的心间。我不由想起当代半生旅居羊城的好朋友名诗人李汝伦，这位东北汉子对江南才人黄仲则自幼心仪，“羡其才，怜其困，痛其早逝”，初中时发表的文章《秋窗随笔》，就曾引黄仲则“全家都在风声里，九月衣裳未剪裁”之句。他大半生多灾多难，所以就更加与黄仲则的诗相近相亲，未能和我一起来常州寻访凭吊，我只好在墓前吟诵他的《读〈两当轩集〉三绝句》。几根红烛，一炷清香，数声清诵，权当两百年后我们共同的祭奠：

少年迷入两当轩，汩汩心源亦泪源。
回首柴门凋白发，并刀无刃剪饥寒。

采石矶凝太白愁，吟声封贮醉仙楼。
重观天忌滕王阁，来吊伤心万古流。

空闻跃马踏冰天，联袂扬帆载泪船。
似此星辰添露冷，悄然人去月如烟！

壁立千仞　无欲则刚

一往不复的二〇〇三年，福建省文联在福州举办闽籍台湾名作家余光中之诗文研讨会，我应邀忝列。福州素有“福地宝城，八闽首府”之称，城内有灵秀之“西湖”，当年辛弃疾任福建提点刑狱时多次来游，在《贺新郎》一词中曾有“烟雨偏宜晴更好，约略西施未嫁”之语，而陆游在此间宦游，也有“白发未除豪气在，醉吹横笛坐榕荫”之辞，虽然时近千年，他们的遗踪咏叹仍然在将我召唤，让我诗梦重温。但是，更令我怦然心动的，却是去鼓楼区南后街澳门路九十号瞻拜建于一九〇三年的“林则徐纪念祠”，去市内营司巷顶礼林则徐的故居。纪念祠檐柱上的联语，我印象最深的是左宗棠的挽联，而不仅令我心动而且心血如沸的，则是和二三好友去拜谒林则徐墓。墓在市之北郊马鞍村金狮山麓，枕青山而对碧水，墓前的联语是“百丈松楸驯鹿土，千秋佳节卧牛眠”，用的是与晋代陶侃有关的典故，称坟的吉地为“牛眠地”，墓联写林则徐的位极人臣，也赞美他千秋享誉，前者众所周知，后者令我感怀不已。

从福州回来，早就想写一篇纪念民族英雄林则徐的文字了，只是迟迟不知如何措手，直至撰著《清诗之旅》一书，才想到他虽非以诗名世，但英雄本色是诗人，他的诗的价值远在古今许多所谓“著名诗人”的诗作之上，而今日某些古典诗歌选本或专门的清诗选本，却居然将他遗忘，于是我心香三炷，恭请他莅临我的书中并肃然上坐。

一

一个人生于天地之间，或为凤为龙，为千人之英万人之杰，为青史永远的光耀，为民族永恒的丰碑；或为豕为鼠，甚至为蛇为蝎，为千夫所指的丑类，为遗臭万年的小人恶人奸人罪人，我以为一半是先天的与生俱来的禀赋，一半是出于后天的教育与际遇，以及本人的自律与自励。

乾隆五十年七月二十六日，即公元一七八五年八月三十日，福州左营司巷一座“破屋三椽”的人家，迎来了林则徐降生人间的第一声啼哭。那一声啼哭，在数十年后“虎门销烟”的壮举中，风涌云奋，化作了惊天动地的雷声。

林则徐“系出九牧”，属东晋南渡时入闽的九牧林氏。其先世祖初居莆田，宋时迁福清县杞店乡，清时五世祖学弢迁省会福州，虽直至祖父林万选均为读书人，却家境贫寒，无一分之地，半亩之田。林则徐之父林宾日是一名秀才，屡试不中，只得长期执教私塾，屈为孩子王；母亲陈氏乃岁贡士陈时庵之女，幼读诗书，常领则徐的八个姐妹整日辛勤于女红，半饥半寒，艰难度日。则徐长兄鸣鹤早夭，弱弟霈霖年幼，一家的希望都寄托在他身上。他名则徐，原因据说是当时的福建巡抚也姓徐，名嗣曾，并且为官清正，“喜士如嗜欲”，用今日的话来说就是特别看重知识分子读书人，而《诗·小雅·鹿鸣》中也有“君子是则是效”之语，所以父母锡以嘉名“则徐”，而字“元抚”，也即以巡抚徐嗣曾为榜样之意，不仅是企盼他仕途通达，也是希望他不作庸官俗吏，更不做贪官墨吏，而是要成为一个爱民重士造福众生与社会的廉吏清官。书生报国也报父母，何以为报？后来林则徐的作为与成就，远远超过了他父母当年的期望值。

林则徐出身于这样一个下层的饱尝生活艰辛的诗书之家，自幼深知民生困苦，又承颇有抱负与清操的父亲之耳提面命，故性格刚毅，发愤攻读而“以童年擅文名”。林宾日于罗家开馆，带则徐随读，罗家主人先出上联“鸭母无鞋先洗脚”，他即对曰“鸡公有髻不梳头”，可谓雏声初试。某日私塾诸学童同游城郊鼓山绝顶，林宾日要求以“山”“海”二字作七言对联，据说则徐所作的竟是“海到无边天作岸，山登绝顶我为峰”，更是一鸣惊人。

除了严谨的教人向上的家教，则徐的青少年时代还有幸遇到了几位良师益友。

以举人补“宁德教谕”的王希五。此君乃其父至交，钢肠铁骨，嫉恶如仇，他实名检举并大力抨击福建按察使钱士椿等贪官污吏，屡遭陷害并被发配新疆，艰苦备尝却始终不挠不屈。则徐说他“幼时即闻先生事，逮先生以恩宥旋籍，徐年方冠，心敬慕之”。身为父辈的王希五要年仅二十二岁的则徐为其诗文集作序，可见对则徐以“后生可畏”视之，则徐“袖归卒读之，漏下三刻，反复若不能已”，当即写成激昂慷慨的《林希五先生文集后序》。

鳌山书院山长郑光策。此公特立独行，年轻时会试于由炙手可热的权臣和珅监试的杭州敷文书院，规定“纳卷者必屈膝”，但男儿膝下有黄金，他竟然“侧目之，愤形于色，乃约闽士林乔荫等数人，以长揖退，和珅衔之”。则徐就读于他任山长的鳌峰书院，春风风人，春雨雨人，有什么师长就有什么学生。

鳌峰学院教授陈恭甫（寿祺）。梁启超在《清代学术概论》中对他评价颇高，而他也是极具风骨的正人君子，虽长则徐十四岁而二人却为忘年交。则徐三十七岁时由福州北上赴京补官，途中接到陈寿祺的赠行诗札，作《答陈恭甫前辈寿祺》三首，“牧羊既使虎，吓鼠徒惊鸿。有欲刚则无，此际伏病根”，他指斥官场的贪腐及争斗，指明其病根乃贪婪的私心，而“但当保涓洁，弗逐流波奔。三复吉人词，清夜心自扪”，他表明自己洁身自好绝不同流合污的立场。兼济天下而同时独善其身，出污泥而不染，誓言书生报国的林则徐言出行随地做到了。

林则徐的既是比邻又是鳌山书院同窗的梁章钜，他们幼为邻居，同学时同气相求，物以类聚，在一起臧否时事，追慕历史上的英雄豪杰。后来在鸦片战争中他们同宦岭南，梁章钜任广西巡抚，他们又互为犄角，同声相应。梁章钜的名著《楹联丛话》影响后世，他的《赠林则徐》一联为“帝倚之为股肱耳目，民望之若父母神明”，可见则徐在百姓中威望之高。虽然“父母神明”距现代观念甚远，但梁章钜受时代局限也确实无法观念超前，君不见今日某些“人民公仆”，不还有人自视为“父母官”而视百姓如草芥吗？君不见今日之众多贪官污吏，百姓望之不是若硕鼠若仇敌吗？

林则徐少年与弱冠之年的亲人师友，都是既有经世致用的学问而又人品端方正直之士。近朱者赤，近墨者黑，在这样的文化熏陶精神砥砺之下，加上林则徐与生俱来的耿介向上的本性，自然就好像树苗有肥沃的土壤，有充足的雨露和普照的阳光，不成为栋梁之材也难。

一八〇二年，年方十八岁的林则徐以《仁亲以为宝》一文考中秀才，其中有“表里河山，天下有失而复得之国，墓门拱木，自古无死而复生之人”，与“君臣之合本人为，自古原无独私之国；父子之情本天性，天下更无可代之心”等警句，众人争相诵读，梁章钜直到晚年，还说以上警语他犹能背诵。则徐少年时，其父时常和他讲述岳飞、文天祥、于谦等民族英雄的故事，乃至年岁已长，除了同窗好友梁章钜之外，还有杨庆琛、方鸿基等一些正直的读书种子，他们在一起切磋学问，品评时事，月旦人物，历史上诸多英烈的事迹，往往令同学少年血脉贲张，唾壶击碎。他们多次去凭吊宋代抗金英雄李纲位于福州的已然破败的祠墓，则徐二十二岁时，还和学友们一道发起修葺之举，所表现的正是那一代热血青年的耿耿心志。多年之后，则徐在故里守孝期间，还倡导重修“李公祠”，将位于越王山下濒临颓圮的李公祠迁于福州西湖之侧，并题联曰“进退一身关社稷，英灵千古镇湖山”。总之，由少及长，林则徐仰慕追随的，不是当代的时贤俊彦，就是历史上的英杰人豪，有如江河之奔向广阔的海洋，星星之围拱灿烂的北斗。

二

如同高挂的云帆已经孕满好风，就要乘长风而破万里浪，如同大鹏的劲翮健羽已经长成，就要振翅而飞翱翔广阔的天宇。但是，封建时代的读书人必须走科举之路，得到为官做吏的平台，才能一展兼济天下的宏伟抱负。嘉庆九年（1804），二十岁的林则徐乡试中举，次年赴京会试，竟然名落孙山。嘉庆十一年，调任福建巡抚的张师诚发现则徐才干过人，延其至厦门幕府任书记之职，专司笔札，呵护有加，次年则徐赴京再试仍然落榜，回闽后复入张师诚幕，他由此有了对海事与海防的深切了解体验。嘉庆十六年（1811），张师诚再次劝则徐参加会试，他终以殿试二甲第四名、朝考第五名成为进士，时年二十七岁。从此，林则徐开始了他清官兼干吏的仕宦生涯，直至在一八四〇年的鸦片战争中成为名垂青史的民族英雄。

嘉庆二十一年（1816）和二十四年（1819），则徐以翰林院编修的身份，先后派充江西乡试副主考与云南乡试主考。他细心校阅，擢遗补漏，勇于任事，尽心选拔英才，以致于学政王鼎在江西与他情同莫逆，二十多年后在反侵略战争中更成为生死之交。则徐云南之行的诗作，名为《使滇诗草》，其中的《驿马行》《病马行》《舆人行》等篇，虽多为咏马，实为揭露贪官污吏对百姓的敲骨吸髓，为怀才不遇的知识分子呼告请命，时人谓之“神似少陵，读之令人声泪俱下”，而今人则誉之为十九世纪的《三吏》《三别》。赴滇途中经河南汤阴县，他作有《汤阴谒岳忠武祠》一诗：

不为君王忌两宫，权臣敢挠将臣功？
黄龙未饮心徒赤，白马难遮血已红。
尺土临安高枕计，大军河朔撼山空。
灵旗故土归来后，祠庙犹严草木风！

这是怀古，抒写的是对昏君奸臣的痛恨之情，对英雄先烈的痛悼之意；这也是咏今，表达的是对经国之才、济世之臣、拯危之将的热切呼唤与希望。如果此诗乃咏叹历史人物，那么，《即目》则是赞美眼前的黔地山川：

万笏尘中路渐成，远看如削近还平。
不知身与诸天接，却讶云从下界生。
飞瀑正拖千嶂雨，斜阳先放一峰晴。
眼前直觉群山小，罗列儿孙未识名。

林则徐途经贵阳而作此诗，虽然是写景，何尝不是咏人？全诗大气磅礴，乃所谓大胸怀才有大手笔，绝非凡夫俗子可以望其项背。犹忆二〇〇四年四月，我和小说家聂鑫森、书画家马立民应诗人李发模之邀赴黔，领略的正是地无三日平的万山之省的景色。我们乘坐的是现代的火车与汽车，在车轮滚滚声中，林则徐在山道上的一骑鞭影和即目口占的诗句，时隔一百多年又蓦然重至心头。

日之夕矣，悲风四起。在林则徐的时代，清代的所谓“康乾盛世”早已往事成空，还如一梦中，封建社会已走向它江河日下的尾声，官场几乎已经“无官不贪，无吏不污”，贪官污吏比比皆是，官场已成了污黑的泥潭，贪赃枉法处处皆然，黑幕已成了遮天盖地的罗网。但林则徐却是出污泥而不染的异数，在鸦片战争以前，他历任江南道监察御史，授浙江杭嘉湖道，署浙江资政使，江南淮海道，江苏按察使，陕西按察使，江宁布政史，湖北布政史，河东河道总督，江苏巡抚，湖北总督，他不仅宵旰从公，勤于政事，改革弊端，为民造福，而且主张考核官员从“自察”做起，可视为今日之官员“年终述职”与“自查自纠”的先声。不过，林则徐却的的确确是以身为范，从我做起，而非作秀或者走过场，讲的是一套，做的又是一套。例如张保，原系投诚的海盗，他不仅本人吸食鸦片，而且纵容部下扰民，层层贿赂，步步高升，如同时下的某些官员一样。他由福建澎湖协副将升为总兵，相当于军区司令，以小人之心度君子之腹，派人送去一斤半重的金鼠，意图贿赂中央派来的纪检大员江南道监察御史林则徐。谁知上错了庙烧错了香，林则徐明查暗访之后奏上一本，揭发其卖官鬻爵虐民以逞的种种劣行，张保当然也就其位不保了。又例如他赴湖北布政使任，人到襄阳，即发出《由襄阳赴省传牌》，其中有云：

“……所雇船只，系照民价，自行给发，不许沿途支付水脚，亦无须添篙帮纤。行李仆从，俱系随身，并无前站及后路、分路行走之人。伙食一切，亦已自行买备，沿途无须致送下程酒食等物。所属官员，只在本境码头接见，毋庸远迎。为此，牌仰沿途经过各站遵照……"

过去时代的俗谚有云："官吏来时，惊天动地；官吏去时，昏天黑地。"林则徐赴任时宣布不接受任何迎送与招待，一切自理，具见其廉洁自守之风，实践的是自己"廉吏不可为而可为"的官德信念。

鸦片战争之后林则徐被贬新疆，之后的道光二十七年正月（1847年2月），被任命为陕西巡抚，其时他因积劳成疾而恐来日无多，故于西安作《分书》即分割遗产之遗书，为三个儿子分家。他从政四十年，历官十三省，后来做到从一品之封疆大吏，在"三年清知府，十万雪花银"的晚清，林则徐所有的动产与不动产合计只有三万两银子，真可谓多乎哉，不多也，如同他写给子孙的联语所说：

子孙若如我，留钱做什么，贤而多财，则损其志；
子孙不如我，留钱做什么，愚而多财，益增其过。

不比不知道，一比吓一跳。大投降派琦善一八四一年被抄家时，"入官元宝银一千四百八十三个，散碎银四万六千九百二十两"，"入官地二百五十二顷十七亩，每年可收租二千两，铺面房间每月收钱九百六十二吊二百零，银五十两"，而另一位大臣李鸿章就更有过之而无不及，他死后，留给子孙的遗产竟达四千万两银之巨。老谋深算的曾国藩，在致其弟曾国荃的信中如是写道："闻林文忠三子分家各得六千串。督抚二十年，家私如此，真不可及。吾辈当以之为法。"他与其弟当然"不可及"，他们难兄难弟尤其是曾国荃更没有"以之为法"。林则徐的清廉有口皆碑，百姓视之为"林青天"，封建官吏们不得不至少在口头上将他的这一遗书视为廉政的圭臬。他还获得了国际的声誉，英人宾汉的《英军在华作战记》就曾说："他虽然不为皇帝所喜，但是他却很受他新近所管治的人民的爱戴，这对于林来说只是公道而已。他的最大的死敌，也不得不承认他的对手从来没有被贿赂玷污过。在中国的政治家中，这种情况是闻所未闻的。"用中国传统的经典颂词，这真是云山苍苍，江水泱泱，先生之风，山高水长啊！

中国人心目中的"大丈夫"的标准，是由先哲孟子在《孟子·滕文公》中首先提出并规范的，那一历千古而常新的名言是："富贵不能淫，贫贱不能移，威武不能屈，此之谓大丈夫！"我以为，富贵不能淫比贫贱不能移难度更大，因为一般人贫困时可以立志，可以奋发图强，可以百折不挠，一旦如愿以偿功成名甚至既富且贵，就难免志得意满就声色犬马就腐化堕落。岳飞说，"文官不爱钱，武官不怕死，则天下太平矣"，林则徐年轻时就崇拜岳飞，后来他既有《汤阴谒岳忠武祠》一诗，还有《跋岳忠武王墨迹》一文，在文中他曾说"而王之手书，独使千百世下起敬起慕"。文天祥说："天地有正气，杂然赋流形。下则为河岳，上则为日星。"林则徐年轻时就敬仰文天祥，道光九年（1829）他在福州丁忧之时，有幸读到文天祥给僚属赵文的两函亲笔信，曾作《题文信国手札后》一诗，此诗开篇即是大气包举的"公身为国轻生死"之句。文天祥被执而至燕京，元丞相博罗等劝降，文天祥叱之曰："一部十七史，从何处说起？吾今日非应博学鸿词、神童科，何暇泛论！"林则徐此诗的结尾化用此典而致高山仰止之情：

宿草萧萧成战垒，此札人间独不毁。墨花吐艳云凝紫，再拜薰香度棐几，欲废一部十七史。朱鸟招魂泪如

泚，猎猎酸风满柴市！

效法岳飞与文天祥的林则徐，心仪李纲与于谦的林则徐，就是这样贫贱不移富贵不淫因而在鸦片战争前后威武不能屈的顶天立地之大丈夫！

三

鸦片战争之前的林则徐，是封建专制体制中罕见的清官廉吏，是才华卓越的方面大员，是具有经世致用精神的改革家。鸦片战争是试金石也是磨刀石，在内忧外患钢血交飞的严峻考验中，他成了中国近代史上第一位不是一时而是永远的民族英雄，成了被誉为“放眼看世界第一人”的伟大政治家，成了中国近代维新思想的先驱人物。

溪云初起日沉阁，山雨欲来风满楼。英国殖民者为了利益的驱使，扩张的需要，从雍正时期就向中国输进鸦片，至道光年间愈演愈烈。道光十八年（1838），全国吸食鸦片者约四百万人，鸦片战争前夕，运达中国的四万箱鸦片，可供八百五十万人吸用，鸦片烟毒成了外来的祸国殃民之大害。马克思在《中国的欧洲革命》一文中说：“和鸦片走私相连的贿赂行为，使南方各省中国官吏的风纪败坏净尽。”（《马克思恩格斯论中国》P23），一位外国人在私人信件中也写道：“鸦片走私长此下去，必将成为戕生、荡产、败德的罪恶根源。”（《鸦片战争史选译》P140）当此之时也，朝廷上的禁烟派与弛禁派展开了激烈的斗争，道光皇帝举棋不定。一八三八年十月初林则徐递上《钱票无甚关碍宜重禁吃烟以杜弊源片》，在禁烟运动中这一最著名的奏折之最后，林则徐从“兵”与“饷”两方面敲响了振聋发聩的警世之钟：“若犹泄泄视之，是使数十年后中原几无可以御敌之兵，且无可以充饷之银。兴思及此，能无股栗！”不听警钟而丧钟就会敲响，丧钟为谁而鸣？为已经日落西山的大清王朝而鸣！道光帝在上述警语下画上一连串猩红的圈记，决心禁烟。林则徐乃于十二月二十六日奉召抵京，短短十三天内七次召对。一八三九年一月八日，林则徐从北京新仪门南下，奉旨在清代得未曾有地以文官统领广东水师，极为罕见地以汉族官员出任坐镇广州的钦差大臣。

外有船坚炮利的强敌，内有朝令而夕改之昏君，因私利而主张投降的衮衮权臣，好友龚自珍不仅写了《送钦差大臣侯官林公序》为他出谋划策，而且从杭州寄“故人横海拜将军，侧立南天未蒇勋。我有阴符三百字，蜡丸难寄惜雄文。”（《己亥杂诗》其八七）一诗以壮行色，同时也不免对则徐赴任的前景忧心忡忡。然而，林则徐威武不能屈，为了国家和民族，他临危受命，义无反顾地蹈刀锋而奔火海。离京赴粤前夕，他向座师沈鼎甫辞行，师生相顾泪下。林则徐对老师说：“死生，命也；成败，天也。苟利社稷，不敢竭股肱以为门墙辱。”后来被道光皇帝革职问罪，他曾向亲戚叶小庚写下长达一千六百余字的信，说“侍戊冬在京被命，原知此役乃蹈汤火，而固辞不获，只得贸然而来，早已置祸福荣辱于度外……不敢为一身计，而不能不为国体惜也。”虽然贵为钦差大臣，但林则徐仍然保持了他的一贯本色，一俟出都，立即发出严禁沿途縻费供应和随身丁弁需索的《传牌》，立即发布《粤省士商军民人等速戒鸦片》的告示。道光十九年正月二十五日（1839年3月10日），林则徐到达广州，轰轰烈烈，名垂青史的禁烟运动于兹开始，烈烈轰轰，中国的近代史在华夏的南天拉开了虽然屈辱但仍堪称悲壮的序幕！

林则徐到达广州后，顶住英国殖民主义者、国内以首席军机大臣穆彰阿为首的投降派以及众多贪官刁民的重重压力与阻难，雷厉风行，一面整顿海防，加强战备，一面封舱封馆，大力缴烟。是年四月二十二日到五月十五日（6月3日～25日）在他的主持下，将收缴的二十多万箱鸦片于“虎门”销毁。“虎门销烟”是中国人民反帝斗争的伟大起点，当时与林则徐并肩战斗的，乃志同道合的两广总督邓廷桢（嶰筠）。面对种种破坏禁烟运动的阴谋诡计与流言蜚语，林则徐一方面驳斥对邓廷桢的攻击，一方面表示不能让邓廷桢代己受过，这正是林则徐敢于负责勇于任事的精神，如《次韵和嶰筠前辈》：

蛮烟一扫众魔降，说法凭公树法幢。
域外贪狼犹贴耳，肯叫狂噬纵村龙。

近闻筹海盛封章，突兀班心字有芒。
谁识然犀经慧照，那容李树代桃僵！

如果以上二诗乃堂堂之阵，正正之旗，刚直不阿一往无前之气跃然纸上，那么，禁烟期间寄和闽中友人的《和韵三首》，则意绵绵而情切切，于阳刚之中具见对故人对故乡一往情深的深婉之美：

力挽颓波只手难，斋心海上礼仙坛。
楼台蜃气还明灭，欲棹归槎恐未安。

敢辞辛苦为苍生，仗节瀛壖愧拥兵。
转得虚声驰域外，百蛮传檄谬知名。

一苇安能纵所如，思乡惟望抵金书。
欲知双鬓新添雪，恰切江船握别初。

禁烟运动初战告捷，广东水师于九龙海面击退义律的武装挑衅，邓廷桢填《高阳台词》以记盛况，林则徐和以《高阳台·和嶰筠前辈韵》：

玉粟收余，金丝种后，蕃航别有蛮烟。双管横陈，何人对拥无眠？不知呼吸成滋味，爱挑灯，夜永如年。最堪怜，是一丸泥，捐万缗钱。　　春雷欻破零丁穴，笑蜃楼气尽，无复灰燃。沙角台高，乱帆收向天边。浮槎漫许陪霓节，看澄波，似镜长圆。更应传、绝岛重洋，取次回舷。

上片写鸦片的危害，下片写零丁洋上鸦片走私的大本营被彻底摧毁，海面澄清，声威远播，全词飞扬的是一往无前的胜概豪情。

然而，林则徐补天有术而回天无力。如同一轮西斜的落日，满清王朝气数已尽，已经到了将要举行葬礼的尾声。林则徐面对的是盲目妄自尊大而又昏聩无能的皇帝，面对的是朝廷上下为了一己或小集团私利可以置民族命运于不顾的一群宵小，面对的是船坚炮利武力远远超过老态龙钟的清帝国的新兴资本主义强国，他注定只能是一位悲剧英雄，他演出的注定也只能是一出英雄的悲剧。

道光二十年五月二十日（1840年6月21日），英国舰队司令伯麦率侵略军抵达澳门外海。二十二日（6月23日），英国军舰十六艘，大炮五百四十门，蒸汽船四艘，运兵舰一艘，运转舰二十一艘，陆军四千人，由英国政府在华商务总监督义律之堂兄懿律为海军最高司令，义律为全权公使，大举入侵广东海面，于是，震惊中外的鸦片战争正式爆发。接战两日，由于林则徐戒备森严，英勇抗敌，未能得逞的侵略军便于六月初二日（6月30日）离开广州海面，扬帆北窜而抵达厦门，又因调任闽浙总督的邓廷桢之森严壁垒，复于初七日遁往浙江定海洋面，次日攻占我国第四大岛——舟山岛上的定海，随后长驱北上，摧枯拉朽，如入无人之境。八月九日即抵达天津大沽口，京师震动。直隶总督乃后来派到广州的“不战不和不守”的昏聩至极的投降派大员琦善，而道光帝大惊失色无心恋战，便将林则徐、邓廷桢罢官查问。英国侵略者则软硬兼施，于道光二十一年二月（1841年5月），攻下钦差大臣琦善到广州后尽撤边防的虎门诸炮台，广东水师提督关天培和参将麦廷章英勇战死。关天培为江南淮安府山阴县（今江苏淮安市楚州区）人，他是林则徐的战友与下属，则徐和他一道相与备战，多次击退来犯之敌。但琦善当权时却遣散兵勇，尽撤边防，关天培决心与阵地共存亡，自知必死而赴死。其遗骨由部将护送故居安葬，并建祠以祀。被“革职查办”的林则徐闻讯后赋诗一首，有“功高靖海长城倚”“傲霜花艳岭南枝”之语，并作挽联以悼，后来镌刻于江苏淮安关忠节公祠：

六载固金汤，问何人忽毁长城，孤注空教身尽瘁；
双忠同坎壈，闻异类亦钦伟节，归魂相送面如生！

这既是悼关天培，何尝不也可视为自悼？国事如斯，夫复何言？

一八四二年八月二十九日，清政府与英国签订割让香港的卖国的《南京条约》，林则徐正在从西安出发往伊犁“效力赎罪”尚未到达兰州的途中。这一天，是林则徐痛心疾首如同万箭穿心的日子，这一天，也是中国近代史上第一个暗无天日的黑色的一天！

四

道光二十年九月二十五日（1840年10月20日），清廷将林则徐、邓廷桢革职问罪的“红头文件”，分别下达到广州与福州。林则徐自制“今是中原一布衣”与“补过夜焚香”之图章以自嘲自勉。他交卸督篆前后，广州百姓纷纷前来慰问，“铺户居民来攀辕者填于衢巷”，赠送的颂牌共计五十二面，刻写的大都是“民沾其惠，夷畏其威”“勋留东粤，泽遍南天”“烟销瘴海，威慑重洋”等赞颂之语，可见无论古今，公道往往不在权贵而在民心，不在庙堂而在草野。

二十一年闰三月十一日（1841年5月1日），林则徐接到道光帝的谕旨：“赏给四品卿衔，迅即驰驿前赴浙江听侯谕旨。”五月六日，则徐船经禺峡飞来寺，在舟中作一联，抒发的仍是抗英御侮之志：

孤舟转峡惊前梦；
绝磴飞泉鉴此心。

六月一日，林则徐到达镇海，时署两江总督的裕谦是他的故友，对他十分尊重，并未因他是罪臣而对他另眼相看，这在翻云覆雨的势利官场是十分难得的了。林则徐以削职待罪之身，仍积极协助裕谦加强海防，继续严禁鸦片，并且书一传诵至今的堂联以自警自勉：

海纳百川，有容乃大；
壁立千仞，无欲则刚！

上联当然是自抒胸臆，从中不仅可见他的宽广襟怀，也可见他放眼世界的眼光。他在广州时就开办“夷务所”，积极翻译外国书报了解夷情，以为外海战船的制造“系海疆长久之计”。一八四一年八月中旬的一天，林则徐奉旨发配途中，与老友魏源于京口（镇江）临江的客栈相见，针对清廷的妄自尊大和群臣不谙世事，则徐将他在广州收集编译的《四洲志》《华事夷言》等西方资料交给魏源，嘱他撰写《海国图志》。“万感苍茫日，相逢一语无”，“不辞京口月，肝胆醉轮困”，魏源后来曾赋诗二首记叙这一历史性的会见，并根据林则徐提供的资料和自己的研究，写出了放眼看世界的著名之《海国图志》一书。下联的含意更是不言而喻：没有私欲方能刚正刚强，方能壁立千仞，与前述他早期诗作中的“有欲刚则无，此际伏病根”遥相呼应。多少利欲薰心者如软骨虫，如风中草，如变色龙，甚至如蛇如蝎，而林则徐则是中国近代史上第一名奇男子，第一位伟丈夫，第一座巍巍昆仑！

道光二十一年五月初十（6月28日），正当林则徐积极协助裕谦加强浙海防务之时，时值广州战败的靖逆将军奕山与义律签订丧权辱国的《广州和约》之后，道光帝下旨将林则徐、邓廷桢流放新疆伊犁：“邓廷桢业经革职，林则徐著革去四品卿衔，均从重发往伊犁，效力赎罪。即由各该处起解，以为废弛营务者戒。”道光帝及其文恬武嬉私欲薰天的权臣，他们才是民族的真正罪人，但他们权柄在握，竟然可以颠倒人妖混淆黑白，为民族的正气之所系的精英定罪，这是何等的荒谬与悲哀！面对这又一轮狂风暴雨的打击，林则徐傲然挺立，当晚他自刻了一枚题为“宠辱皆忘”的图章，让我们至今仍可以看到夜气如磐雷电交加之中，他那壁立千仞的伟岸的身影！

一八四一年夏季，黄河在河南开封缺口，道光帝命东阁大学士、军机大臣王鼎总办河务。陕西蒲城人王鼎是当年林则徐任江西副学政时的正学政，对则徐的评价极高，在共同的工作中建立了深厚的友谊，他便奏请娴于河务的则徐协办，于是则徐从遣戍途中折回河南改役治河，效力“赎罪”。林则徐到汴之后，协助王鼎保卫开封，拯救灾民，筹办祥符堵口工程，日以继夜，肃肃宵征，半年之中每天都在工地上熬到半夜之后才能草草就寝。开封保住，堵口竣工，少不了对官员论工行赏，王鼎也上奏说则徐“深资得力”，请求按例重新起用，不然也请将功折罪，收回对他的流放令。但一心讨好洋人的朝廷指令在合龙之日宣读的谕旨，竟是“仍遵前旨，即行起解，发往伊犁效力赎罪”，王鼎听后大惊失色，而林则徐却神情淡定。次日，则徐于祥符工地启程北上，王鼎相送河干，泪下如雨。主人下马客在船，举酒欲饮无管弦。则徐赠诗二首，题曰《壬寅二月祥符河复，仍由河干遣戍伊犁。蒲城相国涕泣为别。愧无以慰其意，呈诗二首》：

幸瞻巨手挽银河，休为羁臣怅荷戈。
精卫原知填海误，蚊虻早愧负山多。
西行有梦随丹漆，东望何人问斧柯？
塞马未堪论得失，相公且莫涕滂沱。

元老忧时鬓已霜，吾衰亦感发苍苍。
余生岂惜投豺虎？群策当思制犬羊。
人事如棋浑不定，君恩每饭总难忘。
公身幸保千钧重，宝剑还期赐上方。

诗中虽有“君恩难忘”之语，我认为那既是时代的局限，更是一种既保存自己也保护对方的生存策略，感时忧世之情却是全诗的主旋律。王鼎返京后，痛斥投降派穆彰阿与琦善之流，再次鼎力举荐林则徐，已决心按妥协退让委曲求全之既定方针办的道光帝置之不理，王鼎于是“自草遗疏，闭户自缢而死”，如此侠肝义胆，也称得上是友谊地久天长了。道光二十二年（1842），林则徐在伊犁戍所闻此恶讯，作《哭王文恪公二首》，其中有“伤心知己千行泪，洒向平沙大幕风”之语，“大幕”者，“大漠”也，如林则徐这种刚正与刚强的顶天立地伟丈夫，他是为友人哭，也是为自己哭，更是为民族的命运与前途哭，男儿有泪不轻弹，他之泪下千行，当是只缘已到伤心处了。

五

横加贬谪之后，流放边荒而令其在折磨中老死异域，是历代统治者的险恶用心与对待志士仁人的传统手段。道光帝及其左右佞臣对待林则徐就是如此，这个昏庸而暴戾的皇帝为了讨好英国侵略者，更必须作出严贬而不稍怠的姿态。然而，天高皇帝远，公道在人心，即使是在封建极权制度之下，舆论也是无法“一律”和“统一”的，林则徐在中原西行之前，开封知府邹鸣鹤竟公开宣示：“有人能救林则徐者酬万金！”在祥符工地启程时，当朝相国王鼎于河边洒泪送别。西行途中，不仅是普通百姓闻讯前来，各级许多良心未泯的地方官员也不计利害争相迎送，好像他们迎送的不是一个发配边疆的罪人，而是一位凯旋归来的英雄。

一八四二年五月中旬，林则徐辗转到达西安。由于积劳也由于积忧，则徐缠绵病榻。八月中旬，病愈的林则徐带着二儿聪彝、四儿拱枢继续西行，离开西安时，“自将军、院、司、道、府以及州、县、营员送于郊外者三十余人”。一百余年后彭德怀等人因上书罹难时，交相攻伐者有之，落井下石者有之，随声吠影者有之，避之唯恐不及者有之，视若路人者有之，那该是何等的孤独与凄凉！林则徐当年之被遣戍，民间之同情痛心自不必说，即使是官场中人，后代与之似乎也不可同日而语。前来送别的，还有从家乡远道赶来的数十年相濡以沫的夫人。夫人邓淑卿小则徐四岁，两人琴瑟和谐，白头偕老。林则徐一生未娶如夫人，当然更不像今日某些官员之包二奶，养小蜜，他于公于私都堪称正人君子，品格堂堂。道光二十一年三月十七日（1841年6月8日），林夫人五十三岁生日，其时则徐待罪广州，夫人偕三、四两儿于月前离开广州寄寓南雄（今广东南雄县），则徐曾作《辛丑三月十七日室人生日有感》二首：

敢将梁案举眉齐，家室苍茫感仳离。
度岭芒鞋浑入梦，支床蓬鬓强临歧。
剧怜草长莺飞日，正是鸾飘凤泊时。
婺尾一杯春已暮，儿曹漫献北堂卮。

偕老刚符百十龄，相期白首影随形。
无端骨肉分三地，遥比河梁隔两星。
莲子房深空见薏，桃花浪急易飘萍。
遥知手握牟尼串，犹念金刚般若经。

贺生日之诗写来鹣鲽情深，缠绵悱恻，可见大英雄也有小儿女之情，而今远谪边荒，夫人赶来送行，生离也许即为死别，林则徐作《赴戍登程口占示家人》二首，那是光耀天地时间的风沙永远也无法磨蚀的诗章：

出门一笑莫心哀，浩荡襟怀到处开。
时事难从无过立，达官非自有生来。
风涛回首空三岛，尘壤从头数九垓。
休信儿童轻薄语，嗤他赵老送灯台。

力微任重久神疲，再竭衰庸定不支。
苟利国家生死以，岂因祸福避趋之？
谪居正是君恩厚，养拙刚于戍卒宜。
戏与山妻谈故事，试吟断送老头皮。

林则徐即兴而作的上述“口占”之诗，既是苦中作乐，宽慰妻小，更多的却是置生死于度外，襟怀浩荡。通篇在刚严正大之中不乏幽默风趣。第一首末联的典故，见之于欧阳修《归田录》所引之俚谚：“老赵送灯台，一去更不来。”第二首末联的典故出自苏轼《东坡志林》。苏轼因“乌台诗案”于湖州被逮解京，妻与子送行时皆哭泣不止，坡顾谓曰：“子独不能如杨处士妻作一首诗送我乎？”（笔者注：宋真宗闻隐士杨朴能诗，召对问：“此来有人作诗送卿否？”对曰：“臣妻有一首，云‘更休落魄耽杯酒，且莫猖狂爱咏诗，今日捉将官里去，这回断送老头皮。’”上大笑，放还山。）林则徐自幼饱读诗书，老大后作诗时随手拈来，贴切自然，皆成妙谛。尤其是“苟利国家生死以，岂因祸福避趋之”这一百炼精金般的警句，它是“海纳百川，有容乃大；壁立千仞，无欲则刚”一联的引申，是作者自己十分钟爱常不离口的自励之语，是历时一个半世纪依然光芒四射的警句，是沧海横流的今日仍然可以振聋发聩的警钟！

道光二十二年八月十四日（1842年9月28日），时任甘肃甘定县（今定西县）主簿字子茂的程德培从兰州陪送林则徐西行十日，到达凉州（今武威县），他作诗四首为林则徐送行，林则徐作《子茂薄君自兰泉送余至凉州且赋七律四章赠行次韵奉答》，其中有“弃璞何须惜卞和，门庭转喜雀堪罗。频搔白发惭衰病，犹剩丹心耐折磨”，以及“小丑跳梁谁殄灭，中原揽辔望澄清。关山万里残宵梦，犹听江东战鼓声”之句。十月九日，他在肃州（今酒泉市）接到先行遣戍的战友邓廷桢的来信，他即作书奉答并赋《将出玉关得嶰筠前辈自伊犁来书赋此却寄二首》，两诗的结尾分别是“知是旷怀能作达，只愁烽火照江南”和“中原若得销金革，两叟何妨老戍边”。由肃州前行二十里，途经嘉峪关时，在道光二十二年九月初八日（1842年10月11日）。林则徐《壬寅日记》记载：“今晨起行，余策马出嘉峪关。”就像他年轻时咏叹贵州的群山一样，高贵而伟大的灵魂，总是对高贵而伟大的事物一见钟情，心心相印，何况他见雄关绝塞而总不免忧时伤国，于是，《出嘉峪关感赋四首》便在他的笔端奔涌而出：

严关百尺界天西，万里征人驻马蹄。
飞阁遥连秦树直，缭垣斜压陇云低。
天山巉削摩肩立，瀚海苍茫入望迷。
谁道殽函千古险，回看只见一丸泥。

东西尉候往来通，博望星槎笑凿空。
塞下传笳歌敕勒，楼头倚剑接崆峒。
长城饮马寒宵月，古戍盘雕大漠风。
除是卢龙山海险，东南谁比此关雄！

敦煌旧塞委荒烟，今日阳关古酒泉。
不比鸿沟分汉地，全收雁碛入遥天。
威宣贰负陈尸后，疆拓匈奴断臂前。
西域若非神武定，何时此地罢防边？

一骑才过即闭关，中原回首泪痕潸。
弃繻人去谁能识？投笔功成老亦还。
夺得胭脂颜色淡，唱残杨柳鬓毛斑。
我来别有征途感，不为衰龄盼赐环。

没有衰飒，没有颓唐，没有人不寐将军白发征夫泪，没有哀告乞怜而盼被赦召还（赐还），有的是英风胜概，有的是忧心国事，有的是别有征途之感。巍巍雄关需要巍巍雄诗，只有如此雄诗才配得上如此雄关！犹忆二十世纪八十年代之初我去新疆忝列

《绿风》诗刊举办之“绿风诗会”，一丸落日中车过闻名已久的嘉峪关，凝眸良久，四围暮色苍茫胸中也百感苍茫，可惜当时对一百多年前林则徐过此关时的上述诗篇一无所知，不然我定会虔诚默诵，以略表对这位落难的民族英雄的祭奠！

林则徐虽是被当朝视如并甩往边疆的一块破铜烂铁，如前所述，他在中下层官吏和民众心目中却仍是尊贵的璞玉精钢。他抵达兰州，督抚亲率文职官员出城迎侯，武官更迎出十里之外，过甘肃古浪县，县知事远至离县三十一里之外的驿站恭迎，入新疆哈密，办事大臣率文武官员到下榻之地拜见，至乌鲁木齐，地方官员热忱接待并妥为准备车辆。一八四二年十二月十一日，经过四月有余的长途跋涉，舟车劳顿，则徐终于到达流放之地伊犁，监管他的伊犁将军布彦泰立即到他的住地拜候，并在衣食住行诸方面悉心照拂，以后还多次向道光帝上奏林则徐开发和建设边疆的劳绩。从林则徐于道光二十二年抵达伊犁忠远城算起，到道光二十五年召回，林则徐新疆流放历时四年，从五十九岁至六十二岁。“我来别有征途感”，这是林则徐的生命的新的“长征”。在这四年中，他以抱病之身，对抗恶劣环境的折磨，忍受远离战场的寂寞、远离亲人的痛苦和欲加之罪何患无辞的冤屈，仍然奔走于北疆与南疆之间，带领群众垦荒田，修水利，不但仍然洁身自好，婉谢好心者为他“捐赎”即捐金赎罪，而且还捐出自己私蓄承修一段河渠，此渠被后人称为“林公渠”，使用了一百二十三年，直到一九六七年新渠建成才光荣告退。如此如此，试问古今几人能够？布彦泰因此屡上奏疏，说林则徐是在他“平生所见之人中”“实无出其右”的“有用之才”，恳请道光帝“弃瑕录用”。林则徐在新疆期间，写了一系列九死其犹未悔的忧患与忧愤之作，也写了表现兄弟民族生活与风习的《回族竹枝词三十首》，可以说是继唐代边塞诗之后的清代边塞诗。不过，在林则徐的新疆诗作中，我最喜欢的却是如下两首：

金风吹老鬓边丝，如此良宵醉岂辞。
莫说七襄天上事，早空杼柚有谁知？
——《七夕次嶰筠韵》

天山万笏耸琼瑶，导我西行伴寂寥。
我与山灵相对笑，满天晴雪共难消！
——《塞外杂咏》

道光二十三年七月初七（1843年8月2日）邓廷桢约请林则徐等人小聚，次日邓廷桢以七夕诗绝句三首索和，其中一首是："岂是针楼乞巧思，微波款款欲通辞。坐中各有千秋泪，洒向星娥知不知？"其作本是别有寄托的好诗，则徐的和诗与之堪称双璧。《诗经·小雅·大东》说："跂彼织女，终日七襄，虽则七襄，不成报章。"又曰："大东小东，杼柚其空。"林则徐之诗由此生发开去，不惟想象空灵超逸，而且内蕴深远，它寓指的是在帝国主义者侵略与清政府横征暴敛之下国民的困苦，国力的空虚，国势的衰败。在他以前古人所有咏七夕的诗中，虽然不乏佳作，但有谁见过如此胸襟如此寄意如此境界的好诗？今日的芸芸新诗人咏七夕之作呢？至于《塞外杂咏》一诗，则是物我交融，想落天外，逆境之中仍然一腔豪气干云，一派英风浩荡，一片奇光异采。作者本为人中之龙，故而也是诗中之杰，只知蝇营狗苟的庸官俗吏与之相较固然判若云泥，只知平平仄仄小技雕虫的凡夫俗子又岂可望其项背？

尾声

古语云：君威难测。俗语说：伴君如伴虎。此可谓古今皆然。道光二十五年（1845），因为“工作需要”，林则徐被起用为陕甘总督，次年接任病逝之邓廷桢为陕甘巡抚，道光二十七年调云贵总督，道光二十九年九月因病告归故里，道光三十年（1850年8月5日），以六十六岁的羸病之身奉旨以钦差大臣赴广西镇压洪秀全起义。旅途辛苦，加之积劳成疾，药石罔效的林则徐于道光十月十九日（11月22日）病逝于广东普宁县洪阳镇洪新书院（今洪阳第三小学）。此年正月道光已经归天，新即位的咸丰皇帝大发慈悲，对林则徐“晋太子太傅衔，照总督例赐恤，任内一切处分悉予开复”，并谥号“文忠”，并亲撰挽联以悼，大约相当于现代的冤假错案之“平反”，待遇甚或过之。但林则徐“一切”都不知道了，对于这样的无欲则刚的伟人而言，“一切”身后事本来都不必知道。

他晚年尚有一事，值得特笔追记：

两江总督陶澍的女婿后来成为湘军名将的胡林翼，是林则徐的好友，他极赞左宗棠为“近日楚才第一”，曾向林则徐介绍推荐。左宗棠其时尚是一介布衣，三试不第，但他对林则徐仰慕已久。道光二十九年林则徐夫人去世，则徐悲痛中旧疾复发而辞官归里。十一月二十一日（1850年1月3日），在长沙城边湘江舟中，六十五岁的林则徐约见了三十七岁的左宗棠，两人年龄与地位均差距甚大，但林则徐一见即“诧为绝世奇才”，畅谈达曙。则徐预见到俄国将成为中国西疆的大患，乃将自己的战守计划和有关材料全部交付左宗棠，寄以厚望，并书一联相赠：

此地有崇山竣岭茂林修竹；
是能读三坟五典八索九丘。

上联写湘江夜话时壮美的环境景物，下联抒心罗中华文化的广阔胸怀，这既是对湘楚奇才左宗棠的期许，是对这一忘年的世纪性相逢的纪念，是否也是对左宗棠二十岁时所作的自许之联“身无半亩，心忧天下；读书万卷，神交古人”的呼应呢？二十六年之后，已是陕甘总督身膺重寄的左宗棠，虽已过花甲之年，但却继承林则徐的遗志，主动请缨，率领六万湖湘子弟“抬棺进疆”——以明誓死抗击英俄收复新疆失地的壮志。在去世之前一年，他为林则徐的《林文忠公政书》作叙，对近卅年前的湘江夜话还特为记叙，念念未能忘情，而他当年惊闻林则徐逝世所写的挽联，更是意挚情真，锥心泣血，词句警炼，至今仍光耀在林则徐祠堂的堂柱之上：

附公者不皆君子，间公者必是小人，忧国如家，二百余年遗直在；

庙堂倚之为长城，草野望之若时雨，出师未捷，八千里路大星颓！

大星虽早已殒落，光芒却永照人间。林则徐啊，千万人中之龙，亿万人中之杰，历史的不朽丰碑，夜空的灿烂星斗，不论世事如何翻覆，不论江海怎样横流，值得中华民族的优秀子孙永远纪念！

剑气与箫声

龚自珍，这位敲响了中国近代史门环的杰出思想家，也是中国古代诗歌天宇上最后也最灿烂的一颗星辰。我在人间仰望他的星辉，也有几十年岁月了。然而，以前多次杭州匆匆来去，竟不知城东的马坡巷就是他的诞生之地，一九九〇年元旦于马坡巷建成“龚自珍纪念馆”的消息，我也一无所闻，真是愧对前贤。不仅是我，大约连许多杭州人对此都懵然不知吧。难怪至今未曾谋面的广东番禺友人何永沂君，在其《点灯集》中有写于一九九九年的《杭州行》，其一就是感慨系之的《寻访龚自珍纪念馆》：“大街横巷觅多时，十问途人九不知。市井已忘真国士？我来倾倒定公诗。”

时至不久前的一个春日，我重到杭州，才得以请杭州的诗人董培伦做导游，带我穿过车如流水马如龙的闹市红尘，在马坡巷那一条小巷里去寻觅大诗人的遗踪，重温他冠绝当时也名传后世的奇丽瑰玮的诗句，隔着二百年的苍茫岁月，观赏那依然横空的凛凛剑气，倾听那依然悱恻的袅袅箫声。

一

生于乾隆五十七年（1792），卒于道光二十一年（1841），千古文章未尽才，龚自珍享年只有短短的五十岁，而且“一夕暴卒”，死因至今成谜。但他这位杰出的思想家与文学家，横空出世在历史的晨昏线上，站在送旧迎新的新旧时代之交，回眸以往，“才”无旁贷地充当了中国古代诗人才华横溢的殿军，书写了中国古代诗史辉煌的最后一页；瞻望未来，“责”无他让地担当了近代思想的启蒙者的先锋，预言了虽然朦胧却已遥遥在望的新世纪的曙光。西方一位哲人在论意大利诗人但丁时，曾说他“是中世纪的最后一位诗人，同时又是新时代的最初一位诗人”。中国的龚自珍，不也正是如此吗？

龚自珍生当清王朝由盛转衰的历史转折时期。到十八世纪上半叶，所谓的“康乾盛世”，已经成了徒供追怀与自慰的梦幻泡影，清王朝此时所唱的，已是江河日下的哀歌。外有列强联合入侵，内有吏治极端腐败，贫富极其不均，农民起义此起彼伏。在龚自珍逝世的前一年，“鸦片战争”爆发，清代历时二百七十年，列强以鸦片的芬芳与炮火的硝烟，共同为清代的后七十年也为中国自封建社会进入半封建半殖民社会，赠送了其居心叵测的贺礼。吏风与士风腐败，现实百孔千疮，民族面临危急存亡之秋，华夏处于风雨飘摇之中。然而，满清统治集团却仍然只贪图眼前的逸乐享受，歌舞升平，醉生梦死，如一驾老态龙钟破旧颓败的马车，在弄权与腐败的年久失修的道路上，加速向寿终正寝的终点奔驰。

知识分子并不一定就是时代的思想家与政论家，但时代的思想家与政论家，一定是时代最清醒最先进最勇敢的知识分子，他们才真正是时代的慧眼与良心，铁肩与号角。龚自珍就是这样，他出生于由学者而官宦的清华门第，父亲龚丽正精通史学与经学，著有《国语补注》，在龚自珍八岁时就授之以《文选》；母亲段驯是诗人，著有《绿华吟榭诗草》，在儿子幼时即教他习诵吴梅村等人的诗作，那深宵不寐的星光与灯光，就是龚自珍诗兴与诗才最早的光源。“莫从文体问高卑，生就灯前儿女诗。一种春声忘不得，长安放学夜归时”，三十二岁时母亲逝世，他写的《三别好诗》追怀旧事，情见乎辞。外祖父段玉裁是乾嘉之世著名的文字学家，其注释的《说文解字》誉满当时，他不仅为龚自珍传道授业解惑，在七十九岁的高龄，还勉励时年二十二岁的龚自珍说，要“勿读无益之书，勿作无用之事”，“努力为名儒，为名臣，勿愿为名士”（《与外孙龚自珍札》）。龚自珍年少时即才华焕发，十二岁作《水仙花赋》，雄奇而哀艳，他的业师宋璠十分赞赏，认为比古代的神童如唐代的李邺等人，有过之而无不及。然而，具有这样良好的家庭教育与不世出的才华，龚自珍却屡试不第，仕途蹭蹬。心怀拯世济民之想，目击天下四方之忧，他幸而未能成为给帝王效劳的名臣，也未能成为完全的名儒与名士，而却成了名震当时与后世的思想家、政治家与文学家，星斗其文，光辉不灭，至今都令人追怀与仰望。

龚自珍同时代的许多文士浑浑噩噩，大唱其“四海晏清，天下升平”的赞歌，充当“颂诗班”的角色而仍然洋洋自得，而一般的学者，也纷纷钻进故纸堆中考订“虫鱼”，为“文治武功”的清朝“盛世”装潢门面，并在严酷的文字狱的阴影笼罩下求得一己之苟安，而具家学渊源又深受前辈思想家影响的龚自珍，却心系苍生，情寄安危，忧心民瘼国是。其《咏史》诗说：“金粉东南十五州，万重恩怨属名流。牢盆狎客操全算，团扇才人踞上游。避席畏闻文字狱，著书都为稻粱谋。田横五百人安在，难道归来尽列侯？”上层人物追金逐粉，钩心斗角，官僚权贵与幸臣门客把持财政，贵族子弟高踞要津，统治者在政治和思想领域实行高压，一般文人都战战兢兢，著书立说不关国计民生，更不敢指陈时弊。“吟到恩仇心事涌，江湖侠骨已无多”，这，就是龚自珍对现实的深长叹息，对时局的深邃观照，对弊端的深刻批判。他的《己亥杂诗》中第八十三与第一百二十三两首诗，反映的正是世上疮痍，民生疾苦，仁者心肠，志士怀抱，至今读来仍令人心为之热：

只筹一缆十夫多，细算千艘渡此河。
我亦曾糜太仓粟，夜闻邪许泪滂沱！

不论盐铁不筹河，独倚东南涕泪多。
国赋三升民一斗，屠牛那不胜栽禾！

字里行间，抒发的是对劳动人民苦难的同情，揭露的是统治者穷奢极欲贪得无厌的榨取，更令人心血如沸的，是受纳税人之赐而享受俸禄的龚自珍的自惭与自责，“身无疾病思田里，邑有流亡愧俸钱”（韦应物），古往今来的官员，有多少人有这种反省意识和忏悔心理呢？

今日十分热门的“改革”一词，早在一百多年前就已经出现在龚自珍的如椽之笔下了。风起于青苹之末，山雨欲来，他见微知著，预言“改革”是当局唯一的出路，否则必然被历史所淘汰，被后起者所取代。公元一八一五年（乙亥）和公元一八一六年（丙子），龚自珍年过弱冠不久，他在北京写了十一篇系列政论文章，统称《乙丙之际箸议》，宣传他革新变法的主张，对封建社会的政治、经济、文化、司法、吏治等方面的丑恶黑暗，进行了全面的抨击。他以天下为己任，纵论国家兴亡之计，警告当局要革新时政，“与其赠来者以勍改革，孰若自改革”。警钟为谁而鸣？早在近二百年前即倡议“改革”，这岂止是空谷的足音，更是时代的号角，警世的洪钟。

在写作《乙丙之际箸议》之后三年，龚自珍和友人游览北京陶然亭，题诗于亭之粉壁。此诗收录在《杂诗，己卯自春徂夏，在京师作，得十有四首》之中，序列为十一：

楼阁参差未上灯，菰芦深处有人行。
凭君且莫登高望，忽忽中原暮霭生！

陶然亭，在京师城南右安门内，先农坛西侧，今日陶然亭人民公园内。此亭系清工部郎中江藻于公元一六九五年所建，取白居易“更待菊花家酿熟，与君一醉一陶然”诗意，名为“陶然亭”，京中人称“江亭”。亭前一望的水草丛生的低洼之地，名“南下洼”。由午后至黄昏，龚自珍游览临眺，诗的前两句写陶然亭近处具体的小景色，后两句却宕开一笔，表现出的却是时代的大忧患。黄昏与夕阳，在中国诗歌中大体上是象征没落的原型意象，龚自珍也十分喜欢以此象征江河日下的国势，如“秋气不惊堂内燕，夕阳还恋路旁鸦”（《逆旅题壁，次周伯恬原韵》），“夕阳忽下中原去，笑咏风花殿六朝”（《梦中作》），均是如此。有人说，诗人都是寓言家，如英国诗人雪莱在他的名作《西风颂》中，写下了“西风啊，如果冬天来了，春天还会远吗”的名句，后人称之为“天才的预言家”。当然，在这样的“诗人”之前，应该加上“真正的”或“杰出的”字样，正如俄国大诗人普希金所说：“真正的诗人有责任唤醒世人。”生当末世，许多人还懵然昏然甚至怡然陶然之时，“忽忽中原暮霭生”，龚自珍就已经发出国将不国的预言，预见清王朝日落西山的必然命运了，这时他才二十七岁，这是何等洞烛先机的慧眼和无与伦比的胆识！近人徐珂所编《清稗类钞》博采清人文集笔记，广搜清代掌故轶闻，说及他的相貌，其中有句是“目炯炯如岩下电”，龚自珍，真是目光如炬亦如电啊！

五十年代中期我在北京求学，也曾和不识愁滋味的同学少年一游陶然亭。当时，对龚自珍在此所题的上述之诗茫然不知，所以更无追怀之情，凭吊之想，而今识尽愁滋味，熟谙自珍诗，不仅前贤已杳，自己也早已人在江南。不知何时有缘再到京华，专程去陶然亭捡拾起少年的足印和龚自珍遗落在那里的诗句？

二

龚自珍乃不可多得的天纵之才，加之有得天独厚的文化教养，品、才、学、识四者俱备，年轻时即名满东南，是他那个时代的顶尖级人物。同时代的李慈铭就称他为“霸才”，而同是清代思想家、改革家的魏源为其文编集，在《定庵文录叙》中称其“自成宇宙”。赢得生前身后名，在他们之后，黄遵宪、梁启超、柳亚子等人，对龚自珍的评价都极高。近现代之交的“南社”诗人柳亚子，推崇他“三百年来第一流，飞仙剑客古无俦”，而唐弢在《鲁迅全集补遗续编》的“后记”中，也曾追忆鲁迅生前“特好定庵诗”，沈尹默的《追忆鲁迅先生六绝句》，也特别提出鲁迅“喜学定庵诗”。我曾在冰心老人的客厅见到梁启超为她手书的条幅，“世事沧桑心事定，心中海岳梦中飞”，也是集龚自珍之句。由此可见他的深远影响，其人虽已殁，但犹如夕阳虽然已经落山，霞光却仍久久燃烧于天际。

作为时代的一流人物，本应该有宽广的天地让他一展宏图，有宽阔的舞台让他大展身手，然而，就像骏马羁于厩下，没有原野可以一骋千里之足；就像雄鹰囚于笼中，没有长天可以一搏万里风云。科举这条羊肠小道，几乎是封建时代知识分子仕进和施展抱负的唯一途径，龚自珍十九岁进入科场，历经四次考试，十年后才得中举人，此后连考六次，才于又十年后得中进士，然而却是三甲的第十九名，并非名列前茅，而是差一点又名落孙山。这是主考者的有眼无珠呢？还是素有狂名的龚自珍放言高论，触犯时忌，早已令人侧目？也许二者兼而有之吧。总之，闲曹冷署，七品京官，相当于现在多如牛毛的处级干部，根本无法施展他的经国济世之才。龚自珍在《己亥杂诗》中论及丰才啬遇的诗人舒位和彭兆荪，说他们“如此高材胜高第，头衔追赠薄三唐”，大约也包含了自己无穷的身世之感吧?

前面说过，龚自珍是他的时代的预言家。在官场，他属于“弱势群体”中的一员，于时代，他却是无人可以比肩的强者。他没有弱者的自卑，而只有强者的自信。在《明良论》这组文章中，他针对吏治的腐败，指出“士不知耻”是“国家之大耻”，抨击论资排辈的用人制度的种种弊端，甚至认为君主制度是所有社会弊病的总根源，锋芒所向，直指封建帝王。在四十八岁辞官南归途中，他的《己亥杂诗》第七十六首就曾经写道：

文章合有老波澜，莫作鄱阳夹漈看。
五十年中言定验，苍茫六合此微官。

位卑未敢忘忧国，诗人目光如炬，对西方殖民主义者和东方沙俄帝国侵略中国忧心忡忡，怀有高度的警惕，写有《西域置行省议》与《东南罢番舶议》二文。这不是一般的地理纪闻和历史考证，而是时代的先觉与预言，但当局却不予采纳。五十年后，龚自珍的纸上预见都一一成了中国土地上的现实。骏马嘶风，有谁知道那志在千里的雄心与壮志?警钟长鸣，有谁愿意听并听得懂预言者的钟声?

龚自珍呼吁和主张改革，他的医国之方包括伸张士气，保持天下之士的羞耻之心；平均财富，勿使贫富差距过于悬殊；改革科举选拔制度，破格录用人才等。他从对官场的认识和自己的切身体验出发，提出要培养和重用真正于国于民有用的人才。早在《上大学士书》中，他就提出了其“人才学”的根本观点：“自古及今，法无不改，势无不积，事例无不变迁，风气无不移易——所恃者，人才必不绝于世而已。”当时的科举制度弊病丛生，大批有识有志之士都进不了官场，而官场讲究论资排辈与人身依附，裙带关系品格刚直之士更难脱颖而出，往往是庸物奴才身居高位，发号施令，而英才俊士则沉沦下僚，噤口吞声。如同龚自珍在《咏史二首》之一中所说："猿鹤惊心悲皓月，鱼龙得意舞高秋。"《己亥杂诗》第一百二十五首，他更是慨乎言之：

九州生气恃风雷，万马齐喑究可哀。
我劝天公重抖擞，不拘一格降人才！

诗人南归时途经镇江，见到上万人祷告祭祀向神求福祈雨，道士请他撰写设坛祭祀之文，别有怀抱的他有感而发，写下了这首大气磅礴而渴求变革的诗篇。"风雷"，本指自然现象，这里却是指雷厉风行的政治变革与摧枯拉朽的变革激情。龚自珍的诗多次咏赞了"风雷"，如"眼前二万里风雷，飞出胸中不费才"，如"著书不为丹铅误，中有风雷老将心"，如"狼藉丹黄窃自哀，高吟肺腑走风雷。不容明月沉天去，却有江涛动地来。"上述诗章抨击极权制度禁锢思想，钳制言论，以言治罪，扼杀人才，导致社会死气沉沉，因而呼唤社会变革，呼唤进行社会变革的各种有用之才。"狂言重起廿年喑"，"人材毕竟恃宗工"，这种时代的最强音，不仅如鼓角震撼当时，如怒潮传扬后世，也如警钟警示今天。

"可怜闲杀栋梁才"，这是龚自珍所欣赏赞扬的前辈诗人舒位的诗句。舒位是自咏，不也可以视为对龚自珍这种无双国士的他咏？林则徐与龚自珍可称世交，因龚自珍的父亲龚丽正与林则徐在道光二年（1822）同时被召见问对，有同官之谊。林则徐应是龚自珍的前辈，但因龚自珍仅小他七岁，又多有往还，所以他们又是好友。林则徐衔命出都南下禁烟，龚自珍赠他一方石砚，砚背刻王羲之的《快雪时晴帖》，龚自珍又以"快雪时晴"为主旨作砚铭相赠，勉励林则徐禁烟雷厉风行，大功告成，扫除阴霾，还中华以朗朗乾坤。此砚一直追随林则徐左右，林则徐贬往新疆时也一路随行。砚石上刻有他的亲笔绝句：

定盦贻我时晴砚，相随曾出玉门关。
龙沙万里交游少，风雪天山共往还。

小小的石砚，深深的友谊。其实，道光十八年（1838），林则徐以钦差大臣的身份赴广东禁烟，龚自珍就曾欲随行。次年，龚自珍的《己亥杂诗》第八十五首写道：

故人横海拜将军，侧立南天未蒇勋。
我有阴符三百字，蜡丸难寄惜雄文。

对故友的拳拳之意，对民族的殷殷之心，报国无门的苦闷，怀才不遇的抑郁，尽在寥寥的二十八字之中。林则徐离京时，龚自珍就写过《送钦差大臣侯官林公序》，表达他关于禁烟和抵御外国侵略的意见。林则徐南下途中细读此文，其激情、挚谊与胆识令他感动无已。他在复信中说道："责难陈义之高，非谋识宏远者不能言，而非关注深切者不肯言也。"至于龚自珍欲随其南下参与禁烟大计受阻的原因，复信中也隐约透露了消息："弟非敢沮止旌旆之南，而事势有难言者。"这里的所谓"事势"，大约是龚自珍惊世骇俗的狂放言行，伤时之语，骂座之言，得罪了当朝掌权的达官贵人。满朝文武大臣，除少数比较开明者外，不是他的反对派，就是他的镇压者。友人魏源曾担心他为锋芒毕露的诗文所累，他的回答是虎豹去其爪牙，何异于绵羊？宝剑折其锋刃，与破铜烂铁何异？宁无榜上功名，也不变节易志。从他留传至今的三百多篇文章中，篇篇可见铮铮风骨。友人庄绶甲曾去信劝他修改《乙丙之际箸议》，以免得罪当道，遭人诬陷，他回以一诗："文格渐卑庸福近，不知庸福究何如？常州庄四能怜我，劝我狂删乙丙书。"（《杂诗，已卯自春徂夏，在京师作得十有四首》之二）此诗是自嘲亦以自励。龚自珍不仅报国无门，还被罚俸一年，为免遭更大的迫害，只得匆匆辞官南归，连家属都不及携带。生不逢时，明珠投暗，古往今来许多有大才而又独立特行者，他们的命运为什么大都如此呢？

三

有如名牌产品的注册商标，"剑"与"箫"，大约是龚自珍的至爱，在他的诗作中，是联袂出镜频率最高的两个原型意象。读龚自珍的诗词，你的眼前，会飞舞勇者的寒芒四射的闪闪剑光，令人联想到他狂放不羁的性格和建功立业的强烈愿望；你的耳畔，会传来情者缠绵悱恻的箫声，令人联想到他怀才不遇的悲怨和柔情似水的惆怅。

在大自然中，暴风雨之后有清明的晴霁，崇山峻岭中有柔婉的清溪。在人类生活中，有金戈铁马的战斗生涯，也有花前月下的柔情旖旎。一位杰出之士往往也是如此，作为时代先驱，他当然秉赋了天地间的烈火狂飙风云叱咤，作为多情种子，他当然也有柔肠百转菩萨低眉。无情未必真豪杰，怜子如何不丈夫？阳刚之气与豪放之势，幽怨之情与哀婉之意，剑气与箫心，构成了龚自珍诗作的二重奏。"剑气"，是思想家，政治家凌厉无前的批判锋芒，是热烈奇瑰的浪漫主义精神气魄；"箫心"，则是才人名士出自肺腑的哀艳痴情，是如泣如诉的个人天地的感情体验。龚自珍大半生从十四岁到四十岁的诗作，他曾经手编，"勒成二十七卷"，然而却大都毁失，不复可寻，幸而流传至今的诗作大约还有六百首左右，包括后期的大型绝句组诗《己亥杂诗》

三百一十五首在内。这些作品，均显示了他自己所说的“亦狂亦侠亦温文”的风标。

龚自珍诗作中的“剑气”，我已在前文中略事涉及。他的“箫心”呢？“气寒西北何人剑？声满东南几处箫”（《秋心三首》），“一箫一剑平生意，负尽狂名十五年”（《漫感》），“来何汹涌须挥剑，去尚缠绵可付箫”（《又忏心一首》），“怨去吹箫，狂来说剑，两样消魂味”（《湘月》），“沉思十五年中事，才也纵横，泪也纵横，双负箫心与剑名”（《丑奴儿令》）。在龚自珍的诗词中，除了“一天幽怨欲谁谙？词客如云气正酣。我有箫心吹不得，落花风里别江南”（《吴山人文徵沈书记钖东饯之虎邱》），和《长相思二首》之二中说“箫一枝，笛一枝，吹得春空月堕时。月中人未归”之外，往往是“剑”“箫”对举。龚自珍诗中的“箫”，那痴意柔情与婉约风格，与他的爱情密切相关。古往今来的大诗人，有几个没有写过自恋与他恋的情诗呢？

“少年哀乐过于人，歌泣无端字字真”（《己亥杂诗》第一七〇首），龚自珍，是一位感情真淳、强烈而外向的诗人，他的烈烈的阳刚之气，在他所倾心的异性面前往往转化为婉婉的儿女之情。按现代医学的观点，他的“力比多”极强，“力比多”一词源于拉丁文，狭义是指人类与生俱来的性欲与精力，广义则指人的生命力与创造力。《己亥杂诗》，原是龚自珍四十八岁时从北京返回江南故乡途中的自传式组诗，时间为道光十九年己亥（1839），由当年农历四月二十三日起笔，至同年十二月廿六日止，得诗共三百一十五首，平均一天一首有余，而且多是佳作。这种原始生命力与艺术创造力，本就十分惊人了，在这一大型组诗中，情诗就占了六十二首，约五分之一。其中编号为一八二至一九七的十六首，作者注明“以下十有六首，杭州有所追悼而作”，悼念的是一位杭州女子，据说是他青梅竹马的潘姓表妹，青年时代的恋人，心中永远的伤痛。这一段罗曼史的正式发生，是在道光六年（1826），当时龚自珍有一首《梦中述愿作》：“湖西一曲坠明珰，猎猎纱裙荷叶香。乞貌风鬟陪我坐，他身来作水仙王。”然而，由于长年在外漂泊，错过了归期，“秋风张翰计蹉跎，红豆年年掷逝波”，待到有一年回到杭州，所恋的人已经因病去世，但“艺是针神貌洛神”的恋人，遗赠他以亲手绣制的“汗巾钞袋枕头衣”，这些都是贴身之物，其深情远意可想而知。龚自珍当时就已经痛彻心腑了，十三年后南归家乡，此情可待成追忆，他更情难自已地写下了十六首哀感顽艳的挽歌，有如献祭在表妹坟头的十六个花环。《己亥杂诗》中标号为第一九〇首者是：

昔年诗卷驻精魂，强续狂游拭涕痕。
拉得藕花衫子婢，篮舆仍出涌金门。

往事如烟，诗人强拭啼痕，想重温昔日同游的温馨旧梦，但伊人已杳，他只得拉着恋人的小婢，坐着轿子一同穿过涌金门，前去曾与恋人游赏过的西湖。但这种重游旧地凭吊当年的人生感慨，想必许多读者都曾经体验过吧？在这十六首诗中，最后的标号为第一九三、一九四、一九六、一九七的几首也十分深婉感人：

小婢口齿蛮复蛮，秋衫红泪潸复潸。
眉痕约略弯复弯，婢如夫人难复难。

女儿魂魄完复完，湖山秀气还复还。
炉香瓶卉残复残，他生重见艰复艰。

一十三度溪花红，一百八下西溪钟。

卿家沧桑卿命短，渠侬不关关我侬。

一百八下西溪钟，一十三度溪花红。
是恩是怨无性相，冥祥记里魂朦胧。

睹物思人，诗人睹逝者的婢女而思逝者，更见情何以堪。写恋人的灵魂完美，秀气钟灵，表达的是天长地久此恨绵绵的死别之情。前两首诗的格式，《全唐诗》归入词类，名《字字双》，而北宋李昉等人编辑的《太平广记》，也引用了《灵怪集》所载的“床头锦衾斑复斑，架上朱衣殷复殷。空庭朗月闲复闲，夜长路远山复山”一诗。龚自珍之作，虽有所传承，但却是深情与才力并具的再创造。而后两首中的“溪花红”与“西溪钟”的重言复唱，“钟”之凄凉与“花”之红艳的强烈对照与反衬，更是荡气回肠地抒发了他心灵深处的巨痛沉哀。

年轻时的欢愉与痛苦依然在心头萦回，如同绮丽却不免凄然的早霞；十三年前的伤逝有如昨日，好像没有痊愈的伤口。多感多情的龚自珍在南归途中，又遭遇了一场热烈的刻骨铭心的爱情。乙亥元年（1815），龚自珍从北京回杭州的中途经过清江浦（即袁浦），即今日之江苏省清江市，在一次宴会上邂逅了佳人灵箫。席间限韵赋诗，抽签定韵，龚自珍竟然无巧不成书也不成诗地抽到“箫”字。“箫”，关乎他年少时就喜爱的箫，也巧合眼前的意中人灵箫，于是他灵思泉涌而作三绝句，以记其惊艳之逢，即《己亥杂诗》中的第九十五首至第九十七首：

大宙南东久寂寥，甄陀罗出一枝箫。
箫声容与渡淮去，淮上魂须七日招。

少年击剑更吹箫，剑气箫心一例消。

谁分苍凉归櫂后，万千哀乐集今朝。

天花拂袂著难销，始愧声闻力未超。
青史他年烦点染，定公四纪遇灵箫。

回到杭州不久，龚自珍于当年九月起程北上迎归居京的眷属。用今日的语言，四十八岁的他已经“坠入了爱河”，无法泅泳而出，九月二十五日至十月六日在袁浦逗留十天，如痴如醉地与灵箫共度朝朝暮暮。西方文艺复兴时期，意大利的薄伽丘写有赞美生命而抗议禁欲主义的名著《十日谈》，龚自珍在袁浦十天中写下二十七首《寱词》。“寱”是“呓”的本字，“寱词”即梦中呓语，他自云这十天“大抵醉梦时多醒时少”。加上分手后在离清江浦三十五里的“渔沟镇”的二首，十月十日在“顺河道中”的一首，以及重返杭州后的六首，他共为灵箫写了三十九首情诗，均见于《己亥杂诗》。作为男性诗人，龚自珍对灵箫一见倾心，当然首先是她的美貌与气质：

云英化水景光新，略似骖鸾缥缈身。
一队画师齐敛手，只容心里贮秾春。

绝色呼她心未安，品题天女本来难。
梅魂菊影商量遍，忍作人间花草看？

“仗酒祓清愁，花销英气”，是南宋词人姜夔《翠楼吟》中的名句，龚自珍对此语颇为喜爱，曾请篆刻家丁龙泓刻印。灵箫虽然是风尘女子，但却有英锐之概，也许是她美貌而具英气令龚自珍分外钟情，而龚自珍在对她的赞美之中，也表现了自己的风云之气与壮志未酬的豪情。这种爱情诗，当然就飞动一股豪气侠情，而不至于沦为庸脂俗粉：

风云材略已消磨，甘隶妆台伺眼波。
为恐刘郎英气尽，卷帘梳洗望黄河！

眉痕英绝语谡谡，指挥小婢带韬略。
幸汝生逢清宴时，不然剑底桃花落。

除了以上种种，他们大约还有许多共同的话题，彼此的灵魂得以交流，不然就难以“谁分江湖摇落后，小屏红烛话冬心”，在冬日之夜作倾心之谈了。下面的引诗可以作证：

身世闲商酒半醺，美人胸有北山文。
平交百辈悠悠口，揖罢还期将相勋。

平日众人之间的交往，多是虚与委蛇，投其所好，或是功名利禄，庸俗不堪，所谓“酒逢千杯知己少，话不投机半句多”是也。南齐孔稚珪有名文《北山移文》，讽刺原来隐居后来出山追求功名利禄的庸俗之徒，而龚自珍与灵箫互诉生平，灵箫居然也熟知孔稚珪之文，同样鄙视官场，同情隐逸，和龚自珍同一怀抱，这，当然使得龚自珍更加视她为红颜知己了。

然一朝邂逅再度相聚之后，龚自珍终于要北上去迎接亲眷，他预想南归之时仍然要重经旧地，将情何以堪，何况这是他平生所未有的感情遭际，并非现代的爱情快餐，逢场作戏。男儿有泪不轻弹，只因未到伤心处。他渡过黄河，在泗阳县最大的市集“众兴集”赋诗再寄灵箫：

明知此浦定重过，其奈尊前百感何？

亦是今生未曾有，满襟清泪渡黄河！

这首诗，是墨汁和着泪水写成的。两个月后他从北方南归，“重到袁浦，问讯其人，已归苏州闭门谢客矣。其出处心迹亦有不可测者”。灵箫的出红尘而归隐，也可见她对这一番情缘的看重。

龚自珍的情诗，感情真挚而强烈，是灵魂与生命的投入，非一般的泛情与滥情可比。它与以前文人爱情诗的大不相同之处，是有浓烈的自白与自传的色彩，而非虚拟、隐晦或代他人立言。现代英美诗宗艾略特认为，情诗“乃是公开向你吐露的私语”，龚自珍的情诗正是如此。同时，在摧残人性压抑个性的封建社会中，在壮志难伸令人窒息的境遇里，正如龚自珍自己所说，“设想英雄垂暮日，温柔不住住何乡”，这差不多也是他唯一可以表现自己的活力的方式，也是他摆脱精神孤独的方式。他后来终于去吴县为灵箫脱籍，迎归自己的羽琌山馆。台湾诗人余光中在《龚自珍与雪莱》的比较文学长文中，曾辟有“柔肠篇”专论龚自珍的恋爱与情诗，他说：“一位大作家的心灵有很多面，私己的一面尤见其真。我们要认识的定庵，不仅是魏源的畏友，也是段驯的儿子，灵箫的情人。”在其散文近作《山东甘旅》中的“黄河一掬”一节中，他写自己初见黄河的百感交集，也曾引用龚自珍“亦是今生未曾有，满襟清泪渡黄河”句。诗人知音，知音诗人，龚自珍有知，也该为百余年后有这样的知己而抚髯一笑吧?

今日杭州城东马坡巷内，有一座具有江南风格的建筑，曲院回廊，小桥水榭，人道是龚自珍的故居，现辟为“龚自珍纪念馆”。此巷宋代地处城外，毗邻马院，故名曰“马婆巷”，明代易名马坡巷。龚自珍在世之时，故宅即已易主，他回杭州时曾来此凭吊，有“从此与谁谈古处，马婆巷外立斜阳”之句。一百多年后我远道而来，凭吊龚自珍的凭吊，但纪念馆已暂借给某单位办美院高考复习班，只有耳房里还有一星半点的展品可供观看，但即使立尽斜阳，整个下午参观的游客也只有董培伦和我两人，据说平日也是门庭冷落，与娱乐和休闲场所的热闹天差地别。这种门庭冷落车马稀的景况，似乎各地皆然，我去过浙江金华的艾青纪念馆，湖南浏阳的谭嗣同故居，长沙的贾谊故居和黄兴故居等等，都莫不如此。“没有伟大人物出现的民族，是世界上最可怜的生物之群；有了伟大人物而不知拥护、爱戴、崇仰的国家，是没有希望的奴隶之邦。”郁达夫《怀鲁迅》中的这一警语重到我的心头，久久挥之不去，在春雨霏霏之中，在一代先贤的故居的庭院，在他击剑吹箫的不朽诗句的遗韵里。

千秋不死的英魂毅魄

湘东北万山丛中的名城浏阳，我去朝拜已经不知多少回了，这并非因为那里有大围山与浏阳河等嘉山好水，以自然景观而言，中国超出它们的名山胜水不知还有多少；也不是因为其地有名闻遐迩的烟花爆竹，烟花亮丽，爆竹喧阗，但它们毕竟只是光耀刹那或响亮一时。我去朝拜浏阳，或二三友人结伴偕行，或一人孤身独往，除了浏阳是我所分外尊仰的胡耀邦的故里，还因为在一百多年前那风雨如晦的时代，在中华民族的危急存亡之秋，在新旧世纪交接的时刻，那里的群山峻岭推出了“中国二十世纪开幕第一人”（梁启超语）谭嗣同。

谭嗣同，中国近代史上的奇男子，中华民族的伟丈夫。烈火狂飙，是他的名字；松魂桂魄，是他的名字；银汉星斗，是他的名字；不废江河，是他的名字。浏阳北正街他的故居，才常路他的纪念馆，城外牛石乡山上他的墓地，我多少次追怀凭吊他的遗踪往事，多少回高歌低咏他的杰句华章，顶礼伟大的英烈，扼腕造化的弄人，感喟民族的多艰与人世的沧桑。

一

早生于谭嗣同一百余载，而享年和谭嗣同竟然相同的黄仲则，是清王朝所谓“乾嘉盛世”诗国天空的一颗彗星。他的好友洪亮吉，在《北江诗话》中称他的诗如“咽露秋虫，舞风病鹤”，在《黄君行状》中又说他“平生于功名不甚置念，独恨其诗无幽并豪士气，尝蓄意欲游京师”。一七五六年，黄仲则时年二十七岁，起程北上远去京城，这固然是穷困潦倒的诗人寻找出路，也是希望自己的创作得到雄浑壮丽的江山之助。他在《将之京师杂别》中写道：“自嫌诗少幽燕气，故作冰天跃马行。”在这一方面，百年后的谭嗣同比他幸运多了。

一八七七年，谭嗣同的父亲谭继洵由京官外放甘肃巩秦阶道。他先携十三岁的谭嗣同由北京返回浏阳故里——这是谭嗣同第一次回到家乡，次年再带其赴甘肃上任。万水千山，当时交通不便，通讯落后，加之中原与西北连年干旱，瘟疫流行，他们的长途跋涉可谓甘苦备尝，幕客与仆人死去十余人。谭继洵也中途卧病，数月后的初秋才到达兰州。少年谭嗣同在这一征途中的历练与观感如何，我现在已不得其详了，但却仍然有幸读到他存留到今的最早作品，那就是他此行时年十四岁之作《潼关》：

终古高云簇此城，秋风吹散马蹄声。
河流大野犹嫌束，山入潼关不解平！

潼关，在陕西省潼关县之北。这座雄关险隘，是东来西往的交通要道，也是自古兵家必争之地。古来多少英雄志士在此出出入入，多少才子奇人在此挥毫赋诗。谭嗣同这位未来的英雄，一出手便不同凡响。前两句咏叹关隘风屯云集，气象雄浑，踏破崇山峻岭的马蹄声被秋风吹散，这不仅可见时令与行程，而且颇有振衣千仞的风神与气概。后两句分写山河，浩浩荡荡的黄河在原野上奔流还嫌局促与拘束，而潼关境内尽是崇峰险岫，不知平坦为何物。这是写景，也是谭嗣同自抒怀抱，他以冲决网罗追求自由的豪情，以勇往直前争取解放的气魄，向千古雄关交上了一份出色的少年答卷。这份答卷，和杜甫的《潼关吏》等名篇一起，珍藏在潼关的心中。

读万卷书，行万里路。在这一次初征之后的十年间，谭嗣同在兰州与浏阳之间五度往返，足迹遍及大河上下，长江南北，并远去西北之新疆与东南之台湾，行程合计八万余里，如他自己所说："堪绕地球一周。"谭嗣同的壮游并非为了创作，在跋山涉水之中，他了解风土民情，体察民间疾苦，物色英雄豪杰，同时也磨炼了自己不屈不挠的意志与坚毅顽强的性格，张扬了凌厉无前的任侠精神，在社会现实与时代思潮交相激荡之下，他的思想也由偏于保守而趋于激进。在一个大雪纷飞的冬天，他曾单人独骑，"间道疾驰，凡七昼夜，行千六百里，岩谷阻深，都无人迹，载饥载渴，斧冰作糜，比达，髀肉狼藉，濡染裈裆。此同辈之目骇神战，而嗣同殊不觉"。从给友人沈小沂的上述信函中，可见少年谭嗣同的英雄气概，也可见这位后来的非常之人，当年所做的非常之事。同时代众多的庸碌之辈，只能遥望他一骑绝尘所扬起的尘土！

谭嗣同曾在丁丑年（1877）除夕撰写两副联语："谁将侠气留天地；别有狂名自古今"，"除夕月无光，点一盏灯替乾坤生色；今朝雷未动，击三通鼓代天地扬威"。他当时年仅十三岁，真是所谓"少年心事当拏云"了。在此之后的一八八九年，二十四岁的谭嗣同由兰州去京师途中，经过今河北省井陉县西北井陉山上之井陉关，曾赋《井陉关》一诗以抒自己的侠气狂情：

平生慷慨悲歌士，今日驱车燕赵间。
无限苍茫怀古意，题诗独上井陉关！

战国时的燕赵之地，在今河北、山西及河南省北部。韩愈

《送董邵南游河北序》曾说“燕赵古称多慷慨悲歌之士”，燕赵之地与豪杰之士的关系，由他作了流传后世的界定。谭嗣同虽是南人，却生长于北京，在那里度过童年与少年，而且他娴于技击，任侠使气，一介布衣，心忧天下。他自撰的书房联语即是“家无儋石，气雄万夫”。当驱车燕赵实地来游而赋诗时，一开篇既是对历史上慷慨悲歌之士的遥远怀想，也是当仁不让的当下自许。九年后，他以鲜血呐喊以生命高唱的，不就是一首令今日热血未冷的读者仍怆然神伤凛然气壮的慷慨悲歌吗？独立苍茫，廓然怀古，他在此诗之前作的五律《出潼关渡河》，结句就是“为趁斜阳渡，高吟击楫歌”。中流击楫，是晋代祖逖的故事，后世作为有志澄清天下的同义语。谭嗣同那无限的怀古抚今之意，他当时不可能在有限的诗的文字中为我们一一说明。今天，我们不是可以根据他的思想去寻索，回溯他的行踪去想象，参照他的生平行事去证明吗？

井陉关我至今无缘一访，但青年时代远谪西北，在西去东回的列车上，却多次与潼关擦肩而过。车过潼关，我耳边轰响的，是火车的千轮飞转；我心中敲响的，却是谭嗣同诗中被秋风吹散的马蹄之声。

二

一条浩荡的长河，有它最早的源头；一株苍郁的大树，有它最深的根系。湖湘文化的源头与根系，当是两千多年前的屈原和他的作品所表现的文化品格与人文精神。谭嗣同是近代湖湘文化最杰出的代表之一，他也曾从屈原和他的作品中吸收养分，曾吮吸湖湘文化那源远流长的乳汁。

远古的《诗经》是北方文学，或者说中原文学，“汉之广矣，不可方思，江之永矣，不可泳思”（《周南·汉广》），湖北的汉水是《诗经》的最后的边疆。湖南当时荒凉偏僻，远在它的歌声之外。数百年后勃然而兴的《楚辞》是南方文学，或者说边缘文学。《楚辞》的代表作家屈原，其政治活动与文学生涯都在湖北与湖南，他对美政理想的执着追求，虽九死其犹未悔的顽强意志，为自己的信念而敢于任事勇于献身的精神，作为湖湘文化积极的内核与本质，像一炷永恒的心香，为一代又一代真正的志士文人所传承。谭嗣同出身于书香之门，簪缨之族，少年时代即饱读诗书，并开始写诗，对于屈原及其作品，当然曾馨香顶礼，去他所缔造的诗国做不止一次的神游。“后皇嘉树，橘徕服兮。受命不迁，生南国兮。深固难徙，更壹志兮”，南国之橘的坚贞品格，既是客观物的写实，也是人格美的象征，该如同红宝石一样照亮了谭嗣同年轻的眼睛，像火焰一般燃烧在他的心房吧？《谭嗣同全集》的编者蔡尚思与方行先生曾说，有位李鸿球先生告诉他们，谭嗣同早年对于《史记》与《王勃集》都有很精彩的眉批，数十年前曾见此二书“藏于大岸周家”，后来周宅被毁，两书不知流落何处。珍贵的遗墨不可复见，令人永怀遗憾。谭嗣同对屈赋应该也有许多心得，他虽没有读屈原的专门诗文传世，但其诗作却不止一次提到屈原。一八八八年，二十三岁的谭嗣同从兰州返回湖南途中，写有五律《洞庭夜泊》：“船向镜中泊，水于天上浮。湖光千顷月，雁影一绳秋。帝子遗清泪，湘累赋远游。汀洲芳草歇，何处寄离忧？”无罪而致死曰“累”。此诗前四句写景，后四句触景生情，抒发对含冤负屈而死的屈原的追怀。谭嗣同兄姐各二人，均享年不永。一八九〇年谭嗣同在浏阳故里，怀念他早逝的母亲与兄姐而作悼诗《湘痕词八篇并叙》，诗题中的“湘痕”，也是取湘夫人泪洒斑竹成痕而为屈原所歌咏过的人事。

早在一八八五年冬天，时当弱冠之年的谭嗣同从浏阳再赴甘肃兰州，途经陕西省商洛县之武关。战国时秦楚以武关为界，当年楚怀王被秦昭王诓骗而客死于秦，就是在武关被绑架勒索的。谭嗣同过此作有《武关七绝》一首：

横空绝磴晓青苍，楚水秦山古战场。
我亦湘中旧词客，忍听父老说怀王。

此诗的关键句是“我亦湘中旧词客”一语。“湘中旧词客”当然是指屈原，谭嗣同加之的“我亦”一词，分明是以屈原精神的继承者自励自况。不过，虽自云“旧词客”，但他毕竟是新时代的“新人”，而且时隔数年后即成为近代中国资产阶级维新派的主要人物，激进的爱国者和民主主义革命家。联系到已近尾声的满清王朝的腐败统治，从诗中，我们也可隐约听到作者反对封建帝制和反清的革命思想的消息。这消息，当然要到他后来的皇皇专著《仁学》中，才变为“冲决君主之网罗”的振聋发聩的黄钟大吕之声，但如同满天霞彩，它的前身却是黎明前第一缕曙光。

时隔两年之后的一八八七年，谭嗣同又写了一首《画兰》。“画兰”即是“兰画”，这是一首题画诗，也许是见到南宋遗民郑思肖的画兰之作而写。生于宋之末世元之初期的郑思肖，痛感国土沦丧，他画兰而不画土，自云“土已被番人夺去”。元人倪瓒《题郑所南》诗说：“秋风兰蕙化为茅，南国凄凉气已消。只有所南心不改，泪泉和墨写离骚。”谭嗣同此诗，大约是从郑所南的画与倪瓒的诗化出的吧：

雁声吹梦下江皋，楚竹湘舲起暮涛。
帝子不来山鬼哭，一天风雨写离骚！

“帝子不来山鬼哭”，是反写，反《九歌·湘夫人》中的

“帝子降兮北渚”与《九歌·山鬼》中的“既含睇兮又宜笑”而用之。这是暗喻屈原斯人已逝渺矣难寻，还是同时也寓指国势衰危，世事苍茫？“一天风雨写离骚”，这风雨是自然界的风雨，也是时代的凄风苦雨，更是谭嗣同内心的烈风豪雨。谭嗣同生逢末世，亲历时艰，眼见满清腐败透顶而列强侵略日亟，他后来曾在《仁学》中表达了强烈的反清意识与民权思想，而此时赋诗追怀屈原，他的境界也早已超越了郑所南和倪瓒的遗民之思。非常之人方有非常之作，他是非常之人而别有怀抱啊！

三

一个高度集权的黑暗时代，可以令人恐惧，可以逼人消沉，可以命人屈服，也可以使人同流合污，助纣为虐，但是，它也可以磨炼和促使真正的人愈发坚强与伟岸。即使风雨如磐，也有雷鸣与电闪，谭嗣同，就是撕破黑暗王国的一道雪亮的电闪，就是报道破晓的一声惊世的雷鸣。

一八九四年是农历甲午年，这一年清朝与日本的战争称为甲午战争。这场战争的硝烟虽然早已散尽，但是它当时却以失败与屈辱烙印在满清王朝的额头，事后也铭刻在中国近代史册之上。一八八六年以后，日本以“富国强兵”为根本国策，进行了一系列政治与经济改革，这就是日本近代史上所美称的“明治维新”。不到十年，日本的国力和野心一起强盛，它所制定的“大陆政策”，就是先取台湾和中国的藩属朝鲜，继而占领东北与蒙古，进而征服中国，最后称霸世界。当满清帝国与中华民族均处于危急存亡之秋，腐败的满清政府与慈禧太后仍然不知大难之将至，仍然只知搜刮民脂民膏寻欢作乐。一八九四年七月下旬，日本海陆两军入侵朝鲜，废去原来的朝鲜王而成立傀儡政府，中日战争已如箭在弦。然而，慈禧却一门心思张罗她的“六十大寿”，挪用一千万两左右的巨额海军经费，重修西郊的废园清漪园，后来改名为颐和园，并且把持朝政，培植腐朽保守的“后党”，压制主张变法与抗日的光绪皇帝和他的“帝党”。日本帝国如一支刚锻冶出炉的精钢利剑，政治腐败、科技落后的满清王朝，则像一张百孔千疮不堪一击的劣质盾牌，于是，在黄海之战中，中国的北洋水师几乎全军覆灭，日军继而水陆并进，攻陷辽宁的旅顺口和山东的威海卫等军事要塞，北洋水师至此已片甲不留，完全付诸东洋。

一八九五年，卖国而妄图苟安的满清政府，派遣李鸿章为全权大臣赴日议和，在马关春帆楼与日本首相伊藤博文、外务大臣陆奥宗光谈判，于四月七日签订了丧权辱国的《马关条约》，主要内容为中国割让辽东半岛、台湾和澎湖列岛，赔偿军费两亿两白银（当时全国税收总额仅四五千万两白银），开放沙市、重庆、苏州、杭州为通商口岸，并允许日本开厂而产品免税。《马关条约》签订之日，正是全国举子聚集京师会试之时，这些当年的知识精英大都血气方刚，只消几粒火种，烈火就会熊熊燃烧；只消一阵疾风，海洋就会波涛澎湃。在名震士林的康有为、梁启超的鼓动带领之下，发生了中国近代史上著名的“公车上书”。虽然对此今日史学界有不同的看法与争议，但它毕竟表现了中国知识分子的参政意识和人格独立的初步觉醒，拉开了维新变法的序幕。谭嗣同此时正在长沙。以前他曾去岳阳，设计打击倒运粮谷的奸商，组织船户运粮回乡，救济因湘东大旱而缺粮断炊的穷苦农民。这时，《马关条约》签订和公车上书的消息传来，他也不禁悲愤填膺，仰天长啸而壮怀激烈，《有感一首》从胸臆中奔迸而出：

世间无物抵春愁，合向苍冥一哭休。
四万万人齐下泪，天涯何处是神州！

旧时代文人喜欢吟咏春愁秋恨，但许多都是个人的小我的抒情，如山间的小溪，庭院的池塘，而谭嗣同的“春愁”则是大我之民族情怀的抒发，它是春日签订不平等条约的国愁，如大江的呜咽，如怒海的澎湃。他当时给老师欧阳中鹄的信中，就说“及睹和议条款，竟忍以四百兆人民之身家性命，一举而弃之”，“近来所见，无一不可骇可怕，直不胜言，悲愤至于无可如何”。长歌当哭，哭当长歌，神州陆沉之痛，国土沦丧之忧，对当局卖国苟安之愤，于自己救国无门之悲，在谭嗣同博大的胸怀中，搅起了漫天风雨。梁启超在《谭嗣同传》中曾说：“时和议初定，人人怀国耻，士气稍振起。君则激昂慷慨，大声疾呼。海内有志之士，见其丰采，闻其言论，知其为非常人矣。”“万里乘风去复来，只身东海挟春雷。忍看图画移颜色，肯使江山付劫灰？浊酒不销忧国泪，救时应仗出群才。拼将十万头颅血，须把乾坤力挽回！”（《黄海舟中日人索句并见日俄战争地图》）十年后，我们这位湖湘英杰的呐喊呼号，在江浙英雄秋瑾的上述诗作中，得到了频率共振的激越回声。

四

在大自然中，暴风雨之后也有清明的晴霁，万山磅礴之中也有潺潺流泻的清溪，大海上不仅有奔腾的九级浪，也有波平如镜的风光。在人类生活中，有烈火狂飙的英雄人物，有铁马金戈的战斗生涯，有灿如朝日的崇高理想，同时，也有花前月下的儿女柔情，登山临水的闲情逸致，友朋之间的把袂谈心。谭嗣同不也是如此吗？他愤世嫉俗，也笃于友谊；他忧国忧民，也友于兄弟；他感时伤世而常常金刚怒目，但也情深一往而不时菩萨低眉。

光绪皇帝载湉在他的老师翁同龢等人的扶助下，决心维新变法。其时谭嗣同在湖南协办时务学堂，成立南学会，举办《湘报》，发展工矿与交通事业，使封闭保守的湖南成为了“全国最富朝气的一省”，其品格与声望已经随风远扬。康有为、梁启超、黄遵宪、谭嗣同等人，都得到侍读学士徐致靖的上书保举。他在保举谭嗣同的奏章中说：“江苏候补知府谭嗣同，天才卓荦，学识绝伦，忠于爱国，勇于任事，不畏艰难，不畏谤疑，内可以为论思之官，外可以备折冲之选。”一八九八年六月十二日，光绪皇帝下诏“速饬黄遵宪、谭嗣同二员来京，送部引见”，谭嗣同其时患病，已从长沙回浏阳休养，光绪帝又急急电催“迅速来京，毋稍迟延”，地方督抚大员也亲函督请，谭嗣同只好抱病应诏。在几年来推行新政的过程中，谭嗣同迭遭保守腐朽势力的刁难攻击，北京更是风云险恶的漩涡中心，高处不胜寒，此去前景如何，殊难逆料。赴京之前，于佛学造诣颇深的谭嗣同写有《戊戌北上留别内子》，诗前有一小序：“戊戌四月初三日，余治装将出游，忆与内子李君为婚在癸未四月初三日，恰一十五年。颂述嘉德，亦复欣然，不逮已生西方极乐世界。生生世世，同住莲花，如此迦陵毗迦同命鸟，可以互贺矣。但愿更求精进，自度度人，双修福慧。”全诗如下：

娑婆世界善贤劫，净土生生此缔缘。
十五年来同学道，养亲抚侄赖君贤。

与此诗同时，他还有一副联语赠给夫人：

为人竖起脊梁铁；
把卷撑开眼海银。

谭嗣同的夫人李闰，是长沙市望城县李篁仙之女。李篁仙系咸丰六年进士，授户部主事，工于乐府诗词。李闰生长于诗书家庭，知书达礼，而谭嗣同冰雪情操，著文反对纳妾，而且严以律己。他们仅有的一个儿子兰生早年夭折，但他和李闰仍然相敬如宾，伉俪情深。赴京前夜，据说他们夫妇俩灯前夜话，对弹谭嗣同亲制的“雷残琴”与“崩霆琴”。江湖多风波，道路恐不测，谭嗣同北上后，牵肠挂肚的李闰曾对月焚香，祈求远行的丈夫顺利平安。“如有厄运，信女子李闰情愿身代。”真是弱女子的真情，烈女子的至性！而谭嗣同在长沙写给李闰的信，称谓是亲切的“夫人如见”，以“视荣华如梦幻，视死辱为常事”相劝勉，似乎有某种预感，而意欲让李闰有思想准备。以上所引的留别诗更有珍重与托付之意。果然，不久噩耗传来，李闰痛失良人，终日以泪洗面。她年年在谭嗣同的忌日悼亡赋诗，有悼亡诗一卷留于浏阳天井坡谭家祖屋，惜“文革”中被抄家而下落不明。流传至今的仅有一首七律《悼亡》，今日读来仍然令人一洒同情之泪，而想见作者当年之痛断肝肠：“盱衡禹贡尽荆榛，国难家仇鬼哭新。饮恨长号哀贱妾，高歌短叹谱忠臣。已无壮志酬明主，剩有臾生泣后尘。惨淡深闺悲夜永，灯前愁煞未亡人！”

谭嗣同牺牲后，李闰自号“臾生”，表示自己含悲忍辱暂且苟活之意。为了尊重和纪念先烈，她从他们原来的卧室中搬出，住到与谭继洵卧室隔天井而相对的房间里。李闰养亲抚侄，含辛茹苦，热心社会公益事业，创办了浏阳前所未有的女子师范学校，一九二五年逝世于大夫第，享年六十。大夫第厅堂之上原悬有“巾帼完人”的匾额，那是康有为与梁启超祝贺她六十寿辰合赠的，也于“千载难逢”的“文革”中被抄毁。李闰还将谭嗣同的多种遗物，悉心封存保管在阁楼之上，后来也不知所终，令人扼腕叹息。我多次去昔日的大夫第、而今的谭嗣同故居，每次总要在李闰的居室参拜，向她致以隔代的慰问与敬意。她安葬在谭嗣同墓地之侧的山冈上，黄土一抔，冷落荒凉。几年前李闰之墓已略加修葺并重新立了一块石碑，以后我每次去瞻拜谭嗣同墓，总要去其侧的山冈向李闰敬献一炷心香。这是出自我的至心，冥冥之中仿佛也是受了谭嗣同的嘱托，因为他们虽然近在咫尺，呼吸可闻，但谭嗣同却不可能起来，走到山坡那边去探望她了，如同当年李闰已经睡熟，而深宵秉笔不寐的谭嗣同走到床边去探望一样。

五

一八九八年农历七月初五，谭嗣同由浏阳而长沙而武汉而南京，经过大半个月的舟车劳顿，长途辗转，终于在这一天到达他三十三年前的出生地北京。这是他短促生命的最后一个驿站，也是他生命的起点与终点。半个月后的农历七月二十日（九月五日），载湉在勤政殿接见了谭嗣同，第二天就赐谭嗣同、杨锐、刘光第、林旭四人以四品卿衔，在军机章京上行走，参与新政事宜，并给四人一道密谕："命竭力赞襄新政，无得瞻顾，凡有奏本，皆经四卿阅览，凡有上谕，皆经四卿属草。"可谓天将降大任于斯人也，如果变法维新成功，中国近百年的历史又当另是一番面目。

谭嗣同到京后，曾于七月十一日在北京崇文门外北半截胡同浏阳会馆给李闰一信，这大约是他给夫人的最后一函了。信的第一段是："夫人如见：在鄂连寄数信，嗣于六月十六日起程，本月初五日到京，事之忙迫，殆不胜述。朝廷毅然变法，国事大有可为。我因此益加奋勉，不欲自暇自逸。幸体气尚好，精神极健，一切可以放心。此后太忙，万难常写家信，请勿挂念。"信的最后还说，"我十七八可引见。"然而，仅仅在光绪接见谭嗣同并俾以重任十余天之后，在谭嗣同力图建立一支亲兵劲旅并计划将来实行新式的君主立宪制度之时，慈禧太后及保守势力早已磨刀霍霍，于八月初九即九月二十四日发动宫廷政变，下令逮捕谭嗣同等人。星星之火尚来不及成为燎原之焰，就被那一帮祸国殃民的千古罪人扑灭了。

慈禧发动政变到逮捕谭嗣同之前，谭嗣同仍有时间并有好几次机会走避，但他先后力劝康、梁保全性命，而自己则决心以身殉道。他和梁启超诀别时的誓言，见之梁作之《谭嗣同传》，这是为大家所熟知的了："各国变法，无不从流血而成，今日中国未闻有因变法而流血者，此国之所以不昌也。有之，请自嗣同始。"壮声英概，于百年后仍可令懦夫立志而壮士起舞。他的致康有为的狱中绝笔，至今仍不广为人知，其实读来同样使人热血如沸："受衣带诏者六人，我四人必受戮；彼首鼠两端不足与语；千钧一发，惟先生一人而已。天若未绝中国，先生必不死。呜呼！其无使死者徒死而生者徒生也！嗣同为其易，先生为其难。魂当为厉，以助杀贼！裂襟啮血，言尽于斯。"康有为以后的种种表现，却大有负于谭嗣同的厚望，但谭嗣同则确实是千秋垂范的英雄人物，百代罕见的铁血男儿。他临刑前所书的"有心杀贼，无力回天。死得其所，快哉快哉"，以及以血写成的《狱中题壁》，就是最好的证明：

望门投止思张俭，忍死须臾待杜根。
我自横刀向天笑，去留肝胆两昆仑！

历来对"两昆仑"多有歧解，我则认为一是自知必死的谭嗣同的自指，一是指他的好友唐才常。理由如次：唐才常与谭嗣同是同乡，少同学，长同志，而终生为生死之交，时人号为"浏阳双杰"。他们曾联名"受业门人唐才常谭嗣同仝禀"他们的老师，即后来的戏剧家欧阳予倩的祖父欧阳中鹄。有道是："才常横人也，志在铺其蛮力于四海，不胜则以命继之。嗣同纵人也，志在超出此地球，视地球如掌上，果视此躯曾虮虱千万分之一不若。一死生，齐修短，嗤伦常，笑圣哲，方欲弃此躯而游于鸿濛之外，复何不敢为不敢说之有！一纵一横，交触其机括。”可见他们既生死相许，自当前仆后继，此其一；谭嗣同奉诏北上，即请唐才常去广州了解孙中山和他创办的兴中会的情况。在唐才常于长沙饯行的宴席上，谭嗣同口占一绝，全诗不存，尚有一联传于今日：“三户亡秦缘敌忾，勋成犁扫两昆仑。”（《戊戌北上才常饯行，酒酣口占》）此处之“两昆仑”，自许而兼他（唐才常）许，这见于绝命诗“去留肝胆两昆仑”之前仅仅两月，是谭嗣同自喻并以喻唐才常的铁证，此其二；谭嗣同牺牲后，亡命日本的唐才常的挽联是：“与我君别几许时，忽警电飞来，忍不携二十年刎颈交同赴泉台，漫赢将去楚孤臣箫声呜咽；近至尊刚十余日，被群阴构死，甘永抛四百兆为奴种长埋地狱，只留得扶桑三杰剑气摩空。”其感情之深挚悲壮，远在康有为的挽联之上。当年，梁启超问及谭嗣同的友人，谭的回答是“二十年刎颈交，绂丞（指唐才常）一人而已”。谭嗣同在给他人的信中，也说唐才常乃“嗣同学，刎颈交也。其品学才气，一时无两。平日互相劝勉者，全在‘杀身灭族’四字”。唐才常给父亲的信中也说：“恒两人对坐，彻夜不寐，热血盈腔。”唐才常后来在武汉起义失败，有人劝他逃走。他和谭嗣同一样坚守以待，并说“予早已誓为国死”。他的《感事》诗有“剩好头颅惭死友，无真面目见群魔”之句，临难时则高歌“七尺微躯酬故友，一腔热血洒荒丘”之辞，这种生死以之的肝胆，真是人间罕有，此其三。

人生的痛苦，最莫过于一死而且是杀身的了；人生最大的考验，最莫过于舍生而取义的了。慷慨赴死易，从容就义难，把生路让给别人，把死亡留给自己，人中之英，人中之雄，莫过于谭嗣同这种英雄中的英雄了。数十年前，陈叔通就说过“嗣同天才轶荡，为六君子中魁杰，未留身以待，惜哉”。时至今日，也仍有人认为谭嗣同不应让一个老大的腐朽政权，夺去他年轻有为的生命，而且百年来中国历史进程缓慢，他的鲜血几乎等于白流。但不管如何，谭嗣同是人世间的奇男子，天地间的伟丈夫，永远为中华民族所纪念与尊崇，这是不待多言的。西哲叔本华说过：“如果以书籍来比喻人生，那么前四十年是本文，后四十年是注解。”享年只有三十三岁的谭嗣同，他连“本文”也远远没有写完，却令一代一代的有心人有志者去注释与拜读，去顶礼与弘扬！

风萧萧兮浏水寒，壮士一去兮不复还。在庄严肃穆的谭嗣同墓前，背倚邑人宋渐元所作“亘古不磨，片石苍茫立天地；一峦挺秀，群山奔赴若波涛”联语的墓前石阡，我曾不止一次地高吟谭嗣同的《狱中题壁》一诗。我深信，尽管红尘滚滚，道德沉沦，物欲横流，但在浩浩长天与沉沉大地之间，在中华民族子孙后代的心上，仍然高翔着他千秋不死的英魂毅魄！

巾帼英豪

一部中国诗歌史，是男性诗人群雄逐鹿的历史，在诗歌领地上，飞扬的尽是叱咤风云的雄风。南宋的李清照可谓一个异数，她掀开深闺的绣帘，由多灾的北国辗转流亡到多难的江南，单枪匹马闯上文坛，以她不凡的身手压倒了无数的须眉，在诗史上树起了一座时间的风沙也永远无法磨灭的丰碑。在她之后，历史又沉寂了将近九百年，其间虽然也有不甘雌伏的女性诗人或词人想夺围而出，但她们柔弱的声音却始终无法穿透封建时代的重重铁幕，更不要说与男性作者争一日之短长了。直到晚清，也就是十九世纪末叶，在中华民族的危急存亡之秋，在世纪之交大动荡大变革以铁与血为二原色的宏伟酷烈的背景上，鉴湖女侠横空出世，如平地一声永不消逝的沉雷，如出鞘的一支永不生锈的宝剑，如浩渺天穹一颗永不暗淡的星辰。

李清照是杰出的词人，秋瑾却不仅是杰出的诗人，而且是杰出的革命家。革命家，李清照是无法做到的，我们也不会去脱离时代强做类比与苛求。诗人与词人呢？秋瑾至少可以和李清照前后媲美。李清照是异军突起的先锋，秋瑾是跃马横刀的殿军；李清照寿高将近七十，秋瑾只度过了三十二个春秋，不及她的一半；李清照一生心力都交给了词章，秋瑾的短促年华却献给了革命。虽然她七岁时“偶成小诗”即“清丽可诵”，但后来在《赠女弟子徐小淑和韵》一诗中，秋瑾就劝勉她“我欲期君为女杰，莫抛心力苦吟诗”。她自己何尝不是如此？李清照属于昨日，秋瑾属于明天；李清照令人低回，秋瑾催人奋发。秋瑾没有生活在“词”这一文学体裁如日中天的宋代，她的诗词，在艺术的某些方面也许还未达到李清照所占领的高度，但所表现的时代思想内涵与另一种艺术境界，如果李清照能够回头，也只能歆羡地遥望她的飒爽英姿。

我钦佩李清照的才情，同情她晚年的沦落，何况我们还一笔不写两个“李”字，谁知道冥冥之中我们的“李”有什么渊源呢？但我更尊崇秋瑾烈火狂飙的精神与柏翠松青的品格。李清照出生在宋代北方的济南，于我是太遥远了，近代的秋瑾却曾与湖南结下不解之缘，使我这个湘人平添了一份亲切与亲近。

字璇（璿）卿号竞雄别署鉴湖女侠的秋瑾，原籍浙江绍兴，生于福建何地虽有多说，但福建是他的出身之地却无疑义。她在福建度过了她的童年，在绍兴度过了她的少年和生命的最后时光，但却将自己的青春岁月分了一半给湖南。秋瑾的父亲秋寿南，一八九三年初调任常德厘金局总管，后又调任湘潭厘金局总办。秋瑾随父西来，先后侍居于长沙、常德和湘潭。“昨日卿经贾傅祠，今朝侬上定王台”（《踏青纪事》），“贾傅祠前载酒回，新声才赋管弦催”（《题郭炯白（宗熙）湖上题襟集即用集中杜公亭韵》），这就是出自她少女时代的清词丽句。定王台，是今日名扬三湘的原长沙市图书馆和现湖南图书城的所在地，而几近湮没的贾谊故宅，也已重修而旧地重光，这两处地方都是我这个浊世书生常去的流连之地。旧地重来，然而风光已异，怎能不触动我对时已百年的这位巾帼英豪的遥思远念？唐诗人刘禹锡贬谪的朗州，即今日的常德市，这座沅水傍城而过的历史名城，我是去过多次的了。每次去常德，除了刘禹锡作于斯时斯地的名作《秋词》来我的心头敲叩，秋瑾的《去常德舟中感赋》也总是不期而至：

一出江城百感生，论交谁可并汪伦？
多情不若堤边柳，犹是依依远送人。

非同一般人物而迥出流俗的智者勇者，总难免有一种独立苍茫的孤独之感，秋瑾此时虽是闺中少女，但她幼时所受的教育，已使她早有忧国伤时的怀抱了，她随父亲离开常德去湘潭时所咏的这首别离之诗，不仅可以看到她诗才初露，而且也可以感到她因缺少知音而弥漫心头的孤寂之情。一九〇四年初秋瑾东渡日本，次年之初便与常德桃源人氏宋教仁相识，他们曾有多次长谈，并经宋教仁介绍见到了孙中山，以“山阴秋竞雄”之名宣誓加入同盟会。这，也算是她和常德的岂止是才俊之士而且是一代国士的一份迟到的因缘吧？

秋瑾去湘潭后，因父母之命媒妁之言嫁给了当地富商王黻臣之第三子字子芳的王廷钧为妻。王廷钧虽仪容不错，但却是百无一长的纨绔子弟，双方的性格、志趣与学识相差甚远，秋瑾可谓明珠暗投，用她自己的诗句来形容，就是“可怜谢道韫，不嫁鲍参军”，就是“知己不逢归俗子，终身长恨咽深闺”（弹词《精卫石》第四回）。曾为秋瑾写过《侠骨与冤魂》一文的当代湘籍散文家王开林，曾经对我戏言说，要是秋瑾嫁给谭嗣同就好了，一为英雄一为英雌，年龄也相去不远，那真是天地间的“绝配”。这，当然是我们事后的一厢情愿之辞了。在湘潭，国事日非的时代风涛已在她心头激荡，个人生活的悲剧也使她心潮难平。她咏梅、咏菊、咏秋海棠，从那些咏物诗中，我们也可以窥见她心灵深处的某些消息：

本是瑶台第一枝，谪来尘世具芳姿。

如何不遇林和靖，飘泊天涯更水涯！

——《梅》

容易东篱菊绽黄，却教风雨误重阳。
无端身世茫茫感，独上高楼一举觞。

——《重阳志感》

栽植恩深雨露同，一丛浅淡一丛浓。
平生不藉春光力，几度开来斗晚风！

——《秋海棠》

所嫁非偶，对于一位风华绝代心雄万夫的女中人杰而言，其痛苦是莫可言状的。秋瑾除在给家兄秋誉章的信中诉说自己的心曲之外，就只能一一寄之于诗了。秋瑾咏梅的诗，有五题十四首之多。在以上几首诗中，梅的飘泊不遇，就是秋瑾由闽而楚所适非人的天涯沦落的写照，耽误了佳节的无端风雨，更触发了她的身世苍茫之感。秋瑾大约是因为自己姓秋吧，而春女多思，秋士多感，秋天又是传统文人志士悲秋的季节，所以她的诗词中写秋光秋色秋情秋韵之处特多。“秋风起兮百草黄，秋风之性劲且刚。能使群花皆缩首，助他秋菊傲秋霜”，例如总共只有二十句的《秋风曲》，竟用了十二个“秋”字，而在上引的《秋海棠》诗中，秋瑾所咏叹的秋海棠不借春光之力而只顾与秋风抗争的形象，正是她独立图强的自我形象的写真。她后来能够视死如归舍生取义，早在这首诗中就透露了她高远的志士胸襟，坚贞的烈士怀抱。单就题材而言，梅、菊、秋海棠之属均是历代诗人吟咏不绝的对象，杰构佳篇层见叠出，秋瑾抒写这种旧题材却仍自出新意境。

一百年后，我和开林从长沙专程前往湘潭，小说家聂鑫森从株洲来会，在当地的文友刘剑桦君陪同下，去寻访秋瑾的故居。湘潭秋瑾故居，即市区十八总由义巷内“义源当”，这是王家当年开设的当铺。故居系两层砖木结构，共十间，一九四四年日寇飞机轰炸时焚毁七间，剩下三间幸存至今，为市级文物保护单位。古朴的小巷七弯八拐，巷道中斑驳的麻石，巷墙上斑斓的苔痕，一齐来向你诉说时间的冷漠历史的沧桑。昔日王家的高门大户，只剩下一帧苍老的门楣，几间破旧的房子，挣扎着向有心的来访者作最后的说明与证明。我们低头寻觅，麻石巷道上已无法找到秋瑾的哪怕一枚足印，轻叩大门上那锈迹斑斑的门环，却分明听到历史的遥远的回声。

列强入侵，清廷误国，山河破碎，世道沉沦。时代的烈风在远处劲吹，历史的闷雷在天边轰响。一九〇〇年，八国联军进占北京，满清政府与之订立了丧权辱国的《辛丑条约》，中国赔款四万万五千万两，全国人均一两。消息传到湘潭，好像凝聚已久的火山，秋瑾伤时忧国的激情如熊熊烈火喷发而出，那火山口就是秋瑾前期诗作中独具一格的《杞人忧》：

幽燕烽火几时收？闻道中洋战未休。
漆室空怀忧国恨，难将巾帼易兜鍪！

囚徒终于破狱而出，凤凰终于振翅远翔。一九〇三年，秋瑾远上北京，目睹国难时艰，又快读了梁启超主编的《新民丛报》，接受了更多的新思想的影响，在给胞妹闺珵的信中，她就曾说“任公主编《新民丛报》，一反以往腐儒之气。此间女胞，无不以一读为快，盖为吾女界楷模也”。加之王廷钧嫖赌无行，秋瑾终于与之公开冲突，并决心冲出封建腐朽的家庭樊笼。这一时期的诗作，以上述的《杞人忧》为起点，由个人而时代，由绣阁深闺而风雷激荡的世界，境界开始转为阔大与深沉，如《黄金台怀古》：

蓟州城筑燕王台，招士以财亦可哀。
多少贤才成底事，黄金便可广招徕？

战国时代的燕昭王，在今河北易县易水之南筑台，置千金于其上，延请天下才士，故名“黄金台”。秋瑾诗中的“黄金台”，是后人追慕前人史迹而在北京朝阳门外东南所筑之台，旧时京师八景之一的“金台夕照”即指此处，今日北京金台路之名也是从此衍化而来。秋瑾居京时曾去黄金台游览，感而赋诗。有人说此诗反用黄金台招贤的历史典故，讽刺卖官鬻爵的清朝统治者，这一说法固然不错，但未免就事论事。我以为秋瑾对历史上传为美谈的黄金招士的否定，表现的正是她不同流俗的洞见卓识，显示了她豁达豪放的英风胜概和居高临下对待金钱的高贵品质。授予或拥有金钱，固然可从某一方面体现人的价值，但归根结柢，不论古代或当今，金钱并不是衡量人生价值最高和最后的标准。同样，人才尤其是不世之才，岂是完全可以用金钱来罗致与羁縻的吗？秋瑾准备东渡日本，投身革命激流，王廷钧不但对她实行经济封锁，而且窃取她准备变卖而做川资的私蓄首饰。在艰难困顿之时，秋瑾听说户部主事王照因戊戌之变入狱，他们虽素不相识，秋瑾却托人将部分积蓄送入狱中，作为运动释放之资，并坚嘱不要将自己的姓名告知王照。待王照出狱后想登门道谢，秋瑾已去日本，他们终生缘悭一面，王照后来与人追怀往事，总不免泫然涕下。秋瑾自云“喜散奁资夸任侠”，后来她投身革命，又曾多次捐献私蓄作为运动的经费，临刑之前，还向参与主审而同情她的山阴县知县李钟岳交代，官兵在逮捕她时搜走大洋三百元，钱一千文，这些钱要用来买粮食赈济贫民与灾民。英风侠骨，秋瑾如同巍巍高山，浩浩江河；今天官场商场文场上的贪鄙之徒相形之下，有如一抔黄土，一捧浊水污泥！

抗日战争胜利以后，我们举家从湘西的流亡道上迁回长沙，居住在黄泥街的双鸿里。虽少不更事，但长辈告诉我，双鸿里内以前曾有秋瑾的纪念祠堂，因为浙江候补道陈国栋力促杀害秋瑾，辛亥革命后，湖南同盟会将他的父亲——陈湜在双鸿里的宅第陈家花园改为“秋女烈士祠”。此祠后来毁于抗战时的“文夕大火”。秋瑾的遗骸曾先后从绍兴、杭州迁葬于湘潭的昭山与长沙的岳麓山，九度迁移，最终按照她生前的愿望，归于西湖的西泠桥畔。在双鸿里那窄窄的麻石里巷中，我度过了自己的少年时代，虽然祠堂已渺，对秋瑾的生平行迹也不甚了了，但“鉴湖女侠”的英名早已在我幼小的心头挥之不去。及至中年，我偶然得到一本封面与内页均已泛黄却弥足珍贵的石印纪念册，那是民国初年即一九一一年长沙举行秋瑾烈士纪念会印行的秋瑾诗文集。“文革”以后，我将此册远寄绍兴的秋瑾故居珍藏，蒙故居管理部门复函驰谢。因以上种种原因，秋瑾的故居与墓地我虽久久身不能至，却是早已心神向往的了。

今年秋日，我终于一偿夙愿，从秋瑾诗文的劲风远韵中走出，远去西湖边她的墓地凭吊。其墓因构筑坚牢，二十世纪的“文革”浩劫中，红卫兵竟用炸药炸毁，抛骨扔灰，真是令人发指！我绕墓三匝，不胜伤悼低回，然后前去绍兴，踏上绍兴城南和畅堂十八号她的故居门前的四级台阶。塔山，仍然在故居后面展开它林木苍翠的屏风；鉴湖，依旧在离故居不远之处荡漾它永恒的清光。这是一座坐北朝南依山而筑的五进屋宇，在这里，秋瑾度过了她习文练武的少女时代和“我以我血荐轩辕”的最后时光。越过大门后面的天井，便是三间坐北朝南的正房。“英雄尚毅力，志士多苦心”，东首餐室的墙上，悬挂的是秋瑾挚友吴芝瑛所书赠的对联，和秋瑾手持宝刀的照片，我久久注目，感慨系之。安徽旌德人吕碧城，与其姐吕湘、吕美荪被章士钊称为“淮南三吕，天下知名”。吕碧城入天津大公报任职，亦曾取名“碧城”的秋瑾，自京赴津探访。吕碧城数十年后在《欧美漫游录》中回忆说：“犹忆其名刺为红笺‘秋闺瑾’三字。馆役某高举而报曰：来了一位梳头的爷们。盖其时秋作男装，而仍拥髻，长身玉立，双眸炯然，风度已异庸流。”时至今日，我已无缘拜会亲睹，只能想见她当年的英风胜概了。与餐室毗连的是秋瑾的卧室，不能入内，我只能伫立门口久久凭吊。古色古香的书桌据说是烈士用过的遗物，那上面还有她的手泽吗？桌上陈放的据说也是她使用过的文房四宝，还有两枚分别刻有“鉴湖雌侠”“秋闺瑾印”字样的象牙印章，那上面还留有她的手温吗？可惜我只能远瞻而不能近观，更不能亲手摩挲而和先贤的芳泽相接。不，说“芳泽”未免用词不当而失敬于女中先烈了，我只能改用“英风”“豪气”或者“劲节”“冰操”之类的字眼。如同磁石吸住我的目光的，还有悬于卧室东墙上的一副小小的联语，定睛细望，写的是“云喷笔花腾虎豹；风翻墨浪走蛟龙”，那是谁的手笔呢？落款看不分明。不过，也只有秋瑾这等巾帼英豪的卧室，才配得上这种豪情喷涌的诗句，也难怪这位奇女子的纤纤素手，不仅舞剑时“燿如羿射九日落，矫如群帝骖龙翔”，舞笔时也是“来如雷霆收震怒，罢如江海凝清光”啊！古往今来的诗文，有的是以墨水写成的，有的是以泪水写成的，有的则是以血水写成的，当代芸芸女作家与男作家，究竟有多少人有秋瑾的学识才气？究竟有几人具备秋瑾的节操襟怀？而凡人如我，只有自惭自省而低首皈心。

在光明与黑暗、正义与邪恶、新生与腐朽的生死搏斗中，后者常常要占据上风，窒息黎明的晨曦，斫丧天地的英华。秋瑾与谭嗣同的遭遇不都是这样吗？本来是国士无双，然而却一时有两，他们一为英雄，一为英雌，他们文武双璧，他们赴汤蹈火，他们英年早殇，实在有太多的相似与相同之处。“危局如斯敢惜身，愿将生命作牺牲”，秋瑾曾经誓言“吾自庚子以来，已置生命于不顾，即不获成功而死，吾所不悔也”（见《秋瑾集》）。她还说过中国妇女还没有为革命流过血，请从我秋瑾开始。这与谭嗣同的心迹何其相似？战友徐锡麟举事失败，清廷发兵至大通学堂围捕秋瑾，许多人力劝她暂避，她却誓死不走，这和谭嗣同的事迹又何其相同？谭嗣同临行前留下了“有心杀贼，无力回天。死得其所，快哉快哉”的豪言，也许与“秋”有关吧。秋瑾被审时则借他人之酒杯，浇自己心中的块垒，她借用清代陶澹人《秋暮遣怀》诗中之句，写下了“秋雨秋风愁煞人”的苦语，李钟岳妥为保存而流传后世。它们语言有异，精神却又何其相通啊！英雄已去，哲人其萎，即使百年之后，我仍不免感叹英哲的早殇天命，历史的步履维艰，民族的多灾多难，现实的积弊难除，苍茫百感，四顾悲凉！

秋瑾当年被拘押在典史署，典史署后有府山凭高俯瞰，见证了当年那一段痛史。三十年代之初，后人在府山的西南峰筑“风雨亭”，取烈士的绝命词“秋雨秋风愁煞人”之遗意，亭柱刻有孙中山亲临浙江祭奠秋瑾烈士时所撰的一副挽联：“江户矢丹忱，感君首赞同盟会；轩亭洒碧血，愧我今招侠女魂。”孙中山还题有“巾帼英雄”的匾额。他所指的“轩亭”始建于唐，早已荡然无存，但它历来是绍兴的闹市中心，旧称“古轩亭口”，即鲁迅在他的小说《药》中所写的“丁字街”，今日贯通南北的解放路与府横街的交接之处。一九〇七年七月十五日凌晨四时，秋瑾于此慷慨就义，后人于一九三三年十一月在原地建成“秋瑾烈士纪念碑”。“风雨亭”我暂时无暇登临了，“古轩亭口”则一定要前去瞻仰。在一尘不染的金灿灿的秋阳中，镌刻有七个金色大字的纪念碑如一柄出鞘的宝剑，直指青天，碑身上铭刻的由蔡元培撰文于右任书写的碑文，在周围的车水马龙声中滚滚红尘阵里，仍在庄严地叙说着巾帼英豪的不朽往事。“身不得，男儿列，心却比，男儿烈”，秋瑾咏刀咏剑之作颇多。我久久地伫立在纪念碑前，我绕碑座的石栏而徘徊，虽然我只是一个六根未净的凡夫俗子，但遥想近百年前发生在这里的那悲壮惨烈的一幕，秋瑾的必将流传万世的诗章《对酒》，便像江潮一样在我胸中汹涌澎湃，像烈火一样在我心中熊熊燃烧：

不惜千金买宝刀，貂裘换酒也堪豪。
一腔热血勤珍重，洒去犹能化碧涛！

国士与巨人

还是在遥远的少年时代，我就读小学时的语文课本里就有梁启超的《志未酬》一诗。老师要求背诵，少不更事的我虽然也和同学少年一起书声琅琅，但对先贤之诗的含意却是半昧半明。大半个世纪过去了，今天重温梁启超的生平，细读他的诗文，我的面前矗立的，是一位一时无两的国士与仰之弥高的巨人。逝水年华，人生易老，那“志未酬，志未酬，问君之志几时酬”的琅琅书声啊，仍然穿越秋雨和春风，千山与万水，日月并星辰，从遥远而又遥远的少年时代那头隐隐传来。

上

梁启超，在未死与方生之际的晚清，他是一声惊蛰的春雷；在中国历史的长河，他是一簇排空的巨浪；在神州近现代之交的天宇，他是一颗灿烂的星斗。

一八七三年生于广东新会荣坑村的梁启超，一九二九年病逝于北京协和医院，享年只有短短的五十七岁，还不到人生七十古来稀之年，更远未秩登上寿，不说英年早逝也是壮年早逝。世上的芸芸众生，很多人都可称碌碌无为，即使有为也多是侧重于某一方面，而梁启超则不仅是叱咤风云于当时的无双国士，也是垂范遗泽于久远的文化巨人。他是中国近代杰出的政治活动家，博通古今潜心传道的教育家，自学日、英、德、法数国语言的，是八面开弓枝枝白羽都命中红心的学问家。即以后者而论，今日流行各种各样的排行榜，梁启超在哲学、文学、史学、法学、伦理学、教育学、经济学乃至金石书画收藏与鉴赏之学等方面，在他所处的时代都是名列前茅的人物，在某些门类还要荣居榜首而不遑他让。他是名副其实的百科全书式的大师与巨人，在短短的数十年中，在字字手书而非飞速的电脑打字的时代，其两千万字的著述一千四百万字的正式出版物就是无声的告白与有声的证明。近百年来，出类拔萃的干才、文才、将才乃至概而言之的英才与天才，可谓代不乏人，但像梁启超这种非同凡响的通才与全才，却可称绝无仅有。时下之某些半桶水者，甚至连传统文化之基本常识都有欠缺而下笔开口常贻笑大方者，稍有专门之识或一技之长，就被他吹或自吹为“大师”与“国学大师”，而且有的人不知敬谢不敏，抑且洋洋自得。这些人与梁启超相较，无异陵谷土丘之于崇山峻岭，小溪小河之于大江大海，令人慨叹昔贤之难追、价值之错位与世风之日下。

梁启超是“文界革命”“小说界革命”同时也是“诗界革命”的倡导者与理论家。其《饮冰室诗话》乃近代最具影响力的诗学著作。但他并非以诗鸣世，留传至今的诗作仅三百九十余首，词也只有六十余阙。他在《夏威夷游记》中曾说“余虽不能诗，然尝好论诗”，在《饮冰室诗话》中也说：“余向不能为诗，自戊戌东徂以来，始强学耳。”他甚至在文章中还曾自白，他写一首律诗比写数千字的时评政论还难。由此可见，梁启超本来无意成为诗人，但戊戌变法的风雷震荡以及变法失败后的心潮翻涌，使他情发于中而必须一吐为快，而最长于主观抒情的诗当然就成了他的首选，何况有第一等襟抱，斯有第一等真诗。他在《南海康先生传》中他就曾经说过：“凡先世人物最不可缺之德性有三：一曰理想，二曰热诚，三曰胆气。三者为本，其余皆枝叶焉。”他所说的是“德性”，何尝不可以说是“诗性”？或者说是“诗性”的根本？在时代的大潮中，梁启超是弄潮人向涛头立的人物，他有志士的理想、烈士的热诚、猛士的胆气，有此为本的三者，加之他并不乏诗才，所以他虽自谦不能为诗，但一旦操觚搦翰，便自有发于肺腑的妙句奇章，自有热血凝成的佳篇胜构。任何一部中国诗歌史，都不能也不敢将他的诗名遗忘。这，对于今天数不尽的新诗与旧体诗词作者，不知会有什么启示?

在暮色苍茫也暮气沉沉的晚清诗坛，梁启超异军突起，别张新帜，表现的是新的主题、新的思想、新的意境，是为变法与启蒙而献身的精神，是历代志士仁人一以贯之而内涵与时俱进的爱国怀抱，是对华山夏水赤县神州生死以之的赤子之情。梁启超乃天纵之才，他九岁有神童之誉，十二岁中秀才，十七岁中举人，可谓少年早慧而且早成。按照常规，他本来可以由科举而入仕而青云直上，但自幼受到的古代志士哲人的嘉言懿行的教育，使他志存高远；列强入侵神州面临危亡的局势，令其忧心忡忡。加之十八岁时随同学陈通甫（千秋）赴广州见康有为，为康之耳提面命雄辩滔滔所震慑，身为举人的梁启超竟拜“学历”仅为秀才的康有为为师（康有为迟至1893年方才中举，比梁启超晚了四年，可见梁之行事非同流俗），而且从此跟随康有为走上了变法维新之路。夏曾佑字穗卿，是梁启超早年的密友，近代文学家、史学家，曾参加维新派政治活动。一八九四年八月（清光绪二十年甲午），中日甲午战争爆发，二十二岁的梁启超作有《和夏穗卿》一诗：

帐饮且浩歌，血泪忽盈臆。
哀哉衣冠俦，涂炭将何极？

道丧廉耻沦，学敝聪明塞。
竖子安足道，贤士困缚轭。
海上一尘飞，万马齐惕息。
江山似旧时，风月惨无色。
帝阍呼不闻，高谈复何益？

昏庸腐朽的顽固派把持朝政，不顾国家的安危和百姓的祸福，只图维护自己并且企图传之后代的既富且贵之既得利益，而有志于改革的贤人志士却或沉沦下僚，或埋没草莽，英雄无用武之地。梁启超对祖国的拳拳之心，对时局的切切之意，对权贵的愤愤之情，一一见之于字里行间。在戊戌变法前所作的《水调歌头》，更是慨当以慷，忧思难忘：

拍碎双玉斗，慷慨一何多！满腔都是血泪，无处著悲歌！三百年来王气，满目山河依旧，人事竟如何？百户尚牛酒，四塞已干戈！　　千金剑，万言策，两蹉跎。醉中呵壁自语，醒后一滂沱。不恨年华去也，只恨少年心事，强半为销磨。愿替众生病，稽首礼维摩！

此词与前诗异中有同，同中有异。前者重在批判，后者重在自誓。“愿替众生病，稽首礼维摩”，他表示愿以与释迦牟尼同时的维摩诘为榜样，替天下苍生承担一切苦厄。言而必信，他的诗的誓言，在戊戌变法前后化而为震动天宇的雷霆与燎原大地的烈火。

一八九五年四月，梁启超与康有为在京参加会试，因清政府甲午战败后与日本签订丧权辱国的马关条约，他们便联络一千三百多名会试举人，联名上书清廷要求变法，史称“公车上书”，成为当时爆炸性的头号热点新闻，乃旷古未有之大规模的可歌可泣的"学生运动"。"康梁"之名自此也轰传并风传于世。不久，梁启超又助康有为创建"强学会"，创办刊物《中外纪闻》，与黄遵宪等创办《时务报》，其鼓吹改革变法的文章使"举国趋之，如饮狂泉"。一八九七年十一月，梁启超赴长沙，任时务学堂总教习，蔡锷等人即其弟子。一八九八年春，梁启超入京，随后被光绪帝赐六品衔并授命办京师大学堂、译书局事务，与康有为等人正式参与变法。是年八月，慈禧发动戊戌政变，谭嗣同等六君子遇难。当风声鹤唳之时也，梁启超曾去今日宣武门外北半截胡同四十一号浏阳会馆探看谭嗣同，次日，复在日本使馆与谭嗣同密商，相拥而泣别，三步一回首。谭嗣同决心以死殉事，以鲜血唤醒沉睡之国人，而力劝康有为出走以保存实力而图再起。日本使馆人员也敦促梁启超避祸全身，于是梁启超在日本军舰掩护下流亡日本，创办如《清议报》等多种报刊，后又游历檀香山、加拿大、新加坡、印度、澳洲等地，继续坚持和宣传他的变法主张和社会理想。时代的风潮与个人的心潮，除了见之于文而外，都奔涌激荡在这个时期的诗作之中。可以说，"戊戌变法"失败后十年间的诗作，是梁启超诗作最重要最光彩的部分，是他为时代也为自己所建造的诗的纪念碑。

壮图未就，朋侣受戮而自己被迫流亡，梁启超自然百感交迸，非长歌无以当哭。他作于一八九八年的长篇古风《去国行》，就是满纸的风声雨声和雷声，如它的开篇和结尾：

> 呜呼！
> 济艰乏才兮，儒冠容容。
> 佞头不斩兮，侠剑无功。
> 君恩友仇两未报，死于贼手毋乃非英雄。
> 割慈忍泪出国门，掉头不顾吾其东。
> 吁嗟乎！

古人往矣不可见，山高水深闻古踪。
潇潇风雨满天地，飘然一身如转蓬，披发长啸览太空。
前路蓬山一万重，掉头不顾吾其东。

梁启超当时受日本进步党的关照，乘大岛舰出逃，在舰上他就开始学习日文，以期汲取日本明治维新的历史经验，同时作长诗《去国行》。次年，他从日本赴美，复作短章《太平洋遇雨》，可以与长歌《去国行》对读：

一雨纵横亘二洲，浪淘天地入东流。
劫余人物淘难尽，又挟风雷作远游！

梁启超此时年方二十七岁，仍然热血贲张，壮怀激烈，全诗也天风海雨，笔走雷霆。“浪淘”与“淘难尽”之反挫，逆折生情，今日读来仍可使懦夫立志而壮士起舞。

如《去国行》这样壮怀激烈的长歌，除了我少年时诵读过的他作于一九〇一年的《志未酬》，还有作于同年的《二十世纪太平洋歌》和作于一九〇三年的《爱国歌四章》。前者可见梁启超面向世界的胸怀与眼光，而后者则是流亡赤子对母亲华山夏水一倾积愫。《爱国歌四章》的起调分别是“泱泱哉！我中华”“芸芸哉！吾种族”“彬彬哉！吾文明”“轰轰哉！吾英雄”。此诗当时不仅谱成歌曲广为传唱，而且后来国人认定的“中华民族”一词的提法，也正是自梁启超始。不仅此也，我以前每读郭沫若二十世纪初留学日本时所写的《地球，我的母亲》和《炉中煤》，以及闻一多二十世纪二十年代留学美国时写的《一句话》和《发现》，我以为他们的诗行中奔流的，正是和梁启超同一谱系的热血。除了纵横捭阖气势雄豪的古风长篇，梁启超的一些抒情短章不仅风传当时，而且也流传后世，具有极高的保鲜率与传后性。如一八九九年所作《读陆放翁集》四首即是。下面援引的是前二首：

诗界千年靡靡风，兵魂销尽国魂空。
集中十九从军乐，亘古男儿一放翁！

辜负胸中十万兵，百无聊赖以诗鸣。
谁怜爱国千行泪，说到胡尘意不平！

梁启超在诗中前后自注说："中国诗家无不言从军苦者，惟放翁则慕为国殇，至老不衰。""放翁集中胡尘等字，凡数十见，盖南渡之音也。"在他之前，赞陆游之诗很多，在他之后，颂陆游的诗亦复不少，但惟有他这一组诗知名度最高，原因就在于他与陆游心心相印，他推崇陆游的爱国主义和尚武精神，不仅表现了陆游其人其诗的崇高之美，也是借他人之酒杯，浇自己之块垒，而且在艺术上直抒胸臆，雄豪奔放，别开新境。正如梁启超自己在《论中国韵文里头所表现的情感》所言，它属于"奔迸的表情法"，也即诗人"一燃烧到白热度，便一毫不隐瞒，一毫不修饰，照那感情的原样子，迸裂到字句上"。

金无足赤，人无完人。孙中山于一九〇五年在日本成立"同盟会"，他和黄兴等人领导的资产阶级革命日趋高涨，梁启超当时却坚持君主立宪的改良主义道路，其中还一度因种种原因拥戴过出卖维新志士的袁世凯，出任司法总长，当年的弄潮者未免落后于新时代的新潮流了。然而，他的老师康有为曾自云："吾学三十岁已成，此后不复有进，亦不必前进。"如此固步自封，难怪日后沦为逆历史潮流而动的保皇党。梁启超则不然。他在主编《新民丛报》时就说过"不惜以今日之我难昨日之我"，后来在清华研究院讲学时又重申此语，并且说"生年五十而知四十九年之非”，所以他仍然是与时俱进的。一九一五年八月，他撰《异哉所谓国体问题者》一文准备发表，反对倒行逆施的袁世凯称帝，人云身在虎穴却去踩老虎的尾巴。袁大头闻讯十分恐慌，派人致送二十万元银洋支票，一篇文章银元二十万，这大约是中国近代文化史上的天价“稿酬”了，并威胁说如不接受恐将遭不测。事实上，袁世凯随即派人去天津企图暗杀梁启超，梁启超躲在锅炉房冒充煤夫才得以幸免。一般人见此飞来的巨额横财都会按下不表，何况还有身家性命之忧？但梁启超是何等人物，工于心计的袁世凯自然是拜错了庙烧错了香。此事梁启超在《国体战争躬历谈》中曾有记述。当时，梁启超和湖南时务学堂学生蔡锷密商“讨袁计划”，然后各自佯装而分途南下，绕道昆明，首倡“倒袁”的义旗。他的政治夙敌章太炎，也不由得不赞美他“共和再造赖斯人”。一年之后，你方唱罢我登场，中国的舞台上又上演张勋拥戴溥仪复辟的丑剧，其主要军师却是梁启超的恩师康有为。康有为不仅接受了溥仪赐予的弼德院院长一职，并不以为耻地将这一块头衔写进母亲的墓碑。梁启超此时已认同共和政治这一国体，针对康有为等“尊孔复古”的言行写过许多文章，反对乃师开历史的倒车，并策划鼓动段祺瑞在天津马厂发起“讨逆誓师大会”，代段祺瑞起草讨逆宣言，通电全国，进军北京，以致复辟丑剧刚刚开幕旋即闭幕。但昔日如同胶漆的师生因此而仿若水火。康有为仍以传统观念中的师尊自视，叱骂“梁贼启超”，并刺之为“枭獍”——古人误以为枭为吃母之恶禽，獍为食父之恶兽。不仅如此，后代学术界也仍有人囿于学派或门户之成见，认为梁启超是“开罪恩师”，乃“康门叛逆”。然而，梁启超早在《自由书叙言》中就推崇过西哲弥勒·约翰所云“人群之进化，莫要于思想自由、言论自由、出版自由”。他说“三大自由，皆备于我焉，以名吾书”，并且强调“自由者，天下之公理”。这种“自由”的真谛，就是独立的人格与立场，怀疑与批判的精神，包括对现实社会与权贵权威的质疑。当时就有人问他是否对老师责备太严，他明确表示“师生自师生，政治主张则不妨各异，吾不能与吾师共为国家罪人也”，颇有希腊哲人亚里士多德“吾爱吾师，吾尤爱真理”之概。

英雄与时势互相造就。每当沧海横流之时，中华民族总有将振兴国家、拯救民族为己任的人物挺身而出。从戊戌变法、讨袁伐张这两件轰轰烈烈的大事，足以证明梁启超就是这样的英才国士。我们且重温他的《自励二首》吧：

平生最恶牢骚语，作态呻吟苦恨谁？
万事祸为福所倚，百年力与命相持。
立身岂患无馀地，报国惟忧或后时。
未学英雄先学道，肯将荣瘁校群儿！

献身甘作万矢的，著论求为百世师。
誓起民权移旧俗，更研哲理牖新知。
十年以后当思我，举国犹狂欲语谁？
世界无穷愿无尽，海天寥廓立多时！

是自况，也是自勉，更是自誓。是志士语，也是英雄语，更是“我以我血荐轩辕”的心声与先声。梁启超，在时代的生死场中、风雷阵里，就是这样将自己的名字铭刻进中国近代史的史册上，像火焰一样燃烧，如星斗一样闪亮。

值得特别一提的是，作为一位始终一贯的伟大的爱国主义者，梁启超在一九一一年农历二月底，曾偕友人兼学生汤觉顿及女儿令娴离日本，去日本帝国主义统治下的台湾考察，写了《拆屋行》《台湾竹枝词》等一系列反映台湾民生疾苦和风土人情的诗章，其中有《辛亥二月二十四日，偕荷庵及女儿令娴乘笠户丸游台湾，二十八日抵鸡笼山，舟中杂兴七首》，下引其中二首：

明知此是伤心地，亦到维舟首重回。
十七年中多少事，春帆楼下晚涛哀！

番番鱼鸟似相亲，满眼云山绿向人。
前路欲寻泷吏问，惜非吾土忽伤神！

“伤心地”就是马关，位于日本本洲岛南端，今名下关，属山口县。一八九四年中日甲午战争中国战败，次年四月十七日，清政府全权大臣李鸿章与日本首相伊藤博文在马关之春帆楼，签订丧权辱国的“马关条约”，割让台湾及所有附属岛屿、澎湖及辽东半岛给日本，赔偿军费二万万两。一个多月后，康有为、梁启超率领在京应试的各省举人“公车上书”，提出“拒签和约、迁都抗战、变法图强”三项政治主张，尔来已十有七年矣。一八九九年九月，康有为途经马关，“伤怀久之”，有“千古伤心过马关”之诗，梁启超抚今追昔，更是心潮与海潮一起汹涌澎湃。“番番”同“皤皤”，白鬓貌，梁启超此时年方三十九岁，但已经饱经忧患，他说鱼鸟似乎都和他相亲相近，环海的青山也绿向他这位游子。“泷吏”，管理河道的官员，韩愈当年南贬潮州，路经昌乐时问何时可达贬逐之地，梁启超暗用此典，而“惜非吾土忽伤神”之结句波澜陡起，因台湾江山信美而已非吾土矣！读诗至此，联想到清廷割让的钓鱼岛今日尚未收回，我们能不伤神能不血脉贲张吗？

从一九一九年开始，因为目睹民国建立后军阀混战争权夺利的丛生乱象，因为对于暴力革命的怀疑，他从此退出政界而皈于学界，淡出政坛而登上杏坛。在清华大学国学研究院舌耕，在天津饮冰室笔耕，直至一九二九年一月因庸医的误诊而去世。在病房中他还扶病撰写有关辛弃疾的年谱。他的座右铭是："战士死于沙场，学者死于讲座。"因为他的学术兴趣过于广泛，加之大半生投身于时代政治潮流之中，如罗瘿公为他五十大寿所撰之贺联所云"每为天下非常事，已少人间未见书"，所以他的学术造诣或许还不算十分独诣专精，但只有短短十年时间，他毕竟成了一代学术大师，书写了中国现代学术史的灿烂篇章，这岂是一般人哪怕是才俊之士所可望其项背的吗？

下

梁启超当然并非完人，但他毕竟先是时代的国士后是学术的巨人。风云聚会，在时代的大潮中扬波击浪，他抒写的许多诗章天风浪浪，海山苍苍，极具阳刚之美，可以说表现的是时代的"公义"。无情未必真豪杰，英雄人物也有花朝月夕，儿女柔情，梁启超一些或深情绵邈或风华旖旎的篇章，呈现的则是阴柔之美，可以说表现的是个人的"私德"。

梁启超曾撰有《论私德》这一大块文章，全面地揭露和批判了中国的政治、经济、文化、历史、社会、现实等诸多弊端，尤其是从"专制政体之陶铸""霸者之摧除""内乱之挫阻""生计之憔悴""学术之匡救无力"等方面，剖析了中国私德堕落败坏的种种原因，时至今日仍具有莫大的现实鉴戒意义，令人惊叹作者的意识超前，先知先觉。梁启超的人生轨迹容有失误之处，但其"私德"却大体无可厚非，如袁世凯窃取辛亥革命的果实就任中华民国临时大总统，梁启超从日本归来，认为通过袁世凯可以实现自由改良主义政治理想，于是他先后担任司法总长与币制局总裁，热心政党活动，但他一旦觉察袁氏的野心，即著文准备抨击，二十万元大洋的巨额贿赂他也视之如粪土，此即他的私德之一证。对比鲜明的是，康有为就涉嫌贪污海外华侨对维新事业所捐的善款，当时就有人揭发举报。又如对他的恩师康有为，于公，当康有为发表《为国家筹安全策者》一文公然主张清帝复辟时，他即发表《辟复辟论》，指斥乃师之文是“党袁论”“附逆论”。当张勋复辟之始，他以个人名义发表反对通电，直斥乃师为“大言不惭之书生，于政局甘苦，毫无所知”。于私，师生自师生，他对乃师仍然执弟子礼。一九二二年，康有为之原配夫人逝世于上海，他亲往吊祭。一九二七年康有为七十大寿，梁启超撰寿联以贺，全联集《史记》《汉书》《郑康成集》中之成句而成：“述先圣之玄意，整百家之不齐，入此岁来已七十矣；奉觞豆于国叟，致欢忻于春酒，亲授业者盖三千焉。”除寿联之外，他还以乌丝格红绫书写十六屏祝寿文，文中回忆和感谢了乃师在广州万木草堂对他的教诲之恩，并对乃师的历史地位与影响作了高度评价。不久康有为去世，身后萧条，梁启超又立即汇款，协办丧事。其公义和私德，于斯可见。

大是大非，或云公是公非，固然是私德的试垒石，细节细故或云小节小故，常常更是对私德的检验与考验。梁启超对于自己的晚辈后学，总是奖掖推许，寄予厚望。一八九七年，梁启超应湖南巡抚陈宝箴之邀任时务学堂总教习。陈宝箴之子陈三立乃名诗人，其子寅恪年方十七岁，梁启超慧眼识人，认为他将来非池中物。一九二五年清华研究院成立时，陈寅恪已在日、美、英、法、德等国留学多年，已是通十余国语言的学贯中西的学者。其时胡适推荐章太炎、罗振玉、梁启超为研究院的导师，梁启超则向校长曹云祥推荐陈寅恪，曹以陈寅恪既无博士学位又无著作相拒，梁启超愤然而言曰：“我梁某也没有博士学位，著作算是等身了，但总共还不如陈先生寥寥数百字有价值！”于是，年轻的陈寅恪遂成了清华的四大导师之一。汤化龙是梁启超组建进步党的同志兼朋友。一九一八年，汤化龙在加拿大遭人谋害。梁启超对其遗孤佩松多所照拂，汤佩松一九二五年清华毕业后赴美留学，梁启超抱病作《沁园春》一词以壮行色：

可怜阿松，万恨千忧，无父儿郎。记而翁当日，一身殉国，血横海峤，魂恋宗邦。今忽七年，又何世界，满眼依然鬼魅场。泉台下，想朝朝夜夜，红泪淋浪。

松兮躯已昂藏，学问算爬过一道墙。念目前怎样，脚跟立定。将来怎样，热血输将。从古最难，做名父子，松汝嵌心谨勿忘。汝行矣，望海云深处，老泪千行！

有对故友的邈邈深情，有对其后人的殷殷关爱，语言如话意挚情真，作者之高风厚德，读来令人动容。

爱情或者说夫妻之情，应该说是最为私密的了。在这个天下芸芸均有所经历与体验的公共领域，却最能看出一个人的私德，如同寒暑表之准确测量气温。光绪十六年（1890），十七岁的梁启超参加乡试并中举人，正主考官是侍郎李端棻，他不嫌弃梁启超来自新会县荣坑乡这一穷乡僻壤，家道又非常寒素，认定梁启超人才非凡，将来的名声远在自己之上，于是他不但托副主考官王殿作伐，而且亲自出马，次年将堂妹李蕙仙嫁给梁启超而于京师成婚。梁启超少年得志，青年叱咤风云，中年龙腾虎掷，壮年著作等身，乃有数之才子，无双之国士，但对于比他大四岁而据云“貌陋而嗜嚼槟榔”（冯自由：《革命逸史》）的夫人，他却是恩爱有加，始终如一，从无任何绯闻。如《寄内四首》中的二首：

一缕柔情不可支，西风南雁别卿时。
年华锦瑟蹉跎甚，又见荼蘼花满枝。

三年两度客京华，纤手扶携上月槎。
今日关河怨摇落，千城残照动悲笳。

上述之诗作于光绪二十一年（1895）暮春，其间梁启超两度从广东赴京应试。科举称登第为“蟾宫折桂”，“上月槎”即夫人送其应考科举，两人各在天之一涯。可以看到，梁启超不仅豪气干云，也柔情似水，他的琴弦上不仅有铁骑突出刀枪鸣，也有间关莺语花底滑。而作于一八九六年冬的《兰陵王》，更是柔肠百结：

> 瞑烟直，织就一天愁色。阑干外，无限庭芜，付与斜阳尽狼藉，良期渺难得。遮莫年华虚掷，迢迢夜，梦去愁来，还似年时倦游客。　天涯数行迹。念衾冷舟篷，灯暗亭壁，篮舆扶下正无力。又月店鸡声，霜桥马影，催人晨起趁晚驿。夜凉怎将息？　凄寂，共今夕，共目断行云，江树南北，芳痕触处情无极。有织锦留墨，唾绒凝碧。思量无寐。又淡月、照帘隙。

作此词时，梁启超正和黄遵宪、汪康年在上海创办《时务报》并任主笔，忙于宣传维新变法，与夫人离多聚少。他一九二二年曾作题为《情圣杜甫》之讲演，别具慧解地称杜甫为“情圣”，认为“他的情感的内容，是极丰富的，极真实的，极深刻的”，“中国文学界写情圣手，没有人比得上他”。梁启超本来英雄气盛，但他的上述词作何尝不是儿女情长？后来其夫人一九二四年去世，梁启超身穿孝服，涕泪纵横，从北京西城回回营步行到宣武门外法源寺吊丧送灵。三年后还作《鹧鸪天》悼亡，其结尾有“云鬟玉臂三年梦，碧海青天一夜心”之句，这真是天长地久、生死以之了。

“艳遇”，旧指与美女相会的机遇。无容讳言，这是普天下大多数男子感兴趣的一个词语，而与此相关的则是“艳福”，旧时谓室有娇妻美妾，或有美女相伴红袖添香之乐。同是清代的薛福成，他在《庸庵笔记》中就说：“介于俗福、清福之间者，莫如艳福。”如果不是名实相副的道学先生，或者故作道貌岸然状，这该也是普天下多数男子所心旌摇摇的吧？梁启超就曾经有这样的艳遇。但是，他却竟然拒绝了由艳遇而带来的艳福。今日许多观念新潮而开放的现代人当会不以为然，但梁启超作为人虽然也情动于衷，但作为非凡之人，他更显示了难以企及的私德和操守。

光绪二十六年（1900），梁启超流亡美国檀香山，虽然尚未届而立之年，但却因戊戌政变以及学识才华而名噪寰宇，是名副其实的“天下谁人不识君”。当地一何姓华侨商人慕名宴请梁启超这位亡命天涯之客，在座者“有西国缙绅名士及妇女十数人”，梁启超发表演说，由主人之女何蕙珍翻译。梁启超后来记述说：“蕙珍年二十，通西文，尤善操西语，全檀埠男子无能及之者。学问见识皆好，喜谈国事，有丈夫气。”看来绝非庸脂俗粉，而是女中佼佼，巾帼英豪。她对梁启超当然十分钦慕，尤其可贵的是，清政府命令驻外领事炮制文章在西方诋毁康梁，而梁启超发现国外报刊常有“不著其名”的文章为之辩护，却苦不知作者姓甚名谁。待至结识蕙珍，蕙珍出示原稿，方知如此如此。亡命异国他乡得此红颜知己，梁启超心中之感慨感念复兼感激之情可想而知。后来友人为蕙珍向梁启超提婚，旧时男子可以多娶，如康有为康圣人后来就三妻四妾，不像今日之必绳以“重婚”之罪，何况梁启超与夫人天各一方？然而，本是天涯沦落人，相逢何必曾相识，或者说“还君明珠双泪垂，恨不相逢未嫁时”吧。梁启超虽然情动于衷不能自已，但他还是婉言辞谢了这一飞来的艳福，因为他当年与谭嗣同相约革除一夫多妻的封建陋习，发起成立“一夫一妻世界会”，谭嗣同坚守信条，他当然亦应如此，何况他对夫人向来一往情深，于是他作《与蕙仙书》，将异国之奇遇向滞居国内之夫人汇报请示。然而他的夫人却分外开通与开明，回信竟然向他开放绿灯："君非女子，不必从一而终。"梁启超却拒绝了这条绿色通道，立即回信说："此实无理。吾辈向来倡男女平权之论，不应作此语。与君相居七年，分携之日，十之八九，彼此一样。我可以对卿无愧；虽自今而后，学大禹八年在外三过其门而不入，卿亦必能谅我。"梁启超自言"血性男子"，在儿女私情这一问题上，他表现了血性男子至情专一的令人敬仰的一面。有的大人物言行不一，冠冕堂皇却私德低下，但吹鼓手卫道士们却偏要百般掩饰与美化，结果适得其反。当然，除了令人敬仰，梁启超还表现了善感重情的令人爱重的另一面，让我们看到的是一个真实的立体的血性男子，而非一针扎不出血来的木头人，或是虚文矫饰令人厌憎的伪君子。梁启超曾作《纪事二十四首》给何蕙珍，表现了他精神相慕几乎不能自持之意，如"目如流电口如河，睥睨时流振法螺。不论才华论胆略，须眉队里已无多"，"眼中既已无男子，独有青睐到小生。如此深恩安可负，当筵我几欲卿卿"。最感人的是这一大型组诗的最后二首：

鸾飘凤泊总无家，惭愧西风两鬓华。
万里海槎一知己，应无遗恨到天涯。

猛忆中原事可哀，苍皇天地入蒿莱。
何心更作喁喁语，起趁鸡声舞一回！

龚自珍《金缕曲》词说："我又南行矣，笑今年，鸾飘凤泊，情怀何似？"梁启超说自己东飘西泊，年华虚掷，反挫出以下之抒情寄意：远离故国而浪迹天涯本是恨事，但因邂逅了蕙珍这样的红颜知己，则应该无恨矣。这里有对蕙珍的爱恋，也有对其人其行充分的珍重。梁启超毕竟是真正的国士，在《寄内》诗中他曾说“今日关河怨摇落，千城残照动悲笳”，那正是中日甲午之战中中国惨败之后，作者在儿女情长之中仍然忧心国事，而在给何蕙珍的最后一首诗中，他引用晋代祖逖刘琨闻鸡起舞的故典，抒写自己不能耽于儿女私情而应以天下为己任的壮志。蕙珍能有如此杰出人物惠赠的如此壮怀伟抱的好诗，慧眼识英雄于落难中的她，也该可以无憾了。

梁启超之私德，尚有趣事可附此一记。诗人徐志摩是梁启超最钟爱的学生。有一年冬天，梁启超的夫人患病住院，梁陪侍之暇，于病榻旁回忆宋词名句而集为多付对联，此之谓“集句联”。其中有一联就是送给徐志摩的，可见他对弟子的殷殷之情：

> 临流可奈清癯（吴文英《高阳台》），第四桥边（姜白石《点绛唇》），呼棹过环碧（陈允平《秋霁》）；
>
> 此意平生飞动（李祁《西江月》），海棠花下（洪咨夔《眼儿媚》），吹笛到天明（陈与义《临江仙》）。

徐志摩身形清瘦，文质彬彬，其诗崇尚浪漫主义，曾在海棠花下通宵做诗。而一九二四年印度诗哲泰戈尔来华时，徐诗人曾陪同游览西湖。梁启超之集联，切人切事，腹笥深厚功力也深厚。徐志摩与原配夫人张幼仪一九一五年成婚，张婚后去德国留学，回国后任教于北京大学。一九二二年徐志摩提出离婚，梁启超去长信规劝，其中有“万不容以他人之痛苦，易自己之快乐”之语。一九二五年七夕，徐志摩与陆小曼结婚，婚礼在北京北海举行。梁启超坚拒证婚，但由于徐父之恳请，胡适之劝说，梁启超才勉为其难，但他在百余人宾客之前的证婚词却是：“徐志摩，你这个人性情浮躁，所以学问方面没有成就。你这个人用情不专，以致离婚再娶……以后务必痛改前非，重新做人！你们都是离过婚又结婚的，都是用情不专，今后要痛自悔悟。祝你们这一次是最后一次结婚！”梁启超事后给儿子思永、思成写信说：“我在礼堂演说训词一篇，大大教训一番。新人及满堂宾客无不失色，此恐是中外古今所未闻之婚礼矣！”梁启超是激情澎湃的演说家，曾多处演说布道，闻一多梁实秋等人都记叙过他演讲的风采，但有的听众却反映对他的广东官话不甚了然，但此番训词，固然满座皆惊，一对新人想必尤其是声声入耳的了！

传诵多年的“天下兴亡、匹夫有责”这一箴言警语，一般人以为是顾炎武的原文，实际上语源来自顾炎武，完成却是梁启超，有如一座精神的丰碑，提供材料与蓝图的是前者，施工与完成的却是后者。梁启超《变法通论·论幼学》：“顾亭林曰：天下兴亡、匹夫之贱，与有责焉”。又，其《痛定罪名》说：“顾亭林谓天下兴亡，匹夫有责也。”起于顾，成于梁，即此一端，已功莫大焉，何况梁启超一生身体力行，足资垂范，而且他虽非以诗名世，但其诗有学而非学人之诗，有才而非才人之诗，乃人中龙凤的国士之诗，激扬的正是“天下兴亡、匹夫有责”这一主旋律，响入云霄，传于后世。抗日战争中令人热血沸腾的《毕业歌》，不是就有“同学们！同学们！快拿出力量，担负起天下的兴亡”之句吗？即使时至日益商业化、功利化、世俗化的今日，这一警句箴言也并未与时而俱逝，至少在不愿随波逐流者的心中，它仍然有似余音不绝的晨钟。

梁启超和他的夫人的合墓在北京香山，简朴庄严，是他的大公子、大建筑设计家梁思成设计。我见过照片却无缘前往祭拜，不知墓前现在还有多少祭奠的香火？梁启超的手迹我见过的则有两方，二十世纪九十年代之初在冰心家中，我为湖南省作家协会换届之事请她题辞，她的客厅正中悬挂的联语是“世事沧桑心事定，胸中海岳梦中飞”，落款是“冰心女士集定庵句索书，梁启超书”。瞻仰久之，恍兮惚兮之中，我不禁跌入那远去而苍茫的岁月。民国壬戌八月，即一九二三年八月，梁启超重访长沙，为自己当年任总教习的时务学堂故址题笺，曰“时务学堂故址，二十六年前讲学处。民国壬戌八月重游泐记，梁启超”。手迹早已刻石为碑，我一见之于湖湘耆宿陈云章先生家中之庭除，一见之于岳麓山下之岳麓书院。而时务学堂之旧筑呢？今日早已荡然无存了，但故址当然仍在。故址在今日长沙市内临近湘江的中山西路，现在为一家名为富湘连锁公司之所在地。陈云章老先生生前曾带我前去寻访，并一一为我指点前尘旧事。一百多年流光逝水，人非物亦非，当时在故址徘徊，四顾苍茫，不禁怆然回想：今日之熙熙行人，攘攘众生，有多少人还知晓还记得当年有一位人杰在这里舌灿莲花，向他许多同是时代千人之英万人之杰的学生传播思想的薪火呢？

壮士横刀　美人挟瑟

序曲

一九九四年高秋九月，我从深圳凌波越海而西，去珠海作了三日之游，时逢佳节，回长沙后撰《珠海中秋》一文以记。文中我说猛然忆起清末民初籍贯珠海的才子苏曼殊，那位被南社诗人柳亚子称为“不可无一，不可有二”的诗僧，但来去匆匆，而且苏曼殊在我心中仿佛只是一朵遥远的祥云，他的少人知闻的故里更近似于一则缥缈的传说，所以我当时未能去他儿时与少年的家乡觅迹寻踪，一探究竟。

时间的流水滔滔，卷走了近十五年岁月。二〇〇八年枫叶初红之时，我应邀去珠海市，在该市设于市图书馆一楼报告厅的“文化大讲坛”，作题为《唐诗与现代生活》的专题讲座。专诚并专程陪同我的，是昔日在湘的同事友人其时任珠海一家出版社总编辑的散文作家李一安兄。苏曼殊的故居在历史的风沙中湮没已久，直到二十世纪八十年代后期才几经修整，宛如出土文物，被定为珠海市文物保护单位。因为地处偏僻，交通不便，作客他乡不久的一安兄也未曾前去瞻仰，听说我欲往朝香，他说也早有此意，于是车轮飞转，载驰载奔，我们就联袂前去一偿多年的共同的夙愿。

苏曼殊的原籍为珠海，虽然不说身世完全如谜，但却也有颇多绝非常人之处。苏曼殊的故居在今日前山镇沥溪村南溪社区苏家巷内，原为苏曼殊的祖父苏瑞文所建。此地原属古香山县，名曰沥港，今属珠海市，名沥溪村。苏瑞文之子名胜，字杰生，常年在日本横滨经商，除嫡妻黄氏和妾侍大陈氏、小陈氏之外，因膝下无子还纳日人河合仙为妾，并与小自己二十岁来家料理家务的河合仙之妹河合若私相媾合，这一番不伦之缘的结果就是一八八四年苏曼殊的诞生。曼殊尚在腹中之时，河合若即被赁屋他住以避人耳目，曼殊降生数月她就被遣送回乡，从此血浓于水的母子就动如参商，天各一方，而曼殊从小视之为母的河合仙，实际上是他的姨母，最终也为其父所弃。如果曼殊是女儿之身，那就会留在日本而泯然众人了，而曼殊是男孩，取名为戬，字子谷，学名玄瑛，所以才可能有后来的许多离合悲欢乃至歌哭笑傲的故事。出于认祖归宗和承传香火的传统观念，苏曼殊在六岁时（1889）被苏杰生送回香山原籍，直至十余年后最终离开这个他毫无留恋永不回头的伤心之地。

聪慧的童年曼殊，虽然得到简氏大宗祠村塾老师苏若泉的赞许钟爱，但他的“混血儿”兼“私生子”之双重不良身份，逐渐成为众所周知的公开秘密，也成了初谙人事的曼殊心头此后永远无法愈合的创伤。嫡母黄氏与庶母大陈氏、小陈氏的虐待，苏家族人的歧视，村子内外的飞短流长，同学少年的冷嘲热讽，加之言语不通，举目无亲，曼殊可谓苦胜黄莲。有一回曼殊病重，管家的婶母甚至将他丢到柴房里不闻不问，他们只盼其心目中的“杂种”“番鬼仔”早日命断黄泉。人生不论贫富，只要有父母的羽翼呵护，大都会有一个温暖甚至温馨的童年，然而，曼殊的童年与少年没有春天，只有冬日，没有和暖的惠风，只有凛冽的寒霜，没有亲人的慰藉，只有冷酷的白眼，没有他人的同情，只有世人的侧目，他过早地领略了人世的炎凉，过早地品尝了人生的苦酒。现代心理学认为，一个人的童年与少年的经历遭逢，对其性格的形成影响甚巨，童年的精神创伤，会陪伴人的一生。苏曼殊成年后曾译过拜伦的诗，拜伦在《恰尔德·哈罗尔德游记》中曾说："啊，幸福的时代，谁会再拒绝体验一次儿童生活。"但曼殊至少会一百次拒绝再回到他苦难的童年，他的孤僻，他的忧郁，他的狷狂，他的反抗与叛逆心态，他的对友谊与爱情的渴求，他的自暴自弃式的轻度神经分裂症，以及他的井喷式的不羁的才情，无一不是根源于先天的禀赋和童年的馈赠，有如儿时的诸多生命密码，到他成年后就一一解码。对于珠海故里，他是拒绝的甚至是抗拒的，风萧萧兮溪水寒，斯人一去兮不复还，他离去后就再也不曾归来，即使其父去世族人设法告知盼他回乡祭奠，他也情无反顾没有再履斯土。前山镇沥溪村苏家巷内的故居，是曼殊的伤心地，他拒绝回乡，百年后对曼殊怀有同情与景仰之情并同为文化人的我们，难道能不前去寻访他遗落在那里的旧迹遗踪吗?

行行复行行。由市内的柏油大道而郊野的简易公路而乡间的崎岖小道，横驰直驶，左弯右拐，路上随机打听，被问者大都不知苏曼殊系何方神圣，更不明其故里地在何处何方。好不容易来到沥溪村口，只见路旁竖立的一块大木牌上字迹斑驳：沥溪村——苏曼殊故居。此村现在有如城中村，循小路而前，曲曲弯弯，再由一条民居你拥我挤的小巷踅进去，便到了局促在众多高大民屋之中的一座矮小的屋宇之前，那就是苏曼殊的故居了。

这是一座青砖青瓦的土木结构平房，门楣上的匾额书写有"苏曼苏故居"字样。门侧墙上展示的，是"珠海市文化旅游示范单位"和"参观须知"的牌铭与告示。铜环黑门的背后，庭院狭小，几间平房十分湫隘，占地只有四十余米，室内的陈设十分简单，墙上有几帧附有说明的复制图片，桌上有几册面容灰暗陈旧颇为沧桑的书本。当时此村虽然偏僻落后，但苏杰生在海外经商，后来自为横滨一家英商茶行的买办，他的旧居该不致如今日这般窄狭简陋吧？百年前曼殊呻吟于其中的那间柴房呢？他辗转反侧长夜难眠的卧榻呢？他东腔西调为人讪笑的说话声和读书声呢？他欲行又止迟疑而踉跄的小小脚印呢？我们寻寻觅觅，觅觅寻寻，高天无言，厚地不语，那一切今日都已了无踪迹，都已被长风吹去，都已交给岁月深深的百年历史去收藏了。

在清末民初，在中国近代革命史和文艺史上，当年在珠海故里艰难度日的悲苦少年，后来却成了民主革命志士，成了诗歌、小说、散文均卓有建树的诗人与作家，最早的对外开放的翻译家，无师自通而别具一格的画家，短短的十余年中各类著述达三十种之多。一安说：苏曼殊集才、情、胆于一身，三度出家，半僧半俗，三十五年的短暂人生，成就了他诗僧画僧情僧革命僧的美名，英年早逝而名耀青史。我说：历史已经给他定位，他头上的诸多光环是百年岁月为他加冕的，再也不会褪色和失落，但我最珍爱的却是他的诗。说来也真是一个奇迹，他既无家学渊源，也无学府培养，将近弱冠之年，他突然向陈独秀、章太炎提出学诗，一经指点，他的优秀诗作就如春花之络绎而开，花光照眼，如霓虹之横空而出，虹影丽天，如节日的焰火倏然而放，焰呈七彩。在清代诗坛，苏曼殊是一位晚出而压卷的杰出诗人，在中国古典诗歌史上，苏曼殊是最后一位用句号结束历史的优秀诗人。他现存的诗仅五十三题共一百零二首，从体裁而言，大多为绝句尤其是七言绝句，但置诸历代前朝诗人的优秀绝句之林，他也绝无多让，甚至还可说他为绝句开辟了新的领域和天地。从内容而言，他的诗作应该说相当丰富多样，但他最特出的还是抒写爱情的篇章，他的爱情诗远可以追蹑李商隐与杜牧的背影，近可与同为清代而在他之前的名家黄仲则和龚自珍比肩。不论其它诸多值得后人纪念的功业，仅从诗创作这一端而言，苏曼殊虽然因英年早逝而远远未能尽展其才，但他也的确可谓不负此生而未教生命尽成灰的了。

早在二〇〇八年之初，我就继《唐诗之旅》《宋词之旅》《元曲之旅》之花开三蕊，开始《清诗之旅》的创作。当年和一安兄实地踏访苏曼殊故居之后，我确认苏曼殊将为我的《清诗之旅》一书殿后。但时光如驶，俗务丛集，加之近乎十年磨一剑，直到八年后的今日我才执笔为文，才和他及其诗作晨昏相对，声息相通，请人称曼殊上人的他有以谅我。

忧国之章

对于苏曼殊的籍贯与身世，有不明底细的友人问他，他总是“泫然叹息，俯首不答”，或者只说“思维身世，有难言之恫”。大约在十二岁时，他在村里偶遇来此化缘的新会慧龙寺的赞初大师，曼殊便跟随他去广州市六榕寺出家。这一建于梁大同三年初名宝庄严寺后名净慧寺的庙宇，因宋代被谪岭南的苏轼来游时，见寺内有六株古榕浓荫四合，便挥笔题写“六榕”而传名至今。二十世纪八十年代之初我南游广州，住在附近的挚友、名诗人李汝伦兄带我往访，在寺院中提及幼年曼殊于此出家的遗踪往事，我们不禁唏嘘久之。曼殊十五岁时遵父命随表兄紫垣去日本，在横滨大同学校就读，学习中英文，他感于悲凉身世，次年潜回广州，于白云山菖蒲涧的蒲涧寺第二次出家。一九〇三年曼殊二十岁时，由于热忱投入的革命事业受到诸多挫折，已经返国的他又去广州市番禺县雷峰山的海云寺出家，受成年人出家的比丘戒与菩萨戒，加之以前的沙弥戒，至此所谓三戒俱足。他自命法号曰“曼殊”，成为正规而且资深的方外之人。一九一一年初，苏曼殊作《过苦松町有感示仲兄》一诗，“仲兄”就是年长于他五岁的好友陈独秀，陈独秀字仲甫，又号仲子，曼殊在《文学因缘·序》中，称之为“畏友仲子”。诗云：“契阔死生君莫问，行云流水一孤僧。无端狂笑无端哭，纵有欢肠已似冰。”他在诗中即正式以“孤僧”自命。

提到苏曼殊，后世多以“诗僧”“情僧”“风流和尚”视之，即使如柳亚子美称其为“革命和尚”，也还是未能尽如其分。我以为，推翻满族统治的封建帝制，追求中华民族的重新振兴，简言之，民族主义与爱国主义，是曼殊的与时代潮流相一致的思想感情之主旋律。正是因为有兼济天下的入世抱负与激情，在风雨如磐的难明黑夜与鸡鸣未已天色熹微的时代背景之前，在中国近代史与现代史之交的地平线上，苏曼殊，这位有时身着西装而常年乃袈裟一袭的诗人，他首先是一位令我们今日仍不胜追怀的民主志士甚至斗士。

当年轻的苏曼殊在日本留学之时，在中国历史上本毫无进步意义可言的集权与极权的清王朝虽已日益腐败而腐朽，但却始终不肯退出它早应退出的历史舞台。一八四〇年鸦片战争以来，列强对中国的侵略日亟，尤其是沙俄参加八国联军入侵中国后，以保护铁路为名，将整个东北据为己有，烧杀抢掠，无恶不作。一八九八年，十五岁的苏曼殊入由康有为题名的横滨大同学校，得到梁启超的赏识，并受到其时风起云涌的民主革命思想的熏陶。一九〇二年，他转入东京早稻田大学高等预科中国留学生部，便加入中国留日学界最早的革命团体“青年会”，并签署列名为发起人之一。不久，他又慷慨陈辞，加入“拒俄义勇队”及随后改名的“学生军”，学生军有黄兴、陈天华、陈去病、鲁迅的好友许寿裳等人。此后，学生军改名军国民教育会，课程为射击、体操与讲习，其时苏曼殊虽已入成城学校学习陆军课程，却仍积极参与有关活动。成城学校行将结业之时，因苏曼殊参加革命活动，受其父之托的表兄林紫垣断绝供应每月十元本来就颇为微薄的生活费用，加之军国民教育会动员所属成员回国宣传革命，暗杀清吏，发动起义，生计本来无着的苏曼殊一九〇三年便决计回国。于是，我们今日就读到了苏曼殊现存的最早诗作，那是他的诗歌的东风第一枝，也是他的诗作中甫一出手即堪称重量级的作品，在今日出版的他的诗集中，诗题为《以诗并画留别汤国顿》。

汤国顿，应为汤觉顿（？～1916），广东人，梁启超弟子，苏曼殊在大同学校的老师，因曼殊在该校兼任美工，故二人情逾师友。在一九一六年的反袁护国战争中，汤觉顿作为梁启超的代表，被拥戴袁世凯的军阀、广州都督龙济光刺杀于珠海。曼殊一九〇三年九月初乘“博爱丸”返国前，作诗并画给他以明心迹，并示纪念。此诗于当年十月七日发表于陈独秀、章太炎等人创办和主持的《国民天天日报》副刊，题为《以诗并画留别汤君觉顿》：

蹈海鲁连不帝秦，茫茫烟水着浮身。
国民孤愤英雄泪，洒上鲛绡赠故人。

海天龙战血玄黄，披发长歌览大荒。
易水萧萧人去也，一天明月白如霜！

对祖国饱受外敌侵凌的处境忧心如捣，对满清政府奴颜媚外的行径痛恨至深，全诗悲而且愤，悲愤交迸。这首诗，是时代的热血青年的一纸宣言书，也是我以我血荐轩辕的一封自白状，更是雄豪与苍凉兼而有之的一阕英雄曲！曼殊景仰战国时齐国的抗击强秦之高士鲁仲连，也敬慕其时的行刺秦王之燕国志士荆轲。他还在大同学校就读而从梁启超研习中文时，就曾向梁启超自剖报国之心，在慨当以慷热血沸腾之际，他想起收录在司马迁《史记·刺客列传》中荆轲所唱的《易水歌》，也曾向后者高声吟诵“风萧萧兮易水寒，壮士一去兮不复还”这一千古名句，而上引第二首诗的三四两句，正是那次吟诵的时隔不久的铿然回声。

回国之后的曼殊，不倦地热烈宣传民族民主革命，以他的编译小说《惨社会》，以他的读史著作《岭海幽光录》，以他的由章太炎题词的《猎狐图》等绘画作品。他回国时友人包天笑作《送别子谷》诗说："激浪怒涛翻海水，腥风膻雨扑胡尘。低徊我自无言说，珍重前途为国民！"当时小孩积攒零钱的瓦罐名曰"扑满"，取钱时将其敲碎，而扑满则寓意扑灭满清，曼殊在苏州吴中公学社任教时，也曾为包天笑作了一幅《扑满图》。与此相应，一九〇九年夏日，曼殊作了发表在《南社》一集的《谒平户延平诞生处》一诗：

行人遥指郑公石，沙白松青夕照边。
极目神州余子尽，袈裟和泪伏碑前！

郑成功是明末清初的抗清民族英雄，后来被南明封为延平郡王。他的祖籍虽然是福建南安，母亲却是日人，相传他诞生在日本长崎县平户镇的一方岩石上，此石被人称为"儿诞石"。郑成功在清末民初的民族革命大潮中复又横空出世，尤其在留日学生群体中极受推崇，而苏曼殊为其顶礼赋诗，除了同侪中共有的矢志反清的思想取向之外，还因为曼殊个人与郑成功更有同病相怜之处，即：母亲同是日本人，两人都出生于日本。曼殊的友人、孙中山曾称誉为"十年袍泽，患难同尝"的陈去病，曾有《题曼殊童年时摄影》一诗，那是养母河合仙抱童年曼殊于怀中的合影："正朔天南奉盛明，孤忠唯有郑延平。百年更见田中姬，一样宁馨裹锦棚！"可见同辈对他知之深，望之殷，寄之切，而他的上述之诗，既是对友人的回音，也是对时代的答卷。

郑成功是中土英雄，拜伦是西域诗杰。拜伦虽然出身贵族，但他幼年却遭逢不幸，这一点当然极易引起曼殊的共鸣。拜伦是十九世纪英国伟大的浪漫主义诗人，其诗作所塑造的忧郁、孤独、反叛的拜伦式英雄，那种反抗社会追求自由的抒情主人公形象，不仅与曼殊商量筹办《新生》杂志的鲁迅曾在《摩罗诗力说》中予以阐发揄扬，而且也更易激发曼殊的人同此心的同感。曼殊是翻译介绍拜伦的中国第一人。一九〇六年九月，陈独秀偕同曼殊乘船东渡日本，在风高浪急的太平洋上，他的心潮与海潮一起澎湃，他翻译拜伦的《恰尔德·恰格尔德游记》中的《晚安曲》为《去国行》，将拜伦《唐璜》中的核心部分《哀希腊》十六节全部译出，还有拜伦的《赞大海》等篇章。他将所译拜伦之诗编为《拜伦诗选》并作序，后来在《断鸿零雁记》中还说“余尝谓拜伦犹中土李白，天才也”，并追述自己翻译时的心情心境：“余译拜伦诗竟，循环朗诵，时新月在天，渔灯三五，清风徐来，旷哉观也！”曼殊的友人鲁迅，后来回忆青年时读到曼殊的上述译作时“心神俱佳”，何况在翻译中投入了自己的热情、希望和生命的曼殊本人呢？

一九〇九年秋，因革命党人陶承章的举荐，曼殊从上海经新加坡去爪哇任教并宣传革命，在新加坡邂逅幼年在上海时的英文教师西班牙人罗弼·庄湘。庄湘之女雪鸿来看望病中的曼殊，当年青梅竹马，今日均已华年，雪鸿所赠诸物中有《拜伦集》。曼殊有感于中，作《题〈拜伦集〉》一诗书于卷首：

秋风海上已黄昏，独向遗编吊拜伦。
词客飘蓬君与我，可能异域为招魂？

有人著文认为，首联写曼殊自己吊祭拜伦，尾联则写与雪鸿相约他日为自己招魂。然则，诗中之“君与我”，则是雪鸿的他指与曼殊的自指。这样解释当然亦无不可，但雪鸿算不上“词客”，他随父作客，也难说“飘蓬”，何况好诗往往不是只有单解而可有多解，即诗的多义性与歧义性。拜伦离开英国故土，前去希腊参加反对土耳其统治的民族解放战争而客死异域，曼殊身世可叹而现在又远适爪哇，前途未卜，两人均是诗人而同为天涯飘蓬，如此理解，“词客”则是曼殊与拜伦身份的合指，而“君”与“我”则是拜伦与曼殊的分指。曼殊此前译过拜伦的诗，对这位异域诗人极为推崇，他在《拜伦诗选·自序》中说：“拜伦以诗人去国之忧，寄之吟咏，谋人家国，功成不居，虽与日月增光可也”，不久前在日本作《本事诗十首》，其三就是“丹顿（即但丁——引者注）拜伦是我师，才如江海命如丝。朱弦休为佳人绝，孤愤酸情欲语谁”。曼殊临逝之前还曾表示想去意大利学习绘画，他对于心仪已久的拜伦，当然更欲亲临其地亲履斯土为他凭吊为他招魂了。总之，我以为此诗表现的仍是他对于自己多灾多难的家国之关注，和他对自由与解放的向往。

一九一一年曼殊在爪哇中华学校任教时，武昌起义的消息传来，他十分振奋，当即驰函马君武、柳亚子，其中有言：“迩者振大汉之天声，想两公都在剑影光中，抵掌而谈，不慧远适异国，惟有神驰左右耳。”于是他典当衣裳、卖去藏书，在结束课务后于次年初春“北旋汉土”。回国到达广州，他即去赵声墓前凭吊。赵声是曼殊在南京陆军学校时的好友至交，一九一一年五月十八日黄花岗起义失败后，呕血死于广州。赵声生前，曼殊答应为其画《荒城饮马图》，到上海后，他终于了却夙愿将图画出，托人带至广州焚奠于赵声墓前。此时，他加入以民主志士诗人为主体的“南社”，应北伐军的机关报《太平洋报》之聘主笔政，与柳亚子、叶楚伧等同事。友人诸宗元在《壬子三月曼殊来海上问讯故人投以一诗》中，高兴地说“浮海归来国事新，袷衣相对共青春”，而以《醒狮歌》名世的南社社友高燮的《赠曼殊》，在重逢的喜悦中仍然不禁忧时感世：“一别东坡今五载，相思应念我如何？住心常觉众生苦，冷眼常嫌热泪多。奴子未容悉平等，天堂变相即修罗。茫茫十丈红尘里，欢乐声中但寤歌！”“修罗”者，“阿修罗”之省称也，古印度神话中恶神之名。“寤”者，睡醒也，醒悟也，觉醒也，“寤歌”，清醒的忧伤的歌唱也。辛亥革命成功之后，虽然改朝换代，江山却仍然依旧，虽然百废待举，但人物并未全非，体制的痼疾，社会的弊病，阴谋家的觊觎，投机者的钻营，革命党人内部的争权夺利，使得像高燮这样的清醒者忧心忡忡，而惟愿在革命成功之后“向千山万水之外，听风望月”的曼殊，他虽不涉官场，谢绝引荐，但却于时事始终未能忘情，不得已时也仍然拍案而起。

一九一二年三月二十日，袁世凯篡夺了辛亥革命的果实，孙中山宣布辞职，前者在北京就任临时大总统，不久又主谋刺杀了民主革命的先驱人物宋教仁。孙中山闻讯从日本赶赴上海，通电讨袁，发动“二次革命”。当此非常之时也，作为方外之人的曼殊毅然决然发表《释曼殊代十方法侣宣言》，全文大义凛然，雷霆震怒，其中之“自民国创造，独夫袁氏作孽作恶，迄今一年。擅操屠刀，杀人如草；幽蓟冤鬼，无帝可诉。诸生平等，杀人者抵；人伐未申，天殛不逭”等严词警语，更是喧传众口，流播四方。他的友人程演生赋《读曼殊海上讨袁檄文》一诗，有“季重旧游成远梦，宾王新檄自雄才”之句，将曼殊的宣言喻为初唐骆宾王讨伐武则天的名篇《为李敬业传檄天下文》。

戊戌政变后的康有为沦为保皇党，一九〇〇年，在海外筹得巨款却据为己有，间接导致谭嗣同的生死之交唐才常领导的自立军因粮饷不继而失败，唐才常等百余人为张之洞捕杀于武汉。一九〇三年，章太炎因发表《驳康有为革命书》而被捕入狱，与革命志士邹容一起被判处终身监禁。曼殊本来对康有为印象极恶，他于该年底寄居于香港《中国日报》时，康有为正寓居香港，不仅对参与自立军起义亡命香港衣食不周的哥老会龙头杨洪钧闭门不见，而且唆使印度门警殴打驱赶。嫉恶如仇的曼殊闻讯怒火中烧，他数次向报社主事者、资深革命党人陈少白索借手枪，意欲对康有为进行“武器的批判”，最终为陈少白力劝而罢。现在他以如椽之笔所写讨伐袁世凯的宣言檄文，则为“批判的武器”，前后相承，可见曼殊在他所披的出世的一袭袈裟之下，跃动的是何等入世的侠肝义胆！

曼殊对于辛亥革命后的中国现状颇为失望，但他关心国难民瘼，他的革命热情虽有起伏却始终没有退潮。除了前文所述他所参与的组织之外，他还参加了兴中会、光复会、亚洲和亲会、反袁二次革命，并在许多许多鼓吹革命的如《国民天天报》《民报》《天义报》《新汉文报》《太平洋报》《国民》等报刊参与编务，发表文章。他的友人如陈独秀、章太炎、章士钊、鲁迅、蔡元培、沈尹默、柳亚子、刘半农、黄侃、陶成章、居正、张继、赵声、冯自由、戴季陶、朱执信、马君武、黄兴、廖仲恺、何香凝、汪精卫、孙中山、蒋介石等，均是辛亥革命前后的风云人物，是名流谱，更是俊彦录，其中尤以与陈独秀的友谊最为深笃，受其影响也最深。反袁二次革命之后，直至英年早逝之前，他仍有不少作品说明与证明，他关注时代与民瘼的热切的心事并未成灰：

碧城烟树小彤楼，杨柳东风系客舟。
故国已随春日尽，鹧鸪声急使人愁！

——《吴门依易生韵》（十一首）之十

日暮有佳人，独立潇湘浦。
疏柳尽含烟，似怜亡国苦！

——《为玉鸾女弟题扇》

狂歌走马遍天涯，斗酒黄鸡处士家。
逢君别有伤心在，且看寒梅未落花。
——《憩平原别邸赠玄玄》

流萤明灭夜悠悠，素女婵娟不耐秋。
相逢莫问人间事，故国伤心只泪流。
——《东居杂诗》（十九首）之二

六幅潇湘曳画裙，灯前兰麝自氤氲。
扁舟容与知无计，兵火头陀泪满樽！
——《东居杂诗》（十九首）之十八

对曼殊颇为了解的友人郑桐荪，在给柳亚子的公子柳无忌的信中说：“他的行为虽是落拓，却并非不羁；意志虽极冷，而心肠却是极热。”当时有两位名僧，一是太虚，一为曼殊，太虚虽也四方传道，但却热衷奔走于政府与权贵之门，曼殊虽关心国事，行迹却如闲云野鹤，凡流俗功利之事，视之蔑如。孙中山说：“太虚近伪，曼殊率真。内典功夫，固然曼殊为优；即出世与入世之法，太虚亦逊曼殊多多也。”而与曼殊交谊最深的陈独秀，则认为“像曼殊这样清白的人，真是不可多得的了”。他从国民党监狱出狱后，晚年移居江津时，还反复强调对曼殊的这一看法。在逝世前一年即一九四一年，他还念念不忘已去世二十三年的故人，在病中将曼殊友人郑绳侯赠曼殊的一首七绝书成条幅：“寥落枯禅一纸书，欹斜淡墨渺愁予。酒家三日秦淮景，何处沧波问曼殊？”所谓“清白”，我以为即是指曼殊对世事人情的深察洞明，也是指他心地的纯真炽烈。从上述所引的曼殊的诗章，我们不是可以看到他虽表面佯狂，但实际上未能出世而仍然心忧家国肝肠如火吗？

情爱之什

曼殊对自己的诗作去取甚严，他曾作有《无题诗三百首》，今日早已不见踪影，令人徒劳梦想。但他系不出世的天才，其诗质与诗才同时代少有人可以望其项背，而且诗并非以多为胜，而是以质为贵，所以他今日存诗虽只有一百余首，但却仍如繁英满树，可以让我们瞻望和歆享它们永不凋谢的色彩与芬芳。

一九〇六年春，曼殊在长沙明德学堂（今日之明德中学）任图画教员，住附近之永福寺，与黄兴等人擘画革命事宜，过从甚密。他在长沙作诗今存三首，即《晨起口占》《花朝》与《春日》。如《花朝》：“江头青放柳千条，知有东风送画桡。但喜二分春色到，百花生日在今朝！”江头，即湘江之畔。这是曼殊诗中少有的青春靓丽的景物抒情诗，全诗借景抒情，表达了他对革命高潮即将到来的喜悦与期待。

一九〇九年初秋，曼殊按照河合仙的指引，终于在日本找到了居于淀江的生母若子，他频频前往看望，对友人也迳称“探母”，有《淀江道中口占》一诗为证：“孤村隐隐起微烟，处处秧歌竞插田。羸马未须悲远道，桃花红欲上吟鞭。”曼殊之诗，以往多的是愁苦悲凄之音，唯此诗有如数年前所作的《花朝》，风格明丽，尤其是结句妙将春日桃花的美景与如花怒放的心情融合为一，诗意盎然。辛弃疾之《鹧鸪天》说“愁边剩有相思句，摇断吟鞭碧玉梢”，曼殊虽可能受到他的影响，但辛弃疾是写愁情，曼殊是抒喜意，二者不可同日而语。

一九一三年末，曼殊去日治病，与潜居法租界的陈独秀（仲甫）话别，作《东行别仲兄》给他心目中的这位畏友：“江城如画一倾杯，乍合仍离倍可哀。此去孤舟明月夜，排云谁与望楼台？”时空交感，意挚情深，置之唐人友情诗赠别诗中也无多让。陈独秀亦赋《曼殊赴江户，余适皖城，写此志别》：“春申浦上离歌急，扬子江头春色长。此去凭君珍重看，海中又见几株桑？”二诗可以合参对读。田桐，字梓琴，号玄玄，同盟会发起人之一，因反袁世凯窃国失败而随孙中山逃亡日本，寓所名平原别邸。一九一四年春，曼殊在日本结识孙中山、田梓琴等人，作《憩平原别邸赠玄玄》“狂歌走马遍天涯，斗酒黄鸡处士家。逢君别有伤心在，且看寒梅未落花！”伤心的是讨袁失败，国事蜩螗，且看的则是如孙中山所言之“革命尚未成功，同志仍须努力”，全诗沉郁顿挫而奋励激扬，为曼殊诗中所少见，也可与较早之《花朝》一诗对读。田梓琴的次韵和诗是：“廿年囊剑走天涯，海上纵横到处家。今日喜同方外客，垂杨溪畔嚼梅花。”将其与曼殊之原作互参，从中可见他们个人行迹的雪泥鸿爪，也可一窥时代的侧影波澜。

然而，平心而论，在曼殊留存不多的全部诗作中，爱情诗毕竟是其中最突出最有特色的部分。说它突出，是此类题材的作品约占他全部作品的一半，如前所述，宏观纵论中国古典爱情诗，曼殊有关之作远可直追李商隐与杜牧，近可与黄仲则及龚自珍并驾；说它最有特色，是指其并非代言而是自叙，感情炽烈而纯真，虽是抒写两性之间的感情，但无论是实际行为还是文字传达，均不涉及世俗之所谓“性”，相当于柏拉图式的精神爱恋，与今日所见某些小说诗作中自出其丑的淫词秽语更有天壤之别。正因为有这种底色与亮色，因此曼殊的这些作品也才会分外感人与动人，时隔百年，如刚从树上摘下来的新鲜果实，令人口舌生津而生香；如刚刚从窖藏中取出来的陈年醇酒，使人醺然欲醉而微醉。

曼殊对爱情的向往、追求与执着，和他特殊的身世与遭遇有关。他出身孤苦贫困，屡遭白眼与虐待，缺乏母爱与亲人之爱，心灵遭受过严重创伤，因此，潜意识中更需要异性的温暖和慰藉，而那些异性均为社会地位处于下层的歌女与艺妓，这也与曼殊自己的出身微贱相通。此外，辛亥革命成功之后，社会依然黑暗纷乱如故，失望的曼殊既无救国拯民之方，又无力自拔于泥淖之中，心境日渐颓唐，因此更不免征歌买醉，于温柔乡中麻醉自己。这一点，与他所倾慕的龚自珍的“试想英雄垂暮日，温柔不住住何乡”，颇有相似之处。不过，曼殊的爱情与恶俗之徒的唯形而下根本不同，也与有的人自诩之灵肉结合大异其趣，他与所爱的人有的并无肌肤之亲，唯有目授神与而已，即使偶然留宿同床共枕也始终不及于乱，因为他三度受戒，他始终信守与恪守真正的佛门子弟的价值观念与佛规底线，这，为他同时代的友人所共见与公认，也是古往今来泅泳于爱河中人的一个罕见的另类与异数。

金凤。金凤是秦淮河上的歌妓，曼殊自日本返国后，一九〇五年于南京陆军小学任教时与她相识相恋。四年后的一九〇九年，曼殊在日本收到他的同学好友刘三询问近况的信函，“欣喜无极”而至“涔涔堕泪”，缅怀往事，回首前尘，作《有怀》二章：

玉砌孤行夜有声，美人泪眼尚分明。
莫愁此夕情无限，指点荒烟锁石城。

生天成佛我何能？幽梦无凭恨不胜。
多谢刘三问消息，尚留微命作诗僧！

此诗初发表时题为《有怀》，后又有《寄刘三白门》《有寄》《简金凤兼示刘三》等题目。这两首诗均是由刘三问讯而引起的回忆之作，如柳亚子《答马仲殊先生书》中所云：“诗中又‘美人泪眼尚分明’句，大概就是指金凤了。”前一首时空从现在而过去，后一首从过去而现在，人我交织，今昔并举，无一字一句直写怀人，而字字句句却都是怀人，意象清超而深情绵邈，有余不尽，这正是古典绝句的神韵与妙境。而另一首诗的题目则是《集义山句怀金凤》：

收将凤纸写相思，莫道人间总不知。
尽日伤心人不见，莫愁还自有愁时！

集句诗是中国古典诗歌的独门绝技，西方诗歌难以梦见。集句诗肇始于西晋傅咸的《七经诗》，通过宋代的经营与明代的发展，至清代臻于鼎盛。这种诗就是借他人之酒杯，浇自己之块垒，虽是借用他人（一人或多人）的旧句构成新篇，却要求顺手拈来如同己出而自鸣新意。民国以还，集句诗逐渐衰落，有名的诗例如瞿秋白一九三五年六月十八日晨就义前所作的集句诗："夕阳明灭乱山中（韦应物），落叶寒泉听不穷（郎士元）。已忍伶俜十年事（杜甫），心持半偈万缘空（郎士元）。"而曼殊此一七绝之四语，共集了李商隐三首诗中的四句，表达了他对金凤中心藏之而何日忘之的怀念之情。全诗围绕"怀"字着笔，虽然每一个字都是从千年前的李商隐那里借支而来，却戛戛如同独造，有如款项全部是从银行借得，却另行开张了一家自立招牌的独资公司。

李义山的《碧城》三首是一组意旨朦胧的爱情诗。其三是："七夕来时先有期，洞房帘箔至今垂。玉轮顾兔初生魄，铁网珊瑚未有枝。检与神方教驻景，收将凤纸写相思。《武皇内传》分明在，莫道人间总不知。""凤纸"是绘有金凤凰之纸笺，唐时御札、官方文诰与道教青词均用此纸。《武皇内传》，系记叙汉武帝刘彻与仙子遇合之事的传记。曼殊取此诗的第六句与第八句，写自己作诗写信抒发对金凤的怀念，而这一恋情友人皆知。

如柳亚子之子柳无忌，就曾在《苏曼殊及其友人》一文中说过："此莫愁当然也是金凤的代名词了。"曼殊诗的第三句集自义山的《游灵伽寺》："碧烟秋寺泛湖来，水打城根古堞摧。尽日伤心人不见，石榴花发满琴台。"第四句则集自义山的《莫愁》："雪中梅下有谁期？梅雪相兼一万枝。若是石城无艇子，莫愁还自有愁时。"李诗的第三句写自己怀人之伤心，乃实写，第四句则从对方写来，系虚拟。曼殊均不告而取，为我所用。从曼殊的这一集句诗，不惟可见他熟稔义山诗作的学力和推故出新的才华，也可见他对于异性的精神遇合之情深一往。

花雪南。花雪南本姓许，为新加坡华侨之女，又称花五姑，在上海流落风尘，曼殊大约是一九〇七年在杭州与之相识。据柳亚子《杂谈》记述，南社诗人诸贞壮曾说，花雪南爱国，有民族气节，鉴湖女侠秋瑾很赏识她，曾题赠二绝，起句以"雪南可儿"四字嵌入。曼殊对秋瑾十分敬佩，与花雪南相识那年，他就曾为《秋瑾遗诗》作序。"二次革命"失败后，苦闷彷徨的曼殊来到上海，复又和花雪南重逢，多有往返，并写有很多咏她和其他女妓之诗。其友人郑桐荪在《次韵和曼殊大师<何处>一首》中，有"诗成百绝情难写"一语，郑的自注是"时曼殊师有《无题》诗百绝之作"。郑在《与柳无忌论曼殊生活函》中又说："他的诗大约散失很多，因为他自选极严，稍不合意者即弃去。"今日所存之《无题》（八首），全部是七言绝句，题目也是仿自李商隐写情爱的惯用之题。八首诗中多首应是为花雪南而写，如：

绿窗新柳玉台旁，臂上犹闻椒乳香。
毕竟美人知爱国，自将银管学南唐。

水晶帘卷一灯昏，寂对河山叩国魂。
只是银莺羞不语，恐防重惹旧啼痕。

马令在《新唐书·王感化》中记叙说，南唐元宗李璟命音乐家王感化歌功颂德而歌舞升平，王“惟歌‘南朝天子爱风流’一句，如是数四。元宗辄悟，覆杯叹曰：‘使孙（皓）、陈（叔宝）得此一句，不当有衔璧之辱也。’”曼殊化用这一故典，赞美花雪南深明国家耻辱民族危亡的大义。“国魂”，指国民的灵魂，也即国民的思想和精神，全诗写自己于夜间议论国事，而花雪南却黯然无语，因为她怕引发漂泊异邦的新愁旧恨而啼哭。这种不写之写，突出的正是花雪南的故国情怀。除此之外，曼殊为别后之花雪南所作之诗，尚有一首七律，这一诗体在曼殊诗作中总共才有两首，此诗取首句两字题名为《何处》：

何处停侬油壁车，西冷终古即天涯！
捣莲煮麝春情断，转绿回黄妄意赊。
玳瑁窗虚延冷月，芭蕉叶卷抱秋花。
伤心怕向妆台照，瘦尽朱颜只自嗟！

这首诗，以“秋花”之“花”寓花雪南之姓。郑桐荪当年就曾认为是为花雪南而作，而大画家齐白石后来也曾以颔联为题绘画。曼殊逝世后五年，其友人姜可生等人于上海街头偶遇花雪南，花雪南谈及“和尚怎会如此短命”，言下不胜酸楚唏嘘。郑桐荪当时曾有和诗《次韵苏曼殊〈何处〉》，并有四条自注，逐录如下，以资参读：

曾傍红楼几驻车，青衫无奈又天涯。
诗成百绝情难写，雪冷三冬恨梦赊。

漫去深山盟落叶，应怜空谷老名花。
朱颜未减少年志，何事频频揽镜嗟！

“诗成”句之自注已见前引。“雪冷”句自注为“泛指花雪南”。“漫去”句自注为“曼殊有再作和尚之意”。“应怜”句自注为“指花雪南”。两诗对参，读者可能更能参悟曼殊诗写作的缘由与诗中的“本事”。说诗至此，我们就要和他最著名的《本事诗十首》在纸上相逢了。

百助眉史。这是曼殊抒写恋情之诗最多的一位对象，也是曼殊用情最深最后也是无疾而终的一段恋情。一九〇九年春夏之交的东京，二十五岁的曼殊在一个小型音乐会上认识了一位正在弹筝的少女，她就是艺伎百助眉史。“最是那一低头的温柔，象一朵水莲花不胜凉风的娇羞”，徐志摩要到十余年后所作的《沙扬娜拉》一诗中，才有如此咏日本少女的名句，而百助眉史的美貌温娴当时即使多情的曼殊有如电击，而那“低眉信手续续弹，说尽心中无限事”的弹筝之声，也使谙于音乐的他中心如醉。曼殊的血管中奔流的，毕竟有一半是他的日本人母亲的血液，他虽确认自己是中国人，但他潜意识中对百助眉史不免仍有同胞之感与乡土之情。第二天，曼殊即去登门拜望，两人互诉悲剧的身世，惺惺相惜，不幸与不幸也相惜。时隔不久，他们之间相互的同情、慰藉与灵魂的倾诉，就宛如两道山泉你呼我应地交汇成一道潺潺汩汩的溪流，已经你中有我我中有你地忘形尔汝了。曼殊题她赠她的诗最多，计有《题静女调筝图》一首，《为调筝人绘像》二首，《寄调筝人》三首，《调筝人将行，嘱绘〈金粉江山图〉，题赠二绝》二首，《游不忍池示仲兄》一首，《无题》一首，再加上总括其事分而咏之的《本事诗》十首，总共有七题二十首之多，不计形迹可疑的也许是行经百助以前住所的《过若松町有感》，以及《过若松町有感示仲兄》，就已占曼殊现存全部作品的五分之一。除《本事诗》是多达十首的大型组诗之外，其它都是一首或三首的断章零简，它们记叙了曼殊与百助相识相恋相别的悲欢离合，其中最动人最具上品好诗的素质与水准的，我以为还是那首写于一九〇九年春日的《题<静女调筝图>》：

无量春愁无量恨，一时都向指间鸣。
我已袈裟全湿透，那堪重听割鸡筝！

"静女调筝图"即百助眉史弹筝的绘像，此像应是曼殊所绘。柳无忌在《苏曼殊及其友人》中曾说："现在我们还可以看见曼殊为她手绘的像，题名《静女调筝图》便是。"曼殊在其上题写上述一诗并元末明初画家倪瓒（云林）的《柳梢青》词一阕，分寄诸贞壮、包天笑等五位友人。包天笑（1876～1973）当时称百助眉史为"东方美人"，长寿的他于一九六二年九月还作诗回忆说："调筝静女画真真，风雪天寒忆故人。玉指鸣声思百助，展图犹是美人身。"包天笑之诗纯属局外人之远年记事，当然远不及局内人曼殊直抒胸臆之柔肠百转，哀切感人，不过，他的诗不仅在半个世纪之后为曼殊的情史逸事开具证明，而且诗中还有"画真真"之词，当然那应是曼殊亲手所画之像了。

"静女"一词，首见于《诗经·邶风·静女》篇，意为贞静美慧的女子，曼殊以此称谓百助，可见他之一见倾心，也可见他的深厚的中国传统文化情结。在中国古典诗词中，表现乐器弹奏的名篇不少，其中写听女子弹奏的，当首推白居易的《琵琶行》。白居易的这一名篇虽然将自己和商人妇同时比为天涯沦落人，难能可贵，但毕竟是位居高位的官员对平民妇女的同情而已，远不及曼殊对同一出身、地位与境遇的百助之感同身受的深怜蜜爱。此诗首二句写百助在弹筝声中，倾吐的是她无限的身世之悲与春愁秋恨，次二句写自己的感受，当时听来已泪如雨下，泪湿袈裟了，那凄凉哀婉的弦音，怎么还能再一次重听和承受呢？！曼殊的友人熊润桐在《苏曼殊及其燕子龛遗诗》一文中，曾特辟《曼殊与调筝人》一节，他将曼殊之与调筝人比为拜伦之与雅典女郎。曼殊赠调筝人之诗与拜伦留别雅典女郎之作，都不惟一往情深，而且幽艳入骨，都是抒情诗尤其是抒情诗中的爱情诗的杰作。这，也难怪曼殊自己对此诗也十分看重，将其收入《本事诗》（十首）之中，并列为首篇，只是因为组诗的第八首是"碧玉莫愁身世贱，同乡仙子独销魂。袈裟点点疑樱瓣，半是脂痕半泪痕"，曼殊对此诗的后两句十分"自爱"，曾刻为印章，为避免"袈裟"一词的重复，他在《本事诗》中将后两句改为："我亦艰难多病日，那堪重听八云筝！"

"本事"一词，在先秦时已问世，后来对此词虽义项多出，但指有个人或时代的史实为据，却是其基本涵义。唐代人特别将诗歌创作的故事称为"本事"，孟棨所编撰的唐人诗故事之书就题名为《本事诗》，它既是记录唐诗本事之专著的第一部，也是对后代影响深远的诗学命题。概言之，诗之"本事"，就是作诗的缘起及其中的故实。曼殊将他的十首诗特意题名为《本事诗》，就是沿用"本事"之旧说，如实写他与百助恋情之新篇，以示绝非向壁虚构，而的确是其来有自。写这些诗的时间是一九〇九年春，地点是与陈独秀（仲甫）合住的日本东京猿乐町之清寿馆，第一见证人是陈独秀。曼殊称为生平"畏友"的陈独秀虽是职业革命家，但也是学者、诗人与书法家，他首先一一依韵唱和，并特别强调说"魂销赢得十篇诗"。曼殊将原作分别寄给诸友人后，柳亚子、高天梅、诸贞壮、蔡哲夫以及姜可生、姚鹓雏、俞剑华等南社诗人与其它非南社诗人均纷纷唱和。细究起来，那又是清末诗坛另一番热闹而令人饶多兴味的本事了。

花开十朵，本文来不及一一摘取欣赏，只好择其三四，分别引述如下，并逐首附以陈独秀或柳亚子的和诗以资对读。柳亚子是南社的掌门人，也是曼殊生前的密友和身后的热心宣扬者，陈独秀不仅是一代革命家，而且是革命家中少有的性情中人，同时本身也是极具修养与才情的诗人。曼殊是主唱，他们的诗就权当和声与伴奏吧：

丈室番茶手自煎，语深香冷涕潸然。
生身阿母无情甚，为向摩耶问夙缘。

春病恹恹镇日煎，爱河恨海泪茫然。
缠绵情话无端甚，亦是三生未了缘。
——柳亚子《和曼殊＜本事诗＞》

碧玉莫愁身世贱，同乡仙子独销魂。
袈裟点点疑樱瓣，半是脂痕半泪痕。

湘娥鼓瑟灵均泫，才子佳人共一魂。
誓忍悲伤争万劫，青衫不见有啼痕。
——陈仲甫《和曼殊＜本事诗＞》

乌舍凌波肌似雪，亲持红叶索题诗。
还卿一钵无情泪，恨不相逢未剃时！

目断积成一钵泪，魂销赢得十篇诗。
相逢不及相思好，万境妍于未到时！
——陈仲甫《和曼殊＜本事诗＞》

春雨楼头八尺箫，何时归看浙江潮？
芒鞋破钵无人识，踏过樱花第几桥？

憔悴人间乞食箫，微茫情海自生潮。
娲皇尚有天能补，乌鹊填空不用桥。
——柳亚子《和曼殊<本事诗>》

曼殊与百助的相恋不是一般世俗的男情女爱，而具有特殊的条件与背景，他们同是出身悲苦，有相似的悲剧命运，同为日本血统的大同乡，甚至是为横滨出生的小同乡，因而一见如故，心心相印。百助托佛门弟子的曼殊向掌管“夙缘”的“摩耶”询问自己的前世今生，她伏在曼殊怀中痛哭，泪水与胭脂印满了袈裟，曼殊用古典诗中习用的“半”字句法，更觉芬芳悱恻，一往情深。第三首更为有名，曼殊用唐代宫人韩采苹红叶题诗的典故，写多情的百助主动表示愿以身相许，缔结婚姻，但曼殊信守的却是“余实三戒俱足之僧，永不容与女子共住者也”（《断鸿零雁记》）。崇佛偏又要恋爱，不能结合却偏又多情，冰炭相煎人神交战的结果，天才的曼殊化用唐诗人张藉《节妇吟》中“还君明珠双泪垂，恨不相逢未嫁时”之名诗，写出了“还卿一钵无情泪，恨不相逢未剃时”这一情文俱胜的极富悲剧色彩的钻石级名句，百年来不知烫痛了多少读者的嘴唇，叩响了多少人的心弦，赚取了多少有情者的眼泪！

一九〇八年九月中旬，曼殊疗疾于杭州白云庵，具有侠义之心与他过从甚密的好友刘三，应他之邀偕石丹生前来探视，并于庵之南楼畅叙国事，随后与沈尹默一道游西湖之胜，览浙江之潮。石丹生作画，刘三题宋之问“楼观沧海日，门对浙江潮”之句于其上，并作《初到杭州》一诗：

一枝斑管一灵箫，幽怨何曾尽六朝。
别以河山增胆量，盛年来看浙江潮！

杭州之会与钱塘之潮，并刘三之诗，曼殊印象殊深，到异国他乡的日本之后仍常形诸梦寐。他对百助本来心存忏悔与愧疚：“九年面壁成空相，持锡归来悔晤卿。我本负人今已矣，任他人作乐中筝。”分手后他更是芒鞋僧衣，踯躅于日本开满樱花的桥头街畔，形影相吊而心驰故国，于是便步刘三诗的原韵而和，作“何时归看浙江潮”一诗。此诗尽显古典绝句的绝妙风情与无上风华，乃中国近代诗歌的杰构，晚清诗歌的绝唱，曼殊最为人所熟知的代表作。道是无情却有情之痛，孑然一身飘流异国之伤，寻根溯源何日忘之的故国之思，天地悠悠怆然涕下之感，一齐奔赴他多愁多感的眉头心上，凝成了这一首情深意切意境空灵悠远令人寻绎不尽的不朽诗章。

尾声

人生不满百年，但曼殊过早地到达了他人生的终点：一九一八年五月二日下午四时，病逝于上海广慈医院，享年三十五岁。枕边遗一纸团，上书“僧衣葬我”四字。后事由汪精卫等人料理。六年后的一九二四年，孙中山遗赠千金，由友人陈去病（巢南）、柳亚子等人葬之于杭州西湖孤山北麓，西泠桥南堍。因曼殊生前十游杭州，对这一山水清嘉的名胜之区分外有情，这应是他最好的归宿之地。

刘大白，是五四时期蜚声文坛的诗人，二十世纪二十年代他曾来杭州凭吊苏曼殊墓。即这位新诗人其时曾作旧体诗以祭：“残阳影里吊孤魂，塔表摩挲有阙文。谁遣名僧伴名妓？西泠桥畔两苏坟。”然而，山水有情人无情。二十世纪五十年代之初，据说是要开辟公园，便将曼殊墓丘及附属之纪念塔、碑铭、供桌等悉数平毁。这一劫数只能说是提前了，延至六十年代“文革”中也会在劫难逃。连岳飞、秋瑾之墓都遭红卫兵掘毁弃骨，何况是曼殊呢？今天，不仅岳飞，秋瑾之墓均妥为修复，连原来与曼殊墓为邻的南朝名妓苏小小之墓也恢复如初，只有苏曼殊，有关部门仅在占地十余平方米的空地上，竖起一座小小的石塔，上书“苏曼殊之墓”，其侧仅有一方略缀说明文字的简陋的石座。无心的游客到此，不明究竟，有心的寻踪者到此，则不免感慨万千！正如一安后来给我的信中所说：“遥望当年，放眼当下，像这种信念执着、大义凛然、敢爱敢恨而多才多艺的奇人杰士，今日已几无觅处了……”

天不假年。苏曼殊，清末民初的诗国天空上，骤然而亮倏然而逝的一颗流星。

天纵奇才。苏曼殊，清末民初的诗国天空中，光芒诡异令人惊叹的永恒星斗。

天籁自鸣。陈独秀曾经回忆说：“他从小没有好好儿读过中国书，初到上海的时候，汉文的程度实在不甚高明。他忽然要学做诗，但平仄和押韵都不懂，常常要我教他。……所以照曼殊的历史讲起来，能够成就到如此地步，真是不容易，他实在是一个天才的文学家。”世间许多人想做诗人最终却连泡沫都没有留下一个，曼殊无心作诗人却将自己的名字与作品写进了中国诗歌的史册，在中国诗歌的星空天宇，他是光芒永远也不会消逝的一颗恒星。

“壮士横刀看草檄，美人挟瑟请题诗。”这是清初诗人查容《送武曾之宣府》一诗中的诗句。查容是顺治间布衣，终生不仕，特立独行，集中有“将军有酒能提辖，壮士闻鸡已出关”之豪句。曼殊对其人其诗应是十分欣赏，在爪哇闻辛亥革命成功，在给柳亚子的信中便曾引述查容的上述诗句，以表现同道革命志士之云雷奋发的精神气概和吟诗作赋的绮丽情怀。只是他未曾说明出处，让不懂现代科技与电脑无缘的我在故纸典籍中好一番苦觅穷搜。今日在百年后重温耽读曼殊之诗，我且借用曼殊的借用，以“壮士横刀”与“美人挟瑟”作我这篇文章的题目，曼殊上人有知，当会双手合十并拈花一笑的吧？

晚潮与落霞

有人说，在中国古典诗歌的百花园里，清诗是最后的一度芳菲，我要说，在中国古典诗歌的长河中，清诗虽是大江东去的晚潮，却是殿后的声势与光彩均超过前潮也即明朝的后浪。晚潮澎湃，我们的耳边仍回荡着撼人的潮音；后浪横天，我们的眼前至今也仍然浪花四溅。

清诗的整体成就和名声虽然不及唐诗宋词，而且诗名还往往为《红楼梦》等小说之名所掩，但清诗可说是唐诗宋词之后的又一座高峰，不仅是大江晚潮，而且是高峰落照时分的绚丽晚霞，有待我们游目骋怀，倾心欣赏。本文所记并非晚潮或落霞的大观，而只是速写它的几幅小景，即摘取几朵浪花，剪取几片霞光。

一

秦始皇嬴政当年一统天下，称“皇”而曰“始”，大行焚书坑儒之暴政，造成中国历史上第一场空前而未绝后的浩劫，妄图子子孙孙无穷匮地以天下而家之，不料，秦代仅历二世至秦二世胡亥而绝，成了中国历史上最短命的仅十有五年的王朝。而且为秦始皇所始料不及的是，他自鸣得意的“焚书坑儒”的创举，自太史公司马迁在《史记·秦始皇本纪》中立案存照之后，尽管后来有人力图美化和翻案，但历代诗人与百姓对之却均是口诛而笔伐。

写作时间不算最早却是最早咏始皇霸业的名篇，当推诗人章孝标之子晚唐章碣的《焚书坑》：“竹帛烟销帝业虚，关河空锁祖龙居。坑灰未冷山东乱，刘项原来不读书！”全诗堪称上乘，结尾尤为警策。宋代萧立之《咏秦》诗从“愚民”着笔，反之复之，也颇可一读：“燔经初意欲民愚，民果俱愚国未墟。无奈有人愚不得，夜思黄石读兵书。”明代袁宏道《经下邳》接踵而来，另辟蹊径：“诸儒坑尽一身余，始觉秦家网目疏。枉把六经灰火底，桥边犹有未烧书。”相传张良游下邳（治所在今江苏睢宁县西北古邳镇东）圯上，于桥头遇圯上老人黄石公，授以《太公兵法》。以上三诗，所咏为同一题材，却各开生面，好像同一歌词，不同的作曲家谱写的乐曲各不相同。时至清代，虽然文网森严，但仍有不少作者忍不住于此一试身手：

儒冠儒服委丘墟，文采风流化土苴。
尚有陆生坑不尽，留他马上说诗书。
——陆次云《咏史》

谤声易弭怨难除，秦法虽严亦甚疏。
夜半桥边呼孺子，人间犹有未烧书。
——陈恭尹《读秦纪》

太息咸阳焚突如，文章都付劫灰余。
六经诸子元何用？一卷亡秦黄石书。
——沈端《读<史记>偶题》

报韩亡命洳沟里，大索犹怜秦网疏。

燔尽六经诛偶语，野桥又授一编书。

——金慰祖《泇沟过留侯受书处》

百里骊山一炬焦，劫灰何处认前朝？

诗书焚后今犹在，到底阿房不耐烧。

——丁尧臣《阿房》

以上诸诗均写“焚书坑儒”之历史旧事，多引《史记·留侯世家》所述张良在江苏下邳遇黄石老人授《太公兵法》，遂助刘邦推翻秦朝的典故，或引《史记·陆贾列传》所记陆贾在刘邦面前称说《诗经》与《尚书》的故事。不读书的刘邦认为汉朝天下是“居马上而得之，安事《诗》《书》”，陆贾传之后世的回答是：“居马上得之，宁可以马上治之乎？”虽然以上所引诸作各有千秋，但我以为丁尧臣的《阿房》后来居上，更具新意。《史记·项羽本纪》说“项羽引兵西屠咸阳，杀秦降王子婴，烧秦宫室，火三月不灭”，杜牧《阿房宫赋》也说“楚人一炬，可怜焦土”，但今人考证阿房宫当时并未完全建成，也未经项羽焚烧，不过，这是考古学家的事，我们且不必去管它。丁尧臣明写阿房宫，实写焚坑之事，妙就妙在以阿房宫之“不耐烧”反衬“诗书”即“文化”之长在，令人耳目一新。读诗至此，我不禁想起台湾名作家余光中在二十世纪六十年代初所作《不朽的P》一文中的妙语：“精神的力量，是世界上最柔弱、同时也是最坚强的力量。……秦始皇的劫火，烧不掉屈原的胡子；安禄山的兵燹，也烧不掉杜甫的那间破草堂。同样地，纳粹的重吨战车也碾不死康定斯基和贝克曼。”

我想，中外皆然，古今一理。二十世纪的“文化大革命”虽是一场野蛮酷烈的浩劫，遗祸深远，但最终不是也未能革掉源远流长飞光耀彩的中华文化的命吗？

二

在中国众多的河流中，小小的“乌江”本来是寂寂无名之辈，但因为有一位失败的英雄将它作了自己最后的归宿之地，竟然名闻遐迩，且波浪溅湿了两千多年的历史和自唐代以来许多诗人的诗章。

公元前二〇二年，刘邦率兵三十万，追击围困西楚霸王项羽于垓下。“垓下”又称古垓下聚，在今日安徽灵璧县东南沱河北岸。韩信设“十面埋伏”，张良令各营夜奏楚乐，以致“四面楚歌”的成语流传至今。美人虞姬在一曲《垓下歌》之后，引剑自刎而香消玉殒。今日灵璧县东之宿泗公路旁有一座坟茔，墓前的石牌楼横额为“巾帼千秋”，左右两侧联语是“虞兮奈何，自古红颜多薄命；姬耶安在，独留青冢向黄昏”。乌江，在今安徽和县东北四十里，今名乌江浦，项羽垓下兵败突围至此而自杀。后人于北岸建乌江亭，于乌江镇东南凤凰山筑霸王墓，立霸王祠，以作纪念。

作纪念的，还有历代有关的诗篇，其中的名作，首推晚唐大而咏历史见胜小而叹爱情见长的诗人杜牧，他任安徽池州刺史时过乌江亭而作的《题乌江亭》一诗：“胜败兵家事不期，包羞忍耻是男儿。江东子弟多才俊，卷土重来未可知！”他宣扬的是真爷们的能屈能伸的海量和卷土重来不向命运低头的硬汉子精神。北宋的拗相公王安石却同他唱反调，也作有《叠题乌江亭》一诗：“百战疲劳壮士哀，中原一败势难回。江东子弟今虽在，肯为君王卷土来？”杜牧是诗人而兼业余史学家，见解虽然不俗，但未免有些感情用事；王安石是大政治家而兼诗人，他从政治上的人心向背与军事上的强弱对比，指出已经崩盘的项羽无法触底反弹，东山再起。这是一场隔代的诗的辩论会，正反两造不仅舌花灿烂，而且笔锋为剑，他人似乎是无法置喙的了。但是也不尽然，南宋女词人李清照有感于国破家亡而巾帼无用武之地，她对于项羽的歌颂有一种特定的时代感与当下感，既不同于杜牧，也有别于王安石，颇有“生的伟大，死的光荣”之意，其《绝句》是：“生当作人杰，死亦为鬼雄。至今思项羽，不肯过江东！”以婉约词名世的词人，竟然也有喑呜叱咤之声；纤纤素手之下，竟然也有风号雷震的交响。时至明代，王象春秉持的似乎是今日美称之“具体问题具体分析”的原则，对刘邦、项羽各打五十大板，其《书项王庙壁》有云：“三章既沛秦川雨，入关又纵阿房炬，汉王真龙项王虎。玉玦三提王不语，鼎上杯羹弃翁姥，项王真龙汉王鼠。垓下美人泣楚歌，定陶美人泣楚舞，真龙亦鼠虎亦鼠！”即使是伟大人物，也有渺小的一面；即使被尊崇为英雄，有时也难免实为狗熊。法国十九世纪名作家、《茶花女》的作者小仲马曾经说过：“大人物不宜近看。”时至明代，对刘邦、项羽应该是远观了，王象春主动充当龙虎相争的裁判，执法应该说颇为公正和高明。

在前代诗人咏唱项羽及其祠墓的众多诗作之后，后来者已经很难突破前人的藩篱而自出新意了，就像大树浓荫匝地，后人已难以逸出其笼罩四方的荫影。不过，凡事都有例外或意外，才、学、识、胆俱备的诗人，即使是对前人写过许多次的题材，他们也仍然会有自己的发现和表现。如晚唐李山甫《项羽庙》曾经写道：“为虏为王尽偶然，有何羞见汉江船。停分天下犹嫌少，可要行人赠纸钱？”明末周清原所著评话小说集《西湖二集》，也记载了一位狂士无名氏的《项羽庙》：“君不君兮臣不臣，缘何立庙在江滨？（又作“嗟今空自作威灵”）平分天下曾嫌少，一陌黄钱值几文？”时至清代，冷饭热炒的诗人仍然不少，其中不乏佳作，如：

一炬咸阳火未残，楚人真是沐猴冠。
英雄岂学书生算，也作还乡昼锦看！
——汪绎《项羽》

骓马虞兮可奈何，汉军四面楚人歌。
乌江耻学鸿门遁，亭长无劳劝渡河。
——汪绍焻《项王》

无论是批评还是赞赏，或是讽刺与叹惋兼而有之的冷幽默，它们切入的角度均有所不同，表现的手法也因作者而异，和前人绝不雷同，总能让读者得到一些新的思想启示和艺术感受，有如鲜桃一口，而绝非烂杏一筐。

清人的同类诗作中，还有两首更可说木秀于林，出类拔萃：

落日乌江系小船，拔山气势想当年。
一间古庙荒烟外，野鼠衔髭上几筵。
——宋荦《乌江》

喑呜独灭虎狼秦，绝世英雄自有真。
俎上肯贻天下笑，座中唯觉沛公亲。
等闲割地分强敌，慷慨将头赠故人。
如此杀身犹洒落，怜他功狗与功臣！
——蒋士铨《乌江项王庙》

宋荦（1634～1713），字牧仲，号漫尘，河南商丘人，官至吏部尚书加太子少师，有《西陂类稿》与《漫堂诗话》。他的诗与王士禛齐名，实际却相去甚远，但其《乌江》一诗，却让我玩味再三。“古庙”即霸王祠，最早至少建于唐代，因祠前有唐代当涂县令李阳冰篆额之“西楚霸王灵祠”字样。据说祠内原有宫、殿、室九十九间半，至宋荦来时，已颓败不堪矣。诗人笔走偏锋，不正写而侧写，虚写项羽当年“力拔山兮气盖世”之伟烈，实写凄凉的乌江落日，寒凉的荒烟古庙，尤其是结句的“野鼠衔髭上几筵”之侧笔细节描写，如同大红大紫之后的一脉冷火凄烟，鼓吹喧天之后的一派幽沉静寂，满天焰火之后的一片凄清幻灭，其蕴含的历史沧桑感和威势难久富贵几何的人生况味，有余不尽也令人思之不尽。蒋士铨（1725～1785），字心馀，江西铅山人，乾隆年间短暂出仕，后以病乞休，晚年曾主讲绍兴蕺山书院。他与袁枚、赵翼并称“江右三大家”或称“乾隆三大家”，同时又是撰有《临川梦》的著名戏曲家。《项王乌江庙》一诗，以豪气干云的笔墨，美其灭秦之功，盖世之业，歌其纯真之情，磊落之性，“如此杀身犹洒落，怜他功狗与功臣”一结尤为名句。《史记·萧相国世家》说刘邦大封功臣，以萧何封最厚，诸将不解亦不服。刘邦曰：“夫猎，追杀兽兔者狗也，而发踪指示兽处者人也。今诸君徒能得走兽耳，功狗也。至于萧何，发踪指示，功人也。”诗人极赞项羽为“绝世英雄”，而于“功狗”“功臣”则冠以“怜”字，他认为项羽即使兵败自杀，方式仍然潇洒磊落，远胜“功狗”“功臣”之后来被江山已定的刘邦一一屠戮。诗人的这一结句，是对汉王朝“狡兔死，良狗烹；高鸟尽，良弓藏；敌国破，谋臣亡”的高度概括，但其普遍意义何止是有汉一朝而已？

二○○八年九月，第一届中国诗歌节在安徽当涂召开，我应邀忝列。当涂与和县隔邻，我在当涂客舍虽仿佛听到项羽在乌江之畔与亭长的对话，和他最后的喑呜叱咤千人皆废的杀伐之声，但遗憾的是，我当时只顾去寻觅李白的遗踪，倾听他“大鹏飞兮振八裔，中天摧兮力不济”的绝唱，竟然未能前去和县，错过了和项羽的那场千载难逢的约会。

三

青春啊青春，中华词典中最美丽的词语，短促人生中最美好的季节，猛然回首就已经一去不返的最美妙的时光。

年轻时拥有韶华在握的青春，像一位超级富豪拥有取之不尽的宝藏不虞挥霍，像一位顶级银行家拥有用之不竭的财富不惮支取，总以为朝阳刚刚出海，人生的帷幕刚刚拉开，一切都还来日方长。谁知似乎只是在转瞬之间，青春早已不知去向，富翁已经败落，银行已然破产，初升的红日已化为一丸夕阳，人生的舞台不久就要谢幕。这时，“太阳下山明早依旧爬上来，花儿谢了明天还是一样地开。我的青春小鸟一去无影踪，我的青春小鸟一去不回来”，你也许会想到你年轻时唱过的现代歌曲；“百川东至海，何时复西归？少壮不努力，老大徒伤悲”，你年轻时读过的那咏叹青春的汉代诗句，也许会蓦然重到心头。

远在周代中期名为“吴尊”的酒器上，就有了“青”字的金文，它由上“生”下“丹”组成，本意是草木萌生及其颜色。在甲骨文中登场的“春”由三个木字和一个日字组成，原意为春阳临照，万木繁茂。早在《楚辞·大招》里，就有“青春受谢，白日昭只”的诗句，遥启了杜甫《闻官军收河南河北》中“白日放歌须纵酒，青春作伴好还乡”的先声。在中国古代诗人中，对青春时光的珍惜、留恋与歌唱，可以汇成一阕宏大的《青春之歌》或《青春交响曲》。且不要说《召南·摽有梅》的“摽有梅，其实七兮。求我庶士，迨其吉兮”的关于青春与爱情的吟咏；且不要说李白《将进酒》的“君不见黄河之水天上来，奔流到海不复回。君不见高堂明镜悲白发，朝如青丝暮成雪”的青春易逝壮志难酬的伤感；且不要说岳飞《满江红》的“三十功名尘与土，八千里路云和月。莫等闲、白了少年头，空悲切”的慨当以慷忧思难忘的高歌低咏，仅仅是“青春”与“黄金”的关系，古代诗人就曾经多次慨而言之了。

最早吟咏这一命题的，大约是中唐诗人雍陶的《劝行乐》：“老去风光不属身，黄金莫惜买青春。白头纵作花园主，醉折花枝是别人。”诗的主旨亦是它的题目，劝人及时行乐，用今日的时髦语言就是“享受生活”。“黄金莫惜买青春”，照他看来，青春不论是属于自己还是属于他人，是可以用黄金买到或交易到的。时至金元之交，元好问与他唱的则是反调，其《无题》诗说：“七十鸳鸯五十弦，酒熏花柳动春烟。人间只道黄金贵，不问天公买少年？”花有重开日，人无再少年，即使贵重的其价仍不断飙升的黄金，也无法向造化买回少年的时光。元好问的这一说辞，无法不得到别人的认同，在他之后，元代剧作家薛昂夫就在《[中吕]山坡羊·叹金身世》中，投了他的赞同票：“列金钗，捧金台，黄金难买青春再！”

我常常感叹，不甚著名的诗人的佳作，往往远胜那些“著名诗人”的某些作品，而真正优秀的作品，往往能超越具体的时空而具有普遍的甚至普世的意义。时至清代，屈复（1668～1745）接踵而来，而且后来居上。他字见心，号晦翁，陕西蒲城人，八岁即能诗文，十九岁得童子试第一后，弃家出走而游历四方，终身布衣。他是学者兼诗人，有《楚辞新注》《杜工部诗评》《李义山诗笺注》等著述。诗集名《弱水集》，多故国之思与恢复之志，作品于赋比兴之外，多所寄托，时露奇气。如少为人知的《偶然作》，我以为实在堪称青钱万选之篇：

百金买骏马，千金买美人。
万金买高爵，何处买青春？

“百金”“千金”与“万金”，“骏马”“美人”与“高爵”，层层递进而步步升级，此乃“层递式”修辞，一个肯定句式的“买”字贯穿其中，最后逼出疑问句式的“何处买青春”一语。虽故作有疑而问，却问得出人意表，如同一记警世之钟，振聋发聩。清人沈德潜《清诗别裁集》选录此诗，并评点说：“欲觉晨钟，但恐买骏马买美人买高爵者俱不闻耳。”此钟之袅袅余音传于今日，仍然颇具当下感与现实意义：往日的“骏马”，成了今日的奔驰保时捷法拉利；昔日的“美人”，成了今日的小蜜二奶三奶；过去的“高爵”，化而成为今日的处级厅级省部级之类。种种皆已与时俱进矣！

顺便一提的是，道光年间的诗人与诗论家、《射鹰楼诗话》的作者林昌彝，曾作有《古意》一诗：“千金买美妾，万金买园廛。十万买高爵，无钱买少年！”不仅在语言与构思上因袭前人，而且可谓点金成铁。同是清代诗人的姚燮的《南门行》曰“黄金日多，年岁日少。岁月如宝，黄金如草”，它也许受到过屈复诗的影响，但长情短语，节促气盛，比林作强出多矣。不过，林昌彝之效颦，也说明他对屈复之作的心仪，今日诸种清诗鉴赏辞典与清诗选本，对屈复之作多付之阙如，联想到沈德潜在其选本中都选屈复之诗八首而予他八席之地，不免令人叹息！

四

秋雨秋风之夜，在现代的台灯下，我读年代久远的《史记》，《史记》中读之再三的是《淮阴侯列传》。灯光如梦，时光倒流，我恍兮惚兮似乎回到了两千年前，仿佛看到楚汉相争的猎猎旌旗、滚滚征尘，听到刀剑的交鸣和壮士的叱咤，仿佛看到那枭雄的心计与英雄的肝胆，听到太史公的歌哭笑傲、大义微言。抚昔追今，怎不令人百感苍茫？

楚汉相争逐鹿中原的韩信，借用台湾名诗人洛夫在四川峨眉山蒋介石旧居对那位大人物的题句，也可以说是“历史中好大的一滴泪”。他是秦时淮阴县人（即今日江苏省清江市西北之淮阴县），年轻不得志之时，曾受无赖少年即今日所谓黑社会哥们的胯下之辱，钓于淮阴城下，幸有一位漂母即浣衣妇心地慈悲，解决了他数十日的吃饭问题。投项羽，不受重用，改投刘邦，刘邦也有眼无珠，韩信只得出走，却被慧眼识珠的萧何追回，今日京剧中的传统剧目《萧何月下追韩信》本此。萧何向刘邦力荐，韩信遂登坛拜将，率兵涉西河，掳魏王，下井陉，定齐地。初立为齐王，后于垓下败项羽，复立为楚王，人将萧何、韩信与张良并称为“汉初三杰”。可以说，刘邦的三分之二的天下，是韩信打下来的。然而，功高震主，流氓无赖出身的暴发户刘邦是湖南话所云之“痞子头”，他早就对韩信心存疑忌，称帝后借故以黑社会手段将其绑架，实在罗织不出什么谋反证据，便将他削为淮阴侯，后又借吕后与萧何之手，用计将他斩于未央宫长乐钟室，夷三族。一代英雄，一代为汉朝的创建立了不世之功的英雄，最后惨死于不仁不义的汉代开国帝王之手。

项羽曾经派武涉游说韩信，愿与他以及刘邦“三分天下”，韩信不听。后来谋士蒯通劝韩信反，动之以情，晓之以理，但韩信却念念不忘刘邦对他的“知遇之恩”，他不明白历代统治者可以共患难而不可以共富贵以及伴君如伴虎之理。他心地过于善良，总是忘旧恶而不忘旧德。例如他曾找到当年侮辱过他的市井恶少，竟然委以军职；找到当年救济过他的河边漂母，更是报以千金。须知飞将军李广落魄时曾被霸陵尉所辱，其实那位小尉虽出言略有不逊，但他是严格执法，意在人人平等，但李广一旦召拜右北军太守，军权在握，“即请霸陵尉与俱，至军而斩之”。两相比照，真是令人感叹！在古典诗歌中，历代咏韩信的作品很多，像对项羽一样，众生对韩信大都寄以怜悯与同情，对刘邦则多怀憎恶而大施挞伐。“千金答漂母，万古共嗟称”，大诗人李白在《赠新平少年》中赞美韩信受惠不忘，又在《猛虎行》中肯定他的盖世功勋："张良未遇韩信贫，刘项存亡在两臣。"刘禹锡《韩信庙》则说："将略兵机命世雄，苍黄钟室叹良弓。遂令后代登坛者，每一寻思怕立功！"结句宕开一笔，其覃思远意今日仍发人深省。宋代杨万里《过淮阴县题韩信庙》则是一首七律："鸿沟只道万夫雄，云梦何销武士功？九死不分天下鼎，一生还负室前钟。古来犬毙愁无盖，此后禽空悔作弓。兵火荒余非旧庙，三间破屋两株松！"韩信在长乐钟室被杀时，曾仰天长叹："吾悔不用蒯通之计，乃为儿女子所诈，岂非天哉！"看来，杨万里也是叹息他悔不当初的。明代徐熥有《漂母祠》："落落千金报，悠悠国士心。从今惭漂母，不敢过淮阴！"敌国破，谋臣亡，"国士"的命运远逊"漂母"，诗人讽刺针砭之意于言外可想。同是明代，常伦的《和王公济过韩侯岭》则以五律出之："汉代推灵武，将军第一人。祸奇缘蹑足，功大不容身。带砺山河在，丹青祠庙新。长陵一抔土，寂寞亦三秦。"除了功高震主之外，作者根据《史记》特别提到韩信致祸之由：韩信为了师出有名，对齐、楚有震慑力，派人向刘邦请封为"假齐王"，刘邦恼怒而骂，张良、陈平蹑刘邦足，示意刘邦授封以羁縻韩信，狡诈阴毒的刘邦马上脑筋急转弯："大丈夫定诸侯，即为真王耳，何以假为！"但却从此更加心怀忌恨，只待他日无毒不丈夫了。

时至清代，诗人们仍然没有减少咏唱韩信的热情，试看如下的两首七律：

淮水城南寄食徒，真王大将在斯须。
岂知隆准如长颈，终见鹰扬死雉姁。
落日井陉旗尚赤，春风钟室草常朱。

东西冢墓今安在？好为英雄奠一盂。
——钱谦益《题淮阴侯庙》

鼎足才堪角两雄，当年应悔灭重瞳。
分羹父子恩犹薄，推食君臣谊岂终？
独有千金酬漂母，曾无一语感滕公。
名成自古身当退，没齿休论战伐功！
——沈绍姬《淮阴侯》

钱谦益说韩信少时贫贱，为时不久即拜为大将，封为真王。但他不知高鼻子的刘邦与长脖子的勾践一样，都是屠戮功臣之辈，鹰扬奋厉的元戎竟死于名雉字娥姁的女人吕后之手。韩信当年在井陉大破赵成安君陈馀，拔赵旗而尽立汉之赤帜，相传长乐钟室故地草色尽红，系韩信的鲜血浸染而成。淮阴城东有漂母之冢与信母之冢，如今两冢安在？诗人欲奠无从。全诗多用对比，爱憎分明。当年韩信功居七大异姓王之首，短短五年即死于非命，前人有“成也萧何败也萧何”之说，又有“生死一知己，存亡两妇人”之辞，但沈绍姬之作，除了表达对韩信的怜惜之外，批判的锋芒则直指罪魁祸首刘邦。当年项羽俘虏了刘邦的父母妻子，置刘邦之老父太公于高俎之上，声言刘邦不降即烹之，谁知这一撒手锏居然不灵，因为他“有幸”碰到的是刘邦这样一个没有道德底线的超级无赖，刘邦以他们曾受命楚怀王并结为兄弟为由，说什么“吾翁即汝翁，必欲烹乃翁，幸分我一杯羹”，尽管他以前对韩信解衣推食，言听计从，但连生父都可以置之死地的无耻之徒，能对没有任何血缘关系的人保持长久的情谊吗？“分羹父子恩犹薄，推食君臣谊岂终”，真是直指人性的卑劣险恶的一针见血之言，真是毫不假借直指元凶的诛心之论，全诗的尾句也是对普遍的历史现象的高度概括，是当时的暮鼓，也是后日的晨钟！

较之律诗与古风，绝句有言短意长含蕴不尽的长处。康熙年间的进士吴廷桢《淮阴钓台》说："惆怅王孙去不归，功成无复理蓑衣。汉家只有桐江叟，长保秋风旧钓矶。"首两句写韩信，后两句咏婉拒昔日同学后为帝王的光武帝刘秀之请，垂钓于富春江而不仕的严光（子陵），对韩信惋惜之情明写，对汉王朝讽刺之意暗写，全诗以屈死与善终之对比结撰成章，余味深永。又如清代嘉定人金慰祖的《漂母祠》：

一饭艰难托钓丝，英雄舍用更谁知？
可怜才奉千金报，已是弓藏鸟尽时！

龙游浅水遭虾戏，虎落平阳被犬欺。当时除了淮阴城下河边洗衣的漂母予以救济，有谁知道穷困潦倒的韩信他日是叱咤则风云变色的大英雄？当年刘邦徙齐王信为楚王，韩信至楚即寻访漂母报以千金，并找到令其出于胯下的少年，任命为巡城缉盗的武官楚中尉，可见其之不忘旧恩，也可见其不念旧恶，胸怀仁厚，不同凡俗。然而，韩信奉千金之报，仅仅为了一饭之恩，但他为刘邦打下了偌大的江山，刘邦刚刚坐稳龙廷便对他动了杀机，祸不旋踵。两相对照，善恶分明达于极致，待到韩信终于醒悟过来，已他生未卜此生休而悔之无及矣。

韩信是中国历史上杰出的军事家，既运筹于帷幄之中，复披坚执锐于沙场之上，功高于天，下场至惨。刘邦是元凶大恶，韩信自己是否也有责任呢？韩信韩信，其名为"信"，对漂母讲诚信，令人感动；对淮阴少年讲仁信，令人感佩。但对刘邦如此超九段小人也竟然总是以信义相待，千载之下令人真是扼腕长叹，韩信啊！

五

芸芸众生常常免不了叹老嗟卑，诸如“老之将至”“老态龙钟”“老气横秋”“垂垂老矣”之词，比比皆是。然而，人的生命究竟是因何老去的呢？医学家认为人的老化是由于细胞的变异与机能的衰退，而诗人的答案则和医学家大异其趣，这也算是另一种“道不同不相与谋”吧？

汉代《古诗十九首·行行重行行》有道是：“岁月忽已晚，思君令人老”，说的是刻骨铭心的相思之情容易催人老去。曹植《杂诗》其二有句是：“去去莫复道，沉忧令人老。”在其兄曹丕的忌刻打压之下，他当然深忧苦恨而觉长日如年。忧愁最容易催人衰老，这本是人世的常情，也得到后代众多诗人的认同，唐代诗人苏颋《山鹧鸪词》就说“愁多人易老，断肠君不知”，而杜荀鹤《秋宿临江驿》也说：“举世尽从愁里老，谁人肯向死前闲”，至于陆游《病起》所吟之句“志士凄凉闲处老，名花零落雨中看”，志士有志不申，投闲置散而老去，追根究柢仍然是满腹无法排遣的牢愁。当然，使人老去的最终还是岁月，孟浩然《岁暮归南山》早就说过“岁月催人老，青山逼岁除”，李白《将进酒》更是慨乎言之：“君不见黄河之水天上来，奔流到海不复回；君不见高堂明镜悲白发，朝如青丝暮成雪。”流光容易把人抛，先是唐诗人岑参《韦员外家花树歌》说“今年花似去年好，去年人到今年老”，宋代梅尧臣接着表示赞同他的高见：“今年花似去年新，今年人比去年老。”（《正月十日五更梦中》）一个人老大甚至老去的表征呢？最引人注目的是脸上的皱纹头上的白发。李商隐《大卤平后移家到永乐县居，书怀十韵寄刘、韦二前辈，二公尝于此县寄居》曾叹息“鬓入新年白，颜无旧日丹”。不过，白发毕竟与时光飞逝和忧愁忧思大有关系，宋代陈师道《除夜对酒赠少章》一诗，就不仅说“颜衰酒借红”，而且也言之凿凿：“发短愁催白。”

前代诗人对人生易老的原因和衰老的征象，已经说得够多了，后来的有出息的诗人不甘重复，他们从自己与同时代人普遍的人生经验出发，从人在旅途着眼写人生之易老，别出机杼而另开新境。古人为功名为利禄为观山临水而在外奔波，少不了“未晚先投宿，鸡鸣早看天”，“鸡”，相当于手表、闹钟、叫醒铃之类的现代报时器；元好问说“千里关河高骨马，四更风雪短檠灯”，“马”，则相当于现在的轮船、汽车、火车与飞机等代步工具。晚唐温庭筠《商山早行》乃一首有名的行旅之诗，是他由长安去襄阳投奔故旧途经今陕西商县之商山所作：“晨起动征铎，客行悲故乡。鸡声茅店月，人迹板桥霜。槲叶落山路，枳花明驿墙。因思杜陵梦，凫雁满回塘。”诗人没有言老，但马铃之响与晨鸡之鸣，当然会使人新添白发而绝非返老还童。清代诗人王九龄正是远承了温庭筠与元好问的一脉余绪，他的《题旅店》我一读难忘，我认为不仅是好诗，而且乃好诗之中的上品：

晓觉茅檐片月低，依稀乡国梦中迷。
世间何物催人老？半是鸡声半马蹄。

首句可能是从“鸡声茅店月”化来，次句也似乎有温诗结句的影子，然而，在如此布景之后，却逼出了后两句前人道所未道的情景并兼的精彩议论，如同醍醐灌顶，读者恍然惊觉，人在江湖，“鸡声”与“马蹄声”才是催人老去的杀手元凶。这种古今旅人的生存状态和普遍情感，在王九龄笔下得到了独特的极具诗意的表现。王九龄，字子武，松江（今上海市松江区）人，康熙进士，著有《懒云书屋诗稿》，其《题旅店》乃短语长情的上乘之作。在他之后，蒋士铨的《李家寨晓发》、赵翼的《晓起》等篇，情景相似，但都不及他此作之警策动人。

顺便一提的是，“半……半”句式在古典诗歌中的出镜率很高，即以清诗而论，除赵翼《晓起》的“茅店荒鸡叫可憎，起来半醒半蒙腾。分明一段劳人画，马啮残刍鼠瞰灯”之外，尚有方肇夔的“记得离家是首春，与春相伴走风尘。而今杜宇声声唤，半饯春归半劝人。”（《客中送春》），张问陶的“旃檀香净好移居，家具何曾满一车？留得累人身外物，半肩行李半肩书”（《庚戌九月三日移居松筠庵》），顾景星的“半红半白杏花色，乍暖乍寒三月天。药盌绳床尝废日，他乡逆旅动经年”（《曹子清馈药》——曹子清为曹雪芹祖父江宁织造曹寅，笔者注）。笔者偶写垂钓之闲情与雨后斜阳中之山色，亦有“半钓青天半钓云”与“半山碧玉半山金”之句，大约是潜意识中受到前人的影响吧？不过，今人无论是乘坐何种交通工具，二轮三轮四轮乃至千轮飞转，大都与现代之“轮”分不开，而报时的鸡声也早已退出了历史舞台，如果王九龄重来，他也许要改旧句为“世间何物催人老？半是车轮半日轮”了。

六

人生天地之间，除了物质生活，还有精神生活，除了物质食粮，还有精神食粮。在前者确保无虞的前提之下，对于芸芸众生，后者应该说更为重要，尤其是对以读书人自命的书生。书之于书生，至少应该如绳墨之于工匠，刀剑之于武士，文房四宝之于书家与画家。

在中国古典诗歌中，有许多关于读书的诗，我姑且称之为“读书诗”吧。在这些诗里，作者们不仅将诗比之为食品，而且也比作其他值得珍惜的事物，林林总总，异想天开，合而观之可以说是另一种五彩缤纷的“博喻”——西方称之为“莎士比亚式比喻”。唐代的司空图说：“得剑乍如添健仆，亡书久似失良朋。”（《退栖》），今日的爱书人对前者应已无多体验，对后者就可能曾经感同身受吧？我有时在家中的书山中寻觅一本待用或者急用之书，每苦于只在此山中云深不知处，而哭觅不得时，又怀疑是否为同好者所借去或不告而取去，总不免怅然若失者久之。司空图视书如良友，明代的于谦与他遥相呼应：“书卷多情似故人，晨昏忧乐每相亲。”（《观书》）他们的心，有如时空虽然相隔渺远却可以同感共振的弦索。唐人皮日休说：“案头见蠹鱼，尤胜凡俦侣”（《读书》），他以为见到饱食书纸的蠹鱼，也胜过那些酒囊饭袋之辈。苏东坡说：“学如富贾在博收，仰取俯拾无遗筹。”（《代书答梁先》）他将读书视为富商之于财富，要广取博收日积月累。不过，在中国古代诗人中，写读书诗最多的还是陆游，他的与读者有关的诗作约有五百首，而直接以“读书”命题的作品，至少有五十首左右，仅仅是《读书》《冬夜读书》《秋夜读书》《夜读兵书》《五更读书示子》等等题目，都会使人千载之下如闻书香，如闻一灯如豆之下的书声与謦咳，令人肃然起敬而悠然神往。

“似囚逢纵释，如痒得爬梳”《夜分复起读书》，“持蠡欲测海，遽复迫老死”（《秋夜读书示子》），如果说陆游和以上诗人关于读书的比喻都堪称“正统”，清代的郑板桥与袁枚就不免有些出格与另类了。郑板桥在山东范县做县令时所写的《怀扬州旧居》前四句说：“楼上佳人架上书，烛光微冷月来初。偷开绣帐看云鬟，擘断牙签拂蠹鱼。”他似乎是把书比作佳人，至少是在读书时有非非之绮想。无独有偶，在当时思想即颇为解放的袁枚，他的《偶然作》其三也写道：“见书如见色，未近心已动。只恐横陈多，后庭旷者众。”这位倡导性灵的诗人，对于异性与书籍都颇有登徒子之风。也许潜意识中受到他的“不良影响”，或是文心相通，我赠书给先为学生后是学者的余三定，曾作《散书小记》一文，其中也说过："已是向老之年的我，日夜面对其数过万的后宫佳丽，常常是忧从中来，不可断绝。若干年后，她们不知会如何风流云散，花落谁家？于是，我便兴遣散之念，与其他日沦落风尘，红颜薄命，不如今朝及早择其善者而从之。"

近日偶然读到明末清初诗人王崇简的《卖珠易书》，在以上种种之外，深觉另饶意趣。他写的也是读书之乐，却别有一番写法与滋味：

闻有奇书落上方，归谋诸妇解明珰。
购来且向清宵坐，字字翻开明月光。

王崇简（1602～1678），字敬哉，直隶宛平（今北京）人。崇祯进士，选庶吉士。顺治二年入都补官，十余年而升至礼部尚书，撰有《青箱堂诗集》。上述之诗，可能是写于他十年窗下无人问的未举之时。"上方"，原指仙佛所居的天界，亦以称佛寺道观。诗人听说有一部非同等闲之"奇书"流传于佛寺，求之不得，辗转反侧。"诸"，"之于"的合音，苏轼《后赤壁赋》有云"归而谋诸妇"，王崇简也只得求助于自己的妻子，这位夫人不愧为知情达理的贤内助，欣然解下珠玉制成的耳饰以作书资。书痴诗人喜滋滋地抱回此书，白天捧阅意犹未足，晚上还连宵夜读，他心中的奇书字字都闪耀着明月般的光芒。如此爱书求书读书，作者真是一位货真价实如假包换的读书种子。当代诗人写夜读者不多，我印象最深的是余光中之《夜读曹操》，开篇是"夜读曹操，竟起了烈士的幻觉／震荡腔膛的节奏忐忑／依然是暮年这片壮心／依然是满峡风浪／前仆后继，轮番摇撼这孤岛"，结尾是"也不顾海阔，楼高／竟留我一人夜读曹操／独饮这非酒非茶，亦茶亦酒／独饮混茫之汉魏／独饮这至醒之中之至醉"，真是古今相接，悠悠我心啊！

当前的社会越来越商业化、功利化、娱乐化与世俗化，钱潮动地，欲浪拍天，低俗阿世，腐恶横行，众生对“物”的追逐远远胜过对“美”的向往，真正爱书读书者不是日见其多，而是日见其少。虽说“书香社会”遥遥无期，但诵读包括上述之诗在内的读书诗，还是会有许多人心弦共振，心声共鸣。当然，对于那些只热衷于钱财权位声色犬马者，对于那些只知大饱口腹之欲的饕餮之徒，对于那些歌星、影星、球星或其他什么星而唯独不喜读书的发烧友，是夏虫不可语冰，妙处难与他说了。

七

历史上任何一个王朝，只要君昏臣暗，武嬉文恬，贪图享乐，腐败横行，哪怕它开始时还有一番开国气象，却没有一个不或早或晚走向衰败与灭亡。中国古代的诗人，常常以咏史诗的形式为它们立此存照。

六朝旧事随流水。汉魏之后的东吴、东晋、宋、齐、梁、陈统称“六朝”，先后建都于建康（今江苏南京）。六朝尤其是宋、齐、梁、陈四朝，其君王大都醉生梦死而导致先后亡国，闹哄哄你方唱罢我登场。晚唐韦庄的《台城》，就是对六朝总的盖棺论定：“江雨霏霏江草齐，六朝如梦鸟空啼。无情最是台城柳，依旧烟笼十里堤。”在他之前的杜牧，其“烟笼寒水月笼沙，夜泊秦淮近酒家。商女不知亡国恨，隔江犹唱后庭花”（《泊秦淮》），则将创作了亡国之音《玉树后庭花》的陈后主陈叔宝押上诗的审判台示众。而在杜牧之前的刘禹锡，则早有《金陵五首》之三的《台城》：“台城六代竞豪华，结绮临春事最奢。万户千门成野草，只缘一曲后庭花。”他将六朝君主作了全面而重点突出的批判，可见真正的诗人虽然往往没有权柄，却握有一支春秋史笔与诗笔。

陈后主，既是六朝腐败帝王的殿军，也不愧为腐败的竞赛场上一举夺冠的冠军。杨坚夺取了北周政权改国号为“隋”而年号“开皇”，雄心勃勃准备南下牧马统一中国。值此危如累卵之际，沉迷于奢侈腐化之中的陈后主还不知国将不国，死之将至，竟然还继续肆意对百姓压榨盘剥，大起楼堂馆所之不足，还新建临春、结绮、望仙三阁，与宠妃张丽华、孔贵妃以及一群帮闲大臣登临游宴，寻欢作乐。当其时也，隋军大将韩擒虎、贺若弼已准备渡江，陈朝人心尽失，百姓纷纷含沙射影暗地传唱“桃叶复桃叶，渡江不用楫。但渡无所苦，我自迎接汝”——这是晋人王献之为迎接爱妾桃叶所写的诗，后代的传唱者乃言在此而意在彼。但陈后主及其帮闲们却懵懵然陶陶然照常听乐观舞，昏昏然梦梦然依旧大言“王气在此”，上上下下还忙于筹备盛大的元旦庆典。待至隋军掩至，仓皇中陈后主却效土行孙“土遁”之法，带着张丽华躲进今日玄武湖侧台城内景阳楼下之景阳井中，如同当世伊拉克之暴君萨达姆之遁于地窖。瓮中捉鳖的结果，张丽华被杀，君王掩面救不得，因为他已经立马投降，他想救的只是自己的蚁命，如同后世马嵬驿之唐明皇李隆基。“景阳井”后来易名“胭脂井”，元代诗人陈孚有《胭脂井》一诗，我以为在众多同一题材的诗作中最为杰出：

泪痕滴透绿苔香，回首宫中已夕阳。
万里河山天不管，只留一井属君王！

陈孚（1240～1303），字刚中，号笏斋，台州临海（今浙江省临海县）人，其诗格调流丽雄浑，多有寄托，如《博浪沙》：“一击车中胆气豪，祖龙社稷已惊摇。如何十二金人外，犹有人间铁未销？”《胭脂井》一诗其妙在于构思的巨细映衬，大小反形，“万里河山”与“一井”构成了强烈的对比与反差，嘲讽与批判之意含蓄其中，令人心悸魄动而一读难忘。

近读清诗，与黄任（1683～1762）不期而遇。他字莘田，籍贯福建永福（今福建永泰县），其《香草笺》中的作品颇有可观之处，沈德潜、袁枚等诗家对其诗都很是欣赏。如“桃花灼灼水潺潺，隔断千山与万山。生怕渔郎漏消息，不流一片到人间。”（《题画》），如“天子依然归故乡，大风歌罢转苍茫。当时何不怜功狗，留取韩彭守四方”（《彭城道中》），写别人写过千百次的题材还能自出新意，如同置身于合围的铁壁之中还能突围而出，那就必须有过人的胆略与武功。至于杭州的西湖，自白居易、苏东坡的有关诗作成为西湖的注册商标与诗标以来，历代不知有多少诗人写出过多少可圈可点的作品，足可以编一部卷帙浩繁精彩纷呈的《西湖诗词选》。诗坛有如一个演武场，难以数计的高手在其上演出过了，如果没有独门的绝学武功，最好不要前来自取其辱。然而，有如元代陈孚的《胭脂井》，黄任的《西湖杂诗》的一招一式也不同凡响，让我老年花似雾中看的眼睛骤然一亮：

珍重游人入画图，亭台绣错似茵铺。
宋家万里中原土，换得钱塘十亩湖！

陈孚诗的起调是悲剧的，悲悲切切呜呜咽咽如江河直下，最后以“只留一井属君王”收场；黄任诗的起调是喜剧的，欢欢乐乐飞飞扬扬如歌吹直上，最后突然反跌为“宋家万里中原土，换得钱塘十亩湖”。宋王朝的昔盛今衰，南宋小朝廷享乐腐败偏安一隅，宋高宗赵构为保住自己的皇位而不欲恢复中原使父兄（徽宗、钦宗）南返，多重之义尽在“万里”与“十亩”强烈对照的深层结构之中。

“万里中原”与“钱塘十亩”，“万里河山”与“只留一井”，黄任诗与陈孚诗在巨细相形的诗意构思方面可谓异曲同工。黄任诗虽不能说后来居上，但至少也可以说不落下风。他是否受到过陈孚诗作的启示呢？我已不能起他于地下而问之了。

八

在中国古典诗歌史上，歌咏工人的诗作寥若晨星，罕若旷代难逢的稀有的钻石。

飞扬跋扈不知为谁而雄的李白，是颇为自我而傲岸的了，这位自称海上钓鳌客的诗人，他要用彩虹作钓线，明月作钓钩，天底下无义之男人作钓饵。但是，除了众多的名篇俊句之外，他有两首卓异之诗我还是要特为拈出，其一是《宿五松山下荀媪家》：“我宿五松下，寂寥无所欢。田家秋作苦，邻女夜舂寒。跪进雕胡饭，月光明素盘。令人惭漂母，三谢不能餐！”此诗赞美的是贫苦而热情待客的农妇，在中国诗歌史上时间最早也极为罕见。另一首是《秋浦歌十七首》之十四：“炉火照天地，红星乱紫烟。赧郎明月夜，歌曲动寒川！”前上一首诗写于他暮年之时的安徽之旅，后一首作于唐代盛产银与铜的安徽省贵池县，是中国诗歌史上正面描写与歌颂冶炼工人的第一首，即中国诗歌史歌唱工人的开山之作。一以赞农妇，一以颂工人，谁说李白两眼向天而不食人间烟火呢？谁说他只知表现自我或自我表现呢？现在一些热衷咏叹个人杯水风波下笔无关民生痛痒的所谓诗人，与他相比相去何止霄壤？

在李白之后，歌咏工人和他们的生活之作，大约就应该是宋代梅尧臣的《陶者》了：“陶尽门前土，屋上无片瓦。十指不沾泥，鳞鳞居大厦。”如果说李白写冶炼工人的劳动场景，情感热烈，色彩鲜明，场面壮丽，颇有李白本人性格的标记，那么，梅尧臣之作则以劳动者与不劳而获者作鲜明的对比，揭示出社会的弊端，用今日的语言即不公正不公平。不用说供富贵者享用的别墅豪庭了，今日普通住房之房价如同天价，众多打工族工薪阶层固然沦为“房奴”，那千千万万的建筑工农民工更只能兴建而兴叹。封建时代的诗人写工人的劳动生活与生存状态，而且满怀同情，由此而表现并揭露社会的不义不公，那真可以说是凤毛麟角，值得我们时隔千年后向他们致以敬意。

元明两代的诗人，对工人及其劳动生活似乎处于集体失语的状态，任我如何搜索，因目力有限，始终未能大海捞针。及至巡视到清代，发现了清初诗人吴嘉纪，才有意外之喜。吴嘉纪（1618~1684），字宾贤，号野人，江苏泰州安丰场人，明末诸生。明亡时他年仅二十七岁，即绝意仕进，闭户穷居，僻处家乡淘安盐场劳动，其所居自曰“陋轩”，诗集亦名《陋轩诗集》。其诗作除揭露清兵的暴行与清廷的虐政，更多的是反映世上疮痍，民生疾苦。他属于草根派诗人，独立于当时的诗坛圈子之外，直到逝世前不久，因好友周亮工以及名诗人王士禛的揄扬，他才声名稍著。周亮工甚至将他和顾炎武并论，认为“国朝诗推宁人、野人二家”。如他的《内人生日》：“潦倒丘园二十秋，亲炊葵藿慰余愁。绝无暇日临青镜，频过凶年到白头。海气荒凉门有燕，溪光摇荡屋如舟。不能沽酒持相祝，依旧归来向尔谋。”所谓贫贱夫妻百事哀，妻子生日的景况如斯，在写夫妻之情的众多诗作中，此诗也算是情真意挚别开一格的了。更令我心动的，则是他的《绝句》：

白头灶户低草房，六月煎盐烈火旁。
走出门前炎日里，偷闲一刻是乘凉。

东淘，是两淮的重要盐场之一，也是吴嘉纪的家乡。此处百姓多以烧灶煎盐为生，称为“灶户”，诗人自己就正是这样的角色，所以此诗并非第三者纯粹旁观的记写，而是诗人直接的现身说法与自我抒情。他所写在一，所指在万，在“炎日”与“乘凉”的相反相成的情境中，我们可以看到“煎丁”也即下层弱势群体恶劣悲苦的生存景况。在许多诗人忙于向新朝献媚邀宠之际，在许多诗人依旧流连舞榭歌台热衷吟风弄月之时，这首诗的出现，不啻是空谷的足音，震耳的异响，弥足珍贵的奇珍。

当代的时下文坛，多的是莺歌燕舞吹拍逢迎，多的是粉饰或歪曲历史的正说与戏说，多的是权力寻租与商业炒作，多的是伪贵族的自命不凡俯视苍生，多的是小资们搔首弄姿无病呻吟的文字游戏，读吴嘉纪的生平和他的血泪交迸的诗作，我不禁憬然有悟，慨然而叹。

九

古城邯郸，故址在今河北省邯郸市西南，乃战国时赵国之首都，黄河北岸之商业中心芸芸众生博名争利之地。除了诞生过“邯郸学步”这一成语，唐代传奇作家沈既济还将这里当成了他的一部名作的故事之发源地。

沈既济的《枕中记》是一部传奇小说，写的是落魄的卢生在邯郸旅店遇见吕翁，将其当成倾诉对象，自陈贫困，大倒苦水，吕翁给他一个枕头，其时店主正炊黄粱，而卢生却伏枕入睡。梦中卢生娶崔氏女，后中进士，仕宦而至将相，子孙满堂，享尽富贵荣华而不亦快哉，但好梦初回，却空空如也，店主的黄粱尚未煮熟。这一传奇，给我们留下了“黄粱美梦”“一枕黄粱”“黄粱一梦”之类的成语。除了宋之话本中有《黄粱梦》，元代散曲名家马致远有同题剧作，明代大剧作家汤显祖有《邯郸记》，清代小说家蒲松龄有旧题新作之《续黄粱》，它还刺激了历代许多诗人的诗兴，留下诸多由此而生发的诗篇。

清代以此为题材的诗作较前代更多，我选择几首角度不同意境有别的作品，为它们举办一个小型的展览会，让我们观赏虽然同是珍珠，却有怎样的不同的质地与光彩。

第一个出场的是宋荦之《邯郸道上》。宋荦之诗，前已引用其《乌江》。《邯郸道上》是他的可与《乌江》比美之作：

邯郸道上起秋声，古木荒祠野潦清。
多少往来名利客，满身尘土拜卢生。

诗的开篇，即点明是秋风萧飒的邯郸道上，景物则是野外古木林中一座荒凉的祠庙，那正是祭祀卢生之处，而特写镜头则是天下熙熙皆为利来天下攘攘皆为利往的求名嗜利之客，一身尘土，均先后在庙中跪拜。荒凉与热闹，虚幻与纪实，构成了强烈的对比，诗人的感喟也尽在不言之中。不过，作者身为大学士宋权之子，顺治四年即以大臣之子侍卫禁廷，后来由黄州通判而晋吏部尚书，加太子少师致仕，可谓荣贵集于一身。此诗该是他年轻时的作品吧？不知寄寓了他什么言外的感喟？试看今日之域中，诸多庙宇又重新香火鼎盛，许多人不是皈依一种宗教信仰而修身养性付出向善，而是向冥冥之中的菩萨索取，不外祈子求福发财升官之类，甚至还有一些贪官污吏也跪拜如仪，希望菩萨保佑他们“好人一生平安”，不要东窗事发。大肚能容的菩萨有知，不知是否能容此天下难容之事？

第二个出场展示的是屈复之《黄粱卢生祠》。屈复这位诗人特立独行，其诗作在精神层面和表现艺术方面，也往往与众不同，标新而立异。前述他的“百金买骏马，千金买美人，万金买高爵，何处买青春”《偶然作》就是如此，而其《黄粱卢生祠》也不同凡俗：

梦作公侯醒作仙，人间愿欲那能全？
从知秦汉真天子，不及卢生一晌眠！

屈复之前的作者，大都是讽刺卢生好梦的虚幻，批评朝拜者的痴迷，屈复却反其意而用之，竟然对卢生大加赞美。富贵而至将相，飞升而作神仙，是世俗人间最顶层设计的梦想了，天下尽入囊中超过所有公侯只是没有做成神仙的，就是秦始皇汉武帝这些帝王了，但他们都赶不上卢生一顿饭时间的美梦。如此如此，作者对功名利禄的彻底否定，尤其是对至高无上的帝王之威福的冷嘲与蔑视，都尽在其中，其思想之锋芒，可称堪与刀颖交寒光。

诗贵创造。有价值的作品，绝不是重复自己或重复他人，而是在思想上给人以启示或震撼，如春夜的好风喜雨，润物无声，似黑夜中的亮电惊雷，令人猛省；在艺术上给人以惊奇和喜悦，使人一见难忘，似美人之秋波临去，如佳铭之口舌留香。清初诗人陈廷敬《邯郸道上》说："炊熟黄粱已是迟，海门归路几人知？却怜朝市纷纷客，怕说卢生梦醒时。"清代后期曾作曾国藩之幕僚长的李元度有《邯郸庙题壁》一诗："邯郸道上吕仙祠，门外纵横官辙驰。热客到来应猛省，世间好梦有醒时。"他们的作品虽是写他人写过多次的热门题材，却仍各有亮点。时间与李元度相近的周士健，也有《题邯郸卢生庙》一诗，想法却有些另类。周士健字仲健，浙江嘉兴人，清宣宗道光二十九年（1849）举人，历官凤邻盐法道，有《师竹居》集。他在清代诗名并不显彰，但其《题邯郸卢生庙》却颇可一读：

旧时部曲渐阑珊，身至寒时梦亦寒。
夜半酒酣须按剑，尚思飞梦斩楼兰！

作者曾从戎塞外，于锋镝之中屡建奇功，自铸印章为“三十曾提十万兵”。此题庙之作原为二首，第一首是：“三十曾提十万兵，同袍队里最年轻。而今更比先生早，未到封侯梦已醒！”二诗合参，既有对功名未就的幽默自嘲，也有对立功塞外的豪情壮志的抒发，更有烈士暮年壮心不已的苍凉悲壮，但却均从卢生的传奇故事生发。虽然万变不离其“梦”却另开天地，有艺术最可宝贵的新鲜感，如此当然就令人耳目一新了。

十

纪晓岚，在清代是一个妇孺皆知的名字。他不仅于乾隆嘉庆时期的士人中享有博学鸿儒之盛名，甚至当时及其后在民间的形象也颇为亲切可喜。因电视连续剧《铁齿铜牙纪晓岚》的风行，他的大名重新升温，在芸芸百姓的唇间几乎热得发烫。

纪晓岚，清雍正二年（1724）生于直隶（今河北省）河间府献县，名纪昀，字晓岚，一字春帆。乾隆十二年（1747）乡试第一名举人，乾隆十九年三十岁时中进士，从此虽小有坎坷却仕途通达，官运亨通，曾任礼部、兵部尚书等正部级高干职务，嘉庆中擢内阁（副宰相）协办大学士，加太子少保，管国子监事。卒，谥文达。我并不看重这些高官显爵之头衔，它们于纪晓岚也应该如过眼烟云，因为他从不以富贵骄人，不像今日官场中某些人之一阔脸就变，嘴脸极为难看而洋洋自得。令我眼为之热心为之动的，是他的学问与成就以及他的一些清词丽句。

纪晓岚群书博览，学问淹通，读书人美称其为“两脚书橱”。他在总纂《四库全书》期间，家藏珍典，宫中秘笈，均在他一目十行之列。他曾作《自题校勘四库全书砚》一诗：“检校牙签十万余，濡毫滴渴玉蟾蜍。汗青头白休相笑，曾读人间未见书。”其腹笥虽为“书库”，但他绝非尽职尽责的高级保管员或管理员，而是源头活水化作滔滔的江河。他是清代文化史乃至中国古代文化史上罕见的奇才，集学者、诗人、小说家、编纂家、史地学家、文艺评论家于一身，甚至于骈文与楹联的创作也均极具成就，被视为中国文化史上的“通儒”“怪杰”与“一代文宗”。仅以他二十四卷的笔记小说《阅微草堂笔记》而论，鲁迅在《中国小说史略》中就称其“隽思妙语，时足解颐，间杂考辨，亦有灼见”“叙述雍容淡雅，兴趣盎然，故后来无人夺其席”，而当代名作家孙犁，也誉之为“在中国文学史上占有其他同类作品所不能超越的位置，它与《聊斋志异》是异曲同工的两大绝调”。

一个人在某个领域有所建树就颇为不易了，一株树能花开照眼就已让人一饱眼福了，天赋过人的纪晓岚却有多方面的成就，犹如繁英满树而落英缤纷。除了其他种种之外，他还有诗十六卷。虽然作为乾隆的近臣与第一文学侍从，伴君之侧近四十年，如同古今的御用文人一样，难免有许多奉和应制歌功颂德乃至代笔捉刀的无聊之作，也无论古今，那些作品在历史与文学的天平上都轻如鸿毛。但是，一旦离开死板如冻土僵化如槁木的宫廷，心灵稍释禁锢，呼吸较为自由，纪晓岚也有一些可读的登山临水之作，可观的直抒性情之篇，如中年贬谪新疆的大型组诗《乌鲁木齐杂诗》，可以说是唐人边塞诗的新章和余响。只是他的诗名为文名所掩，复为今日近乎戏说的电视剧所累，不大为众人所知矣。

我们不妨从他的诗歌园圃中，采摘几朵养眼亦复养心的花朵。汉代张衡有《四愁诗》，纪晓岚有一首垂训子孙之作《戒后》，今日尚不乏教育意义，亦可称之为《四莫诗》：“贫莫断书香，富莫入盐行，贱莫做奴役，贵莫贪贿赃。”管理盐务，最易敲诈勒索；为人奴仆，缺乏独立人格。尤其是首尾两句，可说是他的座右之铭，戒后之箴。他不像今日某些官人台上满口仁义道德之言，台下尽为男盗女娼之事，他位高权重却廉洁自守，从不索贿受贿。他的弟子陆平泉在贵州做官，致函座师请安，说路远不便奉送礼物云云，他答之以诗："一札迢迢自日南，只将绫刺贮空函。老夫得此心原喜，知汝居官定不贪！"他的乌鲁木齐诗多达一百六十首，只有以后贬此之林则徐所作《竹枝词》组诗才可与之相比。其中也不乏佳作，如"断壁苔花十里长，至今形势控西羌。北庭故堞人犹识，赖有残碑记大唐"，这是写唐代北庭都护府之旧城；"烽燧全消大漠清，弓刀闲挂只春耕。瓜期五载如弹指，谁怯轮台万里行"，这是咏边塞安宁烽烟不起的新景。大唐故地，边地新风，是地理铭，是风物志，也是声调流美的可读之诗。纪晓岚素称"风流才子"，他的爱情诗感情真挚，悱恻缠绵，非时下诗歌中所谓"下半身写作"可比。他远戍西北时，其爱妾郭彩符念想成病，去关帝庙求得之签有句云"绣纬重结鸳鸯带，叶落霜凋寒色侵"之句，及至他从乌鲁木齐东归不久，彩符即不治去世。他的悼诗是："风花还点旧罗衣，惆怅酴醾片片飞。恰记香山居士语，春随樊素一时归。""百褶湘裙展画栏，临风还忆步姗姗。明知神谶曾先定，终惜芙蓉不耐寒。"可谓旧梦前尘，深情浓至。人生的初恋常常是美好难忘的，纪晓岚也是如此。他少年时与四叔母季安人之婢女文鸾竹马青梅，但棒打鸳鸯之后文鸾抑郁早逝，纪晓岚终生念念未能忘情，四十八岁时曾忆旧而作悼亡之《秋海棠诗》，及至七十六岁的迟暮之年，还将文鸾的事迹及悼亡之作《秋海棠诗》记载于他的《滦阳续录》之中：

憔悴幽花剧可怜，斜阳院落晚秋天。
词人老大风情减，犹对残红一怅然！

德国大诗人歌德在《少年维特之烦恼》中说："少年男子，谁个不善钟情？妙龄少女，谁个不善怀春？"东方的少男少女纪晓岚与文鸾就是如此，但他们的爱情同样"有惨痛的血泪飞迸”。从纪晓岚诗的情调、韵脚以及结句，我们都可以听到宋代陆游暮年时追怀唐婉之作的遗响。

纪晓岚登山临水，有一些特别精警或清雅之作。乾隆二十七年（1762）冬，四十岁的纪晓岚出京任福建学政，作《南行杂咏》七十五首，其中有一诗题为《涿州过巨马河相传此水不出桥下遇桥则溃而旁行》：“一带寒波作怒声，石梁断处气纵横。多应未读淮阴传，不见英雄胯下生！”联想巧妙，意兴深长。无声诗与有声画，须在桐庐江上寻，他另有《富春至严陵山水甚佳》组诗四首，以下引前面二首：

沿江无数好山迎，才出杭州眼便明。
两岸濛濛空翠合，琉璃镜里一帆行。

浓似春云淡似烟，参差绿到大江边。
斜阳流水推蓬坐，翠色随人欲上船！

富春，古县名，即今日之浙江富阳。萧山至桐庐一段之钱塘江称富春江，桐庐县西南之富春山又称严陵山，系东汉严子陵垂钓处，下有严陵滩。纪晓岚此诗造语清雅，可与清雅之山水相映成辉，如“琉璃镜”之喻，如“翠色”之妙不可言的拟人化，如“绿”之形容词作动词——宋代固然有王安石之“春风又绿江南岸”（《泊船瓜州》），同代之前人也有朱彝尊之“五月新苗绿上衣”（《夏日杂兴》），查慎行之“牛背渡溪人，须眉绿如画”（《青溪口号》），沈德潜之“行人但觉须眉绿”（《过许州》），然而，纪晓岚先有“浓似春云淡似烟”的比喻铺垫，故其“参差绿到大江边”更觉意象新鲜而生气弥满，后来而居朱彝尊、查慎行之上。如今，富春江严陵为黄金旅游线路，纪晓岚上述之诗，我以为可以作黄金导游语，只是不知今日纭纭纷纷之旅游者，在观山览水之余，有多少人知道纪晓岚如上绝妙之诗？

还要写一段并非题外的话，作这一节文字的尾声。纪晓岚之绝妙好辞“翠色随人欲上船”，人说它可能受到王维“山路元无雨，空翠湿人衣”（《山中》）、“坐看苍苔色，欲上人衣来”（《书事》）的影响，其实，此诗还另有故事。乾隆二十一年秋，纪晓岚随从乾隆赴热河避暑山庄编纂《热河志》，于古北口旅店墙壁见到两句题诗曰“一水涨喧人语外，万山青到马蹄前”，他以为明人浦源的“云中路绕巴山色，树里河流汉水声”（《送人之荆门》）也无从过之，赞叹不已而可惜不知作者姓名。后来他主持顺天府乡试，得到举人朱孝纯（子颖）的投诗即有如上两句，他感叹“翰墨姻缘，良非偶尔”，师生遂成莫逆之交。纪晓岚日后所作上述二诗特别是“参差绿到大江边”一语，正是从朱子颖之句联想衍化而来。朱子颖能诗善画，才华秀发，人称“小李白”，后任泰安知府，作为座师的纪晓岚曾当面对他说：“人言青出于蓝，今日乃蓝出于青。”清人陈寿祺的《郎潜纪闻初笔》记载此事，并盛赞纪晓岚“虚心盛德，不没人长”。放眼今日文坛与学府某些压制后进、排挤同辈、抄袭他人据为己有的种种现象，不是可以令人深长思之的吗？

十一

十年前撰《唐诗之旅》一书，专作《诗咏金钱》一文，对唐诗人从各个角度咏钱之诗，作了一番走马看花也看钱的匆匆巡礼。后读清诗的同类题材之作，发现它们有许多并没有重复前人而有自己的创造，有如同是好山好水，仍有各自的水态山容。我在观奇览胜之余，意犹未尽，乃作如下一段文字，作为《唐诗之旅》的回声，《清诗之旅》的补白。

对于“钱”，历来有俗与雅两种称呼。民间之俗称望字生义，因钱偏旁为“金”而右迭两“戈”，故戏云“金二戈”或谐音“金二哥”。雅称呢？则出自晋惠帝时隐居不仕的鲁褒先生之《钱神论》：“亲之如兄，字曰孔方。”鲁褒为钱之雅称“孔方兄”举行了命名礼，一直传至今日。除了唐宋诗人咏钱之作外，明代大画家沈周《咏钱》有句说“有堪使‘鬼’原非谬，无任呼‘兄’亦不来”，远绍鲁褒之文的主旨而意在翻新。小品文名家袁宏道也有《读〈钱神论〉》一诗，云“闲来偶读《钱神论》，始识人情今盖古。古时孔方比阿兄，今日阿兄胜阿父”，嬉笑而怒骂，可见在明朝即已世风不古。时至清代，引人瞩目的是沙张白的古风《铸钱引》：

村野老翁稀入城，入城正遇官行刑。
累累束缚类狐兔，血肉狼籍尸纵横。
此人何罪官弗怜？鼓炉私铸壅官钱。
翁言我昔方少年，官钱美好缗一千。
轮肉周厚体肥白，民欲盗铸利何焉？
铜山近日产铜少，官炉铸钱钱不好。
鹅眼刀环小复轻，局工监铸家家饱。
官私无辨铸亦多，利重生轻杀奈何！
可怜刑贱不刑贵，赤子何知投网罗？
若移此刃刃官铸，伫看千里清黄河！

字介远号定峰的诗人沙张白，江南江阴（今江苏省江阴市）人，性耿介，长于史学，终生布衣。钱谦益见其乐府近于白居易，愿为之序而沙张白却之。吴伟业引介给龚鼎孳，龚颇为赏识，赠以二律，有“藏山名士业，入洛大人才”之句。沙张白是身处民间的“草根诗人”，又认为“诗乃有韵之春秋”，“匹夫匹妇之心声”，诗之功用在于“奖正、刺邪、讽谏、箴规”，所以他的诗作大都语言通俗而锋芒毕现，此诗就是如此。诗人以一个乡下老者的视角与口吻，写私铸官钱者惨遭刑戮，官铸而监守自盗的贪官污吏却优哉游哉，逍遥法外。他认为只有移此刃而刃之，社会才可望澄清而和谐，真是诗笔如刀，诗胆如铁。报载，一大学生抢劫了区区人民币十六元，却被判刑十年，而多少墨吏贼官却逍遥法外，多少虽贪污千万元甚至数千万乃至上亿甚至数亿的贪官，却仍旧安然无恙，并非害得请请性命，这是否是刑贱不刑贵之刑罚不公？

“百金买骏马，千金买美人，万金买高爵，何处买青春”，屈复的《偶然作》已经惊心动魄了，将此诗选入《清诗别裁集》中的诗人兼诗论家沈德潜，谓之“欲觉晨钟，但恐买骏马买美人买高爵者俱不闻耳”。今日贪官污吏，有几人“闻”过屈复此诗呢？屈复还有一首《邓通钱》：

黄头郎君忽有钱，王侯公卿皆比肩。
尔钱来何路？乃敢凌豪贤。
古无不崩之铜山，
日中有钱人所羡，
日夕饿死人谁怜？

邓通为西汉蜀郡南安（今四川乐山）人，汉文帝时先为黄头郎，后至上大夫，赏赐无数，复赐铜山铸钱，是为“邓通钱”。景帝即位后罢官，藉没其家，邓通只得寄食于人，穷困而死。屈复写这一历史往事，意在警示后世之财出不义而多钱自雄者，寄意真乃朝花夕拾，全诗无异暮鼓晨钟。

岭南顺德（今广东顺德县）人陈恭尹，为明末清初爱国志士与诗人。王隼取屈大均、陈恭尹、梁佩兰之诗刻为《岭南三家集》，三人并称为“岭南三大家”。陈恭尹诗多亡国之痛，故国之思，庶民之苦。《金钱》一诗，则是其诗作中的另类：

因成形自洪炉里，冷处来希热处过。
贫士囊中千日计，五侯筵上一时歌。
写将妙质传圆月，别出心裁付小荷。
只用上边三四字，从来深愧读书多！

颔联写贫富之悬殊，今日读来也远非明日黄花，而是颇具现实意义。尾联以反说正，意为富有者只须认识铜钱上所铸如“××通宝”之类几个字，便可笑傲众生，甚至横行天下，令饱读诗书而清风两袖者羞愧。不久前，我重访“文革”中我所任教的一所乡村中学，只见昔日的弦歌之地，如今一派萧条冷落，一片蔓草荒烟。据云即使大学毕业也常比不上打工仔，何况读书既辛苦学费亦不菲，于是许多少年尤其是家庭贫困者均辍学而南下打工挣钱去也，生源紧缺，学校只好关门大吉。斯情斯景，我徘徊于昔日熟稔今日陌生的校园，陈恭尹的《金钱》一诗蓦然又重到心头。

清代乾嘉诗坛的才子袁枚，写过不少与钱财有关的诗，专门咏钱之作有三题九首之多。他曾作组诗《咏钱》，咏钱而以组诗出之，以前得未曾有，可说是他的首创。如其中之一：

人生薪水寻常事，动辄烦君我亦愁。
解用何尝非俊物，不谈未必定清流。
空劳姹女千回数，屡见铜山一夕休。
拟把婆心向天奏，九州添设富民侯。

曾经为官为宦亦复丰衣足食的袁枚，并不故作清高，像一些士大夫那样心虽好货而口耻言钱，如西晋的王衍就称钱为“阿堵物”。袁枚在《秋夜杂诗》中也曾坦率地自称“解爱长卿色，亦营陶朱财”，在上述之诗中，他开宗明义就强调芸芸众生拥有钱财的必要，同时，又以汉灵帝卖官鬻爵、灵帝之母永乐太后拼命敛财、邓通贪婪无度而败家为例，批判了取之无道者的贪鄙及其下场。从古及今，贫富悬殊总是社会不公正的表现，是社会难以和谐稳定长治久安的祸根，也是执政者必须认真面对与妥善解决的重大社会问题。“拟把婆心向天奏，九州添设富民侯”，二百多年前的袁枚关于钱的观点是辩证的，尤其可贵的是，他强调的是“富民”而且是“九州同富”，这种祈愿与呼吁，今日仍为切中时弊的警世之钟，传扬的是警钟不绝的余音！

十二

如同百川之奔赴大海，百花之朝向太阳，世上的芸芸众生都向往和喜爱春天，而和青春作伴的诗人，更是春天的歌手。

在中国古典诗歌中，从各种角度不同侧面咏春之诗不计其数，仅仅是其中的佳作，就可以编纂成一部珠玉纷呈的专书。春天中的春天，就是早春二月，二十世纪“文革”期间，不是就有一部被当成毒草批判的电影叫《早春二月》吗？下引的诗句或篇章，都点明了“二月”二字，且看古代诗人如何向早春二月献上他们不倦的赞歌，心灵的恋曲，至于那些咏叹早春而未标明二月的篇章，我就只能割爱而不予援引了。

请贺知章第一个出场。他的《咏柳》早已传唱千年：“碧玉妆成一树高，万条垂下绿丝绦。不知细叶谁裁出？二月春风似剪刀。”晚唐的杜牧呢？他在《赠别》中赞美自己心仪的扬州美眉，也要请早春时节来帮忙：“娉娉袅袅十三余，豆蔻梢头二月初。春风十里扬州路，卷上珠帘总不如！”在诗中，大自然的春色与人间春色合二为一。他即使写秋光秋色，也要请二月的鲜花来衬托："远上寒山石径斜，白云生处有人家。停车坐爱枫林晚，霜叶红于二月花。"（《山行》）北宋的诗人呢？欧阳修《春日西湖寄谢法曹歌》较长，我只引其中的名句"雪消门外千山绿，花发江边二月晴"，读者就可想象位于安徽颍阳的那座西湖的旖旎风光。南宋的杨万里，在《春晓》一诗中对早春二月也念念未能忘情："一年生活是三春，二月春光尽十分。"时至元代与明代，杨维桢《寄卫叔刚》诗说："二月春光如酒浓，好怀每与故人同。杏花城郭青旗雨，燕子楼台玉笛风。"一壶浊酒喜相逢，远谪云南的四川才子杨慎对酒说愁，也对景消愁，他在《滇海曲》中曾说："天气常如二三月，花枝不断四时春。"

以上的诗句或诗篇，都是出自名家之手，或写景抒情，或寄怀寓托，均各有胜长，但出之以绝句的形式，将早春二月的美好风物和诗人的独特感受，剪裁熔铸为一种典型的引人遐想的情境，并且在诗中点明"二月天"，我印象最深的，是韦庄、黄庭坚和清人高鼎之作。

晚唐诗人韦庄，有许多诗词名作。他的《丙辰年鄜州遇寒食城外醉吟五首》的第一首是："满街杨柳绿丝烟，画出清明二月天。好是隔帘花树动，女郎撩乱送秋千。"前两句写景，"清明二月天"由柳丝画出，后两句写人，启发过后来者苏轼，写出"墙里秋千墙外道。墙外行人，墙里佳人笑。笑渐不闻声渐悄，多情却被无情恼"（《蝶恋花》）之妙语。北宋的黄庭坚《观化》一诗写道："竹笋初生黄犊角，蕨芽已作小儿拳。试挑野菜炊香饭，便是江南二月天。"诗人体物入微，比喻新颖，前两句分写，第三句合写，结句则水到渠成地归结到"江南二月天"。他们的诗虽各有千秋，但我以为清人高鼎的《村居》堪称后来居上：

草长莺飞二月天，拂堤杨柳醉春烟。

儿童放学归来早，忙趁东风放纸鸢。

“暮春三月，江南草长。杂花生树，群莺乱飞”，这是南朝齐梁时丘迟《与陈伯之书》的名句，高鼎借用“草长莺飞”作全诗的大背景，并且将暮春三月的时间提前为“二月天”，然后将镜头移至杨柳堆烟的长堤之上，一个俗而出新的“醉”字写尽了春光骀荡，这是全诗的小背景。布置完毕，人物出场，一群放学归来的儿童，嬉笑喧闹着将风筝将欢笑也将他们对明天的憧憬，一起放送到蓝天之上。这首诗，一派活泼天真，一派天机云锦，是写早春二月别开新径的富于创造性的好诗，儿童与少年读了，自然会滋润他们的童趣童心，而成年人读后呢，除了享受到艺术创造的喜悦之外，当会恍兮惚兮回到他们遗失已久的童年。

高鼎，生卒年不详，大概生活在晚清咸丰年间，浙江仁和（今浙江省杭州市）人，字象一，又字拙吾。浙江古籍出版社的《千首清人绝句》，竟然没有他的一席之地。社会生活中不少杰出的人物常常埋没于草莽，文学创作领域内也往往有佳篇胜构被视而不见，然而，俗云“是金子总会发光”，诗不在多而在精，高鼎即使仅仅只有这一首诗，他也足以笑傲江湖而传之后世了。乾隆贵为帝王，在他名下的大作近五万首，约等于现存全唐诗的总数，尽管当时红得发紫，吹鼓手们众声吹捧，俨然诗坛至尊，只差没有开全国性的最高级别的作品研讨会，然而，今天有谁还能记得半句呢？

后记

半世流光去绝踪，白头长忆少年红。——在不久前写的一首春游绝句的开篇，我曾这样说过。生命到了人无再少年的晚岁，就像一株年轮繁密的老树不免常常回忆自己的春花与秋叶，就像一条即将入海的河流不免常常回想自己的源头和涛声。我为自己的“收官”之作《潇潇风雨满天地——清诗之旅》一书撰写例行的“后记”，蓦然回首之情何尝不也是如此呢？

遥忆二十世纪五十年代中期，我中师毕业却有幸因扩大招生而破格准予参加高考，但却又只能申报湖南、中南地区以及首都北京的高等师范院校。一事能狂便少年的我，在作文题目《生活在幸福的时代里》之下，擅自加了一个“祝宝成铁路通车”的副标题，三个志愿均绝无它顾地填写了北京师范大学中文系，将自己青涩的名字写进了这一百年名校的新生花名册。虽然我对北京大学高华的门第心存欣羡，但我至今仍然确信，其时我不过是时不我与而已。何况北师大中文系硕彦纷来，名师云集，有如嘉年华盛会，其阵营声势足以与北大中文系分庭抗礼。前辈宿儒黎锦熙乃镇系之宝，系主任为诗人、文艺理论家黄药眠，学生时代与吴组湘、林庚、季美林号称“清华四剑客”的李长之，此时早已是驰名域中的文学史家，顶级民间文学专家为钟敬文，刘盼遂乃王国维之关门弟子，穆木天系创造社重要成员，古典文学专家有谭丕谟与王汝弼，语言学家有陆宗达和俞敏，后来名满国中的启功还只忝居副教授，而若干年后的散文史权威郭预衡还只是青年讲师。在强烈的学问气场与文化氛围之中，甫入北师大不久，我即立志承继中国古代众多诗论家的馨香，成为当代有建树的诗论家，而且啼声初试，就读期间即在《诗刊》《文艺月报》（今日《上海文学》的前身）发表论文，令有的同窗侧目而视。因为时代的种种原因，一九六〇年大学毕业时，许多同学分配在北京与其他地区的大专院校，而我却和一群难兄难弟被发配到遥远的边疆。在君不见之青海头，在每一天都被饥饿填饱的艰难岁月，在天寒地冻滴水成冰却无处可以取暖的日子里，我仍然将理想与文字抱在怀中作为取暖的薪火，在《解放军文艺》《长江文艺》《四川文学》《湖南文学》《文汇报》等报刊发表诗评与诗论文章。两年后回到原籍湖南，在一个县城的中学任教。“文革”是一场史无前例的龙卷风雷暴雨，山雨欲来风满楼，虽然资深的革命前辈和真正的“著名”诗人郭小川多次来信，鼓励我“有志者，事竟成，望你努力”，并前后寄赠他的诗集如《甘蔗林——青纱帐》《将军三部曲》等给我，但木秀于林，风必摧之，我和内子在“文革”前的所谓“四清运动”中，即横遭飞来之祸，无妄之灾，“莫须有”之批判。我遣散了自己的全部藏书，万念俱灰，而小川也在随后而至的罡风苦雨中备受摧残而英年早逝，死别已吞声，令我不胜悲伤叹息！

星回斗转，大地重光。在不惑之年，我终于有幸在自己喜欢的岗位，做自己喜欢的自认为有意义的工作。我轻裘快马，日夜兼程，朝阳唤我，夕照留我，深宵不寐的灯光伴我，让展卷的书页计算白昼有多长，让不倦的健笔测量夜晚有多深，让不断问世的著作证明我是如何挽回浪掷的青春和追赶匆忙的岁月。从二十世纪七十年代末至九十年代中期，我在海峡两岸已出版十本诗评诗论著作，其中代表作是五十余万言的《诗美学》，一九八七年由江苏文艺出版社出版，随即略加校订由台湾东大图书公司印行。三十载后的今年，经过大规模修订并增补“诗的形式美”一章的修订本，由人民文学出版社社长管士光先生慨允新版发行。另一代表作由中华书局印行，它的前世是由长江文艺出版社于三十年前出版的《楚诗词艺术欣赏》，台湾东大图书公司印行时易名为《歌鼓湘灵——诗词艺术欣赏》，它的今生则也是经过大规模修订的《古典诗国的现代神游》，承中华书局上海分局总编辑余佐赞先生垂青。我的诗论评的成果，得到许多读者与评者的肯定，中国社会科学院文学研究所与少数民族文学研究所编撰的《中华文学通史》（华艺出版社1997年版，江苏文艺出版社2011年修订新版）在“当代卷”中曾将我与另一位诗评家谢冕列名专节论述，这是我国最高文学研究机构所编著的国家级的权威文学史，而绝非那种几个人搭个草台班子便予取予弃的缺乏公信力的山寨版，列名前者之中，我绝不故作谦逊而深感与有荣焉！

我在青年时代伊始，便和诗论评订下白头偕老的盟约，自以为会执子之手与子偕老了，不意数十年后，在头尚未白的随心所欲而不逾矩之年，我却不仅出格而且逾矩，竟然在九十年代中期，由于种种原因，和散文几次眉来眼去之后，便弃旧好而恋新欢，移情别恋散文创作，日月匆匆，至今倏忽已是整整二十度春花秋月。在这二十年中，有时不免旧情难忘，除了少数几篇诗评诗论，也还写了不少古典诗歌欣赏文字，与蘅塘退士的旧篇无一雷同的《新编今读唐诗三百首》一书，即曾在海峡两岸印行，而《诗美学》与《古典诗国的现代神游》以及《浪漫芬芳——穿越千百年仍活色生香的爱情诗词》三书的修订，也是对旧爱仍藕断丝连的铁证。不过，我的时间与精力主要还是奉献给了散文创作未能忘情，除了试笔之初的一些文字，我的成果主要是在上海的东方出版中心、湖南的岳麓书社、湖北的长江文艺出版社几经驻足之后，最后定居于中国青年出版社的《万遍千回梦里惊——唐诗之旅》《曾是惊鸿照影来——宋词之旅》《风袖翩翩吹瘦马——元曲之旅》，以及今年在人民文学出版社增订印行的《彩笔昔曾干气象——绝句之旅》。我的散文，仍然有诗的血缘，它们的前所未有专题性，在散文领域另辟蹊径与天地的开创性，在文体上广采众长的融汇性，以及行文的文采与个性，曾得到许多读者与专家的认可和赞赏，原香港中文大学黄维梁教授称之为“诗论与散文的结合”，喻大翔教授称之为“诗文化散文”，而由郭英德、郭预衡两位教授任主编，刘锡庆、张国龙教授等任分册主编的皇皇大著《中国散文通史》（安徽教育出版社2013年版），其“当代卷”也曾辟有专节论述我的散文，我也很高兴接受这一颇具权威性的奖誉。

因为与旧爱有时不免旧情复萌，只得时抛心力，所以这本《潇潇风雨满天地——清诗之旅》从二〇〇八年起笔，断断续续竟然写了八年，有如一项烂尾楼工程，到今日才终于竣工大吉。清诗是中国古典诗歌最后的辉煌，我喻之为落霞与晚潮。虽然是落霞，但它绚丽而不免苍凉的光彩却是为落日举行葬礼，虽然是晚潮，但悲怆然而仍旧澎湃的涛声却预告了新时代来临的消息。它的整体成就与海拔高度当然不及唐诗宋词，但却远胜元明之诗，它是仅逊于唐诗宋词两座入云高峰的又一座高峰。这一时代许多优秀的杰出的诗人，许多优秀的杰出的作品，尚有待学者作多方位的深入研究，更有待更多的读者在诵咏盛名之下的唐诗宋词之同时，也去清诗中观落霞之彩，听晚潮之声，登高峰而揽胜。我的这本《潇潇风雨满天地——清诗之旅》，当然并非清诗观止，也谈不上清诗之大观，因为许多名诗人名作品并没有依序入列。一如我的唐诗、宋词、元曲之旅，我只是以散文的形式，记叙和抒写了一些我最情动于中的诗人与诗作，正如唐诗研究专家与编辑家管士光先生读过我的《唐诗之旅》《宋词之旅》后来信所说："想不到唐诗宋词还可以这样写。"清代是古代的尾声，现代的前奏，当代的鉴照，如果此书能引发接触清诗不多的读者的兴趣，并且在扩展自己的阅读视野丰富自己的精神生活的同时，能进一步借古观今而古今互证，作者如我就幸莫大焉了。

如前文借用围棋术语所述，《潇潇风雨满天地——清诗之旅》是我的"收官"之作，因为今年我已年届八十，去日可惊，余年可贵，我应该刀枪入库马放南山而优游岁月而从另一种角度享受人生了。当年于我厚爱有加的前辈老诗人臧克家先生，曾希望我从《诗经》写起，按照中国诗歌史的发展历程，构建一套完整的中国诗歌史文化散文系列，但我当时已是坐五望六之年，加之仍不免心有旁骛，所以只完成了五种。臧老二〇〇四年以九十八岁的高龄仙逝，我只能默祷禀告，如果我有来生，我当会首先去完成未竟之业，如果此生已老而他生未卜，那就只有期待其他有心而且有才的后来者了。

中国青年出版社的彭明榜君，不仅是一位术业有专攻的资深编审，而且是一位于出版事业极为敬业而力求新创的编辑家。《潇潇风雨满天地——清诗之旅》一书，人文社管士光兄和他同时约稿，但他坚持说此书应该给他，可以与唐诗、宋词及元曲之旅三书合而为四，成为一个小小的系列，于是我只好有负于士光兄的美意，请他有以谅我。此外，我的一本古典爱情诗欣赏的专著《浪漫芬芳：穿越千百年仍活色生香的爱情诗词》，也是在整体翻新而充实提高之后，易以新名而由他印行新版。明榜兄惠我孔多，秀才人情纸半张，我只有书此志感而已。

回首平生，在这本收官之作的“后记”的最后，我不免恸从中来，不可断绝。内子段缇萦是我的中学同窗，相识于六十三年前，同学少年，有似青梅竹马，相守也有整整六十载，相夫教子，确如风雨同舟。她本性极慈极善，至聪至慧，她不仅慈悲为怀，善待他人，也甘于自我牺牲，成全儿女和丈夫。她虔心礼佛四十年，是普陀山原掌门人、中国佛教协会副会长妙善大师的关门弟子，法号“觉智”，她虽毕业于大学之数学系，却也作过生平的唯一之诗《禅诗四行》：“风：无中生有／花：骗你没商量／雪：让你找到扑空的感觉／月：一块硕大的遮羞布。”此诗除在《普陀山佛教》刊出外，还曾获台湾著名诗人洛夫激赏，他撰文评介在台湾《创世纪》诗刊发表。我在校对《潇潇风雨满天地——清诗之旅》的小样时，她曾笑对我说：“都八十岁了，还在梦幻泡影呀？”校对未竟全功，她却在去年十一月的一天凌晨于睡梦中安然仙逝，令我痛断肝肠！深悲巨痛之中，只得以诗为记。我曾往年轻时常去的公园旧地祭扫，焚诗以告：“呢喃春夜小亭前，杨柳梢头月正圆。今日焚香来祭拜，华年寸寸尽成烟！”断断续续，历时四月有余，此书终于校成，谨志数语，纪念缇萦，我少年时的恋人，青年时的妻子，中年时的密友，老年时的伴侣！

作者丁酉年暮春三月于长沙